BASTEI
LÜBBE

MARGARET WEIS & TRACY HICKMAN

DIE VERGESSENEN REICHE

DRACHEN MAGIER

Fantasy-Roman

Ins Deutsche übertragen
von Eva Bauche - Eppers

BASTEI
LÜBBE

BASTEI-LÜBBE-TASCHENBUCH
Band 20 260

Erste Auflage:
Juli 1995

Deutsche Lizenzausgabe 1992/95
Bastei-Verlag Gustav H. Lübbe
GmbH & Co., Bergisch Gladbach
Originaltitel: Serpent Mage
Lektorat: Stefan Bauer
Titelbild: Keith Parkinson
Umschlaggestaltung:
Quadro Grafik, Bensberg
Satz: KCS GmbH,
2110 Buchholz/Hamburg
Druck und Verarbeitung:
Brodard & Taupin, La Féche,
Frankreich
Printed in France

ISBN 3-404-20260-0

Der Preis dieses Bandes
versteht sich einschließlich der
gesetzlichen Mehrwertsteuer.

Gewidmet meiner jüngsten Enkeltochter,
NATALIE BRIANA BALDWIN
sowie ihrer Mutter und ihrem Vater,
DAVID UND JOYCE

Margaret Weis

Wage ich's,
das Universum aufzustören?

T. S. Eliot ›Das Liebeslied des
J. Alfred Prufrock‹

Chelestra

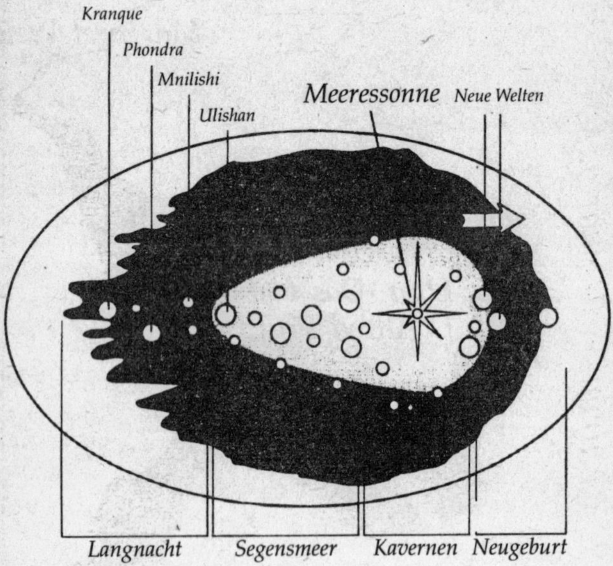

Kranque
Phondra
Mnilishi
Ulishan
Meeressonne
Neue Welten
Langnacht
Segensmeer
Kavernen
Neugeburt

Die Durnai (Biosphäre)

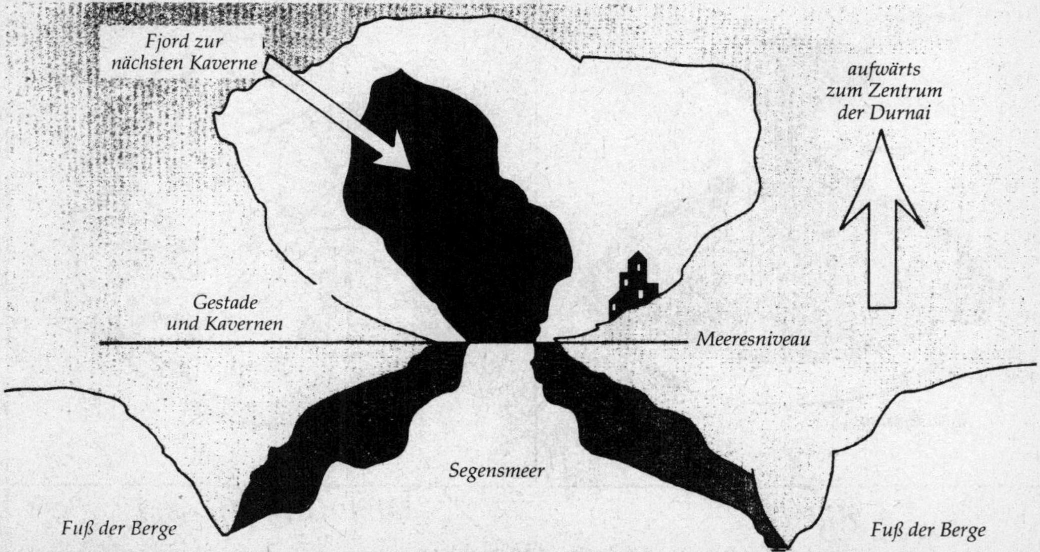

Das alte Surunan

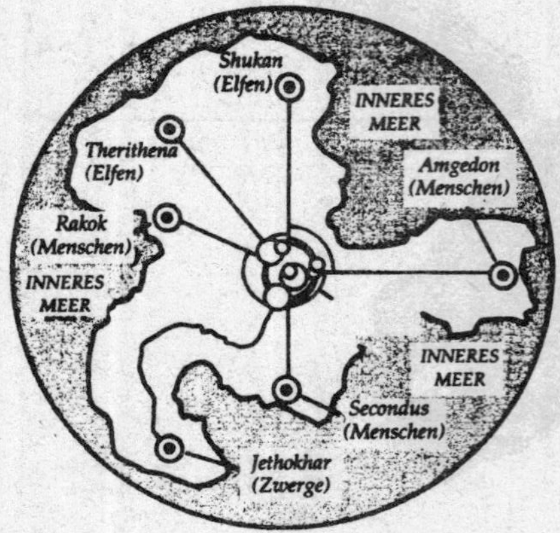

Challis

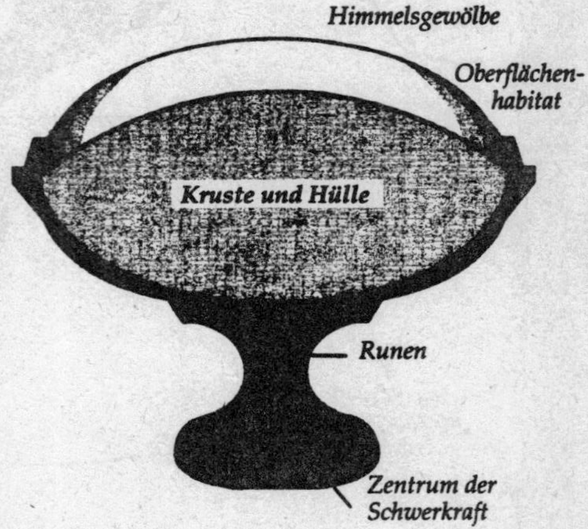

Prolog

Heute war der Tag, an dem ich Haplo meinen Zorn habe spüren lassen.* Eine unangenehme Pflicht. Vermutlich würde kaum jemand mir Glauben schenken, aber es schmerzte mich zu tun, was getan werden mußte. Es wäre vielleicht einfacher gewesen, hätte ich mich nicht in gewisser Hinsicht verantwortlich gefühlt.

Als ich merkte, daß unsere Stunde nahte, die Stunde der Patryn, daß wir schon bald stark genug sein würden, um uns aus diesem schändlichen Kerker zu befreien, in den die Sartan uns geworfen hatten, und den uns rechtmäßig zustehenden Platz als Herrscher des Universums einzunehmen, erwählte ich einen aus unserer Mitte, der ausziehen sollte und erkunden, was uns in den neuen Welten erwartete.

Ich wählte Haplo. Ich wählte ihn wegen seiner raschen Auffassungsgabe, seines selbständigen Denkens, seines Muts, seiner Anpassungsfähigkeit. Leider sind es genau diese Eigenschaften, die ihn verleitet haben, sich gegen mich zu wenden. Aus diesem Grund habe ich also eben behauptet, mich in gewisser Hinsicht verantwortlich zu fühlen, für das, was geschehen ist.

Selbständiges Denken schien mir unerläßlich für die Konfrontation mit den unbekannten Welten zu sein, die erschaf-

* Xar, *Chronik der Macht, Band 24.* Das persönliche Tagebuch des Fürsten des Nexus. (Xar war nicht sein richtiger Name. Tatsächlich ist es nicht einmal der Name eines Patryn, sondern unzweifelhaft von ihm selbst erfunden; möglicherweise eine Verballhornung des alten Wortes *Zar,* abgeleitet von *Cäsar.*)

fen worden waren von den Sartan, unseren Feinden, und bevölkert von Nichtigen.* Er mußte fähig sein, sich klug und geschickt auf jede Situation einzustellen, und durfte unter keinen Umständen irgend jemanden auf irgendeiner dieser Welten wissen lassen, daß es uns Patryn gelungen war, unsere Fesseln abzuschütteln. Auf zwei der drei Welten, die er besuchte, erfüllte er meine Erwartungen voll und ganz. Auf der dritten geschah es, daß er nicht nur mich verriet, sondern auch sich selbst.**

Ich ging zu ihm, bevor er zu seiner vierten Reise aufbrechen konnte, nach Chelestra, der Wasserwelt. Er befand sich an Bord seines Drachenschiffs, das er seinerzeit von Arianus mitgebracht hatte, und bereitete sich darauf vor, Segel zu setzen. Er sagte nichts, als er mich sah. Er schien nicht einmal überrascht zu sein. Es war, als hätte er mich erwartet, obwohl die Unordnung allenthalben auf eine überstürzte Abreise hindeutete. Zweifellos herrscht Chaos in seinem Innern.

Wer mich kennt, wird mich einen harten Mann nennen, hart und grausam, doch ich bin aufgewachsen an einem Ort, der noch viel härter war, viel grausamer. In meinem langen Leben habe ich zuviel Schmerz gesehen, zuviel Leid, um noch davon berührt zu werden. Aber ich bin kein Ungeheuer. Ich bin kein Sadist. Was ich Haplo antat, tat ich aus Notwendigkeit. Es bereitete mir kein Vergnügen.

Wer sein Kind liebt, züchtigt es – ein altes Sprichwort der Nichtigen.

Haplo, glaube mir, wenn ich sage, daß ich mit dir leide, heute nacht. Aber es war zu deinem eigenen Besten, mein Sohn.

Zu deinem eigenen Besten.

* Die bei sowohl Sartan wie Patryn gebräuchliche Bezeichnung für die minderen Rassen: Menschen, Elfen, Zwerge.

** Verweise auf Haplos Reisen zu den Welten Arianus, Pryan und – zuletzt – Abarrach, aufgezeichnet in den vorhergehenden Bänden der Reihe *Die vergessenen Reiche*.

Kapitel 1

Der Nexus

»Verdammt! Geh mir aus dem Weg!« Haplo stieß mit dem Fuß nach dem Hund.

Das Tier kniff den Schwanz ein und drückte sich in einen dunklen Winkel des Laderaums, um dort abzuwarten, daß die Laune seines Herrn sich besserte.

Haplo konnte die traurigen Augen sehen, die ihn aus den Schatten heraus beobachteten. Er fühlte sich im Unrecht, und das machte ihn noch gereizter. Unter finster gerunzelten Brauen warf er einen Blick auf den Hund, dann auf das Tohuwabohu um sich herum. Truhen, Kisten und Kasten, Taurollen und Fässer türmten sich in pittoreskem Durcheinander, so wie man sie durch die Luke geschoben oder geworfen hatte. Es sah aus wie ein Rattennest, aber Haplo wagte nicht, die Zeit aufzuwenden, um alles zu sortieren, zu stapeln und sicher zu verstauen.

Er hatte es eilig, den Nexus zu verlassen, bevor es zu einer Begegnung mit seinem Fürsten kam. Unbehaglich schaute er sich um; es juckte ihn in den Fingern, zuzugreifen und Ordnung zu schaffen. Schließlich machte er auf dem Absatz kehrt, verließ den Laderaum und ging zur Brücke. Der Hund erhob sich lautlos und trabte hinter ihm her.

»Alfred!« Er schleuderte dem Hund das Wort entgegen. »Das ist alles Alfreds Schuld. Dieser verfluchte Sartan! Ich hätte ihn nicht entkommen lassen dürfen. Ich hätte ihn dem

Fürsten ausliefern müssen und es *ihm* überlassen, mit dem elenden Schwächling abzurechnen. Aber wer konnte ahnen, daß der Feigling tatsächlich den Mut haben würde, während der Fahrt durchs Todestor das Schiff zu verlassen! Ich vermute, du hast auch keine Ahnung, wie das passiert ist?«

Haplo blieb stehen und musterte den Hund argwöhnisch. Der Vierbeiner setzte sich hin, legte den Kopf schräg und sah mit dem Ausdruck völliger Unschuld in den blanken Augen zu ihm auf, auch wenn sein Schwanz beim Klang von Alfreds Namen freudig auf die Planken klopfte. Brummend ging Haplo weiter und warf bei jedem Schritt prüfende Blicke nach links und rechts. Er sah mit einiger Erleichterung, daß sein Schiff keinen bleibenden Schaden erlitten hatte. Die Magie der Runen an Rumpf und Masten hatte die ›Himmelsstürmer‹ vor den Magmafluten Abarrachs bewahrt und auch vor den unheilvollen Zaubersprüchen der Lazare*, die versuchten, sie zu kapern.

Er war erst vor kurzem durch das Todestor gekommen und wußte, daß es gefährlich sein konnte, so bald darauf die nächste Durchquerung zu wagen. Während der Rückkehr von Abarrach hatte er das Bewußtsein verloren. Nein, verloren war nicht der richtige Ausdruck. Er hatte es willentlich aufgegeben. Der tiefe, traumlose Schlummer, in den er fiel, hatte seine Gesundheit völlig wiederhergestellt, die Pfeilwunde am Oberschenkel geheilt und die letzten Spuren des Gifts, mit dem der Dynast von Kairn Nekros ihn hatte töten wollen, aus seinem Körper gefiltert. Als er aufwachte, fühlte Haplo sich genesen – am Leib, wenn auch nicht an der Seele. Fast bedauerte er, überhaupt erwacht zu sein.

In seinem Gehirn sah es aus wie in dem Laderaum. Gedanken und Gefühle bildeten ein wirres Knäuel. Manches belauerte ihn aus dunklen Ecken; anderes stapelte sich zu abenteuerlichen Türmen, die bei der geringsten Erschütterung einzustürzen drohten. Haplo wußte, daß er sie ordnen konnte, wenn er sich die Zeit nahm, aber er hatte keine Zeit. Er mußte fliehen, sofort.

* Lazare: die furchtbaren Nekromanten Abarrachs (Reich des Feuers), deren lebende Seele in ihrem toten Leib gefangen ist.

Er hatte dem Fürsten seinen Rapport über Abarrach per Boten geschickt und sein Fernbleiben damit entschuldigt, daß er den entflohenen Sartan verfolgen mußte.

Mein Fürst,
Ihr könnt Abarrach aus Euren Plänen streichen. Ich habe Hinweise darauf gefunden, daß Sartan und Nichtige einst jenen wertlosen, geschmolzenen Felsbrocken bewohnt haben. Die Lebensbedingungen dort erwiesen sich unzweifelhaft als zu unwirtlich selbst für ihre großen magischen Fähigkeiten. Offenbar versuchten sie erfolglos, Verbindung zu den anderen Welten aufzunehmen. Die Städte, die sie erbauten, sind jetzt ihre Gräber.
Abarrach ist eine tote Welt.

Der Bericht entsprach der Wahrheit, Haplo hatte nichts Unzutreffendes gesagt, aber seine Worte waren glatte Politur über verfaultem Holz. Haplo war sicher, seinen Fürsten nicht täuschen zu können; der Herrscher des Nexus hatte eine Art zu wissen, was im Kopf eines Menschen vor sich ging . . . und in seinem Herzen.

Der Herrscher des Nexus war der einzige Mann, den Haplo respektierte und bewunderte. Der einzige Mann, den Haplo fürchtete. Der Zorn des Fürsten war furchtbar, er konnte töten. Seine magischen Kräfte überstiegen jedes Vorstellungsvermögen. In jungen Jahren war er der erste gewesen, dem es gelang, dem Labyrinth zu entfliehen, und er war der einzige Patryn – Haplo eingeschlossen –, der den Mut aufgebracht hatte, in jenes grauenhafte Ghetto zurückzukehren, der Verderben bringenden Magie zu trotzen und alles zu tun, um das Los seines Volkes zu erleichtern.

Haplo überlief es kalt, wann immer er an eine mögliche Konfrontation mit seinem Fürsten dachte. Und er mußte ständig daran denken. Was ihn quälte, war nicht die Angst vor körperlichen Schmerzen oder dem Tod, sondern die Furcht, Enttäuschung in den Augen des Fürsten zu lesen, zu wissen, daß er den Mann verraten hatte, dem er sein Leben verdankte und der ihn liebte wie einen Sohn . . .

»Nein«, erklärte Haplo dem Hund, »es ist besser, wenn ich es dazu nicht kommen lasse und gleich nach Chelestra aufbreche. Die Zeit wird mir helfen, Ordnung in das Chaos in meinem Kopf zu bringen. Dann kann ich bei meiner Rückkehr dem Fürsten mit reinem Gewissen gegenübertreten.«

Auf der Brücke angelangt, starrte er auf den Kompaßstein hinab. Er hatte seine Entscheidung getroffen. Er brauchte nur die Hände um die mit Glyphen bedeckte Obsidiankugel zu legen, und sein Schiff würde die magischen Taue zerreißen, die es an den Boden fesselten, und in das rosige Zwielicht des Nexus hinaussegeln. Weshalb zögerte er?

Es war falsch, alles ganz falsch. Er hatte das Schiff nicht mit der gewohnten Sorgfalt untersucht. Sie waren unbeschadet aus Abarrach heraus- und durch das Todestor gekommen, aber das mußte nicht heißen, daß es bei der nächsten Reise ebenso glimpflich abging.

Er hatte die Ausbesserungsarbeiten in aller Eile durchgeführt und improvisiert, wo eine gründliche Reparatur zu zeitraubend gewesen wäre. Zu einer wirklichen Überholung hätte gehört, die von den Belastungen der letzten Reise geschwächten Runenstrukturen zu erneuern, nach Rissen zu suchen – im Holz sowie im dicht geknüpften Netz der schützenden Sigel – und beschädigte Taue auszuwechseln.

Außerdem hätte er mit dem Fürsten über seine nächste Aufgabe sprechen sollen. Die Sartan hatten im Nexus Aufzeichnungen über die vier neuen Welten zurückgelassen. Es war Dummheit, sich ohne ein Mindestmaß an Vorbereitungen ins Unbekannte hinauszuwagen. Früher hatten er und der Fürst zusammengesessen, Texte und Karten studiert ...

Diesmal nicht. Nicht dieses Mal.

Haplos Mund war trocken, er hatte einen schlechten Geschmack auf der Zunge. Er schluckte, doch es half nicht. Als er die Hände nach dem Kompaßstein ausstreckte, merkte er überrascht, daß sie zitterten. Die Zeit wurde knapp. Der Fürst des Nexus würde inzwischen seinc Nachricht erhalten haben und wissen, daß Haplo ihn belog.

»Ich muß fort – auf der Stelle«, sagte Haplo leise und zwang sich, die Hände auf den Obsidian zu legen, doch es ging ihm wie einem Mann, der eine große Gefahr kommen sieht, der weiß, daß er um sein Leben laufen muß und sich doch nicht von der Stelle zu rühren vermag, weil seine Glieder sich weigern, dem Befehl des Gehirns zu gehorchen.

Der Hund begann zu knurren. Er sträubte das Nackenfell, seine Augen richteten sich auf einen Punkt hinter seinem Herrn.

Haplo drehte sich nicht um. Es war nicht nötig. Er wußte, wer in der Tür stand.

Verschiedene Anzeichen verrieten es ihm: Er hatte keine Schritte gehört, die in seine Haut tätowierten Sigel hatten ihn nicht gewarnt, und auch der Hund hatte sich erst gerührt, als der Mann bereits auf Armeslänge herangekommen war.

Das Tier behauptete seinen Platz. Geduckt, die Ohren flach an den Kopf gelegt, ließ es ein zur Vorsicht mahnendes Grollen hören.

Haplo schloß die Augen und seufzte. Er empfand, zu seiner Überraschung, ein ungeheures Gefühl der Erleichterung.

»Hund, geh!« sagte er.

Der Hund sah zu ihm auf und winselte, als wollte er ihn bitten, sich anders zu besinnen.

»Geh«, wiederholte Haplo barsch. »Fort mit dir! Hinaus!«

Der Hund stieß ein leises Jaulen aus und legte ihm die Pfote aufs Knie. Haplo kraulte ihn hinter den Ohren und streichelte ihm die Brust.

»Geh jetzt. Warte draußen.«

Mit gesenktem Kopf verließ das Tier langsam und widerstrebend die Brücke. Haplo konnte hören, wie sein vierbeiniger Freund sich mit einem kummervollen Schnaufer im Gang fallen ließ, und wußte, daß er so nah bei der Tür lag, wie es nur möglich war, ohne dem Befehl seines Herrn zuwiderzuhandeln.

Haplo warf keinen Blick auf den Mann, der sich aus dem Halbdunkel im Innern des Schiffs materialisiert hatte, sondern hielt den Kopf gesenkt und zeichnete mit der Fingerspitze die in die Oberfläche des Kompaßsteins gekerbten Runenmuster nach.

Er spürte mehr, als daß er hörte oder sah, daß sein Besucher näher kam. Eine Hand schloß sich um seinen Arm, eine alte, knorrige Hand, die eintätowierten Runen zogen sich wie Flechten über Grate und Schluchten der unter der welken Haut hervortretenden Adern und Sehnen. Trotzdem waren die Sigel noch immer klar und deutlich zu erkennen, ihre Macht unvermindert groß.

»Mein Sohn«, sagte eine gütige Stimme.

Wäre der Fürst des Nexus im Zorn an Bord des Schiffes gekommen, um Haplo als Verräter zu beschimpfen, ihm Drohungen und Beschuldigungen entgegenzuschleudern, hätte Haplo ihm getrotzt und mit ihm gekämpft, auch wenn er nur unterliegen konnte.

Zwei Worte genügten, um ihn zu entwaffnen.

»Mein Sohn.«

Aus ihnen hörte er Vergebung, Verständnis. Ein Schluchzen schüttelte ihn, er fiel auf die Knie. Tränen, heiß und bitter wie das Gift, das er auf Abarrach getrunken hatte, quollen unter seinen Lidern hervor.

»Helft mir, Gebieter!« stieß er flehend hervor. »Helft mir!«

»Das werde ich, mein Sohn«, antwortete Xar. Seine knorrige Hand strich über Haplos Haar. »Das werde ich.«

Die Hand packte zu. Xar riß Haplos Kopf nach hinten und zwang ihn aufzublicken.

»In dir schwärt eine furchtbare Wunde, mein Sohn. Sie eitert, spürst du es, Haplo? Sie ist brandig geworden. Stich sie auf! Brenne sie aus! Oder ihr Gift wird dich verzehren.

Sieh dich an. Sieh, was dieses Gift dir bereits angetan hat. Wo ist der Haplo, der sich unerschrocken den Weg aus dem Labyrinth erkämpfte, obwohl jeder Schritt sein letzter sein konnte? Wo ist der Haplo, der so viele Male die Fahrt durchs Todestor vollbrachte? Wo ist Haplo jetzt? Er weint zu meinen Füßen wie ein Kind!

Sag mir die Wahrheit, mein Sohn. Berichte mir die Wahrheit über Abarrach.«

Haplo senkte den Kopf und beichtete. Die Worte strömten ihm von den Lippen, sprudelten aus ihm heraus, läuterten ihn, linderten den Schmerz der Wunde. Er sprach mit fiebriger Hast, oft kaum verständlich, aber Xar hatte keine Mühe, der Erzählung zu folgen. Die Sprachen der Patryn und ihrer Rivalen, der Sartan, haben die Eigenschaft, Gedankenbilder zu erzeugen und den Sinn des Gesagten zu vermitteln, wo die Worte es nicht vermögen.

»Also«, sagte der Fürst des Nexus halblaut, »haben die Sartan die verbotene Kunst der Nekromantie praktiziert. Das ist es, was du dich gefürchtet hast, mir zu erzählen. Ich kann es verstehen, Haplo. Ich teile deinen Abscheu, deinen Widerwillen. Es sieht den Sartan ähnlich, diese wunderbare Macht zu entwürdigen. Verwesende Leichname, die als Dienstboten herumschlurfen. Armeen aus zerfledderten Mumien und fleischlosen Gerippen, die blindlings aufeinanderdreschen, bis sie in Trümmer fallen.«

Der Griff der knorrigen Hand lockerte sich, wurde zu einer Liebkosung.

»Mein Sohn, hattest du so wenig Vertrauen zu mir? Nach all dieser Zeit – kennst du mich immer noch nicht? Kennst du nicht meine Macht? Glaubst du wirklich, daß ich diese kostbare Gabe so mißbrauchen würde, wie die Sartan sie mißbraucht haben?«

»Vergebt mir, Herr«, flüsterte Haplo, müde, matt und doch getröstet.

»Und du hattest einen Sartan in deiner Gewalt. Du hättest ihn zu mir bringen können, doch er ist geflohen. Du hast ihn entkommen lassen, Haplo. Aber ich verstehe. Er hat dich verwirrt, dir Lügen erzählt, dich getäuscht. Ja, ich kann dich verstehen. Du warst krank, todkrank . . .«

Glühende Kohlen . . . »Versucht nicht, mein Versagen zu beschönigen«, wehrte Haplo ab. Seine Stimme war heiser vom Weinen. »Das Gift schwächte meinen Körper, aber mein Verstand war klar. Ich bin schwach, unwürdig. Ich verdiene Euer Vertrauen nicht länger.«

»Nein, mein Sohn, du bist nicht schwach. An dir fraß nicht das Gift, das Kleitus dir gab, sondern das Gift des Sartan, Alfred. Ein viel heimtückischeres Gift, das seine schädliche Wirkung im Gehirn entfaltete, nicht im Körper. Ihm verdankst du die schwärende Wunde, von der ich vorhin sprach. Aber diese Wunde ist nun gereinigt, nicht wahr?«

Xars Finger gruben sich in das Haar des Knienden.

Haplo blickte zu seinem Gebieter auf. Das Gesicht des alten Mannes war von tiefen Furchen durchzogen, gezeichnet von seinen Mühen, seinem unermüdlichen Kampf gegen die grausame Magie des Labyrinths. Noch aber spannte sich die Haut straff über den Knochen, die Kieferpartie war stark und herrisch, die Nase kühn wie der Schnabel eines majestätischen Raubvogels. Seine Augen waren hell und klug und hungrig.

»Ja«, sagte Haplo, »die Wunde ist gereinigt.«

»Dann muß sie jetzt ausgebrannt werden, damit sie sich nicht wieder entzündet.«

Ein kratzendes Geräusch ertönte vor der Tür. Der Hund, der den drohenden Unterton in der Stimme des Fürsten gehört hatte, sprang auf, bereit, seinem Herrn zur Hilfe zu kommen.

»Hund, bleib draußen«, befahl Haplo. Er holte tief Atem und neigte den Kopf.

Der Fürst des Nexus bückte sich, griff mit beiden Händen in den Stoff von Haplos Hemd und riß es mit einem kräftigen Ruck auseinander. Die Runen auf der Haut des entblößten Oberkörpers begannen zu leuchten, rot und blau, die unwillkürliche Reaktion seiner Magie auf Gefahr, auf die Prüfung, die ihm bevorstand.

Er biß die Zähne zusammen. Das Leuchten der Sigel verblaßte zögernd. Gefaßt hob er den Kopf und schaute seinen Gebieter an.

»Ich habe Strafe verdient. Möge sie mich läutern und davor bewahren, jemals wieder in die Irre zu gehen.«

»Das hoffe ich auch, mein Sohn. Es bereitet mir keine Freude, dich zu züchtigen.«

Der Fürst des Nexus legte Haplo die Hand auf die Brust, über dem Herzen. Mit der Spitze des Zeigefingers zeichnete er eine Rune auf die Haut, der Nagel war lang und scharf und hinterließ eine blutige Spur. Die Auswirkung auf Haplos Magie war erheblich schlimmer. Die Runen bildeten die ersten Glieder in dem Kreis seiner Existenz. Bei der Berührung des Fürsten wurden sie getrennt, die Kette begann zu zerbrechen.

Der Fürst trieb den Keil seiner Magie zwischen die Sigel und sprengte sie auseinander. Ein zweites Glied löste sich von dem ersten, das dritte vom zweiten, dann das vierte und fünfte. Schneller und schneller zerfiel, zerbrach, zersplitterte das Gefüge der Runen, die Quelle von Haplos Kraft, sein Schutz gegen den Einfluß anderer Mächte.

Der Schmerz war unbeschreiblich. Stahlsplitter bohrten sich in sein Fleisch, Ströme aus Feuer kreisten durch seine Adern. Haplo kämpfte solange wie möglich dagegen an. Als seine Beherrschung zerbrach, wußte er nicht, daß es seine Schreie waren, die er hörte.

Der Fürst des Nexus verstand sein Handwerk. Wenn es schien, daß Haplo gleich das Bewußtsein verlieren würde, unterbrach Xar die Folter und sprach mit sanfter Stimme von ihren bisherigen Plänen und Unternehmungen, bis Haplo sich erholt hatte. Dann begann der Fürst von neuem.

Die Nacht – oder was im Nexus als Nacht gilt – breitete ihr Tuch aus weichem Mondlicht über das Schiff. Der Fürst zeichnete eine Rune in die Luft, die Qual endete.

Haplo sank zur Seite und blieb wie tot liegen. Sein nackter Oberkörper war schweißüberströmt, er zitterte, seine Zähne schlugen aufeinander wie im Schüttelfrost. Ein Nachhall der furchtbaren Schmerzen, lodernde Flammen, der Stich einer glühenden Klinge durchzuckte ihn und rang ihm einen weiteren Schrei ab. Sein Körper bäumte sich auf und fiel kraftlos wieder zurück.

Der Herrscher des Nexus beugte sich und legte die flache Hand auf Haplos Brust. In diesem Moment hätte er ihn töten können. Er hätte das Sigel endgültig zerbrechen können, unwiderruflich. Haplo spürte die Berührung seines Gebieters kalt auf der brennenden Haut. Ein Schauer überlief ihn, er unterdrückte ein Stöhnen und hielt vollkommen still.

»Tötet mich! Ich habe Euch betrogen! Ich verdiene es nicht zu leben!«

»Mein Sohn«, flüsterte der Fürst mitleidsvoll. Eine Träne fiel auf Haplos Brust. »Mein armer Sohn.«

Die Träne schloß und versiegelte die Rune.

Aufstöhnend warf Haplo sich herum und begann zu weinen. Xar zog den jungen Mann an sich, wiegte ihn tröstend hin und her und ließ seine Magie wirken, bis Haplos Runen wieder zusammengefügt waren, der Kreis seiner Existenz geschlossen.

Haplo schlief einen heilenden Schlaf.

Der Fürst nahm seinen eigenen Umhang, einen Mantel aus feinem weißen Leinen, und deckte Haplo damit zu. Dann musterte er den Schlummernden einen langen Augenblick. Die Spuren der ausgestandenen Qualen verblaßten, Haplos Gesicht war ernst und grimmig, ruhig und entschlossen – ein Schwert, im Feuer neu gehärtet; eine Mauer aus Granit, deren Risse mit flüssigem Stahl ausgegossen worden waren.

Xar legte die Hände auf den Kompaßstein, sprach die Runen und gab so den Befehl für die Reise des Schiffes durch das Todestor. Plötzlich schien ihm ein Gedanke zu kommen. Er unternahm einen schnellen Rundgang durch die Räume unter Deck und spähte aufmerksam in jeden Winkel.

Der Hund war verschwunden.

»Ausgezeichnet.«

Der Fürst des Nexus verließ die *Himmelsstürmer*, äußerst zufrieden mit dem Gang der Ereignisse.

Kapitel 2

Irgendwo jenseits des Todestores

Alfred erwachte von einem furchtbaren Schrei, der ihm in den Ohren gellte. Er lag stockstill, vor Angst gelähmt, und lauschte mit angehaltenem Atem, zusammengekniffenen Augen und schweißfeuchten Händen, ob der Schrei sich wiederholte. Nach langen Minuten tiefer Stille kam Alfred zu dem Schluß, daß er selbst der Urheber des schaurigen Lautes gewesen sein mußte.

»Das Todestor. Ich bin durchs Todestor gefallen! Oder vielmehr«, berichtigte er sich und schauderte bei dem Gedanken, »ich wurde hindurch*gestoßen*.«

An deiner Stelle würde ich zusehen, daß ich nicht mehr an Bord bin, wenn ich aufwache, hatte Haplo ihn gewarnt...

Haplo war eingeschlafen, hinübergeglitten in eine der Regenerationsphasen, die für die Angehörigen seiner Rasse lebensnotwendig waren. Alfred kauerte in dem schlingernden Schiff, allein bis auf den Hund, der als treuer Wächter dicht neben seinem Herrn lag. Das Gefühl des Verlassenseins wurde übermächtig, und Alfred schob sich in seiner Angst näher an Haplo heran, um wenigstens eine Art von Gesellschaft zu haben, auch wenn von dem schlummernden Reisegefährten weder Trost noch Unterhaltung zu erwarten waren.

Er saß neben Haplo und beschäftigte sich damit, die strengen Züge des Patryns zu studieren. Ihm fiel auf, daß sie sich auch im Schlaf nicht entspannten, sondern das Gesicht den grimmigen, abweisenden Ausdruck bewahrte, als könne nichts, vielleicht nicht einmal der Tod, diesem Mann wirklichen Frieden bringen.

Mitleid veranlaßte Alfred, die Hand auszustrecken, um eine Haarsträhne aus dem verschlossenen Gesicht zu streichen.

Der Hund hob den Kopf und knurrte warnend.

Alfred riß die Hand zurück. »Es tut mir leid. Ich habe nicht überlegt.«

Der Hund, der Alfred kannte, schien das als ausreichende Entschuldigung zu akzeptieren. Er legte sich wieder hin.

Alfred stieß einen abgrundtiefen Seufzer aus und ließ den Blick durch den kahlen Raum wandern, in dem er sich befand, die Brücke des Schiffs. Durch das Bugfenster sah er die feurige Welt Abarrach zu einem verschwommenen Wirbel aus Flammen und Rauch zusammenschrumpfen, während voraus der schwarze Schlund des Todestores immer größer wurde.

»Liebe Güte«, flüsterte Alfred und zog den Kopf zwischen die Schultern. Wenn er die Chance zur Flucht nutzen wollte, wurde es Zeit.

Der Hund war derselben Ansicht. Er sprang auf und bellte drängend.

»Ich weiß. Es ist soweit«, sagte Alfred. »Du hast mir das Leben geschenkt, Haplo. Nicht, daß ich undankbar wäre, nur, mir fehlt der Mut.«

Und hast du den Mut zu bleiben? schien der Hund aufgebracht zu fragen. *Hast du den Mut, dem Fürsten des Nexus gegenüberzutreten?*

Haplos Gebieter – ein Patrynmagier mit großer Macht. Wenn er ihm in die Hände fiel, halfen ihm auch die Ohnmachten nichts, zu denen er in unangenehmen Situationen Zuflucht zu nehmen pflegte. Der Fürst würde jeden seiner Gedanken, sein innerstes Wesen sondieren, sezieren, ihm jedes Geheimnis entlocken, entreißen – und sei es noch so unbedeutend. Folter, endlose Qual erwarteten ihn, bis zur Erlösung durch den Tod, aber niemand brauchte Alfred zu sagen, daß der Herrscher des Nexus sich darauf verstand, diesen Augenblick lange, lange hinauszuzögern.

Die furchtbare Vision mußte genügt haben, Alfred zum Handeln zu bewegen. Wenigstens nahm er das an. Wie er sich erinnerte, hatte er an Deck gestanden, ohne die geringste Ahnung, wie er dahin gekommen war.

Die Stürme der Magie und der Zeit umtosten ihn, zausten respektlos die schütteren Haarsträhnen auf seinem fast kahlen Schädel und ließen seine Rockschöße flattern. Alfred umklammerte die Reling und starrte mit entsetzter Faszination in die Schwärze des Todestores.

Ihm wurde bewußt, daß er ebensowenig fähig war, in diesen Abgrund hinabzuspringen, wie er es über sich gebracht hätte, seinem elenden, einsamen Leben mit eigener Hand ein Ende zu setzen.

»Ich bin ein Feigling«, sagte er zu dem Hund, der ihm aus Langeweile nach oben gefolgt war. Mit einem gequälten Lächeln senkte der Sartan den Blick auf seine Hände, deren Knöchel weiß hervortraten, so krampfhaft hielten sie die Reling umfaßt. »Ich glaube, ich könnte nicht einmal loslassen. Ich ...«

Der Hund wurde von einem Augenblick auf den anderen tollwütig, oder wenigstens sah es so aus. Knurrend, mit gefletschten Zähnen stürzte er sich auf ihn. Alfred riß die Hände vors Gesicht. Der Leib des Hundes prallte ihm gegen die Brust, stieß ihn über die Reling ...

Was war danach geschehen? Alfred konnte sich nur vage an das alptraumhafte Gefühl zu fallen erinnern – in ein Loch zu fallen, das zu klein für eine Mücke und doch groß genug war, um das geflügelte Drachenschiff zu verschlingen. Er entsann sich an gleißende Dunkelheit, ohrenbetäubende Stille, an endloses Stürzen, Hals über Kopf, im Zustand vollkommener Bewegungslosigkeit.

Und dann schlug er unten auf. Oder oben?

Wie auch immer – er war schließlich gelandet. Er dachte daran, die Augen zu öffnen, und entschied sich dagegen. Alles in ihm sträubte sich dagegen, seine Umgebung zu betrachten. Wo immer er sich befand, es war garantiert scheußlich. Am liebsten wäre er wieder in Schlaf gesunken und niemals mehr aufgetaucht.

Unglücklicherweise wurde er immer munterer, je mehr er sich bemühte weiterzuschlafen. Helles Licht drang durch seine geschlossenen Lider. Schmerzende Stellen an seinem Körper verrieten ihm, daß er schon einige Zeit auf der harten, glatten Fläche lag, die er unter sich spürte. Er fror, und er hatte Hunger und Durst.

Ohne Umschau zu halten, konnte er nicht wissen, wohin es ihn verschlagen hatte. Das Todestor führte zu jedem der vier von den Sartan während der Teilung erschaffenen Reiche. Es gewährte außerdem Zugang zum Nexus, dem wunderschönen Land der Dämmerung, in dem die ›rehabilitierten‹ Patryn nach ihrer Entlassung aus dem Labyrinth eine Heimat finden sollten. Vielleicht befand er sich dort. Vielleicht wieder auf Arianus. Vielleicht war alles nur ein Traum gewesen. Wenn er die Augen aufmachte, lag er vielleicht auf dem Deck der *Himmelsstürmer*, und über ihm stand schnüffelnd der Hund.

Alfred kniff so fest die Augen zu, daß seine Gesichtsmuskeln weh taten. Doch entweder Neugier oder der stechende Schmerz, der durch seine Lendenwirbel schoß, bewogen ihn zur Aufgabe. Stöhnend öffnete er die Augen, setzte sich auf und musterte ängstlich seine Umgebung.

Vor Erleichterung wären ihm fast die Tränen gekommen.

Er befand sich in einem großen Raum, erfüllt von einem zauberhaften, weichen weißen Licht, das den marmornen Wänden entströmte. Auch der Boden war aus Marmor, eingelegt mit Runen – Runen, die er kannte und erkannte. Die Decke wölbte sich hoch über ihm, eine Kuppel, getragen von schlanken Säulen. Eingelassen in die Wände des Raums waren Reihe um Reihe von Kammern hinter Scheiben aus Kristall, Kammern als Ruhestätten für Menschen in Stasis; Kammern, die durch tragische Umstände zu Särgen geworden waren.

Alfred wußte, wo er sich befand – im Mausoleum von Arianus. Zu Hause. Sein Entschluß stand augenblicklich fest, er würde nie wieder fortgehen. Er würde für immer in dieser unterirdischen Welt bleiben. Hier war er sicher. Keiner wußte von diesem Ort, außer einer Nichtigen, einer Zwergin namens Jarre, und auch sie würde den Weg nicht wiederfinden. Niemand konnte ihn finden, dafür sorgten starke Schutzzauber. Mochte auf Arianus der Krieg zwischen Elfen, Zwergen und Menschen toben; mochte Iridal die Welten nach ihrem vertauschten Sohn durchforschen; mochten Armeen von Wiedergängern über die ausgeglühten Ebenen Abarrachs schreiten – er wandte allem den Rücken, außer den vertrauten, geliebten, stummen Toten, die von nun an seine einzigen Gefährten sein sollten.

Was kann ich schließlich tun? Ein einzelner Mann? fragte er sich niedergeschlagen.

Nichts.

Kann man von mir erwarten, daß ich etwas tue?

Nein.

Und wer könnte es von mir erwarten?

Niemand.

Alfred wiederholte es: »Niemand.« Er erinnerte sich an Abarrach, an das wundervolle, bestürzende Gefühl, als ihm plötzlich offenbar wurde, daß im Universum eine höhere Macht des Guten existierte, daß er nicht allein war, wie er all die Jahre geglaubt hatte.

Aber das Wissen, die Gewißheit, war geschwunden, gestorben mit Jonathan, dem jungen Herzog, dem hoffnungsvollen Idealisten, der von den Wiedergängern und Lazaren Abarrachs getötet und zu einem der ihren gemacht worden war.

»Ich muß es mir eingebildet haben«, sagte Alfred traurig. »Oder vielleicht hat Haplo recht gehabt. Vielleicht war ich der Urheber der Vision im Sanktuarium, ohne es zu wissen. Ähnlich wie bei meinen Ohnmachtsanfällen oder vorher, als ich die Beschwörung sprach, die den Wiedergänger seines magischen Lebens beraubte. Und wenn das stimmt, dann stimmte auch das, was Haplo sagte. Ich habe den armen Jungen in den Tod geführt. Getäuscht von falschen Visionen, falschen Versprechen, opferte er sein Leben für nichts und wieder nichts.«

Alfred barg den Kopf in den zitternden Händen, die schmächtigen Schultern sanken hinab. »Wohin ich gehe, folgt mir das Unheil auf dem Fuße. Und deshalb gehe ich nirgendwo mehr hin. Ich bleibe hier. Sicher, geschützt, umgeben von denen, die ich einst liebte.«

Er konnte jedoch nicht bis zum Ende seiner Tage auf dem harten, kalten Boden sitzen bleiben. Es gab andere Räume und Zimmer; die Sartan hatten hier unten gewohnt. Stöhnend bemühte er sich aufzustehen. Seine Füße und Beine schienen damit nicht einverstanden zu sein und versagten ihm den Dienst. Erst beim zweiten Versuch war ihm Erfolg beschieden, doch gleich stellte sich das alte Leiden wieder ein: daß seine Füße in die eine Richtung strebten, während er eigentlich vorhatte, die entgegengesetzte einzuschlagen.

Endlich, nachdem Kopf und Beine zu einer Übereinkunft gelangt waren, machte Alfred sich auf, die Freunde zu begrüßen, die er vor langer Zeit verlassen hatte. Die Toten in den Särgen würden seinen Gruß nicht erwidern, ihn nicht willkommen heißen. Niemals würden sie die Augen aufschlagen und ihn ansehen. Doch er fühlte sich getröstet von ihrer Nähe und ihrem Frieden.

Getröstet und neidisch.

Nekromantie. Das Wort huschte ihm durch den Kopf, verstohlen wie eine Fledermaus. Du könntest sie wieder zum Leben erwecken.

Aber der düstere Schatten hob sich gleich wieder. Er war immun. In Abarrach hatte er die grausigen Folgen dieser Praktiken gesehen und konnte sich des schrecklichen Verdachts nicht erwehren, daß seine Freunde daran gestorben waren, weil man ihnen die Lebenskraft entzogen hatte, um sie jenen zuzuführen, die sie gar nicht wollten.

Alfred ging ohne Zögern auf einen der Särge zu. In ihm ruhte die Frau, die er liebte. Nach dem furchtbaren Anblick der rastlosen Untoten Abarrachs wollte er sie in ihrem friedvollen, entrückten Schlummer sehen. Er legte die Handfläche gegen das Kristallfenster, hinter dem sie lag, und während ihm die Tränen in die Augen stiegen, drückte er das Gesicht gegen die Scheibe.

Irgend etwas stimmte nicht.

Zugegeben, er konnte nur verschwommen sehen. Es lag an den Tränen. Hastig blinzelte er und rieb sich die Augen, dann schaute er ein zweitesmal hin. Verstört wich er einen Schritt zurück.

Nein, das konnte nicht sein. Er war überreizt, er hatte sich geirrt. Ängstlich näherte er sich wieder der Glasscheibe und spähte hindurch.

In dem Sarg lag der Körper einer Sartanfrau, aber es war nicht Lya!

Ein kalter Schauer lief ihm den Rücken hinunter.

»Ganz ruhig!« ermahnte er sich. »Es ist der falsche Sarg. Dein Orientierungssinn hat dich im Stich gelassen. Kein Wunder nach dem fürchterlichen Sturz durchs Todestor. Du hast dich geirrt. Am besten fängst du noch einmal an.«

Mit weichen Knien drehte er sich um und ging stolpernd in die Mitte des Raumes. Von dort zählte er sorgfältig die Reihen der Kristallkammern, erst senkrecht, dann waagerecht. Beim erstenmal mußte ihm ein Fehler unterlaufen sein, redete er sich ein, während er zögernd, beinahe furchtsam vor die Nische trat und die innere Stimme zu überhören versuchte, die ihm sagte, daß er sich auch beim erstenmal nicht geirrt hatte.

Er hielt den Blick abgewandt, um erst hinzuschauen, wenn er dicht vor der Scheibe stand, damit seine Augen ihm nicht wieder einen Streich spielen konnten. An Ort und Stelle angelangt, kniff er die Lider zusammen und riß sie dann weit auf, als hoffte er, irgend jemanden in flagranti zu ertappen.

Die Fremde lag immer noch dort.

Alfred rang nach Atem, fröstelte, lehnte sich schwer gegen die Wand. Was hatte das zu bedeuten? Verlor er den Verstand?

»Durchaus wahrscheinlich«, seufzte er. »Nach allem, was ich durchgemacht habe. Vielleicht ist Lya nie hiergewesen.

Vielleicht habe ich es mir nur gewünscht, und jetzt, nach der langen Trennung, vermag ich mir ihre Züge nicht mehr ins Gedächtnis zu rufen.«

Er sah wieder hin, aber wenn er tatsächlich verrückt wurde, dann auf äußerst vernünftige Art. Die Frau war älter als Lya, ungefähr in seinem Alter, vermutete Alfred. Ihr Haar war schlohweiß, das Gesicht – ein schönes Gesicht, mußte er denken, während er es bekümmert und ratlos musterte – hatte die Spannkraft und glatte Schönheit der Jugend verloren, aber im Tausch dafür die ansprechende Gelassenheit und Besonnenheit der reifen Jahre erlangt.

Strenge und Ernst ihrer Züge wurden von Linien um den Mund gemildert, die anzudeuten schienen, daß ihr ein warmes, großzügiges Lächeln eigen gewesen war. Eine steile Falte in der Mitte ihrer Stirn verriet, daß ihr Leben nicht einfach gewesen war, daß sie viel gegrübelt, lange und gründlich über mannigfache Dinge nachgedacht hatte. Ein Hauch von Traurigkeit umgab sie. Das Lächeln hatte ihre Lippen nicht oft berührt. Alfred ahnte eine tiefe Sehnsucht und schmerzlichen Kummer. Hier war jemand, mit dem er hätte reden können, jemand, der verstanden haben würde.

Aber – wie kam sie hierher?

»Hinlegen. Ich muß mich hinlegen.«

Blindlings, die Augen verschleiert von wirren Gedanken, tastete Alfred sich an den Wänden bis zu seiner eigenen Nische entlang. Hineinsteigen, sich niederlegen, schlafen – oder vielleicht erwachen. Es war ja möglich, daß er träumte. Er . . .

»Gütiger Sartan!« Mit einem heiseren Aufschrei zuckte Alfred zurück.

Jemand lag darin! In seiner Nische! Ein Mann mittleren Alters, auf dem Rücken ausgestreckt, mit einem herrischen, kalten, gutaussehenden Gesicht und kräftigen, sehnigen Händen.

»Ich bin verrückt! Ich muß verrückt sein!« Alfred hielt sich den Kopf. »Das – das ist unmöglich!« Stolpernd lief er zu dem Sarkophag der Frau, die nicht Lya war. »Ich schließe jetzt die Augen, und wenn ich sie aufmache, ist alles wieder in Ordnung . . .«

Aber er tat es nicht. Er konnte nicht glauben, was er gesehen hatte, und starrte unverwandt auf die Tote. Ihre Hände waren über der Brust gefaltet...

Die Hände. Die Hände bewegten sich – auf, ab... Sie hatte geatmet.

Wie gebannt blieb er stehen und wartete lange, denn die magische Stasis verlangsamte die Atemfrequenz. Wieder hoben und senkten sich die Hände, und jetzt, da Alfred den ersten Schock überwunden hatte, bemerkte er die zarte Röte in den Wangen der Frau, wie er sie bei Lya nie wieder sehen würde.

»Diese Frau – lebt!« flüsterte er.

Er taumelte zurück zu seinem Sarkophag, in dem ein Fremder lag, und schaute hinein. Die Kleidung des Mannes – ein schlichtes, weißes Gewand – hob und senkte sich. Augäpfel bewegten sich unter geschlossenen Lidern, ein Finger zuckte.

In fieberhafter Erregung lief Alfred von einer Nische zur anderen. Es gab keinen Zweifel, diese Sartan lebten! Alle!

Erschöpft und betäubt kehrte Alfred zu seinem Ausgangspunkt zurück und versuchte, Ordnung in den Wirrwarr seiner Gedanken zu bringen. Es war unmöglich. Er fand weder das Ende des Fadens noch den Anfang.

Seine Freunde in dem Mausoleum waren seit vielen, vielen Jahren tot. Wieder und wieder hatte er sie verlassen, wieder und wieder war er zurückgekehrt, und nie fand er etwas verändert vor. Als ihm seinerzeit bewußt geworden war, daß nur er von allen Sartan auf Arianus überlebt hatte, wollte er es nicht glauben.

Er hatte ein Spiel gespielt und sich eingeredet, wenn er diesesmal zurückkam, würde der Alptraum zu Ende sein. Aber die verzweifelte Hoffnung hatte sich nie erfüllt, und bald wurde das Spiel so schmerzlich, daß er aufhörte, es zu spielen.

Doch jetzt gab es eine neue Partie und mehr noch: Er hatte gewonnen!

Der einzige Wermutstropfen bestand darin, daß diese Sartan Fremde waren. Er konnte sich das nicht erklären und auch nicht, was aus den anderen geworden war, die bei seinem Weggang in den Sarkophagen gelegen hatten. Aber Fremde oder nicht – es waren Sartan, und sie lebten!

Außer natürlich, er war tatsächlich verrückt.

Es gab eine Möglichkeit, das herauszufinden. Alfred zögerte; er war gar nicht sicher, daß er Gewißheit haben wollte.

»Hast du nicht eben noch davon geredet, dich von der Welt zurückzuziehen? Dich nicht mehr in das Leben anderer Leute einzumischen? Du könntest weggehen, diesen Raum verlassen, ohne einen Blick zurückzuwerfen.« Er schüttelte hilflos den Kopf. »Aber wohin sollte ich gehen? Dies ist mein Zuhause, falls ich überhaupt ein Zuhause habe.«

Neugier bewog ihn zu handeln.

Alfred begann die Runen zu singen. Er wiegte sich im Rhythmus, zeichnete mit den Händen die Sigel in die Luft und mit den Füßen das verschlungene Muster auf den Boden.

Der Körper, der so unglaublich tolpatschig durch den Alltag stolperte, gewann durch die Magie, die ihn erfüllte, eine beeindruckende Erhabenheit, und einen Augenblick lang war Alfred fast schön. Seine Bewegungen wirkten anmutig, sein von Melancholie geprägtes Gesicht schien von innen heraus zu leuchten, sein Lächeln war entrückt. Er gab sich der Magie hin, ließ sich von ihr mitreißen, umarmte sie. Die Rockschöße wehten, die ausgefransten Spitzenmanschetten flatterten, während er mit gravitätischer Eleganz seine Kreise durch das Mausoleum drehte.

Eine nach der anderen öffneten sich die Türen aus Kristall. Einer nach dem anderen taten die in den Kammern Liegenden ihren ersten Atemzug von der Luft der Außenwelt. Köpfe drehten sich, Augen schauten erstaunt oder verwundert, auf Gesichtern malte sich unwilliges Bedauern darüber, die Träume aufgeben zu müssen, die ihnen den Schlaf versüßt hatten.

Alfred war in seine Magie versunken und merkte davon nichts. Er fuhr fort zu tanzen, erschuf mit Stimme, Gesten und Schritten die überlieferten Muster und wirkte den Zauber, der seine Brüder und Schwestern aus ihrem tiefen Schlummer erweckte. Als die Beschwörung vollendet war, wurden seine Bewegungen langsamer, die Gebärden sparsamer. Schließlich blieb er dann stehen, hob den Kopf und schaute sich um, erheblich verwirrter als jene, die eben erst aus ihren Träumen erwacht waren.

Mehrere hundert Männer und Frauen, die alle weiche weiße Gewänder trugen, hatten sich schweigend um Alfred versammelt und warteten höflich, bis er zu Ende gekommen war, bevor sie ihn ansprachen. Auch dann gaben sie ihm noch einen Augenblick Zeit, um in die Realität zurückzufinden.

Ein Mann, jener Sartan, der in Alfreds Kristallkammer gelegen hatte, trat vor. Offenbar handelte es sich bei ihm um den anerkannten Sprecher der Gruppe, denn die anderen machten ihm ehrerbietig Platz und betrachteten ihn mit Vertrauen und Respekt.

Er war ein Mann in mittleren Jahren, und seine Erscheinung machte begreiflich, weshalb die Sartan einst von den Nichtigen für Götter gehalten worden waren. Intelligenz prägte das ebenmäßige, scharf geschnittene Gesicht und sprach aus den braunen Augen. Das Haar war kurzgeschnitten und in der Stirn auf eine Art gelockt, die Alfred bekannt vorkam, doch er konnte sich nicht erinnern, woher. Zu allem Überfluß bewegte er sich mit einer selbstverständlichen Eleganz, die den ungelenken Alfred mit Neid erfüllte.

»Ich bin Samah«, erklärte der Mann mit einer weichen, volltönenden Stimme. Er verbeugte sich, eine altmodische, höfische Geste, die schon in Alfreds Kindertagen unmodern gewesen war, nur bei älteren Sartan hatte man sie noch manchmal gesehen.

Alfred blieb stumm. Er war erschüttert. Der Mann hatte seinen Sartannamen genannt!* Das bedeutete entweder, Samah vertraute Alfred – dem Fremden, den er nie zuvor gesehen hatte – wie einem Bruder, oder er war sich seiner

* Da auch die Sprache der Sartan Magie ist, haben Sartan zwei Namen: einen privaten, magischen, der einem Feind Macht über den Träger verleihen kann, und einen öffentlichen, der geeignet ist, Magie zu neutralisieren.

überlegenen magischen Fähigkeiten dermaßen sicher, daß er nicht zu fürchten brauchte, jemand könnte die Oberhand über ihn gewinnen. Den Mann umgab eine Aura von Macht, deren Emanationen den bescheidenen Alfred wärmten wie die Sonne an einem Wintertag.

Früher würde Alfred diesem Mann ohne Zögern seinen eigenen Sartannamen genannt haben, überzeugt, daß der Einfluß einer solchen Persönlichkeit nichts anderes als segensreich sein konnte. Aber das war ein vertrauenseliger Alfred gewesen, ein Alfred, der nicht seine Freunde und Angehörigen leblos in ihren Sarkophagen liegen gesehen hatte; ein Alfred, der noch nicht ahnte, daß auf einer anderen Welt sein Volk die frevlerische Kunst der Nekromantie praktizierte. Er sehnte sich danach, ihnen zu vertrauen. Sein Leben hätte er dafür hingegeben, ihnen vertrauen zu können.

»Mein Name ist – Alfred«, sagte er und neigte ruckartig den Kopf.

»Das ist kein Sartanname«, meinte Samah stirnrunzelnd.

»Nein«, gestand Alfred demütig.

»Es ist ein Name, wie er bei den Nichtigen gebräuchlich ist. Aber du bist ein Sartan, nicht wahr? Kein Nichtiger?«

»Ja, das bin ich. Nein, das heißt, bin ich nicht.« Alfred geriet ins Stottern.

Die Sprache der Sartan wie auch der Patryn ist magisch und besitzt die Macht, Bilder der Heimat und Umgebung des Sprechers heraufzubeschwören. In Samahs Worten hatte Alfred eine Welt von unbeschreiblicher Schönheit wahrgenommen, eine Welt aus Wasser, mit der Sonne im Zentrum. Eine Welt bestehend aus kleineren Welten: Inseln, eingeschlossen in Blasen aus Luft; lebende Inseln, magische Organismen, die jetzt schliefen und träumend die Sonne umkreisten. Er sah eine Stadt seines Volkes, sah die Bewohner ihrer Arbeit nachgehen, kämpfen ...

Kampf. Krieg. Blutvergießen. Grausige Ungeheuer tauchten aus der Tiefe empor, brachten Tod und Zerstörung. Die Visionen, die gegensätzlicher nicht sein konnten, stießen in Alfreds Kopf zusammen und raubten ihm fast die Sinne.

»Ich bin das Haupt des Rats der Sieben«, begann Samah.

Alfred stieß ein Stöhnen aus; er fühlte sich, als hätte ihm ein Faustschlag den Atem aus dem Leib gerammt.

Samah. Rat der Sieben. Das war unmöglich . . .

Die nächsten Worte des Mannes rauschten an ihm vorbei, bis ihm plötzlich das Schweigen und die gerunzelte Stirn seines Gegenübers auffielen und er merkte, daß man ihm eine Frage gestellt hatte.

»Wie – wie bitte?« stammelte Alfred.

Die umstehenden Sartan, die in respektvollem Schweigen verharrt hatten, tauschten Blicke und geflüsterte Bemerkungen aus. Samah schaute in die Runde, und ohne daß er ein Wort gesprochen hätte, verstummte das Raunen.

»Wie ich eben sagte, Alfred« – Samahs Tonfall war so freundlich und geduldig, daß Alfred fast die Tränen kamen –, »habe ich als Vorsitzender des Rats das Recht und die Pflicht, dir Fragen zu stellen, nicht aus müßiger Neugier, sondern aus zwingender Notwendigkeit. Wo sind die anderen der Unseren?«

Er schaute sich erwartungsvoll um.

»Ich – ich bin allein«, sagte Alfred, und das Wort *allein* beschwor Bilder herauf, die bewirkten, daß es auf einen Schlag totenstill wurde und alle Augen sich auf Alfred richteten, fassungslos, ungläubig, erschüttert.

»Hat es ein Unglück gegeben?« fragte Samah endlich.

Ja! wollte Alfred schreien. *Es hat ein furchtbares Unglück gegeben!* Aber er konnte nur in kläglicher Hilflosigkeit die Blicke der Umstehenden erwidern, während die Wahrheit ihn umbrauste wie der vernichtende Sturm, der unablässig auf Arianus tobt.

»Ich – ich bin nicht auf Arianus, oder?« Alfred mußte sich die Worte abringen; die Kehle war ihm eng geworden.

»Nein. Wie kommst du darauf? Du befindest dich selbstverständlich auf Chelestra!« Jetzt klang Samahs Stimme gereizt. Seine Geduld ging zur Neige.

»Liebe Güte«, hauchte Alfred schwach. Seine Beine gaben nach, er drehte sich halb um die eigene Achse und sank ohnmächtig zu Boden.

Kapitel 3

Irgendwo im Segensmeer

Mein Name ist Grundel.*

Das war der erste Satz, den ich als Kind zu schreiben lernte. Ich weiß nicht genau, weshalb er mir gerade jetzt eingefallen ist oder weshalb ich damit beginne, außer, daß ich schon sehr lange auf das leere weiße Blatt gestarrt hatte und wußte, wenn ich mir nicht endlich einen Ruck gebe, wird es leer bleiben.

Ich frage mich, wer dies finden und lesen wird. Oder ob es überhaupt irgend jemand liest. Wahrscheinlich werde ich es nie erfahren. Wir haben keine Hoffnung, das Ende unserer Reise zu überleben.

(Abgesehen natürlich von der unvernünftigen Hoffnung, daß ein Wunder geschieht, daß etwas oder jemand kommen wird, um uns zu retten. Alake sagte, darauf zu hoffen oder darum zu beten wäre verwerflich, denn wenn wir gerettet würden, müßte unser Volk leiden. Bestimmt hat sie recht, schließlich ist sie die Klügste von uns. Aber mir ist aufgefallen, daß sie ihre Übungen im Herbeirufen und Beschwören fortsetzt, und das paßt nicht zu ihren verständigen Worten.)

Alake war es auch, die vorschlug, daß ich eine Chronik unserer Reise schreiben sollte. Sie meinte, unser Volk könnte sie nach unserem Tod finden und Trost daraus schöpfen.

* *Lieber Fremder,* ein Tagebuch von Grundel Schönbart, Prinzessin von Gargan.

Außerdem wäre es wichtig, die Sache mit Devon zu erklären. All das stimmt, trotzdem glaube ich, daß sie den Vorschlag gemacht hat, damit ich beschäftigt bin und aufhöre, sie mit Fragen zu quälen, wenn sie ihre Bann- und Zaubersprüche üben will.

Trotzdem bin ich ihr dankbar. Es ist besser, sich hiermit zu beschäftigen, als gar nichts zu tun und nur auf den Tod zu warten. Allerdings habe ich Zweifel, daß jemand aus unserem Volk diese Zeilen zu Gesicht bekommen wird, eher schon ein Fremder.

Seltsam, sich vorzustellen, daß ein Fremder dies liest, nachdem ich tot bin. Noch seltsamer kommt es mir vor, meine Ängste und Zweifel mit einem Fremden zu teilen, während es mir verwehrt ist, mich denen anzuvertrauen, die ich liebe. Vielleicht stammt er oder sie von einem anderen Meermond. Falls es andere Meermonde gibt, was ich bezweifle, auch wenn Alake sagt, es wäre vermessen zu glauben, der Eine habe nur uns erschaffen und sonst niemanden. Aber wir Zwerge sind große Zweifler und mißtrauisch allem gegenüber, das nicht mindestens so alt ist wie wir.

Ich bezweifle, daß unser Tod etwas nützen wird.

Ich bezweifle, daß die Herren der See ihr Wort halten werden. Unser Opfer wird vergebens sein. Das Schicksal unserer Völker ist besiegelt.

Endlich. Da steht's, ich habe es hingeschrieben. Ich fühle mich wie erlöst, auch wenn ich jetzt aufpassen muß, daß Alake dieses Tagebuch nie zu sehen bekommt.

Mein Name ist Grundel.

Diesmal ging es schon viel leichter. Mein Vater ist Yngvar Schönbart, König* der Gargan; meine Mutter heißt Hilda. In ihrer Jugend galt sie als die schönste Frau des ganzen Meermondes. Man hat Lieder über *meine* Schönheit gedichtet, aber ich habe das Portrait gesehen, das sie am Tag ihrer Hochzeit zeigt; ich bin unscheinbar, verglichen mit ihr. Ihre Backenlocken reichten fast bis zur Taille und hatten jenen Honigton, der in unserem Volk rar ist und sehr bewundert wird.

* Bei uns kein absoluter Monarch, sondern ein Erster unter Gleichen; ein Bürger mit besonderen Rechten und Pflichten (mehr Pflichten!).

Mein Vater erzählte oft, daß, als meine Mutter auf den Platz des Wettstreits hinaustrat, die anderen Teilnehmer nur einen Blick auf sie warfen und ihr kampflos das Feld überließen. Meine Mutter war darüber zutiefst empört, hatte sie doch lange mit der Axt trainiert und traf mit fünf von sechs Würfen ins Ziel. Wäre ich in Gargan geblieben, würde man bald auch für mich den Brautwettstreit abgehalten haben, denn ich nähere mich dem Ende der Zeit des Suchens.

Der Klecks ist eine Träne. Jetzt darf ich Alake dieses Heft auf keinen Fall zeigen. Ich habe nicht etwa meinetwegen geweint. Nein, sondern wegen Hartmut. Er liebt mich sehr. Und ich liebe ihn. Aber ich darf nicht an ihn denken, oder meine Tränen spülen die Tinte vom Papier.

Die Person, die meine Aufzeichnungen findet, wird vermutlich erstaunt sein, daß sie von einem Zwerg stammen. Wir haben nicht viel Sinn für solche Dinge wie Lesen und Schreiben und Schöngeisterei. Vom Schreiben wird das Gedächtnis träge, heißt es bei meinen Landsleuten. Jeder von uns hat die vollständige Geschichte Gargans im Kopf und dazu die gesamte Historie der eigenen Familie. Tatsächlich haben wir Zwerge keine eigene Schriftsprache, weshalb ich das hier in der Menschensprache schreibe.

Auch unsere Buchführung funktioniert ohne Stift und Papier – ein Wunder in den Augen der Menschen- und Elfenkaufleute. Ich kennen keinen Zwerg, der nicht bis auf den letzten Heller sagen konnte, wieviel Geld er oder sie bisher gemacht hatte. Manche alten Graubärte finden gar kein Ende!

Auch ich würde niemals Lesen und Schreiben gelernt haben, wäre mir nicht bestimmt gewesen, Herrscherin meines Volkes zu sein. Weil ich aus diesem Grund viel mit Elfen und Menschen zu tun haben würde, beschlossen mein Vater und meine Mutter, daß ich bei ihnen aufwachsen und ihre Sitten und Gebräuche lernen sollte. Und sie wollten, daß ich die Elfen und Menschen mit unseren Sitten und Gebräuchen vertraut machen sollte.

Als kleines Mädchen wurde ich zusammen mit Alake, der

Tochter des Häuptlings von Phondra, nach Elmas geschickt, dem Elfen-Meermond*. Alake ist geistig ungefähr in meinem Alter, wenn auch nicht nach Zyklen. (Das Leben der Menschen ist so erbarmungswürdig kurz, daß sie gezwungen sind, schnell heranzuwachsen.) Die dritte im Bunde war Sabia, die Elfenprinzessin.

Wunderschöne, liebenswerte Sabia. Ich werde sie nie mehr wiedersehen. Aber dem Einen sei Dank, daß ihr dieses grausame Schicksal erspart geblieben ist.

Wir drei Mädchen waren viele Jahre lang unzertrennlich, heckten gemeinsam Streiche aus und lernten, uns zu lieben wie Schwestern. Genau genommen waren wir uns näher als die meisten Schwestern, die ich kenne, denn es gab niemals irgendwelche Rivalitäten oder Eifersüchteleien zwischen uns.

Unsere einzigen Unstimmigkeiten rührten daher, daß wir lernen mußten, die Eigenarten des anderen zu akzeptieren. Es war ein weiser Entschluß unserer Eltern gewesen, uns zusammen aufwachsen zu lassen. Zum Beispiel hatte ich für Menschen nicht besonders viel übrig gehabt. Sie reden zu laut und zu schnell, sind zu aggressiv und springen von einem Thema zum anderen. Sie scheinen nie stillzusitzen oder sich Zeit zu nehmen nachzudenken.

Nachdem ich sie besser kennengelernt hatte, begriff ich, daß ihre Ungeduld, ihr Ehrgeiz und ihre Manie, alles schnell zu erledigen, nur der Versuch ist, ihrer Sterblichkeit davonzulaufen.

Im Gegensatz dazu lernte ich, daß die langlebigen Elfen nicht die faulen Träumer sind, als die sie von den meisten Zwergen angesehen werden, sondern es sich leisten können, das Leben mit Muße anzugehen und keinen Gedanken an das Morgen zu verschwenden, in der Gewißheit, daß immer wieder ein neues Morgen kommt und für sie die Grenzen der Zukunft in weiter Ferne liegen.

Alake und Sabia ihrerseits mußten sich mit meiner kras-

* Eine der vielen kleinen, von den Sartan erschaffenen bewohnbaren Inseln. Der Name erklärt sich daraus, daß sie wie Monde die Meersonne von Chelestra umkreisen.

sen Ehrlichkeit abfinden, ein Charakterzug meines Volkes. (Ich würde gerne glauben, daß es ein positiver Charakterzug ist, aber man kann's damit wirklich übertreiben!) Ein Zwerg wird immer die Wahrheit sagen, auch wenn sie für den anderen noch so schmerzlich ist. Wir können auch sehr stur sein, und wenn wir uns erst in etwas verrannt haben, beharren wir auf unserem Standpunkt und geben keinen Fußbreit mehr nach. Von einem ungewöhnlich starrsinnigen Menschen sagt man: ›Er hat Füße wie ein Zwerg.‹

Außerdem lernte ich die Elfen- und Menschensprache fließend schreiben und lesen (auch wenn unsere bedauernswerte Lehrerin sich immer über meine ungeschickte Art, den Stift zu halten, ärgerte). Ich studierte die Geschichte ihrer Meermonde und ihre unterschiedlichen Versionen der Geschichte unserer Welt, Chelestra. Doch was ich tatsächlich lernte, war Zuneigung für meine Freundinnen und auf diese Weise auch für ihre Völker.

Oft schmiedeten wir Pläne, was wir tun würden, um unsere Völker noch enger aneinanderzubinden, wenn wir erst die Herrschaft angetreten hatten, jede auf ihrem eigenen Meermond.

Dazu wird es nun nicht mehr kommen. Keine von uns wird so lange leben. Wahrscheinlich sollte ich endlich berichten, was geschehen ist.

Alles begann an dem Tag, an dem ich den Sonnenjäger segnen sollte. *Mein* Tag. Mein wundervoller Tag.

Vor Aufregung konnte ich nicht schlafen. Eilig schlüpfte ich in meine besten Kleider – eine langärmelige Bluse aus einfachem, haltbarem Stoff (wir haben nichts für Rüschen und Spitzen übrig), ein im Rücken geschnürtes Überkleid und solide, feste Stiefel. Vor dem Spiegel in meinem Schlafzimmer in meines Vaters Haus nahm ich dann die wichtigste Arbeit dieses Tages in Angriff: mein Haar und meine Locken zu bürsten und zu kräuseln.

Viel zu bald rief mein Vater nach mir. Ich tat, als hätte ich ihn nicht gehört, und musterte kritisch mein Spiegelbild, um zu prüfen, ob ich mich so in der Öffentlichkeit sehen lassen konnte. Man soll nicht glauben, daß ich aus bloßer Eitelkeit meinem Aussehen soviel Aufmerksamkeit widmete. Als Thronerbin erwartet man von mir, daß ich in Erscheinung und Auftreten dieser Tatsache Rechnung trage.

Ich mußte zugeben – ich war hübsch.

Schnell räumte ich die Gefäße mit Öl weg, importiert von den Elfen aus Elmas, und stellte die Lockenzange wieder in den Ständer neben dem Kamin. Sabia, die über Heerscharen von Zofen und Dienstboten gebietet (und sich noch nie in ihrem ganzen Leben eigenhändig das lange blonde Haar gebürstet hat), kann einfach nicht fassen, daß ich mich nicht nur selbst ankleide, sondern hinterher auch noch aufräume. Wir Gargan sind ein stolzes und selbstgenügsames Volk und kämen nie auf die Idee, uns zu Lakaien zu erniedrigen. Unser König hackt selbst sein Feuerholz; die Königin wäscht selbst ihre Wäsche und kehrt selbst ihren Fußboden. Ich frisiere selbst mein Haar. Die einzige Sonderstellung, die die Herrscherfamilie im Volk einnimmt, besteht darin, daß man von uns erwartet, doppelt so hart zu arbeiten wie alle anderen.

Heute jedoch sollte meiner Familie eine der ihr zustehenden Belohnungen für den selbstlosen Dienst am Volke zuteil werden. Die Flotte der Sonnenjäger war bereit zum Stapellauf. Mein Vater würde den Segen des Einen auf sie herabrufen, und ich hatte die Ehre, eine Locke meines Haares an den Bug des Flaggschiffs zu heften.

Mein Vater rief wieder nach mir. Hastig verließ ich mein Zimmer und lief den Flur hinunter.

»Wo steckt das Mädel?« hörte ich ihn meine Mutter fragen. »Die Meersonne wartet nicht! Wenn sie weiter so herumtrödelt, sind wir längst zu Eis erstarrt, bis sie endlich fertig ist.«

»Es ist ihr großer Tag«, sagte meine Mutter beschwichtigend. »Du willst doch auch, daß sie schön aussieht. Alle ihre Verehrer werden dort sein.«

»Pah!« brummte Vater. »Sie ist viel zu jung, um an so etwas zu denken.«

»Vielleicht. Aber was heute den Blick einfängt, fängt später das Herz«, antwortete meine Mutter mit einem Zwergensprichwort*.

»Ach was!« Mein Vater schnaufte, doch als er meiner ansichtig wurde, streckte er voller Stolz den Bauch heraus und sagte nichts mehr von Herumtrödeln.

Vater, ich vermisse dich so! Es ist so schwer, so furchtbar schwer!

Wir verließen unser Haus, das in den Augen von Elfen und Menschen ein in den Fels getriebener Stollen ist, der sich allerdings zu einer geräumigen und gemütlichen Wohnung verzweigt. All unsere Behausungen, Läden und Werkstätten sind in den Fels hineingebaut, im Gegensatz zu den Gebäuden der Menschen und Elfen, die sie auf den Hängen der Berge errichten. Ich brauchte lange, um mich im Korallenschloß von Elmas einzugewöhnen, das für mein Gefühl nicht fest genug im Felsen gründet. In meinen Alpträumen rutschte es den Hang hinunter und riß mich mit!

Es war ein herrlicher Morgen. Das Licht der Meersonne schimmerte aus der Tiefe empor*, und der Widerschein der glitzernden Wellen huschte über die Unterseite der schleierartigen Wolken, die in der Höhe schwebten. Meine Familie reihte sich in den Strom der Gruppen und Grüppchen ein, die den steilen Pfad zum Ufer des Segensmeeres hinunterspazierten. Unsere Nachbarn riefen und winkten, mehr als einer kam herüber, klopfte meinem Vater auf den stattlichen

* Das Leben der Zwerge ist in verschiedene Phasen eingeteilt, beginnend mit der Zeit der Loslösung, der die Zeit des Suchens folgt und schließlich die Zeit der Vernunft. Erst bei Eintritt in diese Phase dürfen Zwerge heiraten, weil man annimmt, daß der Überschwang der Jugend bis dahin einer gewissen Abgeklärtheit gewichen ist. Ein Mensch wäre zu Beginn dieser Phase etwa fünfzig Jahre alt. Nach der Zeit der Vernunft, im Alter von ungefähr 200 Jahren, treten Zwerge in die Zeit der Weisheit ein.

* Die Position der Meersonne im Verhältnis zu den Meermonden hat zur Folge, daß es für die Bewohner dieser Monde aussieht, als befände sich die Sonne im Wasser unter ihnen. Sie erhalten ihr Licht also aus der Tiefe, nicht vom Himmel. Ihr Himmel – eigentlich die Atmosphärenschicht unter der Kavernendecke – weist bei klarem Wetter einen türkisen Schimmer auf. Grund dafür ist der Moosbewuchs auf der Felsoberfläche.

Bauch – eine typische Begrüßung unter Zwergen – und lud ihn ein, nach der Feier auf einen Becher mit in die Taverne zu kommen.

Mein Vater verteilte seinerseits Bauchklopfer, und wir gingen weiter. Bei uns hat es Tradition, zu Fuß zu gehen. Obwohl wir Zwerge uns an den Anblick von Elfen gewöhnt haben, die sich in Kutschen fahren lassen, und von Menschen, die ihre Lasten Tieren aufbürden, betrachten die meisten Gargan diese Bequemlichkeit als Beweis für die den beiden Rassen innewohnende Schwäche.

Die einzigen Transportmittel, die wir Zwerge uns gestatten, sind unsere berühmten Tauchschiffe, mit denen wir das Segensmeer befahren. Obgleich mittlerweile unser ganzer Stolz, war der Anlaß zu ihrer Entwicklung die eher peinliche Tatsache, daß wir nicht schwimmen können. Ein Zwerg im Wasser geht unter wie ein Stein.

Mit der Zeit haben wir es in der Kunst des Schiffbaus zu solcher Meisterschaft gebracht, daß die Phondraner und die Elmasti ihre eigenen Werften schlossen und neue Boote ausschließlich bei uns auf Kiel legen ließen. Jüngst hatten wir mit finanzieller Unterstützung der Elfen und Menschen unser Meisterstück in Angriff genommen – die Konstruktion einer Flotte von Sonnenjägern, genügend Tauchschiffe, um die Bevölkerung von drei Meermonden aufzunehmen.

»Es ist Generationen her, seit man uns den ersten Auftrag für den Bau eines Sonnenjägers erteilt hat«, bemerkte mein Vater. Wir waren einen Moment stehengeblieben, um voller Stolz auf den Hafen hinunterzusehen. »Und niemals ist eine derart große Flotte mit einer so ruhmreichen Bestimmung vom Stapel gelaufen. Dies ist ein historisches Ereignis, an das man sich lange erinnern wird.«

»Und eine solche Ehre für Grundel.« Meine Mutter lächelte mir zu.

Ich erwiderte ihr Lächeln, sagte aber nichts. Wir Zwerge sind nicht eben berühmt für unseren Sinn für Humor, aber ich gelte selbst bei meinen Landsleuten als ungewöhnlich nüchtern und ernst, und an diesem Tag konnte ich an nichts anderes als an meine Pflichten denken. Ich habe einen extrem praktischen Charakter, ohne einen Funken Sentimentalität oder Romantik (wie Sabia mitleidig zu bemerken pflegte).

»Ich wünschte, deine Freundinnen könnten dich heute sehen«, fügte meine Mutter hinzu. »Natürlich haben wir sie eingeladen, aber sie haben in ihren eigenen Reichen bei den Vorbereitungen für die Sonnenjagd zahlreiche Verpflichtungen zu erfüllen.«

»Ja, Mutter. Es wäre schön gewesen, sie hierzuhaben.«

Nicht für den Glanz der Meersonne würde ich die Lebensweise meines Volkes ändern wollen, trotzdem konnte ich nicht anders, als Alake um den Respekt zu beneiden, den sie bei den Phondranern genießt, oder Sabia um die Liebe und Achtung, die ihr von den Elmasti entgegengebracht wird. Ich dagegen bin in den Augen meines Volkes – von wenigen offiziellen Anlässen abgesehen – nichts weiter als irgendein gewöhnliches Zwergenmädchen. Als Trost blieb mir nur die Vorfreude darauf, meinen Freundinnen später alles zu erzählen und daß keine von ihnen sich rühmen konnte, ein Sonnenjäger würde mit einer Locke *ihres* Haares als Glücksbringer am Bug auf Große Fahrt gehen!

Wir kamen im Hafen an, wo die gigantischen Tauchschiffe vor Anker lagen. Sie so aus der Nähe betrachtend, fühlte ich mich überwältigt von ihrer ungeheuren Größe und dachte ehrfürchtig an den enormen Arbeitsaufwand, dessen es bedurft hatte, um sie zu bauen.

In der äußeren Form glichen die Sonnenjäger schwarzen Walen, mit glattem Bug, gezimmert aus dem Trockenholz, das Phondra den Werften liefert. Es wird so genannt, weil es mit einem natürlichen Harz getränkt und deshalb gegen Schäden durch Wasser geschützt ist. Die Fensterreihen im Rumpf glitzerten im Licht der Meersonne wie Juwelenschnüre. Und die Größe! Unfaßlich! Jeder einzelne der zehn Sonnenjäger hatte eine Länge von annähernd acht Stadien*.

* Maßeinheit der Zwerge: 1 Stadion = 620 Zwergenfuß. Es gibt auch den Stadionlauf, zum Gedenken an die vereinten Zeiten der Regierung der ersten beiden Könige. Ob der Lauf nach der Maßeinheit benannt wurde oder umgekehrt, ist nicht bekannt.

Erst staunte ich, aber dann fiel mir ein, daß sie ja schließlich der gesamten Bevölkerung von drei Reichen Raum bieten sollten.

Eine Brise wehte vom Wasser her. Ich glättete meine Backenlocken, und meine Mutter strich mir ordnend übers Haar. Die Zwerge am Pier machten uns gutmütig Platz. Obwohl sich eine große Menge versammelt hatte und alle freudig erregt waren, ging es äußerst gesittet zu, nichts von dem lärmenden Schieben und Drängen, das man bei den Menschen erleben konnte.

Wir schritten durch die Gasse, die man gebildet hatte, und grüßten nach beiden Seiten. Die Männer legten die Hand an die Stirn, eine formelle Geste, der Bedeutung des Ereignisses angemessen. Die Frauen verneigten sich und schoben ihre Sprößlinge nach vorn, die offenen Mundes auf die riesigen Schiffe starrten und nicht im Traum daran dachten, den Blick von diesen Wunderdingen abzuwenden, nur weil ihr König auftauchte.

Wie es sich für eine unverheiratete junge Zwergenmaid schickt, ging ich neben meiner Mutter, hielt sittsam die Augen niedergeschlagen und bemühte mich, nur an das zu denken, was ich bei der Zeremonie tun mußte. Doch es fiel mir schwer, nicht zu der langen Reihe glattrasierter junger Männer in Lederharnischen hinzusehen, die am Ende der Pier angetreten waren.

Von all unseren Männern wird erwartet, daß sie während der Zeit der Suche in der Armee dienen. Die besten hatte man ausgewählt, um an diesem Tag für den König und seine Familie die Ehrenwache zu bilden. Einem von ihnen würde ich höchstwahrscheinlich einst die Hand zum Ehebunde reichen. Es war nicht recht von mir, Favoriten zu haben, doch ich wußte, es würde Hartmut nicht schwerfallen, alle Konkurrenten aus dem Feld zu schlagen.

Er fing meinen Blick auf und schenkte mir ein Lächeln, bei dem mir ganz warm ums Herz wurde. Er sieht so gut aus! Sein kastanienbraunes Haar ist lang und dicht, die Koteletten haben einen rötlichen Schimmer, und wenn er sich nach der Heirat erst den Bart wachsen lassen darf, wird er bestimmt dieselbe Farbe haben. Er ist schon bis zum Rang eines Clan-Leutnants aufgestiegen, eine große Ehre für einen unverheirateten Zwerg.*

Auf das Kommando des Marschalls präsentierten die Soldaten ihre Äxte (nach wie vor das bevorzugte Kampfgerät der Zwerge), wirbelten sie einmal herum und stießen sie dröhnend auf den Boden.

Ich merkte, daß Hartmut seine Axt viel geschickter handhabte als seine Kameraden. Das ließ Gutes hoffen, denn die Hand der Königstochter erhält, wer aus den Wettbewerben im Axtschleudern und Axtfechten als Sieger hervorgeht.

Meine Mutter zupfte mich ungehalten am Ärmel.

»Hör auf, den jungen Mann so anzustarren«, ermahnte sie mich flüsternd. »Was soll er denn von dir denken?«

Gehorsam richtete ich den Blick auf den breiten Rücken meines Vaters, doch ich war mir sehr deutlich Hartmuts Nähe bewußt, als wir an ihm vorbeigingen, und ich hörte, wie er noch einmal seine Axt auf den Boden stieß, ganz allein für mich.

Vor dem Bug des Flaggschiffs hatte man für uns eine kleine Plattform errichtet. Wir stiegen hinauf, und mein Vater trat ans Geländer. Obwohl es auch vorher ziemlich ruhig gewesen war, wurde es jetzt mucksmäuschenstill.

»Liebe Familie«,** begann mein Vater, nachdem er die

* Die Struktur unserer Armee wird von den Familienclans bestimmt, deren junge Männer in einer Einheit dienen. Einheiten – Regos – unterstehen dem Clan-Oberhaupt. Hartmut befehligt eine Rego, bestehend aus vier Clans, daher sein Titel. Ihm übergeordnet sind der Regohauptmann, der Marschall, der Clanvater und schließlich der König.

** Die Zwerge von Chelestra glauben, daß sie alle von den beiden Zwergen abstammen, die als einzige die Große Teilung überlebten, und deshalb alle miteinander verwandt sind. Obwohl an der Wahrheit der Überlieferung erhebliche Zweifel bestehen, erklärt sie das enge Zusammengehörigkeitsgefühl des Zwergenvolks, in dessen sozialem Gefüge die Familie einen hohen Stellenwert hat. Vor dem Hintergrund der gemeinsamen Abstammung werden auch König und Königin mehr als Elternfiguren denn als Monarchen betrachtet, und es ist tatsächlich Brauch, sie mit einem respektvollen ›Herr Vater‹ bzw. ›Frau Mutter‹ anzureden.

Hände vor dem stattlichen Bauch gefaltet hatte, »viele und viele Zeiten sind vergangen, seit unser Volk gezwungen war, auf Sonnenjagd zu gehen. Nicht einmal die ältesten unter uns können sich an die Zeit erinnern, als unser Volk der Meersonne folgte und auf Gargan landete.«

»Mein Vater konnte sich erinnern«, meldete ein Alter sich mit fistelnder Stimme zu Wort. »Er war damals noch ein kleiner Junge.«

Mein Vater schwieg einen Moment, der unerwartete Einwurf hatte ihn aus dem Konzept gebracht. Ich blickte über die Köpfe der Menge hinweg zum Dorf mit den säuberlichen Reihen buntgestrichener Türen, und zum erstenmal wurde mir bewußt, daß ich meine Heimat verlassen mußte und in ein anderes Land reisen, ein fremdes Land, wo bestimmt keine Türen in die sichere, dunkle Geborgenheit des Berges führten.

Mir stiegen die Tränen in die Augen. Ich senkte den Kopf, weil ich nicht wollte, daß mich jemand (schon gar nicht Hartmut!) weinen sah.

»Eine neue Welt erwartet uns, ein Meermond, der groß genug ist, daß alle drei Rassen – Zwerge, Elfen und Menschen – darin leben können, eine jede in ihrem Reich, aber vereint durch das gemeinsame Bemühen, für uns alle eine blühende, schöne Heimat zu schaffen.

Es wird eine lange, ermüdende Reise sein«, sprach mein Vater weiter, »und nach der Ankunft erwarten uns viel Arbeit und Mühen, bis wir unsere Wohnungen und Geschäfte wieder aufgebaut haben. Es ist schwer, Gargan zu verlassen. Manches, das uns lieb und teuer ist, werden wir aufgeben müssen, aber unser höchstes Gut nehmen wir mit – uns und unsere Gemeinschaft. Wir könnten alles zurücklassen, jede Münze, jeden Fetzen Kleidung, jeden Kochtopf, jedes Kissen und Bett, und dennoch, weil wir einander haben, würde die Zwergennation ungeschwächt am Ziel ankommen und mit frischem Mut auch dieser Welt den Stempel ihrer Größe aufdrücken!«

Während seiner Rede hatte mein Vater den Arm um meine Mutter gelegt. Meine Mutter griff nach meiner Hand. Die Menge jubelte und klatschte. Meine Tränen versiegten.

»Solange wir einander haben«, sagte ich mir. »Solange wir zusammenhalten, werden wir überall eine Heimat finden.«

Ich schaute verstohlen zu Hartmut. Seine Augen strahlten. Er lächelte mich an, nur mich. Mit diesem Blick und diesem Lächeln war zwischen uns alles gesagt. Den Brautwettstreit kann man nicht manipulieren, aber die meisten Zwerge kennen das Ergebnis schon im voraus.

Mein Vater hatte Atem geschöpft und fuhr mit seiner Ansprache fort. Er sprach davon, daß zum erstenmal in der Geschichte Chelestras Menschen und Elfen und Zwerge gemeinsam zur Sonnenjagd aufbrechen würden.

Natürlich sind schon frühere Generationen auf Große Fahrt gegangen und der Meersonne auf ihrer endlosen Bahn durch den planetengroßen Wassertropfen gefolgt, der unsere Welten in sich birgt, doch immer waren die Zwerge allein, auf der Flucht vor der näherrückenden Langnacht des Eises, das den heimatlichen Meermond einzuschließen begann.

Ich schob die traurigen Gedanken an Abschied und Trennung beiseite und malte mir die schöne Zeit mit Alake und Sabia an Bord unseres Schiffes aus. Ich würde ihnen von Hartmut erzählen und ihnen meinen Schatz zeigen. Nicht, daß irgendeine Elfen- oder Menschenfrau beurteilen könnte, *wie* stattlich er ist.

Mein Vater räusperte sich. Ich schreckte auf und merkte, daß er mich erwartungsvoll ansah. Meine Mutter stieß mir den Ellenbogen in die Seite. Mit einem Ruck kehrte ich in die Gegenwart zurück und fühlte, wie meine Wangen vor Verlegenheit brannten.

Ich hielt die mit hellblauem Band umwickelte Haarlocke bereits in der Hand, mein Vater reichte mir den Hammer, meine Mutter den Nagel. Nachdem ich beides entgegengenommen hatte, drehte ich mich zum Bug des Sonnenjägers herum, der mich turmhoch überragte. Die Menge verhielt sich still, um dann, sobald die Zeremonie beendet war, in lauten Jubel auszubrechen.

In der Gewißheit, daß sämtliche Augen auf mir ruhten (zwei ganz besonders), wickelte ich die Locke fest um den Nagel und setzte ihn mit der Spitze an den Holzbalken, um ihn einzuschlagen. Genau in diesem Moment hörte ich hinter mir ein leises Raunen durch die Menge laufen. Es erinnerte mich an die Meeresbrandung bei einem der seltenen Stürme Chelestras.

Meine erste Reaktion, erinnere ich mich, war Ärger darüber, daß irgend etwas oder irgend jemand meinen großen Augenblick störte. Ich ließ den Hammer sinken und wandte verdrossen den Kopf, um zu sehen, was der Grund für die plötzliche Unruhe war.

Sämtliche Gargans – Männer, Frauen, Kinder – schauten aufs Meer hinaus. Einige zeigten mit ausgestrecktem Arm auf etwas, das sie entdeckt hatten. Diejenigen, die kleiner waren als ihre Vordermänner, stellten sich auf die Zehenspitzen und verrenkten den Hals, um sehen zu können.

»Typisch«, murrte ich ungehalten, weil das Tauchschiff mir die Sicht versperrte. »Alake und Sabia kommen also doch und natürlich genau im richtigen Moment. Ach, was soll's, wenigstens sind sie hier. Ich kann ja noch mal von vorn anfangen.«

Von den Gesichtern der Zwerge, die vor der Plattform standen und freien Blick aufs Meer hatten, konnte ich jedoch ablesen, daß sich da draußen keins der phantasievoll dekorierten Schwanenschiffe näherte, die wir für die Elfen bauen, und auch keiner der auf Zweckmäßigkeit ausgerichteten Fischkutter, die die Menschen uns in Auftrag geben. Eins wie das andere würde man mit lebhaftem Bartwackeln und sogar Winken begrüßt haben. Statt dessen wurde über Bärte gestrichen – ein sicheres Zeichen für Beunruhigung bei Zwergen –, und Mütter riefen nach Kindern, die sich aus Neugier oder im Spiel zu weit entfernt hatten.

Der Marschall kam zur Plattform gelaufen.

»Herr Vater«, rief er. »Kommt bitte mit und seht Euch das an!«

»Bleibt hier!« befahl mein Vater uns, stieg hinunter und eilte hinter dem Marschall her. Die Zeremonie war ruiniert, und ich war wütend. Wütend, weil es nichts geworden war mit dem großen Auftritt; wütend, weil ich nichts sehen konnte; wütend, weil Vater einfach davongelaufen war. Den

Hammer in der einen, die Haarlocke in der anderen Hand stand ich da und verfluchte das Schicksal, das mich als Prinzessin zwang, auf dieser albernen Plattform auszuharren, von wo aus ich als einzige nicht mitbekam, was eigentlich los war.

Ich wagte nicht, den Befehl meines Vaters zu mißachten, aber bestimmt war es kein Ungehorsam, wenn ich bis zum Rand der Plattform ging. Vielleicht konnte ich von dort etwas sehen. Ich tat einen Schritt und hörte meine Mutter schon Atem holen, um mich zurückzurufen, als Hartmut zu uns heraufgesprungen kam.

»Der König hat mir aufgetragen, in seiner Abwesenheit für Eure Sicherheit zu sorgen«, sagte er mit einer respektvollen Verneigung vor meiner Mutter, doch er sah mich dabei an.

Vielleicht meinte es das Schicksal doch gut mit mir. Ich beschloß zu bleiben, wo ich war.

»Was ist denn geschehen?« erkundigte sich meine Mutter besorgt.

»Nichts weiter«, antwortete Hartmut unbekümmert. »Etwas wie ein Ölfleck breitet sich aus, und ein paar Leute behaupten, sie hätten daraus Köpfe aufragen sehen. Meiner Meinung nach haben sie zu tief ins Glas geschaut. Höchstwahrscheinlich ist es ein Fischschwarm. Die Boote laufen aus, um nachzusehen.«

Meine Mutter konnte er beruhigen, mich nicht. Ich sah, wie er verstohlen immer wieder zu seinem Hauptmann schaute, als erwarte er Befehle. Und auch wenn er sich tapfer bemühte zu lächeln, lag ein Schatten über seinem Gesicht.

»Ich glaube«, fuhr er fort, »bis wir genau wissen, was es mit dieser Erscheinung für eine Bewandtnis hat, wäre es klug, wenn Ihr diese Plattform verlassen würdet.«

»Ihr habt recht, junger Mann. Grundel, gib mir diesen Hammer. Du siehst albern aus, wie du dastehst und ihn festhältst, als hinge dein Leben davon ab. Ich gehe jetzt zu deinem Vater. Nein, Grundel, du bleibst hier, bei dem netten jungen Soldaten.«

Sie marschierte davon und bahnte sich resolut einen Weg

durch die Menge. Mein Dank und mein Segen folgten ihr.

»Ich finde nicht, daß du albern aussiehst«, sagte Hartmut zu mir. »Ich finde, du siehst großartig aus.«

Ich schob mich näher an ihn heran, und meine jetzt freie Hand schlüpfte wie von selbst in seine. Die Boote legten ab; von kräftigen Ruderschlägen getrieben, schossen sie aufs Wasser hinaus. Hartmut und ich stiegen von der Plattform und eilten mit allen anderen zum Ufer.

»Was glaubst du denn, was es ist?« fragte ich leise.

»Ich weiß nicht«, meinte er. Da wir jetzt allein waren, ließ er sich seine Besorgnis anmerken. »Uns sind schon die ganze Woche merkwürdige Dinge zu Ohren gekommen. Die Delphine berichten von seltsamen Kreaturen, die im Segensmeer aufgetaucht sind. Schlangen, deren Haut mit einem giftigen Schleim überzogen ist. Er verseucht das Wasser und tötet die Fische.«

»Wo kommen sie her?« Ich drückte mich schutzsuchend an ihn.

»Niemand weiß es. Wenn man den Delphinen glauben will, hat die Meersonne, als sie von ihrer Bahn abzuweichen begann, einige Meermonde aufgetaut, die seit Ewigkeiten im Eis eingefroren waren. Vielleicht stammen die Kreaturen daher.«

»Sieh doch!« Mir wurde beklommen zumute. »Da tut sich etwas.«

Die meisten der Zwerge hatten aufgehört zu rudern. Einige der Boote lagen still im Wasser, während die Besatzung angespannt nach vorn spähte; andere näherten sich zögernd wieder dem Ufer. Ich konnte nichts sehen, außer der Ölschicht auf dem Wasser, ein grünlich-brauner Schleim, der die Wellen glättete und die Bootswände mit einem Film überzog. Man konnte ihn auch riechen – ein scheußlicher Gestank, von dem mir übel wurde.

Hartmut umklammerte meine Hand fester. Das Wasser begann zurückzuweichen! So etwas hatte ich noch nie gesehen – als ob ein gigantischer Mund es einschlürfte!

Etliche Boote lagen bereits gestrandet auf dem nassen, ölverschmierten Sand. Andere, weiter draußen, wurden von der Strömung mitgerissen! Die Insassen ruderten mit aller Kraft gegen den Sog an. Die Tauchboote sanken tiefer und tiefer, bis sie sich knirschend in den Schlick bohrten und aufliefen.

Dann durchstieß ein gewaltiges Haupt die Meeresoberfläche, gepanzert mit graugrünen Schuppen, die so giftig schillerten wie die Öllachen auf dem Wasser. Getragen wurde dieser Schädel von einem schier endlosen Hals, der den gesamten Leib auszumachen schien. Die Kreatur näherte sich mit ekelerregenden, geschmeidigen Schlängelbewegungen. Ihre Augen, in denen zuerst ein grünes Feuer gebrannt hatte, glühten jetzt tiefrot, während sie sich höher und höher reckte und die Wassermassen mit sich riß.

Dieses Ungeheuer aus der Tiefe war riesig. Es ragte aus dem Meer wie ein plötzlich aufgetauchter Berg.

Ich sah zu, wie das Wasser vom Ufer zurückwich, und hatte das erschreckende Gefühl, in den Strudel hineingezogen zu werden. Hartmut legte den Arm um mich. Seine Anwesenheit wirkte beruhigend.

Die Schlange verharrte einen Moment, dann stieß sie aus ihrer schier unglaublichen Höhe auf das Flaggschiff hinab und rammte ein großes Leck in den Holzrumpf. Das Meerwasser brandete als gewaltige Flutwelle zum Ufer zurück.

»Lauft!« schrie mein Vater. Sein Baß übertönte die entsetzten Aufschreie der Menge. »Den Hang hinauf!«

Die Gargans kehrten dem Wasser den Rücken und flohen. Trotz der Angst, die allen im Nacken saß, gab es keine Verwirrung, kein Durcheinander, keine Panik. Ältere Zwerge, die nicht Schritt halten konnten, wurden von Söhnen und Töchtern gestützt und mitgezogen. Mütter trugen die kleinen Kinder, Väter hoben sich die größeren auf die Schultern.

»Bring dich in Sicherheit, Grundel!« forderte Hartmut mich auf. »Ich muß zu meiner Einheit.«

Er stürmte mit geschwungener Axt zum Ufer, wo seine Kameraden sich formierten, um den Rückzug zu decken.

Mein Kopf sagte mir, daß ich weglaufen sollte, aber meine Füße waren wie abgestorben, meine Beine zu schwach, um mehr zu tun, als mich aufrechtzuhalten. Gebannt starrte ich auf die Schlange, die sich unverletzt aus den Trümmern des Tauchschiffs erhoben hatte. Die zahnlosen Kiefer klafften in einem stummen Lachen, während sie sich auf das nächste Schiff stürzte. Holz barst und splitterte. Weitere Kreaturen ihrer Art erhoben sich aus dem Meer und zerschmetterten, was von unserer Flotte noch übrig war. Die aufgewühlten Fluten schäumten donnernd an den Strand und über die Hafenanlagen und trugen das Ihre zu dem Vernichtungswerk bei.

Boote kenterten. Einige wurden einfach von den Wogen verschlungen, die Besatzung verschwand in der öligen Gischt. Die Armee am Ufer hielt stand. Hartmut war der Tapferste von allen. Er watete ins Meer hinaus und schwang herausfordernd die Axt, aber die Schlangen ignorierten ihn und seine Kameraden und fuhren fort, sämtliche Boote im Hafen zu zertrümmern – nur eins blieb verschont: die königliche Barke, mit der wir nach Phondran und Elmas zu reisen pflegten.

Die erste Schlange hielt in ihrem Wüten inne und musterte das Unheil, das sie und ihresgleichen angerichtet hatten. Ihre Augen funkelten wieder grün, sie waren starr und ausdruckslos. Der gewaltige Schädel schwang wie ein Pendel bedächtig von einer Seite zur anderen, und wann immer ihr Basiliskenblick uns traf, duckten sich alle. Als sie zu reden begann, lauschten auch ihre Vasallen.

Die Schlange beherrschte unsere Sprache.

»Dies ist eine Botschaft für euch und eure Verbündeten, die Menschen und Elfen. Wir sind die neuen Herren des Meeres. Ihr werdet es künftig nur mit unserer Erlaubnis befahren, und für diese Erlaubnis ist ein Preis zu entrichten. Was für ein Preis, werdet ihr später erfahren. Was ihr heute gesehen habt, war eine Probe unserer Macht, ein Vorgeschmack auf das, was euch geschieht, falls ihr euch weigert zu zahlen. Laßt es euch zur Warnung dienen!«

Die Schlange tauchte unter und verschwand. Die anderen folgten ihr; sie glitten rasch durch die Holztrümmer, die weit und breit die Wasseroberfläche bedeckten. Wir standen am

Fuß des Hanges, wo die Stimme des Seeungeheuers uns eingeholt hatte, und starrten auf die Wracks der stolzen Sonnenjäger. Ich erinnere mich an die Stille, die über der Menge lag. Nicht einmal ein Schluchzen war zu hören, es weinte auch niemand um die Toten – noch nicht.

Als wir sicher sein konnten, daß die Schlangen endgültig verschwunden waren, machten wir uns an die traurige Arbeit, die Leichen zu bergen. Alle waren offenbar durch das Gift zu Tode gekommen. Das klare, saubere Meerwasser, von dem man unbesorgt trinken konnte, war jetzt mit einer stinkenden Ölschicht verseucht, die jedes Lebewesen tötete, das etwas davon in sich aufnahm.

Ja, so fing es an. Es gibt noch viel, viel mehr zu berichten, aber ich höre Alake kommen, die mich zum Essen rufen will. Menschen! Sie glauben, essen wäre ein Allheilmittel für jedes Problem. Ich bin auch keine Kostverächterin, aber im Moment habe ich nicht besonders viel Appetit.

Fürs erste muß ich schließen.

Kapitel 4

Irgendwo auf dem Segensmeer

Alake besteht darauf, daß wir regelmäßig essen – damit wir bei Kräften bleiben, wie sie sagt. Wofür sie wohl glaubt, daß wir unsere Kräfte brauchen werden, kann ich mir beim besten Willen nicht vorstellen. Um gegen diese Drachenschlangen zu kämpfen, wie wir sie nennen? Wir drei? Natürlich konnte ich den Mund nicht halten und sagte Alake, was ich dachte. Die berühmte Unverblümtheit von uns Zwergen!

Sie war verletzt. Ich merkte es, auch wenn sie darauf verzichtete, mir eine passende Antwort zu geben. Devon gelang es, die Unstimmigkeit zu überspielen, und er brachte uns sogar zum Lachen, obwohl uns die Tränen näher waren. Dann mußten wir natürlich alle etwas essen, Alake zuliebe. Allerdings brachte keiner von uns viel herunter, und ich glaube, sogar Alake war froh, als wir vom Tisch aufstehen konnten. Sie kehrte zu ihrer Magie zurück und Devon zu dem, was er neuerdings immer tut – von Sabia träumen.

Und ich kehre zu meiner Geschichte zurück.

Nachdem man die Toten geborgen und am Ufer aufgebahrt hatte, wurden die Angehörigen, die sie identifizieren mußten, von Freunden weggeführt und getröstet. Mindestens fünfundzwanzig Männer waren umgekommen. Ich sah den Bestatter ziellos herumirren, einen geistesabwesenden

Ausdruck im Gesicht. Nie zuvor hatte er so viele Leichen auf einmal für die letzte Ruhe in den Katakomben im Berg herrichten müssen.

Mein Vater nahm ihn beiseite, redete mit ihm, und schließlich gewann der verstörte Mann seine Fassung und würdevolle Haltung zurück. Ein Trupp Soldaten wurde eingeteilt, ihm zur Hand zu gehen, unter ihnen Hartmut. Es war eine schwere, traurige Pflicht, und er tat mir leid.

Ich versuchte auch, mich nützlich zu machen, aber ich war noch zu erschüttert von der plötzlichen Katastrophe, die über mein friedliches Leben hereingebrochen war, um viel auszurichten. Schließlich setzte ich mich einfach auf die Plattform und schaute übers Meer. Die Sonnenjäger, die noch halbwegs intakt waren, trieben kieloben im Wasser. Es waren nicht viele. Sie sahen trübsinnig und deprimierend aus, wie tote Fische. Ich hielt immer noch die Haarlocke in der Hand. Was war aus diesem Tag geworden, der so schön begonnen hatte! Ich warf sie ins Wasser und sah zu, wie sie auf der ölschillernden Fläche davonschwamm.

So fanden mich meine Eltern. Meine Mutter legte mir den Arm um die Schultern und drückte mich an sich. Wir schwiegen lange.

Endlich stieß mein Vater einen tiefen Seufzer aus. »Unsere Freunde müssen erfahren, was hier geschehen ist.«

»Aber können wir es wagen, zwischen den Welten zu sinken?* Werden uns diese gräßlichen Kreaturen nicht angreifen?« gab meine Mutter ängstlich zu bedenken.

»Das halte ich für unwahrscheinlich.« Mein Vater musterte das Schiff, das als einziges unversehrt geblieben war. »Hast du vergessen, was sie gesagt haben? ›Eine Botschaft für euch und eure Verbündeten.‹«

Am nächsten Tag sanken wir nach Elmas. Die Residenzstadt der Elfen, Elmasia, ist märchenhaft schön. Ihr Königsschloß, sie nennen es ›die Grotte‹, ist ein filigranes Wunderwerk aus weißen und rosafarbenen *lebenden* Korallen, am

* Zwerge gebrauchen den zutreffenderen Ausdruck ›sinken‹ für eine Fahrt mit dem Tauchboot. Menschen und Elfen bevorzugen die alte Terminologie.

Ufer eines der zahlreichen Süßwasserseen. Ein Elf käme ebensowenig auf den Gedanken, sich selbst zu töten, wie diese Korallen, und deshalb verändert die Architektur der Grotte sich von Tag zu Tag.

Für Menschen und Zwerge wäre das ein unerträglicher Zustand; die Elfen hingegen finden es unterhaltsam und inspirierend. Wird ein Zimmer von den schnellwachsenden Korallen erobert, nehmen die Elfen einfach ihre Siebensachen und ziehen in ein anderes, das in der Zwischenzeit irgendwo entstanden ist.

Der Versuch, sich in dem Palast zurechtzufinden, ist eine interessante Erfahrung. Flure, die gestern noch in den Südflügel führten, enden heute in einer Vorratskammer und morgen ganz woanders. Alle Räume sind wundervoll, die weißen Korallen haben einen opalisierenden Glanz, die rosigen einen warmen Schimmer, und vielleicht hängen die Elfen deswegen ihr Herz nicht an ein bestimmtes Gemach. Mancher, der in den Palast kommt, um ein Anliegen vorzubringen, spaziert tagelang durch Gänge und Flure, Hallen und Säle, bevor er sich endlich bemüht, eine Audienz beim König zu erwirken.

Nichts ist dringend in der Welt der Elfen. Die Worte *Eile, Hast* und *sofort* fehlten in ihrem Vokabular, bevor sie mit den Menschen in Berührung kamen. Wir Zwerge hatten übrigens während unserer Geschichte weder mit Elfen noch mit Menschen zu tun, erst in jüngster Vergangenheit haben wir uns ihrer Entente angeschlossen. Die Unterschiede in der Natur der Elfen und Menschen führten in der Vergangenheit zu ernsthaften Konflikten zwischen beiden. Die Elmasti, obwohl im allgemeinen friedfertig und langmütig, lassen sich nur bis zu einem gewissen Punkt reizen, bevor sie zurückschlagen. Doch nach mehreren verlustreichen Kriegen sahen beide Rassen ein, daß es für sie gewinnbringender war, zusammenzuarbeiten als gegeneinander. Die Phondraner sind ein charmantes, leider auch sehr umtriebiges Völkchen. Sie lernten schnell mit den Elfen umzugehen und verstehen es inzwischen meisterhaft, sie mit schönen Worten und Schmeicheleien zu manipulieren – was dem freundschaftlichen Verhältnis keinen Abbruch tut. Sogar wir mürrischen Zwerge erlagen diesem bemerkenswerten Charme, und das will etwas heißen.

Seit vielen Generationen leben und arbeiten die drei Rassen mittlerweile in Eintracht zusammen, als autonome Staaten mit einem eigenen Meermond als Herrschaftsgebiet. Ich bin sicher, daß es noch lange so weitergegangen wäre, hätte nicht die Meersonne angefangen, sich von uns zu entfernen. Es waren die Menschenzauberer, deren größte Freude es ist, zu forschen und zu fragen und zu experimentieren, die entdeckten, daß die Sonne von ihrer bisherigen Bahn abschwenkt. Diese Entdeckung stürzte die Menschen in fieberhafte Geschäftigkeit, wirklich faszinierend anzusehen. Sie maßen und rechneten und kalkulierten, sandten Delphine als Kundschafter aus und befragten sie unermüdlich nach allem, was sie über die Geschichte der Meersonne wußten.*

Natürlich erzählte Alake uns, was die Menschen von den Delphinen erfuhren: Chelestra ist eine Kugel aus Wasser in der Unendlichkeit des Alls. Die Außenhülle, der lichtlosen Kälte des Nichts ausgesetzt, ist zu Eis erstarrt. Das Innere – das Segensmeer – wird von der Meersonne erwärmt, einem Stern, dessen Feuer so außergewöhnlich heiß ist, daß das Meer es nicht zu löschen vermag. Die Meersonne verhindert ein Vordringen des Eises und bringt den Meermonden Leben. Meermonde sind kleine Planeten, von den Schöpfern Chelestras als bewohnbare Inseln im Segensmeer geplant.

Wir Zwerge kennen die Beschaffenheit der Meermonde; bei unseren Arbeiten im Fels haben wir uns zwangsläufig ein umfangreiches diesbezügliches Wissen angeeignet. Die

* Die Menschen waren die ersten, die mit den Delphinen zu kommunizieren versuchten und ihre Sprache lernten. Elfen halten Delphine für amüsante Unterhalter, vergnügliche Gesprächspartner und eine Bereicherung für jedes Fest. Wir Zwerge, die von den Menschen lernten, mit Delphinen zu sprechen, nutzen sie hauptsächlich als Informationsquelle bei der Navigation. Da wir jedoch niemandem, der kein Zwerg ist, uneingeschränktes Vertrauen entgegenbringen, ist auch unser Verhältnis zu ihnen nicht frei von einer gewissen Voreingenommenheit.

Monde bestehen aus einer Gesteinshülle und einem heißen, flüssigen Kern, der sich aus verschiedenen Chemikalien zusammensetzt. Diese Chemikalien reagieren mit den Strahlen der Meersonne und produzieren eine atembare Atmosphäre, die den Meermond wie eine Luftblase umgibt. Ohne diese Meersonne ist kein Leben möglich.

Nach den Berechnungen der Phondraner blieb uns eine Frist von etwa vierhundert Zyklen, bis die Langnacht kam, das Meer zu Eis erstarrte und ebenso jeder, der Phondras, Gargan oder Elmas nicht rechtzeitig verlassen hatte.

Die Delphine, die es wissen mußten, behaupteten, daß das pflanzliche und auch ein Teil des tierischen Lebens auf den im Eis eingeschlossenen Monden nicht starb, sondern in einen Kälteschlaf sank. Kehrte die Meersonne zurück, tauten sie auf und waren erneut bewohnbar.

Ich erinnere mich, wie Dumaka von Phondra, Häuptling seines Volkes, die von den Delphinen stammenden Informationen beim ersten Katastrophenrat der königlichen Familien von Elmas, Phondra und Gargan vortrug. Der Rat wurde einberufen, als endgültig kein Zweifel mehr daran bestand, daß die Meersonne uns im Stich lassen würde.

Der Versammlungsort war Phondra, das große Langhaus dort, in dem die Menschen all ihre Zeremonien abzuhalten pflegten. Wir drei Mädchen versteckten uns in den Büschen draußen und lauschten. (Unsere Eltern zu bespitzeln war für uns eine Selbstverständlichkeit. Wir hatten es von klein auf getan und schämten uns deswegen nicht.)

»Pah! Was so ein Fisch* sich schon einbildet zu wissen!« sagte mein Vater abfällig. Er war altmodisch und hielt nichts davon, mit Delphinen zu sprechen wie mit vernünftigen Leuten.

»Mir erscheint die Vorstellung, im Eis eingeschlossen zu sein, ausgesprochen romantisch«, bemerkte Eliason, der

* Nach Ansicht von Menschen und Elfen ist ein Delphin kein Fisch, sondern eine uns ähnliche Spezies. Als Begründung führen sie an, daß Delphine lebende Junge gebären. Zwerge halten nichts von solchem Unsinn. Was schwimmt wie ein Fisch, *ist* ein Fisch – nach Ansicht der Zwerge.

Elfenkönig. »Man bedenke – die Jahrhunderte verschlafen und in einer neuen Ära erwachen.«

Seine Frau war vor kurzem gestorben. Ich vermute, er empfand den Gedanken an einen traumlosen Schlaf des Vergessens als wohltuend.

Meine Mutter erzählte mir später, sie hätte im Geist Hunderte von Zwergen vor sich gesehen, wie sie der neuen Ära entgegentauten, während ihnen das Wasser aus den langen Bärten auf die Teppiche tropfte. Ihre romantischen Gefühle hielten sich in Grenzen.

Dumaka von Phondra gab zu bedenken, daß die Theorie einige romantische Aspekte haben mochte, der Prozeß des Einfrierens jedoch mit eher unangenehmen und schmerzhaften Begleiterscheinungen verbunden sei. Und wie konnten wir sicher sein, tatsächlich wieder zum Leben zu erwachen?

»Schließlich haben wir nur das Wort eines Fisches dafür«, sagte mein Vater und erntete allgemeine Zustimmung.

Die Delphine hatten die Nachricht gebracht, daß ein neuer Meermond, viel größer als der unsere, kürzlich aus dem Eis zum Vorschein gekommen war. Sie hatten erst begonnen, ihn zu erforschen, glaubten aber, er eigne sich ausgezeichnet als neue Heimat für uns. Es war Dumakas Vorschlag, daß wir eine Flotte von Sonnenjägern bauen, ausfahren und diesen neuen Mond besiedeln sollten, wie weiland unsere Vorfahren.

Obwohl Eliason sich von den Worten *bauen* und *ausfahren* irritiert fühlte, die sehr nach Geschäftigkeit und Veränderung klangen, erhob er keine Einwände. Elfen sind nur selten gegen etwas; einen eigenen Standpunkt zu vertreten ist ihnen zu anstrengend. Aus demselben Grund treten sie auch nur selten *für* etwas ein. Die Elmasti sind es zufrieden, das Leben zu nehmen, wie es kommt, und sich darauf einzustellen. Die Art der Menschen ist es, zu verändern, zu ergründen, zu reparieren, zu erneuern und zu verbessern. Was uns Zwerge betrifft – solange wir bezahlt werden, ist uns alles andere gleichgültig.

Die Phondraner und die Elmasti einigten sich, die Sonnenjäger zu finanzieren. Wir erhielten den Auftrag, sie zu bauen. Die Menschen erklärten sich bereit, das Holz zu liefern; die Elfen wollten die Mechanikmagie beisteuern, für die sie eine besondere Begabung haben. (Alles, um sich körperliche Anstrengungen zu ersparen!)

Mehr brauchte es nicht. Mit der typischen Effizienz von uns Zwergen waren die Sonnenjäger gebaut worden.

»Aber nun«, hörte ich meinen Vater seufzen, »ist alles umsonst gewesen. Die Sonnenjäger sind zerstört.«

Es war der zweite Katastrophenrat, einberufen von meinem Vater. Diesmal trafen wir uns, wie gesagt, in Elmas.

Uns Mädchen hatte man in Sabias Zimmer abgeliefert, um zu ›schwatzen‹. Statt dessen beeilten wir uns, kaum daß unsere Eltern den Rücken gekehrt hatten, einen guten Platz zu finden, von dem aus wir sie belauschen konnten.

Die Erwachsenen saßen auf einer Terrasse mit Blick auf das Segensmeer. Wir entdeckten ein kleines Zimmer (neu entstanden), das an diese Terrasse grenzte. Alake vergrößerte mittels ihrer Magie eine Öffnung, durch die man alles deutlich hören und sehen konnte. Wir drängten uns um das von ihr geschaffene Fenster, allerdings mit der gebotenen Vorsicht, um nicht entdeckt zu werden.

Mein Vater schilderte den Angriff der Drachenschlangen auf die Tauchschiffe.

»Die Sonnenjäger wurden alle zerstört?« flüsterte Sabia entsetzt. Sie hatte die mandelförmigen Augen so weit aufgerissen, daß sie fast rund aussahen.

Arme Sabia. Ihr Vater erzählte ihr nie etwas. Elfentöchter führen ein so behütetes Leben. Mein Vater besprach immer alle seine Pläne mit meiner Mutter und mir.

»Pst!« Alake deutete ihr zu schweigen.

»Ich erzähl's dir später«, versprach ich und drückte ihr beschwichtigend die Hand.

»Es gibt keine Möglichkeit, sie zu reparieren, Yngvar?« fragte Dumaka.

»Nur wenn eure Magier imstande sind, Splitter wieder in feste Planken zu verwandeln«, knurrte mein Vater.

Er sagte es mit einem sarkastischen Unterton, denn Zwerge haben nicht viel übrig für Magie und halten das meiste davon für Taschenspielerei, auch wenn es ihnen schwerfallen würde zu erklären, wie sie funktioniert. Ich kannte meinen Vater jedoch gut genug, um zu wissen, daß er insgeheim hoffte, die Menschen hätten eine Lösung parat.

Der Phondraner blieb stumm. Ein schlechtes Zeichen. Gewöhnlich sind die Menschen schnell mit der Behauptung bei der Hand, ihre Magie könne jedes Problem lösen. Als ich über den unteren Rand der Fensteröffnung hinweglugte, sah ich, daß Dumakas Gesicht sorgenvoll war.

Mein Vater seufzte wieder und rückte unbehaglich in seinem Armstuhl hin und her. Ich hatte Mitleid mit ihm. Die grazilen Stühle der Elfen sind nur für die grazilen Gliedmaßen von Elfen geschaffen.

»Es tut mir leid, mein Freund.« Mein Vater streichelte seinen Bart, ein sicheres Zeichen, daß er beunruhigt war.

»Ich wollte Euch nicht anblaffen. Es ist nur – diese verdammten Viecher haben uns am Backenbart, und ich weiß beim besten Willen nicht, was wir jetzt tun sollen.«

»Ich denke, wir machen uns grundlos Sorgen«, meinte Eliason und hob träge die Hand. »Ihr seid unbeschadet nach Elmas gelangt. Vielleicht haben diese Schlangen geglaubt, die Sonnenjäger stellten eine Bedrohung dar, und nachdem sie jetzt zerstört sind, haben wir von den Kreaturen nichts mehr zu befürchten.«

»›Herren der Meere‹ nannten sie sich«, gab mein Vater zu bedenken. Seine schwarzen Augen funkelten. »Und sie meinten es ernst. Wir sind mit ihrer Erlaubnis hier, dessen bin ich mir so sicher, als wäre sie mir ausdrücklich erteilt worden. Und sie haben uns beobachtet. Ich konnte unterwegs die ganze Zeit ihre grün-roten Augen im Nacken spüren.«

»Ja, ich glaube, Ihr habt recht.« Dumaka sprang auf, beugte sich über eine halbhohe Mauer aus Korallen und starrte in die schimmernden Tiefen des glatten, ruhigen Meeres. War es Einbildung, oder sah ich auf der Wasserfläche einen schillernden Ölfleck treiben?

»Du solltest nicht länger schweigen, Lieber«, meinte seine Gemahlin Delu. »Erzähle ihnen unsere Neuigkeiten.«

Dumaka antwortete nicht gleich, sondern blieb mit dem

Rücken zu uns stehen und schaute in die Ferne. Er ist ein hochgewachsener Mann und gilt bei seinem Volk als gutaussehend. Seine schnelle, abgehackte Art zu sprechen, der eilige Gang, die heftigen Gebärden erwecken im Reich der gemächlichen Elmasti den Eindruck, als bewegte er sich in einem anderen Zeitablauf. Daß er so ruhig an der Brüstung stand, statt wie sonst ruhelos auf und ab zu gehen oder seinem ungestümen Tatendrang freien Lauf zu lassen, war ganz ungewöhnlich für ihn.

»Was ist mit deinem Vater, Alake?« wollte Sabia wissen. »Ist er krank?«

»Warte und hör zu«, antwortete Alake leise. Sie sah bedrückt aus. »Grundels Eltern sind nicht die einzigen, die eine traurige Geschichte zu erzählen haben.«

Eliason mußte die Veränderung an seinem Freund ebenso beunruhigt haben wie mich. Mit der bedächtigen, fließenden Anmut der Elfen stand er auf, trat zu Dumaka und legte ihm freundschaftlich die Hand auf die Schulter.

»Schlechte Neuigkeiten werden nicht besser, wenn man damit hinterm Berge hält«, mahnte er behutsam.

»Ja, du hast recht.« Dumaka nickte, ohne ihn anzusehen. »Ich hatte mir vorgenommen, zu keinem von Euch über diese Sache zu sprechen, bevor ich mir der Fakten nicht sicher war. Die Magier konnten mir noch keine befriedigende Erklärung geben.« Er warf einen Blick auf seine Frau, eine mächtige Zauberin. Sie neigte als stumme Erwiderung den Kopf. »Ich wollte ihren Bericht abwarten. Jetzt aber kann ich mir nur zu genau vorstellen, was geschehen ist. Vor zwei Tagen wurde ein kleines Fischerdorf an dem Gargan gegenüberliegenden Küstenstreifen überfallen und völlig zerstört. Boote wurden zertrümmert, Häuser dem Erdboden gleichgemacht. Hundertzwanzig Männer, Frauen und Kinder lebten dort.«

»Verdammt«, brummte mein Vater und zog als Ausdruck respektvollen Mitgefühls heftig an seiner Stirnlocke.

»Möge der Eine ihnen gnädig sein«, murmelte Eliason. »War es eine Stammesfehde?«

Dumaka schaute von einem zum anderen. Die Menschen

aus Phondra sind eine dunkelhäutige Rasse. Anders als die Elmasti, denen man die Gefühle an der Nasenspitze ansehen kann, steigt den Phondranern nicht vor Scham das Blut in die Wangen, noch werden sie blaß vor Wut oder Zorn. Die Ebenholzfarbe ihrer Haut verbirgt ihre Empfindungen, aber die Augen verraten, was in ihnen vorgeht, und in denen des Häuptlings schwelten Haß und hilflose Wut.

»Keine Stammesfehde. Mord.«

»Mord?« Eliason stutzte bei dem aus der Menschensprache entlehnten Wort. Die Elfen haben keinen Ausdruck für ein derartig abscheuliches Verbrechen. »Einhundertzwanzig Menschen! Aber – wer? Was?«

»Anfangs wußten wir es nicht. Wir fanden Spuren, die wir uns nicht erklären konnten. Bis jetzt nicht.« Dumaka zeichnete eine Schlangenlinie in die Luft. »Solche Wellen im Sand. Und Schleimspuren.«

»Die Schlangen?« fragte Eliason ungläubig. »Aber warum? Was wollten sie?«

»Morden! Töten!« Der Häuptling ballte die Faust. »Es war ein Massaker. Ein blutiges Gemetzel! Der Wolf reißt das Lamm, und wir zürnen nicht, denn wir wissen, es ist seine Natur, und das Fleisch wird die leeren Bäuche seiner Jungen füllen. Aber diese Drachenschlangen töten nicht um der Nahrung willen. Sie töten aus Lust am Töten!

Jedes einzelne ihrer Opfer, sogar die Kinder, war langsam gestorben, unter furchtbaren Qualen, und es war Absicht, daß wir sie derart entstellt finden sollten! Man hat mir berichtet, daß die Leute, die als erste das Dorf betraten, fast den Verstand verloren hätten vor Entsetzen über den grauenhaften Anblick.«

»Ich bin selbst dort gewesen«, sagte Delu mit so leiser Stimme, daß wir gezwungen waren, dichter ans Fenster zu rücken, um verstehen zu können, was sie sagte. »Seither verfolgen mich schreckliche Träume. Wir waren nicht einmal imstande, die Toten nach altem Brauch feierlich dem Segensmeer zu übergeben, denn keiner von uns konnte es ertragen, in die verzerrten Gesichter zu schauen und zu sehen, wie sie gelitten hatten. Also bestimmten wir Magi, daß das ganze

Dorf oder vielmehr die Ruinen des Dorfes niedergebrannt werden sollten.«

»Es war«, fügte Dumaka erbittert hinzu, »als hätten uns die Schlächter eine Nachricht hinterlassen: *Erkennt hierin euer eigenes Schicksal!*«

Mir fiel ein, was die Drachenschlange zu uns gesagt hatte: *Dies ist eine Probe unserer Macht . . . Laßt sie euch zur Warnung dienen!*

Wir Mädchen starrten einander in betroffenem Schweigen an, dem die lastende Stille auf der Terrasse draußen entsprach. Dumaka wandte sich ab und blickte wieder aufs Meer hinaus. Eliason ließ sich auf seinen Stuhl sinken.

Mein Vater ergriff nach Zwergenart die Initiative. Er stemmte sich mit einiger Mühe aus dem zierlichen Sessel und stampfte mit den Füßen auf, vermutlich, um die Durchblutung wieder in Gang zu bringen. »Ich will die Toten nicht beleidigen, aber sie waren Fischer, ungeübt im Kampf, ohne Waffen . . .«

»Auch eine Armee hätte keinen Unterschied gemacht«, widersprach Dumaka finster. »Die Leute waren bewaffnet, sie hatten gegen andere Stämme gekämpft und auch gegen wilde Tiere. Wir fanden verstreute Pfeile, die abgeschossen worden waren, aber offensichtlich nichts auszurichten vermochten. Wir fanden auch Bruchstücke von Speeren, die aussahen, als wären sie von gewaltigen Kiefern zermalmt und ausgespien worden.«

»Außerdem waren die Dörfler in Magie bewandert«, warf Delu ein, »wenn auch nur auf der untersten Ebene. Es steht fest, daß sie versucht haben, sich mit ihren magischen Fähigkeiten zur Wehr zu setzen. Auch das war vergebens.«

»Aber bestimmt wäre das Konsilium der Magi ihnen gewachsen?« sagte Eliason. »Oder magische Elfenwaffen, wie wir sie in alten Zeiten anfertigten, könnten vielleicht helfen, wo alles andere versagt – ohne das Können Eurer Zauberer schmälern zu wollen«, fügte er höflich hinzu.

Delu warf ihrem Mann einen fragenden Blick zu, als hätte sie noch etwas zu sagen, und wollte seine Zustimmung einholen. Er nickte.

Die Zauberin war eine hochgewachsene Frau. Das ergrauende Haar, tief im Nacken unter einer Haube zum Knoten gefaßt, bildete einen reizvollen Kontrast zu ihrem dunklen Teint. Sieben farbige Streifen in ihrem federbesetzten Umhang bezeichneten ihren Status als Zauberin des Siebenten Hauses, der höchste Rang, den ein Mensch auf dem Gebiet der Magie erreichen kann. Sie schaute auf ihre im Schoß gefalteten Hände – krampfhaft verschränkt, damit sie nicht zitterten.

»Eine Angehörige des Konsiliums, die Schamanin, hielt sich zum Zeitpunkt des Überfalls im Dorf auf. Wir entdeckten ihre Leiche. Sie war eines unvorstellbar grausamen Todes gestorben.« Delu erschauerte und holte tief Atem. Sie mußte sich erst fassen, bevor sie weitersprechen konnte. »Um ihren zerstückelten Leib lagen die Geräte ihrer Magie verstreut, wie um ihre Machtlosigkeit zu verhöhnen.«

»Eine gegen viele . . .« begann Eliason.

»Argana war eine der Großen!« rief Delu so heftig, daß ich zusammenzuckte. »Mit ihrer Zauberkraft konnte sie das Wasser des Meeres zum Kochen bringen, mit einem Wink ihrer Hand einen Wirbelsturm heraufbeschwören. Auf ein Wort von ihr würde sich die Erde aufgetan haben, um ihre Feinde zu verschlingen. Und sie hat von ihrer Magie Gebrauch gemacht, wir fanden Beweise dafür. Dennoch ist sie gestorben. Dennoch sind sie alle gestorben!«

Dumaka legte seiner Frau begütigend die Hand auf die Schulter. »Beruhige dich, Liebes. Eliason meinte nur, daß es vielleicht der vereinten Kräfte des Konsiliums bedarf, um diese Schlangen zu besiegen.«

»Verzeiht mir. Es tut mir leid, daß ich die Beherrschung verloren habe.« Delu schenkte dem Elf ein freudloses Lächeln. »Aber wie Yngvar mußte ich mit eigenen Augen sehen, was diese Kreaturen meinem Volk angetan haben.«

Sie seufzte. »Unsere magischen Kräfte versagen gegenüber diesen Kreaturen, selbst wenn sie nicht in der Nähe sind. Vielleicht liegt es an dem widerlichen Schleim, mit dem sie alles besudeln. Wir wissen es nicht, doch als wir Magi im Dorf ankamen, mußten wir feststellen, daß unsere Kräfte zu schwinden begannen. Sie reichten nicht einmal mehr, um das Totenfeuer zu entzünden, das die Stätte des Grauens vertilgen sollte.«

Eliason schaute der Reihe nach in die verbissenen, unfrohen Gesichter. »Was also ist zu tun?«

Als Elf wäre er vermutlich geneigt gewesen, gar nichts zu unternehmen, sondern einfach abzuwarten. Doch mein Vater hatte ihn ganz richtig beurteilt, als er sagte, Eliason sei ein intelligenter Herrscher, ungewöhnlich realistisch und pragmatisch für einen Angehörigen seiner Rasse. Er wußte, auch wenn er die Tatsache gerne ignoriert hätte, daß die Tage seines Volkes auf dem Meermond gezählt waren. Es mußte eine Entscheidung getroffen werden, aber nicht von ihm, auch wenn er bereit war, sich ihr anzuschließen.

»Uns bleiben hundert Zyklen, bis die Folgen der Klimaveränderung sich in vollem Umfang bemerkbar machen«, sagte Dumaka. »Genügend Zeit, um neue Sonnenjäger zu bauen.«

»Falls die Schlangen es zulassen«, gab mein Vater zu bedenken. »Was ich sehr bezweifle. Und was haben sie damit gemeint, daß ein Preis zu bezahlen ist? Was können sie denn von uns haben wollen.«

Alle schwiegen und überlegten.

»Betrachten wir die Sache logisch«, meinte Eliason schließlich. »Aus welchem Grund werden Kriege geführt? Weshalb haben sich unsere Völker einst bekämpft? Schuld waren Angst und Mißverständnisse. Als wir uns an einen Tisch setzten und über unsere jeweiligen Eigenheiten sprachen, fanden wir Wege, damit umzugehen, und leben seither in Frieden. Vielleicht haben diese Schlangen, so unüberwindlich sie uns vorkommen mögen, in Wirklichkeit Furcht vor uns. Womöglich empfinden sie uns als Bedrohung. Wenn wir nun versuchen, mit ihnen Verbindung aufzunehmen, ihnen begreiflich zu machen, daß wir keine Feindseligkeiten planen, daß wir nur deshalb eine Flotte bauen, um auf diesen neuen Meermond überzusiedeln, dann . . .«

Schritte und Stimmen unterbrachen ihn.

Der Lärm kam von dem Teil der Terrasse, der an den Palast grenzte und außerhalb meines Blickfelds lag. Wegen meiner geringen Größe hatte ich Schwierigkeiten, aus dem Fenster zu sehen.

»Was ist los?« verlangte ich ungeduldig zu wissen.

»Ich weiß nicht ...« Sabia spähte vorsichtig über den Sims, um nicht selbst entdeckt zu werden.

Alake streckte kühn den Kopf aus der Öffnung. Zum Glück waren unsere Eltern abgelenkt und schauten in eine andere Richtung.

»Ein Bote ist gekommen«, berichtete sie.

»Und hat eine königliche Konferenz unterbrochen?« Sabia war schockiert.

Ich entdeckte einen Hocker, zog ihn unters Fenster und stieg hinauf. Jetzt konnte ich den kreidebleichen Lakaien sehen, der entgegen allen Regeln des Protokolls tatsächlich auf die Terrasse gestürmt war. Er machte einen verstörten Eindruck, als er sich vorbeugte, um Eliason etwas ins Ohr zu flüstern. Der Elfenkönig lauschte mit gerunzelter Stirn.

»Bringt ihn her«, befahl er schließlich.

Der Mann eilte davon.

Eliason wandte sich seinen Freunden und Verbündeten zu. »Einer unserer Kuriere ist unterwegs angegriffen und offenbar schwer verwundet worden. Er bringt eine Botschaft, die für uns alle bestimmt ist, die wir am heutigen Tag hier versammelt sind. Ich habe Anweisung gegeben, ihn herzubringen.«

»Wer hat ihn angegriffen?« fragte Dumaka.

Eliason zögerte einen Moment, dann sagte er: »Drachenschlangen.«

»Eine Botschaft ›für uns alle, die wir am heutigen Tag hier versammelt sind‹«, wiederholte mein Vater ernst. »Ich hatte recht. Sie beobachten uns.«

»Der Preis«, sagte meine Mutter. Es waren ihre ersten Worte seit Beginn der Konferenz.

»Ich begreife das nicht.« Eliason schüttelte ratlos den Kopf. »Was können sie wollen?«

»Wir werden auf die Lösung des Rätsels nicht lange warten müssen.«

Sie sagten nichts mehr, sondern warteten schweigend und

vermieden es, einander anzuschauen, denn es war kein Trost, die eigene Bestürzung in den Gesichtern der Freunde widergespiegelt zu sehen.

»Wir sollten nicht hier sein. Wir sollten das nicht tun«, meinte Sabia plötzlich. Sie war blaß, ihre Lippen zitterten.

Alake und ich schauten sie an, schauten uns an, schauten zu Boden. Sabia hatte recht. Unsere Eltern zu belauschen war für uns immer ein Spiel gewesen; etwas, worüber wir kichern konnten, nachdem sie uns abends zu Bett geschickt hatten. Jetzt war es kein Spiel mehr. Ich weiß nicht, wie es den anderen beiden ging, aber ich empfand es als beängstigend, meine Eltern, die mir immer so stolz und klug vorgekommen waren, hilflos und verzweifelt zu erleben.

»Wir sollten gehen«, drängte Sabia, und ich wußte, sie hatte recht, trotzdem konnte ich ebensowenig von meinem Hocker hinuntersteigen, wie zum Beispiel aus dem Fenster fliegen.

»Gleich«, sagte Alake. »Nur noch einen Moment.«

Wir hörten das Geräusch langsamer, schwerer Schritte. Unsere Eltern hatten sich erhoben; die sorgenvolle Miene war dem Ausdruck ernster Strenge gewichen. Mein Vater glättete seinen Bart. Dumaka verschränkte die Arme vor der Brust. Delu nahm einen Stein aus der Tasche an ihrem Gürtel und drehte ihn in der Hand, während sie stumm die Lippen bewegte.

Sechs Elfen näherten sich, die eine Bahre trugen. Sie gingen vorsichtig und langsam, um dem Verletzten nicht durch Erschütterungen Schmerzen zuzufügen. Auf einen Wink ihres Königs setzten sie die Bahre behutsam vor ihm auf den Boden.

Begleitet wurden sie von einem Medikus. Ich sah, wie er aus den Augenwinkeln einen Blick auf Delu warf; vielleicht fürchtete er, sie könne sich einmischen. Die Heilkunst von Elfen und Menschen ist sehr verschieden, erstere basiert auf gründlicher Kenntnis der Anatomie in Verbindung mit Alchemie, letztere kuriert Verletzungen und Krankheiten mittels sympathetischer Magie: Beschwörungen, um böse Geister auszutreiben; bestimmte Steine, die auf lebenswichtige Körperteile gelegt werden. Wir Zwerge verlassen uns auf den Einen und unseren gesunden Menschenverstand.

Als er merkte, daß Delu keine Anstalten machte, sich seinem Patienten zu nähern, gab der Medikus seine steife, feindselige Haltung auf. Oder vielleicht hatte er plötzlich begriffen, daß es keinen Unterschied machte, ob die Zauberin versuchte, mit ihrer Magie etwas zu bewirken. Uns und jedem der Anwesenden war offenbar, daß nichts auf dieser Welt den sterbenden Elf retten konnte.

»Nicht hinschauen, Sabia«, warnte Alake, zog den Kopf zurück und versuchte, unserer Freundin den grauenhaften Anblick zu ersparen.

Zu spät. Ich hörte, wie Sabia der Atem stockte, und wußte, daß sie es gesehen hatte.

Die Kleider des jungen Elfen waren zerrissen und blutgetränkt. Aus dem purpurnen Fleisch seiner Beine ragten die zersplitterten Enden gebrochener Knochen. Man hatte ihm die Augen ausgedrückt. Der blinde Kopf drehte sich von einer Seite zur anderen, die Lippen formten unaufhörlich Worte, die ich nicht hören konnte.

»Man fand ihn heute morgen außerhalb der Stadttore, Euer Majestät«, berichtete einer der Elfen. »Wir hörten seine Schreie.«

»Wer hat ihn gebracht?« fragte Eliason schroff, damit man ihm seine Erschütterung nicht anmerkte.

»Wir sahen niemanden, Euer Majestät. Aber eine übelriechende Schleimspur führte zum Ufer hinunter.«

»Seid bedankt. Ihr könnt jetzt gehen. Wartet draußen.«

Die Elfen, die die Bahre getragen hatten, verneigten sich und gingen.

Sobald sie fort waren, konnten unsere Eltern ihren Gefühlen freien Lauf lassen. Eliason verhüllte mit dem Umhang sein Haupt, wie es Elfen tun, wenn sie trauern. Dumaka wandte sich ab, sein starker Körper bebte vor Zorn und Mitleid. Delu trat zu ihm und faßte nach seinem Arm. Mein Vater griff sich mit beiden Händen in den Bart und zog daran, bis ihm die Tränen in die Augen stiegen. Meine Mutter zerrte an ihren Backenlocken.

Unwillkürlich folgte ich ihrem Beispiel. Alake tröstete Sabia, die beinahe ohnmächtig geworden wäre.

»Wir sollten sie in ihr Zimmer bringen«, sagte ich.

»Nein. Das will ich nicht.« Sabia reckte das Kinn vor. »Eines Tages werde ich Königin sein, und ich muß lernen, auch so eine Situation zu meistern.«

Ich betrachtete sie überrascht und mit neuem Respekt. Alake und ich hatten Sabia immer für ein bißchen verzärtelt und empfindlich gehalten. Ich hatte erlebt, daß sie blaß wurde, wenn aus dem Stück Fleisch auf ihrem Teller noch ein wenig Blut sickerte. Doch angesichts einer wirklichen Krise zeigte sie Courage wie ein Zwergensoldat. Ich war stolz auf sie. Wahrer Adel läßt sich eben nicht verleugnen.

Alle drei lugten wir vorsichtig aus dem Fenster.

Der Medikus sprach zu seinem König.

»Euer Majestät, dieser Kurier hat alle Mittel zur Linderung seiner Schmerzen abgelehnt, um seine Botschaft überbringen zu können. Ich bitte Euch, ihn anzuhören.«

Eliason warf seinen Umhang zurück und kniete neben dem Sterbenden nieder.

»Du befindest dich in der Gegenwart deines Königs«, sagte er mit ruhiger, fester Stimme und ergriff die Hand des Mannes, die ziellos in der Luft herumtastete. »Sprich, und dann magst du in Ehren zu dem Einen gehen und Frieden finden.«

Das Gesicht mit den blutigen Augenhöhlen wandte sich in die Richtung der Stimme. Der Kurier sprach langsam, mit vielen Pausen, um schmerzvoll Atem zu schöpfen.

»Die Herren des Meeres haben mir aufgetragen, dieses zu sagen: ›Wir werden euch gestatten, die Schiffe zu bauen, die euch zu eurer neuen Welt bringen sollen, vorausgesetzt, ihr gebt uns dafür das älteste Mädchen aus jeder königlichen Familie. Seid ihr mit unserer Forderung einverstanden, laßt die Mädchen in einem Boot auf das Segensmeer hinaustreiben. Wenn nicht, wird das, was wir diesem Elfen und den Fischern in dem Menschendorf und den Zwergen mit ihrer Flotte angetan haben, nur ein Vorgeschmack gewesen sein auf die Schrecken, die wir über euch bringen werden. Ihr habt zwei Zyklen, um eure Entscheidung zu treffen.«

»Aber warum? Weshalb unsere Töchter?« rief Eliason und packte den verwundeten Mann bei den Schultern, wie um eine Erklärung aus ihm herauszuschütteln.

»Ich – weiß es nicht«, hauchte der Elf und starb.

Alake wich vom Fenster zurück. Sabia lehnte sich gegen die Wand. Ich kletterte von meinem Hocker, um nicht hinunterzufallen.

»Das hätten wir nicht hören dürfen«, sagte Alake tonlos.

»Nein«, stimmte ich zu. Ich fror und schwitzte gleichzeitig und konnte nicht aufhören zu zittern.

»Uns? Sie wollen uns?« wisperte Sabia, als könnte sie es nicht glauben.

Wir starrten einander an, ratlos, hilflos.

»Das Fenster«, warnte ich, und Alake gebrauchte ihre Magie, um es zu schließen.

»Unsere Eltern würden nie in einen solchen Vorschlag einwilligen«, meinte sie dann forsch. »Wir dürfen sie nicht merken lassen, daß wir Bescheid wissen. Es würde sie sehr bekümmern. Am besten gehen wir in Sabias Zimmer zurück und tun, als wäre nichts gewesen.«

Ich warf einen zweifelnden Blick auf Sabia, die weiß wie die Wand war und aussah, als würde sie auf der Stelle umfallen.

»Ich kann nicht lügen!« protestierte sie. »Ich habe meinen Vater noch nie angelogen.«

»Das brauchst du ja auch nicht«, fauchte Alake. Die Angst machte sie schroff und gereizt. »Du brauchst gar nichts zu sagen. Halt einfach den Mund!«

Sie zerrte die arme Sabia aus ihrer Ecke, wir nahmen sie zwischen uns und führten sie durch die schimmernden Korallenflure. Unterwegs sprachen wir kein Wort. Jede war mit ihren Gedanken beschäftigt, und beinahe hätten wir uns im Gewirr der Gänge fast verlaufen.

Wir alle dachten an den toten Elf, an die Qualen, die er erlitten hatte. In mir krampfte sich alles zusammen, mein Mund wurde trocken. Ich konnte mir gar nicht erklären, weshalb ich solche Angst hatte, denn es stimmte schon, meine Eltern würden nie in solch einen Handel einwilligen.

Es war die Stimme des Einen, die zu mir sprach, aber ich wollte nicht darauf hören.

Wir traten in Sabias Zimmer und schlossen die Tür hinter uns. Sabia ließ sich auf die Bettkante sinken und rang die Hände. Alake trat ans Fenster und schaute hinaus. Sie machte ein Gesicht, als hätte sie Lust, hinzugehen und jemanden zu verprügeln.

In der Stille des Zimmers konnte ich mich nicht länger taub stellen für die Stimme des Einen. Und ein Blick in ihre Gesichter zeigte mir, daß er auch zu Alake und Sabia sprach. Wie nicht anders zu erwarten, blieb es mir überlassen, die bittere Erkenntnis in Worte zu fassen.

»Alake hat recht. Unsere Eltern werden es nicht tun. Sie werden nicht einmal mit uns darüber sprechen. Auch das Volk wird nichts von dem Angebot erfahren. Die Leute werden sterben, ohne zu wissen, daß es eine Möglichkeit gegeben hätte, sie zu retten.«

Sabia flüsterte: »Ich wünschte, wir hätten das nie gehört! Wären wir doch nicht hinaufgegangen, um zu lauschen.«

»Es war so bestimmt«, sagte ich kurz.

»Du hast recht, Grundel.« Alake drehte sich zu uns herum. »Es war der Wille des Einen, daß wir die Bedingung der Drachenschlangen hören. Uns wurde ein Weg gezeigt, unsere Völker zu retten. Die Entscheidung liegt bei uns, nicht bei unseren Eltern. *Wir* sind es, die jetzt stark sein müssen.«

Während sie redete, merkte ich, wie sie sich in diese merkwürdigen romantischen Vorstellungen von Selbstaufopferung und Märtyrertum hineinsteigerte. Die Menschen schwärmen regelrecht für solche Ideen, was wir Zwerge beim besten Willen nicht verstehen können. Das Ideal der Menschen ist ein Held, der jung stirbt und sein kurzes Leben im Dienst irgendeiner guten Sache hingibt. Anders wir Zwerge. Unsere Helden sind die Alten, die auf ein langes, mit Anstand und Würde geführtes, arbeitsames Leben zurückblicken können.

Ich mußte an den unglücklichen Elfen denken, dem man die Augen aus dem Kopf gerissen hatte.

Was ist ruhmreich oder romantisch an einem solchen Tod? lag es mir auf der Zunge, Alake zu fragen, aber ich schwieg. Sie mußte auf ihre Art Trost und Kraft finden, wie ich zum Beispiel in dem Gedanken an meine Pflicht. Und Sabia – sie war tatsächlich entschlossen, sich zu betragen wie eine künftige Herrscherin.

»Aber ich hätte doch heiraten sollen«, sagte sie.

Unsere Freundin klagte und jammerte nicht. Sie wußte, was wir tun mußten. Der leise gesprochene Satz war ihr einziger Protest gegen ein grausames Schicksal und eher wehmütig als vorwurfsvoll.

Alake ist eben zum zweitenmal hereingekommen, um mir zu sagen, daß ich jetzt schlafen soll. Wir müssen ›unsere Kräfte schonen‹.

Dummes Zeug! Aber ich will ihr den Gefallen tun. Es ist ohnehin besser, wenn ich hier eine Pause mache. Was ich noch aufschreiben muß – die Geschichte von Devon und Sabia –, ist sowohl traurig als auch schön. Die Erinnerung wird mich trösten, während ich wachliege und in der einsamen Dunkelheit gegen die Furcht ankämpfe.

Kapitel 5

Todestor, Chelestra

Mühsam und widerwillig erwachte Haplo aus der Bewußtlosigkeit.

Seine erste Empfindung war ein unerträglicher Schmerz, doch im selben Moment wußte er, daß es vorüber war. Der Kreis war wieder geschlossen, der Schmerz, den er gefühlt hatte, nur der Nachhall des Augenblicks, in dem die beiden Enden sich zusammenfügten.

Aber noch war der Kreis instabil. Nur die Hand zu heben ging schon fast über seine Kräfte, doch er brachte es fertig und legte die gespreizten Finger auf seine nackte Brust. Mit der Rune über seinem Herzen fing er an, jedes Sigel auf seiner Haut nachzuzeichnen, neu zu verknüpfen und zu stärken.

Der Ausgangspunkt war die Namensrune, die man dem schreienden, zappelnden Säugling auf die Brust tätowiert, kaum daß er den Mutterleib verlassen hat. Die Mutter vollzieht das Ritual oder eine Stammesschwester, falls die Mutter stirbt. Den Namen bestimmt der Vater, sofern er lebt oder sich noch bei dem Stamm aufhält.* Sonst geht das Recht der Namensgebung an das Oberhaupt des Stammes über.

* Kinder sind im Labyrinth ein kostbares Gut und werden von den Siedlern aufgezogen. Läufer wie Haplo zeugen häufig Kinder, doch aufgrund des Lebens, das sie führen, können sie nicht bleiben, um die Vaterrolle zu übernehmen. Läuferinnen schließen sich im Fall einer Schwangerschaft einer

Die Namensrune bietet dem Säugling nur geringen magischen Schutz. Den größten Teil dessen saugt das Kind mit der Muttermilch ein, wie das Sprichwort sagt, was soviel heißt, daß es die Magie der leiblichen Mutter oder Amme in sich aufnimmt. Trotzdem ist die Namensrune die wichtigste Rune in dem gesamten Geflecht von Tätowierungen, denn sie bildet den Anfang des Seinskreises, und jedes später hinzugefügte Sigel bezieht sich auf diesen Ursprung.

Haplo ließ die Fingerspitzen über die Namensrune gleiten und zeichnete aus dem Gedächtnis das verschlungene Muster nach.

Die Erinnerung führte ihn zurück in die Zeit seiner Kindheit, zu einem der seltenen Momente des Friedens und der Besinnung, zu einem Jungen, der lernte, seinen Namen zu deuten und die Runen zu bilden . . .

. . . »Haplo: ›einsam, allein‹. Das ist dein Name und dein Schicksal«, erklärte sein Vater, während er mit dem Finger grob ein Linienmuster auf Haplos Brust malte. »Deine Mutter und ich haben die uns vom Los zugemessene Spanne bereits überschritten. Jedes Tor, das wir von nun an passieren, ist eine Gunst. Aber die Zeit wird kommen, wenn das Labyrinth die Schuld einfordert, wie bei allen, außer den Glücklichen und den Starken. Und die Glücklichen und die Starken sind meistens einsam. Wiederhole deinen Namen.«

Haplo fuhr gehorsam mit dem schmutzigen Zeigefinger über seine schmale Brust.

Sein Vater nickte. »Und jetzt die Runen des Schützens und Heilens.«

Haplo gehorchte. Er begann mit den Sigeln, die an die

nehmen. Läuferinnen schließen sich im Fall einer Schwangerschaft einer Siedlergruppe an und übergeben das Kind nach der Geburt einer der Familien. Manchmal unterbrechen Läufer – wie Haplos Eltern es taten – ihren Lauf und bleiben bei dem Stamm, bis das Kind alt und kräftig genug ist, um mit ihnen Schritt halten zu können. Solche Fälle sind allerdings äußerst selten. Daß Haplo überhaupt Erinnerungen an seine leiblichen Eltern besitzt, ist eine Besonderheit bei den Patryn.

Namensrune anknüpften und sich von ihr weiterverzweigten, über die Brust, den Leib, den Lendenbereich, bis auf den Rücken, um die Wirbelsäule zu schützen. Dabei sagte er die Runen auf, wie schon unzählige Male in seinem kurzen Leben, aber seine Gedanken waren bei den Kaninchenschlingen, die er ausgelegt hatte, und ob es ihm wohl gelingen würde, seine Mutter mit einem Braten fürs Abendessen zu überraschen.

»Nein! Falsch! Von vorn!«

Ein scharfer Hieb mit dem sogenannten Merkstock auf die ungeschützte, runenfreie Innenfläche der Hand lenkte Haplos Aufmerksamkeit wieder auf seine Lektion. Tränen schossen ihm in die Augen, aber er drängte sie zurück, denn sein Vater beobachtete ihn genau. Die Fähigkeit, Schmerzen zu ertragen, war ebenso Teil der harten Schulung, wie die Kunde von den Runen.

»Du bis heute unaufmerksam, Haplo.« Der Vater klopfte mit dem Merkstock – der dünne, biegsame und dornige Zweig einer Kriechrose – auf den Boden. »Es heißt, daß seinerzeit, in den Tagen unserer Freiheit, ehe wir von unseren Feinden . . . Wer sind unsere Feinde, mein Sohn?«

»Die Sartan«, antwortete Haplo und versuchte, das Brennen der abgebrochenen Dornen in seiner Handfläche zu ignorieren.

»Ehe wir also von unseren Feinden in dies verfluchte Gefängnis gesperrt wurden, Kinder wie du in Schulen gingen und dort die Runen lernten, um ihren Verstand zu üben. Das ist vorbei. In unserer Zeit geht es ums Überleben. Wenn deine Mutter und ich tot sind, Haplo, ist es an dir, das Runenmuster zu vervollständigen. Nur wenn das Gefüge keinen einzigen Fehler aufweist, kann es dir die Kraft verleihen, diesem Gefängnis zu entfliehen und unseren Tod zu rächen. Benenne die Runen der Stärke und Macht.«

Haplo wandte sich den Tätowierungen an seinen Armen und Beinen, auf seinen Hand- und Fußrücken zu. Diese Runen kannte er besser als die Zeichen des Heilens und Schützens, die man ihm eintätowiert hatte, nachdem er entwöhnt worden war. Einige dieser neueren Sigel hatte er selbst eintätowieren dürfen, ein stolzer Augenblick – der erste rituelle Schritt in ein aller Voraussicht nach grausames, hartes und kurzes Leben.

Haplo beendete seine Lektion ohne weiteren Fehler und wurde mit einem knappen, zufriedenen Kopfnicken seines Vaters belohnt.

»Und jetzt heile diese Wunden.« Der Vater zeigte auf die Hände seines Sohnes.

Haplo zog mit den Zähnen die Dornen heraus, spuckte sie auf den Boden und faltete die Hände zum heilenden Kreis, wie man es ihn gelehrt hatte. Die roten Schwellungen an den Einstichstellen verschwanden, die Haut war glatt und unversehrt, wenn auch etwas schmutzig. Sein Vater nickte wieder, stand auf und ging. Zwei Tage später waren er und Haplos Mutter tot. Haplo blieb allein zurück.

Die Glücklichen und die Starken sind meistens einsam . . .

Haplos Gedanken trieben auf einer Wolke aus Schmerzen und Schwäche dahin. Er zeichnete das Sigel für seinen Vater, und dann war sein Vater plötzlich der Herrscher des Nexus, der Haplo mit einer Dornengerte peitschte.

Haplo biß die Zähne zusammen und konzentrierte sich auf die Runen. Langsam wanderten seine Finger den linken Arm hinunter, zu den Sigeln, die er als Knabe begonnen und als Mann vollendet hatte.

Um die Sigel an seinen Beinen erreichen zu können, mußte er sich aufsetzen. Beim ersten Versuch wäre ihm beinahe schwarz vor Augen geworden, aber er kämpfte sich aus den wirbelnden Nebelschwaden empor und spähte zwischen den flimmernden Lichtpunkten hindurch, die vor seinen Augen tanzten, und schaffte es, den Oberkörper aufzurichten. Mit zitternden Fingern folgte er den Runen an Oberschenkeln, Hüften, Knien, Unterschenkeln, Füßen.

Jeden Augenblick rechnete er damit, den Biß der Dornengerte zu fühlen, den barschen Tadel zu hören: »Nein! Falsch! Von vorn!«

Dann war es vollbracht, und es war gut. Er sank auf die

Decksplanken zurück und spürte, wie die heilende Wärme sich von der Namensrune über dem Herzen durch seinen ganzen Körper ausbreitete.

Haplo schlief ein.

Als er aufwachte, fühlte er sich immer noch schwach, aber nur, weil er so lange nichts gegessen und getrunken hatte. Er stand auf und warf einen Blick aus dem großen Bugfenster, um sich zu orientieren. In seinem Unterbewußtsein regte sich vage die Erinnerung, wieder durch das Todestor gekommen zu sein, aber sie ging einher mit einem Inferno von Schmerzen, und er schüttelte sie hastig ab.

Wenigstens drohte keine unmittelbare Gefahr. Der matte Schimmer der Runen auf seiner Haut war eine Reaktion auf das, was er durchgemacht und erlitten hatte, nicht die Warnung vor einer Bedrohung. Außerhalb des Schiffs gab es nichts als eine ungeheure leere Bläue. Himmel, Wasser, feste Materie, gasförmig – er wußte es nicht, und ihm war zu flau vor Hunger, um sich den Kopf darüber zu zerbrechen.

Steifbeinig verließ er die Brücke und ging zum Laderaum, wo er den Proviant verstaut hatte. Trotz seines Hungers aß er nur etwas Brot, in Wein getaucht, eingedenk der Warnung: ›Nach langem Fasten kein Festmahl!‹

Anschließend kehrte er einigermaßen gekräftigt auf die Brücke zurück und kleidete sich an. Unter der Hose aus Leder, dem weißen Hemd mit den langen, gebauschten Ärmeln, der Lederweste und den Stiefeln verschwanden die verräterischen Tätowierungen, an denen er für alle jene, die sich an ihre Geschichte erinnerten, als Patryn kenntlich war. Nur die Hände blieben vorerst frei, denn er würde das Schiff steuern müssen, mittels der magischen Runen auf dem Kompaßstein.

Wenigstens nahm er an, daß es bald nötig sein würde, das Schiff zu steuern. Haplo starrte in das rätselhafte Aquamarinblau, das ihn umgab. War das nun eine Himmelskuppel, die sein ganzes Blickfeld ausfüllte, oder eine blaugestrichene Wand, an der er gleich Schiffbruch erleiden würde?

»Am besten gehen wir ans Oberdeck und sehen uns die Sache einmal genauer an, was meinst du, alter Junge?«

fragte er. Als das freudige Bellen ausblieb, das sonst einer solchen Aufforderung folgte, schaute Haplo sich forschend um.

Der Hund war nirgends zu sehen.

Erst jetzt kam Haplo zu Bewußtsein, daß er das Tier nicht mehr gesehen hatte, seit – seit... Nun, schon ziemlich lange nicht.

»Hierher, Junge!« Haplo stieß einen Pfiff aus. Stille. Kein Bellen, kein Jaulen oder Winseln.

Verärgert, weil er glaubte, der Hund hätte sich über die Würste hergemacht, marschierte Haplo wieder zum Laderaum, überzeugt, das Tier dort mit der typischen Miene lauterer Unschuld zu finden.

Der Hund war nicht da, die Würste unversehrt und vollzählig.

Haplo rief. Nichts. Da wußte er, daß der Hund fort war, und ein Gefühl der Verlassenheit und Trauer durchfuhr ihn wie ein stechender Schmerz, der fast schwerer zu ertragen war als die Qual seiner Züchtigung. Aber es dauerte nur einen Moment, dann war es, als wehte ein kalter, schneidender Wind durch sein innerstes Wesen und überzöge mit einer Schicht aus Eis jeden störenden Zweifel und ketzerischen Gedanken, den er je gehegt hatte.

Haplo fühlte sich wie neugeboren, erfrischt, leer. Und diese Leere, stellte er fest, war sehr viel angenehmer als der Aufruhr, der vorher in ihm getobt hatte.

Der Hund. Eine Krücke, wie sein Fürst immer gesagt hatte. Die Glücklichen und die Starken waren meistens allein (oder einsam?). Der Hund hatte seine Schuldigkeit getan.

»Er ist weg.« Haplo zuckte mit den Schultern und hatte ihn schon vergessen.

Alfred. Dieser elende Sartan.

»Jetzt ist mir alles klar. Er hat mich betrogen, getäuscht mit seiner Magie, genau wie mein Volk vor der Großen Teilung getäuscht und betrogen wurde. Aber diesmal nicht. Wir treffen uns wieder, Sartan, und dann wirst du mir nicht entkommen.«

Wenn er zurückdachte, war Haplo entsetzt darüber, wie

schwach er zuletzt geworden war; entsetzt von der Vorstellung, daß er tatsächlich an seinem Fürsten gezweifelt und sogar versucht hatte, ihn zu belügen.

Sein Fürst. Ihm verdankte er die Erlösung von allen Zweifeln, dieses neue Gefühl der Klarheit.

»Wie mein Vater mich strafte, als ich Kind war, so hat mein Fürst mich jetzt gezüchtigt. Ich nehme es hin. Ich bin dankbar dafür. Ich habe daraus gelernt. Ich werde Euch nicht enttäuschen, mein Fürst.«

Bei den letzten Worten legte er zum Schwur die Hand auf die Namensrune über seinem Herzen. Dann stieg er allein auf das Oberdeck seines Elfenschiffs.

Haplo wanderte an Deck auf und ab, schaute an den hohen Masten mit den Drachenschwingen hinauf und in die blaue Höhe über den Toppen, beugte sich über die Reling und warf einen Blick in die blaue Tiefe unter dem Kiel und ging nach vorn zu dem grimmigen Drachenhaupt des hochgeschwungenen Bugs, um in die blaue Ferne zu spähen. Dort entdeckte er etwas. Nicht viel, nur einen dunklen Fleck in all dem Wasserblau, aber das Prickeln der Runen auf seiner Haut und das Unbehagen, das ihn beschlich, verrieten ihm, daß es das Todestor war, das er dort sah.

Dann konnte es keinen Zweifel mehr geben, daß er während seiner Bewußtlosigkeit das Tor passiert hatte, denn im Nexus befand er sich auf gar keinen Fall mehr. Der Fürst mußte das Schiff auf den Weg gebracht haben.

»Und da ich im Begriff war, zu der vierten Welt zu reisen, der Welt des Wassers, Chelestra, ist das der Ort, an dem ich jetzt bin«, sagte er laut zu sich selbst. Es beruhigte ihn, in der unendlichen blauen Stille eine Stimme zu hören, auch wenn es seine eigene war.

Das Schiff machte Fahrt. Bisher war er sich dessen nicht sicher gewesen, aber jetzt konnte er beobachten, wie der dunkle Fleck – das Todestor – allmählich zu einem immer kleineren Punkt schrumpfte. Außerdem spürte er den Fahrtwind im Gesicht.

Die Luft war kühl und feucht, aber nach Haplos Ansicht machte eine hohe Luftfeuchtigkeit allein noch keine Wasserwelt. Während er an Deck auf und ab ging, grübelte er darüber nach, wohin er geraten war und wohin er unterwegs sein mochte.

Eine Welt aus Wasser. Er versuchte, sich ein Bild davon zu machen, obwohl er wußte, daß bei den drei vorigen Welten seine Phantasie auch um etliches hinter der Wirklichkeit zurückgeblieben war. Inseln auf einem endlosen Meer. Nachdem er sich das ausgemalt hatte, gab es für ihn keine andere Möglichkeit mehr. Nichts anderes ergab einen Sinn.

Aber wenn er diesmal tatsächlich recht hatte, wo waren die Inseln? Schwebte er am Himmel über ihnen? Doch hätte sich dann nicht unter ihm eine im Sonnenschein glitzernde Wasserfläche ausbreiten müssen?

Haplo stieg den Niedergang hinunter und ging zur Brücke. Vielleicht gaben die Runen des Kompaßsteins einen Hinweis.

Doch genau in diesem Moment erfuhr er, wie Chelestra beschaffen war. Die *Himmelsstürmer* prallte gegen eine Mauer aus Wasser.*

Die Wucht des Zusammenpralls stieß Haplo rücklings zu Boden. Der Kompaßstein sprang vom Postament und rollte über die Planken. Haplo wollte aufspringen, doch dann erstarrte er und lauschte in fassungslosem Entsetzen auf ein Knirschen und dann ein Krachen, das wie ohrenbetäubender Donner durch das Schiff hallte. Der Hauptmast war gebrochen und umgestürzt.

Er lief zum Fenster, um zu sehen, wer oder was das Schiff attackierte.

Nichts. Kein Feind weit und breit, nur Wasser.

Eine nasse Plane fiel über das Fenster und versperrte ihm

* Obwohl Chelestra eine Welt ist, die ausschließlich aus Wasser besteht, gibt es Bereiche, wo sich eine Vielzahl einzelner Gasblasen zu einer riesengroßen zusammenschließen. Eine dieser Blasen umgibt das Todestor, um dem Reisenden den Übergang von einer Welt in die andere zu ermöglichen und ihm Gelegenheit zu geben, sein Schiff auf das Eintauchen ins Wasser vorzubereiten.

die Sicht – es war ein Teil des Drachensegels, das gebraucht wurde, um die Manövrierfähigkeit des Schiffes zu vergrößern. Jetzt flatterte es hilflos im Wasser wie ein ertrinkender Vogel.

Ein erneutes Bersten und Krachen. Immer zahlreichere Wasserrinnsale führten zu einer unliebsamen Erkenntnis. Er wurde nicht angegriffen, sondern –

»Das verdammte Schiff bricht auseinander!« fluchte Haplo und schaute sich ungläubig um.

Es konnte nicht sein! Jede Planke, jeder Balken, jeder Mast und jedes Segel, jeder Millimeter dieses Schiffes war mit Runenmagie gepanzert. Nichts und niemand vermochte ihm etwas anzuhaben. Die *Himmelsstürmer* war unbeschadet durch den gleißenden Sonnenhimmel Pryans geflogen. Sie hatte die Stürme und den Mahlstrom von Arianus überstanden und die Magmafluten Abarrachs. Ein mächtiger Sartanmagier hatte versucht, den Zauber zu brechen, und war gescheitert. Die furchtbaren Lazare ebenso. Das Schiff und sein Steuermann hatten all das überlebt. Aber Wasser, ganz gewöhnliches Wasser, bewirkte, daß es auseinanderfiel wie eine gesprungene Porzellanschüssel.

Das Schiff rollte träge; ächzend hielten die Spanten dem Druck von außen stand, dann gaben sie nach. Das Schiff brach langsam entzwei – was unter keinen Umständen je hätte geschehen dürfen.

Haplo konnte es immer noch nicht glauben; er weigerte sich, es zu glauben. Er hatte Mühe, auf dem schwankenden Boden das Gleichgewicht zu halten. Wasser schwappte um seine Knöchel.

Sein erster Gedanke galt dem Kompaßstein. Während er danach Ausschau hielt, fragte er sich, wie es überhaupt sein konnte, daß die Obsidiankugel heruntergefallen war. Auch sie war mit Runen bedeckt, geschützt von Sigeln, die das Schiff steuerten. Wenn er den Stein fand und wieder auf das Postament setzte, gelang es ihm vielleicht, das Schiff aus dem Wasser zu manövrieren und zurück in die Sicherheit der Luftblase.

Haplo entdeckte den Kompaßstein, der gegen das Schott

gerollt war. Nur die obere Wölbung schaute noch aus dem Wasser. Er watete darauf zu und bückte sich, um ihn aufzuheben, doch seine Hand blieb auf halbem Weg in der Luft hängen. Er starrte auf den Obsidian.

Der schwarze Stein war glatt, rund und blank. Die Runen auf der Oberfläche waren verschwunden, ausgelöscht.

Wieder ein Krachen. Das Wasser stieg rapide.

Was er da zu sehen glaubte oder vielmehr nicht zu sehen glaubte, konnte nichts anderes als eine Sinnestäuschung sein, die panische Reaktion auf das alptraumhafte Geschehen. Es waren magische Glyphen gewesen, tief in den Obsidian eingegraben. Sie konnten nicht einfach weggewaschen werden, schon gar nicht von Wasser! Er hob den Kompaßstein auf und sprach die Runen, die seine Magie aktivierten.

Nichts geschah. Er hätte ebensogut einen Felsbrocken aus dem Garten seines Fürsten in den Händen halten können. Er musterte den Stein mit zorniger Verblüffung und unwillkürlich auch seine Finger, Hände, Handgelenke...

Wasser perlte auf Haut, die weiß, glatt und ungezeichnet war.

Haplo ließ die Obsidiankugel fallen. Ohne zu merken, daß das Wasser ihm bereits bis zu den Knien reichte, taub für das Bersten und Krachen, das vom Todeskampf der *Himmelsstürmer* kündete, starrte er auf seine Hände, als könne er durch die Macht seiner Blicke die vermeintliche Illusion überwinden und das Runenmuster wieder erscheinen lassen.

Die Tätowierungen waren und blieben verschwunden.

Die Panik in ihm stieg um ein Vielfaches rascher als der Wasserpegel im Schiffsrumpf. Haplo schob den Hemdsärmel zurück. Ein Tropfen lief von seinem Handrücken über den tätowierten Arm. Er hinterließ eine bizarr geschlängelte Spur langsam verblassender Runen.

Das also widerfuhr seinem Schiff. Das Wasser löschte die Runen aus und mit ihnen die Magie.

Haplo konnte sich nicht erklären, weshalb das Wasser die Macht haben sollte, Magie zu neutralisieren; er war unfähig, dem Geschehen Einhalt zu gebieten. Er, der sich von Kind an auf seine Magie verlassen hatte, war plötzlich hilf- und schutzlos wie ein Nichtiger.

Das Wasser stand jetzt so hoch, daß Haplo den Boden unter den Füßen verlor. Es widerstrebte ihm, den Schutz des Schiffes zu verlassen, obwohl der logische Verstand ihm sagte, daß es sehr bald nicht mehr imstande sein würde, ihm irgendwelchen Schutz zu bieten, wenn die Runen erst sämtlich ausgelöscht waren. Eine ungebetene Stimme flüsterte ihm zu, daß es vielleicht besser war zu sterben, als wie ein Nichtiger zu leben – oder schlechter als ein Nichtiger, denn einige von ihnen verfügten immerhin über primitive magische Fähigkeiten.

Doch nur einen flüchtigen Moment lang fühlte er sich versucht, die Augen zu schließen und ein Ende zu machen; in erster Linie war er zornig. Wütend! Wütend auf die Tücke dieser Welt, wütend auf wen oder was auch immer für seine ruhmlose Havarie verantwortlich sein mochte. Er war entschlossen, das Rätsel zu lösen und Genugtuung zu fordern, aber dazu mußte er am Leben bleiben.

Als er den Kopf in den Nacken legte und nach oben schaute, war er überzeugt, dort einen hellen Schimmer zu sehen. Tageslicht? Nach einem letzten, tiefen Atemzug befreite er sich mit heftigen Schwimmstößen aus den Trümmern des Laderaums und stieg zwischen treibenden Planken, Spieren und Proviantfässern in die Höhe. Über ihm war es tatsächlich hell, wenn er nach unten schaute, sah er den Kontrast des dunklen Wassers in der Tiefe. Trotzdem schien er der Oberfläche nicht näher zu kommen.

Seine Lungen brannten, schwarze Punkte tanzten ihm vor den Augen. Viel länger konnte er den Atem nicht anhalten. Mit hastigen Armzügen, angetrieben von der Angst zu ertrinken, schoß er durchs Wasser.

Ich schaffe es nicht. Ich werde sterben, und niemand wird es je erfahren. Mein Fürst wird es nie erfahren . . .

Die Qual wurde zu groß. Falls er sich den Schimmer Tageslicht nicht nur eingebildet hatte, falls es eine rettende Oberfläche gab, war sie zu weit entfernt. Seine Kräfte erlahmten. Der Druck in seinem Körper wurde unerträglich, sein Herzschlag dröhnte, sein Kopf schien platzen zu wollen, in seiner Brust loderte ein Flammenmeer.

Der Impuls des Überlebenswillens war stärker als das Veto der Vernunft. Haplo riß den Mund auf und rang nach Atem; Wasser drang in seinen Hals, stieg in seine Nase. Ein seltsames, wärmendes Gefühl durchströmte seinen Körper, und er war überzeugt zu sterben.

Der Tod schien sich jedoch ungebührlich viel Zeit zu lassen, und das erstaunte ihn.

Haplo wußte nicht, wie es war, wenn man ertrank. Eigene Erfahrungen hatte er nicht und kannte auch niemanden, der anschließend zurückgekommen war, um von der Erfahrung zu berichten. Er hatte aber schon die Leichen Ertrunkener gesehen und wußte, daß die Lungen versagten, sobald sie sich mit Wasser füllten, genau wie alle anderen Organe des Körpers. Deshalb überraschte es ihn ziemlich, festzustellen, daß er die Ausnahme von der Regel zu sein schien.

Wäre es nicht gar zu phantastisch gewesen, hätte Haplo schwören können, daß er das Wasser so problemlos einatmete wie früher die Luft.

Während er sich treiben ließ, dachte er über dieses ungewöhnliche und verblüffende Phänomen nach. Der vernunftbestimmte, logisch denkende Teil seines Verstandes wollte es nicht akzeptieren, und sobald er daran dachte, daß ihm gleich ein Schwall Wasser in Mund und Nase dringen würde, hielt er wieder krampfhaft den Atem an und mußte gegen die Panik ankämpfen, die ihn zu überwältigen drohte. Doch wenn er sich entspannte und nicht darüber nachdachte, konnte er atmen. Unerklärlich, aber so war es. Und ein anderer, längst verschütteter Teil von ihm konnte es sogar begreifen.

Du bist zum Ursprung zurückgekehrt. Auf diese Weise und in einer solchen Umgebung hast du deinen Anfang genommen.

Haplo beschloß, sich damit später zu beschäftigen. Im Augenblick zählte nur, daß er lebte, wider alle Vernunft, aber er lebte. Leider sah er sich aufgrund dieser Tatsache mit einer ganzen Reihe neuer Probleme konfrontiert.

Das Wasser versorgte ihn zwar mit Sauerstoff, aber mehr auch nicht. Das hohle, nagende Gefühl in seinem Magen verriet ihm, daß es weder dazu taugte, seinen Hunger zu stillen, noch seinen Durst zu löschen. Auch seine rasch nachlassenden Kräfte vermochte es nicht zu erneuern. Der Magie beraubt, mit deren Hilfe er sich hätte retten können, war er dem Tod durch Ertrinken nur entronnen, um an Hunger, Durst und Erschöpfung zu sterben.

Sein Kopf wurde klarer. Von der unmittelbaren Angst um sein Leben befreit, betrachtete Haplo seine Umgebung. Er konnte jetzt erkennen, daß der helle Schimmer, von dem er geglaubt hatte, es sei Tageslicht, nicht von oben kam, sondern von einem Punkt schräg über ihm. Er bezweifelte jetzt, daß es die Sonne war, aber es war Licht, und Licht bedeutete Leben – hoffentlich.

Er bekam ein Stück Holz von dem Wrack der *Himmelsstürmer* zu fassen und hielt es fest, während er sich aus den schweren Stiefeln und allen entbehrlichen Kleidungsstücken kämpfte. Niedergeschlagen betrachtete er seine Arme und Beine. Es war keine Spur von den Tätowierungen mehr zu sehen.

Haplo zog sich auf das Brett und ließ sich im Wasser treiben, das eine ähnliche Temperatur hatte wie sein Körper.

Bewußt zwang er sich, an gar nichts zu denken und die Zeit zu nutzen, um den Schock und die Angst zu verarbeiten. Daran, wie sein Haar sich im Wasser bewegte, konnte er sehen, daß eine Strömung vorhanden war, die ihn in die Nähe der Lichtquelle bringen würde. Die Erkenntnis bestärkte ihn in seinem Entschluß. Es war leichter, mit der Strömung zu treiben, als dagegen ankämpfen zu müssen.

Haplo ruhte, bis er merkte, daß seine Kräfte allmählich zurückkehrten. Dann drehte er sich auf den Bauch und paddelte auf den fernen Lichtschein zu.

Kapitel 6

Halle des Schlafs, Chelestra

Die ersten Worte, die Alfred hörte, als er langsam wieder zu sich kam, waren seiner Erholung nicht eben förderlich. Samah sprach zu den anderen Sartan, die sich – vermutete Alfred, denn er hielt die Augen noch geschlossen – um den ohnmächtigen Bruder versammelt hatten und verwundert auf ihn niedersahen.

»Während der Großen Teilung haben wir viele unserer Brüder und Schwestern verloren. Der Tod raffte damals viele dahin, aber ich fürchte, daß wir es hier mit einem Unglücksfall anderer Art zu tun haben. Dieser beklagenswerte Mann hat offenbar den Verstand verloren.«

Alfred rührte sich nicht, in der Hoffnung, noch eine Weile für bewußtlos gehalten zu werden, und wünschte dabei verzweifelt, es tatsächlich zu sein!

Er spürte die Gegenwart vieler Personen, hörte sie atmen, hörte das Rascheln der Gewänder, doch keiner sagte etwas. Jemand hatte sich erbarmt und ihm ein Kissen unter das fast kahle Haupt geschoben.

»Samah, ich glaube, er kommt zu sich«, ertönte die Stimme einer Frau.

Samah – der große Samah! Archont der Sartan! Beinahe hätte Alfred laut aufgestöhnt.

»Tretet zurück! Erschreckt ihn nicht«, ordnete Samah an.

Die Güte und Fürsorge in seinem Tonfall rührten Alfred so sehr, daß er am liebsten in Tränen ausgebrochen wäre. Von ganzem Herzen sehnte er sich danach, die Knie dieses berühmten, hervorragenden Mannes zu umfassen und ihn als Vater, Herrscher, Patriarch, Mentor zu begrüßen.

Was hält mich zurück?, wunderte er sich, während er fröstelnd auf dem kalten Fußboden des Mausoleums lag. Weshalb führe ich meine eigenen Brüder und Schwestern hinters Licht, indem ich hier liege, mich ohnmächtig stelle und sie belausche? Es ist schändlich, unwürdig! Haplo würde so etwas tun!

Diese Erkenntnis war so furchtbar, daß Alfred sein Stöhnen diesmal nicht unterdrücken konnte.

Nun hatte er sich verraten und fühlte sich doch ganz und gar nicht in der Lage, diesen Leuten Rede und Antwort zu stehen. Samahs Worte fielen ihm ein: *Ich habe das Recht und die Pflicht, dir Fragen zu stellen, nicht aus müßiger Neugier, sondern aus zwingender Notwendigkeit.*

Aber was, dachte Alfred bedrückt, soll ich ihm antworten?

Sein Kopf rollte von einer Seite zur anderen, scheinbar aus eigenem Antrieb, denn Alfred versuchte aufzuhören und konnte es nicht. Seine Hände zuckten. Seine Lider flatterten.

Die von ihm aus der Stasis erweckten Sartan standen da, schauten ihn an, aber keiner machte irgendwelche Anstalten, ihm beizustehen. Sie waren nicht etwa grausam oder gleichgültig, sondern einfach verwirrt. Nie zuvor hatten sie bei einem aus ihrem Volk ein derart befremdliches Verhalten erlebt und wußten nicht, was zu tun war.

»Entweder kommt er zu sich, oder er hat einen Anfall«, sagte der Archont. »Es ist wohl ratsam, daß einige von euch sich bereithalten, falls wir ihn in Gewahrsam nehmen müssen.«

»Das wird nicht nötig sein!« hörte Alfred die Frau protestieren, die neben ihm kniete.

Alfred betrachtete sie und erkannte in ihr die Frau aus der Nische, in der er Lya vorzufinden geglaubt hatte. Sie streichelte beruhigend seine Hand, die sich, ohne daß er es wollte, um ihre Finger schloß. Trotzdem wurde er von ihr getröstet, denn sie erwiderte seinen Händedruck fest und ermutigend.

»Ich glaubte, die Zeit der Auflehnung sei vorüber, Orla«, bemerkte Samah.

Er sagte es leichthin, aber mit einem Unterton von Schärfe, der Alfred zutiefst erschreckte. Die übrigen Sartan bewegten sich unruhig, wie Kinder einer zerrütteten Familie, die Angst haben, daß ihre Eltern wieder zu streiten beginnen.

Der Griff der Frau um seine Hand verstärkte sich; als sie antwortete, klang ihre Stimme traurig.

»Ja, Samah. Das ist sie.«

»Die Ratsversammlung hat entschieden. Du bist Mitglied des Rats. Du hast deine Stimme wie alle anderen abgegeben.«

Die Frau schwieg – oder wenigstens ihr Mund. Doch Alfred vernahm plötzlich Worte in seinem Kopf, ihm zugänglich gemacht durch die Berührung ihrer Hände:

»Zu deinen Gunsten, was du von Anfang an gewußt hast. Bin ich Mitglied des Rats? Oder nur Samahs Frau?«

Alfred begriff plötzlich, daß er nur durch Zufall Zeuge ihrer Gedanken geworden war. Sartan verfügten zwar über die Fähigkeit, auf diese Art miteinander zu kommunizieren, aber gewöhnlich nur mit ihnen sehr nahestehenden Personen – Eltern, Kinder, enge Freunde, dem Ehemann, der Ehefrau.

Samah hörte nichts. Er hatte sich abgewandt; höchstwahrscheinlich beschäftigten ihn wichtigere Dinge als ein geschwächt, vielleicht krank am Boden liegender fremder Sartan.

Die Frau hielt den Blick auf Alfred gerichtet, aber sie schaute durch ihn hindurch auf etwas, das vor langer Zeit geschehen war. Es widerstrebte Alfred, sie aus ihrer Versunkenheit zu reißen, aber der Fußboden wurde immer unbequemer. Schließlich mußte er sich bewegen, um sein verkrampftes rechtes Bein zu entspannen. Die Frau kehrte in die Gegenwart und zu ihm zurück.

»Wie fühlst du dich?«

»Nicht sehr gut«, antwortete Alfred schwach.

Er bemühte sich um einen kläglichen Tonfall, weil er hoffte, daß Samah, daß all diese Sartan weggehen und ihn in Ruhe lassen würden.

Nun, vielleicht nicht *alle*. Er hielt immer noch die Hand der Frau umklammert. Orla. Ein wunderschöner Name, aber die Bilder, die mit ihm einhergingen, waren traurig.

»Gibt es etwas, das wir für dich tun können?« fragte Orla ratlos.

Alfred verstand. Sie wußte, daß er nicht krank war. Sie wußte, daß er ihnen etwas vormachte, deshalb war sie beunruhigt und verwirrt. Kein Sartan hat Furcht, sich einem anderen Sartan zu offenbaren; Verstellung, Täuschung, Lüge kennen sie deshalb nicht. Vielleicht war Orla im Begriff, sich Samahs Meinung anzuschließen – daß sie es mit einem Geisteskranken zu tun hatten.

Seufzend schloß Alfred die Augen. »Ihr müßt Geduld mit mir haben«, sagte er leise. »Ich weiß, ich benehme mich seltsam. Ich weiß, ihr versteht nicht, was mein Benehmen zu bedeuten hat. Ihr könnt es nicht verstehen, erst müßt ihr meine Geschichte gehört haben.«

Von Orla gestützt, setzte er sich hin, aber dann wehrte er ihre Hilfe ab, stand auf und trat Samah mit schlichter Würde entgegen.

»Ihr seid das Haupt des Rats der Sieben. Sind die übrigen Ratsmitglieder anwesend?« fragte er.

»Ja.« Samahs Blick wanderte durch den Raum und richtete sich auf fünf der anwesenden Sartan, zuletzt fiel er auf Orla. »Ja, die Ratsmitglieder sind vollzählig anwesend.«

»Dann«, sagte Alfred bescheiden, »erbitte ich die Gunst einer Anhörung vor dem Rat.«

»Selbstverständlich.« Der Archont neigte entgegenkommend den Kopf. »Das ist dein gutes Recht, wann immer du glaubst, dem gewachsen zu sein. Vielleicht in ein, zwei Tagen . . .«

»Nein, nein«, sagte Alfred hastig. »Wir haben keine Zeit zu verlieren. Nun, eigentlich *haben* wir Zeit. Zeit ist das Problem. Ich meine – ich glaube, Ihr solltet jetzt gleich hören, was ich zu sagen habe, bevor . . .« Seine Stimme erstarb.

Orla stockte der Atem. Ihr und Samahs Blick trafen sich, und welche Spannungen auch zwischen ihnen bestehen mochten, in diesem Moment waren sie ausgelöscht.

Die Sartansprache, Teil der Sartanmagie, hat die Eigenschaft, Bilder und Visionen heraufzubeschwören, um den Worten des Sprechers im Bewußtsein der Zuhörer besondere Ausdruckskraft zu verleihen. Ein mächtiger Sartan wie Samah besaß die Fähigkeit, diese Bilder zu kontrollieren und einem Gesprächspartner das zu zeigen, was er für angebracht hielt.

Alfred dagegen war leider ebensowenig Herr seiner Gedanken wie seines Körpers. Orla, Samah und mit ihnen jeder Sartan in dem Mausoleum waren soeben mit erstaunlichen, furchteinflößenden, rätselhaften Wahrnehmungen konfrontiert worden. Ein Szenario aus seinen Erinnerungen, das Alfred ihnen unwillentlich übermittelt hatte.

»Der Rat wird sofort zusammentreten«, erklärte Samah. »Ihr übrigen . . .« Er verstummte und musterte nachdenklich die anderen Sartan, die geduldig seiner Befehle harrten. »Ich glaube, ihr solltet hierbleiben, bis wir genau wissen, wie es droben steht. Mir ist aufgefallen, daß einige aus unserem Volke noch nicht aufgewacht sind. Kümmert euch um sie.«

Die Sartan verneigten sich in schweigender, widerspruchsloser Zustimmung und taten, wie ihnen geheißen, während Samah auf dem Absatz kehrtmachte und durch das Mausoleum zu einer Tür auf der anderen Seite eines unbeleuchteten, schmalen Korridors ging. Die fünf anderen Ratsmitglieder folgten ihm. Orla ging neben Alfred. Sie verzichtete darauf, ihn anzusprechen oder anzusehen, damit er die Frist nutzen konnte, um sich zu sammeln und seine Gedanken zu ordnen. Er wußte ihre Rücksicht zu schätzen, auch wenn er nicht glaubte, daß es viel nützte.

Samah durchmaß die Halle mit raschen, bestimmten Schritten, als kehrte er nach einer nur kurzen Unterbrechung wieder zu seinen Geschäften zurück. In seiner Geistesabwesenheit schien er nicht zu bemerken, daß der Saum seiner langen Robe durch eine dicke Staubschicht schleppte.

Runen schimmerten bläulich, als Samah eine Beschwörung zu skandieren begann. Die Tür öffnete sich und wirbelte dabei eine Staubwolke vom Boden auf.

Alfred nieste. Orla schaute sich mit befremdeter Verwunderung um.

An dem runden, mit Runenschnitzereien versehenen Tisch in der Mitte erkannte Alfred, daß sie sich in der Ratskammer befanden. Samah runzelte die Stirn über den feinen, weichen Staub, der sich auf der Tischplatte abgelagert hatte und die Glyphen zudeckte. Er blieb stehen und fuhr nachdenklich mit dem Zeigefinger durch die samtige Schicht.

Die anderen Ratsmitglieder verharrten bei der Tür, deren Runeninschrift allmählich wieder verblaßte. Auf ein kurzes Wort von Samah leuchtete eine über dem Tisch schwebende weiße Kugel auf und erfüllte den Raum mit einer unbarmherzigen Helligkeit. Er musterte sinnend die lichtgraue, faltenlose Decke, die alle Oberflächen überzog.

»Wir werden es vorerst so belassen müssen, sonst können wir hier drin nicht mehr atmen.« Er schwieg einen Moment, dann richtete er den Blick auf Alfred. »Ich ahne, in welche Richtung deine Worte führen werden, Bruder, und ich muß zugeben, es erfüllt mich mit einer Angst, wie ich nicht geglaubt hätte, sie empfinden zu können. Wir sollten uns alle hinsetzen, aber dieses eine Mal können wir darauf verzichten, unsere gewohnten Plätze um den Tisch einzunehmen.«

Er nahm einen Stuhl, wischte ihn ab und hielt ihn für Orla bereit. Die anderen zogen sich ebenfalls Stühle heran, und trotz aller Vorsicht wurde dadurch soviel Staub aufgewirbelt, daß es aussah, als hinge dichter Nebel im Zimmer. Alle husteten und murmelten hastige Beschwörungen, um die Luft zu reinigen, trotzdem senkte er sich als grauer Schleier auf Haut, Haare, Kleidungsstücke.

Alfred blieb stehen, wie es angemessen war für jemanden, der vor dem Rat erschien.

»Du magst beginnen, Bruder«, forderte der Archont ihn auf.

»Zuerst muß ich um die Erlaubnis bitten, Fragen stellen zu dürfen.« Alfred verschränkte nervös die Hände. »Es gibt einiges, das ich wissen muß, um sicher zu sein, daß meine Vermutungen stimmen.«

»Es sei dir gewährt.« Samah nickte feierlich.

»Ich danke Euch.« Alfred verneigte sich ungelenk. »Meine erste Frage lautet: Seid Ihr ein Nachfahre jenes Samah, der zur Zeit der Großen Teilung Archont der Sartan war?«

Orlas Blick huschte zu Samah. Ihr Gesicht war außerordentlich blaß. Die anderen Ratsmitglieder rückten unruhig auf ihren Stühlen herum, schauten Samah an oder betrachteten angelegentlich die Fußabdrücke in der Staubschicht auf dem Boden.

»Nein«, antwortete Samah, »ich bin kein Nachfahre dieses Mannes.« Er hielt inne, vielleicht, um die Folgen seiner Worte zu überdenken. »Ich bin dieser Mann«, sagte er schließlich.

Alfred seufzte leise und nickte. »Ich dachte es mir. Und dies ist der Rat der Sieben, der den Beschluß faßte, die Welt zu teilen und an ihrer Statt vier einzelne, unterschiedliche Welten zu erschaffen. Dies ist der Rat, der den Krieg gegen die Patryn begann, ihre Niederlage herbeiführte und ihre Gefangennahme bewerkstelligte. Dies ist der Rat, der das Labyrinth bauen ließ und unsere Feinde darin einkerkerte. Dies ist der Rat, auf dessen Anweisung ein Teil der Nichtigen vor dem Untergang bewahrt wurde, um auf den vier Welten die von euch entworfene neue Ordnung zu etablieren und in Frieden und Wohlstand miteinander zu leben.«

»Ja«, bestätigte Samah. »Dies ist der Rat, von dem du sprichst.«

»Ja«, wiederholte Orla leise, bedrückt. »Dies ist jener Rat.«

Samah warf ihr einen verärgerten Blick zu. Von den übrigen Ratsmitgliedern – vier Männer und eine Frau – runzelten zwei Männer und die Frau mißbilligend die Stirn; die anderen beiden Männer nickten, offenbar standen sie auf Orlas Seite.

Die Kluft zwischen den Ratsmitgliedern gähnte wie ein Abgrund zu Alfreds Füßen, und vor Bestürzung verlor er den Faden seines Gedankenganges. Stumm sah er von einem zum anderen.

»Wir haben deine Fragen beantwortet«, mahnte Samah mit einem Anflug von Ungeduld. »Hast du noch weitere?«

Alfred hatte Fragen, aber es fiel ihm schwer, sie so zu formulieren, daß man es wagen konnte, sie dem Oberhaupt des Rats der Sieben zu stellen. »Aus welchem Grund habt ihr euch zum Schlaf zurückgezogen?« brachte er schließlich heraus.

Eine einfache Frage. Zu seinem Entsetzen vernahm Alfred in ihrem Gefolge den Widerhall der vielen anderen, die er unter keinen Umständen hatte aussprechen wollen. Sie tönten als unausgesprochene, vorwurfsvolle Anklagen durch den Raum.

Warum habt ihr uns allein gelassen? Warum habt ihr die im Stich gelassen, die eurer bedurften? Warum habt ihr die Augen verschlossen vor dem Chaos, der Zerstörung und dem Elend?

Samah machte einen ernsten, nachdenklichen Eindruck. Alfred, erschrocken über das, was er angerichtet hatte, bemühte sich stammelnd und gestikulierend, seine innere Stimme zum Schweigen zu bringen.

»Fragen bringen neue Fragen hervor, wie es scheint«, bemerkte der Archont endlich. »Ich merke, daß es mir leichter fallen würde, die deinen zu beantworten, wenn ich dir vorher auch einige stellen dürfte. Du bist nicht von Chelestra, habe ich recht?«

»Nein, Samah*, das bin ich nicht. Ich komme von Arianus, der Welt der Lüfte.«

* Man wird bemerkt haben, daß Alfred den Archonten, das Oberhaupt des Rats (in der Gesellschaftsstruktur der Sartan die oberste politische Instanz, die ›Regierung‹) nicht mit einem formellen Titel anredet. Rang- oder Klassenunterschiede waren bei den Sartan vor der Zeit der Großen Teilung unbekannt. Nach wie vor ist bei ihnen im Umgang miteinander das vertrauliche Du gebräuchlich. Von Rechts wegen hätte Alfred Samah als Bruder ansprechen müssen. Daß er es nicht tut und überdies auf dem distanzierten ›Ihr‹ beharrt, ist nicht nur ein Zeichen des Respekts, sondern läßt darauf schließen, daß er immer noch ein gewisses Mißtrauen gegenüber dem Archonten und seinen eigenen Landsleuten hegt.

»Und du bist durch das Todestor in diese Welt gekommen, vermute ich?«

Alfred zögerte. »Zutreffender wäre, durch einen Zufall«, sagte er, lächelte und fügte hinzu: »Oder vielleicht durch einen Hund.«

Seine Worte erschufen in den Köpfen seiner Zuhörer Bilder, mit denen sie, nach ihrem verdutzten Gesichtsausdruck zu urteilen, nichts anfangen konnten.

Alfred hatte Verständnis für ihre Ratlosigkeit. Er sah in Gedanken Arianus, von Kriegen zwischen den Nichtigen verheert; die phantastische, gigantische Maschine dort eine sinn- und zwecklose Kuriosität; die Sartan verschwunden und vergessen. Dann Haplo, Haplos Schiff, die Reise durchs Todestor. Unwillkürlich wappnete er sich für die unvermeidliche nächste Frage Samahs, doch anscheinend waren die Bilder so vehement auf ihn eingestürmt, daß der Archont sie abgewehrt hatte, um sich auf seine eigenen Überlegungen konzentrieren zu können.

»Durch Zufall, sagst du. Dann bist du nicht geschickt worden, um uns zu wecken?«

»Nein.« Alfred seufzte. »Es gab niemanden, der mich hätte schicken können.«

»Die Unsrigen auf Arianus haben die Nachricht nicht erhalten? Unsere Bitte um Hilfe?«

»Ich weiß nicht.« Alfred schüttelte den Kopf und musterte seine Schuhspitzen.

»Wenn ja, dann vor langer Zeit. Vor langer, langer Zeit.«

Samah schwieg. Alfred wußte, was er dachte. Der Archont versuchte sich darüber klar zu werden, wie er am besten eine Frage stellen sollte, die er sich fürchtete zu stellen. Nach einer Weile schaute er Orla an.

»Wir haben einen Sohn. Er befindet sich in dem anderen Raum. Er ist fünfundzwanzig Jahre alt, wie man es zur Zeit der Teilung rechnete. Hätte er sein Leben weitergeführt und sich nicht für den Schlaf entschieden, wie alt wäre er jetzt?«

»Er wäre nicht mehr am Leben.«

Samahs Lippen bebten. Es kostete ihn Mühe, sich zu

beherrschen. »Wir Sartan sind eine langlebige Rasse. Bist du sicher? Wenn er nun ein hohes Alter erreicht hätte?«

»Er wäre nicht mehr am Leben, weder er noch seine Kinder, noch seine Kindeskinder.«

Alfred verschwieg, daß aller Wahrscheinlichkeit nach der junge Mann keine Nachkommen gehabt haben würde. Auch den Gedanken daran ließ er sich nicht entschlüpfen, trotzdem merkte er, daß der Archont das ganze Ausmaß der Katastrophe zu begreifen begann. Er hatte in Alfreds Bewußtsein die Reihen der Sarkopharge auf Arianus gesehen, die untoten Sartan in den Lavahöhlen Abarrachs.

»Wie lange haben wir geschlafen?« fragte er.

Alfred strich mit der Hand über sein schütteres Haar. »Ich kann es nicht mit Gewißheit sagen oder euch Zahlen nennen. Die Zeitrechnung ist von Welt zu Welt verschieden.«

»Jahrhunderte?«

»Ja, ich glaube schon.«

Orlas Lippen bewegten sich, als wollte sie etwas sagen, aber sie schwieg. Die Sartan saßen auf ihren Stühlen wie betäubt. Es mußte schrecklich sein, dachte Alfred, aufzuwachen und zu erkennen, daß unterdessen Äonen vergangen sind. Erfahren zu müssen, daß das sorgfältig geplante und erschaffene Universum, in dem man sich schlummernd geborgen geglaubt hatte, in Trümmer gesunken war.

»Es ist alles so – verworren. Die einzigen, die womöglich über genaue Aufzeichnungen verfügen, die sich wirklich daran erinnern, was geschehen ist, sind die ...« Alfred biß sich auf die Lippen. Den Punkt hatte er nicht aufs Tapet bringen wollen, wenigstens vorläufig noch nicht.

»... sind die Patryn«, beendete Samah den Satz. »Ja, ich habe den Mann, unseren alten Feind, in deinen Gedanken gesehen, Bruder. Er war frei. Du hast ihn begleitet.«

Orlas niedergeschlagenes Gesicht erhellte sich. Interessiert beugte sie sich vor. »Können wir hoffen? Ich war nicht einverstanden mit dem Plan damals, aber nichts würde mich mehr freuen, als zu erfahren, daß ich mich geirrt habe. Können wir davon ausgehen, daß unser Erziehungsversuch erfolgreich gewesen ist? Daß die Patryn, als sie das Getto verließen, ihre Lektion gelernt hatten, so hart sie auch war, und von ihrer Eroberungslust und ihrem Despotismus geheilt sind?«

Alfred antwortete nicht gleich.

»Nein, Orla, es gibt keine Hoffnung«, meinte Samah kalt. »Wir hätten es wissen müssen. Betrachte das Bild des Patryns in den Gedanken unseres Bruders! Die Patryn haben dieses furchtbare Unheil über die Welten gebracht! Sie sind schuld, daß alles sich zum Schlechten gewendet hat!« Staub wölkte auf, als er mit der Hand auf die Armlehne schlug.

»Nein, Samah, Ihr seid im Irrtum!« Alfred konnte selbst kaum fassen, daß er den Mut aufbrachte, dem Archonten zu widersprechen. »Die meisten Patryn sind immer noch in diesem Getto eingekerkert. Sie haben furchtbar gelitten. Unzählige sind gräßlichen Ungeheuern zum Opfer gefallen, wie sie nur einem grausamen und bösen Gehirn entsprungen sein können!

Diejenigen, denen es gelang zu fliehen, sind voller Haß auf uns; Haß, der seit Generationen in ihnen gewachsen ist. Ein in jeder Hinsicht gerechtfertigter Haß, finde ich.

Ich bin nämlich dort gewesen in einem anderen Körper.«

Der neugefundene Mut verebbte unter dem funkelnden Blick aus Samahs Augen. Alfred verstummte und zog den Kopf zwischen die Schultern. Seine Finger zupften an den ausgefransten Spitzenmanschetten der Hemdsärmel, die unter den Stulpen des abgeschabten Samtrocks zum Vorschein kamen.

»Wovon sprichst du, Bruder?« fragte Samah barsch. »Das ist unmöglich! Das Labyrinth war dazu bestimmt zu lehren, zu disziplinieren. Es war ein Spiel – ein hartes Spiel, ein kompliziertes Spiel –, aber nicht mehr als das.«

»Es entpuppte sich als tödliches Spiel, fürchte ich«, sagte Alfred, den Blick auf seine Schuhe gesenkt. »Dennoch gibt es vielleicht Hoffnung. Seht Ihr, dieser Patryn, den ich kenne, ist eine außerordentlich komplexe Persönlichkeit. Er hat einen Hund . . .«

Samahs Augen wurden schmal. »Du scheinst dem Feind großes Wohlwollen entgegenzubringen, Bruder.«

»Nein, nein!« wehrte Alfred entsetzt ab. »Den Feind kenne ich doch gar nicht. Ich kenne nur Haplo. Und er ist . . .«

Aber Samah wollte davon nichts wissen. Er wischte Alfreds Worte beiseite wie Staub. »Dieser Patryn – er war frei und ging durch das Todestor. Was hat er vor?«

»Die – die neuen Welten erforschen . . .« stammelte Alfred.

»O nein, er ist kein Forscher!« Samah stand auf und fixierte ihn durchdringend. »Kein Forscher! Ein Kundschafter!«

Mit grimmigem Triumph schaute Samah die anderen Ratsmitglieder an. »Es scheint, daß wir trotz allem zum richtigen Zeitpunkt erwacht sind, Freunde. Wieder einmal bereitet unser alter Feind sich darauf vor, in den Krieg zu ziehen!«

Kapitel 7

Irgendwo auf dem Segensmeer

Es ist Morgen. Wieder ein Morgen der Verzweiflung und Angst. Der Morgen ist für mich die schlimmste Zeit. Ich erwache aus furchtbaren Träumen, und einen Moment rede ich mir ein, daß ich zu Hause in meinem Bett liege und die furchtbaren Träume eben nur Träume waren. Leider dauert es tatsächlich immer nur einen Moment, dann kommt mir wieder zu Bewußtsein, daß die Schreckensvisionen der Nacht jederzeit Realität werden können. Die Drachenschlangen haben sich uns noch nicht gezeigt, aber wir wissen, daß sie uns beobachten. Wir sind alle drei keine Seeleute, keiner von uns versteht sich darauf, ein Schiff zu steuern, aber es *wird* gesteuert – von einer unsichtbaren Wesenheit.

Furcht hält uns davon ab, zum Oberdeck hinaufzusteigen. Wir haben Zuflucht im unteren Teil gesucht, wo das Etwas uns unbehelligt läßt.

Jeden Morgen sitzen Alake, Devon und ich am Tisch und bemühen uns, das Frühstück hinunterzuwürgen, auf das keiner Appetit hat. Wir sehen uns an und fragen uns stumm, ob heute der Tag ist, der letzte Tag.

Das Warten zermürbt uns. Die Angst beherrscht uns mehr und mehr. Unsere Nerven sind zum Zerreißen angespannt. Der gutmütige Devon geriet sich mit Alake wegen einer harmlosen Bemerkung über Elfen in die Haare, die er als Beleidigung auffaßte. Sie streiten immer noch. Nicht Gereiztheit, Ärger, Wut treibt sie an, sondern Angst. Die Angst macht uns alle verrückt.

Die Erinnerung hilft mir zu vergessen, wenigstens für kurze Zeit. Also denke ich zurück, an den Abschied.

Er war bitter, schmerzlich. Den Entschluß zu fassen, uns den Drachenschlangen auszuliefern, war der leichteste Teil gewesen. Wir trockneten unsere Tränen und beratschlagten, was wir unseren Eltern sagen sollten. Alake wurde zur Sprecherin bestimmt, dann gingen wir nach oben auf die Terrasse.

Die Erwachsenen waren nicht auf unser Erscheinen vorbereitet. Eliason, der erst vor kurzem seine Frau durch Krankheit verloren hatte, konnte es nicht ertragen, Sabia anzuschauen, seine einzige Tochter und das genaue Ebenbild ihrer lieblichen Mutter. Die Augen wurden ihm feucht, und er wandte sich ab.

Das genügte, um Sabia aus der Fassung zu bringen. Sie lief zu ihm, warf die Arme um seinen Hals, und ihre Tränen vermischten sich mit seinen. Unser schöner Plan war hin.

»Ihr wißt also Bescheid!« Dumaka runzelte finster die Stirn. »Ihr habt wieder gelauscht!«

Ich hatte ihn noch nie so aufgebracht erlebt. Alake erstarb die wohlgesetzte Rede auf den zitternden Lippen.

»Vater, wir sind entschlossen zu gehen. Du kannst uns nicht hindern . . .«

»Nein!« Er schlug mit der Faust auf die Brüstung, bis die rosigen Korallen sich blutrot färbten. »Nein! Ich sterbe lieber, bevor ich mich zwingen lasse . . .«

»Ja, du wirst sterben!« rief Alake. »Und unser Volk wird sterben! Willst du das, Vater?«

»Kämpfen!« Dumakas schwarze Augen loderten. »Wir kämpfen! Die Bestien sind sterblich, genau wie wir. Sie haben ein Herz, das man durchbohren, einen Kopf, den man abschlagen kann . . .«

»Ja«, sagte mein Vater entschlossen. »Wir werden kämpfen.«

Sein Bart war zerrauft, große Haarbüschel lagen vor seinen Füßen auf dem Boden. In diesem Moment wurde mir bewußt, was unsere Entscheidung wirklich bedeutete. Ich glaubte nicht, daß wir sie leichtfertig getroffen hatten, aber nur mit dem Gedanken an uns, und das, was *uns* bevorstand. Jetzt begriff ich: Mit dem Tod war für uns alles vorüber, und wir befanden uns in der sicheren Hut des Einen. Unsere Eltern aber und alle, die uns liebten, blieben ungetröstet zurück und waren dazu verurteilt, unser Sterben in Gedanken und Träumen immer wieder zu durchleiden.

Ich schämte mich so sehr, daß ich ihn nicht ansehen konnte.

Er und Dumaka debattierten bereits über Kriegsäxte und andere Waffen, Stückzahlen, Material, Liefertermine und daß man sie von den Elfen mit einem Siegeszauber versehen lassen sollte. Sogar Eliason gewann seine Lebhaftigkeit zurück und steuerte ein paar Vorschläge bei. Ich brachte kein Wort heraus. Fast glaubte ich, daß wir tatsächlich eine Chance hatten, daß es möglich war, die Schlangen zu besiegen und unser aller Leben zu retten. Dann fiel mir Alakes Schweigen auf.

»Mutter«, sagte sie plötzlich und bestimmt, »du mußt ihnen die Wahrheit sagen.«

Delu zuckte zusammen. Sie warf ihrer Tochter einen unwirschen Blick zu, der Schweigen gebot, aber es war zu spät. Im Gegenteil machte dieser Blick alles noch schlimmer, denn alle merkten, daß sie etwas zu verbergen hatte.

»Was für eine Wahrheit?« fragte meine Mutter scharf.

»Es ist mir nicht gestattet, darüber zu reden«, antwortete Delu widerwillig und vermied es, einen von uns anzusehen. »Wie meine Tochter sehr genau weiß«, fügte sie vorwurfsvoll hinzu.

»Du mußt es sagen, Mutter«, drängte Alake. »Oder willst du sie ahnungslos gegen einen Feind zu Felde ziehen lassen, den sie nicht besiegen können?«

»Was soll das heißen, Delu?«

Wieder sprach meine Mutter. Sie war die kleinste von allen dort. Sie ist sogar noch kleiner als ich. Ich sehe sie vor mir – die Backenlocken gesträubt, das Kinn vorgereckt, die Hände in die Seiten gestemmt. Delu war eine große, schlanke Frau, meine Mutter reichte ihr nur bis zur Taille. Doch in meiner Erinnerung ist es meine Mutter, die alle anderen überragt, durch ihre Courage und ihr resolutes Wesen.

Delu gab sich geschlagen. Sie ließ sich auf eine niedrige Bank sinken und schaute mit gesenktem Kopf auf ihre im Schoß verschränkten Hände.

»Einzelheiten kann ich nicht preisgeben«, sagte sie leise. »Ich dürfte überhaupt nichts sagen, aber ...« Sie schluckte und holte tief Atem. »Ich werde versuchen, es zu erklären. Wenn ein Mord begangen wurde ...«

(So unglaublich es ist, die Menschen schrecken nicht davor zurück, Angehörige ihrer eigenen Rasse zu töten. Man sollte annehmen, daß ihnen in Anbetracht ihrer kurzen Frist auf Erden das Leben heilig wäre, aber nein. Sie töten aus den niedrigsten Beweggründen, von denen Habgier, Rache, Lust die häufigsten sind.)

»Wenn ein Mord begangen wurde und der Mörder nicht gefunden werden kann«, erklärte Delu, »beschaffen sich die Mitglieder des Zirkels mittels eines Zaubers, von dem ich nicht einmal verraten sollte, daß es ihn gibt, Informationen über die Person, die die Tat begangen hat.«

»Sie vermögen sogar ein Bild der Person heraufzubeschwören«, fügte Alake hinzu, »wenn sie eine Haarsträhne finden oder Spuren von Blut oder Haut des Täters.«

»Sei still, Kind! Was redest du da!« wies ihre Mutter sie zurecht, aber es war ein mit wenig Nachdruck vorgebrachter Protest.

Alake fuhr fort: »Ein einziger Faden kann dem Zirkel verraten, was der Mörder für Kleidung trug. Wurde das Verbrechen erst vor kurzer Zeit begangen, liegt noch der Schock des Ungeheuerlichen in der Luft und daraus ...«

»Nein, Tochter.« Delu blickte auf. »Nicht weiter! Es muß genügen zu wissen, daß es die Möglichkeit gibt, nicht nur das Äußere des Mörders sichtbar zu machen, sondern auch seine – wie soll ich es nennen – Seele.«

»Und der Zirkel hat von diesem Zauber in dem zerstörten Dorf Gebrauch gemacht?« Dumaka mischte sich ein.

»Ja. Es war Magie. Ich durfte dir nichts sagen.«

Dumaka schien nicht besonders erfreut zu sein, aber er schwieg. Für die Menschen ist Magie etwas Geheimnisvolles, Erhabenes, das ihnen Furcht einflößt. Die Elfen haben eine nüchterne Einstellung, aber das mag daran liegen, daß ihre Magie sich mit praktischeren Dingen befaßt. Wir Zwerge haben nichts mit diesem Unfug im Sinn. Oh, ganz sicher spart Zauberei Arbeit und Zeit, doch man bezahlt dafür mit seiner Freiheit. Wer, frage ich, traut schon einem Magier? Offenbar nicht einmal die eigene Familie.

»Nun gut, Delu. Ihr habt also euren Hokuspokus veranstaltet.« Meine Mutter blieb unbeirrt beim Thema. »Und was habt ihr über die Seelen von den Bestien herausgefunden?«

»Daß sie keine haben«, antwortete Delu.

Meine Mutter hob aufgebracht die Hände und warf meinem Vater einen Blick zu, der unmißverständlich besagte, daß man nur Zeit verschwendete, aber Delu hatte noch nicht alles gesagt.

»Sie haben keine Seele«, fuhr Delu fort und sah meine Mutter bedeutungsvoll an. »Verstehst du nicht? Alle *sterblichen* Wesen haben eine Seele. Genau wie alle *sterblichen* Wesen einen Körper haben.«

»Und die Körper sind es, die uns interessieren«, erwiderte meine Mutter.

»Was Delu zu sagen versucht«, erklärte Alake, »ist, daß diese Schlangen keine Seele haben und also keine sterblichen Wesen sind.«

»Soll das heißen, sie sind unsterblich?« Eliason starrte das Mädchen bestürzt an. »Man kann sie nicht töten?«

»Wir sind nicht ganz sicher.« Delu stand auf; sie wirkte müde. »Deshalb wollte ich nicht darüber sprechen. Der Zirkel hat nie zuvor mit solchen Geschöpfen zu tun gehabt. Wir wissen es einfach nicht.«

»Aber ihr müßt doch Vermutungen haben«, beharrte Dumaka.

Man konnte Delu ansehen, daß sie es vorgezogen hätte, nicht zu antworten, aber sie wußte, daß ihr keine Wahl blieb.

»Wenn es stimmt, was wir herausgefunden haben, dann handelt es sich nicht um Schlangen, sondern um Kreaturen der Genus ›Drache‹, wie man sie in alter Zeit kannte. Die Ahnen glaubten, Drachen seien unsterbliche Wesen, aber vermutlich nur, weil es sehr schwer ist, sie zu töten. Nicht, daß es wirklich keine Mittel und Wege gäbe . . .« Sie straffte sich, aber das kurze Aufflackern von Kampfgeist erlosch gleich wieder. »Der Drache verfügt über große Macht. Besonders auf dem Gebiet der Magie.«

»Wenn wir uns entschließen, diesen Reptilien die Stirn zu bieten«, ergriff mein Vater das Wort, »haben wir keine Aussicht zu siegen. Ist es das, was du sagen willst? Nun gut – und ich sage, daß es für mich keinen Unterschied macht! Freiwillig werden wir ihnen keinen Zwerg ausliefern! Nicht Grundel und auch keinen anderen! Mein Volk wird dasselbe sagen!«

Ich wußte, daß er recht hatte. Ich wußte, wir Zwerge würden eher riskieren, als Volk ausgelöscht zu werden, statt einen von uns zu opfern. Mir drohte keine Gefahr. Die Erleichterung war groß – die Scham noch größer.

Dumaka blickte über die Schulter. Sein Gesicht war hart. »Ich stimme mit Yngvar überein. Wir müssen kämpfen!«

»Aber Vater«, wandte Alake ein, »wie kannst du unser ganzes Volk zum Tode verurteilen, um meinetwillen!«

»Ich tue es nicht um deinetwillen, Tochter«, entgegnete Dumaka streng. »Ich tue es für unser Volk. Wir geben ihnen eine Tochter, und als nächstes fordern diese ›Drachen‹ all unsere Töchter. Und dann unsere Söhne. Nein!« Er hieb mit der bereits blutig zerschrammten Hand auf die Korallenbrüstung. »Wir werden kämpfen! Und so wird auch unser Volk entscheiden!«

»Ich gebe mein teures Kind nicht her, mein Herzblatt«, flüsterte Eliason mit tränenerstickter Stimme. Er hielt Sabia fest, als sähe er sie bereits von den Windungen der gewaltigen Schlangenleiber umschlungen. Sabia klammerte sich an ihn und weinte mehr über seinen Schmerz als über ihren eigenen.

»Noch wird sich mein Volk um einen solchen Preis loskaufen wollen, selbst vorausgesetzt wir könnten, wie Dumaka sagt, diesen Kreaturen vertrauen, Schlangen oder Drachen oder wie immer man sie nennen will.« Er preßte die Lippen zusammen. »Wir werden kämpfen«, bekräftigte er, dann seufzte er auf und schaute uns ein wenig hilflos an. »Obwohl es sehr lange her ist, seit die Elfen in die Schlacht zogen. Dennoch glaube ich, das für die Herstellung von Waffen benötigte Wissen läßt sich in unseren Archiven finden . . .«

Mein Vater schnaubte. »Und du bildest dir wirklich ein, diese Viecher warten, bis ihr Elfen eure Bücher durchschmökert, die Erzförderung ankurbelt und Waffenschmieden baut? Pah! Wir müssen mit dem auskommen, was wir haben. Ich werde Streitäxte liefern . . .«

»Und ich versorge euch mit Lanzen und Schwertern«, erbot sich Dumaka. Ihn hatte sichtlich die Kampfeslust gepackt.

Delu und Eliason vertieften sich in eine Diskussion über diverse militärische Zauberformeln, Mantras und Beschwörungen. Leider waren Elfen- und Menschenmagie so verschieden, daß keiner dem anderen viel nützte, aber beide hatten bei ihrer Fachsimpelei wenigstens das Gefühl, etwas Konstruktives zu tun.

»Warum geht ihr Mädchen nicht wieder in Sabias Zimmer«, schlug meine Mutter vor. »Ihr habt immerhin einen gehörigen Schreck gekriegt.« Sie drückte mich an die Brust. »Aber ich werde immer daran denken, wie meine tapfere Kleine ihr Leben hingeben wollte, um ihr Volk zu retten.«

Sie ging, um sich an der hitzigen Debatte zwischen meinem Vater und Dumaka zu beteiligen, über die Vorzüge von Kriegsbeilen und Streitäxten, und wir Mädchen waren vergessen.

Das war's also. Die Erwachsenen hatten entschieden. Ein Grund zur Freude, aber mein Herz – das seltsam leicht gewesen war, nachdem wir unseren Entschluß gefaßt hatten

– lag mir zentnerschwer in der Brust. Ich konnte die Last kaum tragen, meine Füße schleiften über den Boden der weiß und rosa schimmernden Korallenflure. Alake war ernst und in sich gekehrt. Sabia wurde hin und wieder noch von Schluchzern geschüttelt, und so blieben wir stumm.

Auch in Sabias Zimmer angekommen, sprachen wir nicht, aber unsere Gedanken strömten dahin wie Wasserbäche, alle in dieselbe Richtung, bis sie schließlich zusammenflossen. Ich wußte es, weil ich plötzlich Alake ansah und dabei ihrem Blick begegnete, der auf mir ruhte. Wir beide drehten uns genau gleichzeitig um und schauten Sabia an, die erschreckt die Augen aufriß. Sie sank kraftlos auf ihr Bett und schüttelte den Kopf.

»Nein, das könnt ihr nicht denken! Ihr habt gehört, was mein Vater gesagt hat!«

»Sabia, hör mir zu.« Alakes Tonfall erinnerte mich an früher, wenn wir versucht hatten, das Elfenmädchen zu überreden, unserer Gouvernante einen Streich zu spielen. »Was glaubst du, wird das für ein Gefühl sein, wenn du dastehst und mitansiehst, wie Verwandte, Freunde, die unschuldigen Bürger der Stadt vor deinen Augen abgeschlachtet werden und du dir sagen mußt: ›Ich hätte das verhindern können.‹«

Sabia ließ den Kopf hängen.

Ich ging zu ihr und nahm sie ganz vorsichtig in die Arme. Elfen sind so zart, ihre Knochen so fein, daß man fürchtet, sie könnten bei der leisesten Berührung zerbrechen.

»Unsere Eltern werden uns nie erlauben zu gehen«, sagte ich, »deshalb müssen wir die Sache in die eigenen Hände nehmen. Wir haben vielleicht die Möglichkeit, das Schreckliche zu verhindern, und wir dürfen nicht feige sein.«

»Mein Vater!« klagte Sabia und fing wieder an zu weinen. »Es wird meinem Vater das Herz brechen.«

Ich dachte an meinen Vater, an seinen zerrauften Bart; an meine Mutter, die mich in die Arme schloß, und der Mut verließ mich fast. Dann sah ich die Reihen der tapferen Zwergenkrieger vor mir und ihr Ende: erschlagen, verstümmelt, von den gräßlichen, zahnlosen Kiefern der Drachenschlangen zermalmt. Mein Hartmut mit seiner blitzenden

Streitaxt – wie klein und machtlos war er, verglichen mit den gigantischen Ungeheuern.

Ich denke auch jetzt an ihn, während ich schreibe, an meinen Vater, meine Mutter, mein Volk, und ich weiß, daß wir das Richtige getan haben. Wie Alake zu Sabia gesagt hatte: Was würde das für ein Gefühl sein, den blutigen Untergang meines Volkes mitanzusehen und mir sagen zu müssen: *Ich hätte es verhindern können.*

»Dein Vater ist ein König, Sabia. Er kennt seine Pflicht, und er wird stark sein, glaub es mir.« Alakes dunkle Augen richteten sich auf mich, ihr Blick verriet, daß sie das Kommando übernommen hatte. »Grundel, was ist mit dem Schiff?«

»Es liegt im Hafen«, antwortete ich. »Während der Ruhestunden sind der Kapitän und die Mannschaft an Land. An Bord bleibt nur eine Wache zurück. Damit werden wir fertig. Ich weiß schon wie.«

»Sehr gut.« Alake nickte. Diesen Teil unserer Flucht zu organisieren blieb mir überlassen. »Wir schleichen uns weg, sobald alles schläft. Packt zusammen, was ihr zu brauchen glaubt. Ich nehme an, Wasser und Proviant sind an Bord?«

»Und Waffen.«

Das hätte ich nicht sagen sollen. Sabia schien in Ohnmacht fallen zu wollen, und selbst Alake war nicht begeistert. Ich verzichtete darauf, hinzuzufügen, daß ich für meinen Teil nicht vorhatte, mich kampflos in mein Schicksal zu fügen.

»Dann beschränke ich mich auf die Utensilien für meine Magie«, verkündete Alake.

Sabia schaute uns hilflos an. »Ich könnte meine Flöte mitnehmen«, meinte sie schüchtern.

Arme Kleine. Ich glaube, sie bildete sich ein, die Drachenschlangen mit ihrer Musik betören zu können. Fast hätte ich gelacht, aber ich fing Alakes Blick auf und seufzte statt dessen. Genau besehen, würde sie mit ihrer Flöte genausowenig ausrichten wie ich mit meiner Axt.

»Gut. Wir trennen uns jetzt, um zu packen. Seid auf der Hut! Kein Wort zu wem auch immer! Unseren Eltern lassen wir sagen, daß wir noch zu verstört sind, um an dem großen Abendessen teilzunehmen. Je weniger Leute wir treffen, desto besser. Habt ihr verstanden? Ihr erzählt niemandem etwas!« Alake musterte besonders Sabia mit strengem Blick.

»Niemandem – außer Devon«, erwiderte unsere Freundin.

»Devon! Auf gar keinen Fall! Er wird es dir ausreden.« Alake hat keine besonders hohe Meinung vom männlichen Geschlecht.

Sabia fuhr auf.

»Er ist mein auserwählter Ehemann. Er hat ein Recht, alles zu wissen. Wir haben keine Geheimnisse voreinander. Wenn ich ihn darum bitte, wird er nichts weitersagen, bestimmt nicht.«

Ihr kleines, spitzes Kinn bebte trotzig, sie hatte die schmalen Schultern gestrafft. Elfen! Immer wenn man es gar nicht brauchen kann, zeigen sie Rückgrat.

Alake hatte Bedenken, aber sie merkte so gut wie ich, daß Sabia sich nicht umstimmen lassen würde.

»Du wirst all seinen Bitten und Tränen und Argumenten widerstehen?« fragte sie verdrossen.

»Du kannst dich darauf verlassen.« Sabia errötete bezaubernd. »Ich weiß, was auf dem Spiel steht, Alake, und ich werde dich nicht enttäuschen. Devon wird es verstehen. Er ist ein Prinz, vergeßt das nicht. Er weiß, was es bedeutet, Verantwortung gegenüber dem Volk zu haben.«

Ich stieß Alake in die Rippen. »Es gibt noch einiges zu tun, und wir haben nicht mehr viel Zeit.«

Die Meersonne wanderte dem jenseitigen Ufer und der Nacht entgegen. Schon vertiefte sich der Schimmer des Wassers zu sattem Purpur. Diener huschten durch den Palast und entzündeten die Lampen.

Sabia stand auf, holte ihre Flöte und begann sie auseinanderzunehmen, um sie in das Etui zu legen. Augenscheinlich war unser Gespräch beendet.

»Bis später. Wir treffen uns wieder hier«, sagte ich.

Sabia nickte kühl. Es gelang mir, Alake aus dem Zimmer zu bugsieren. Durch die geschlossene Tür hörte man Sabia ein herzzerreißend trauriges Lied anstimmen.

»Devon wird sie niemals gehen lassen! Er wird uns verpetzen!« zischte Alake.

»Wir kommen möglichst schnell wieder her«, sagte ich flüsternd, »und haben ein Auge auf die beiden. Falls er Anstalten macht, uns zu verraten, halten wir ihn auf. Das kannst du doch mit deiner Magie, oder nicht?«

»Aber ja doch.« Alakes dunkle Augen blitzten. »Ausgezeichnete Idee, Grundel. Das hätte mir auch einfallen können. Um welche Zeit wird er wohl auftauchen?«

»In einer Signe* wird gegessen. Devon wohnt hier im Palast. Er wird sich Sorgen machen, wenn sie nicht kommt, und nach ihr sehen. Also haben wir etwas Zeit.«

»Aber wenn sie ihm eine Nachricht schickt, daß er früher kommen soll?«

»Er kann es nicht riskieren, ihren Vater vor den Kopf zu stoßen, indem er bei einer Mahlzeit fehlt.«

Ich kannte mich recht gut aus mit der Etikette der Elfen, da ich mich während meines Aufenthalts hier gezwungenermaßen damit hatte anfreunden müssen. Alake hingegen hatte auch damals immer nach ihrer eigenen Fasson gelebt – typisch für Menschen. Man muß ihr zugute halten, daß sie vermutlich eher Hungers gestorben wäre, als sich dem Ritual eines dieser Elfendinners zu unterwerfen, bei denen die einzelnen Gänge manchmal Stunden dauerten. Allerdings nahm ich an, daß Eliason heute nur wenig Appetit haben würde.

Alake und ich trennten uns, jede ging in ihr eigenes Quartier. Ich kramte in meinen Sachen und packte ein kleines Bündel aus Kleidung, Lockenbürste und anderen Dingen, als wäre ich im Begriff, zu einem Besuch nach Phondra zu reisen. Das Abenteuerliche und Wagemutige unseres Vorhabens ließ mich das furchtbare Ende vergessen. Erst als ich mich hinsetzte, um einen Abschiedsbrief an meine Eltern zu schreiben, wurde mir bang.

* Auf den Meermonden dient die Bahn der Meersonne als Grundlage für die Zeitrechnung. Die unermüdlich forschenden Menschenmagier bestimmten einen Bogen von 150° und teilten den Tag in zwei Segmente von 75°. Jedes Segment besteht aus fünf Signen, eine Signe aus sechzig Minuten.

Natürlich würden meine Eltern nicht lesen können, was ich ihnen geschrieben hatte, aber ich wollte eine Notiz für den Elfenkönig beilegen und ihn bitten, den Brief vorzulesen. Ich zerriß viele Blätter, bevor es mir gelang auszudrücken, was ich sagen wollte, und dann war der Brief so tränenverschmiert, daß ich Zweifel hegte, ob irgend jemand ihn entziffern konnte. Ich hoffe und bete, daß der Brief seinen Zweck erfüllt und meine Eltern ein wenig getröstet hat.

Als ich fertig war, versteckte ich das gefaltete Blatt zwischen dem Rasierzeug meines Vaters, wo er es am nächsten Morgen finden würde. Anschließend blieb ich noch eine Weile in ihrem Zimmer, betrachtete liebevoll die vertrauten, kleinen Habseligkeiten und wünschte mir von ganzem Herzen, die Eltern noch ein letztesmal sehen zu dürfen. Ich wußte jedoch nur zu gut, daß es mir nie gelingen würde, meiner Mutter etwas vorzumachen, also ging ich, während sie noch ahnungslos beim Essen saßen, und kehrte in den Flügel des Palastes zurück, in dem Sabias Gemächer lagen.

Eine kleine Nische bot sich als Versteck an, außerdem wollte ich gern alleine sein.

Ich setzte mich hin und bat den Einen um Rat und Hilfe. Sogleich fühlte ich mich getröstet; tiefer Friede zog in mein Herz, und ich wußte, daß wir drei richtig handelten, auch wenn es bedeutete, daß wir unsere Eltern belügen mußten.

Es war der Wille des Einen, daß wir die Botschaft der Schlangen hörten. Der Eine wird uns nicht im Stich lassen. Diese Kreaturen mögen böse sein, aber der Eine ist gut. Er wird uns behüten und bewahren. Und wenn die Drachenschlangen noch so große Macht haben, sind sie auf keinen Fall mächtiger als der Eine, der nach unserem Glauben diese Welt erschuf und alles, was sich darin befindet.

Ich fühlte mich viel besser und fing eben an, mich zu wundern, weshalb Alake noch nicht aufgetaucht war, als ich Devon mit großen Schritten vorübereilen sah, auf dem Weg zu seiner Herzliebsten. Weil ich sehen wollte, welches Vorzimmer er betrat (denn selbstverständlich würde man ihm nicht ins ›Allerheiligste‹ Zutritt gewähren), stahl ich mich aus der Nische und stieß unversehens mit Alake zusammen.

»Wo bleibst du so lange?« flüsterte ich gereizt. »Devon ist schon hier.«

»Magische Riten«, antwortete sie von oben herab. »Mehr darf ich nicht sagen.«

Mal wieder typisch!

Wir hörten Devons besorgte Stimme etwas fragen, und Sabias Duenja* antwortete, die Prinzession fühle sich nicht wohl, sei aber bereit, ihn zu empfangen, wenn er sich freundlichst bequemen wolle, derweil im Salon zu warten.

Er ging ein paar Schritte. Eine Tür wurde geöffnet und geschlossen.

Alake huschte den Flur entlang, ich hinterdrein, und den Bruchteil einer Sekunde bevor Sabia und ihre Duenja auftauchten, schlüpften wir ins Musikzimmer neben dem Salon.

»Fühlst du dich auch wirklich kräftig genug, Kind?« Die Duenja umflatterte Sabia wie eine Glucke ihr Küken. »Du bist ganz blaß.«

»Ich habe fürchterliches Kopfweh«, hörten wir Sabia mit leidender Stimme erwidern. »Sei ein Schatz, Marabella, und hol mir etwas Lavendelwasser für die Stirn, es hilft immer so gut.«

Alake legte die flache Hand auf die Mauer aus Korallen, murmelte einige Worte, und es entstand eine Öffnung, die groß genug war, um hindurchspähen zu können. Sie schuf ein zweites Guckloch in meiner Augenhöhe. Zum Glück für uns pflegen Elfen ihre Zimmer mit Möbeln, Krimskrams, Blumen und Vogelkäfigen vollzustellen, also waren wir vor Entdeckung sicher, auch wenn ich zwischen den Wedeln einer Palme hindurchspähen mußte und Alake sich Auge in Auge mit einem Phurahvogel sah.

Sabia stand so dicht vor Devon, wie es sich eben noch mit den Anstandsregeln für Verlobte vereinbaren ließ. Sie hatten noch kein Wort gewechselt, als die Duenja mit schlechten Nachrichten zurückkehrte. »Mein armes Kind. Es ist kein Lavendelwasser mehr da. Ich weiß gar nicht, wie das möglich sein kann. Die Karaffe wurde erst gestern nachgefüllt.«

* Duenja – Anstandsdame bei Hofe

»Dann sei so lieb, Marabella, und geh frisches holen. Mein Kopf schmerzt zum Zerspringen.« Sabia legte die Fingerspitzen an die Schläfen. »Ich glaube, in Mutters altem Zimmer steht noch eine Karaffe.«

»Ich fürchte, es geht ihr sehr schlecht«, meinte Devon mitfühlend.

»Aber das Zimmer deiner Mutter liegt im anderen Flügel«, jammerte Marabella. »Es gehört sich wirklich nicht, daß ich euch beide allein lasse . . .«

»Ich bleibe ohnehin nur einen kurzen Augenblick«, beruhigte sie Devon.

»Bitte, Marabella.« Sabia schaute sie flehend an.

Der Elfenprinzessin war in ihrem ganzen Leben nie ein Wunsch abgeschlagen worden. Marabella zögerte unentschlossen, aber ein klägliches Stöhnen ihres Schützlings gab den Ausschlag, sie eilte davon. Da ich mit den Eigentümlichkeiten des Palastes gut genug vertraut war, um zu wissen, daß seit dem Tod von Sabias Mutter viele Gänge zugewuchert und neue entstanden waren, rechnete ich mit ihrer Rückkehr nicht vor dem frühen Morgen.

Sabia begann mit ihrer sanften, melodischen Stimme Devon zu erklären, wozu wir uns entschlossen hatten.

Mir fehlen die Worte, um die bewegende Szene zu schildern, die sich zwischen ihnen abspielte.

Sie waren zusammen aufgewachsen und liebten einander seit ihrer Kindheit. Erst war er bestürzt, dann außer sich; er widersprach und protestierte vehement. Ich war stolz auf Sabia, die ruhig und gefaßt blieb, nur mir standen die Tränen in den Augen, weil ich wußte, was es sie kostete, ihn leiden zu sehen.

»An unser Ehrenwort gebunden, habe ich dir anvertraut, was eigentlich ein Geheimnis bleiben sollte«, sagte sie, bedeckte seine Hände mit den ihren und schaute ihm zärtlich in die Augen. »Du hast es in der Hand, uns zu verraten. Aber du wirst es nicht tun, das weiß ich, denn du bist ein Prinz und verstehst, daß ich dieses Opfer zum Wohle unseres Volkes bringe. Ich weiß auch, Liebster, daß dein Opfer noch viel größer ist, aber du wirst stark sein, um es mir leichter zu machen, so wie ich mich bemühe, stark zu sein für dich.«

Devon sank von Kummer überwältigt auf die Knie. Sabia kniete neben ihm nieder und legte die Arme um ihn. Alake und ich traten beide wie auf Kommando beschämt von unseren Gucklöchern zurück, und sie verschloß mit einem Zauberwort die Öffnungen. Sonst machte sie sich lustig über solche albernen Gefühlsduseleien wie Liebe, aber diesmal hatte sie keine spöttische Bemerkung parat, und ich merkte, daß sie verdächtig oft die Augen zusammenkniff.

Wir saßen im dunklen Musikzimmer und wagten nicht, eine Lampe anzuzünden. Ich berichtete ihr flüsternd, was ich mir ausgedacht hatte, um in den Besitz des Schiffes zu kommen, und sie nickte zufrieden. Als ich jedoch zugab, daß ich nur sehr ungefähr wußte, wie man es steuerte, wurde ihr Gesicht ernst.

»Ich glaube, deswegen brauchen wir uns keine Gedanken zu machen«, sagte sie, und ich ahnte, was sie damit meinte.

Die Drachenschlangen würden uns dieser Sorge entheben.

Sie erzählte mir dann von den magischen Formeln, die sie zur Zeit studierte (sie war kürzlich ins Dritte Haus aufgestiegen, was immer das bedeuten mochte). Ich wußte, daß sie eigentlich nicht mit Außenstehenden über ihre Magie reden sollte, und ehrlich gesagt war das alles für mich ein Buch mit sieben Siegeln, und es interessierte mich auch nicht besonders, aber es war ein Versuch, sich und mich abzulenken, deshalb lauschte ich mit gespielter Aufmerksamkeit.

Endlich hörten wir eine Tür ins Schloß fallen. Devon mußte gegangen sein. Man wußte von Elfen, die vor Gram dahingesiecht und gestorben waren, und ich hatte wenig Zweifel, daß Devon Sabia nicht lange überleben würde.

»Wir lassen ihr ein paar Minuten, um sich zu beruhigen«, meinte Alake ungewohnt rücksichtsvoll.

»Aber nicht zu lange«, warnte ich. »Bestimmt ist schon seit einer Signe alles im Bett. Wir haben noch den langen Weg aus dem Palast und durch die Straßen zum Hafen hinunter vor uns.«

Sie mußte mir recht geben. Wir zögerten noch ein paar

Augenblicke, aber dann wurde uns beiden gleichzeitig das Warten zuviel, und wir machten uns auf den Weg zur Tür.

Der Gang war dunkel und verlassen. Wir hatten uns eine plausible Geschichte ausgedacht, für den Fall, daß wir Marabella in die Arme liefen, aber es war nichts zu sehen von ihr und ihrem Lavendelwasser. Vor Sabias Tür angekommen, klopften wir leise und öffneten sie behutsam.

Sabia ging im Dunkeln hin und her und suchte ihre Sachen zusammen. Als sie die Tür hörte, erschrak sie und zog einen Schleier vors Gesicht, bevor sie sich zu uns herumdrehte.

»Wer ist das?« flüsterte sie ängstlich. »Marabella?«

»Wir sind es«, antwortete ich. »Bist du fertig?«

»Ja, ja. Nur einen Moment noch.«

Das Gespräch mit Devon mußte sie sehr aus der Fassung gebracht haben, denn sie stolperte umher, als wäre sie fremd in ihrem eigenen Schlafzimmer. Auch ihre Stimme hatte sich verändert, fiel mir auf, vermutlich war sie heiser vom Weinen. Endlich kam sie zu uns, einen seidenen Beutel an die Brust gedrückt, aus dem Spitzen und Bänder hervorlugten.

»Ich bin bereit«, sagte sie halblaut durch den Schleier, hinter dem sie wohl die verquollenen Augen und die gerötete Nase verbergen wollte. Elfen sind schrecklich eitel.

»Was ist mit der Flöte?« fragte ich.

»Mit was?«

»Die Flöte. Du wolltest die Flöte mitnehmen.«

»Ach ja. Nun, ich denke, ich brauche sie doch nicht«, antwortete sie unsicher und räusperte sich, als hätte die Frage sie in Verlegenheit gebracht.

Alake hatte im Gang Ausschau gehalten. Sie winkte ungeduldig. »Kommt schon, bevor Marabella uns erwischt!«

Sabia eilte an mir vorbei. Ich wollte den beiden folgen, als ich etwas hörte, das wie ein Seufzen klang, und dazu ein Rascheln aus der Richtung von Sabias Bett. Ein unförmiger Schatten regte sich dort, doch bevor ich genauer hinsehen oder etwas sagen konnte, war Alake bei mir.

»Komm jetzt, Grundel!« schimpfte sie, umfaßte meinen Arm und zog mich hinter sich her.

Ich vergaß den Vorfall.

Wir gelangten ohne Schwierigkeiten aus dem Palast hinaus. Sabia führte uns, und auch wenn sie einmal die falsche Abzweigung nahm, fand sie schnell wieder auf den richtigen Weg zurück. Dem Einen sei Dank, daß Elfen anders als Menschen nicht das Bedürfnis haben, überall Wachen zu postieren. Die Straßen der Stadt waren verlassen wie in jedem Zwergendorf um diese Zeit. Nur in den Ortschaften der Menschen trifft man zu jeder Tages- und Nachtzeit Passanten.

Am Hafen angelangt, warf Alake ihren magischen Schlummer über die wachhabenden Zwerge an Bord, und sie sanken einer wie der andere selig schnarchend auf die Planken. Dann sahen wir uns der schwersten Aufgabe unserer gesamten nächtlichen Unternehmung gegenüber – die schlafenden Zwerge vom Schiff ans Ufer zu schaffen und sie dort zwischen einigen Fässern zu verbergen.

Meine außer Gefecht gesetzten Landsleute erwiesen sich als unhandliche, bleischwere Last. Nachdem ich recht und schlecht mit dem ersten zu Rande gekommen war, taten mir Arme, Schultern und Rücken weh. Ich fragte Alake, ob sie nicht einen Flug- oder Schwebezauber kannte, der uns die Arbeit erleichterte, aber sie meinte, so weit wäre sie in ihren Studien noch nicht fortgeschritten. Merkwürdigerweise erwies sich ausgerechnet unsere zerbrechliche, zarte Sabia als außerordentlich stark und geschickt beim Zwergentransport. Ich fand es seltsam, ohne jedoch mißtrauisch zu werden. War ich mit Blindheit geschlagen? Oder hatte der Eine mir befohlen, die Augen zu schließen?

Wir betteten den letzten Schläfer zu seinen Kameraden und waren nun im Besitz des Schiffes, bei dem es sich genaugenommen um eine erheblich kleinere Version der Tauchboote handelte, die ich bereits beschrieben habe. Als erstes durchsuchten wir die Kojen und den Laderaum und sammelten die von der Besatzung zurückgelassenen Waffen ein, die wir anschließend zu dem offenen Deck hinter der Kommandozentrale hinauftrugen.

Alake und Sabia machten sich daran, die Äxte und Beile

über Bord zu werfen. Bei jedem Platschen zuckte ich zusammen, überzeugt, daß man es in der ganzen Stadt hören konnte.

»Warte!« Ich hielt Alakes Arm fest. »Ist das nötig? Können wir nicht eine oder zwei behalten?«

»Nein, wir müssen die Bestien überzeugen, daß wir wehrlos sind«, antwortete Alake entschieden und warf den letzten Armvoll über die Reling.

»Da sind Augen, die uns beobachten, Grundel«, flüsterte Sabia ängstlich. »Spürst du nichts?«

Ich spürte die Blicke und war deshalb nicht glücklicher darüber, daß wir unsere Waffen den Delphinen übergeben hatten. Nur gut, daß ich so vorausschauend gewesen war, eine Axt unter meinem Bett zu verstecken. Was Alake nicht weiß, macht sie nicht heiß.

Wortlos gingen wir zur Kommandozentrale zurück; jede fragte sich, was als nächstes geschehen würde. In dem weitläufigen Raum mit dem großen Ausguckfenster angekommen, standen wir unschlüssig beisammen und schauten uns an.

»Vielleicht sollte ich versuchen, das Ding in Gang zu setzen«, machte ich mich erbötig.

Aber das war gar nicht notwendig.

Wie Alake es geahnt hatte, schlossen sich plötzlich die Luken – wir waren gefangen. Von Geisterhand gesteuert, löste sich das Schiff von der Pier und nahm Kurs aufs offene Meer.

Die fiebrige Erregung und der Reiz unserer heimlichen Flucht verblaßten, wir fröstelten in plötzlicher Ernüchterung. Mit unbarmherziger Deutlichkeit stand uns das furchtbare Schicksal vor Augen, das uns erwartete. Wasser überflutete das Deck und stieg an den Fenstern hinauf. Unser Schiff tauchte in die Tiefen des Segensmeeres.

Aus Angst und dem Gefühl der Verlassenheit suchte jede die Hand der Freundin, und dann merkten wir natürlich, daß Sabia nicht Sabia war.

Sondern Devon.

Kapitel 8

Halle des Schlafs, Chelestra

Bei der Behauptung, daß ihre Erzfeinde, die Patryn, erneut einen Krieg vorbereiteten, trat ein Ausdruck grimmiger Konsternation auf die Gesichter der im Zimmer versammelten Ratsmitglieder.

»Habe ich nicht recht damit?« wandte Samah sich an Alfred.

»Ich glaube ... vielleicht ... möglicherweise ...« Alfred war verwirrt. »Wir haben nie darüber gesprochen ...« Seine Stimme erstarb.

Samah musterte ihn eindringlich. »Ein überaus glücklicher Umstand, Bruder, daß es dich *zufällig* zu genau diesem Zeitpunkt hierher verschlagen hat.«

»Ich – ich verstehe nicht recht, was Ihr meint«, sagte Alfred, vom Tonfall der Worte befremdet.

»Vielleicht war es doch nicht so ganz zufällig?«

Alfred fragte sich, ob der Archont womöglich auf irgendeine höhere Macht anspielte und ob eine solche verwegen genug sein würde, ausgerechnet den tapsigen, unzuverlässigen Sartan als Werkzeug ihres Willens auszuwählen.

»Ich glaube ... vielleicht ... möglicherweise ...«

»Du glaubst!« Samah hob die Hände und ließ sie wieder fallen. »Du glaubst dies, und du glaubst das. Vielleicht. Möglicherweise. Was denn nun?«

Alfred wußte es auch nicht. Er war so sehr damit beschäftigt gewesen, den Hintersinn von Samahs Worten zu enträtseln, daß er geantwortet hatte, ohne nachzudenken. Jetzt konnte er nur stottern und stammeln und so schuldbewußt dreinschauen, als wäre er mit der Absicht gekommen, sie allesamt zu ermorden.

»Es ist unrecht von dir, unseren armen Bruder so sehr zu bedrängen, Samah«, mischte Orla sich ein. »Ihm gebührt unser Dank, statt daß wir ihm mißtrauen und ihn verdächtigen, mit dem Feind gemeinsame Sache gemacht zu haben.«

Alfred riß bestürzt die Augen auf. *Das* also hatte der Archont gemeint! Er glaubt, die Patryn hätten mich geschickt!

Aber weshalb mich?

Ein Schatten flog über Samahs edel geschnittenes Gesicht, eine Zorneswolke, die der Sonne diplomatisches Leuchten verdunkelte. Es war im Nu vorüber, nur in der wohlklingenden Stimme blieb eine Spur der Irritation zurück.

»Ich verdächtige dich keineswegs, Bruder, ich habe dir nur eine Frage gestellt. Doch wenn meine Frau denkt, daß ich dir Unrecht getan habe, bitte ich um Vergebung. Ich bin erschöpft, zweifellos eine Reaktion auf das Erwachen nach langem Schlaf und die erschreckenden Nachrichten, die du uns gebracht hast.«

Alfred hatte das Gefühl, etwas erwidern zu müssen. »Ich versichere Euch, Archont, Angehörige des Rats, würdet Ihr mich kennen, hättet Ihr keine Zweifel an meiner Geschichte. Es *war* ein Zufall, der mich hergebracht hat. Genaugenommen ist mein ganzes Leben eine Art Zufall.«

Die angesprochenen Ratsmitglieder wirkten peinlich berührt; sich so zu benehmen, so zu reden, stand einem Sartan, einem Halbgott, nicht an.

Samah betrachtete Alfred unter halbgesenkten Lidern. Er sah nicht den Mann, sondern die Bilder hinter seinen Worten.

»Wenn es keine Einwände gibt«, sagte er abrupt, »schlage ich vor, daß wir die Versammlung bis morgen vertagen. Bis dahin werden wir hoffentlich erfahren haben, wie die Dinge stehen. Zu diesem Zweck sollten Kundschafter nach droben geschickt werden. Gegenstimmen?«

Keine.

»Wählt geeignete Männer und Frauen aus den Reihen der jüngeren. Ermahnt sie, vorsichtig zu sein und nach Spuren des Feindes oder Hinweisen auf sein Wirken zu suchen. Und erinnert sie besonders daran, das Meerwasser zu meiden.«

Auch Alfred besaß die Gabe, Bilder zu sehen, und er sah, als die Ratsmitglieder sich in scheinbarer Harmonie und Übereinstimmung erhoben, daß Wälle aus Stein oder Dornenhecken manche von den anderen trennten. Und keine Mauer war höher oder fester als die zwischen den Ehegatten.

Es waren Risse in der Mauer entstanden, verursacht von der Erkenntnis, wie lange sie geschlafen hatten und daß die Welt um sie herum in Trümmer gefallen war. Aber schon jetzt schlossen die Risse sich wieder, wurde die Mauer verstärkt. Alfred, der Zeuge des Vorgangs war, fühlte sich traurig und niedergeschlagen.

»Orla.« Auf dem Weg zur Tür drehte Samah sich halb herum. Der Vorsitzende des Rats pflegte den anderen voranzugehen. »Vielleicht bis du so gut und kümmerst dich um die Bedürfnisse unseres Bruders – Alfred.« Dem Sartan kam das Wort aus der Sprache der Nichtigen nur mit Mühe über die Lippen.

»Es wird mir eine Ehre sein«, sagte Orla und neigte höflich den Kopf. Stein um Stein wurde die Mauer höher, breiter, unüberwindlicher.

Alfred hörte die Frau leise aufseufzen. Ihr Blick, der Samah folgte, war bekümmert und wehmutsvoll. Natürlich wußte sie um die Mauer, wollte sie vielleicht einreißen, doch wie sollte sie es anfangen? Was Samah betraf, so schien er nicht den Wunsch zu haben, etwas zu ändern.

Der Archont schritt aus dem Zimmer, gefolgt von den anderen. Drei schlossen sich ihm an, zwei schlugen eine andere Richtung ein, nach einem kurzen Blick zu Orla, die nur leicht den Kopf schüttelte. Alfred blieb, wo er war; er fühlte sich unbehaglich und wußte nicht, was zu tun war.

Kalte Finger legten sich auf sein Handgelenk. Die Berührung der Frau erschreckte ihn, er machte unwillkürlich einen kleinen Satz, hätte fast das Gleichgewicht verloren und wirbelte eine dicke Staubwolke auf. Er ruderte mit den Armen, blinzelte heftig, nieste und wünschte sich weit weg. Glaubte sie auch, er wäre mit dem Feind im Bunde? Verlegen zog er den Kopf zwischen die Schultern und wartete darauf, daß sie etwas sagte.

»Wie nervös du bist! Beruhige dich.« Orla musterte ihn nachdenklich. »Nun, ich nehme an, dies ist für dich ein ebenso großer Schock gewesen wie für uns. Du mußt hungrig und durstig sein, ich jedenfalls bin es. Gehen wir zusammen?«

Selbst für Alfred war eine Einladung zum Essen nichts Furchterregendes, außerdem verspürte er großen Hunger. Auf Abarrach hatte er kaum Zeit gehabt, etwas zu sich zu nehmen. Der Gedanke, in Ruhe und Frieden bei Tisch zu sitzen, umgeben von seinen Brüdern und Schwestern, rührte ihn fast zu Tränen. Dies war tatsächlich sein Volk; Sartan, wie er sie gekannt hatte, bevor er sich zum langen Schlummer niederlegte. Vielleicht war das der Grund, weshalb Samahs Zweifel ihn so beunruhigten. Vielleicht war das der Grund, weshalb seine Zweifel ihn so beunruhigten.

»Ja, sehr gerne. Vielen Dank.« Alfred wagte es, Orlas Blick zu erwidern.

Sie lächelte ihn an, vage, zaghaft, als hätte sie keine Übung darin. Aber es war ein wunderschönes Lächeln und verlieh ihren Augen einen frohen Glanz. Alfred starrte sie in stummer Bewunderung an.

Ein Gefühl der Euphorie überkam ihn, er glaubte zu schweben, hoch über allen Mauern oder auch nur dem Gedanken daran. Schweigend gingen sie wie alte Freunde nebeneinander und verließen das Zimmer. Sie traten aus der staubgedämpften Grabesruhe in eine Szenerie eifriger, geordneter Betriebsamkeit. Alfred hing seinen Gedanken nach und ließ es dabei der gebotenen Vorsicht ermangeln.

»Ich fühle mich geschmeichelt von deinem Interesse an meiner Person«, sagte Orla leise, während ihr eine zarte Röte in die Wangen stieg, »aber es wäre angebrachter, solche Überlegungen insgeheim anzustellen.«

Alfred hätte im Boden versinken mögen. »Ich – ich bitte vielmals um Entschuldigung!« stieß er hervor. »Es ist nur – weil – ich bin es nicht gewöhnt ...«

Seine zittrige Handbewegung umfaßte die geschäftigen Sartan, die dabei waren, zu neuem Leben zu erwecken, was jahrhundertelang geruht hatte. Verstohlen warf er schuldbewußte Blicke hierhin und dorthin, in der Furcht, Samahs herrische Augen unter finster gesenkten Brauen auf sich gerichtet zu sehen. Der Archont jedoch war in ein lebhaftes Gespräch vertieft, mit einem jüngeren Mann, etwa Mitte Zwanzig, bei dem es sich, nach der Ähnlichkeit zu schließen, um den von Samah bereits erwähnten Sohn handeln mußte.

»Du fürchtest, er könnte eifersüchtig sein.« Orla versuchte ein heiteres Lachen, aber es wurde ein Seufzen daraus. »Wahrhaftig, Bruder, du bist lange nicht mehr in der Gesellschaft von Sartan gewesen, wenn du einem ihrer Vornehmsten eine solche, für die Nichtigen typische Schwäche unterstellst.«

»Ich mache alles falsch.« Alfred schüttelte den Kopf. »Ich bin ein Tolpatsch und ein Dummkopf. Und ich kann es nicht einmal auf meinen Umgang mit den Nichtigen schieben. Es liegt einzig und allein an mir.«

»Aber die Dinge lägen anders, wenn unser Volk überlebt hätte. Du wärst nicht allein gewesen und einsam. Du warst sehr einsam, nicht wahr, Alfred?«

Sie fragte es sanft und mitfühlend.

Alfred war den Tränen nahe, doch er bemühte sich, möglichst unbeschwert zu antworten. »Es war nicht so schlimm, wie du – Ihr – du glaubst. Ich habe unter den Nichtigen gelebt ...«

Der Ausdruck von Mitleid auf Orlas Gesicht vertiefte sich.

Alfred sah es und protestierte. »Nein, das ist ungerecht. Du unterschätzt die Nichtigen. Wir alle haben sie unterschätzt, glaube ich.

Ich erinnere mich, wie es früher war. Wir hielten uns von ihnen fern, und wenn wir uns doch einmal unter sie mischten, dann wie Eltern auf Besuch im Kindergarten. Ich aber habe lange bei ihnen gelebt, habe ihre Freude und ihren Kummer geteilt, kenne ihre Ängste und Träume. Ich begreife, wie hilflos und ohnmächtig sie sich fühlen. Und trotz ihrer Fehler, ihrer Unzulänglichkeiten, kann ich nicht anders, als sie bewundern für das, was sie erreicht haben.«

Orla runzelte die Stirn. »Aber ich sehe in deinem Bewußtsein, daß sie nicht davor zurückschrecken, Krieg gegeneinander zu führen – Elfen befehden Menschen, Menschen streiten auf dem Schlachtfeld gegen Zwerge.«

»Und wer«, konterte Alfred, »hat die furchtbarste Katastrophe ausgelöst, die je über sie hereingebrochen ist? Wer hat Millionen getötet, unter dem Vorwand, das Beste zu wollen; wer zerstückelte ein Universum, wer versetzte die Überlebenden auf fremde Welten und lieferte sie einem ungewissen Schicksal aus?«

Zwei brennendrote Flecken erschienen auf Orlas Wangen. Die senkrechte Linie auf ihrer Stirn vertiefte sich.

»Es tut mir leid«, entschuldigte Alfred sich hastig. »Ich habe nicht das Recht... Ich war nicht dort...«

»Du *warst* nicht dort, auf jener Welt, die meinem Herzen so nahe ist, auch wenn der Verstand mir sagt, daß sie nicht mehr existiert. Du weißt nichts von unserer Angst vor der wachsenden Macht der Patryn. Sie planten unsere Vernichtung, die völlige Ausrottung. Und was wäre dann aus deinen Nichtigen geworden? Sklaven unter dem eisernen Stiefelabsatz eines totalitären Regimes. Du weißt nichts von unserem mühsamen Ringen um eine Lösung, einen Ausweg. Schlaflose Nächte, tagelange hitzige Diskussionen. Du weißt nichts von unserer eigenen, ganz persönlichen Qual. Auch Samah...« Sie brach ab und biß sich auf die Lippen.

Wie der Archont beherrschte auch sie die Kunst, ihre Gedanken zu kontrollieren. Alfred fragte sich, was sie wohl hatte sagen wollen.

Sie waren, ohne es zu merken, ein gutes Stück gegangen; die Halle des Schlafs lag weit hinter ihnen. Blaue Sigel am Fuß der Mauern wiesen den Weg durch einen Flur, in dem der Staub nach wie vor unberührt lag. Ihre Fußspuren waren die ersten in der grauen Schicht auf dem Boden. Türen links und rechts führten in unerleuchtete Zimmer, in denen sich bald die aus ihrem langen Schlummer erwachten Sartan einrichten würden. Vorläufig standen die beiden aber noch allein in dem unwirklichen, blaugetönten Halbdunkel.

»Wir sollten umkehren. Ich hatte gar nicht die Absicht, so weit zu gehen. Der Speisesaal liegt dort hinten.« Orla wandte sich ab.

»Nein, warte.« Bevor der Schreck über seine Kühnheit ihn abhalten konnte, hatte er ihr die Hand auf den Arm gelegt. »Vielleicht bietet sich uns nie wieder die Gelegenheit, so miteinander zu sprechen. Und ich muß es wissen! Du warst dagegen, habe ich recht? Du und noch einige Mitglieder des Rats.«

»Ja, wir waren dagegen.«

»Was hattet *ihr* für einen Plan?«

Orla holte tief Atem. Sie sah ihn nicht an, sondern stand halb mit dem Rücken zu ihm. Im ersten Moment glaubte Alfred, sie wolle nicht antworten, und offenbar hatte sie es auch nicht vor, aber dann änderte sie mit einem Schulterzucken ihre Meinung.

»Du wirst es bald genug herausfinden. Die Entscheidung, uns mittels der Teilung zur Wehr zu setzen, wurde besprochen und diskutiert. Sie verursachte bösen Streit, Zwietracht in den Familien.«

Sie schüttelte den Kopf. »Was ich für einen Plan hatte? Keinen. Ich riet, daß wir abwarten sollten und uns auf Maßnahmen zur Verteidigung beschränken, falls ein Angriff der Patryn erfolgte. Du mußt bedenken, es stand zu keinem Zeitpunkt fest, daß sie angreifen würden. Wir fürchteten es nur.«

»Und die Furcht siegte.«

»Nein!« fuhr Orla auf. »Furcht war nicht der Grund für unsere Entscheidung. Es war die Lockung der Möglichkeit, eine perfekte Welt zu erschaffen. Vier perfekte Welten! Wo alle in Frieden und Eintracht leben würden. Kein Hader mehr, kein Krieg . . . Das war Samahs Traum, und deshalb stimmte ich trotz aller Bedenken für ihn. Deshalb erhob ich keinen Einspruch, als er den Entschluß faßte, die . . .«

Wieder unterbrach sie sich.

»Den Entschluß faßte, die...?« drängte Alfred sie fortzufahren.

Orlas Miene verhärtete sich. Sie wechselte das Thema. »Samahs Plan hätte erfolgreich sein sollen. Warum ist es anders gekommen? Warum ist er fehlgeschlagen?« Sie warf ihm einen scharfen, fast anklagenden Blick zu.

Ich bin's nicht gewesen! war Alfreds sofortige Reaktion. *Es war nicht meine Schuld.*

Gleich darauf dachte er unbehaglich: *Und wenn doch? Ganz sicher habe ich auch nichts zu seinem Gelingen beigetragen.*

Orla machte sich entschlossen auf den Rückweg. »Wir sind schon zu lange fort. Die anderen werden sich Sorgen machen.«

Das Runenlicht begann zu verblassen.

»Er lügt.«

»Aber Vater, das kann nicht sein. Er ist ein Sartan...«

»Ein willensschwacher Sartan, einfältig, ungefestigt, der lange in der Gesellschaft eines Patryn gewesen ist. Für mich steht fest, daß er beeinflußt wurde. Wir können ihm keinen Vorwurf machen. Er hatte keinen Berater, an den er sich wenden konnte, der ihm beistand in der Zeit der Prüfung.«

»Lügt er in jedem Punkt?«

Samah ließ sich Zeit mit der Antwort. »Nein, das glaube ich nicht«, sagte er endlich, nach gründlichem Nachdenken. »Die Bilder der Unseren, in ihren Sarkophagen auf Arianus und was ich in seiner Erinnerung von Abarrach gesehen habe, wo zu Leichenfledderern verkommene Sartan die verbotene Kunst der Nekromantie praktizieren – das war real, viel zu real. Aber diese Einblicke waren kurz, flüchtig. Ich bin nicht sicher, daß ich ihre Bedeutung, die Zusammenhänge ganz begriffen habe. Wir müssen ihn genauer befragen, um herauszufinden, was sich tatsächlich abgespielt hat. In erster Linie muß ich erfahren, was es mit diesem Patryn auf sich hat.«

»Ich verstehe. Und was möchtest du, das ich tue, Vater?«

»Sei freundlich zu diesem Alfred, Sohn. Ermutige ihn zum Sprechen, horche ihn aus, sei in allen Dingen mit ihm einer Meinung, bezeige Mitgefühl. Der Mann ist einsam, ausgehungert nach der Gesellschaft von seinesgleichen. Er verkriecht sich in einer Schale, die er zu seinem Schutz erschaffen hat. Wir werden sie durch Freundlichkeit aufbrechen, und dann können wir damit beginnen, ihn von seinen Irrwegen auf den rechten Pfad zurückzuführen.

Genaugenommen habe ich bereits einen Anfang gemacht.« Samah warf einen selbstzufriedenen Blick in den im Dunkeln liegenden Gang.

»Tatsächlich?« Sein Sohn schaute in dieselbe Richtung.

»Ja. Ich habe den armen Kerl in die Obhut deiner Mutter gegeben. Ihr wird er sich eher anvertrauen als uns.«

»Und wenn sie nun für sich behält, was sie erfährt?« meinte Ramu. »Mir kommt es vor, als empfände sie eine gewisse Sympathie für ihn.«

»Sie hatte auch früher schon Mitleid mit jedem Streuner, der an unsere Tür klopfte.« Samah zuckte mit den Schultern. »Mehr ist es diesmal auch nicht. Sie ist loyal. Damals, vor der Teilung, stand sie zu guter Letzt auf meiner Seite, unterstützte mich und stellte ihre Bedenken zurück. So blieb auch den letzten Zweiflern und Zauderern keine andere Wahl, als für meinen Plan zu stimmen. Ja, sie wird mir sagen, was ich wissen muß. Besonders, wenn sie erst begreift, daß es unser Ziel ist, dem Bedauernswerten zu helfen.«

Ramu verneigte sich vor seines Vaters Weisheit und schickte sich an zu gehen.

»Dennoch, Ramu«, Samah hielt ihn zurück. »Sei wachsam. Ich traue ihm nicht, diesem . . . Alfred.«

Kapitel 9

Im Segensmeer

Etwas außerordentlich Merkwürdiges ist geschehen. Ich war zum Glück so beschäftigt, daß ich nicht die Zeit fand weiterzuschreiben. Aber jetzt ist endlich alles ruhig, die Aufregung hat sich gelegt, und wir kommen dazu, uns zu fragen: Was passiert als nächstes?

Wo soll ich anfangen? Wenn ich zurückdenke, begann alles mit Alakes Versuch, durch Magie die Delphine herbeizurufen und mit ihnen zu sprechen. Wir hofften von ihnen zu erfahren, wohin unsere Reise ging und was uns an ihrem Ende erwartete, möchte es auch schrecklich sein. Die Ungewißheit ist am schwersten zu ertragen.

Ich habe immer gesagt, daß wir im Segensmeer treiben. Das stimmt nicht genau, wie Devon uns beim Mittagessen erklärte. Wir bewegen uns in eine bestimmte Richtung, die von den Drachenschlangen bestimmt wird. Wir haben keine Gewalt über das Schiff. Wir sind nicht einmal imstande, uns dem Ruderstand zu nähern.

Ein Gefühl unsäglichen Schreckens überkommt uns, sobald wir es versuchen. Nach wenigen Schritten beginnt man zu zittern, kann nicht mehr weitergehen, fühlt sich wie gelähmt. Man wird von Todesangst ergriffen und bestürmt mit Visionen von blutigem Sterben. Einmal haben wir es gewagt, kamen aber nicht weit, dann flohen wir entsetzt und verbarrikadierten uns in unseren Kabinen. Ich träume immer noch davon.

Nach diesem mißglückten Versuch, als wir uns von dem Erlebnis erholt hatten, beschloß Alake, die Delphine zu rufen.

»Wir haben bisher nicht einen zu Gesicht bekommen«, sagte sie, »und das ist mehr als ungewöhnlich. Ich möchte wissen, was los ist und wohin wir unterwegs sind.«

Mir war es nicht aufgefallen, aber als sie es erwähnte, wunderte ich mich auch, daß wir noch keine Fische gesehen hatten. Delphine sind äußerst gesellig und geradezu versessen auf Klatsch und Tratsch. Im allgemeinen tummeln sie sich in Scharen um jedes Schiff, betteln um Neuigkeiten und erzählen ihren eigenen Kram jedem, der dumm genug ist, ihnen zuzuhöhren.

»Und wie stellen wir es an, sie ... zu rufen?« erkundigte ich mich.

Alake war erstaunt, daß ich fragen mußte. Warum eigentlich? Kein vernünftiger Zwerg käme auf den Gedanken, eins von diesen Viechern zu rufen! Wir tun alles, um sie loszuwerden.

»Natürlich werde ich Magie anwenden«, erklärte sie. »Und ich möchte, daß ihr dabei seid.«

Ich muß zugeben, daß ich aufgeregt war. Obwohl ich lange bei Elfen und Menschen gelebt hatte, war ich nie Augenzeugin ihrer magischen Rituale gewesen, und es überraschte mich, daß Alake uns dabeihaben wollte. Sie behauptete, unsere ›Energien‹ würden ihr helfen. Ich persönlich war der Ansicht, sie hatte Angst und wollte nicht alleine sein, aber ich hielt den Mund.

Vielleicht sollte ich die unterschiedlichen magischen Konzepte der Phandraner und Elmasti schildern.

Und die Ansicht der Zwerge.

Zwerge, Elfen und Menschen glauben alle an den Einen, die starke Macht, die uns in diese Welt entläßt, die während unserer Zeit hier über uns wacht und uns am Ende des Wegs zu sich nimmt. Doch von dieser Gemeinsamkeit abgesehen, hat jede Rasse ihre eigene Vorstellung von dem Einen.

Das Credo von uns Zwergen lautet: Alle Zwerge sind in dem Einen, und der Eine ist in allen Zwergen. Daraus folgt, daß jedes Ungemach eines einzelnen das ganze Volk trifft und auch den Einen – das ist der Grund, weshalb ein Zwerg niemals absichtlich einen anderen töten, betrügen oder übervorteilen wird. (Kneipenschlägereien sind natürlich etwas anderes. Ein gehöriger Kinnhaken bei einer ehrlichen Rauferei gilt als herzerfrischend und der Gesundheit förderlich.)

Früher hielten wir Zwerge uns für das einzig auserwählte Volk. Was die Elfen und Menschen anging – falls sie tatsächlich von dem Einen erschaffen worden waren (manche von uns glaubten, sie seien der Finsternis entsprungen wie Pilze), dann höchstens aus Versehen, oder sie waren die Kreaturen einer dem Einen feindlich gesonnenen Macht.

Eine lange Zeit der Koexistenz lehrte uns, einander zu akzeptieren. Wir wissen jetzt, daß alles Leben in der Obhut des Einen steht (auch wenn manche unbelehrbaren Großväter daran festhalten, daß der Eine uns Zwerge liebt, während er Elfen und Menschen nur duldet).

Die Menschen glauben, der Eine sei der Beherrscher aller Dinge, aber wie jeder andere ihrer Häuptlinge beeinflußbar. Also überhäufen ihn die Menschen mit Bitten, Forderungen – und Beschwerden. Die Phondraner glauben auch, der Eine habe Diener, die den lästigen Kleinkram für ihn erledigen und alles, was Er für unter seiner Würde befindet. (Typisch Mensch!) Diese Handlanger können von den Menschen durch Magie gefügig gemacht werden, und nichts bereitet den Phondranern mehr Freude, als die Reihenfolge der Jahreszeiten zu ändern, Winde herbeizurufen, Regen zu beschwören und Feuer zu entfachen.

Die Elmasti haben ein viel entspannteres Verhältnis zu ihrem Einen. Nach ihrer Ansicht setzte der Eine mit einem großen Knall die ganze Geschichte in Gang und schaut jetzt von einem bequemen Sessel aus zu, wie's weitergeht. Nach demselben Prinzip funktioniert das glänzende, glitzernde, surrende, schnurrende Spielzeug, um das Alake und ich Sabia als Kinder glühend beneideten. Für die Elfen ist Magie nichts Geheimnisvolles oder Erhabenes, sondern schlicht ein Mittel zur Unterhaltung oder Arbeitsersparnis.

Obwohl sie erst sechzehn Jahre alt war (nach Zwergenmaßstäben ein Wickelkind, aber die Menschen wachsen schnell heran), hielt man Alake für eine vielversprechende Zauberin, und ich wußte, daß es Delus größter Wunsch war, ihrer Tochter den Vorsitz des magischen Zirkels zu übergeben.

Devon und ich standen im unbenutzten Laderaum auf Deck 2 und schauten zu, wie Alake ihren Platz vor dem Altar einnahm, den sie dort aufgebaut hatte. Es war ein Vergnügen, sie zu beobachten.

Alake ist groß und wohlgestaltet. (Nebenbei bemerkt, habe ich nie die Menschen um ihre Größe beneidet. Ein altes Zwergensprichwort sagt: ›Je länger der Stock, desto leichter zu brechen.‹ Aber ich bewunderte Alakes anmutige Bewegungen, wie ein schlanker Halm im Wasser.) Ihre Haut ist schwarz wie Ebenholz. Das gleichfalls schwarze Haar trägt sie in zahllose dünne Zöpfe geflochten, die ihr über den Rücken hängen. Den Abschluß eines jeden bilden Perlen in Blau und Orange (ihre Stammesfarben) und aus Messing. Wenn sie geht, klingeln die Perlen melodisch, es hört sich an wie Hunderte von winzigen Glöckchen.

Gekleidet war sie in das Gewand ihres Volkes – ein raffiniert um den Körper drapiertes blau-orangefarbenes Tuch. Die Phondraner sind wahre Meister in dieser Kunst. Das lose Ende der Stoffbahn liegt über der linken Schulter, als Zeichen, daß sie unverheiratet ist. Verheiratete Frauen tragen den Tuchzipfel rechts.

Silberne Zeremonialreifen schmücken ihre Arme; an den Ohren hängen silberne Glöckchen.

»Diese Armreifen habe ich noch nie an dir gesehen«, sagte ich, um gegen die Stille anzuplaudern, die so furchtbar still war! »Gehören sie dir oder deiner Mutter? Waren sie ein Geschenk?«

Zu meiner Überraschung gab Alake, die sonst gern ein neues Schmuckstück herumzeigt, keine Antwort und wandte das Gesicht ab.

Ich glaubte, sie hätte mich nicht gehört. »Alake, ich habe gefragt, ob . . .«

Devon rammte mir seinen spitzen Ellenbogen zwischen die Rippen. »Pst! Sei still!«

»Warum denn?« zischte ich wütend. Um ehrlich zu sein, hatte ich es satt, ständig auf Zehenspitzen herumzulaufen, aus Rücksicht auf die Sensibilität meiner Reisegefährten.

»Sie hat ihren Meeresschmuck angelegt«, erwiderte Devon leise.

Ich war wie vor den Kopf geschlagen. Natürlich hatte ich von dem Brauch gehört. Bei der Geburt wird ein Mädchen bei den Phondranern mit silbernen Armreifen und Ohrgehängen beschenkt, die sie bei ihrer Hochzeit tragen und eines Tages an ihre Töchter weitergeben soll. Stirbt das Mädchen jung, legt man ihr alle Schmuckstücke an, bevor man den Leichnam dem Segensmeer und dem Einen übergibt.

Betroffen suchte ich nach Worten, um meinen Ausrutscher wiedergutzumachen, aber was ich auch sagte, es würde den angerichteten Schaden nur noch vergrößern. Also saß ich still, wippte mit den Füßen und versuchte Interesse für Alakes Tun aufzubringen.

Devon saß neben mir. Die Möbel an Bord des Schiffes waren für Zwerge gebaut, und ich empfand Mitleid für den Elf, der zwischen seinen spitzen Knien auf dem niedrigen Stuhl kauerte, eingehüllt in die duftigen Falten von Sabias seidenem Gewand.

Alake nahm sich endlos viel Zeit, ihre Utensilien zu arrangieren, und sprach über jedem einzelnen Gegenstand lange Gebete.

»Wenn alle Menschen wegen jeder Kleinigkeit einen solchen Sermon vom Stapel lassen, möchte ich wetten, daß der Eine schon vor langer Zeit sanft entschlummert ist!« Ich bildete mir ein, leise gesprochen zu haben, doch Alake warf mir prompt einen schockierten Blick zu und runzelte entrüstet die Stirn.

Oha! Ich zerbrach mir den Kopf, um ein etwas unverfänglicheres Gesprächsthema zu finden, und als ich Devon ansah, der Sabias Kleider trug, fiel mir wieder ein, worüber ich mich schon im Palast gewundert hatte.

»Wie ist es dir gelungen, Sabia zu überreden, dich an ihrer Stelle gehen zu lassen?« fragte ich den Elfen.

Natürlich stand ich nun auch mit dem zweiten Fuß im Fettnäpfchen. Devon, der sich bemüht hatte, wenigstens nach außen hin froh und wohlgemut zu erscheinen, wurde traurig und wandte *sein* Gesicht ab.

Alake kam zu mir gehuscht und kniff mich in den Arm. »Mußt du ihn an sie erinnern!«

»Autsch! Jetzt reicht's aber!« Ich verlor die Geduld. »Ich soll nicht zu Alake über ihre Ohrringe sprechen und mit Devon nicht über Sabia, ungeachtet der Tatsache, daß er ihre Sachen anhat und ausgesprochen lächerlich aussieht in einem Kleid. Nun, falls ihr beide es vergessen haben solltet, es ist auch meine Beerdigung, und Sabia ist meine Freundin. Wir haben versucht, uns vorzumachen, das hier wäre eine Ferienkreuzfahrt. Ist es aber nicht. Und es ist Blödsinn, die Worte im Bauch zu behalten, wie man bei uns zu sagen pflegt. Sie liegen einem nur schwer im Magen.« Ich schnaubte. »Kein Wunder, daß wir nichts essen können.«

Alake starrte mich in verdutztem Schweigen an. Auf Devons Gesicht erschien der Schatten eines Lächelns.

»Du hast recht, Grundel«, gab er zu und musterte verlegen das blumenbestickte, spitzenbesetzte, bändergeschmückte, engtaillierte lange Gewand. Bei den Elfen sind die Männer fast ebenso schlank wie die Frauen, doch etwas breiter in den Schultern, und ich sah, daß hier und dort eine Naht der Belastung nicht standgehalten hatte. »Wir sollten über Sabia reden. Ich wollte es, aber ich hatte Angst, euch weh zu tun.«

Alake kniete impulsiv neben Devon nieder und ergriff seine Hand. »Ich achte dich, mein Freund, für deinen Mut und deine Opferbereitschaft. Es gibt keinen Mann, den ich höher schätze.«

Seltenes Lob von einem Menschen, noch dazu von Alake. Devon war erfreut und gerührt. Er wurde rot bis über die Ohren und schüttelte den Kopf. »Es war reine Selbstsucht«, sagte er leise. »Wie hätte ich weiterleben können mit dem

Wissen, daß sie den Tod erleiden mußte – und was für einen entsetzlichen Tod! Ich sterbe leichten Herzens, wenn ich nur weiß, daß sie gerettet ist.«

Oh, diese Männer! Ich fragte mich im stillen, was er wohl glaubte, wie *sie* sich fühlte, wenn ihr zu Bewußtsein kam, daß er sich für sie geopfert hatte. Aber wie gesagt – Männer! Elfen, Menschen, Zwerge, alle gleich.

»Sag schon, wie hast du es geschafft, sie zu überreden?« bohrte ich weiter. Wie ich Sabia kannte, und nachdem sie so entschlossen gewesen war, mochte ich nicht glauben, daß sie ganz ohne weiteres nachgegeben hatte.

»Habe ich nicht«, antwortete Devon, während die Röte in seinem Gesicht sich vertiefte. »Wenn ihr's unbedingt wissen wollt, *das* hat sie überzeugt.« Er hob die Faust und zeigte die aufgeschürften Knöchel.

»Du hast ihr eine verpaßt!« Ich konnte es nicht fassen.

»Du hast sie geschlagen!« kam das vornehmere Echo von Alake.

»Ich flehte sie an, mich an ihrer Statt gehen zu lassen, aber sie wollte nicht. Sie ließ sich nicht überreden. Mir blieb nichts anderes übrig. Ich war verzweifelt. Ihr könnt mir glauben, Sabia weh zu tun kostete mich mehr Überwindung, als ich sagen kann.«

Ich zweifelte nicht daran. Ein Elmasti leidet tagelang Gewissensqualen, nur weil er versehentlich auf eine Spinne getreten ist.

»Und was meinen Schmuck betrifft, Grundel«, Alake drehte die silbernen Reifen an ihrem Arm, »ich bekam ihn von meiner Mutter, als ich geboren wurde. Ich konnte ihnen nicht anders mitteilen, wohin ich gehe und was ich tun will. Mir fehlten die Worte, um es aufzuschreiben. Wenn meine Mutter sieht, daß der Schmuck fehlt, weiß sie Bescheid. Und sie wird es verstehen.«

Alake trat wieder vor den Altar. Devon zupfte an dem strammsitzenden Kleiderärmel, der ihm wahrscheinlich das Blut abschnürte. Mir war zum Heulen zumute. Jetzt hatten wir die Worte ausgesprochen, aber leichter war es deshalb nicht geworden.

»Soviel zu Zwergensprichwörtern«, murmelte ich in meine Backenlocken.

»Es ist alles bereit«, sagte Alake, und ich atmete erleichtert auf.

Sie hat mir verboten, die Einzelheiten der Zeremonie aufzuschreiben, aber die Mühe hätte ich mir ohnehin gespart, denn für mich war das alles nur unverständlicher Hokuspokus. Gepökelter Stockfisch spielte eine Rolle (für Delphine ein besonderer Leckerbissen), es gab Flötenmusik, Alake singsangte eine Menge seltsamer Worte und gab fischähnliche Laute von sich. (Menschen setzen ihren Stolz darein, die Delphinsprache zu lernen. Wir könnten es vermutlich auch, aber wozu? Die meisten Delphine sprechen ausgezeichnet Zwergisch.)

Irgendwann während des Flötenspiels döste ich ein und erwachte mit einem Ruck aus meinem Nickerchen, als Alake in verständlichen Worten und mit normaler Stimme verkündete:

»Es ist vollbracht. Die Delphine müßten jetzt zu uns kommen.«

Sie kommen bestimmt, dachte ich bei mir, wenn wir den Stockfisch ins Meer werfen. Auf einem Silberteller auf dem Altar liegend, entfaltete er meiner Ansicht nach nicht unbedingt seine größte Nützlichkeit, nur einen bemerkenswerten Gestank, aber vielleicht glaubte Alake ja, der ihren Nasen liebliche Duft würde die flossentragenden Klatschtanten anlocken.

Wie man vielleicht schon erraten hat, setzte ich kein großes Vertrauen in die Magie von Menschen oder Elfen, und man kann sich meine Überraschung vorstellen, als wir alle drei einen Schlag gegen den Schiffsrumpf hörten und spürten.

»Sie sind da«, verkündete Alake selbstgefällig und eilte zur Einstiegsschleuse, um sie willkommen zu heißen. Die Perlen in ihren Haaren klingelten wild, ihre nackten Füße patschten hastig über die Planken.

Ich schaute Devon an, der die Schultern und die Augenbrauen hob. Er hatte vorgehabt, die Delphine mit einer magischen Pfeife herbeizurufen, die nach meinem Dafürhalten nicht den geringsten Ton von sich gab, auch wenn er mir versicherte, die Delphine wären durchaus imstande, ihren Klang zu hören, und fänden ihn sehr angenehm.

Wir folgten Alake.

Unser Schiff hat vier Decks, numeriert von unten nach oben. Verglichen mit den Sonnenjägern ist es nicht groß, aber schließlich hatte man es nur als königliche Barkasse in Dienst gestellt, für die gelegentlichen Fahrten der Herrscherfamilie zu den anderen Reichen.

Deck 4 ist das oberste (wenn man die Außenseite nicht mitrechnet). Dort befindet sich die Kommandozentrale und dahinter der Ruderstand, dem keiner von uns sich zu nähern wagte. Von der Zentrale führt eine Leiter nach unten, durch einen senkrechten Schacht, der sich zu jedem der übrigen Decks öffnet. Am Achterende der Zentrale ermöglichen große Fenster einen weiten Ausblick auf Land oder Wasser, je nachdem. Der Schein der Meersonne erfüllte diesen Raum mit einem heiteren, blaugrünen Licht. Draußen sieht man das offene Deck, begrenzt von einer brusthohen Reling, aber nur ein Mensch wäre leichtsinnig genug, dorthin zu gehen, während das Schiff Fahrt macht.

Der Laderaum befindet sich auf Deck 3, dahinter die Messe*, wo man ißt, trinkt, sich im Axtwurf übt oder einfach nur ein Schwätzchen hält. Dieser Raum erhält sein Licht durch eine lange Reihe kleiner Fenster in der Wandung. Hinter der Messe liegen die Kajüten für die königliche Familie, die Mannschaftskabinen, eine Zeuglast und schließlich die Konverterkammer mit den magischen Kristallen der Elfen, die das Schiff antreiben.

Die Decks 2 und 1 waren als Laderäume angelegt, aber dort befand sich auch die Schleuse – eine sehr wichtige Einrichtung. Wie ich bereits erwähnt habe, können Zwerge nicht schwimmen. Ein Zwerg, der ins Wasser fällt, sinkt immer tiefer, außer, man fischt ihn auf und bringt ihn

* Für Mannschaften und Offiziere; bei uns macht man keine so feinen Unterschiede.

zurück ins Trockene. Deshalb sind alle Schiffe mit einer Schleuse ausgerüstet, die es ermöglicht, jeden ›Zwerg über Bord‹ zu retten und vor einem erbärmlichen Ende fern seiner Lieben zu bewahren.

Alake stand am Fuß der Schleusenkammer, hatte das Gesicht gegen eines der Bullaugen gepreßt und schaute ins Wasser hinaus. Als sie uns kommen hörte, wandte sie den Kopf. Auf ihrem Gesicht malte sich Verwunderung.

»Es sind nicht die Delphine. Es ist ein Mensch.« Sie zögerte. »Wenigstens glaube ich, daß es ein Mensch ist«, fügte sie zweifelnd hinzu.

»Ist es einer oder nicht?« fragte ich. »Du solltest es eigentlich feststellen können!«

»Sieh doch selbst.« Ihre Stimme klang merkwürdig.

Devon und ich drängten uns an das Bullauge; er mußte sich tief bücken, um mit mir hinausschauen zu können.

Unser Besucher sah tatsächlich aus wie ein Menschenmann. Oder besser ausgedrückt, er sah *nicht* aus wie ein Elf oder Zwerg. Er war zu groß für einen von uns und hatte weder die spitzen Ohren noch die mandelförmigen Augen der Elfen. Für einen Menschen wiederum hatte er die falsche Hautfarbe – ein teigiges Weiß. Seine Lippen waren blau, die eingesunkenen Augen von blutunterlaufenen Flecken umgeben. Seine Kleidung bestand nur aus einer braunen, enganliegenden Hose und einem zerrissenen weißen Hemd. Er klammerte sich an eine Planke und schien mir ziemlich erledigt zu sein.

Das Pochen, das wir gehört hatten, war vermutlich diese Planke gewesen, die mit ihrem Passagier gegen die Schiffshülle stieß. Der Mann hatte unsere Gesichter hinter dem Bullauge entdeckt und machte einen halbherzigen Versuch, gegen die Bordwand zu klopfen. Offensichtlich war er sehr schwach, denn sein Arm fiel herab, als hätte er nicht die Kraft, ihn zu heben. Er sank mit dem Oberkörper über die Planke, die Beine hingen schlaff im Wasser und bewegten sich mit der Strömung.

»Was immer er ist, er wird's nicht mehr lange sein«, bemerkte ich.

»Der Ärmste«, murmelte Alake. Ihre dunklen Augen bekamen einen mitleidigen Schimmer. »Wir müssen ihm helfen.« Sie faßte nach dem Handlauf des Niedergangs, um zu Deck 2 hinaufzusteigen. »Wir holen ihn an Bord. Er braucht Wärme und etwas zu essen.« Sie schaute sich um und sah, daß wir uns nicht rührten. »Nun kommt schon! Er ist bestimmt ziemlich schwer. Allein schaffe ich das nicht.«

Menschen. Immer gleich handeln, etwas tun, ohne erst zu überlegen. Zu ihrem Glück hatte sie eine Zwergin dabei.

»Alake, warte. Einen Augenblick. Hast du vergessen, wohin wir unterwegs sind? Hast du vergessen, was uns bevorsteht?«

Alake runzelte die Stirn, sie ärgerte sich über meine Einwände. »Ja und? Der Mann stirbt. Wir können ihn nicht einfach seinem Schicksal überlassen.«

»Es wäre vielleicht gnädiger«, sagte Devon leise. »Wenn wir ihn jetzt retten, dann womöglich nur, damit er später mit uns einen noch viel grausameren Tod erleidet.«

Es tat mir leid, so unverblümt sprechen zu müssen, aber manchmal ist es die einzige Möglichkeit, Menschen etwas begreiflich zu machen. Alake schien förmlich in sich zusammenzusinken. Sie schlug die Augen nieder und strich geistesabwesend mit der Hand über die hölzernen Sprossen der Leiter.

Das Schiff machte unvermindert Fahrt, bald würden wir den Mann weit hinter uns gelassen haben. Er merkte es offenbar und schickte sich unter Auferbietung all seiner schwindenden Kräfte an, uns nachzuschwimmen. Der Anblick war herzzerreißend. Ich wandte mich ab, doch wie nicht anders zu erwarten war, siegte bei Alake das Herz über den Verstand.

»Der Eine hat ihn gesandt«, sagte sie und begann entschlossen, die Leiter hinaufzusteigen. »Er hat ihn gesandt als Antwort auf mein Gebet. Wir müssen ihn retten!«

»Du hast um einen Delphin gebetet!« erinnerte ich sie, nun meinerseits gereizt.

Alake warf mir einen tadelnden Blick zu. »Die Wege des Einen sind unerforschlich, Grundel, das weißt du auch. Kannst du mit dieser Schleuse umgehen?«

»Schon, aber ich werde Devons Hilfe brauchen«, brummte ich und folgte ihr.

Ehrlich gesagt, wäre ich ganz gut alleine zurechtgekommen, denn ich war stärker als der Elfenprinz, aber ich wollte mit ihm reden. Nachdem ich Alake aufgetragen hatte, den Schiffbrüchigen im Auge zu behalten, winkte ich Devon zu mir. Ich spähte durch das Fenster im oberen Teil der Schleuse ins sonnendurchflutete Innere und drehte den Hebel an der Luke, um mich zu vergewissern, daß sie fest geschlossen und dicht war. Devon bemühte sich, mir zu helfen.

»Und wenn nicht der Eine diesen Kerl gesandt hat?« flüsterte ich ihm zu. »Wenn er ein Spitzel der Drachenschlangen ist?«

Devon schaute mich bestürzt an. »Hältst du das wirklich für denkbar?« fragte er. Er wollte überall mit zugreifen und geriet mir trotz seiner löblichen Absichten ständig in die Quere.

Ich schob ihn zur Seite. »Du etwa nicht?«

»Vielleicht. Aber wozu ein Spitzel? Sie haben uns. Wir können nicht entkommen, selbst wenn wir es wollten.«

»Weiß man, was in den Köpfen dieser Biester vorgeht? Ich finde jedenfalls, wir sollten nicht gleich zu vertrauensselig gegenüber diesem Menschen sein, falls er wirklich ein Mensch ist. Und ich glaube, du solltest besser wieder in deine Rolle als Sabia schlüpfen.«

Ich drehte mich um und stieg den Niedergang hinunter. Devon kam mir nach, wobei er über seine Röcke stolperte.

»Ja, du magst recht haben. Aber was ist mit Alake? Sie muß mitspielen. Du mußt ihr Bescheid sagen.«

»O nein, nicht ich. Sie würde bloß denken, daß ich nach einem neuen Vorwand suche, ihren Schützling loszuwerden. Du wirst es ihr sagen. Auf dich hört sie. Geh schon. Ich komme hier alleine zurecht.«

Wir standen wieder auf Deck 1. Devon trat zu Alake, und ich hatte endlich freie Hand bei meiner Rettungsaktion. Was sie sprachen, konnte ich nicht verstehen, aber man sah, daß Alake zuerst nicht einverstanden war, denn sie schüttelte so energisch den Kopf, daß ihre Ohrringe klirrten.

Devon redete weiter auf sie ein, und allmählich gab sie nach. Erst warf sie einen Blick auf mich, dann auf den Mann draußen. Schließlich nickte sie unglücklich.

Vor dem unteren Sichtfenster stehend, griff ich nach den Hebeln und drückte sie nach unten. Eine Luke in der Bordwand öffnete sich. Wasser strömte brodelnd herein, schwemmte etliche mißvergnügte Fische (keinen einzigen Delphin!) mit in die Flutkammer und natürlich auch den Menschenmann.

Ich wartete, bis der Wasserstand die richtige Markierung erreicht hatte, dann schob ich den Hebel in die Ausgangsstellung zurück, und die Luke schloß sich wieder.

»Ich hab' ihn!« rief ich.

Wir eilten nach Deck 2 hinauf, dem oberen Teil der Schleuse. Ich machte auf und schaute nach unten. Ein Zwerg hätte auf dem Grund gelegen, und ich wäre nicht umhin gekommen, auch noch den Greifer in Betrieb zu nehmen, um ihn zu retten. Da er ein Mensch war, hatte er sich mit letzter Kraft an die Wasseroberfläche gearbeitet, und dort trieb er nun, vielleicht eine Armeslänge entfernt.

»Alake und ich kommen schon zurecht, Devon«, sagte ich mit gedämpfter Stimme. »Du gehst besser und legst deinen Schal um.«

Devon gehorchte. Alake packte mit an, und gemeinsam schafften wir es, den Mann zu uns heran und schließlich durch den Ausstieg an Deck zu ziehen. Ich verschloß die Tür, öffnete die untere Luke, ließ die erzürnten Fische hinaus und setzte die Pumpen in Gang. Dann hatte ich Muße, mir unseren Fang genauer zu betrachten.

Ich muß zugeben, daß mein Argwohn mir fast albern vorkam. Falls die Drachenschlangen es aus irgendeinem unerfindlichen Grund für nötig halten sollten, uns einen Spion zu schicken, hätten sie sich wohl etwas anderes ausgesucht als diese Jammergestalt.

Er bot wirklich einen kläglichen Anblick, wie er da pitschnaß am Boden lag, das halbe Segensmeer ausspie und nach Atem japste wie ein Fisch auf dem Trockenen. Alake kannte die Symptome anscheinend nicht. Ich schon.

»Was hat er?« fragte sie ängstlich.

»Seine Körpertemperatur ist zu niedrig, und er hat Schwierigkeiten damit, statt Wasser wieder Luft zu atmen.«

»Woher weißt du das? Und was können wir tun, um ihm zu helfen?«

»Es kommt hin und wieder vor, daß Zwerge ins Wasser fallen, daher weiß ich, was für einen Zwerg die beste Medizin wäre. Oberstes Gebot ist Wärme, von innen und außen. Also packen wir ihn in Decken und geben ihm soviel Branntwein, wie er trinken kann.«

»Bist du sicher?« Alake machte ein zweifelndes Gesicht. »Ich meine wegen des Branntweins.«

Trunken wie ein Zwerg, sagte man bei den Phondranern. Aber man darf raten, wer der beste Abnehmer für unseren Schnaps ist!

»Man muß seinen Verstand ausschalten, weil der ihm predigt, daß er Wasser atmen muß. Deshalb japst er so. Gibt man dem Gehirn etwas anderes zu denken, stellt der Körper sich ganz von selbst wieder darauf ein, Luft zu atmen – wie es sich gehört.«

»Ich verstehe. Grundel, hol mir eine Flasche Branntwein und meine Tasche mit den Kräutern. Und wenn du Dev ... Sabia begegnest, sag ... ihr, daß ich alle Decken brauche, die ... sie finden kann.«

Na, das fing ja gut an! Zum Glück war der Mensch so damit beschäftigt, am Leben zu bleiben, daß er Alakes Versprecher nicht bemerkt zu haben schien. Auf dem Weg zur Vorratslast stieß ich mit Dev-Sabia zusammen. Er hatte Kopf und Gesicht mit einem Schleiertuch verhüllt und einen Schal über die Schultern gelegt, um die geplatzten Nähte zu verstecken. Ich sagte ihm, was Alake mir aufgetragen hatte, und er kehrte in seine Kabine zurück, um die Decken zu holen.

Während ich weiterging, dachte ich darüber nach, was Alake gesagt hatte. Merkwürdig, daß dieser Menschenmann scheinbar gar nicht daran gewöhnt war, sich im Wasser aufzuhalten. Die Phondraner verbringen ebensoviel Zeit im Segensmeer wie an Land und leiden folglich niemals an diesem Zustand, den wir Zwerge ›Wasservergiftung‹ nennen. Der Mann war also kein Phondraner. Stellte sich die interessante Frage: Wer war er, und wo kam er her?

Zuviel für meinen armen Kopf.

In der Vorratslast angekommen, nahm ich eine der Branntweinflaschen, zog den Korken heraus und nahm einen Schluck – nur um zu prüfen, ob er gut war.

Und wie gut! Mir stiegen die Tränen in die Augen, und ich mußte ein paarmal blinzeln.

Ich probierte noch ein oder zwei Schlucke, dann verkorkte ich die Flasche wieder, strich mir die Backenlocken glatt und eilte zu unserem Passagier zurück. Alake und Devon hatten ihn in den Bootsmannsstuhl gesetzt – eine Vorrichtung, um mittels einer Seilwinde Verletzte von einem Deck zum anderen zu transportieren oder auch Personen, deren Leibesfülle es ihnen erschwerte, die Leiter zu benutzen. Wir zogen den Mann zu den Mannschaftsquartieren hinauf und bugsierten ihn in eine kleine Kabine.

Wenigstens konnte er gehen, auch wenn seine Beine so schwach waren wie die eines neugeborenen Kätzchens. Alake breitete Decken für ihn aus. Nachdem er ermattet darauf niedergesunken war, deckten wir ihn warm zu. Er rang immer noch nach Atem und hatte scheinbar große Schmerzen.

Ich zeigte die Flasche. Diese Sprache verstand er wohl, denn er winkte mir, näher zu kommen, und als ich ihm die Flasche an die Lippen hielt, nahm er einen Schluck. Aus dem Keuchen wurde ein Husten, und einen Moment lang befürchtete ich, unsere Kur hätte ihn umgebracht, doch er bekrabbelte sich wieder und trank sogar noch einige Male, bevor er sich müde zurücklegte. Sein Atem ging schon ruhiger. Seine Augen musterten uns der Reihe nach, sahen alles, gaben nichts preis.

Plötzlich warf er die Decken zur Seite. Alake schnalzte mit der Zunge, es hörte sich an wie der mißbilligende Laut einer Glucke, der ein Küken unter dem Gefieder hervor entwischt ist.

Der Mann schenkte ihr keine Beachtung. Er starrte auf

seine Arme, als gäbe es dort etwas zu sehen oder vielmehr nicht zu sehen, und rieb sich an verschiedenen Stellen heftig über die Haut. Dann warf er einen Blick auf seine Handrücken, schloß mit der Miene bitterer Verzweiflung die Augen und ließ sich auf den Deckenstapel zurückfallen.

»Was ist?« fragte Alake und kniete sich neben ihm auf den Boden. »Seid Ihr verletzt? Was können wir tun?«

Sie wollte seinen Arm berühren, doch er zuckte zurück und knurrte sie wie ein verletztes Tier an.

Alake gab nicht auf. »Ich will Euch nichts tun. Wir alle versuchen nur, Euch zu helfen.«

Er sah ihr unverwandt ins Gesicht und runzelte in zorniger Ratlosigkeit die Stirn.

»Alake«, sagte ich ruhig. »Er kann dich nicht verstehen. Er weiß nicht, was du sagst.«

»Aber ich rede doch in der Menschensprache . . .«

»Dev-Sabia, versuch du's«, schlug ich vor und stotterte genauso schlimm wie Alake. »Vielleicht ist er trotz allem kein Mensch.«

Der Elf zog den Schleier vom Mund. »Wo kommt Ihr her? Wie ist Euer Name?« fragte er langsam und deutlich in der melodischen Sprache seines Volkes.

Der Blick des Fremden richtete sich auf Devon. Frustration steigerte sich zu Wut. Er stützte sich auf den Ellenbogen und brüllte uns an. Wir verstanden ihn ebensowenig wie er uns, trotzdem brauchten wir keinen Übersetzer.

»Raus!« schrie er eindeutig. »Verschwindet und laßt mich in Ruhe!«

Stöhnend sank er zurück. Vor Anstrengung war ihm der Schweiß ausgebrochen, und er schloß die Augen, aber seine Lippen bewegten sich immer weiter, sie formten die Worte, die er nicht mehr die Kraft hatte auszusprechen.

»Armer Mann«, meinte Alake leise. »Allein in der Fremde, krank und voller Angst.«

»Mag sein.« Ich hatte so meine eigene Meinung in der Sache. »Aber ich glaube, wir sollten tun, was er verlangt.«

»Meinst du wirklich?« Alake konnte den Blick nicht von ihm wenden.

»Aber sicher.« Ich versuchte, sie aus der Tür zu schieben. »Wenn wir bleiben, regen wir ihn nur unnötig auf.«

»Grundel hat recht«, kam Devon mir zur Hilfe. »Er braucht jetzt Ruhe.«

»Vielleicht sollte ich bei ihm wachen«, gab Alake zu bedenken.

Devon und ich wechselten beunruhigte Blicke. Der unbeherrschte Wutausbruch des Fremden und sein finsterer Gesichtsausdruck hatten uns beide Nerven gekostet. Als hätten wir nicht bereits Schwierigkeiten genug, sah es jetzt aus, als wären wir auch noch mit einem Verrückten geschlagen.

»Pst«, mahnte ich. »Du weckst ihn auf. Reden wir draußen weiter.«

Wir lotsten die widerstrebende Alake aus dem Zimmer.

»Einer von uns sollte ein Auge auf ihn haben«, flüsterte Devon mir ins Ohr.

Ich begriff, was er meinte. Einer von uns, aber *nicht* Alake.

»Ich hole meine Decken . . .« Unsere Freundin schmiedete bereits Pläne, die Nacht in seiner Nähe zu verbringen.

»Nein, nein, du gehst zu Bett. Ich übernehme es, bei ihm zu wachen. Immerhin habe ich Erfahrung mit dieser Krankheit.« Ich erstickte ihren Protest im Keim. »Bestimmt wird er jetzt erst mal tief und fest schlafen. Du mußt ausgeruht und munter sein, um ihn behandeln zu können, wenn er morgen früh aufwacht.«

Bei dem Gedanken erhellte sich ihr Gesicht, aber sie zögerte noch, und ihre Augen wanderten immer wieder zu der Tür, die ich hinter mir geschlossen hatte. »Ich weiß nicht recht . . .«

»Ich rufe dich, falls irgendwas passiert«, versprach ich. »Du willst ihm doch nicht verquollen und übernächtigt unter die Augen treten, oder?«

Damit war die Sache entschieden. Alake wünschte uns gute Nacht, warf einen letzten Blick auf ihren Patienten und entfernte sich versonnen lächelnd.

»Was tun wir bloß?« fragte Devon, als sie verschwunden war.

»Woher soll ich das wissen?«

»Nun, du bist ein Mädchen. Du kennst dich mit so etwas aus.«

»Was meinst du mit so etwas?« Ich konnte mir nicht verkneifen zu fragen, obwohl ich genau wußte, worauf er hinauswollte.

»Das sieht doch ein Blinder. Sie ist verliebt in ihn.«

»Ach was! Ich kann mich erinnern, wie sie einmal einen jungen Wolf gerettet hat. Sie nahm ihn mit nach Hause und benahm sich genauso närrisch, bis sie ihn wieder aufgepäppelt hatte.«

»Diesmal ist es kein Wolfsjunges«, gab Devon zu bedenken. »Der Mann ist jung und stark und ansehnlich und von kräftiger Statur. Alake und ich hatten Mühe, ihn auf dem Weg den Gang hinunter zu stützen.«

Das nächste Problem. Wenn dieser Mensch überschnappte und auf die Idee kam, das Schiff zu zertrümmern, standen wir auf ziemlich verlorenem Posten. Und was war mit den Drachenschlangen? Wir befanden uns immer noch in ihrer Macht, das Schiff folgte unverändert dem von einem fremden Willen bestimmten Kurs. Wußten sie von der Anwesenheit dieses Fremden an Bord? Waren sie erzürnt, oder kümmerte es sie nicht?

Ich nahm einen kleinen Schluck aus der Flasche. »Geh schlafen«, sagte ich mürrisch zu Devon. »Heute nacht fällt uns bestimmt nichts Gescheites mehr ein. Vielleicht passiert morgen früh was.«

Ich sollte recht behalten. Devon ging, ich kehrte ins Krankenzimmer zurück und setzte mich in einen dunklen Winkel dicht bei der Tür. Falls der Fremde aufwachte, konnte ich draußen sein, bevor er wußte, was geschah.

Er warf sich ruhelos im Schlaf hin und her und murmelte unverständliches Zeug, wahrscheinlich in seiner eigenen Sprache, deren Worte mir düster vorkamen, befrachtet mit Haß und Wut. Ab und an stöhnte er, einmal fuhr er mit einem furchtbaren Aufschrei in die Höhe und starrte mich an. Ich war halb aus der Tür, bevor ich merkte, daß er mich überhaupt nicht wahrnahm.

Er legte sich hin, und ich nahm meinen Platz wieder ein. Noch immer bewegte er sich unruhig, krallte die Hände in die Decken und wiederholte unablässig ein und dasselbe Wort. Es hörte sich an wie ›Hund‹. Zwischendurch stöhnte er vor Schmerzen, schüttelte heftig den Kopf und rief: »Herr!«

Endlich fiel er erschöpft in einen tiefen Schlummer. Man wird hoffentlich Verständnis aufbringen, wenn ich gestehe, die Flamme des Mutes in meinem Herzen durch reichliche Gaben Branntwein in Gang gehalten zu haben.

Ich hatte keine Angst mehr vor ihm. (Um ehrlich zu sein, befand ich mich in einem Zustand branntweinseliger Gleichgültigkeit.) Während ich zusah, wie der Fremde tief und fest schlief, faßte ich den Beschluß, soviel wie möglich über ihn in Erfahrung zu bringen, vielleicht seine Taschen zu durchsuchen, falls er welche hatte.

Mit einiger Mühe kam ich auf die Füße, tappte zu dem Schlafenden hinüber und kniete mich hin. Was ich sah, machte mich schneller wieder nüchtern, als das Schwarzwurzelpulver meiner Mutter.

Ich weiß nicht, was dann geschah, nur daß ich den Gang hinunterlief und kreischte wie eine Irre.

Alake erschien im Nachthemd in der Tür ihrer Kabine und starrte mir entsetzt entgegen. Devon kam aus seiner Koje geschossen, als stünde sie in Flammen. Er mußte in seinem Kleid geschlafen haben. Armer Kerl. Sabias Gewand war alles, was er an Kleidung mitgebracht hatte.

»Wir haben dich schreien gehört! Was ist los?« Beide hielten mich gepackt. »Nun sag schon!«

»Der Fremde!« Ich rang nach Atem. »Er ist – ganz blau!«

Mit dem Aufschrei: »Er stirbt!« stürzte Alake zum Krankenzimmer, wir rannten hinterher, im letzten Moment griff Devon nach seinem Schleier und warf ihn über.

Mein Geschrei wird den Mann geweckt haben. (Devon erzählte mir später, er habe geglaubt, sämtliche Drachenschlangen Chelestras seien hinter mir her.) Jedenfalls saß er in seinem Bett und starrte auf seine Hände und Arme, als könne er nicht glauben, daß sie ihm gehörten.

Durchaus verständlich. Wäre mir so etwas zugestoßen, hätte ich es auch nicht geglaubt. Wie soll ich es beschreiben? Ich weiß, es ist kaum zu glauben, aber ich schwöre bei dem Einen, daß Arme und Handrücken des Mannes, seine Brust und Schultern von einem Netz blauer Schriftzeichen überzogen waren.

Wir standen alle in der Kabine, bevor wir merkten, daß der Mann ganz bei Bewußtsein war. Er hob den Kopf und sah uns an. Wir zuckten zurück. Selbst Alake fühlte sich eingeschüchtert. Das Gesicht des Fremden war ernst, finster, doch im nächsten Moment versuchte er ein beruhigendes Lächeln.

Ich kann mich erinnern, wie ich dachte, daß er bestimmt in seinem Leben nicht oft gelächelt hatte.

»Fürchtet euch nicht. Mein Name ist Haplo«, sagte er zu Alake. »Wie heißt ihr?«

Uns blieb die Antwort im Halse stecken. Der Mann sprach Phondran. Perfektes, fließendes Phondran.

Und dann . . .

Aber das muß warten. Alake ruft mich. Essenszeit.

Ich habe tatsächlich Hunger.

Kapitel 10

Surunan, Chelestra

Unter der Ägide des fähigen Samah kehrten die Sartan mit einer Energie zum Leben zurück, die Alfred erstaunte und überwältigte. Aus den Katakomben erstanden, bemächtigten die Leute sich aufs neue eines Reiches, das sie vor langer Zeit für sich erschaffen hatten. Unter dem Einfluß ihrer Magie erblühte es zu solcher Pracht, daß Alfred oft durch einen Schleier von beglückten Tränen seine Umgebung betrachtete.

Surunan – abgeleitet von der Basisrune für ›Zentrum‹ – das Herz, der Mittelpunkt ihrer Zivilisation. Zumindest bis das Herz aufgehört hatte zu schlagen.

Doch jetzt wurde es von neuem Leben durchpulst.

Alfred durchwanderte die Straßen und bewunderte die Schönheit der Stadt mit ihren Bauwerken aus rosigem und perlweißem Marmor, den man aus der alten Welt mitgebracht hatte. Von Magie gestaltet, ragten filigrane Türme in einen türkisen und smaragdgrünen Himmel. Boulevards und Alleen, Parks und Gärten, die ebenso tief geschlummert hatten wie ihre Schöpfer, entfalteten ihre Wunder, und alles führte zum Herzen Surunans – der Ratskammer.

Alfred hatte vergessen, wie es war, unter seinesgleichen zu leben und sich arglos anderen mitzuteilen. Er war so lange gezwungen gewesen, sich zu verstellen und seine wahre

Natur hinter einer Maske zu verbergen, daß er es als ungeheure Erleichterung empfand, nicht mehr ängstlich jedes Wort auf die Goldwaage legen zu müssen, um nicht unversehens seine magischen Kräfte preiszugeben. Doch nicht einmal in dieser schönen neuen Welt und bei seinem eigenen Volk, fühlte er sich wirklich unbefangen, wirklich frei.

Es gab zwei Städte – eine innere und eine äußere, die erheblich größer war, wenn auch nicht so schön. Getrennt wurden beide von einer hohen Mauer. Bei einem Rundgang durch die äußere Stadt sah Alfred auf den ersten Blick, daß hier einst die Nichtigen gelebt hatten. Aber was war ihnen zugestoßen, während die Sartan schliefen? Der Anschein ließ nichts Gutes ahnen. Es gab Spuren, obwohl die Sartan sich beeilten, sie zu entfernen, daß in diesem Teil der Stadt erbittert und verzweifelt gekämpft worden war – eingestürzte Häuser, geborstene Mauern, zersplitterte Fenster. Schilder mit den Schriftzeichen von Menschen, Elfen und Zwergen waren umgestoßen oder herabgerissen worden und lagen zerbrochen in den mit Trümmern übersäten Straßen.

Alfred schaute sich traurig um. Hatten die Nichtigen sich das selbst angetan? Nicht unwahrscheinlich, in Anbetracht ihrer kriegerischen Natur. Aber warum hatten die Sartan ihnen nicht Einhalt geboten? Dann erinnerte er sich an die Bilder von grauenerregenden Kreaturen, die er in Samahs Bewußtsein gesehen hatte. Was waren das für Geschöpfe? Noch eine Frage. Zu viele Fragen. Weshalb hatten diese Sartan sich wieder in Hibernation begeben? Weshalb hatten sie sich der Verantwortung für diese Welt und die drei anderen entzogen?

Er stand eines Abends in dem stufenförmig angelegten Garten von Samahs Haus und überlegte, daß es einen Makel an seinem Charakter geben mußte, der für solche Gedanken verantwortlich war, ein Makel, der ihn daran hinderte, glücklich zu sein. War doch endlich alles so gekommen, wie er es sich erträumt hatte. Er lebte wieder bei seinem Volk, den Sartan, und sie waren stark und mächtig, fähig, alles zu richten, was fehlgeschlagen war. Die erdrückende Bürde, die er auf seinen Schultern gespürt hatte, war von ihm genommen. Andere halfen ihm jetzt tragen.

»Was stimmt mit mir nicht?« fragte er sich bekümmert.

»Ich hörte einmal«, antwortete eine weibliche Stimme, »von einem Menschen, der Jahre und Jahre in einem Gefängnis eingesperrt saß. Als man schließlich die Zellentür aufschloß und ihm die Freiheit bot, weigerte er sich hinauszugehen. Er ängstigte sich vor der Freiheit, dem Licht, der frischen Luft. Er wollte in seiner dunklen Zelle bleiben, denn sie kannte er. Dort fühlte er sich sicher und geborgen.«

Alfred bemerkte Orla, die leise zu ihm getreten war. Sie lächelte und hatte in leichtem Plauderton gesprochen, doch er sah, daß sie sich aufrichtig sorgte, weil er als einziger nicht recht froh werden konnte.

Er wurde rot, seufzte und schlug die Augen nieder.

»Auch du wagst dich nicht aus deiner Zelle, Alfred.« Sie legte ihm die Hand auf den Arm. »Du bestehst darauf, weiter deine Nichtigenkleider zu tragen.« Darauf kam sie vermutlich, weil Alfred angelegentlich auf die Schuhe starrte, die seine übergroßen Füße beherbergten. »Du willst uns deinen Sartannamen nicht sagen. Du willst uns dein Herz nicht öffnen.«

»Und habt ihr mir eure Herzen geöffnet?« fragte Alfred ruhig. »Was für eine furchtbare Tragödie hat sich hier abgespielt? Was ist aus den Nichtigen geworden, die hier gelebt haben? Wohin ich den Blick auch wende, sehe ich Ruinen und Trümmer, Blut an den Steinen. Doch keiner spricht darüber. Keiner erwähnt es auch nur.«

Orla erbleichte und preßte die Lippen zusammen.

»Es tut mir leid.« Alfred seufzte wieder. »Ich weiß nicht, was über mich gekommen ist. Ihr seid alle so gut zu mir gewesen. So geduldig und freundlich. Der Fehler liegt bei mir. Ich bemühe mich, aber wie du sagst, ich war zu lange in der Finsternis gefangen. Das Licht tut meinen Augen weh. Du wirst das nicht verstehen können.«

»Erzähl mir von der Zeit im Dunkeln, Bruder«, forderte Orla ihn auf. »Hilf mir, zu verstehen.«

Wieder hatte sie das Gespräch von sich und ihrem Volk abgelenkt und brachte die Rede auf sein Schicksal. Unerklärlich, dieses Widerstreben, nur daß er jedesmal, wenn er auf die Vorkommnisse zu sprechen kam, Furcht zu spüren glaubte und Scham.

Unsere Bitte um Hilfe . . . hatte Samah gesagt.

Warum dieser Hilferuf? Handelte es sich um einen Krieg, den die Sartan verloren hatten? Und wie sollte das möglich sein? Der einzige ihnen ebenbürtige Gegner war im Labyrinth gefangen.

Ohne es zu merken, hatte Alfred eine Blume gepflückt und begonnen, die Blütenblätter auszureißen. Eins nach dem anderen zupfte er sie ab, betrachtete sie geistesabwesend und ließ sie fallen.

Orla hielt seine Hand fest. »Hörst du nicht, wie die Pflanze vor Schmerzen schreit?«

»Oh!« Bestürzt musterte Alfred die verstümmelte Blüte. »Ich – ich war in Gedanken . . .«

»Aber dein Schmerz ist der größere«, fuhr Orla fort. »Ich bitte dich, ihn mit mir zu teilen.«

Ihr teilnahmsvolles Lächeln wärmte ihn wie gewürzter Wein. Berauscht vergaß Alfred seine Zweifel und Fragen. Zu seiner eigenen Überraschung sprudelten Gedanken und Gefühle aus ihm heraus, deren er sich nach seinem langen, erzwungenen Schweigen selbst nur vage bewußt war.

»Als ich erwachte und feststellte, daß die anderen tot waren, verschloß ich die Augen vor der Wahrheit. Ich wollte mir nicht eingestehen, daß ich allein war. Monate, vielleicht Jahre, verkroch ich mich in dem Mausoleum von Arianus, lebte in der Vergangenheit, dachte daran zurück, wie es früher gewesen war. Bald schon erschien mir die Vergangenheit realer als die Gegenwart. Jede Nacht vor dem Einschlafen sagte ich mir, am nächsten Morgen würden sie alle mit mir erwachen und ich wäre nicht mehr allein. Selbstverständlich kam dieser Morgen nie.«

»Bis jetzt«, sagte Orla warm und bedeckte seine Hand mit der ihren.

Er sah Tränen in ihren Augen schimmern, und ihm war auch nach Weinen zumute. Er räusperte sich und schluckte mühsam.

»Wenn es so ist, hat er lange auf sich warten lassen«, sagte er rauh, »und die Nacht, die ihm vorausging, war sehr dunkel. Ich sollte dich nicht damit belasten . . .«

»Nein, es tut mir leid«, unterbrach sie ihn hastig, »ich hätte dich nicht unterbrechen sollen. Bitte sprich weiter.«

Sie hielt seine Hand fest, obwohl er versuchte, sie wegzuziehen. Ihre Berührung war fest, beruhigend und tröstlich. Unwillkürlich rückte er näher an sie heran.

»Eines Tages stand ich in der Halle der Sarkophage. Der meine war leer, und ich weiß noch, wie ich dachte: ›Ich brauche nur hineinzusteigen, die Augen zu schließen, und die Qual hat ein Ende.‹ Ja, Selbstmord«, nickte Alfred ernst, als er Orlas erschütterten Gesichtsausdruck bemerkte. »Ich war an einen Scheidewege gelangt, wie die Menschen sagen. Die Zeit des Selbstbetrugs war vorüber, ich mußte akzeptieren, daß ich als einziger überlebt hatte und fortan allein sein würde. Ich konnte entweder hinausgehen und mich dem Leben stellen oder es wegwerfen. Es war ein hartes Ringen. Zu guter Letzt nahm ich Abschied von allem, das ich gekannt und geliebt hatte, und tat den Schritt ins Ungewisse.

Es war eine schreckliche Erfahrung. Mehr als einmal dachte ich daran aufzugeben, mich in die Katakomben zu flüchten und dort zu bleiben. Ständig verfolgte mich die Angst, die Nichtigen könnten meine magischen Kräfte entdecken und versuchen, mich für ihre Zwecke zu mißbrauchen. Während ich zuvor in der Vergangenheit gelebt und Trost in meinen Erinnerungen gefunden hatte, sah ich jetzt, daß genau darin die größte Gefahr lag. Ich mußte die Erinnerungen an früher verdrängen, um nicht immer wieder in alte Gewohnheiten zurückzufallen oder unwillkürlich von meiner Magie Gebrauch zu machen. Ich mußte mich der Lebensweise der Nichtigen anpassen. Ich mußte einer der Ihren werden.«

Alfred verstummte und schaute in den nächtlichen Himmel, über dessen tiefe Bläue helle blaue Schleierwolken zogen.

»Du machst dir keine Vorstellung von der Einsamkeit«, sagte er schließlich, so leise, daß Orla gezwungen war, sich zu ihm zu neigen, um die Worte verstehen zu können.

»Die Menschen sind so unglaublich allein. Der spirituelle Weg der Kommunikation ist ihnen versagt. Sie haben nur Worte oder Blicke oder Gebärden, um mitzuteilen, was sie fühlen, und ihre Sprachen sind so unzulänglich. Meistens gelingt es ihnen nicht auszudrücken, was sie wirklich meinen, und so leben und sterben sie, ohne je die Wahrheit zu kennen, weder über sich noch über andere.«

»Wie tragisch«, murmelte Orla.

»So dachte ich zuerst auch«, antwortete Alfred. »Aber dann begriff ich, daß viele der Tugenden der Nichtigen aus dieser Unfähigkeit erwachsen sind, einander ins Herz zu sehen, wie wir Sartan es tun. Ihre Sprachen enthalten Worte wie ›Glaube‹, ›Vertrauen‹, ›Ehre‹. Ein Mensch sagt zu einem anderen: ›Ich glaube an dich. Ich vertraue dir.‹ Er weiß nicht, was in seinem Freund vorgeht, er vermag nicht, in ihn hineinzusehen. Und doch vertraut er ihm.«

»Sie haben auch noch andere Worte, die es bei uns Sartan nicht gibt«, sagte Orla hart. Sie ließ seine Hand los und trat von ihm zurück. »Zum Beispiel ›Täuschung‹, ›Lüge‹, ›Verrat‹.«

»Ja«, stimmte Alfred demütig zu, »aber bei genauerem Hinsehen stellt man fest, daß sich alles irgendwie ausgleicht.«

Er hörte ein Winseln, fühlte eine kalte, feuchte Nase gegen sein Bein stupsen. Geistesabwesend kraulte er dem Hund die Ohren und tätschelte ihm den Kopf, um ihn ruhig zu halten.

»Ich fürchte, du hast vorhin recht gehabt. Für mich klingt das fremd, fast ketzerisch.« Orla schüttelte den Kopf. »Was meinst du mit *ausgleichen*?«

Alfred schien es fast so schwerzufallen wie einem Nichtigen, seine Gedanken in Worte zu fassen. »Ich meine – ich wollte sagen ... Nun ja, ich habe einen Nichtigen einen anderen betrügen gesehen, und ich war schockiert und betroffen. Aber gleich darauf war ich Zeuge einer Tat selbstloser Liebe, der Aufopferung und des Vertrauens. Und ich war beschämt, weil ich mich vorschnell zu ihrem Richter aufgeworfen hatte.

Orla ...« Er wandte sich ihr zu. Der Hund drängte sich

auffordernd an ihn, und er kraulte weiter das seidige Fell. »Was gibt uns das Recht, sie zu verurteilen? Was gibt uns das Recht zu behaupten, daß unsere Art zu leben die einzig richtige ist und ihre falsch? Was gibt uns das Recht, ihnen unseren Willen aufzuzwingen?«

»Allein schon die Tatsache, daß die Nichtigen Worte haben wie ›Mord‹ und ›Hinterlist‹!« erwiderte sie. »Es ist an uns, sie mit fester Hand zu leiten, weg von diesen unwürdigen Schwächen und hin zur Förderung ihrer Stärken.«

»Aber ist es nicht vielleicht möglich«, wandte Alfred ein, »daß ihnen durch unsere Einmischung und Lenkung beides abhanden kommt – sowohl Schwächen als auch Stärken? Mir scheint es, daß wir von Anfang an darauf hinarbeiteten, nach der Großen Teilung die Nichtigen als willenlose Geschöpfe auf von uns erschaffenen Spielzeugwelten anzusiedeln. Oh, bestimmt habe ich unrecht«, er zog bedrückt den Kopf zwischen die Schultern, »aber ich begreife nicht den Unterschied zwischen unserer Absicht und dem, was die Patryn vorhatten.«

»Selbstverständlich gibt es einen Unterschied!« fuhr Orla auf. »Wie kannst du auch nur daran denken, das eine mit dem anderen zu vergleichen!«

»Es tut mir leid«, sagte Alfred leise. »Ich habe dich vor den Kopf gestoßen. Und das nach all deiner Freundlichkeit. Hör nicht auf mich. Ich ... Was ist denn?«

Orla schaute nicht ihn an, sondern auf einen Punkt zu seinen Füßen. »Wessen Hund ist das?«

»Hund?« Alfred folgte ihrem Blick.

Das Tier sah auf und wedelte mit dem buschigen Schwanz.

Alfred wich taumelnd an die Mauer zurück.

»Gütiger Sartan!« stöhnte er. »Wo kommt *du* denn her?«

Der Vierbeiner, erfreut darüber, endlich beachtet zu werden, spitzte die Ohren, legte erwartungsvoll den Kopf schräg und bellte einmal kurz auf.

Alfred wurde totenblaß. »Haplo!« rief er. »Wo bist du?« Er schaute sich verstört nach allen Seiten um.

Beim Klang des Namens begann der Hund aufgeregt zu winseln und bellte nochmals.

Niemand antwortete, keine Gestalt tauchte auf.

Die Ohren des Hundes sanken herab. Der Schwanz hörte auf zu wedeln. Das Tier legte sich hin, bettete die Schnauze zwischen die Vorderpfoten, schnaufte und schielte trübsinnig zu Alfred hinauf.

Alfred hatte sich inzwischen gefaßt. »Haplo ist nicht hier, habe ich recht?«

Wieder reagierte der Hund auf den Namen, hob den Kopf und schaute suchend umher.

»Ach du liebe Güte«, murmelte Alfred.

»Haplo!« Nur widerstrebend kam Orla der Name über die Lippen, als wäre er in Gift getaucht. »Haplo – das ist ein Wort aus der Patrynsprache!«

»Wie bitte? O ja, ich glaube schon«, meinte Alfred gedankenverloren. »Es bedeutet ›einsam, allein‹. Der Hund hat keinen Namen. Haplo fand es überflüssig. Interessanter Punkt, findest du nicht?« Er kniete sich neben das Tier und streichelte ihm mit zitternder Hand über den Kopf. »Aber warum bist du hier? Wieder krank, hm? Nein, diesmal wohl nicht. Vielleicht hat er dich geschickt, um mich zu bespitzeln? Das ist es, ja?«

Der Hund schenkte Alfred einen vorwurfsvollen Blick. *Eigentlich hätte ich mehr von dir erwartet*, schien er zu sagen.

»Das Tier gehört dem Patryn«, sagte Orla.

Alfred zögerte mit der Antwort. »So könnte man sagen. Aber . . .«

»Und es besteht die Möglichkeit, daß er uns belauscht, genau in diesem Moment.«

»Vielleicht ja«, gab Alfred zu, »aber ich glaube es nicht. Zwar haben wir das Tier schon häufiger für solche Zwecke eingesetzt . . .«

»Wir!« Orla wich von ihm zurück.

»Ich – das heißt, Haplo . . . In Abarrach . . . Es waren der Prinz und Baltasar, ein Nekromant. Eigentlich wollte ich nicht, aber mir blieb nichts anderes übrig . . .«

Alfred sah, daß es ihm nicht gelang, sich verständlich zu machen Er nahm einen neuen Anlauf. »Haplo und ich verirrten uns in Abarrach...«

»Bitte!« unterbrach ihn Orla schwach. »Bitte sprich nicht wieder diesen Namen aus! Ich...« Sie legte die Hand vor die Augen. »Ich sehe furchtbare Dinge! Gräßliche Ungeheuer! Qualvolles Sterben...«

»Du siehst das Labyrinth. Du siehst den Ort, an dem die Patryn während all dieser Jahrhunderte eingesperrt waren.«

»Durch unsere Schuld, wolltest du sagen. Aber wie kommt es, daß ich in deinen Gedanken alles so deutlich sehe, als wärst du dort gewesen...«

»Ich bin dort gewesen, Orla.«

Zu seiner großen Verwunderung wurde sie blaß und sah ihn mit weit aufgerissenen Augen an.

Alfred beeilte sich, sie zu beschwichtigen. »Natürlich war ich nicht wirklich dort, sondern...«

»Natürlich.« Sie ließ matt die Hände sinken. »Es – es wäre unmöglich. Sag nicht solche Dinge, wenn sie nicht wahr sind.«

»Verzeih mir. Ich wollte dich nicht erschrecken.« Alfred konnte sich beim besten Willen keinen Reim darauf machen, weshalb sie derart erschrocken war. Worüber erschrocken? Noch mehr Fragen.

»Vielleicht solltest du genauer erklären, was du meinst«, forderte sie ihn auf.

»Ja, ich will es versuchen. Ich *war* im Labyrinth, aber in Haplos Körper. Es geschah, als wir durch das Todestor segelten.«

»Und hat er mit dir den Platz getauscht?«

»Ich glaube schon. Er hat nie darüber gesprochen, aber das ist typisch für ihn. Es fiel ihm sogar schwer, mich mit dem Namen anzureden. Er pflegte mich Sartan zu nennen. Einfach Sartan. In geringschätzigem Ton. Ich kann es ihm nicht verübeln. Er hat wenig Grund, uns zu lieben.«

Orla runzelte die Stirn. »Du bist in das Bewußtsein eines Patryns versetzt worden. Soweit ich weiß, ist das nie zuvor geschehen.«

»Vermutlich nicht«, stimmte Alfred traurig zu. »Nur mir passieren ständig die unmöglichsten Dinge.«

»Samah muß davon erfahren!«

Alfred senkte den Blick. »Ich würde ihm lieber nichts sagen . . .« Er streichelte den Hund.

»Aber das könnte sich als äußerst wichtige Information erweisen! Begreifst du das nicht? Du bist im Kopf eines unserer Feinde gewesen. Du kannst uns sagen, was darin vorgeht, wie ihr Verstand funktioniert. Du kannst uns Einsichten vermitteln, die uns womöglich helfen, sie doch noch zu besiegen.«

»Der Krieg ist zu Ende«, erinnerte er sie.

»Aber vielleicht gibt es einen neuen!« rief sie und schlug sich mit der geballten Faust in die Handfläche.

»Das ist, womit Samah rechnet. Du auch?«

»Samah und ich, wir haben unsere Differenzen gehabt«, antwortete Orla schroff. »Alle wissen davon. Wir haben nie ein Geheimnis daraus gemacht. Aber er ist klug, Alfred. Ich respektiere ihn. Er ist das Haupt des Rats. Und er will, was wir alle wollen – in Frieden leben.«

»Das ist sein Wunsch?«

»Aber ja, selbstverständlich!« schnappte Orla. »Was hast du angenommen?«

»Ich weiß nicht. Ich hatte Zweifel.«

Alfred erinnerte sich an den Ausdruck auf Samahs Gesicht, als er sagte: *Es scheint, daß wir trotz allem zum richtigen Zeitpunkt erwacht sind, Freunde. Wieder einmal bereitet unser alter Feind sich darauf vor, in den Krieg zu ziehen!* Orla sah das Bild, das ihm vor Augen stand; ihr Gesicht wurde weicher.

»Sprich mit Samah. Sei ehrlich zu ihm, er wird ehrlich zu dir sein. Er wird deine Fragen beantworten. Er wird dir erzählen, was uns hier widerfahren ist. Und weshalb wir uns deiner Ansicht nach aus der Verantwortung gestohlen haben.«

Alfreds Wangen brannten vor Verlegenheit. »Es war nicht meine Absicht . . .«

»Schon gut. In gewisser Hinsicht hast du recht. Aber du

solltest die Wahrheit kennen, bevor du den Stab über uns brichst. Genau wie wir deine Geschichte hören sollten, ehe wir urteilen.«

Alfred seufzte. Ihm fielen keine Argumente mehr ein.

»Und jetzt«, Orla verschränkte die Hände, »was ist mit dem Hund?«

»Was soll damit sein?« Alfred schaute beunruhigt drein.

»Wenn dieser Hund dem Patryn gehört, warum ist er hier? Weshalb kommt er zu dir?«

»Ich bin nicht sicher«, meinte Alfred, »aber ich glaube, er sucht Hilfe.«

»Hilfe?«

»Ja. Ich denke, das Tier ist von Haplo getrennt worden, und es will, daß ich ihm helfe, seinen Herrn zu finden.«

»Aber das ist Unsinn! Was du redest, hört sich an wie aus einem Märchenbuch für Kinder. Dieser Hund mag recht intelligent sein, trotzdem bleibt es ein stummes Tier ...«

»O nein! Dies ist ein ganz außergewöhnlicher Hund«, wandte Alfred ein. »Und seine Anwesenheit auf Chelestra ist ein sicherer Hinweis, daß Haplo sich auch hier befindet – irgendwo.«

Der Hund hob den Kopf und wedelte mit dem Schwanz.

Orla zog die Brauen zusammen. »Du glaubst, der Patryn ist hier?«

»Es ergibt einen Sinn. Dies ist die vierte Welt, die letzte Welt, die zu besuchen er den Auftrag hatte, bevor ...« Er stockte.

»... bevor die Patryn sich in Marsch setzen.«

Alfred nickte stumm.

»Ich kann verstehen, daß es dich beunruhigt, unseren Erzfeind in der Nähe zu wissen. Dennoch scheinst du mir eher traurig als besorgt zu sein.« Orla sah nachdenklich auf das Tier hinab. »Aus welchem Grund sorgst du dich so sehr wegen eines verlaufenen Hundes?«

Alfred wiegte ernst den Kopf. »Weil ich fürchte«, antwortete er, »daß nicht nur der Hund, sondern auch Haplo sich verirrt hat.«

Kapitel 11

Irgendwo auf dem Segensmeer

Haplo lag auf seiner Pritsche an Bord des merkwürdigen Wassergefährts und tat nichts anderes, als sich ausruhen und seine Hände und Arme betrachten. Die Tätowierungen waren bisher nur schwach sichtbar – ein Blau, so wäßrig und verwaschen wie die Augen von diesem Tölpel Alfred. Aber sie waren da! Wieder zum Vorschein gekommen! Und mit ihnen kehrten seine magischen Kräfte zurück. Haplo schloß die Augen und stieß einen tiefen Seufzer der Erleichterung aus.

Der furchtbare Moment, als er auf diesem Schiff zu Bewußtsein kam, umringt von Nichtigen und wissend, daß er hilflos war, unfähig, sich zu verteidigen. Er verstand nicht einmal, was sie sagten!

Unwichtig, daß sie Mädchen waren, kaum den Kinderschuhen entwachsen. Gleichgültig auch, daß sie sanft und freundlich gewesen waren, ihn mit Ehrfurcht, Sympathie und Anteilnahme musterten. Es zählte einzig, daß sie die stärkere Position innegehabt hatten, während er ihnen, geschwächt von Hunger und Erschöpfung und seiner Magie beraubt, auf Gnade und Ungnade ausgeliefert gewesen war. Im ersten Augenblick bereute er es, ihre Hilfe gesucht zu haben.

Aber jetzt konnte er fühlen, wie die Magie in ihm allmählich erstarkte. Vorläufig reichte seine Kraft nur für die einfachsten Runenstrukturen, mit denen er damals, als Junge, seine Studien begonnen hatte. Er konnte fremde Sprachen verstehen, sich mit Nahrung versorgen, kleinere Verletzungen heilen. Mehr nicht.

Bei dem Gedanken an die Macht, die ihm eigentlich zu Gebote stand, knirschte er mit den Zähnen und mußte sich zwingen, ruhig zu bleiben. Es galt, kühlen Kopf zu bewahren.

»Geduld«, ermahnte er sich und zog die Decken höher. »Du hast im Labyrinth deine Lektion gelernt. Die Beherrschung zu verlieren kann tödlich sein.«

Allem Anschein nach drohte ihm keine unmittelbare Gefahr, obwohl er auf Vermutungen angewiesen war, was seine derzeitige Lage betraf. Er hatte versucht, von den drei Mädchen etwas zu erfahren, doch vor Staunen über seine plötzliche Kenntnis ihrer Sprache und auch das rätselhafte Erscheinen der Runen auf seiner Haut waren sie geflohen, bevor er sie genauer befragen konnte.

Gespannt hatte Haplo darauf gewartet, daß ein älterer Nichtiger erschien, um nach dem Rechten zu sehen, doch es kam niemand. Er lag still und lauschte angestrengt, hörte aber kein Geräusch außer dem Knarren der Planken. Wäre es nicht gar zu unwahrscheinlich gewesen, hätte er fast geglaubt, daß sich außer ihm und diesen Mädchen keine Seele an Bord befand.

»Ich war zu aufbrausend«, überlegte Haplo. »Wenn sie wiederkommen, muß ich freundlicher sein und mich in acht nehmen, sie nicht zu erschrecken. Sie können mir nützlich sein.« Befriedigt schaute er sich in der Kabine um. »Es sieht aus, als hätte ich wieder ein Schiff.«

Er fühlte sich von Minute zu Minute kräftiger und hatte gerade beschlossen aufzustehen und sich auf die Suche nach Kapitän, Mannschaft oder Passagieren zu machen, als es leise an die Tür klopfte. Rasch legte er sich wieder hin, zog die Decke unters Kinn und mimte den Schlafenden.

Das Klopfen wiederholte sich. Er hörte Stimmen; drei Stimmen diskutierten, was man tun sollte. Die Tür quietschte. Sie wurde langsam geöffnet. Er stellte sich Augenpaare vor, die durch den Spalt lugten.

»Nun mach schon, Alake!« Das war die tiefe, brummige Stimme der Zwergin.

»Aber er schläft! Ich habe Angst, daß ich ihn aufwecke!«

»Stell nur das Tablett hin und komm wieder.« Ein Elfenmädchen. Ihre Stimme klang melodisch und hell, doch Haplo hatte den Eindruck, daß darin irgendwie ein falscher Ton mitschwang.

Schritte kamen näher, das Tappen bloßer Füße. Jetzt war der Moment, um ›aufzuwachen‹, allerdings behutsam, um niemandem Angst einzujagen. Er holte tief Atem, regte sich und stöhnte. Die Schritte verstummten abrupt. Er hörte das Mädchen nach Luft schnappen.

Haplo schlug die Augen auf, schaute sie an und lächelte.

»Hallo«, sagte er in ihrer Sprache. »Du heißt Alake, stimmt's?«

Sie war ein Mensch und eine der hübschesten Menschenfrauen, die Haplo je gesehen hatte. Sie wird eine Schönheit sein, dachte er, wenn sie erwachsen ist. Ihre Haut war zart und samtig schwarz, das gleichfalls schwarze Haar hatte einen metallisch blauen Schimmer wie das Gefieder eines Raben. Die großen Augen, die auf ihm ruhten, waren schmelzend braun. Trotz ihrer verständlichen Furcht machte sie keine Anstalten wegzulaufen.

»Das riecht gut«, fuhr er fort und griff nach dem Tablett. »Ich habe keine Ahnung, wie lange ich im Meer getrieben bin, ohne etwas zu essen. Womöglich tagelang. Alake ist dein Name, richtig?« wiederholte er.

Das Mädchen drückte ihm das Tablett in die Hände. Sie hielt den Blick gesenkt. »Ja«, antwortete sie schüchtern. »Mein Name ist Alake. Woher wißt Ihr das?«

»Ein wunderschöner Name«, sagte er. »Fast so schön wie seine bezaubernde Trägerin.«

Ein Lächeln und das Beben langer Wimpern belohnten seine Schmeichelei. Haplo machte sich über das Essen her, eine Art Eintopf und ein Laib nicht mehr ganz frisches Brot.

»Geht nicht weg«, sagte er mit vollem Mund. Er merkte

erst jetzt, wie hungrig er war. »Kommt herein. Unterhalten wir uns ein wenig.«

»Wir fürchteten, Eure Ruhe zu stören.« Alake warf einen Blick auf ihre beiden Freundinnen, die an der Tür stehengeblieben waren.

Haplo schüttelte den Kopf und vollführte eine einladende Bewegung mit der Hand. Alake setzte sich ihm zunächst hin, aber nicht so dicht, daß es unschicklich gewesen wäre für ein junges Mädchen. Ihre Elfenfreundin huschte zu einem Stuhl im Schatten. Sie bewegte sich hölzern, ohne die Anmut, die er von Elfen kannte. Vielleicht lag es an ihrem Kleid, das nicht recht zu passen schien. Sie trug einen Schal um die Schultern und einen Schleier um den Kopf gewunden, der ihr Gesicht verhüllte und nur die mandelförmigen Augen frei ließ. Die Zwergenmaid kam auf kurzen, stämmigen Beinen hereingestapft, setzte sich ohne Umstände mit untergeschlagenen Beinen auf den Boden, verschränkte die Arme vor der Brust und studierte Haplo mit unverhohlenem Argwohn.

»Wo kommst du her?« fragte sie auf zwergisch.

»Grundel!« mahnte Alake. »Laß ihn in Ruhe essen.«

Die Zwergin schenkte ihr keine Beachtung. »Wo kommst du her? Wer hat dich geschickt? Die Drachenschlangen?«

Haplo ließ sich Zeit mit der Antwort. Er wischte die Schüssel mit dem Brotkanten aus und bat um etwas zu trinken. Die Zwergin reichte ihm wortlos eine Flasche mit hochprozentigem Inhalt.

»Möchtet Ihr lieber Wasser haben?« erkundigte sich Alake fürsorglich.

Haplos erster Gedanke war, daß er Wasser genug gehabt hatte, aber er wollte sich den Verstand nicht mit Schnaps vernebeln, deshalb nickte er.

»Grundel . . .«, setzte Alake an.

»Ich gehe«, murmelte das Elfenmädchen und verließ den kleinen Raum. Bildete er es sich ein, oder war sie froh gewesen zu entkommen?

»Mein Name ist Haplo«, begann er.

»Das hast du uns letzte Nacht schon erzählt«, warf Grundel ein.

»Unterbrich ihn nicht!« Alake bedachte die Freundin mit einem strafenden Blick.

Grundel murmelte etwas, lehnte den Rücken gegen die Wand und streckte die Beine aus.

»Das Schiff, auf dem ich segelte, ist auseinandergebrochen. Ich konnte mich auf eine Planke retten und trieb im Wasser, bis ich schließlich von euch gerettet wurde.« Wieder lächelte Haplo Alake an, die den Blick senkte und mit den Messingperlen in ihrem Haar spielte. »Was meine Heimat betrifft, so habt ihr vermutlich nie davon gehört, aber sie ist der euren sehr ähnlich.«

Eine unverfängliche Antwort, doch wie erwartet, gab die mißtrauische Zwergin sich nicht damit zufrieden.

»Ein Meermond wie unserer?«

»In etwa.«

»Woher weißt du, wie unser Meermond aussieht?«

»Es ist bekannt, daß alle... Meermonde von Chelestra gleich sind«, antwortete Haplo.

Grundel stieß den ausgestreckten Zeigefinger in seine Richtung. »Weshalb malst du Bilder auf deine Haut?«

»Warum tragen Zwerge so lange Bärte?« konterte Haplo.

»Jetzt reicht es, Grundel«, rief Alake. »Was er sagt, klingt sehr glaubhaft und vernünftig.«

»Reden kann er jedenfalls prima«, gab ihre Freundin zu. »Immer um den heißen Brei herum, wie dir möglicherweise aufgefallen ist. Aber ich möchte doch gerne hören, was er über die Drachenschlangen zu sagen hat.«

Das Elfenmädchen kam mit dem Wasser. Sie gab den Krug Alake und sagte mit gedämpfter Stimme: »Grundel hat recht. Wir müssen über die Drachenschlangen Bescheid wissen.«

Alake wandte sich mit einer entschuldigenden Gebärde an Haplo. »Sabia und Grundel fürchten, daß die Drachenschlangen Euch geschickt haben, um uns zu bespitzeln. Ich wüßte jedoch nicht, aus welchem Grund, da wir ihre Gefangenen sind und uns freiwillig in ihre Gewalt begeben haben...«

»Halt! Langsam, langsam!« Haplo hob Einhalt gebietend die Hand. Er musterte die jungen Frauen mit zusammengekniffenen Augen. »Ich bin nicht sicher, daß ich ganz verstehe, was du sagt. Du mußt es mir genauer erklären. Aber in einem Punkt kann ich euch drei beruhigen – die Person, die mich gesandt hat, ist mein Lehnsherr, mein Fürst. Er ist ein Mann, kein Drache. Ich kenne Drachen, es gibt sie auch in meiner Welt, aber sie haben von mir nichts anderes zu erwarten als den Tod.«

Haplo sprach in ruhigem Ton. Und er sagte die Wahrheit. Die Drachen im Labyrinth sind hochintelligente, gefährliche Kreaturen. Auf seiner Reise hatte er mit verschiedenen Angehörigen dieser Spezies zu tun gehabt. Manche waren bösartig, manche angeblich ehrenhaft, doch er traute keinem von ihnen.

»Und jetzt«, fuhr Haplo rasch fort, um der Zwergin zuvorzukommen, »erklärt mir vielleicht jemand, was ihr so allein an Bord dieses Schiffes tut.«

»Wer sagt, daß wir alleine sind?« warf Grundel ein, aber fast kleinlaut, als wäre selbst ihr plötzlich der Schneid abhanden gekommen.

Es lag nicht an seiner Überzeugungskraft, daß die Mädchen ihm glaubten, erkannte Haplo, sie *wollten* ihm glauben. Nachdem er ihre Geschichte gehört hatte, wußte er auch, warum.

Äußerlich ungerührt, lauschte er Alakes Bericht. Innerlich kochte er. Falls es eine Höhere Macht gab, wie Alfred ihm letzthin einzureden versucht hatte*, mußte sie jetzt schallend lachen. Schiffbrüchig, nahezu seiner gesamten Magie beraubt, hatte er das Kunststück fertiggebracht, sich von drei Opferlämmern retten zu lassen, die auf dem Weg zur Schlachtbank waren!

»Das meint ihr nicht ernst!«

»Aber doch«, versicherte Alake. »Wir tun es, um unser Volk zu retten.«

»Es ist euer freier Wille? Ihr habt nicht versucht zu fliehen? Zu entkommen?«

* Nachzulesen in *Feuersee*, ›Vergessene Reiche‹, Band 3, Bastei-Lübbe 28 205.

»Nein, und wir werden es auch nicht!« verkündete Grundel resolut. »Es war unsere Entscheidung. Unsere Eltern wußten nichts davon. Sie würden versucht haben, uns zurückzuhalten.«

»Und zu Recht!« Haplo funkelte seine drei Retterinnen an. Schaukelten seelenruhig dem Tod entgegen – und er saß buchstäblich mit ihnen in einem Boot.

Alake brachte vor Bestürzung nur ein Flüstern heraus. »Du hältst uns für dumm, nicht wahr?«

»Ja«, antwortete Haplo unverblümt. »Diese Drachenschlangen haben gefoltert, gemordet. Und ihr glaubt, sie halten ihr Wort? Geben sich mit drei kleinen Happen zufrieden und schlängeln sich brav von dannen?«

Grundel räusperte sich vernehmlich und trommelte mit den Fersen auf die Planken. »Wozu dann überhaupt dieser Handel? Was haben die Biester davon? Warum uns nicht einfach umbringen und Schluß?«

»Was sie davon haben? Das kann ich euch erklären. Furcht. Entsetzen. Chaos. In meinem Land gibt es Wesen, die ernähren sich von Angst. Überlegt doch einmal. Diese Kreaturen, die so unüberwindlich sein sollen, hätten in der Nacht kommen und eure Meermonde überfallen können. Aber nein. Was tun sie statt dessen? Sie kommen bei Tag, und der Schaden, den sie anrichten, ist verhältnismäßig gering. Sie verkünden, daß man ihnen Opfer bringen soll. Und seht euch an, was sie erreicht haben!

Der Schrecken ist viel größer, als hätte man sich gegen einen plötzlichen Angriff zur Wehr setzen müssen. Und euer heimliches Verschwinden hat alles noch schlimmer gemacht.«

Alake welkte förmlich unter Haplos finsterem Blick. Selbst die trotzige Grundel verlor einiges von ihrer Selbstsicherheit und zupfte beklommen an ihren Backenlocken. Nur Sabia, das Elfenmädchen, blieb ruhig und gelassen. Sie saß auf ihrem Stuhl, kerzengrade, unbewegt, als wäre sie allein immer noch überzeugt, das Richtige zu tun. Nichts von dem, was er gesagt hatte, schien sie zu berühren.

Seltsam. Aber das Mädchen war überhaupt ziemlich seltsam. Was hatte sie nur an sich ...

Sie!

Haplo hätte fast einen Pfiff ausgestoßen. Anfangs hatte Sabia mit züchtig geschlossenen Knien und unter dem langen Rock gekreuzten Füßen dagesessen, doch im Verlauf von Alakes Bericht entspannte sich ihre Haltung, sie beugte sich vor, stemmte die Hände auf die geöffneten Knie und schob die Füße unter den Stuhl.

Wenn das stimmt, was ich vermute, dachte Haplo, *habe ich sie in der Tasche. Dann bleibt ihnen nichts anderes übrig, als zu tun, was ich sage.*

»Hast du eine Vorstellung davon, wie es jetzt in deiner Familie aussieht?« wandte Haplo sich an Alake. »Statt Kriegsvorbereitungen zu treffen, wie es angebracht wäre, sieht sich dein Vater gezwungen, untätig zu bleiben! Er wagt es nicht, die Drachenschlangen anzugreifen, während sie dich in ihrer Gewalt haben. Er quält sich mit Vorwürfen und weiß vor Kummer und Verzweiflung nicht ein noch aus.«

Alake weinte leise vor sich hin. Sabia griff tröstend nach ihrer Hand, während Haplo aus dem Bett stieg und in der Kabine auf und ab zu gehen begann.

»Und du.« Er fuhr zu der Zwergin herum. »Dein Volk? Was tut es? Sich bewaffnen oder den Verlust seiner Prinzessin betrauern? Während sie warten. Sie alle warten, voller Hoffnung und Angst. Und je länger das Warten dauert, desto größer wird die Furcht.«

»Sie werden kämpfen!« behauptete Grundel, doch ihre Stimme bebte.

Haplo setzte seine Wanderung fort, zehn Schritte in jede Richtung, und jede Kehrtwendung brachte ihn näher an Sabia heran, die damit beschäftigt war, Alake aufzumuntern.

Grundel sprang auf, stützte die Fäuste in die Hüften und stellte sich Haplo in den Weg.

»Wir waren uns im klaren darüber, daß unser Opfer möglicherweise vergeblich sein würde. Aber wir dachten auch, wenn nur die geringste Chance bestand, daß die Drachenschlangen ihren Teil der Abmachung einhielten, durften wir sie nicht ungenutzt lassen. Und der Meinung bin ich immer noch. Was ist mit euch? Alake? Sabia?«

In Alakes braunen Augen schimmerten Tränen, aber sie nickte heftig.

»Ich stimme zu«, meinte Sabia. Ihre Stimme wurde von dem Schleier gedämpft. »Wir müssen zu Ende bringen, was wir angefangen haben. Für unser Volk.«

»Falls die Drachenschlangen *ihren* Teil der Abmachung einhalten, wie?« Haplo beäugte das Trio mit grimmiger Belustigung. »Und ihr? Was ist mit eurem Teil des Handels? Angenommen, die Biester haben es tatsächlich ernst gemeint. Was glaubt ihr, wie sie reagieren, wenn sie herausfinden, daß man sie betrogen hat?«

Unvermittelt streckte Haplo die Hand aus, griff nach dem Schleier und riß ihn Sabia vom Kopf. Zu spät versuchte sie das Tuch festzuhalten und wandte hastig das Gesicht zur Seite. Ebenfalls zu spät dachte sie daran, wieder die Haltung einer wohlerzogenen jungen Dame einzunehmen.

»Drei Töchter aus königlichem Haus.« Haplo zog eine Augenbraue hoch. »Was wolltet ihr den Drachenschlangen denn erzählen? Daß Elfenmädchen neuerdings aussehen, als wäre ihnen ein Apfel im Hals steckengeblieben? Daß sie kantige Gesichter und breite, muskulöse Schultern haben und dafür eine flache Brust? Ganz zu schweigen von anderen Utensilien, mit denen weibliche Wesen im allgemeinen nicht ausgestattet sind.« Haplos Blick richtete sich vielsagend auf die untere Körperregion des jungen Elfen.

Devon errötete so tief, als wäre er tatsächlich ein Mädchen. Er schaute hilfesuchend zu Alake, die ein verstörtes Gesicht machte, dann auf Grundel, die seufzend den Kopf schüttelte. Schließlich stand er auf und wandte sich Haplo zu.

»Ihr habt recht, Sir. Ich dachte nur daran, das Mädchen zu retten, das ich liebe. Daß meine Tat den Drachenschlangen als Vorwand dienen könnte, uns des Betrugs zu beschuldigen – der Gedanke kam mir nicht.«

»Wir alle haben das nicht überlegt!« Alake rang nervös die Hände. »Die Drachenschlangen werden zornig sein . . .«

»Vielleicht ist es gar nicht so schlimm.«

Grundel natürlich, die wieder ihren Senf dazugeben mußte. Haplo hätte sie liebend gern erdrosselt.

»Devon ist keine Prinzessin, aber ein Prinz. Solange die Biester drei Geiseln aus königlichem Geblüt erhalten, was kümmert es sie, ob Männlein oder Weiblein?«

»Sie wollten drei Töchter«, murmelte Alake hoffnungsvoll. »Aber vielleicht hat Grundel recht . . .«

Haplo beschloß, der Diskussion ein Ende zu bereiten. »Und wenn die Drachen euch gar nicht töten wollen? Womöglich haben sie andere Pläne, Pläne, zu deren Durchführung sie Frauen brauchen? Vielleicht wollen sie ihre Nachkommen auf den Thronen dreier Reiche sehen?«

Alake stöhnte auf und schlug die Hand vor den Mund. Der Elf legte ihr den Arm um die Schultern und redete mit leiser Stimme beruhigend auf sie ein. Grundel war so blaß geworden, wie es die nußbraune Haut der Zwerge zuließ. Sie sank auf einen Stuhl und schaute unglücklich zu Boden.

Ich wollte ihnen Angst einjagen. Das ist mir geglückt, und nur darauf kommt es an, sagte Haplo sich. Jetzt werden sie parieren. Keine Debatten mehr. Ich übernehme das Schiff, setze die drei ›Mädels‹ irgendwo ab und sehe zu, daß ich meinen Auftrag erledige.

»Was wollt Ihr, daß wir tun, Sir?« fragte der Elf.

»Erst sag mir deinen richtigen Namen.«

»Devon, aus dem Geschlecht derer von . . .«

»Devon genügt. Wer oder was steuert dies Schiff? Keine von euch, soweit ich verstanden habe. Wer ist sonst noch an Bord?«

»Wir . . . wir wissen es nicht«, antwortete Devon hilflos. »Wir nehmen an, es sind die Drachenschlangen. Ihre Magie . . .«

»Ihr habt nicht versucht, den Kurs zu ändern? Das Schiff zu stoppen?«

»Wie denn? Man kommt nicht einmal in die Nähe des Ruderstandes. Etwas Grauenerregendes muß sich dort eingenistet haben.«

»Was ist es? Habt ihr einen Blick darauf werfen können?«

»Nein«, gab Devon beschämt zu. »Wir haben uns nicht nahe genug herangewagt, um etwas zu sehen.«

»Es ist nicht geheuer da«, kam Grundel ihm zur Hilfe. »Bei jedem Schritt hat man das Gefühl, dem Tod entgegenzugehen.«

»Nichts anderes tut ihr jetzt auch«, knurrte Haplo.

Die drei schauten sich an und ließen die Köpfe hängen. Kinder, einsam und allein, ein furchtbares Schicksal vor Augen. Haplo bereute seinen schroffen Kommentar. Er durfte sie nicht zu sehr verängstigen, denn vorläufig brauchte er sie noch.

»Es tut mir leid, daß ich euch angeblafft habe«, entschuldigte er sich widerwillig. »Aber in meiner Welt gibt es ein Sprichwort: Der Drache ist stets kleiner als sein Schatten in deinem Herzen.«

»Was heißen soll, daß es besser ist, die Wahrheit zu kennen«, meinte Alake und wischte sich die Tränen ab. »Es stimmt. Ich habe nur noch halb soviel Angst wie vorher. Obwohl – wenn es stimmt, was Ihr sagt – ich eigentlich mehr Grund hätte, mich zu fürchten.«

»Es ist wie beim Zähneziehen«, fügte Grundel hinzu. »Daran zu denken ist schlimmer, als die Prozedur über sich ergehen zu lassen.« Sie kniff ein Auge zu und musterte Haplo mit dem anderen von unten herauf. »Du bist gar nicht so dumm – für einen Menschen. Wo, hast du noch gesagt, kommst du her?«

Haplo warf ihr einen scharfen Blick zu. Er durfte dieses Mädchen nicht unterschätzen. Im Moment hatte er jedoch nicht die Zeit, den Fehdehandschuh aufzunehmen.

»Wo ich herkomme, sollte euch weniger interessieren, als wohin ihr geht, wenn es uns nicht gelingt, den Kurs zu ändern. Wie kommt man von hier zum Ruderstand?«

»Aber wie wollt Ihr das bewerkstelligen?« fragte Alake. Ihre Augen, die auf ihm ruhten, hatten einen warmen, weichen Schimmer. »Eine feindliche, magische Kraft verwehrt uns den Zutritt.«

»Ich verfüge auch über einige Kenntnisse der Magie«, antwortete Haplo.

Gewöhnlich zog er es vor, das für sich zu behalten, aber in diesem Fall würden die Nichtigen dabei sein, wenn er Gebrauch von seinen Fähigkeiten machte. Es war besser, sie vorzuwarnen.

»Wirklich?« Alake holte tief Atem. »Ich auch. Vor kurzem bin ich ins Dritte Haus aufgestiegen. Welches Haus seid Ihr?«

Haplo rief sich das Wenige ins Gedächtnis, was er von den primitiven Zauberkünsten der Menschen wußte und daß sie nichts so sehr liebten, als auch die simpelsten Beschwörungen mit dem Schleier des Geheimnisvollen zu umhüllen.

»Als Schülerin in diesem hohen Rang solltest du wissen, daß es mir nicht erlaubt ist, davon zu sprechen«, sagte er.

Die milde Zurechtweisung tat ihrer Bewunderung für ihn keinen Abbruch. Im Gegenteil – nach ihren leuchtenden Augen zu urteilen, war er in ihrer Achtung noch gestiegen.

»Vergebt mir«, bat sie sofort. »Es war falsch von mir zu fragen. Wir zeigen Euch den Weg.«

Die Zwergin bedachte ihn wieder mit einem wissenden Blick und drehte ihre Backenlocken um den Zeigefinger.

Alake ging voraus, Grundel, Devon und Haplo folgten. Die Zwergin zeigte ihm die verschiedenen Apparaturen, die für den Antrieb und die Lebenserhaltungssysteme verantwortlich waren. Haplo, der zwischendurch aus den Bullaugen schaute, sah nichts anderes als Wasser, durchsonnt von einer weichen, blaugrünen Helligkeit.

Er gelangte allmählich zu der Überzeugung, daß es sich bei dieser sogenannten Welt des Wassers um eine reine Wasserwelt handelte. Doch irgendwo mußte es Land geben. Wer raffinierte Vehikel baute, um die Meere zu befahren, lebte nicht im Meer wie ein Fisch. Über die Meermonde, von denen seine spezielle Freundin Grundel gesprochen hatte, mußte er Genaueres herausbringen, aber so, daß er nicht das Mißtrauen dieser Nichtigen erregte. Außerdem brauchte er Informationen über die Beschaffenheit des Meerwassers, um zu wissen, ob seine Vermutungen stimmten.

Grundel und Devon erklärten abwechselnd, wie das Tauchboot funktionierte. Von Zwergen gebaut, wurde es angetrieben durch ein Zusammenwirken des technischen Genies der Zwerge und der Mechanimagie des Elfenvolks.

Soweit Haplo es sich aus den reichlich konfusen Erläuterungen zusammenzureimen vermochte, bestand das Hauptproblem darin, dem Einflußbereich der Meermonde zu entkommen. Aufgrund der umgekehrten Gravitation streben die Tauchboote mit ihrer geringeren Dichte auf die Monde zu. Um dem entgegenzuwirken, war es notwendig, die Dichte zu vergrößern, ohne das Schiff fluten zu müssen.

An diesem Punkt kam die Elfenmagie ins Spiel. Besondere Kristalle wurden von den Magiern mit der Eigenschaft versehen, nach Bedarf ihre Masse zu verringern oder zu vergrößern. Diese Massewandler stellten die Lösung für gleich zwei Probleme der Schiffahrt dar. Einmal wurde durch die Vergrößerung des magischen Ballasts das Boot beliebig steuerbar, zum anderen schufen die Massewandler eine künstliche Schwerkraft für die Passagiere an Bord.

Haplo begriff das Konzept nur vage, konnte nichts anfangen mit ›umgekehrter Gravitation‹ und ›Massewandlern‹. Er verstand nur, daß Magie im Spiel war.

»Aber«, meinte er beiläufig, während er lebhaftes Interesse an einem Gewirr von Seilen, Flaschenzügen und Hebeln vortäuschte, »ich dachte, Magie verliert im Meerwasser ihre Wirkung.«

Alake schaute zuerst verdutzt, dann lächelte sie. »Natürlich. Ihr stellt mich auf die Probe. Ich würde Euch antworten, aber nicht vor diesen Uneingeweihten.« Sie deutete mit einem Kopfnicken auf Grundel und Devon.

»Ach was!« brummte die Zwergin unbeeindruckt. »Hier geht's zum Ruderstand.« Sie stieg die Leiter zum Oberdeck hinauf, Alake und Devon hinterher.

Haplo folgte als letzter. Alakes überraschter Gesichtsausdruck war ihm nicht entgangen. Offenbar wurde die Magie von Elfen und Menschen durch das Wasser nicht beeinträchtigt. Und da irgend etwas das Boot steuerte, auch die Drachenmagie nicht. Haplos magische Kräfte hingegen waren buchstäblich weggespült worden. Oder vielleicht nicht?

Vielleicht hatten die rasch aufeinanderfolgenden Reisen durch das Todestor ihn geschwächt.

Vielleicht ...

Ein Prickeln auf der Haut unterbrach seinen Gedankengang. Es war nur ein Hauch, als strichen Spinnweben über seinen Körper. Das Gefühl war ihm vertraut, und er wünschte sich, beim Weggehen die Decke umgehängt zu haben. Ein prüfender Blick bestätigte seine Befürchtungen. Die Tätowierungen auf seiner Haut begannen zu leuchten, ein Zeichen für Gefahr. Es war nur ein schwacher Schimmer, schwach wie die Kraft der Runen, aber seine Magie tat ihr möglichstes, ihn zu warnen.

Die Nichtigen waren aus der Luke gestiegen, gingen aber nicht weiter. Devon preßte die Lippen zusammen. Grundel räusperte sich so laut, daß alle zusammenzuckten. Alake flüsterte vor sich hin, vermutlich irgendeinen Schutzzauber.

Das Kribbeln wurde schlimmer, wie von Millionen Spinnen. Sein Körper bereitete sich instinktiv darauf vor, der drohenden Gefahr zu begegnen: Der Adrenalinpegel stieg, sein Mund wurde trocken, der Magen krampfte sich zusammen. Er spannte die Muskeln, spähte in jeden Winkel, verfluchte den matten Schein der Runen, verfluchte seine Schwäche.

Die Zwergin hob die zitternde Hand und wies auf eine schattenverhangene Tür am Ende des Ganges.

»Das – ist der Ruderstand.«

Furcht strömte ihnen als schwarze Flut entgegen. Die Nichtigen drängten sich zusammen und starrten mit fasziniertem Grauen zu der unheilverkündenden Tür. Niemand hatte bis jetzt seine Veränderung bemerkt.

Alake fröstelte. Grundel atmete hechelnd. Devon lehnte mit weichen Knien am Schott. Die Nichtigen konnten nicht weiter, und er hatte Zweifel, ob er dazu imstande war.

Schweiß rann über sein Gesicht. Das Atmen fiel ihm schwer. Dabei war nichts zu sehen! Doch er wußte jetzt, wo die Gefahr lauerte – genau vor ihm. Nie zuvor hatte er solche Angst empfunden, nicht einmal in der finstersten, schrecklichsten Höhle des Labyrinths. Jede Faser seines

Wesens drängte ihn, schnellstens die Flucht zu ergreifen. Es erforderte eine ungeheure Anstrengung, Fuß vor Fuß zu setzen.

Und plötzlich ging es nicht mehr. Er blieb stehen, dicht bei den Nichtigen. Grundel schaute sich nach ihm um. Ihre Augen wurden groß, sie stieß einen krächzenden Laut aus. Alake und Devon fuhren herum und starrten ihn an.

In drei erstaunten, furchtsamen Augenpaaren erblickte Haplo sein Spiegelbild – den von einer flimmernden, bläulichen Aura umgebenen Körper, das schweißglänzende, maskenhafte Gesicht.

»Was ist da?« fragte er. »Was liegt hinter der Tür?« Seine Kehle war wie zugeschnürt, er mußte dreimal ansetzen, um die Worte herauszubringen.

»Was ist los mit deiner Haut?« rief Grundel schrill. »Du leuchtest wie ...«

»Was liegt hinter der Tür?« zischte Haplo mit zusammengebissenen Zähnen.

Sie schluckte. »Der – der Ruderstand.« Dann hatte sie den größten Schreck überwunden und wurde kühner. »Na, siehst du? Ich hatte recht. Ein Gefühl, als würde man dem leibhaftigen Tod entgegengehen.«

»Ja, du hattest recht.« Haplo tat einen Schritt nach vorn.

Alake klammerte sich an ihn. »Bleibt! Ihr könnt nicht gehen! Laßt uns nicht allein!«

Haplo drehte sich herum. »Wo immer sie euch hinbringen – glaubt ihr, daß es euch gefallen wird?«

Die drei sahen ihn an, mit der stummen Bitte zuzugeben, daß er sich geirrt hatte, ihnen zu sagen, daß sich alles zum Guten wenden würde. Er konnte es nicht. Die Wahrheit, rauh und bitter, wie ein kalter Wind, löschte das kleine Flämmchen der Hoffnung.

»Dann gehen wir mit Euch«, sagte Devon entschlossen.

»Nein, das werdet ihr nicht. Ihr bleibt hier und rührt euch nicht vom Fleck.«

Haplo schaute den Gang hinunter, dann auf seine Arme. Die Tätowierungen waren immer noch kaum zu erkennen.

Er fluchte leise vor sich hin. Ein Kind war besser für ein Kräftemessen gerüstet als er im Moment.

»Hat einer von euch eine Waffe? Du vielleicht, Elf? Ein Schwert? Einen Dolch?«

»N-nein«, stammelte Devon.

»Wir sollten unbewaffnet kommen«, flüsterte Alake ängstlich.

»Ich habe eine Axt«, sagte Grundel trotzig. »Eine Streitaxt.«

Alake starrte sie fassungslos an.

»Bring sie her«, befahl Haplo. Er hoffte, daß es sich nicht um ein besseres Spielzeug handelte, das zu nichts zu gebrauchen war.

Die Zwergin musterte ihn lange und durchdringend, dann verschwand sie im Niedergang. Im Handumdrehen war sie zurück, mit einer soliden Waffe.

»Grundel!« schimpfte Alake. »Du weißt, was sie uns gesagt haben!«

»Du glaubst doch nicht, daß ich mir von einem Knäuel hinterlistiger Schlangen Vorschriften machen lasse!« höhnte Grundel. »Kannst du damit was anfangen?«

Sie reichte Haplo die Axt.

Er wog sie prüfend in der Hand. Zu dumm, daß er nicht die Zeit hatte, sie mit Runen zu beschriften und mit Beschwörungsformeln zu verstärken. Zu dumm, daß ihm die Kraft fehlte, das zu tun, dachte er sarkastisch. Nun, eine scharfe Klinge war besser als nichts.

Haplo setzte sich geduckt in Bewegung. Als er Schritte hinter sich hörte, wirbelte er zu den Nichtigen herum.

»Ihr bleibt hier! Verstanden?«

Die drei zögerten, schauten erst sich, dann Haplo an. Devon schüttelte bedächtig den Kopf.

»Verdammt noch mal! Wie sollen drei verängstigte Kinder mir helfen können? Ihr kommt mir höchstens in die Quere. Untersteht euch, mir nachzulaufen!«

Gehorsam wichen sie ein Stück zurück und betrachteten ihn mit großen, bangen Augen. Trotzdem hatte er das Gefühl, daß sie sich ihm wieder an die Fersen heften würden, sobald er den Rücken kehrte.

»Ach, sollen sie auf sich selbst aufpassen«, brummte er.

Die Axt in der Hand, ging er weiter.

Die Sigel auf seiner Haut juckten und brannten. Verzweiflung senkte sich über ihn, die Verzweiflung des Labyrinths. Man schlief vor Erschöpfung, ohne wirklich Entspannung zu finden. Jedes Ewachen brachte aufs neue Angst und Schmerz und Tod.

Und Zorn.

Haplo konzentrierte sich auf den Zorn. Zorn hatte die Patryn im Labyrinth am Leben erhalten. Zorn trieb ihn weiter. Er würde kämpfen. Er...

Haplo erreichte die Tür zum Ruderstand, wo das Böse lauerte. Er blieb stehen, lauschte, ließ den Blick wandern. Nichts zu sehen, außer schwarzer, undurchdringlicher Dunkelheit; kein Geräusch, außer dem Schlag seines eigenen Herzens, seinen eigenen hastigen, flachen Atemzügen. Er umklammerte den Axtstiel so fest, daß seine Hand schmerzte. Noch einmal holte er tief Luft, dann sprang er hinein.

Finsternis fiel auf ihn herab wie die Netze, mit denen im Labyrinth die schnatternden Afwen den Unachtsamen fangen. Das schwache Leuchten seiner Tätowierung erlosch. Jetzt war er vollkommen hilflos, vollkommen der Gnade seines unbekannten Gegners ausgeliefert. In blinder Panik versuchte er, sich zu befreien. Die Axt entglitt seinen schweißnassen Fingern.

Zwei Augen, Schlitze rotgrünen Feuers in der Dunkelheit, öffneten sich. Die Schatten um diese Augen nahmen Gestalt an, und Haplo ahnte mehr, als er es sah, die Umrisse eines gewaltigen Reptilschädels. Er spürte auch eine Erschütterung in der Schwärze, ein Aufwallen von Zweifel und Verwunderung.

»Ein Patryn?« Die Stimme klang raunend, zischelnd.

»Ja«, antwortete Haplo. Er war auf der Hut. »Ich bin ein Patryn. Wer oder was bist du?«

Die Augen schlossen sich. Es herrschte wieder Dunkelheit, lastend, bedrohlich, lauernd. Haplo tastete mit der Hand umher, in der Hoffnung, die Steuervorrichtung zu finden.

Seine Fingerspitzen streiften kalte, schuppige Haut. Eine schmierige Feuchtigkeit blieb an seiner Hand haften. Er schüttelte sich vor Ekel und versuchte, den Schleim, der wie Säure brannte, an der Hose abzuwischen.

Die Augen öffneten sich wieder, beinahe wie Fenster zu den Feuerteichen Abarrachs. Es waren riesige Augen, die den Eindruck erweckten, als könne er in die schwarzen, stabförmigen Pupillen hineingehen, ohne sich zu bücken.

»Der Erhabene hat mich beauftragt, dich willkommen zu heißen und dir zu sagen: ›Die Zeit ist gekommen. Dein Feind ist erwacht.‹«

»Ich habe keine Ahnung, wovon du sprichst«, meinte Haplo ausweichend. »Welcher Feind?«

»Wenn es dir gefällt, den Erhabenen mit deinem Besuch zu beehren, wirst du alles erfahren. Es ist mir jedoch erlaubt, ein Wort zu sprechen, das vielleicht dein Interesse zu wecken vermag. Das Wort lautet: *Samah*.«

»Samah!« stieß Haplo hervor. »Samah!«

Er konnte es nicht glauben. Es ergab keinen Sinn. Tausend Fragen drängten sich ihm auf die Zunge, aber plötzlich begann sein Herz wie wild zu schlagen. Das Blut schoß ihm in den Kopf, Feuer durchströmte sein Gehirn. Er tat einen Schritt, taumelte und stürzte der Länge nach zu Boden, wo er regungslos liegenblieb.

Das grünrote Feuer der Augen erlosch.

Kapitel 12

Irgendwo auf dem Segensmeer

Nun haben wir also diesen Menschen am Hals, diesen Haplo. So gern ich ihm trauen würde, ich kann es nicht. Nur das Vorurteil eines Zwergs gegen jeden Ausländer? Das wäre vielleicht früher der Grund gewesen. Heute jedoch – ich würde Alake oder auch Devon mein Leben anvertrauen. Leider scheint mein Leben aber nicht in ihrer Hand zu liegen, sondern in Haplos.

Es ist eine Erleichterung, hinschreiben zu können, was ich wirklich von ihm halte. Mit Alake ist nicht mehr zu reden, ihre romantischen Gefühle für den Kerl sind ihr mehr zu Kopf gestiegen als einem Zwerg das Wetttrinken bei einem Hochzeitsgelage. Was Devon betrifft – anfangs war er mißtrauisch, aber nach der Sache mit den Drachenschlangen... Na, man könnte glauben, ein Elfenrecke aus vergangenen Zeiten sei wiedergekehrt, um ihn zu den Waffen zu rufen.

Alake behauptet, daß ich nur eingeschnappt bin, weil Haplo uns klargemacht hat, daß wir dumm gewesen sind und keine edlen Heldinnen. Aber wir Zwerge sind von Natur aus skeptisch und wahren eine gewisse Zurückhaltung gegenüber Fremden. Wir trauen keinem, den wir nicht mindestens seit ein paar hundert Zyklen kennen.

Dieser Haplo hat noch kein Sterbenswörtchen darüber verlauten lassen, wer er ist und woher er kommt; ein-, zweimal ist ihm eine äußerst verwunderliche Bemerkung herausgerutscht, und auch im Hinblick auf die Drachenschlangen hat er sich merkwürdig benommen.

Ich gebe zu, in einem Punkt habe ich mich geirrt – Haplo ist aller Wahrscheinlichkeit nach kein von ihnen geschickter Spion. Man wird nicht recht schlau aus dem Mann. Ein Schatten verhüllt ihn und seine Worte. Er bewegt sich in einer selbstgeschaffenen Dunkelheit, die ihm wohl zum Schutz und zur Verteidigung dient. Doch manchmal zerreißt gegen seinen Willen ein Blitz die Wolken – man erschrickt, es geht einem aber auch ein Licht auf. Wenn ich es recht bedenke, war Haplos Reaktion, als wir ihm von den Drachenschlangen erzählten, ein solcher Blitz. Man hätte fast glauben können, unser Schicksal läge ihm am Herzen, solche Mühe gab er sich, uns zu überzeugen, die einzige Rettung sei, das Schiff zu übernehmen und Richtung Heimat zu fliehen. In Anbetracht dessen kommt mir das, was später geschah, noch seltsamer vor.

Wie auch immer – Ehre, wem Ehre gebührt: Haplo ist der tapferste Mann, den ich kenne. Kein Zwerg, nicht einmal Hartmut, hätte sich den Gang hinunter und in das Ruderhaus gewagt.

Wir blieben zurück und warteten, wie er es befohlen hatte.

»Wir sollten mit ihm gehen«, meinte Devon lahm.

»Ja«, stimmte Alake zu, aber ich konnte nicht feststellen, daß einer von beiden sich anschickte, den Worten die Tat folgen zu lassen. »Ich wünschte, wir hätten etwas Mutkraut. Dann wäre es leichter, tapfer zu sein.«

»Wir haben aber keins, was immer das für ein Zeug sein mag«, sagte ich leise. »Und da wir gerade beim Wünschen sind – ich wünschte, ich wäre zu Hause und in Sicherheit.«

Devons Gesicht hatte die blaugrüne Färbung angenommen, die für Elfen typisch ist, wenn sie krank sind oder sich fürchten. Auf Alakes schwarzer Haut glitzerten Schweißperlen, und sie zitterte wie ein Blatt im Wind. Ich schäme mich nicht zu gestehen, daß meine Schuhe ans Deck genagelt zu sein schienen, andernfalls hätte ich das einzig Richtige getan und hätte schleunigst die Flucht ergriffen.

Wir sahen Haplo den Ruderstand betreten. Ein Schritt, und die Schwärze hatte ihn verschlungen. Alake barg mit einem leisen Wehlaut das Gesicht in den Händen. Dann hörten wir Stimmen – Haplo und eine zweite, andere Stimme.

»Wenigstens lebt er noch«, murmelte ich.

Alake faßte Mut und hob den Kopf. Wir alle horchten angestrengt auf das, was gesprochen wurde. Es war ein unverständliches Kauderwelsch. Wir schauten einander ratlos an.

»Genauso hat er geredet, als er noch nicht wieder bei Verstand war«, flüsterte ich. »Und wer immer da drin ist, versteht ihn!«

Was mir ganz und gar nicht gefiel, doch bevor ich mich in dem Sinne äußern konnte, stieß Haplo einen Schrei aus, bei dem mir der Atem stockte. Gleich schrie auch Alake, als hätte man ihr das Herz aus dem Leib gerissen, und stürmte den Gang hinunter, stracks in die Höhle des Drachen!

Devon hatte natürlich nichts Besseres zu tun, als ihr zu folgen, und überließ es mir, Betrachtungen über die Dummheit von Elfen und Menschen anzustellen – und Zwergen, denn was blieb mir anderes übrig, als ihnen hinterherzulaufen.

Im Ruderstand fand ich Alake über Haplo gebeugt, der besinnungslos am Boden lag. Devon stand mit erhobener Axt schützend neben ihnen.

Ich warf einen schnellen Blick durch das kleine Gelaß. Es war finsterer als im Innern unseres Berges, und es herrschte ein furchtbarer Gestank! Mir wurde übel davon. Es hing eine lähmende Kälte in dem Raum, aber das fast greifbare Entsetzen, das uns ferngehalten hatte, war nicht mehr zu spüren.

»Ist er tot?« fragte ich.

»Nein!« Alake strich ihm das Haar aus der Stirn. »Nur bewußtlos. Er hat es verjagt! Verstehst du, Grundel?«

Ich sah die Liebe und Bewunderung in ihren Augen, und mein Herz sank.

»Er hat mit dem Bösen gerungen und es vertrieben. Er hat uns gerettet.«

»Es stimmt wahrhaftig!« sagte Devon und schaute ehrfürchtig auf Haplo nieder.

»Gib das her!« meinte ich verdrossen und nahm ihm die Axt aus der Hand. »Bevor du dir noch etwas Wertvolles abschneidest und dich wirklich in ein Mädchen verwandelst! Und was soll das heißen, er hat es vertrieben! Dieser Schrei, der ja wohl von ihm stammte, klang nicht unbedingt wie ein Triumphgebrüll.«

Aber natürlich schenkten mir weder Alake noch Devon die geringste Beachtung. Ihre ganze Sorge galt unserem frischgebackenen Helden. Zu meinem Mißvergnügen mußte ich zugeben, daß die Wesenheit, die unser Schiff in der Gewalt gehabt hatte, tatsächlich fort zu sein schien. Aber war sie von Haplo in die Flucht geschlagen worden, oder hatte man sich gütlich geeinigt?

»Wir können hier nicht bleiben«, sagte ich in das Idyll hinein und stellte die Axt in eine Ecke.

»Nein, da hast du recht«, stimmte Alake zu und blickte sich schaudernd um.

»Wir könnten aus Decken eine Trage machen«, schlug Devon vor.

Im selben Moment riß Haplo die Augen auf und sah Alake über sich gebeugt, fühlte ihre Hand auf der Stirn. Ich hätte nicht geglaubt, daß jemand sich derart schnell bewegen könnte. Er stieß Alake zurück, schnellte in die Höhe und duckte sich kampfbereit.

Alake war hingefallen und sah verstört zu ihm auf. Keiner von uns bewegte sich oder sagte ein Wort. Ich hatte beinahe wieder soviel Angst wie vorher.

Haplo hielt nach Angreifern Ausschau, sah nur uns und schien zur Vernunft zu kommen. Aber er war außer sich.

»Faß mich nicht an!« knirschte er. Seine Miene war kälter und finsterer als die frostige Düsternis, die er bekämpft hatte. »Faß mich ja nicht wieder an!«

Alakes Augen füllten sich mit Tränen. »Es tut mir leid«, wisperte sie tonlos. »Ich wollte Euch nichts tun. Wir fürchteten, Ihr könntet verletzt sein . . .«

Haplo verschluckte, was er noch hatte sagen wollen, und

starrte die bedauernswerte Alake grimmig an. Dann richtete er sich mit einem Seufzer auf und schüttelte den Kopf. Sein Zorn verrauchte. Für einen kurzen Moment schienen die Schatten sich zu lichten.

»Bitte nicht mehr weinen. Ich bin derjenige, dem es leid tut«, sagte er müde. »Ich hätte dich nicht anschreien sollen. Es kam mir vor, als wäre ich woanders... An einem schrecklichen Ort...«

Er runzelte die Stirn, und die Dunkelheit senkte sich wieder über ihn. »Ich reagiere instinktiv mit Angriff. Daran kann ich nichts ändern, also haltet euch fern von mir, wenn ich schlafe, damit kein Unglück passiert. In Ordnung?«

Alake schluckte und brachte sogar ein Lächeln zustande. Sie würde ihm verziehen haben, auch wenn er sie in Stücke gerissen hätte. Es war ihr an der Nasenspitze anzusehen, und ich glaube, Haplo merkte auch, wie es um sie stand. Er wirkte verdutzt, überrascht und einen Augenblick lang fast hilflos. Ich hätte gelacht, wenn mir nicht zum Heulen gewesen wäre.

Im ersten Moment wollte er wohl etwas sagen, aber dann muß er eingesehen haben, daß jedes Wort zuviel gewesen wäre, also schwieg er und widmete sich dem Steuermechanismus. Devon half Alake aufzustehen. Sie strich ihr Kleid glatt.

»Hast du dir weh getan?« fragte Haplo mürrisch, ohne sie anzusehen.

»Nein«, antwortete sie mit brüchiger Stimme.

Er nickte.

»Schön und gut«, meldete ich mich zu Wort. »Ist es dein Verdienst, daß die Drachenschlangen weg sind? Hast du sie vertrieben? Und können wir jetzt unseren eigenen Kurs steuern?«

Er sah mich an. Seine Augen sind nicht wie die eines gewöhnlichen Sterblichen. Sie durchbohren einen wie Nadeln.

»Nein, ich habe sie nicht vertrieben. Wir können auch nicht unseren eigenen Kurs steuern.«

»Aber das Biest ist verschwunden! Ich fühle den Unterschied. Wir alle fühlen es. Wenn du das Steuer nicht übernehmen willst, versuche ich es. Ich verstehe was davon . . .«

Das war gelogen, aber ich wollte sehen, was passiert. Kaum legte ich die Hände auf das Steuerrad, war er schon neben mir. Er umfaßte meinen Arm mit stählernem Griff.

»Laß es sein, Grundel.« Es war keine Drohung, er sagte es sehr kühl, sehr ruhig. Mein Magen krampfte sich zusammen. »Ich glaube nicht, daß es klug wäre. Die Drachenschlange ist nicht fort, sie war nie wirklich hier. Trotzdem beobachten, belauschen sie uns vielleicht gerade jetzt. Ihre Magie ist stark. Ich möchte nicht, daß dir etwas zustößt.«

Vermutlich sollte es heißen, die Drachenschlangen könnten mir etwas antun, aber nach einem Blick in diese Augen kamen mir auch andere Deutungen in den Sinn. Sein Griff wurde fester. Langsam ließ ich das Steuerrad los und er meinen Arm.

»Und jetzt sollten wir, glaube ich, alle in unsere Kabinen zurückkehren«, sagte er.

Wir rührten uns nicht. Alake und Devon waren am Boden zerstört, ihre letzte Hoffnung dahin. Ich fühlte immer noch seine Hand auf meinem Arm und sah die Male seiner Finger.

»Du hast mit ihnen gesprochen«, platzte ich anklagend heraus. »Ich hab's gehört! In deiner Sprache! Oder ist es *ihre* Sprache? Ich wette, du steckst mit ihnen unter einer Decke.«

»Grundel!« rief Alake. »Wie kannst du so etwas sagen!«

»Schon gut.« Haplo zuckte mit den Schultern und verzog den Mund zu einem schiefen Lächeln. »Grundel traut mir nicht über den Weg, stimmt's?«

»Nein!« Er sollte es ruhig wissen.

Alake runzelte die Stirn und schnalzte mißbilligend mit der Zunge. Devon schüttelte tadelnd den Kopf.

Haplo betrachtete mich immer noch mit diesem seltsamen Lächeln. »Falls es dich tröstet, Grundel, ich traue dir auch nicht. Elfen, Zwerge, Menschen. Ihr seid befreundet, eure Völker leben in Frieden, behauptet ihr. Allesamt eine große, glückliche Familie. Erwartet ihr, daß ich das glaube, nach allem, was ich gesehen habe? Oder ist das hier eine Falle, die meine Feinde mir gestellt haben?«

Wir wußten nichts zu sagen. Alake sah unglücklich aus, Devon bedrückt. Sie hatten so gerne glauben wollen...

Ich deutete auf die Tätowierungen an Haplos Körper, die vorhin noch einen gespenstischen, bläulichen Schimmer verströmt hatten.

»Du bist ein Hexer.« Ich gebrauchte das Wort aus der Menschensprache. »Deine Magie ist stark. Ich habe es gespürt. Wir alle haben es gespürt. Hast du nicht die Macht, das Schiff zu wenden und uns nach Hause zu bringen?«

Er schwieg einen Moment und fixierte mich aus schmalen Augen. Dann sagte er: »Nein.«

»Nicht die Macht oder nicht den Willen?« hakte ich nach.

Er antwortete nicht.

Ich warf Alake und Devon einen triumphierenden Blick zu. »Ihr habt's gehört. Kommt mit. Wir müssen uns selbst etwas einfallen lassen. Vielleicht, wenn wir schwimmen . . .«

»Grundel, du kannst doch nicht schwimmen.« Alake seufzte. Sie war den Tränen nahe und ließ mutlos die Schultern hängen. »Es ist kein Land in der Nähe«, gab Devon zu bedenken. »Irgendwann treiben wir erschöpft und halbverhungert im offenen Meer. Und was dann?«

»Was könnte schlimmer sein als die Drachenschlangen?«

Endlich begriffen sie, was ich sagen wollte. Sie tauschten einen unschlüssigen Blick.

»Kommt mit«, wiederholte ich.

Ich war an der Tür. Alake setzte sich zögernd in Bewegung, Devon hatte den Arm um sie gelegt. Mit einem Ausruf, bei dem es sich nur um einen Fluch handeln konnte, drängte Haplo sich grob an uns vorbei und verstellte uns den Weg.

»Niemand geht irgendwohin, außer in die Kabine.«

Alake richtete sich auf und musterte ihn mit Würde. »Laßt uns vorbei.« Sie bemühte sich, das Zittern ihrer Stimme zu unterdrücken.

»Tretet zur Seite, Sir«, verlangte Devon mit gesenkter Stimme.

Ich hob den Fuß, um weiterzugehen.

»Verdammt!« Haplo funkelte uns an. »Diese Drachenschlangen werden euch nicht entkommen lassen. Versucht so einen Blödsinn wie von Bord springen, und ihr werdet schon sehen. Hört zu. Grundel hat recht gehabt. Ich kann mich mit diesen Drachenschlangen verständigen. Wir – verstehen einander. Und ich verspreche euch eins: Soweit es in meiner Macht steht, werde ich verhindern, daß euch ein Leid geschieht.« Er schaute von Alake und Devon zu mir. »Ich schwöre.«

»Wobei?« fragte ich.

»Wobei wollt ihr, daß ich schwöre?«

»Bei dem Einen, selbstverständlich«, sagte Alake.

Ihre Antwort schien Haplo in Erstaunen zu versetzen. »Beim Einen? Ist das ein Menschengott?«

»Der Eine ist der Eine«, versuchte Devon wenig erfolgreich zu erklären. Jeder wußte über den Einen Bescheid.

»Die höchste Macht«, erwiderte Alake. »Schöpfer, Erwecker, Anfang und Ende.«

»Die höchste Macht, ja?« wiederholte Haplo. Man konnte sehen, daß ihm das Konzept nicht besonders zusagte. »Ihr alle glaubt an diesen Einen? Elfen, Menschen, Zwerge?«

»Es kommt nicht darauf an, ob wir es glauben«, sagte Devon. »Der Eine ist.«

Haplo betrachtete uns aus zusammengekniffenen Augen. »Werdet ihr in eure Zimmer gehen und dort bleiben? Keine Rede mehr von Flucht?«

»Wenn du bei dem Einen schwörst.« Ich sah ihm fest ins Gesicht. »Das ist ein Schwur, den du nicht brechen kannst.«

Er lächelte, als wüßte er es besser. »Ich schwöre bei dem Einen. Soweit es in meiner Macht steht, werde ich verhindern, daß euch ein Leid geschieht.«

Ich schaute Alake und Devon an. Beide nickten zufrieden.

»Also gut«, brummte ich, obwohl mir aufgefallen war, wie sein Mund sich verzog, als er die Worte sprach.

»Ich werde etwas kochen«, machte Alake sich erbötig und eilte hinaus.

Bevor ich ihn daran hindern konnte, hatte Devon die Axt aufgehoben. Ich sah Kampfeslust, die Freude an Schwertern und Rüstung in seinen Augen glänzen.

»Glaubt Ihr, Sir, Ihr könntet mich lehren, hiermit umzugehen?«

»Nicht in einem Kleid!« dämpfte ich seine Begeisterung und marschierte aus der Tür.

Ich wollte alleine sein, um in Ruhe nachzudenken. Und besonders, um mir über Haplo klar zu werden.

Es klopfte.

»Ich habe keinen Hunger!« rief ich gereizt, weil ich dachte, es sei Alake.

»Ich bin's. Haplo.«

Verwundert öffnete ich die Tür einen Spalt und lugte hindurch. »Was willst du?«

»Meerwasser.«

»Meerwasser?« Wieder übergeschnappt, der Gute, dachte ich.

»Ich brauche Meerwasser. Für ein Experiment. Alake hat mir gesagt, daß du weißt, wie man die Luke öffnet.«

»Warum ausgerechnet Meerwasser?«

»Schon gut.« Haplo wandte sich zum Gehen. »Ich werde Devon fragen...«

»Den!« Ich schnaubte verächtlich. »Der setzt das ganze Schiff unter Wasser. Komm mit.«

Genaugenommen war es eine Verleumdung, was ich gesagt hatte. Devon wäre vermutlich mit der Luke zurechtgekommen, aber ich wollte wissen, was dieser Haplo jetzt wieder vorhatte. Wir gingen nach achtern. Unterwegs holte ich einen Eimer aus der Kombüse.

»Wird das reichen?« fragte ich.

Haplo nickte. Alake sagte etwas von Essen, das bald fertig sein würde.

»Wir sind rechtzeitig wieder da«, sagte er.

Wir gingen weiter und kamen an Devon vorbei, der aufführte, was er sich unter Übungen im Gebrauch der Streitaxt vorstellte.

»Er wird sich den Fuß abhacken!« knurrte ich und verzog das Gesicht über die Art, wie er die Axt herumwirbelte.

»Unterschätze ihn nicht«, meinte Haplo. »Ich bin in Ländern gewesen, wo die Elfen sehr tüchtige Kämpfer sind. Ich nehme an, sie könnten es wieder lernen. Wenn sie jemanden hätten, der sie führt.«

»Und einen Gegner.«

»Aber eure Völker waren bereit, sich zu verbünden, um diese Drachenschlangen zu bekämpfen. Wenn ich nun beweisen könnte, daß die Drachen nicht der wirkliche Feind sind? Wenn ich beweisen könnte, daß der wirkliche Feind viel raffinierter ist und seine Absichten furchtbarer? Wenn ich euch einen Führer bringen würde, weise und mächtig, um gegen diesen Feind zu kämpfen? Würden dein Volk und die Elfen und Menschen Schulter an Schulter in den Krieg ziehen?«

Ich rümpfte die Nase. »Du meinst, die Viecher haben unsere Sonnenjäger vernichtet, gemordet und gefoltert, nur um uns darauf aufmerksam zu machen, daß im Hintergrund ein noch viel gefährlicherer Feind lauert?«

»Ich habe schon Merkwürdigeres erlebt«, entgegnete er kühl. »Vielleicht war alles nur ein Mißverständnis. Vielleicht glauben sie, ihr wärt mit dem Feind im Bunde.«

Wieder durchbohrten mich seine Augen wie spitze Nadeln. Jetzt hatte er zum zweitenmal etwas in der Richtung gesagt. Ich sah keinen Sinn darin, mich auf eine Diskussion einzulassen, schon weil ich keine Ahnung hatte, wovon er sprach. Deshalb hielt ich den Mund, und er ließ das Thema fallen.

Inzwischen hatten wir ohnehin die Wasserschleuse erreicht. Ich öffnete die Luke gerade so lange, daß das Wasser knöchelhoch stand, dann ließ ich den Eimer hinunter, wartete, bis er sich gefüllt hatte, und zog ihn wieder hoch.

Ich hielt Haplo den Eimer entgegen. Zu meiner Überraschung wich er zurück und wollte ihn nicht anfassen.

»Trag ihn dort hinein.« Er zeigte auf den Laderaum. Meine Neugier wuchs. Der Eimer war schwer und unhandlich, Wasser schwappte über den Rand auf meine Schuhe und das Deck. Haplo vermied es ängstlich, in eine der Pfützen zu treten, und sei sie noch so klein.

»Stell ihn da hin«, sagte er und zeigte in die am weitesten entfernte Ecke.

Ich setzte den Eimer ab und rieb mir die von dem Tragebügel schmerzende Hand.

»Danke.« Er wartete.

»Gern geschehen.« Ich zog mir einen Stuhl heran und setzte mich.

»Ich komme jetzt allein zurecht. Du kannst ruhig gehen.«

»Ich habe Zeit.«

Er war wütend, und einen Moment glaubte ich, er würde mich packen und hinauswerfen. Er starrte mich finster an. Ich starrte zurück, verschränkte die Arme vor der Brust und rückte mich entschieden auf dem Stuhl zurecht.

Dann schien ihm eine Idee zu kommen. »Vielleicht kannst du dich doch noch nützlich machen«, knurrte er und wandte sich ab.

Was dann geschah, so bin ich nicht sicher, daß ich selbst es glaube, obwohl ich es mit eigenen Augen sah.

Haplo kniete sich hin und begann auf eine der hölzernen Planken zu schreiben oder zu zeichnen, mit nichts als der Spitze seines Fingers!

Ich wollte lachen und erstickte fast daran.

Als sein Finger das Holz berührte, kräuselte sich ein dünner Rauchfaden empor. Wo er entlangstrich, entstand eine schnurgerade Linie aus züngelnden Flämmchen, die sofort wieder erloschen. Zurück blieb eine schwarzverbrannte Spur, wie von einem rotglühenden Eisen ins Holz geprägt. Nur hatte er kein rotglühendes Eisen! Sein bloßer Finger setzte die Planke in Brand!

Sehr schnell entstand ein Muster aus seltsamen Zeichen, die große Ähnlichkeit mit den blauen Strichen und Spiralen auf seinen Armen und Handrücken hatten. Ungefähr zehn davon ordnete er in einem Kreis an und achtete besonders darauf, daß sie alle miteinander verbunden waren. Der Geruch von verbranntem Holz erfüllte den Raum. Ich mußte niesen.

Schließlich war er fertig. Der Kreis war vollendet. Er beugte sich zurück, begutachtete ihn einen Moment und nickte zufrieden. Derweil betrachtete ich prüfend seine Finger, die aussahen, als wäre nichts gewesen.

Haplo stand auf und trat in die Mitte des Kreises, den er gezeichnet hatte. Erst schwach, dann immer stärker verströmten die Muster ein blaues Licht, und plötzlich stand Haplo nicht mehr mit den Füßen auf dem Deck. Er schwebte in der Luft, getragen von nichts weiter als dem rätselhaften Schein.

Ich keuchte und sprang so hastig auf, daß der Stuhl umkippte.

»Grundel, bleib hier«, sagte er rasch, machte eine Bewegung, und bevor ich es wußte, war der Spuk vorbei. Haplo stand zumindest wieder mit beiden Beinen auf dem Boden, wie der Eine es für seine Geschöpfe gewollt hat, aber das blaue Licht flimmerte noch. »Du kannst etwas für mich tun.«

»Was?« Ich hielt mich so weit entfernt von dem unheimlichen Licht wie nur möglich.

»Hol den Eimer und schütte Wasser auf den Kreis.«

Ich musterte ihn argwöhnisch. »Das ist alles?«

»Das ist alles.«

»Was wird passieren?«

»Ich bin mir nicht sicher. Vielleicht gar nichts.«

»Und warum tust du's nicht selbst?«

Er bemühte sich um ein freundliches Lächeln, aber seine Augen blieben kalt und hart. »Ich habe den Eindruck, daß das Wasser mir nicht recht zuträglich ist.«

Ich überlegte. Einen Eimer Wasser über ein paar verkohlte Planken zu schütten war bestimmt nicht sehr gefährlich. Außerdem wollte ich unbedingt sehen, was als nächstes passierte.

Er hatte nicht übertrieben mit seiner Angst vor dem Wasser. Kaum bückte ich mich nach dem Eimer, brachte Haplo sich hinter einem großen Faß in Sicherheit, um nicht doch versehentlich von einem Spritzer getroffen zu werden.

Ich goß das Wasser über den Kreis bläulich schimmernder, fremdartiger Zeichen.

Das Licht erlosch augenblicklich. Ungläubig sah ich zu,

wie die Brandspuren in den Planken zu verblassen begannen.

»Aber das kann nicht sein!« Ich ließ den Eimer fallen und wich hastig ein paar Schritte zurück.

Haplo kam hinter dem Faß hervor. Am äußeren Rand des sich rasch auflösenden Kreises blieb er stehen.

»Deine Stiefel werden naß«, machte ich ihn aufmerksam.

Nach dem grimmigen Ausdruck auf seinem Gesicht zu urteilen, kümmerte ihn das jetzt nicht mehr. Er streckte den Fuß in den Kreis, über den Punkt, an dem das Licht ihn eben noch in der Schwebe gehalten hatte. Nichts geschah. Es hallte dumpf, als der gestiefelte Fuß aufstampfte.

»In meinem ganzen Leben habe ich nie etwas gesehen oder von etwas gehört, das . . .« Er brach ab, als ihm offenbar ein neuer Gedanke durch den Kopf schoß. »Warum? Was kann das bedeuten?« Sein Gesicht verfinsterte sich, er ballte die Faust. »Die Sartan!«

Er fuhr herum, stürmte wortlos an mir vorbei und aus dem Laderaum. Ich hörte seine Schritte im Gang, das Zuschlagen seiner Tür. Ich trat vorsichtig an die Stelle heran, wo sich der Kreis befunden hatte. Die Brandmale waren so gut wie völlig verschwunden. Die hölzernen Planken waren naß, doch ansonsten unversehrt.

Wir drei, Alake, Devon und ich, aßen allein zu Abend. Alake klopfte an Haplos Tür und rief seinen Namen, erhielt aber keine Antwort. Enttäuscht und niedergeschlagen kam sie zu uns zurück.

Ich erzählte ihr und Devon nichts von meinem Erlebnis. Ich bezweifelte, daß sie mir glauben würden, und hatte keine Lust auf einen langen Disput. Schließlich hatte ich keinen Beweis, außer einem Wasserfleck auf dem Boden des Laderaums.

Aber wenigstens kenne ich die Wahrheit.

Was immer die Wahrheit sein mag.

Später mehr. Ich bin so müde, daß ich den Stift nicht mehr halten kann.

Kapitel 13

Surunan, Chelestra

Alfred verbrachte viele angenehme Stunden bei ausgedehnten Spaziergängen durch die Straßen Surunans. Wie ihre Bewohner, war die Stadt aus ihrem langen, künstlichen Schlummer erwacht und kehrte erstaunlich schnell zum Alltagsleben zurück. Was ihn verblüffte, waren die vielen Leute. Offenbar hatte er nur eine von zahlreichen Katakomben entdeckt.

Unter der Leitung des Rats arbeiteten die Sartan daran, ihre Stadt wieder in der ursprünglichen Schönheit erstrahlen zu lassen. Sartanmagie ließ tote Pflanzen grünen, restaurierte eingestürzte Gebäude, verwischte alle Spuren der Zerstörung. Nachdem Harmonie, Frieden und Ordnung wiederhergestellt waren, begannen die Sartan zu beraten, was im Hinblick auf die anderen drei Welten zu tun war.

Alfred genoß die Ruhe, die Schönheit, von der er lange nur hatte träumen können. Er horchte auf die Sartansprache, erfreute sich an der Vielfalt ihrer Gedankenbilder und fragte sich, wie er je ohne all das hatte existieren können.

»Ich könnte hier leben und glücklich sein«, bemerkte er zu Orla.

Sie schlenderten durch die Stadt, auf dem Weg zu einer Ratsversammlung. Der Hund, der Alfred nicht mehr von der Seite wich, begleitete sie. Der Zauber Surunans war Labsal für Alfreds Seele, die beinahe verdorrt und verhungert war während der langen, einsamen Jahre im Exil.

Wirklich und wahrhaftig konnte er diese Straßen entlanggehen, ohne über seine oder sonst jemandes Füße zu stolpern.

»Ich verstehe, was du empfindest«, meinte Orla und schaute sich nicht ohne Stolz um. »Es ist, wie es immer war. Als wäre überhaupt keine Zeit vergangen.«

Der Hund, der sich zu wenig beachtet fühlte, winselte und schob den Kopf unter Alfreds herabhängende Hand.

Bei der Berührung der kalten Nase zuckte Alfred zusammen. Er schaute nach unten, vergaß auf den Weg zu achten und prallte gegen eine Sitzbank aus Marmor.

»Hast du dich verletzt?« erkundigte sich Orla besorgt.

»Nein, nein, es geht schon.« Alfred raffte sich mühsam wieder auf.

Sein Blick fiel auf Orla in ihrem weißen weichen Gewand; er glitt von ihr zu den im Park flanierenden ähnlich gekleideten Sartan. Dann sah er an sich herunter und musterte den arg mitgenommenen Anzug aus verschossenem, purpurnem Samt, der noch vom Hofe König Stephans auf Arianus stammte, wo er als Kammerdiener in Dienst gestanden hatte. Die Ärmel mit den ausgefransten Spitzenmanschetten waren zu kurz für seine langen, knochigen Arme; die Hose hing ausgebeult und faltig um die schlaksigen Beine. Verlegen strich er mit der Hand über den kahlen Schädel. Es kam ihm vor, als wäre das Lächeln, mit dem seine Brüder und Schwestern ihn grüßten, nicht mehr freundlich, sondern eher mitleidig und herablassend.

Er verspürte plötzlich eine unwiderstehliche Lust, die makellosen Gestalten am Kragen ihrer fleckenlos weißen Roben zu packen und zu schütteln, bis ihnen die Knochen im Leibe klapperten.

Aber es ist Zeit vergangen!, wollte er rufen. Äonen. Jahrhunderte! Welten, eben erst aus Feuer geboren, sind erstarrt und erkaltet und alt geworden. Generationen lebten ihr Leben, weinten, lachten, starben, während ihr geschlafen habt. Aber was bedeutet euch das? Nichts weiter als eine

Staubschicht auf eurem perfekten weißen Marmor. Ihr wischt sie weg und glaubt, ihr könnt an dem Punkt wieder anknüpfen, an dem ihr aufgehört habt. Aber das geht nicht. Niemand erinnert sich mehr an euch. Niemand will euch haben. Die Kinder sind erwachsen und aus dem Haus. Sie stehen vielleicht ziemlich wackelig auf ihren eigenen Füßen, aber sie haben die Möglichkeit zu lernen, sich zu entwickeln . . .

»Ich glaube, du bist doch verletzt.« Orla legte ihm die Hand auf den Arm. »Sag es nur, der Rat kann warten . . .«

Alfred begann plötzlich heftig zu zittern, die Gewalt der unausgesprochenen Worte schüttelte ihn. Warum unausgesprochen? Warum sie nicht herauslassen? Weil ich vielleicht unrecht habe. Ganz bestimmt habe ich unrecht. Wer bin ich denn schon? Ein Tolpatsch. Nicht sehr klug. Nicht annähernd so klug wie Samah und Orla.

Der Hund, gewöhnt an Alfreds unvermutete Fehltritte, war leichtfüßig zur Seite gesprungen, als der Zweibeiner gegen die Bank stolperte. Jetzt schaute er milde tadelnd zu ihm auf. Ich habe vier Füße, auf die ich achten muß, schien er sagen zu wollen, und du nur zwei. Man sollte glauben, du würdest damit besser zurechtkommen.

Alfred fühlte sich an Haplo erinnert, an dessen Verärgerung, wann immer der Sartan über ein nicht vorhandenes Hindernis stolperte.

»Ich finde«, sagte Orla mit einem Blick auf das Tier, »wir hätten den Hund zurücklassen sollen.«

Alfred schüttelte den Kopf. »Er wäre uns auf jeden Fall nachgelaufen.«

Samah schien derselben Meinung zu sein wie Orla. Er betrachtete den Hund mißtrauisch.

»Du sagst, dieses Tier gehört einem Patryn, und du hast zugegeben, daß der Patryn es gelegentlich als Spion mißbraucht. Es sollte nicht bei einer unserer Beratungen anwesend sein. Man soll es entfernen. Ramu . . .« Er winkte seinem Sohn, der als Servitor* diente, »bring den Hund hinaus.«

Alfred erhob keine Einwände. Der Hund knurrte, doch auf ein leises Wort von Alfred ließ er sich aus dem Saal führen. Ramu kehrte zurück, schloß die Tür hinter sich und postierte sich davor.

Samah trat zu seinem angestammten Platz an dem langen weißen Marmortisch, die sechs Ratsmitglieder nahmen links und rechts von ihm Aufstellung. Alle setzten sich gleichzeitig hin.

Die Sartan in ihren weißen Roben, mit den von Weisheit durchgeistigten Zügen, waren stattliche, majestätische Gestalten.

Alfred auf der Armsünderbank konnte sich ausmalen, wie er im Vergleich dazu aussah: zusammengesunken, farblos, fast kahl – zu seinen Füßen eine hechelnde Promenadenmischung.

Samahs prüfender Blick ließ Alfred los und richtete sich irritiert auf den Hund. Dann schaute er mit gerunzelter Stirn zu seinem Sohn.

Ramu war aufrichtig verblüfft. »Ich habe ihn hinausgebracht, Vater, und die Tür zugemacht! Ich schwöre es!«

Samah bedeutete Alfred aufzustehen und nach vorn in den Supplikantenkreis zu kommen.

Alfred gehorchte.

»Bruder, ich ersuche dich, das Tier aus dem Saal zu schaffen.«

Alfred schüttelte betreten den Kopf. »Es hat keinen Zweck, glaubt mir. Ich glaube, Ihr braucht Euch keine Sor-

* Ratsdiener; ein Ehrenposten für jene, von denen anzunehmen ist, daß sie in naher Zukunft vollwertige Mitglieder des Rats sein werden. In vielen Fällen ist der Posten erblich, steht aber theoretisch allen Sartan offen. Anwärter werden vor den Rat geladen und müssen bei etlichen Prüfungen nicht nur ihre magischen Fähigkeiten, sondern auch ihre Allgemeinbildung unter Beweis stellen. Servitoren verrichten Pagen- und Botendienste, außerdem gehört es zu ihren Obliegenheiten, die Ratsmitglieder zu verteidigen, sollten sie je angegriffen werden. Es gibt sieben Servitoren, aber nur zwei von ihnen sind jeweils bei regulären Ratsversammlungen anwesend.

gen zu machen, daß durch ihn sein Herr erfährt, was hier gesprochen wird. Er ist von seinem Herrn getrennt worden. Deshalb ist er hergekommen.«

»Er will, daß du seinen Herrn suchst, einen Patryn?«

»Ich glaube ja«, antwortete Alfred demütig.

Samahs Miene verfinsterte sich. »Und das kommt dir nicht merkwürdig vor? Daß der Hund eines Patryn zu dir kommt, einem Sartan, damit du ihm hilfst?«

»Eigentlich nicht«, meinte Alfred nach kurzem Überlegen. »In Anbetracht dessen, was der Hund ist. Oder was ich glaube, daß er ist. Oder sein könnte.« Er geriet ins Stottern.

»Und was ist das Besondere an diesem Hund?«

»Das möchte ich lieber nicht sagen.«

»Du verweigerst die Antwort auf eine direkte Frage des Rats?«

Alfred zog den Kopf zwischen die Schultern wie eine erschreckte Schildkröte.

»Vielleicht irre ich mich. Ich habe mich schon in vielen Dingen geirrt. Auf keinen Fall möchte ich dem Rat etwas Falsches sagen«, schloß er lahm.

»Das gefällt mir nicht, Bruder!« Samahs Ton war wie ein Peitschenhieb. Alfred zuckte darunter zusammen. »Ich habe Zugeständnisse gemacht, Nachsicht geübt, weil du so lange unter Nichtigen gelebt hast und ihrem Einfluß ausgesetzt warst. Aber jetzt befindest du dich wieder bei deinesgleichen, du lebst bei uns, ißt unser Brot, und dennoch weigerst du dich mutwillig, unsere Fragen zu beantworten. Du beharrst darauf, die Kleidung der Nichtigen zu tragen, und mutest uns zu, dich bei einem Namen aus ihrer Sprache zu nennen, während du deinen Sartannamen hartnäckig verschweigst. Selbst von ihrer Redeweise magst du anscheinend nicht lassen. Ich habe wohl gemerkt, daß du mich, einen Sartan, deinen Bruder, auf eine Art ansprichst, die bei den Nichtigen Fremden vorbehalten ist. Ich wiederhole, das gefällt mir nicht! Man könnte glauben, du mißtraust uns, deinem eigenen Volk!«

Alfred empfand die Gerechtigkeit dieser Anschuldigungen. Er wußte, daß Samah recht hatte, wußte von dem

Makel in seinem Charakter, wußte, daß er unwürdig war, hier zu stehen. Es drängte ihn, alles zu sagen, was er wußte, sich ihnen zu Füßen zu werfen, sich unter dem Saum ihrer weißen Gewänder zu verstecken.

Verstecken. Ja, darin bin ich Meister. Verstecken – vor mir selbst, vor dem Hund, vor der Verzweiflung, vor der Hoffnung . . .

Er seufzte. »Ich mißtraue nicht euch, Samah, Mitglieder des Rats, sondern mir selbst. Ist es Unrecht, wenn ich zu Fragen schweige, auf die ich keine Antwort weiß?«

»An deinem Wissen, deinen Vermutungen teilzuhaben könnte für uns alle gewinnbringend sein.«

»Vielleicht«, sagte Alfred. »Vielleicht auch nicht. Das kann nur ich beurteilen.«

»Samah«, meldete Orla sich begütigend zu Wort, »dieses Streiten ist sinnlos. Wie du schon gesagt hast, wir müssen Zugeständnisse machen.«

Wäre Samah ein König der Nichtigen gewesen, hätte er seinem Sohn befohlen, Alfred zu ergreifen und ihm sein Wissen zu entreißen. Einen Moment sah es so aus, als bereute der Archont, daß er kein solcher König war. Er ballte unwillig die Faust und runzelte die Stirn. Dann aber gewann er die Beherrschung zurück.

»Ich werde dir jetzt eine Frage stellen und hoffe, du wirst dich bereit finden, sie zu beantworten.«

»Wenn es in meiner Macht steht, sicherlich«, erwiderte Alfred demütig.

»Wir müssen unbedingt mit den Unsrigen auf den anderen drei Welten in Verbindung treten. Ist das möglich?«

Alfred hob erstaunt den Blick. »Aber ich dachte, das hättet ihr verstanden! Es gibt keine Unsrigen mehr auf den anderen Welten. Abgesehen natürlich«, er schauderte, »von den Nekromanten in Abarrach.«

»Selbst diese Nekromanten, wie du sie nennst, sind Sartan«, erinnerte ihn Samah streng. »Wenn sie dem Bösen anheimgefallen sind, ist es um so mehr ein Grund, den Versuch zu machen, sie zu erreichen. Und wie du selbst zugegeben hast, bist du nicht auf Pryan gewesen. Du weißt nicht mit letzter Sicherheit, daß dort keine der Unseren mehr leben.«

»Aber ich habe mit jemandem gesprochen, der dort gewesen ist«, wandte Alfred ein. »Er fand eine Stadt der Sartan, aber keine Spur ihrer Bewohner. Nur schreckliche Geschöpfe, die *wir* erschaffen hatten...«

»Und woher stammen diese Informationen?« donnerte Samah. »Von einem Patryn! Ich sehe sein Bild in deinen Gedanken. Und das sollen wir glauben?«

Alfred duckte sich. »Welchen Grund hätte er zu lügen...«

»Jeden Grund! Er und sein Fürst, der plant, uns zu unterwerfen und zu versklaven!« Samah schlug mit der Hand auf die Tischplatte. »Jetzt beantworte meine Frage!«

Alfred räusperte sich. »Nun – ich nehme an, Ihr – du könntest durch das Todestor gehen.« Es war keine sehr brauchbare Antwort, aber er wußte einfach nicht, wie er sich aus der Affäre ziehen sollte.

»Und die Aufmerksamkeit der Patryn auf uns lenken? Nein. Wir sind noch nicht stark genug, ihm die Stirn zu bieten.«

»Und doch«, sagte Orla, »haben wir vielleicht keine andere Wahl. Erzähle Alfred, was uns widerfahren ist.«

»Wir müssen ihm trauen«, bemerkte Samah bitter, »obwohl *er* kein Vertrauen zu uns hat.«

Alfred errötete und starrte auf seine Schuhspitzen.

»Nach der Großen Teilung begann eine Periode des Chaos. Es war eine furchtbare Zeit.« Zwischen Samahs Brauen erschien eine steile Falte. »Wir wußten, daß es nicht ohne Leiden und Sterben abgehen würde, glaubten aber, um des guten Zwecks willen sei es unumgänglich.«

»Das ist die Rechtfertigung aller, die Krieg führen«, meinte Alfred halblaut.

Samah erbleichte vor Zorn.

Orla mischte sich ein. »Was du sagst, ist richtig, Bruder. Und es gab Stimmen, die dagegen sprachen.«

Der Archont sah, wie einige Ratsmitglieder sich unruhig bewegten. »Was geschehen ist, ist geschehen«, sagte er in zurechtweisendem Ton, »und jene Zeit längst vergangen. Die

Kräfte, die wir entfesselten, erwiesen sich als viel stärker, als wir erwartet hatten. Wir merkten, zu spät, daß wir sie nicht zu kontrollieren vermochten. Viele von uns opferten ihr Leben, um das Inferno zu beenden, das über die Welt brauste. Vergebens. Wir konnten nichts weiter tun, als in hilflosem Entsetzen zuschauen und, nachdem alles vorüber war, versuchen, die zu retten, denen es gelungen war zu überleben.

Die Erschaffung der vier Welten verlief erfolgreich, wie auch die Internierung unserer Feinde. Wir nahmen die Nichtigen und brachten sie zu Häfen des Friedens und der Sicherheit. Ein solcher Hafen war Chelestra.

Chelestra war unser größter Stolz. Sie schwebt in der Dunkelheit des Universums wie ein wunderschöner, blauweißer Edelstein. Chelestra besteht zur Gänze aus Wasser, das bis zu einer gewissen Dicke durch die Kälte des Raums zu Eis erstarrt ist. Als Herz setzten wir dieser Welt eine Meersonne ein, die das Wasser erwärmt und auch die Durnai, im Winterschlaf befindliche Lebewesen, die die Meersonne umkreisen. Die Nichtigen bezeichnen sie als Meermonde. Unser Plan sah vor, daß die Nichtigen, nachdem sie einige Generationen lang hier bei uns gelebt und sich eingewöhnt hatten, in den Meermonden ihren Lebensraum finden sollten. Wir hingegen wollten auf diesem Kontinent bleiben.«

»Dann ist das hier kein Meermond?« Alfred hob verwirrt die Brauen.

»Nein, wir brauchten etwas Festeres, eine Umgebung, die größere Ähnlichkeit mit unserer alten Heimat hatte. Himmel, Sonne, Bäume, Wolken. Dieses Domizil ruht auf einer gewaltigen Felsformation, die man sich wie einen gigantischen Kelch vorstellen muß. Runen der Macht überziehen sowohl die Innen- als auch die Außenseiten mit einem verschlungenen Muster. Das Innere der Schale ist mit einer Schicht aus geschmolzenem Stein ausgekleidet, wiederum überzogen von einer Oberflächenkruste vergleichbar der unserer alten Welt. Dort schufen wir unsere Landschaft, Flüsse, Täler, Seen, Äcker, Wiesen. Über allem wölbt sich die Himmelskuppel und hält das Meer zurück, das Licht der Meersonne jedoch dringt hindurch und scheint auf das großartige Werk, das wir geschaffen haben.«

»Du meinst«, sagte Alfred ehrfürchtig, »daß wir von Wasser umgeben sind?«

»Das Türkisblau über uns, von dem du glaubst, es sei der Himmel, ist kein Himmel, wie du ihn kennst, sondern Wasser«, erklärte Orla lächelnd. »Wasser, das wir mit anderen Welten teilen könnten, zum Beispiel Abarrach.« Ihr Lächeln erlosch. »Wir kamen hierher als Verzweifelte, in der Hoffnung auf einen Neubeginn in Frieden. Statt dessen fanden wir Tod und Zerstörung.«

»Wir erbauten diese Stadt mittels unserer Magie«, fuhr Samah fort. »Auch die Nichtigen lebten hier. Eine Zeitlang ging alles gut. Dann erschienen Ungeheuer aus unbekannten Tiefen. Erst konnten wir es nicht glauben. Alle Geschöpfe der neuen Welten hatten wir geschaffen, diese aber nicht. Es waren Scheusale, gräßlich anzusehen. Sie stanken nach Fäulnis und Verwesung. Die Nichtigen nannten sie Drachen, nach mythischen Wesen der Verlorenen Welt.«

Gedankenbilder begleiteten Samahs Worte. Alfred folgte seinem Bericht mit Auge und Ohr und sah sich zurückversetzt in eine vergangene Zeit . . .

. . . Samah stand draußen, auf den Stufen der großen Freitreppe vor der Ratshalle und schaute gereizt und verärgert über die neuerbaute Stadt Surunan. Erhabene Schönheit umgab ihn von allen Seiten, doch er fand keinen Trost darin, sie erschien ihm wie Hohn. Jenseits der hohen, glänzenden, blumenbewachsenen Stadtmauer hörte er die Stimmen der Nichtigen gegen den Marmor branden wie die Wogen eines sturmgepeitschten Meeres.

»Sag ihnen, sie sollen nach Hause zurückkehren«, trug der Archont seinem Sohn Ramu auf. »Sag ihnen, alles wird gut werden.«

»Wir haben es ihnen gesagt, Vater«, erwiderte Ramu. »Sie weigern sich.«

»Sie haben Angst«, erklärte Orla, die sah, wie an der Stirn ihres Gatten die Zornesadern schwollen. »Sie sind in Panik. Man kann es ihnen schwerlich verdenken. Nach allem, was sie durchgemacht und erlitten haben.«

»Und was haben *wir* erlitten? Daran denken sie nie!« gab Samah verbittert zurück.

Er schwieg eine Zeitlang und horchte auf die Stimmen. Man konnte die verschiedenen Rassen unterscheiden: das heisere Schreien der Menschen, die melodischen Klagen der Elfen, den dröhnenden Baß der Zwerge. Ein furchterregender Chor, der sich zum ersten Mal seit seinem Bestehen zu einem bedrohlichen Unisono vereint hatte, statt daß eine Partei versuchte, die andere zu übertönen.

»Was verlangen sie?« fragte er endlich.

»Sie haben Angst vor diesen sogenannten Drachen. Sie wollen, daß wir die Tore zu unserem Teil der Stadt öffnen«, berichtete Ramu. »Sie glauben, hier sicherer zu sein.«

»Aber das ist Unsinn! Dieselbe Magie schützt ihre eigenen Häuser!«

»Wie könnte man verlangen, daß sie das begreifen«, meinte Ramu geringschätzig. »Sie sind wie Kinder, die sich vor Blitz und Donner ins Bett der Eltern flüchten.«

»Dann öffnet die Tore. Laßt sie herein. Man soll Raum schaffen so gut es geht und versuchen, den Schaden, den sie anrichten werden, auf ein Minimum zu beschränken. Es darf kein Zweifel daran aufkommen, daß es sich nur um einen vorübergehenden Zustand handelt. Die Mitglieder des Rats werden hinausgehen, um die Ungeheuer zu vernichten, und sobald das getan ist, erwarten wir, daß die Nichtigen friedlich in ihre Häuser zurückkehren. Oder zumindest so friedlich, wie man es von ihnen erwarten kann«, fügte er bissig hinzu.

Ramu neigte den Kopf und ging, um die Anordnungen seines Vaters auszuführen. Die übrigen Servitoren nahm er als Helfer mit.

»Die Drachen haben bisher keinen Schaden angerichtet«, meinte Orla. »Und ich bin des Tötens müde. Ich bitte dich nochmals, Samah, mit ihnen zu reden, um Genaueres über sie und ihre Absichten in Erfahrung zu bringen. Vielleicht sind sie bereit zu verhandeln.«

»All das hast du vor dem Rat gesagt, Frau«, fiel Samah ihr ungehalten ins Wort. »Der Rat hat abgestimmt, und damit war es beschlossene Sache. Wir haben diese Kreaturen nicht erschaffen. Wir können sie nicht kontrollieren . . .«

». . . und deshalb müssen sie vernichtet werden«, beendete Orla den Satz.

»Der Rat hat entschieden.«

»Der Beschluß war nicht einstimmig.«

»Ich weiß.« Samah war immer noch verärgert und sprach mit kalter Stimme. »Und um Frieden im Rat und in meinem Haus zu haben, werde ich mit diesen Schlangen sprechen und versuchen, sie auszuhorchen. Glaub's oder nicht, auch ich bin des Tötens müde.«

»Ich danke dir«, sagte Orla und machte eine Bewegung, als wollte sie ihren Arm unter den seinen schieben.

Samah versteifte sich und wich ihrer Berührung aus.

Zum ersten Mal seit ihrer Ankunft in dieser neuen, von ihnen selbst erschaffenen Welt verließen die Mitglieder des Rats der Sieben ihre ummauerte Stadt. Bei den Händen gefaßt, vollführten sie einen gemessenen, feierlichen Tanz, sangen sie die Runen und beschworen die Winde der immerwährenden Veränderung, um sie über die Mauern der Innenstadt und über die Köpfe der jammernden Nichtigen hinweg zum Ufer des Meeres zu tragen.

Vor der Küste harrten die Drachen ihrer. Die Sartan schauten sie an und waren entsetzt. Riesige Ungeheuer mit gefurchter, runzliger Haut und zahnlosen, scharfgratigen Kiefern. Sie schienen uralt zu sein, älter als die Zeit selbst. Und sie waren böse. Furcht ging von ihnen aus, Tücke schillerte in ihren rotgrünen Augen. Sengender Haß schlug den Sartan entgegen, wie sie ihn nie zuvor erfahren hatten, nicht einmal von ihren erbittertsten Feinden, den Patryn.

Der Sand, vor kurzem noch so rein und weiß wie gemahlener Marmor, war jetzt grau-grün, überzogen von ekligem

Schleim. Das Wasser, von einem dicken Ölfilm bedeckt, schwappte träge an den verseuchten Strand.

Auf Samahs Befehl stellten die Ratsmitglieder sich in einer Reihe am Ufer entlang auf.

Die Drachen begannen ihre mächtigen Leiber zu winden und zu verschlingen; sie peitschten das Wasser, Wellen türmten sich auf und rollten heran. Übelriechende Gischt sprühte auf die Sartan. Der Gestank war ekelhaft und erweckte furchtbare Visionen – von einem tiefen Grab, worin die hastig verscharrten Opfer grausiger Verbrechen ruhten, die verwesenden Leichen der in Kriegen Gefallenen, die Toten von Jahrhunderten der Gewalt.

Samah hob die Hand und rief: »Ich bin der Archont von Chelestra, der Vorsitzende des Rats der Sieben. Schickt uns einen von euch als Unterhändler.«

Eins der Ungeheuer, größer und gewaltiger als seine Genossen, reckte das Haupt aus dem aufgewühlten Meer. Eine haushohe Woge flutete zum Ufer. Die Sartan konnten nicht schnell genug zurückweichen und wurden von dem eiskalten Wasser bis auf die Haut durchnäßt.

Orla eilte fröstelnd zu ihrem Gatten. »Du hattest recht, ich sehe es ein. Diese Kreaturen sind böse und müssen vernichtet werden. Tun wir, was getan werden muß, und verlassen wir diesen grauenhaften Ort.«

Samah wischte sich die Wassertropfen aus dem Gesicht und schaute verwundert auf seine nasse Hand. »Weshalb fühle ich mich so eigenartig? Was geschieht mit mir? Als wäre mein Körper plötzlich aus Blei, schwer und unbeweglich. Es ist, als gehörten meine Hände nicht mehr zu mir, meine Beine . . .«

»Ich fühle es auch«, rief Orla. »Wir müssen uns beeilen!«

»Ich bin der Erhabene, König meines Volkes«, verkündete die Schlange. Ihre Stimme war ein schmeichelndes Lispeln und schien aus großer Ferne zu kommen. »Ich will mit euch reden.«

»Warum seid ihr gekommen? Was wollt ihr?« Samah mußte sich anstrengen, das Tosen der Wellen zu überschreien.

»Euren Untergang.«

Die Worte wanden sich in Samahs Bewußtsein wie die Drachen, die das Wasser aufwühlten, sich aufbäumten, untertauchten, emporschnellten. Das Meer brodelte und kochte, Welle um Welle brach sich schäumend am Strand. Samah hatte sich nie einer solch ernstzunehmenden Bedrohung gegenübergesehen, deshalb fühlte er sich unentschlossen und unsicher. Er fror, seine Hände und Füße waren gefühllos. Die Kälte des Wassers lähmte ihn, und seine Magie vermochte ihn nicht zu wärmen.

Samah reckte die Arme empor, um die Runen in die Luft zu schreiben; er malte sie tanzend mit seinem Körper, erhob die Stimme, um sie dem Wind und dem Meer zu singen. Aber seine Stimme klang flach und brüchig. Seine Hände gestikulierten ziellos, und seine Füße gehorchten ihm nicht. Samah stolperte, unbeholfen wie ein Nichtiger, auf rätselhafte Weise seiner Magie beraubt.

Orla versuchte ihm beizustehen, doch auch ihr verweigerte der Körper den Gehorsam. Die übrigen Ratsmitglieder torkelten umher oder wateten taumelnd durchs Wasser, wie trunkene Gäste einer ausgelassenen Feier.

Allein kauerte Samah im Sand und kämpfte gegen die Furcht. Er war sicher, gleich eines grausamen Todes zu sterben.

»Wo seid ihr hergekommen?« rief er in verbitterter Resignation. »Wer hat euch erschaffen?«

»Ihr wart es«, kam die Antwort.

Die schrecklichen Bilder lösten sich auf, Alfred fühlte sich wie aus einem Alptraum erwacht. Und er hatte das Grauen nur aus zweiter Hand erlebt! Wie mochte es für die gewesen sein, die die Realität ertragen mußten.

»Aber die Drachenschlangen haben uns an jenem Tag nicht getötet, wie du vielleicht erraten hast«, sprach Samah weiter.

Er hatte die Geschichte in ruhigem Ton erzählt, aber das ihm eigene arrogante, selbstbewußte Lächeln wirkte dünn und verkniffen. Die Hand auf der marmornen Tischplatte zitterte leicht. Orla war die Farbe aus dem Gesicht gewichen. Einige der Ratsmitglieder erschauerten, einer ließ den Kopf in die Hände sinken.

»Es dauerte nicht lange, bis der Tod uns wie eine Erlösung vorkam«, fuhr Samah leise fort, als spräche er zu sich selbst. »Die Scheusale machten sich einen Spaß daraus, uns zu demütigen. Sie hetzten uns am Ufer hin und her, wenn einer hinfiel, packten ihn gewaltige, zahnlose Kiefer und stellten ihn wieder auf die Beine. Schließlich, als wir am Ende unserer Kräfte waren und nicht mehr laufen konnten, lagen wir im nassen Sand und warteten auf den Tod. Unsere Peiniger aber verschonten uns und kehrten ins Meer zurück.«

»Doch sie kamen in größerer Zahl wieder«, nahm Orla den Faden auf. Ihre Hände strichen über den Tisch, als wolle sie die bereits makellose Oberfläche polieren. »Sie griffen die Stadt an, zuerst die Bezirke der Nichtigen. Mit ihren gewaltigen Leibern walzten sie Mauern nieder, brachten Häuser zum Einsturz. Fliehende wurden getötet oder eingefangen, gefoltert, verstümmelt. Dank unserer magischen Fähigkeiten vermochten wir, ihnen standzuhalten, geraume Zeit, aber dann bekam die magische Abwehr Risse und begann zu bröckeln, wie die runenbeschrifteten Mauern um unsere Stadt.«

»Aber wie ist das möglich?« Alfred sah fassungslos von einem zum anderen. »Welche besondere Macht haben diese Kreaturen?«

»Gar keine. Sie haben ihre Schutzzauber und widerstehen unserer Magie besser als jedes andere Lebewesen, das wir kennen, aber es war nicht die Macht der Drachen, die uns am Ufer die Kraft geraubt hatte. Das Meerwasser war schuld.«

Alfred schnaufte verdutzt. Der Hund hob den Kopf und spitzte die Ohren. Während des langen Geredes von Drachen und Schlangen war er eingeschlafen, jetzt aber setzte er sich interessiert auf.

»Wie kann das sein, wenn diese ganze Welt eure Schöpfung ist und also auch das Meerwasser?«

»Wer weiß? Wir sollen ja auch die Drachenschlangen erschaffen haben.« Samah stieß ein bitteres Lachen aus. Er musterte Alfred prüfend. »Du bist nicht in anderen Welten ähnlichen Wesen begegnet?«

»N-nein. Drachen schon, aber sie ließen sich immer durch Magie beherrschen, sogar von den Nichtigen.« Er verstummte. »Wenigstens schien es so«, fügte er dann nachdenklich hinzu.

»Das Wasser, dieser Ozean, den wir ›Segensmeer‹ nannten, hat eine verheerende Wirkung auf unsere Magie. Es macht sie unwirksam. Bis heute können wir uns nicht erklären, wie oder warum. Wir wissen nur, daß ein Tropfen Meerwasser auf unserer Haut eine Kettenreaktion auslöst, die unser Runengefüge zerstört, bis wir hilflos sind, hilfloser als Nichtige.

Das war der Grund, weshalb wir zu guter Letzt den Exodus der Nichtigen ins Segensmeer befahlen. Die Meersonne hatte ihre Bahn geändert und entfernte sich von uns. Wir besaßen nicht mehr die Macht, dem Einhalt zu gebieten, all unsere Magie wurde für den Kampf gegen die Drachenschlangen gebraucht. Die Nichtigen sollten der Meersonne folgen, die Meermonde besiedeln. Wale, Delphine und andere Geschöpfe der Tiefe, mit denen die Nichtigen sich angefreundet hatten, zogen mit ihnen, um sie vor den Ungeheuern zu beschützen.

Wir haben nie erfahren, ob die Nichtigen überlebten oder nicht. Ganz bestimmt hatten sie eine bessere Chance als wir. Das Meerwasser schadet weder ihnen noch ihrer Magie, tatsächlich scheint es geradezu ihr Element zu sein. Wir blieben und warteten darauf, daß die ewige Dunkelheit hereinbrach, daß das Eis sich über uns schloß – und über unseren Feinden. Es gab kaum einen Zweifel, daß die Drachen es auf uns abgesehen hatten. Sie kümmerten sich nicht um die Menschen.«

»Und wir hatten recht. Die Drachen fuhren fort, unsere Stadt anzugreifen«, erzählte Orla an Samahs Statt weiter, »aber niemals mit letzter Konsequenz. Zu siegen schien nicht ihre Absicht zu sein. Angst, Schmerz, Leiden – das wollten sie. Unsere Hoffnung war es, Zeit zu gewinnen. Jeden Tag verlor die Sonne an Kraft, wurde es kälter und dunkler. Vielleicht bemerkten die Drachen es in ihrem Haß auf uns nicht. Oder vielleicht glaubten sie, ihre Magie könne sie schützen. Es kann auch sein, daß sie schließlich doch die Flucht ergriffen. Wir wissen nur, daß eines Tages das Meer zu Eis erstarrte, und an jenem Tag kamen die Drachen nicht. Es war der Tag, an dem wir den Unseren in den Welten Jenseits eine letzte Nachricht sandten, daß sie in hundert Jahren kommen sollten, um uns zu wecken. Dann legten wir uns zum Schlafen nieder.«

»Ich bezweifle, daß sie eure Nachricht je erhalten haben«, sagte Alfred. »Oder wenn doch, hatten sie mit ihren eigenen Problemen zu tun.« Er seufzte, dann rieb er sich die Augen. »Ich danke euch, daß ihr mir alles erzählt habt. Es hilft mir zu verstehen. Ihr müßt entschuldigen, daß ich so – so zurückhaltend gewesen bin. Anfangs dachte ich ...« Er scharrte verlegen mit den Füßen.

»Du dachtest, wir hätten uns aus der Verantwortung gestohlen«, sprach Samah aus, was Alfred nicht über die Lippen wollte.

»Ich habe das schon einmal erlebt. In Abarrach ...« Alfred schluckte.

Der Archont schwieg und schaute ihn erwartungsvoll an. Sämtliche Ratsmitglieder schauten ihn erwartungsvoll an.

Jetzt begreifst du, sagten sie ihm wortlos. Jetzt weißt du, was du tun mußt.

Nur daß er keine Ahnung hatte. Alfred breitete ratlos die Hände aus.

»Was erwartet ihr von mir? Soll ich helfen, die Drachen zu bekämpfen? Ich weiß von meiner Zeit auf Arianus her einiges über diese Geschöpfe. Aber die Drachen dort scheinen mir sehr harmlos zu sein, verglichen mit den Ungeheuern, die ihr mir geschildert habt. Und was die Erforschung der für uns schädlichen Eigenschaften des Meerwassers betrifft ...«

»Nein, Bruder«, unterbrach ihn Samah, »nichts so Kompliziertes. Du hast Orla gesagt, daß das Auftauchen dieses

Hundes auf Chelestra bedeutet, daß sich dessen Herr ebenfalls hier befindet. Du hast das Tier. Wir möchten, daß du den Herrn ausfindig machst und ihn zu uns bringst.«

»Nein«, protestierte Alfred. Er spürte, wie ihm der Schweiß ausbrach. »Das kann ich nicht tun. Er hat mich entkommen lassen, wißt ihr, statt mich seinem Fürsten auszuliefern . . .«

»Wir haben keineswegs die Absicht, diesem Patryn ein Leid zuzufügen.« Samahs Tonfall war beschwichtigend. »Wir wollen ihm nur Fragen stellen, die Wahrheit über das Labyrinth erfahren und über das Schicksal seines Volkes. Wer weiß, Bruder, womöglich wäre es der Beginn von Friedensverhandlungen zwischen ihnen und uns? Wenn du dich weigerst und es gibt Krieg, wie könntest du es ertragen zu wissen, daß es in deiner Macht gelegen hätte, ihn zu verhindern?«

»Aber ich weiß nicht, wo ich suchen soll. Und was sollte ich ihm sagen? Er würde nicht kommen . . .«

»Wirklich nicht? Um endlich dem verhaßten Feind Auge in Auge gegenüberzustehen? Überleg es dir«, schnitt Samah dem verzweifelt nach Argumenten suchenden Alfred kurzerhand das Wort ab. »Vielleicht wäre der Hund ein geeignetes Mittel, ihn zu überzeugen.«

»Willst du dich tatsächlich weigern, eine Bitte des Rats zu erfüllen?« fragte Orla leise. »Eine Bitte, die so vernünftig ist? Die unser aller Sicherheit betrifft?«

»Nein, selbst . . . selbstverständlich nicht«, antwortete Alfred unglücklich.

Er sah den Hund an.

Das Tier legte den Kopf schräg, klopfte mit dem buschigen Schwanz auf den Boden und grinste.

Kapitel 14

Segensmeer, Chelestra

Haplo lag im Bett, auf dem Rücken, und war in die Betrachtung seiner Handrücken vertieft. Die Tätowierungen traten immer deutlicher hervor, seine magischen Kräfte kehrten zurück. Weniger erfreulich war, daß die Sigel ein schwaches blaues Leuchten verströmten und ein schmerzhaftes Prickeln über seinen Körper lief – die Warnung vor Gefahr, die noch weit entfernt war, doch rasch näher kam.

Die Drachenschlangen. Kein Zweifel.

Es kam Haplo vor, als machte das Schiff mehr Fahrt. Es rollte und stampfte, ein starkes Vibrieren durchzitterte den Rumpf.

»Ich könnte Grundel fragen. Sie weiß es bestimmt«, brummte Haplo vor sich hin.

Überhaupt sollte er mit den Nichtigen reden, ihnen sagen, daß sie sich dem Schlupfwinkel der Drachenschlangen näherten; sie auffordern, sich vorzubereiten...

Worauf? Auf den Tod?

Devon, der schlanke, feingliedrige Elf, hatte sich mit der ausgeliehenen Streitaxt fast enthauptet.

Alake hatte ihre Magie, aber was war das schon! Kaum mehr als Zauberkunststückchen, die im Labyrinth jedes kleine Kind beherrschte. Gegen die Übermacht der Drachenschlangen nutzten sie so viel wie Abzählreime.

Grundel. Haplo mußte lächeln und schüttelte den Kopf. Wenn jemand von diesen Nichtigen imstande war, die Drachenschlangen Mores zu lehren, dann Grundel. Sie würde sich vor lauter Sturheit weigern zu sterben.

Auf jeden Fall mußte er ihnen Bescheid sagen und eventuell ein paar Ratschläge geben. Er setzte sich auf.

»Nein«, sagte er plötzlich und ließ sich wieder zurückfallen. »Für heute habe ich die Nase voll von Nichtigen.«

Was im Namen des Labyrinths war in ihn gefahren, ihnen dieses blödsinnige Versprechen zu geben? Verhindern, daß ihnen ein Leid geschieht! Er konnte sich verdammt glücklich schätzen, wenn es ihm gelang, selbst am Leben zu bleiben.

Er ballte die Hände zu Fäusten und studierte die über Knochen und Sehnen straf gespannten Sigel, dann hob er die Arme und musterte die klar modulierten Linien und Wölbungen der Muskeln unter der tätowierten Haut.

»Instinkt. Derselbe Instinkt, der meine Eltern veranlaßte, mich im Unterholz zu verstecken und die Snogs von mir wegzulocken. Der Instinkt, jene zu beschützen, die schwächer sind als wir; der Instinkt, der es meinem Volk ermöglichte, im Labyrinth zu überleben!«

Er sprang aus dem Bett und wanderte in der kleinen Kabine auf und ab. »Mein Fürst würde es verstehen«, beruhigte er sich. »Mein Fürst denkt ebenso. Jeden Tag seines Lebens kehrt er ins Labyrinth zurück, um erneut den Kampf aufzunehmen, um seine Kinder, sein Volk zu verteidigen und zu schützen. Es ist eine vollkommen natürliche Emotion, wenn auch verdammt unpraktisch!«

Haplo hatte an andere, wichtigere Dinge zu denken, als drei halbflügge Nichtige am Leben zu erhalten. Das vermaledeite Meerwasser, das ihm die Magie von der Haut wusch, schneller und gründlicher als normales Wasser den Schmutz. Und das Versprechen der Drachenschlangen.

Wenigstens nahm er an, daß es ein Versprechen war.

Samah. Der berühmte Samah. Haupt des Rats der Sieben. Der Archont, Initiator der Großen Teilung, verantwortlich für die Niederlage der Patryn, ihre Einkerkerung und Jahrhunderte des Leids.

Archont Samah. Vieles war im Labyrinth gestorben, aber nicht dieser Name. Von Generation zu Generation hatte man ihn weitergereicht, mit dem letzten Atemzug der Vater an den Sohn, begleitet von einem Fluch die Mutter an die Tochter. Samah war bei seinen Feinden nie in Vergessenheit geraten, und der Gedanke, diesen Samah lebend anzutreffen, erfüllte Haplo mit unbeschreiblicher Wonne. Es kam ihm nicht in den Sinn, sich zu wundern, wie das möglich sein könnte.

»Ich werde Samah fangen und meinem Gebieter bringen – ein Geschenk, das all meine früheren Fehler aufwiegt. Der Fürst wird dafür sorgen, daß Samah bezahlt, teuer bezahlt für jede im Labyrinth vergossene Träne, für jeden Tropfen Blut. Ein Leben lang wird er zahlen. Seine Tage werden angefüllt sein mit Schmerz, Folter, Angst; seine Nächte mit Grauen, Entsetzen, Qual. Keine Ruhe. Kein Schlaf. Kein Frieden, außer im Tod. Und bald, sehr bald wird Samah den Tod herbeisehnen.«

Aber der Fürst des Nexus würde ihn nicht sterben lassen. Leben sollte er, lange ...

Lautes Hämmern gegen die Tür riß Haplo aus seinen blutigen Wunschträumen. Es war schon mehrmals angeklopft worden, doch in seinen Ohren hallte der Donner der Rache, und er hatte nichts gehört.

»Wir sollten ihn nicht stören, Grundel«, drang Devons Stimme gedämpft durch die Tür. »Wenn er nun schläft ...«

»Dann sollte er besser ganz schnell aufwachen«, antwortete die Zwergin.

Haplo verfluchte sich selbst für seine Unachtsamkeit, die ihn ihm Labyrinth wahrscheinlich das Leben gekostet hätte. Er stapfte zur Tür und riß sie mit einem Ruck auf. Grundel, die eben zu einem neuen Schlag mit dem Axtstiel ausholte, stolperte über die Schwelle.

»Also? Was habt ihr auf dem Herzen?« raunzte Haplo.

»Wir – wir haben Euch aufgeweckt«, hauchte Alake, deren Blick nervös von ihm zu dem zerwühlten Bett huschte und dann verlegen durchs Zimmer irrte.

Devon stammelte: »Es – es tut uns leid. Wir wollten nicht ...«

»Das Schiff hat Fahrt aufgenommen«, fuhr Grundel dazwischen. Sie fixierte Haplo mit unverhohlenem Argwohn. »Und du leuchtest schon wieder.«

Statt zu antworten, sah Haplo sie finster an, im Vertrauen darauf, daß sie den Wink verstand und ging. Alake und Devon befanden sich schon auf dem Rückzug.

Doch Grundel war nicht so leicht einzuschüchtern. Sie legte die Streitaxt über die Schulter, postierte sich vor Haplo und schaute ihm herausfordernd ins Gesicht. »Wir kommen in die Nähe der Drachenschlangen, stimmt's?«

»Kann sein.« Er machte Anstalten, die Tür zu schließen.

Grundel wich und wankte nicht.

»Sag du uns, was wir tun sollen.«

Wie zur Hölle soll ich das wissen? hätte Haplo am liebsten gebrüllt. Im Labyrinth habe ich gegen Feinde mit großen magischen Kräften gekämpft, aber keiner war auch nur annähernd so stark. Ganz zu schweigen davon, daß diese Drachenschlangen nichts weiter zu tun brauchen, als mir einen Eimer Meerwasser über den Kopf zu schütten, und ich bin erledigt!

Die Nichtigen standen im Türrahmen und sahen zu ihm auf, vertrauensvoll (na ja, zwei von ihnen), flehend, hoffend.

Wer hatte ihnen Grund zur Hoffnung gegeben? Und hatte er das Recht, sie ihnen jetzt zu nehmen?

Außerdem, meldete seine innere Stimme sich zu Wort, konnten sie unter Umständen von Nutzen sein. Im Hinterkopf nahm bereits ein Plan Gestalt an . . .

»Kommt rein«, sagte er mürrisch und hielt die Tür auf.

Die Nichtigen schoben sich einer nach dem anderen ins Zimmer.

»Setzt euch.«

Es gab nur das Bett. Alake sah es an – zerwühlt, noch warm von Haplos Körper. Ihre Lider flatterten, sie senkte den Blick und schüttelte den Kopf. »Nein, vielen Dank. Ich kann stehen. Es macht mir nichts aus.«

»Setz dich«, befahl Haplo barsch.

Sie kauerte sich verschämt auf die äußerste Bettkante.

Devon neben ihr streckte ungelenk die langen Beine aus und hatte Mühe, auf der niedrigen Pritsche eine bequeme Haltung zu finden. Grundel nahm ungeniert am Kopfende Platz und baumelte mit den Beinen. Alle drei wandten ihm die ernsten, aufmerksamen Gesichter zu.

»Um eins klarzustellen – ich weiß auch nicht mehr über die Drachenschlangen als ihr. Eher weniger.«

»Sie haben mit dir gesprochen«, erinnerte ihn Grundel.

Haplo tat, als hätte er nichts gehört.

»Grundel!« flüsterte Alake vorwurfsvoll.

»Wir können uns also nur auf den gesunden Menschenverstand verlassen. Du, Devon, solltest dich wieder als Mädchen verkleiden. Leg den Schal um und nimm ihn nicht ab, egal was passiert. Und halt den Mund. Sei still und überlaß das Reden mir. Das gilt für euch alle.« Haplo warf der Zwergin einen bedeutungsvollen Blick zu.

Grundel schnaufte und warf den Kopf in den Nacken. Sie hatte die Streitaxt zwischen die Füße gestellt und ließ den Schaft in regelmäßigen Abständen auf den Boden pochen. Haplo kam ein Gedanke.

»Gibt es sonst noch Waffen an Bord? Dolche zum Beispiel?«

Grundel verzog das Gesicht. »Elfen benutzen Dolche. Zwerge haben keine Verwendung für solches Spielzeug.«

»Aber es gibt Messer hier«, meldete Alake sich zu Wort. »In der Kombüse.«

»Küchenmesser«, murmelte Haplo. »Sind sie klein und scharf? Könnte Devon eins im Gürtel verbergen? Und könntest du eins verstecken – irgendwo?« Er deutete auf Alakes enganliegendes Kleid.

»Selbstverständlich sind sie scharf!« Grundel war beleidigt. »Den Tag möchte ich erleben, an dem ein Zwerg stumpfe Klingen schmiedet! Aber auch wenn sie scharf wären wie diese Axt, könnten wir damit nichts gegen die Schuppenhaut der Viecher ausrichten.«

Haplo sagte nicht gleich etwas, sondern überlegte, wie er ihnen klarmachen konnte, was er meinte. Endlich kam er zu dem Schluß, daß Zartgefühl in ihrer Situation reiner Luxus war. »Die Messer sind nicht für die Drachenschlangen bestimmt.« Er hoffte, nicht deutlicher werden zu müssen.

Es blieb ihm erspart.

»Ihr meint«, Alakes schwarze Augen wurden groß, »sie sind für – für . . .« Sie schluckte.

»Für euch selbst«, bestätigte Haplo knapp. »Der Tod kann manchmal ein Freund sein.«

»Das weiß ich.« Alake fröstelte. »Ich habe gesehen, wie meine Landsleute gestorben sind.«

»Ich habe den Elf gesehen, der von den Bestien verstümmelt wurde«, fügte Devon hinzu.

Zur Abwechslung hatte Grundel einmal keinen Kommentar beizusteuern. Sonst durch nichts zu erschüttern, wirkte sie jetzt doch beklommen.

Devon holte tief Atem. »Wir verstehen Euch und sind Euch dankbar, aber ich bin mir nicht sicher, ob wir imstande wären . . .«

O doch, das wärt ihr, versicherte Haplo ihm in Gedanken. Wenn das Entsetzen und die Qual das Maß des Erträglichen übersteigen, werdet ihr froh sein, dem ein Ende machen zu können.

Aber wie kann ich ihnen das sagen?, fragte er sich bitter. Es sind Kinder. Abgesehen von einem Splitter im Fuß oder einer Beule am Kopf – was wissen sie von Schmerzen und Todesangst?

»Würdet Ihr . . .« Devon leckte sich über die Lippen. »Würdet Ihr uns zeigen, wie?« Er schaute zu den Mädchen links und rechts. »Ich kann nicht für Alake und Grundel sprechen, aber ich habe keine – Erfahrung mit so etwas.« Er lächelte entschuldigend. »Ganz bestimmt würde ich es vermasseln.«

»Wir brauchen keine Messer«, warf Alake ein. »Eigentlich wollte ich nichts sagen, aber ich habe gewisse Kräuter bei mir. Eine kleine Menge davon hilft Schmerzen zu lindern, aber wenn man ein ganzes Blatt kaut . . .«

». . . hilft es einem stracks ins andere Leben hinüber.« Grundel musterte das Menschenmädchen mit widerwilligem Respekt. »Soviel Mumm hätte ich dir gar nicht zugetraut.«

Dann runzelte sie die Stirn. »Aber wieso rückst du erst jetzt damit heraus?«

»Ich hätte es euch schon gesagt«, erwiderte Alake. »Ich hätte euch die Wahl gelassen. Wir alle wissen schließlich, wozu die Drachenschlangen fähig sind.« Sie schaute mit glänzenden, feuchten Augen zu Haplo auf.

In diesem Moment begriff der Patryn, daß er eine Eroberung gemacht hatte. Diese Erkenntnis trug nicht dazu bei, seine Stimmung zu heben. Tatsächlich sank sie auf den Nullpunkt. Noch ein Problem. Noch etwas, worum man sich Gedanken machen mußte. Aber weshalb eigentlich? Was kümmerten ihn die Herzschmerzen dieses Mädchens? Schließlich war sie nur eine Nichtige, wenn auch – in diesem Punkt mußte er seine Meinung revidieren – ganz bestimmt kein Kind mehr.

»Gut. Sehr gut, Alake«, sagte er so kalt und leidenschaftslos wie möglich. »Du hast die Kräuter versteckt, wo die Drachenschlangen sie nicht finden können?«

»Ja, sie sind in meinem . . .«

»Nicht!« Er hob die Hand. »Sag's nicht. Was wir nicht wissen, können die Ungeheuer uns nicht zwingen zu verraten.« Alake nickte ernsthaft. Sie schaute immer noch verträumt zu ihm auf.

Schlag's dir aus dem Kopf. Es kommt nichts dabei heraus, hätte Haplo ihr gerne geraten. Aber wie es erklären? Wie sollte er ihr erklären, daß Liebe im Labyrinth hieß, sich willentlich eine tiefe Wunde zuzufügen? Liebe bedeutete nicht Glück, nur Tod und Kummer und Verlust.

Und wie soll man erklären, daß ein Patryn nie und nimmer eine Nichtige aufrichtig lieben könnte? Es war vorgekommen, daß Patryn – Männer wie Frauen – sich mit Nichtigen vergnügten. Liebeleien, sicher* und amüsant. Aber das war lange her. Es hatte sich vieles geändert.

Alake schlug die Augen nieder, um ihre leicht geöffneten Lippen spielte ein scheues Lächeln. Haplo merkte, daß er sie

* Mit ›sicher‹ meint Haplo, daß aus einer solchen Liaison keine Kinder hervorgehen konnten. Die verschiedenen Rassen sind genetisch nicht kompatibel.

die ganze Zeit angestarrt hatte, und jetzt glaubte sie natürlich... Zum Henker!

»Schluß jetzt! Raus mit euch«, sagte er knurrig. »Geht in eure Unterkünfte und macht euch fertig. Ich glaube kaum, daß wir lange warten müssen. Devon, du nimmst dir eins von diesen Küchenmessern. Du auch, Grundel.«

»Ich zeige ihnen, wo sie sind«, meinte Alake.

Als sie an Haplo vorbei zur Tür ging, lächelte sie ihn an und warf ihm unter langen Wimpern hervor einen verstohlenen Blick zu.

Devon folgte ihr. Auf dem Weg zur Tür musterte er Haplo mit plötzlicher Kühle, sagte aber nichts. Es war Grundel, die auf der Schwelle stehenblieb und angriffslustig das Kinn vorschob.

»Untersteh dich, ihr weh zu tun, oder ich töte dich, Schlangen hin oder her.«

»Ich glaube, du hast im Moment andere Sorgen«, bemerkte Haplo ruhig.

»Ach was!« schnaubte Grundel und schüttelte ihre Backenlocken. Dann machte sie auf dem Absatz kehrt und stapfte hinaus, die Streitaxt über der Schulter.

»Verdammt!« Haplo knallte die Tür zu.

Der Patryn ging in seiner Kabine auf und ab, schmiedete Pläne, verwarf sie, machte neue. Eben war er an dem Punkt angelangt, sich einzugestehen, daß sein Grübeln der blanke Unsinn war, daß er vergeblich zu kontrollieren versuchte, was sich seiner Kontrolle entzog, als es auf einen Schlag stockfinster wurde.

Haplo blieb stehen und streckte tastend die Hände aus. Das Tauchboot rammte ein Hindernis, er verlor das Gleichgewicht und wurde gegen eine Wand geschleudert. Ein knirschendes Geräusch vom Unterdeck legte die Vermutung nahe, daß sie auf Grund gelaufen waren.

Das Schiff erbebte, krängte und lag fest. Keine Bewegung mehr, kein Laut.

Haplo stand absolut still, hielt den Atem an und lauschte.

Es war nicht mehr ganz dunkel. Die schimmernden Tätowierungen auf seiner Haut tauchten ihn und jeden Gegenstand in dem kleinen Raum in ein bläuliches, geisterhaftes Licht. Erst ein einziges Mal hatte Haplo erlebt, daß die Runen derart stark auf eine Gefahr reagierten, und das war im Labyrinth gewesen, als er ahnungslos in die Höhle eines Blutdrachen geriet, die gefürchtetste all der furchtbaren Kreaturen dort.

Damals hatte er die Flucht ergriffen und war gelaufen; gelaufen, bis seine Beinmuskeln sich verkrampften und seine Lungen brannten; gelaufen, bis er schluchzte vor Schmerz und Erschöpfung und doch nicht stehenblieb. Auch jetzt riet sein Körper ihm, es nicht auf eine Konfrontation ankommen zu lassen . . .

Er betrachtete die leuchtenden Sigel, fühlte, wie das Kribbeln und Prickeln ihn anstachelte, etwas zu tun, zu fliehen. Aber die Drachenschlangen hatten ihn nicht bedroht. Eher das Gegenteil, sie hatten ihm versprochen, an einem alten Feind Rache nehmen zu können.

»Vielleicht ist es ein Trick«, murmelte er. »Ein Trick, um mich herzulocken. Eine Falle? Aber warum? Aus welchem Grund?«

Er musterte wieder die Runen auf seiner Haut und fühlte sich beruhigt. Er war stark, wieder im Vollbesitz seiner magischen Kräfte. Wenn es eine Falle war, würden diese Drachenschlangen merken, daß sie sich gewaltig verschätzt hatten.

Stimmengewirr, Rufe, eilige Schritte störten Haplo aus seinen Gedanken auf.

»Haplo!« Das hörte sich nach Grundel an.

Er riß die Tür auf. Die Nichtigen kamen auf ihn zugelaufen, Alake voran, sie hielt eine Laterne, in der irgendein schwammartiges Geschöpf helles, weißes Licht verströmte*.

* Der Stachelkugelfisch. Besitzt die Fähigkeit, ein helles Licht zu erzeugen, um die Lebewesen anzulocken, die ihm als Nahrung dienen. Fühlt er sich bedroht, vermag er die Leuchtkraft zu verstärken, bis ein mutmaßlicher Angreifer geblendet aufgibt. Aus diesem Grund ist es ratsam, die Laterne gut genährt und bei Laune zu halten.

Als sie Haplos ansichtig wurden, dessen Körper so hell strahlte wie ihre Laterne, erschraken die drei. Sie blieben stehen, drängten sich aneinander und betrachteten ihn ehrfürchtig.

Schon als er am Tag zuvor in den Ruderstand gegangen war, um die Drachenschlangen zu vertreiben, hatte er einen beeindruckenden Anblick geboten. Jetzt, umhüllt von der flimmernden Aura seiner Magie, mußte er eine wahrhaft imposante Erscheinung sein.

»Ich – ich glaube, die brauchen wir nicht«, sagte Alake schwach und ließ die Laterne fallen.

Das Scheppern auf den Decksplanken durchzuckte Haplo wie ein Messerstich. »Seid leise!« zischte er.

Die drei schluckten, nickten und wechselten furchtsame Blicke.

Sie glauben wahrscheinlich, daß die Drachenschlangen uns belauschen. Nun, vermutlich tun sie's auch, dachte Haplo grimmig. Jeder antrainierte und angeborene Instinkt mahnte ihn zur Wachsamkeit und Vorsicht.

Er winkte ihnen, näher zu kommen. Sie gehorchten und bemühten sich nach besten Kräften, möglichst wenig Lärm zu machen. Alakes Haarschmuck klimperte, Grundels schwere Stiefel pochten dumpf, Devon stolperte über seine langen Röcke und taumelte gegen eine Wand.

»Leise, verdammt!« flüsterte Haplo wütend. »Bleibt stehen! Rührt euch nicht! Kein Wort!«

Die Nichtigen erstarrten. Lautloser als ein Schatten schlich Haplo zu Grundel und kniete bei ihr nieder.

»Was ist passiert? Weißt du's?«

Grundel nickte und machte den Mund auf.

Haplo zog sie zu sich heran und zeigte auf sein Ohr. Ihre Backenlocken kitzelten seine Wange.

»Ich glaube, wir sind in eine Höhle geraten.«

Haplo dachte nach. Ja, das war plausibel. Eine Erklärung für die plötzliche Dunkelheit.

»Ist dies der Ort, wo die Drachenschlangen leben?« fragte Alake.

Sie war herbeigehuscht und stand dicht neben Haplo. Er

konnte ihren schlanken Körper zittern fühlen, aber ihre Stimme klang gefaßt.

»Ja, die Drachenschlangen sind hier«, sagte Haplo mit einem Blick auf die leuchtenden Sigel an seinen Händen.

Alake zuckte zusammen. Devon holte tief und stockend Atem. Grundel schnaufte und legte die Stirn in Falten.

Kein Gejammer, keine Tränen, keine Panik – soviel Courage mußte Haplo ihnen widerwillig zugestehen.

»Und was tun wir jetzt?« fragte Devon angestrengt forsch.

»Wir bleiben hier«, antwortete Haplo. »Wir bleiben hier und tun überhaupt nichts. Wir warten.«

»Aber nicht sehr lange«, bemerkte Grundel.

»Wie? Warum nicht?«

Als Antwort deutete sie nach oben. Haplo folgte ihrem Finger. Der Schimmer seiner Tätowierungen beleuchtete die hölzernen Planken über ihnen. Sie glänzten feucht. Ein Wassertropfen fiel Haplo vor die Füße. Ein zweiter, ein dritter.

Haplo sprang zurück und drückte sich flach gegen die Wand. Er starrte auf die nasse Stelle am Boden, beobachtete die Tropfen, die sich von der Decke lösten. Die Tropfen vereinten sich zu einem Rinnsal, das Rinnsal wurde zu einem Sturzbach.

»Das Schiff bricht auseinander«, stellte Grundel fest, dann runzelte sie die Stirn. »Aber unsere Tauchboote brechen nicht auseinander, einfach so. Das sind die Drachenschlangen.«

»Sie zwingen uns herauszukommen. Wir werden schwimmen müssen«, sagte Alake. »Mach dir keine Sorgen, Grundel. Devon und ich helfen dir.«

»*Ich* mache mir keine Sorgen«, meinte die Zwergin. Sie schaute Haplo an.

Zum ersten Mal in seinem Leben empfand er lähmendes Entsetzen. Er war nicht mehr fähig, einen klaren Gedanken zu fassen. Tatenlos, mit fasziniertem Grauen starrte er auf das Wasser, das näher und näher kam.

Schwimmen! Fast hätte er laut aufgelacht. Also ist es doch eine Falle! Sie locken mich her und sorgen dann dafür, daß ich hilflos bin.

Ein Tropfen fiel auf seinen Arm. Hastig wischte er ihn ab – zu spät. Wo das Meerwasser die Haut berührte, erlosch der bläuliche Schimmer. Es stieg unaufhaltsam, schwappte über die Spitzen seiner Stiefel. Er konnte fühlen, wie das Gefüge seiner Magie erste Risse und Sprünge bekam.

»Haplo! Was ist mit dir?« rief Alake, die in der Aufregung Förmlichkeit und höfische Etikette vergaß.

Ein Teil der Schiffshülle gab nach. Holz krachte und splitterte, Wasser ergoß sich durch das beachtliche Leck. Der Elf verlor den Halt, doch Alake, an einen Stützpfosten geklammert, bekam sein Handgelenk zu fassen und bewahrte ihn davor, den Gang hinuntergespült zu werden. Schwankend raffte er sich auf.

»Wir können hier nicht bleiben!« rief er.

Das Wasser reichte Grundel mittlerweile bis zur Taille, und sie geriet mehr und mehr in Panik. Ihr haselnußbrauner Teint hatte sich zu einem kränklichen Gelb verfärbt. Ihre Augen waren groß und rund, ihr Kinn begann zu beben. Zwerge können das Meerwasser atmen, genau wie die Menschen und Elfen, aber weil ihren untersetzten, ungelenken Körper jedes Talent abgeht, sich im Wasser zu bewegen, liebten sie das Meer nicht.

Grundel hatte nie in einer Pfütze gestanden, die tiefer war als ihr großer Zeh dick, und jetzt stieg ihr das Wasser allmählich bis zur Brust.

»Hilfe! Alake, Devon, helft mir!« kreischte sie und schlug um sich. »Alakeee!«

»Grundel! Hier bin ich! Bleib ganz ruhig!«

»Hier, nimm meine Hand. Autsch! Nicht kneifen. Ich hab' dich. Nun zerquetsch mir nicht die Finger! Da ist auch Alake.«

»Grundel, ich halte dich. Dir kann gar nichts passieren. Ganz ruhig. Nein, nicht das Wasser schlucken. Tauch unter und atme ein, als wäre es Luft. Nein! Nicht so! Du wirst ertrinken! Sie ertrinkt! Grundel . . .«

Die Zwergin ging unter, schoß hustend und spuckend wieder in die Höhe und war so in Panik, daß kein vernünftiges Zureden mehr fruchtete.

»Wir müssen sie an die Oberfläche bringen!« schrie Devon.

Alake warf einen besorgten Blick in Haplos Richtung.

Er hatte sich nicht bewegt und kein Wort gesprochen. Das Wasser reichte ihm bis über die Knie. Der Schimmer der Tätowierungen auf seiner Haut war so gut wie erloschen.

Haplo sah ihren Blick und daß *sie* sich um *ihn* Sorgen machte. Ein Witz, ein miserabler Witz.

»Dann los!« fauchte er.

Weitere Planken brachen, das Wasser stieg Grundel bis zur Nase. Das Zwergenmädchen reckte sich verzweifelt, würgte und schniefte.

Devon verzog gequält das Gesicht. »Sie reißt mir die Hand ab, Alake! Wir müssen nach oben!«

»Jetzt! Schnell!« kommandierte Haplo zornig.

Mit einem ohrenbetäubenden Krachen brach der Rumpf endgültig auseinander. Wasser brauste herein und brandete über Haplos Kopf. Er konnte nichts mehr sehen, weder die Menschen noch irgend etwas von seiner Umgebung. Es war, als hätte die Nacht flüssige Gestalt angenommen. Im ersten Moment geriet er fast so in Panik wie Grundel. Er hielt den Atem an, bis es schmerzte, um nicht die Finsternis einatmen zu müssen. Ein Teil seines gequälten Bewußtseins raunte ihm zu, daß es viel einfacher war zu ertrinken, aber sein Körper war dagegen.

Er riß den Mund auf und saugte das Wasser ein. Nach ein paar Augenblicken wurde sein Kopf klarer, doch sehen konnte er immer noch nichts. Er ertastete sich einen Weg zwischen den Trümmern und Wrackteilen, schob einige geborstene Planken beiseite und kam in freies Wasser.

Während er ziellos weiterschwamm, fragte er sich, ob es sein Schicksal sein würde, in dieser düsteren Nacht zu treiben, bis ihn vor Erschöpfung die Kräfte verließen. Doch kaum war ihm der Gedanke gekommen, durchbrach sein Kopf die Wasseroberfläche, und er sog dankbar Luft in die Lungen.

Er ließ die Beine sinken, trat geräuschlos Wasser und hielt Umschau.

Am Ufer brannte ein großes Lagerfeuer. Holz knisterte und knackte anheimelnd, Flammen schlugen empor; ihr rötlicher Widerschein tanzte über Decke und Wände der Höhle.

Haplo spürte Furcht, die von außen auf ihn eindrang. Eine Atmosphäre stimmlosen Entsetzens umgab ihn. Die Wände waren überzogen von einer zähen, grünbraunen Substanz, die aus dem Fels zu sickern schien wie Blut. Er hatte den merkwürdigen Eindruck, daß die Höhle selbst verwundet und voller Angst war, voller Angst und grausamer Schmerzen.

Lächerlich.

Haplo warf einen raschen Blick über die Schulter, doch es war immer noch zu dunkel, um viel erkennen zu können. Hier und dort huschte Feuerschein über feuchten Stein.

Lautes Plätschern erregte seine Aufmerksamkeit. Drei Gestalten – schwarze Silhouetten vor den orangefarbenen Flammen – wateten ans Ufer. Zwei der Gestalten stützten eine dritte, die offenbar zu schwach war, um sich auf den Beinen zu halten. Daran, an dem melodischen Klingeln von Messingperlen und einem dumpfen Stöhnen der dritten, beträchtlich kleineren Gestalt erkannte Haplo seine Nichtigen.

Von den Drachenschlangen war nichts zu hören und zu sehen.

Alake und Devon zogen Grundel auf den Strand, dann sanken sie völlig erschöpft neben ihr zu Boden. Doch Alake hatte kaum ein paarmal tief Atem geholt, da sprang sie schon wieder auf und stieg zum Wasser hinunter.

»Wo willst du hin?« die klare Stimme des Elfen tönte durch die Höhle.

»Ich muß ihn finden, Devon! Vielleicht braucht er Hilfe. Hast du sein Gesicht . . .«

Leise vor sich hin fluchend, schwamm Haplo zu der Stelle, wo das Trio an Land gegangen war. Alake hörte ihn, vermochte aber nicht zu erkennen, wer das Geräusch verursachte, und erstarrte. Devon eilte zu ihr. Metall blitzte in seiner Hand.

»Ich bin's!« rief Haplo ihnen zu. Er stand auf und watete triefend ans Ufer.

»Geht – geht es dir gut?« Alake streckte scheu die Hand aus und zog sie nach einem Blick in Haplos finsteres Gesicht rasch wieder zurück.

Nein, es ging ihm nicht gut. Ganz im Gegenteil.

Ohne das Menschenmädchen oder den Elf zu beachten, stapfte er an ihnen vorbei zum Feuer. Je schneller er trocken wurde, desto schneller kehrten seine magischen Kräfte zurück. Die Zwergin lag als nasses Häufchen Elend im Sand. Er fragte sich, ob sie vielleicht tot war, doch ein ersticktes Stöhnen sprach dagegen.

»Ist sie verletzt?« fragte er, bei der Feuerstelle angekommen.

»Nein«, antwortete Devon, der ihm gefolgt war.

»Die Angst hat sie arg mitgenommen«, erklärte Alake, »aber sie wird sich bald erholen. Was – was tust du da?«

»Mich ausziehen«, knurrte Haplo. Er hatte sich von Hemd und Stiefeln befreit und war jetzt im Begriff, die Hose aufzuschnüren.

Er hörte Alake einen spitzen Schrei ausstoßen. Sie wandte hastig das Gesicht ab und bedeckte die Augen mit der Hand. Haplo knurrte wieder. Wenn das Mädchen noch nie einen nackten Mann gesehen hatte, dann war es eben jetzt das erste Mal. Er hatte weder Zeit noch Geduld für die Zimperlichkeit weiblicher Nichtiger. Obwohl seine Magie mit den Tätowierungen erloschen war, hatte er das sichere Gefühl, daß sie sich nicht allein in dieser Höhle befanden. Sie wurden beobachtet.

Haplo warf die Hose auf den Boden, ging in die Hocke und streckte Hände und Arme dem wärmenden Feuer entgegen. Mit Genugtuung sah er die Nässe auf seiner Haut trocknen und sah über die Schulter zu seinen Schützlingen hin.

»Zieh den Schleier über den Kopf«, wies er Devon an. »Setz dich ans Feuer. Es sieht verdächtig aus, wenn du allein da hinten stehst. Aber sieh zu, daß dein Gesicht im Schatten bleibt. Und leg das verdammte Messer weg!«

Devon tat, wie ihm geheißen. Er schob das Messer in die

Gürtelschärpe und zog sich einen nassen Streifen Tuch über Kopf und Gesicht. Dann kam er mit fröstelnd hochgezogenen Schultern heran und wollte sich im Schneidersitz niederlassen.

»Nicht wie ein Mann!« zischte Haplo. »Auf den Knien. Ja. Alake, bring Grundel her. Und weck sie auf. Ich will, daß jeder auf der Hut ist.«

Alake nickte, ohne Zeit für eine Antwort zu vergeuden. Sie eilte zu der am Boden liegenden Freundin.

»Grundel, du mußt aufstehen. Haplo will es. Grundel, ich kann das Böse spüren. Die Drachenschlangen sind hier, sie belauern uns. Bitte, du mußt tapfer sein!«

Das Zwergenmädchen stöhnte wieder, aber sie setzte sich auf und blinzelte sich das Wasser aus den Augen. Alake half ihr auf die Füße. Gemeinsam kamen sie zum Feuer.

»Wartet!« sagte Haplo leise und erhob sich steifbeinig.

In seinem Rücken hörte er Alake scharf einatmen und Grundel etwas auf zwergisch murmeln. Devon verschmolz mit den Schatten.

Rotgrüne Augen erschienen in der Dunkelheit, vor deren kaltem Glitzern der Schein des Feuers verblaßte. Es waren die starren Augen von Reptilien, von Schlangen, zahlreich wie die Sterne am Himmel. Aus unvorstellbarer Höhe schauten sie auf Haplo herab, wiegten sich züngelnd; er hörte das Schleifen und Schaben massiger Körper auf Sand und Gestein. Ein fauliger, modriger Geruch hinterließ in seinem Mund einen abscheulichen Geschmack nach Tod und Verwesung. Übelkeit stieg in ihm auf. Die Nichtigen wimmerten vor Entsetzen. Eins der Mädchen oder Devon würgte trocken.

Haplo drehte sich nicht zu ihnen herum. Er war nicht fähig, sich umzudrehen. Die Drachenschlangen glitten in den Lichtkreis des Feuers. Flammen glänzten auf gewaltigen, schuppigen schillernden Leibern. Er war überwältigt, eingeschüchtert von der enormen Größe der Kreaturen, die turmhoch über ihm aufragten. Turmhoch auch in übertragenem Sinne, so überlegen waren sie ihm an Macht. Er fühlte sich klein, demütig. Daß er seine Magie verloren hatte, war nicht mehr von Belang. Diese Wesen konnten ihn mit einem Hauch zerschmettern, mit einem Wispern zermalmen.

Die Hände an den Seiten zu Fäusten geballt, erwartete Haplo gefaßt den Tod.

Die gewaltigste der Drachenschlangen reckte plötzlich das Haupt empor. Der Glanz der grünroten Augen erfüllte die Höhle mit einer giftigen, unheiligen Helligkeit. Dann, gänzlich unerwartet, senkte sich eine milchige Haut über diese Augen und dämpfte ihr Leuchten, der gigantische Schädel neigte sich vor Haplo, der nackt im Flammenschein stand. »Patryn«, lispelte die Schlange ehrerbietig. »Meister.«

Kapitel 15

Draknor, Chelestra

»Also, bei meines Vaters Bart!«

Haplo vernahm mit halbem Ohr das Flüstern der Zwergin und konnte nachfühlen, was sie empfand. Die riesige Drachenschlange bettete ihr Haupt vor dem Patryn auf den Boden. Ihre Vasallen verharrten in respektvoller Entfernung, mit gebeugtem Nacken und gesenktem Kopf.

Haplo blieb wachsam, mißtrauisch. Schlangen waren intelligente, tückische Kreaturen, denen man nicht trauen durfte.

Das Reptil hob den Kopf und bäumte sich fast bis unter die gewölbte Decke der Höhle empor. Die Nichtigen schrien auf. Haplo gebot ihnen mit einer Handbewegung Schweigen.

»Still«, sagte er.

Die Drachenschlange schien lediglich eine bequemere Haltung einnehmen zu wollen. Sie ringelte sich in immer neuen Windungen und bettete schließlich den Kopf auf den Turm ihrer Schlingen.

»Jetzt können wir uns unterhalten, Patryn. Bitte nimm Platz. Willkommen in Draknor*.«

Sie bediente sich des Patryn, einer Runensprache mit der

* In der Menschensprache: Dunkler Ort

Eigenart, das Gesprochene auch in Bildern zu vermitteln, doch Haplo sah nichts, sondern hörte nur die Worte, die flach und leblos klangen. Ein Schauer überlief ihn. Es war, als hätten diese Kreaturen die Macht der Runen zu bloßen Floskeln und Formeln reduziert, die sie nach Belieben drehen und wenden konnten.

»Meinen Dank, Erhabener.« Er setzte sich, ohne den Blick von seinem Gegenüber zu wenden.

Das starre Auge der Drachenschlange glitt zu den Nichtigen, die stocksteif ein paar Schritte hinter Haplo standen. »Aber warum treten unsere jungen Gäste nicht vor, um sich am Feuer zu trocknen und zu wärmen? Ist es zu heiß? Oder vielleicht nicht heiß genug? Wir wissen so wenig über euch zerbrechliche Wesen, daß es uns schwerfällt zu beurteilen, was euch zuträglich ist.«

Haplo schüttelte den Kopf. »Sie haben Angst vor dir, Erhabener. Nach allem, was ihren Völkern widerfahren ist, kann ich es ihnen nicht verdenken.«

Ein Beben durchlief die mächtigen Schlingen des Reptilkörpers, die tückischen Augen zuckten, ein zischelndes Seufzen drang aus dem zahnlosen Maul. »Ah, ich fürchte, wir haben einen bedauerlichen Fehler begangen. Aber wir werden es wiedergutmachen.«

Der rotgrüne Schimmer der Augen flackerte, die Schlange verfiel in einen beflissenen Tonfall. »Du hast Einfluß auf sie? Sie vertrauen dir? Ja, selbstverständlich. Versichere ihnen, daß wir nichts Böses im Schilde führen. Wir werden tun, was in unserer Macht steht, um ihren Aufenthalt bei uns angenehm zu gestalten. Ein warmes Plätzchen zum Schlafen? Etwas zu essen, trockene Kleider? Kostbare Juwelen, Gold, Silber? Wird das sie glücklich machen, ihre Angst vertreiben?«

Auf dem Boden vor Haplo türmten sich plötzlich Schüsseln und Körbe und Schalen und Platten mit duftenden Früchten, exotischen Fleischgerichten, knusprigen Pasteten, Konfekt und bunt glasierten Kuchen, dazu Bier in Fässern und Krüge und Flaschen voll Wein.

Kleidung jeder Art und Mode bauschte und blähte sich in

der Luft wie heitere Fahnen und Wimpel, flatterte gleich Vögeln aus Seide auf Alake nieder, schwebte über Devons wie gelähmte Arme, spiegelte sich regenbogenbunt in Grundels staunenden Augen. Truhen voller Smaragde und Saphire und Perlen ergossen ihren Inhalt über den Sand. Berge goldener Münzen gleißten im Schein der Flammen.

In einiger Entfernung flammte ein zweites Feuer auf und beleuchtete eine Höhle in der Höhle.

»Sie ist warm und trocken«, wandte sich die Drachenschlange in Phondran an die Nichtigen. »Wir haben sie mit süßem Gras gefüllt, das euch als Bettstatt dienen soll. Ihr müßt erschöpft und hungrig sein.« Sie wechselte zu Elmasti: »Bitte nehmt, was euch von unseren Gaben gefällt, und zieht euch zurück für die Nacht.« In der Zwergensprache fügte sie hinzu: »Fürchtet nichts. Euer Schlummer wird gesegnet sein. Meine Vasallen werden ihn bewachen.«

Die Drachenschlangen im Hintergrund wanden sich in einem geschmeidigen Tanz, das Wort ›gesegnet‹ hallte raunend von den Felsen wider.

Die Nichtigen, die Folter, Marter, Tod erwartet hatten, waren von den reichen Geschenken und der ausgesuchten Freundlichkeit vollkommen verblüfft und entwaffnet. Sie standen und starrten und hatten noch mehr Angst als zuvor.

Grundel fand als erste die Sprache wieder. Ein silbernes Diadem war ihr aus dem Nichts auf den Kopf gefallen und über ein Auge gerutscht. Den langen Rock hochgerafft, watete sie entschlossen durch Berge von Kleidung und Speisen zu Haplo hinüber.

Bei ihm angekommen, stemmte sie die Fäuste in die Hüften, kehrte den Drachenschlangen betont den Rücken zu und sprach zu dem Patryn, als wäre niemand anwesend, außer ihnen beiden.

»Was hat das alles zu bedeuten? Was geht hier vor? Was habt ihr in deinem unverständlichen Kauderwelsch zu palavern?«

»Die Drachenschlange sagt, daß es ein Mißverständnis gegeben hat. Sie bietet an, es wiedergutzumachen. Ich glaube . . .« Weiter kam er nicht.

»Wiedergutmachen!« Grundel fuhr herum und schüttelte empört die geballte Faust. »Die Zerstörung der Sonnenjäger, das Abschlachten von Alakes Landsleuten, die Qualen und den Tod des armen jungen Elfen! Ich gebe den Biestern Wiedergutmachung! Ich ...«

Haplo packte sie und drückte ihr die Arme an den Leib, ungeachtet ihrer heftigen Gegenwehr. »Schluß jetzt, du kleine Närrin! Willst du uns alle umbringen?«

Nach Atem ringend, funkelte Grundel ihn an. Er hielt sie fest, bis er fühlte, wie ihr kräftiger Körper sich in seinem Griff entspannte, dann ließ er sie los. Sie blieb neben ihm stehen und rieb sich die Handgelenke, während er die anderen beiden heranwinkte.

»Hört mir jetzt gut zu«, sagte er leise. »Ich werde versuchen herauszufinden, woran wir eigentlich sind. In der Zwischenzeit werdet ihr gute Miene zum bösen Spiel machen und die Gastfreundschaft der Drachenschlangen annehmen. Vielleicht kommen wir tatsächlich lebend aus dieser Sache heraus – ihr *und* euer Volk. Das wolltet ihr doch erreichen, oder nicht?«

»Ja, Haplo«, nickte Alake. »Wir werden tun, was du sagst.«

»Vermutlich bleibt uns auch kaum eine andere Wahl.« Devons Stimme wurde von dem feuchten Tuchstreifen um seinen Kopf gedämpft.

Grundel nickte verdrossen. »Aber ich traue ihnen immer noch nicht!« konnte sie sich nicht enthalten hinzuzufügen und schüttelte trotzig ihre Backenlocken in die Richtung der Drachenschlangen.

»Gut.« Haplo lächelte. »Ich auch nicht. Haltet die Augen und Ohren offen und den Mund geschlossen. Jetzt aber tut, was unser züngelnder Freund da hinten vorgeschlagen hat. Geht in die kleine Höhle. Du und Alake und – äh ...«

»Sabia.«

»Sabia. Ihr drei geht in die Höhle und holt euch ein Auge voll Schlaf. Nehmt trockene Kleider mit, Wein und was ihr sonst noch haben wollt. Etwas zu essen, vielleicht.«

Grundel schnüffelte. »Und wenn das Zeug vergiftet ist?«

Haplo unterdrückte einen ärgerlichen Seufzer. »Wenn sie dich töten wollten, hätten sie dir eine Axt auf den Kopf fallen lassen können statt dieses Schmucks.« Er deutete auf den Silberreif, der ihr wieder übers Auge gerutscht war.

Das Zwergenmädchen nahm den Reif ab, betrachtete ihn mißtrauisch und zuckte schließlich mit den Schultern.

»Du hast recht«, gab sie in einem Ton zu, als überraschte es sie, das feststellen zu müssen.

Sie warf das Diadem zu dem übrigen Schmuck, nahm einen Korb Brot, klemmte sich unter den anderen Arm ein Fäßchen Bier und marschierte zu der von den Drachenschlangen hergerichteten Schlafhöhle.

»Geh mit ihr«, sagte Haplo zu Alake, die neben ihm zögerte. »Euch wird nichts zustoßen. Hab keine Angst.«

»Ja, ich weiß. Ich – ich werde deine Kleider mitnehmen und für dich trocknen.« Sie warf Haplo einen Seitenblick zu, dann senkte sie rasch die Lider und bückte sich nach seiner nassen Hose.

»Nicht nötig.« Er hielt sanft ihren Arm fest. »Es ist lieb von dir, aber die Drachenschlangen werden mich schon auch bedacht haben. Aber es wäre gut, wenn du für ... Sabia etwas heraussuchen würdest. Etwas, das besser paßt.«

»Ja, du hast recht.« Alake schien erleichtert zu sein, daß sie etwas zu tun hatte, und fing an, in dem Berg Kleidungsstücke zu kramen, die am Ufer zuhauf lagen. Nachdem sie etwas Brauchbares gefunden hatte, lächelte sie Haplo zu, streifte die Drachenschlangen mit einem kalten, hoheitsvollen Blick und eilte hinter Grundel her.

Devon trug eine Platte mit verschiedenen Speisen und zwei Flaschen Wein. Er wollte den beiden anderen zur Höhle folgen, als Haplo ihm winkte.

»Zwei von euch schlafen. Einer hält Wache. Verstanden?«

Devon nickte stumm und ging.

Haplo wandte sich wieder der Drachenschlange zu, die geduldig abgewartet hatte und teilnahmsvoll das Treiben ihrer ›Gäste‹ verfolgte.

»Wahrlich«, bemerkte sie, als die drei in der kleineren Höhle verschwunden waren, »ihr Patryn versteht es, mit den

Nichtigen umzugehen. Hätte dein Volk ihnen während all der Jahrhunderte zur Seite gestanden, welche Höhen der Bildung und Kultur hätten sie erklimmen können. Ach, es sollte nicht sein.«

Die Drachenschlange meditierte eine Weile über den Lauf der Welt, dann regte sie sich und spähte aus dem Nest ihrer Schlingen zu Haplo hinunter.

»Doch nun, da ihr aus der ungerechten Gefangenschaft entkommen seid, werdet ihr nichts unversucht lassen, den Vorsprung aufzuholen. Erzähl mir von deinem Volk und euren Plänen.«

Haplo zuckte die Achseln. »Unsere Geschichte ist lang, Erhabener, lang und bitter und vermutlich nur für uns selbst interessant. Ich möchte dich nicht mit einem endlosen Lamento ermüden.« Er hatte nicht die Absicht, diesen Kreaturen irgend etwas von den Hoffnungen und Bestrebungen seines Volkes auf die stumpfe Nase zu binden. Seine Haut war trocken, die blauen Linien der Tätowierungen begannen sich schattenhaft abzuzeichnen. »Stört es dich, wenn ich mich anziehe?«

Zwischen den Juwelen und den Kleidungsstücken hatte er einige Waffen entdeckt, die er sich näher ansehen wollte.

»Keineswegs. Wie gedankenlos von mir, das nicht längst vorgeschlagen zu haben. Es liegt wohl daran, daß wir so etwas nicht nötig haben.«

Haplo fischte aus dem Wust von Kleidern heraus, was er brauchte, und zog sich an. Die ganze Zeit schielte er dabei auf ein bestimmtes Schwert und grübelte, wie er es an sich bringen konnte, ohne den Unmut des Schlangenkönigs zu erregen.

»Aber das Schwert gehört dir, Meister«, äußerte dieser plötzlich gelassen.

Haplo musterte ihn mit verwundertem Argwohn.

»Es ist nicht klug, im Angesicht des Feindes unbewaffnet zu sein«, gab die Drachenschlange zu bedenken.

Haplo griff nach dem Schwert und wog es prüfend in der Hand. Es fühlte sich gut an, fast wie für ihn gemacht. Er fand einen Schwertgurt, legte ihn um und steckte die Waffe in die Scheide. »Ich nehme an, mit Feind meinst du die Sartan, Erhabener.«

»Wen sonst?« Die Drachenschlange schien verwirrt zu sein. Dann verstand sie die versteckte Anspielung. »Ah, du denkst an uns! Ich hätte es wissen müssen. Deine Meinung ist von *ihnen* beeinflußt.« Sie warf einen Blick auf die Höhle.

»Vorausgesetzt, sie haben mir die Wahrheit gesagt.«

»Das haben sie. Da bin ich mir sicher.« Die Drachenschlange seufzte wieder und mit ihr die Vasallen im Hintergrund. »Wir haben vorschnell gehandelt und waren vielleicht ein wenig übereifrig bei unseren Versuchen, diese Nichtigen einzuschüchtern. Doch haben nicht alle Geschöpfe das Recht, sich zu verteidigen? Nennst du den Wolf grausam, wenn er dem Löwen an die Kehle springt?«

Haplo knurrte und musterte die Schaustücke immenser magischer Kräfte, die um ihn herum verstreut lagen. »Du willst mich glauben machen, daß ihr Angst habt vor einer Handvoll Elfen, Menschen und Zwerge?«

»Nicht vor ihnen«, zischte die Drachenschlange. »Vor jenen, die ihre Herren sind. Die sie hierher gebracht haben.«

»Die Sartan!«

»Ja! Dein Feind von alters her und der unsere.«

»Das heißt, die Sartan sind auf Chelestra.«

»Eine ganze Stadt von ihnen. Unter der Führung von einem, dessen Name dir nicht gänzlich unbekannt sein dürfte.«

»Samah?« Haplo runzelte die Stirn. »Das hast du auch behauptet, als wir an Bord des Schiffes miteinander sprachen, Erhabener. Aber es kann sich unmöglich um denselben handeln, den Archonten Samah, der die Verantwortung trägt für unser Elend.«

»Er ist es! Derselbe!« Die Drachenschlange bäumte sich auf, ihre rotgrünen Augen loderten, haßerfülltes, erregtes Zischeln und Wispern lief wie Ameisenheere die Höhlenwände entlang. Endlich schien sie sich beruhigt zu haben und wiegte bedächtig den Oberkörper hin und her. »Da fällt mir ein – wie nennt man dich, Patryn?«

»Haplo.«

»Haplo.« Die Schlange schien dem Wort nachzuschmecken und Wohlgefallen daran zu finden. »Dann will ich dir, Haplo, erzählen, wie es möglich ist, daß Samah immer noch in einem Universum lebt, das er und seine verfluchte Rasse beinahe zerstört hätten. Nach der Großen Teilung betrachteten Samah und sein Rat der Sieben die vier neuen Welten, die sie geschaffen hatten, und erwählten die schönste von ihnen zu ihrer künftigen Heimstatt. Sie brachten ihre Favoriten unter den Nichtigen mit, die ihre Sklaven sein sollten, und gründeten ihre Stadt Surunan auf einem durch Magie erschaffenen Felsensockel, den sie Calix nennen, was soviel heißt wie Kelch.

Stell dir ihre Überraschung vor, als sie feststellen mußten, daß ihre wunderschöne Welt bereits bewohnt war.«

»Von deinem Volk, Erhabener?«

Die Drachenschlange neigte zustimmend das Haupt.

»Aber woher seid ihr gekommen? Wer hat euch erschaffen?«

»Ihr wart es, Patryn«, antwortete die Drachenschlange leise.

Haplo zog verwirrt die Stirn in Falten, doch bevor er weitere Fragen stellen konnte, sprach die Drachenschlange schon weiter.

»Zuerst begrüßten wir diese Neuankömmlinge. Wir hofften auf ein friedliches, für beide Seiten bereicherndes Zusammenleben. Doch Samah haßte uns, weil er uns nicht versklaven konnte wie die bedauernswerten Nichtigen. Er und die anderen Ratsmitglieder griffen uns ohne jeglichen Anlaß an. Selbstverständlich verteidigten wir uns, töteten sie aber nicht, sondern jagten sie mit Schimpf und Schande in ihre Stadt zurück.«

»Ihr habt Samah besiegt?« fragte Haplo ungläubig. »Den mächtigsten aller Sartan, die je gelebt haben?«

»Möglicherweise ist dir eine besondere Eigenschaft des Meerwassers hier aufgefallen«, meinte die Drachenschlange in bedeutungsvollem Ton.

»Es läßt sich atmen wie Luft, wenn du das meinst, Erhabener.«

»Nein, eigentlich nicht.«

Haplo schüttelte den Kopf. »Sonst wüßte ich nichts.«

»Wirklich nicht?« Eine wellenförmige Bewegung durchlief die Windungen des Reptilkörpers, wie von einem lautlosen Lachen. »Und ich nahm an, das Wasser hätte dieselbe Wirkung auf die Magie beider Rassen – Sartan und Patryn. Äußerst merkwürdig.«

Haplo war die Kehle wie zugeschnürt. Die entsetzliche Freude, die ihn erfüllte, verursachte einen wirklichen, körperlichen Schmerz in seiner Brust. Er mußte etwas tun, um sich abzureagieren, und nahm etwas zu essen, obwohl er nicht hungrig war.

Das Meerwasser dieser Welt macht die Magie der Sartan unwirksam! Und auf einer Insel dieser Welt, umgeben von Meerwasser, befand sich sein am meisten gehaßter Feind. Haplo griff nach einem Weinschlauch und hätte ihn beinahe fallen lassen. Seine Hände zitterten vor innerer Erregung. Behutsam legte er den Weinschlauch wieder hin. Ganz ruhig. Vorsichtig. Diesen Kreaturen ist nicht zu trauen.

Er bemühte sich, ganz unbefangen zu wirken, steckte etwas in den Mund und kaute, ohne zu wissen, was es war. »Aber die Ereignisse, die du eben geschildert hast, müssen Jahrhunderte zurückliegen. Wie kann es sein, daß Samah immer noch lebt, Erhabener? Vielleicht hast du dich geirrt.«

»Kein Irrtum«, verneinte die Drachenschlange. »Aber die Speisen . . . Sind sie nach deinem Geschmack? Fehlt etwas? Möchtest du von irgendeinem Gericht noch etwas mehr?«

»Nein, vielen Dank.« Haplo konnte sich nicht einmal erinnern, ob das, was er eben hinuntergeschluckt hatte, süß oder salzig gewesen war. »Sprich weiter.«

Die Schlange ließ sich nicht zweimal bitten. »Wir hofften, daß, nachdem wir ihnen eine Lektion erteilt hatten, die Sartan uns in Ruhe lassen würden, um in Frieden weiterzuleben wie bisher. Aber Samah zürnte uns. Wir hatten ihn in den Augen der Nichtigen zum Narren gemacht, die offen von Revolution zu sprechen begannen, als sie ihre gottähnlichen Herren so gedemütigt sahen. Er schwor uns Rache, und sei der Preis noch so hoch.

Mittels ihrer Magie katapultierten Samah und seine Getreuen die Meersonne von ihrer fixen Position im Mittelpunkt dieser Welt. Die Sonne begann zu wandern. Das Wasser wurde kälter, die Temperatur sank sowohl in ihrem Calix wie auch in unserem Meermond. Obwohl es bedeutete, daß auch sie gezwungen sein würden, Chelestra zu verlassen und durchs Todestor zu fliehen, waren die Sartan entschlossen, uns dem Kältetod auszuliefern.

Natürlich nahmen sie gleichzeitig in Kauf, daß auch die Nichtigen erfroren, aber was bedeuteten ein paar tausend Menschen, Elfen und Zwerge, verglichen mit den ungeheuren Massen, die bei der Großen Teilung dem vermessenen Ehrgeiz der Sartan zum Opfer gefallen waren? Die Nichtigen jedoch entdeckten diesen üblen Plan und erhoben sich gegen ihre Herren. Sie bauten Schiffe und flohen ins Segensmeer hinaus, auf der Bahn der Meersonne.

Der Exodus der Menschen erschreckte und verärgerte die Sartan. Auch wenn ihnen selbst Chelestra vergällt war, hatten sie keineswegs die Absicht, es den Nichtigen zu überlassen. Sie gelobten, daß nicht ein Nichtiger am Leben bleiben sollte. An diesem Punkt mußten wir eine Entscheidung treffen.«

Der Schlangenkönig seufzte, hob den Kopf und schaute mit bescheidenem Stolz zu seinen Vasallen. »Wir hätten mit den Nichtigen gehen können. Sie flehten uns in der Tat an, sie zu begleiten und zu beschützen, vor Walen und anderen furchteinflößenden Kreaturen der Tiefe, die von den Sartan hergebracht worden waren, um die Nichtigen einzuschüchtern. Doch wir wußten, daß wir als einzige zwischen den Nichtigen und dem Zorn der Sartan standen. Wir beschlossen zu bleiben, obwohl es bedeutete, daß wir leiden mußten.

Wir retteten die Nichtigen und verhinderten, daß die Sartan sich durch das Todestor in Sicherheit brachten. Das Eis schloß sich über ihnen und über uns. Ihnen blieb keine andere Wahl, als Zuflucht im Schlaf zu suchen. Auch wir versanken in Kältestarre, um so den Tag zu erwarten, an dem die Meersonne sich auf ihrer neuen Bahn wieder der

Position näherte, die sie ursprünglich innegehabt hatte. Unsere Feinde würden erwachen und wir auch.«

»Aber weshalb, Erhabener, habt ihr die Nichtigen angegriffen, wenn ihr einst ihre Beschützer gewesen seid?«

»Das war vor langer, langer Zeit und ist vergessen. Sie haben keine Erinnerung mehr an uns und an das Opfer, das wir brachten.« Die Drachenschlange seufzte schwer und ließ das Haupt sinken. »Ich vermute, daß wir hätten bedenken sollen, wieviel Zeit verstrichen war, und nicht zuviel erwarten, aber die Euphorie des Erwachens nach langem Schlummer machte uns unbesonnen, auch waren wir begierig, die Nachfahren jener kennenzulernen, für deren Wohl wir damals alles aufs Spiel gesetzt hatten.

Unser plötzliches Auftauchen erschreckte die Menschen. Zugegeben, wir sind nicht schön anzusehen. Unser Geruch, sagt man, beleidigt die Nase. Unsere Größe wirkt einschüchternd. In Panik geraten, griffen die Nichtigen uns an. Verletzt von solchem Undank, setzten wir uns zur Wehr – gar zu unbeherrscht, fürchte ich. Manchmal verlieren wir den Maßstab für unsere eigene Stärke.«

Wieder züngelte die Drachenschlange bekümmert. Ihre Vasallen lispelten und zischten und wiegten sich lebhaft hin und her, wie Halme im Wind.

»Sobald unser Zorn verraucht war, sahen wir ein, daß ein großer Teil der Schuld bei uns lag. Aber was konnten wir tun? Versuchten wir, uns den Nichtigen nochmals zu nähern, würden sie nur ihre Anstrengungen verdoppeln, uns zu töten. Deshalb beschlossen wir, die Nichtigen zu uns zu holen. Einen von jedem Volk, eine Tochter aus jedem Herrscherhaus. Gelang es uns, diese edlen Fräulein zu überzeugen, daß wir nicht ihre Feinde waren, würden sie nach Hause zurückkehren, unsere Erklärung und Bitte um Verzeihung übermitteln, und alles wäre in Ordnung. Wir alle würden in Frieden und Eintracht zusammenleben.«

Edles Fräulein. Grundel? Haplo lachte in sich hinein. Er sagte aber nichts dazu und ging darüber hinweg, wie auch über jeden Zweifel an der Glaubwürdigkeit der Drachenschlangen, der sich ihm aufdrängen wollte.

Teile der Geschichte, die er soeben gehört hatte, stimmten nicht mit den Tatsachen überein, die er von den Nichtigen kannte, aber das interessierte ihn nicht. Ihn interessierte nur die Aussicht, dem Todfeind seines Volkes einen Schlag versetzen zu können.

»Frieden und Eintracht sind schön und gut, Erhabener«, meinte Haplo behutsam und beobachtete sein Gegenüber scharf, »aber die Sartan werden es niemals zulassen. Sobald sie erfahren, daß ihr alter Widersacher noch lebt, werden sie alles daransetzen, euch zu vernichten.«

»Nur zu wahr«, stimmte die Drachenschlange zu. »Uns zu töten und die Nichtigen zu versklaven. Aber was kann man tun? Unsere Zahl ist gering, viele von uns sind aus der Winterstarre nicht erwacht. Und die Sartan, so haben wir von unseren Spionen, den Gushni* erfahren, sind stärker denn je. Sie haben Verstärkung durch das Todestor erhalten.«

»Verstärkung?« Haplo schüttelte den Kopf. »Das kann ich mir nicht vorstellen . . .«

»Einer wenigstens ist gekommen.« Die Drachenschlange sprach mit Überzeugung. »Ein Sartan, der nach Belieben durch das Todestor geht, um andere Welten zu besuchen. Er hat das Aussehen eines Nichtigen und führt einen Namen aus ihrer Sprache. Obwohl er vortäuscht, tolpatschig und unbeholfen zu sein, kennen wir ihn. Er ist derjenige, den wir Drachenmagier nennen. Und seine Macht ist größer als selbst die Samahs.« Die glimmenden Augen verschleierten sich. »Weshalb lachst du, Patryn?«

»Vergebung, Erhabener«, sagte Haplo grinsend, »aber ich kenne diesen Sartan. Du brauchst seinetwegen keine Sorge zu haben. Er täuscht nicht vor, tolpatschig und unbeholfen zu sein, er *ist* es. Und er geht keineswegs nach Belieben durch das Todestor. Viel wahrscheinlicher ist er zufällig hindurchgepurzelt, als er wieder einmal über seine eigenen Füße stolperte.«

* Medusenähnliche Geschöpfe. Jedes Einzelwesen ist Teil einer gemeinsamen Intelligenz und verfügt über das Wissen des gesamten Schwarms. Sie eignen sich ausgezeichnet als Spione, denn was einer erfährt, weiß augenblicklich auch jeder andere Gushni in Chelestra. Sie können nicht sprechen und kommunizieren mit den Sartan vermutlich auf telepathischem Wege.

»Ihm steht keine Macht zu Gebote?«

Haplo wies mit dem Daumen auf die kleine Höhle. »Die Nichtigen da drin sind mächtiger als er.«

»Das nimmt mich wunder.« Tatsächlich schien der Schlangenkönig aufrichtig erstaunt zu sein. Er warf einen rotgrün schillernden Blick auf seine Vasallen. »All unsere Informationen weisen auf etwas anderes hin. Er ist der Drachenmagier.«

»Eure Informationen sind falsch.« Haplo schüttelte den Kopf und mußte wieder lachen. Allein der Gedanke! Alfred, ein Drachenmagier! Was immer das sein mochte, er war's nicht.

»Nun ja«, sinnierte die Schlange. »Das erfordert einiges Nachdenken. Doch mir scheint, daß wir vom ursprünglichen Thema abgekommen sind. Ich fragte, was man wegen der Sartan unternehmen könne. Du, glaube ich, hast eine Antwort.«

Haplo trat einige Schritte auf die Drachenschlange zu, ohne den warnenden Schimmer der Runen auf seiner Haut zu beachten.

»Diese drei Rassen von Nichtigen scheinen gut miteinander auszukommen. Sie waren sogar im Begriff, sich gegen euch zu verbünden. Wenn wir sie nun überzeugten, daß sie einen noch gefährlicheren Gegner haben?«

Die Schlangenaugen glühten auf und färbten sich tiefrot. Der feurige Glanz war so grell, daß Haplo die Augen zusammenkniff und geblendet die Hand hob.

»Aber diese Nichtigen sind friedfertig. Sie werden nicht kämpfen.«

»O doch, Erhabener, glaub mir. Wenn es ums Überleben geht, werden sie kämpfen!«

»Ich sehe die Umrisse eines Plans in deinem Bewußtsein und muß zugeben, du hast recht. Es wird gelingen.« Die Glut der Augen erlosch, die Drachenschlange senkte das Haupt. »Wahrlich, Haplo, ihr Patryn verdient es, Herren dieser Welt zu sein. Wir verneigen uns vor euch.«

Sämtliche Drachenschlangen beugten den Nacken und wanden sich in unterwürfiger Ehrerbietung. Haplo fühlte sich plötzlich erschöpft und so matt, daß er schwankte.

»Geh nun zu deiner wohlverdienten Ruhe«, lispelte die Drachenschlange.

Haplo stolperte durch den Sand zum Eingang der Höhle, in der die Nichtigen schliefen. Nie zuvor, jedenfalls konnte er sich nicht entsinnen, war er je so unbeschreiblich müde gewesen. Es mußte daran liegen, daß er seine Magie verloren hatte. Er trat in die Höhle, warf einen Blick auf seine Schützlinge, um sich zu vergewissern, daß sie heil und gesund waren, dann gaben seine Knie nach, er sank auf das duftende Graspolster und fiel in einen tiefen, traumlosen Schlaf.

Der König der Drachenschlangen bettete seinen dreieckigen Schädel wieder in das Nest der gewaltigen Schlingen. Die grünroten Augen glühten versonnen in der von dem Pulsschlag stummer Qual erfüllten Dunkelheit der Höhle.

Kapitel 16

Surunan, Chelestra

Alfred, begleitet von Haplos Hund, verließ die Ratsversammlung so bald, wie es sich eben noch mit den Geboten der Höflichkeit vereinbaren ließ, und wanderte ziellos durch die Straßen. Die Freude an der neugefundenen Heimat war dahin. Er sah Schönheit, die ihn nicht mehr beglückte; lauschte einer Sprache, die seine eigene war und ihm doch fremd vorkam; fühlte sich als Fremder in einer Umgebung, die ihm Zuhause hätte sein sollen.

»Haplo suchen«, beschwerte er sich bei dem Hund, der beim Klang des geliebten Namens aufgeregt zu winseln begann. »Wie stellen die sich das vor? Und was soll ich mit ihm tun, falls ich ihn finde?«

Bekümmert und ratlos bog er in immer neue Alleen und Seitengassen ein, ohne auf den Weg zu achten

»Wie soll ich deinen Herrn finden, wenn selbst du es nicht kannst?« Der Hund sah mitfühlend zu ihm auf, wußte aber auch keine Antwort.

Alfred stöhnte verzweifelt. »Weshalb wollen sie nicht begreifen? Warum lassen sie mich nicht in Ruhe?«

Plötzlich blieb er stehen und sah sich um. In Gedanken war er immer weitergegangen und fand sich jetzt in einem Stadtviertel wieder, in dem er noch nie gewesen war. Müde fragte er sich, ob sein Körper wieder einmal den Entschluß gefaßt hatte davonzulaufen, ohne den Kopf darüber zu informieren.

»›Wir wollen nichts weiter, als dem Patryn einige Fragen stellen.‹ Samahs Worte, und der Archont würde mich nicht anlügen. Er *könnte* es nicht. Ein Sartan ist nicht fähig, einen anderen Sartan zu belügen. Warum also«, fragte Alfred unglücklich den Hund, »fällt es mir so schwer, Samah zu trauen? Warum traue ich ihm weniger als Haplo, einem Feind?«

Der Hund hatte auch keine Erklärung parat.

»Vielleicht hat Samah recht«, fuhr Alfred niedergeschlagen fort. »Vielleicht hat der Patryn mich korrumpiert. Ob sie die Macht haben, das zu tun? Ich habe noch nie von einem Sartan gehört, der unter den Bann eines Patryn geraten wäre, aber ich nehme an, es ist möglich.« Seufzend strich er sich mit der Hand über den kahlen Schädel. »Besonders bei mir.«

Der Hund merkte, daß er sich gedulden mußte. Es sah nicht so aus, als würde dieser sympathisch riechende, aber etwas spinnerte Zweibeiner Haplo demnächst aus dem Ärmel zaubern. Hechelnd ließ er sich zu Füßen des Sartan auf die Erde fallen.

Alfred machte die Hitze ebenfalls zu schaffen. Er schwitzte und hielt nach einem schattigen Plätzchen Ausschau, wo er sich hinsetzen und erholen konnte. Nicht allzuweit entfernt entdeckte er ein kleines, quadratisches Gebäude aus dem unvermeidlichen reinweißen Marmor, den die Sartan so liebten, während Alfreds anfängliche Begeisterung im Schwinden begriffen war. Die umlaufenden Arkaden verliehen ihm das steife, formelle Aussehen eines öffentlichen Gebäudes, im Gegensatz zu der individuellen Architektur eines Privathauses.

Seltsam, daß es so abseits stand, weit entfernt von den übrigen öffentlichen Gebäuden im Zentrum der Stadt, dachte Alfred, während er darauf zuging. Der kühle, schattige Portikus versprach willkommene Zuflucht vor dem grellen Sonnenschein, der tagein, tagaus die Stadt der Sartan vergoldete. Der Hund trottete hinter ihm drein.

Als er den Vorbau erreicht hatte, mußte Alfred enttäuscht feststellen, daß es keine Bänke gab, auf denen er ausruhen konnte. In der Annahme, im Innern eine Sitzgelegenheit zu finden, wartete er, bis seine Augen sich an das veränderte Licht gewöhnt hatten, und las dann die Inschrift an dem doppelt mannshohen Bronzeportal.

Es war eine Warnung vor unbefugtem Betreten, wenn auch nicht so eindeutig wie jene, die ihnen seinerzeit den Zutritt zum Sanktuarium* in Abarrach verwehrt hatten. Diese Runen waren um einiges weniger schroff und forderten Alfred in liebenswürdigen Formulierungen auf, sich zu entfernen, wie es sich für einen wohlerzogenen Sartan gehörte. Falls er drinnen zu tun hatte, legte man ihm nahe, beim Rat um Genehmigung nachzusuchen.

Jeder andere Sartan – Samah, zum Beispiel, oder Orla – hätte gelächelt, genickt, sich umgedreht und wäre gegangen. Auch Alfred war guten Willens. Er wollte genau das tun – sich umdrehen und gehen.

Eine Hälfte von Verstand und Körper wandte sich tatsächlich ab, bedauerlicherweise faßte die andere gleichzeitig den Entschluß, die Tür einen winzigen Spalt zu öffnen und hindurchzulugen, mit dem Ergebnis, daß Alfred ins Stolpern geriet, über die Schwelle torkelte und platt aufs Gesicht fiel.

Ein Spiel, dachte der Hund und sprang hinterher, leckte Alfred durchs Gesicht und schnappte spielerisch nach seinen Ohren.

Alfred hatte Mühe, sich des ausgelassenen Vierbeiners zu erwehren. Während er auf dem staubigen Boden mit Händen und Füßen um sich schlug, stieß er versehentlich gegen den offenstehenden Türflügel, der krachend ins Schloß fiel. Staub wölkte auf. Alfred und der Hund fingen an zu niesen.

Der Sartan nutzte den Augenblick, in dem sein Peiniger abgelenkt war, um hastig aufzustehen. Ihm war unbehaglich zumute, auch wenn er sich nicht erklären konnte, weshalb. Vielleicht lag es an dem Fehlen von Licht. Im Innern des Gebäudes war es zwar nicht völlig dunkel, aber es herrschte

* ›Feuersee‹ – Die vergessenen Reiche, Band 3, Bastei-Lübbe 28 205

ein dämmriges Zwielicht, in dem alle Umrisse verzerrt und bedrohlich wirkten.

»Wir gehen besser«, meinte Alfred zu dem Hund, der sich mit den Pfoten die Nase rieb, wieder nieste und denselben Wunsch zu haben schien.

Der Sartan tastete sich durch das Halbdunkel zum Ausgang und suchte den Türgriff. Es gab aber keinen Griff. Er starrte auf das Portal und kratzte sich am Kopf.

Die Tür hatte sich so gründlich geschlossen, daß nicht der kleinste Spalt mehr zu sehen oder zu fühlen war. Er stand vor einer glatten Wand. Alfred war verwirrt. Kein Haus hatte ihm bisher einen solchen Streich gespielt. Er fixierte die Stelle, an der sich die Tür befunden hatte, und wartete darauf, daß Runen aufleuchteten, die ihn belehrten, daß er widerrechtlich versuchte, das Gebäude durch einen Eingang zu verlassen, und ihm rieten, die Hintertreppe zu benutzen.

Nichts dergleichen. Kein Rat, kein Hindernis, keine Auflösung des Rätsels.

Alfred, dessen Unbehagen wuchs, sang mit bebender Stimme einige Runen, die geeignet waren, Türen zu öffnen oder ihm einen Ausweg zu zeigen.

Die Runen leuchteten auf und erloschen. Die Tür war mit negierender Magie versehen. Jeder Zauber, den er sprach, wurde von einem entsprechenden Negativzauber unwirksam gemacht.

Alfred tappte blind umher, trat dem Hund auf den Schwanz, prellte sich das Schienbein an einer Steinbank und brach sich die Fingernägel ab bei dem Versuch, einen Spalt zu öffnen, von dem er glaubte, daß es sich um eine weitere Tür handelte, doch es war nur eine Schramme in einem der Marmorblöcke.

Es hatte den Anschein, als sollte jeder, der dieses Gebäude betrat, für immer bleiben. Seltsam. Äußerst seltsam. Er setzte sich auf die Bank, um nachzudenken.

Zugegeben, die Inschrift draußen hatte ihm den Zutritt untersagt, aber eher im Ton einer höflichen Bitte. Aber natürlich hatte Alfred hier nichts zu schaffen, er hatte auch nicht um die Genehmigung des Rats nachgesucht.

»Ja, ich bin im Unrecht«, sagte er zu dem Hund und streichelte ihn, damit er nicht weglief. Es war tröstlich, die Nähe eines anderen Lebewesens zu spüren. »Aber nicht sehr, denn sonst wären am Eingang stärkere Verbotsrunen gewesen, um jeden Besucher unmißverständlich am Betreten zu hindern. Aber ganz offensichtlich sind Leute hierhergekommen. Und daß es keinen Hinweis auf einen zweiten Ausgang gibt, müßte bedeuten, daß ihn jeder kannte. Deshalb sparte man sich die Mühe, ihn eigens auszuschildern. Nun bin ich fremd hier und kenne mich nicht aus, aber es sollte möglich sein, ihn zu finden. Vielleicht gibt es eine Tür an der Seite oder an der Hinterfront.«

Erleichtert stand Alfred auf, und nachdem er eine Lichtrune gesungen hatte, die sich über seinem Kopf materialisierte, begann er seinen Erkundungsgang ins Innere des Gebäudes.

Da es jetzt hell genug war, vermochte Alfred sich ein genaues Bild von seiner Umgebung zu machen. Er befand sich in einem breiten Korridor, der über die gesamte Front des Gebäudes reichte und nach einem rechtwinkligen Knick an der Seite entlanglief. Trübe Helligkeit sickerte durch Oberlichter in der Decke – Oberlichter, bemerkte Alfred, die eine gründliche Reinigung dringend nötig hatten.

Er fühlte sich an eins von Grams Spielzeugen erinnert – ein Kasten in einem Kasten in einem Kasten. Eine Tür in der Mitte der Wand, gegenüber dem Portal, gewährte Zutritt zu dem nächstkleineren ›Kasten‹. Alfred studierte diese Tür und die Wand sorgfältig. Die Tür war jedoch glatt, unbeschriftet und hatte weder Rat und Hilfe zu bieten.

Alfred drückte behutsam dagegen.

Sie schwang lautlos nach innen. Er trat hindurch, den Hund neben sich und um jedem Mißgeschick vorzubeugen, klemmte er einen Schuh in den Spalt zwischen Tür und Rahmen. Hinkend, links barfuß, rechts beschuht, trat er in das Zimmer und schaute sich erstaunt um.

»Eine Bibliothek«, sagte er laut. »Wahrhaftig, nichts weiter als eine Bibliothek.«

Er war nicht ganz sicher, womit er gerechnet hatte, aber

damit gewiß nicht. Der Raum war groß, weitläufig, luftig. Ein Oberlicht aus Milchglas milderte die schmerzende Helligkeit der Sonne und schuf eine zum Lesen ausreichende, dem Auge angenehme Beleuchtung. Hölzerne Stühle und Tische luden zum Hinsetzen, Schmökern und Studieren ein, in die Wände aus Marmor hatte man große Fächer gemeißelt, die säuberliche Stapel goldener Schriftrollen enthielten.

Hier fand sich nicht ein Körnchen Staub, ein Fries starker Runen für Schutz und Erhaltung bewahrte die Rollen vor Schaden. In der gegenüberliegenden Wand entdeckte Alfred wieder eine Tür.

»Aha, der Ausgang.«

Er bewegte sich langsam und mit Bedacht durch das Labyrinth der Tische und Stühle, um Blessuren tunlichst zu vermeiden. Mit der klugen Vorsicht war es vorbei, als er entdeckte, daß die einzelnen Fächer numeriert und etikettiert waren, um die Orientierung zu erleichtern.

Die Alte Welt. Er las die verschiedenen Kategorien: Architektur – Dinosaurier – Entomologie – Fossilien – Kunst – Maschinen – Psychologie – Raumfahrt (Was für ein Raum? Und Fahrt?) – Religion – Technologie – Waffen . . .

Alfreds Schritte zögerten, stockten. Langsam dämmerte ihm eine ungeheuerliche Erkenntnis. *Nichts weiter als eine Bibliothek,* hatte er zu sich selbst gesagt. Heilige Einfalt! Dies war *die* Bibliothek. Die große Bibliothek der Sartan. Auf Arianus hatte man geglaubt, sie sei in den Wirren der Teilung vernichtet worden oder verlorengegangen. Alfreds Blick flog zur nächsten Wand: *Die Geschichte der Sartan.* Und darunter, weniger umfangreich, aber mit zahlreichen Unterkategorien: *Die Geschichte der Patryn.*

Alfred wurden die Knie weich, und er mußte sich setzen. Zu seinem Glück stand ein Stuhl gleich hinter ihm, oder er wäre auf den Boden gesunken. Jeder Gedanke, das Gebäude zu verlassen, war wie ausgelöscht. Welcher Reichtum! Welche Fülle! Welch ein Schatz! Die Geschichte einer Welt, deren er sich nur in Träumen erinnerte; einer Welt, die gewaltsam auseinandergerissen worden war. Die Geschichte seines Volkes; des Todfeindes; eine Chronologie der Ereignisse, die zur Großen Teilung geführt hatten, Protokolle, Debatten, Abstimmungen . . .

»Ich könnte Tage hier verbringen«, sagte Alfred vor sich hin, benommen und glücklich – glücklicher, als er seit langem gewesen war. »Tage! Jahre!«

Er hatte das Gefühl, etwas tun zu müssen, um seiner Ehrfurcht vor jenen Ausdruck zu verleihen, die diesen Schatz bewahrt hatten, womöglich unter großen persönlichen Opfern, um zu retten, was für spätere Generationen von unschätzbarem Wert sein konnte. Sehr zur Belustigung seines vierbeinigen Publikums stand er auf und vollführte die ersten Schritte eines feierlichen Tanzes, doch eine barsche, ungehaltene Stimme ließ seine Euphorie schlagartig verpuffen.

»Hab' ich's mir gedacht! Was tust du hier?«

Der Hund sprang auf, sträubte das Nackenfell und kläffte wütend ins Leere.

Alfred, dem vor Schreck fast das Herz stehengeblieben war, griff haltsuchend nach einem Tisch und schaute sich mit aufgerissenen Augen nach allen Seiten um.

»Wer – wer ist da?« keuchte er.

Zwei Gestalten materialisierten sich vor ihm.

»Samah!« Alfred stieß eine Seufzer der Erleichterung aus und fiel auf einen Stuhl. »Ramu!« Mit einem orangefarbenen Seidentuch, das er aus einer Tasche seines Rocks zog, wischte er sich über die Stirnglatze.

Der Archont und sein Sohn musterten ihn grimmig.

»Ich wiederhole – was tust du hier?«

Alfred blickte zu ihnen auf und begann an allen Gliedern zu zittern. Der kalte Schweiß brach ihm aus. Man konnte deutlich sehen, daß Samah außer sich war.

»Ich – ich habe nach dem Ausgang gesucht«, erklärte Alfred verschüchtert.

»Ja, das kann ich mir vorstellen.« Der Tonfall des Archonten triefte vor Sarkasmus. Alfred hätte sich am liebsten verkrochen. »Und was hast du noch gesucht?«

»N-nichts . . . Ich . . .«

»So? Weshalb sonst geht man in eine Bibliothek? Und bring das Vieh zum Schweigen!«

Alfred streckte eine zitternde Hand aus, packte den Hund am Nackenfell und zog ihn zu sich heran. »Schon gut, alter Junge«, sagte er leise, auch wenn er sich fragte, weshalb der Hund ihm glauben sollte, wenn er selbst es nicht tat.

Der Hund beruhigte sich tatsächlich, das Gebell wurde zu einem Grollen tief in der Brust. Doch er ließ Samah nicht aus den Augen, und gelegentlich, wenn er sich unbeobachtet glaubte, zog er die Oberlippe hoch und entblößte tadellose weiße und scharfe Zähne.

»Aus welchem Grund bist du hergekommen? Wonach hast du gesucht?« verlangte Samah erneut zu wissen. Er schlug mit der flachen Hand auf den Tisch und brachte beide zum Erbeben – den Tisch und Alfred.

»Ein Zufall! Es war ein Zufall! Das heißt«, verbesserte sich Alfred unter Samahs funkelndem Blick, »ich bin schon absichtlich zu diesem Haus gegangen. Es war heiß – und der Schatten – ich meine, ich wußte nicht, daß es eine Bibliothek war – ich wußte auch nicht, daß es verboten ist, sie zu betreten ...«

»Es steht in großen Runen am Portal, zumindest war es so, als ich das letzte Mal nachgesehen habe. Sind sie inzwischen verschwunden?«

»N-nein«, gestand Alfred nach einem lauten Räuspern. »Ich habe die Runen gesehen. Ich wollte auch nur einen kurzen Blick riskieren. Neugier. Eine beklagenswerte Schwäche von mir. Aber – nun ja, ich bin gestolpert und hingefallen. Dann kam der Hund und ... Also, ich weiß nicht genau, aber irgendwie habe ich wohl mit dem Fuß die Tür zugestoßen.« Er zuckte hilflos mit den Schultern.

»Zufällig?«

»O ja, selbstverständlich! Reiner – reiner Zufall!« Sein Mund war ausgedörrt. Er selbst war ausgedörrt. »Ich – ich wußte nicht, wie ich die Tür wieder öffnen sollte, und als ich nach einem anderen Ausweg suchte, kam ich hierher ...«

»Es gibt keinen Ausgang«, unterbrach ihn Samah.

»Nein?« Alfred blinzelte wie eine verschreckte Eule.

»Nein. Außer, man hat die Schlüsselrune – die ich bewahre. Man erhält sie von mir.«

»Es – es tut mir leid«, stammelte Alfred. »Ich war neugierig, sonst nichts.«

»Neugier – eine Untugend der Nichtigen. Ich hätte wissen müssen, daß auch du damit infiziert bist. Ramu, vergewissere dich, daß alles unberührt ist.«

Ramu beeilte sich, der Anweisung seines Vaters nachzukommen. Alfred hielt den Kopf gesenkt, sein Blick ging hierhin, dorthin, um nicht dem Samahs zu begegnen. Er schaute den Hund an, der immer noch knurrte. Er schaute zu Ramu und registrierte geistesabwesend, daß dieser geradewegs zu einem bestimmten Fach in der Reihe *Geschichte der Sartan* ging, um es mit größter Sorgfalt zu untersuchen. Er ging so weit, mittels Magie zu überprüfen, ob Spuren von Alfreds Aura in der unmittelbaren Umgebung vorhanden waren.

Beklommen und schuldbewußt dachte Alfred sich nichts dabei, obwohl ihm auffiel, daß Ramu mit den anderen Fächern viel schneller fertig war, den meisten schenkte er nur einen flüchtigen Blick, bis er zu denen mit der Aufschrift *Patryn* kam. Auch die unterzog er einer genaueren Prüfung.

»Es ist alles in Ordnung«, erstattete er Samah Bericht. »Er hatte wohl nicht die Zeit, viel anzurichten.«

»Ich wollte gar nichts ›anrichten‹!« protestierte Alfred. Allmählich verlor er seine Angst. Je länger er nachdachte, desto mehr kam er zu der Auffassung, daß er ein Recht hatte, verärgert über die Behandlung zu sein, die man ihm zumutete. Er richtete sich würdevoll auf und schaute Samah ins Gesicht. »Was glaubt ihr denn, das ich vorhatte? Ich bin in eine Bibliothek gegangen! Seit wann ist mir der Zugang zu dem gesammelten Wissen und Kulturgut meines Volkes verboten? Und seit wann den anderen?«

Ihm kam ein Gedanke. »Und was tut *ihr* hier? Weshalb seid *ihr* hergekommen, außer ... ihr habt gewußt, daß ich hier bin! Es wurde Alarm ausgelöst!«

»Bitte beruhige dich, Bruder.« Samahs Zorn schien sich verflüchtigt zu haben wie Nebel in der Sonne. Er legte Alfred sogar freundschaftlich die Hand auf den Arm, eine

Geste, die dem Hund zu mißfallen schien, denn er drängte sich schützend zwischen Alfred und den Archonten.

Samah warf einen kalten Blick auf den Hund und zog die Hand zurück. »Du hast einen Leibwächter, will mir scheinen.«

Alfred errötete und versuchte, das Tier wegzuschieben. »Es tut mir leid. Er . . .«

»Nein, laß gut sein, Bruder. Ich bin es, der sich entschuldigen sollte.« Samah schüttelte den Kopf und seufzte reuevoll. »Orla hat mir schon vorgeworfen, daß ich zu hart arbeite. Meine Nerven sind überreizt. Ich habe einfach die Beherrschung verloren. Schließlich bist du ein Fremder und mit unserer Regelung, die Bibliothek betreffend, nicht vertraut. Sie steht selbstverständlich allen Sartan zur Verfügung. Aber wie du sehen kannst, sind einige dieser Rollen alt und sehr brüchig. Man kann nicht zulassen, daß kleine Kinder sie in die Hand bekommen. Oder auch Leute, die nur ihre müßige Neugier befriedigen wollen.« Ein Seitenblick auf Alfred. »In aller Unschuld, ohne die mindeste böse Absicht, würde dennoch irreparabler Schaden angerichtet. Ich denke, du kannst uns keinen Vorwurf machen, wenn wir gerne wissen möchten, wer unsere Bibliothek in Anspruch nimmt.«

Nein, mußte Alfred zugeben. Das klang durchaus vernünftig. Aber Samah war nicht der Typ, der herbeigeeilt kam, weil er Angst hatte, daß Kinder Stachelbeermarmelade an seine kostbaren Schriftrollen schmierten. Und Angst hatte er gehabt, hinter seinem Ärger und der Gereiztheit. Wie von selbst wanderten Alfreds Augen zu dem ganz bestimmten Fach – dem ersten Fach, das Ramu überprüft hatte.

»Seriöse Gelehrte sind natürlich jederzeit willkommen«, fuhr Samah fort. »Sie brauchen nur vor den Rat zu treten und um den Schlüssel zu bitten.«

Samah beobachtete ihn genau. Alfred bemühte sich, den Archonten anzusehen, statt zu dem Fach mit Schriftrollen, aber seine Augen gehorchten ihm nicht. Schließlich wurde die Anstrengung zu groß, seine Lider begannen zu zucken, und er blinzelte krampfhaft.

Samah hörte auf zu reden und starrte ihn an. »Stimmt etwas nicht?«

»Doch, doch«, murmelte Alfred und beschattete die Augen mit der Hand. »Ein nervöser Tick.«

Der Archont runzelte die Stirn. Sartan pflegten keine nervösen Ticks zu haben. »Dann verstehst du jetzt, weshalb wir Wert darauf legen zu kontrollieren, wer hier ein- und ausgeht?« fragte er mit schmalen Lippen. Offenbar näherte seine Geduld sich dem Ende.

Ob ich verstehe, weshalb eine Bibliothek sich in eine Falle verwandelt, Alarm schlägt und ihre Besucher gefangenhält, bis der Vorsitzende des Rats kommt, um sie einem Verhör zu unterziehen? Nein, dachte Alfred, das verstehe ich ganz und gar nicht.

Doch er nickte nur und murmelte etwas, das nach Zustimmung klang.

»Aber, aber«, meinte Samah aufmunternd, mit einem gezwungenen Lächeln. »Ein Zufall, ein Versehen, wie du sagst. Kein Grund zur Aufregung. Ich bin sicher, es tut dir leid. Ramu und mir tut es leid, daß wir dich fast zu Tode erschreckt haben. Und jetzt ist Essenszeit. Wir werden Orla die Geschichte erzählen. Ich fürchte, Ramu, deine Mutter wird sich auf unsere Kosten herrlich amüsieren.«

Ramu kicherte alles andere als erheitert.

»Bitte setz sich doch, Bruder.« Samah wies auf einen Stuhl. »Ich werde jetzt gehen und den Ausgang öffnen. Die Beschwörungen sind kompliziert und langwierig. Unnötig, herumzustehen und zu warten. Ramu wird hierbleiben und dir Gesellschaft leisten.«

Ramu wird hierbleiben, um dafür zu sorgen, daß ich dich nicht belausche und womöglich entdecke, wie man aus dieser Falle entschlüpft. Alfred sank auf den Stuhl, beugte sich vor und kraulte die Ohren des Hundes. Bestimmt schadet es mehr, als es nützt, aber mir scheint, daß ich es versuchen sollte.

»Samah«, rief er und veranlaßte den Archonten, auf halbem Weg zur Tür stehenzubleiben, »da ich jetzt die Regeln kenne, habe ich deine Erlaubnis, die Bibliothek zu benutzen? Die Nichtigen sind so eine Art Steckenpferd von mir, mußt du wissen. Ich habe sogar eine Studie über die Zwerge von Arianus verfertigt. Wie ich gesehen habe, gibt es hier einige Texte, die . . .«

Er kannte die Antwort, las sie in Samahs Augen.

Alfreds Stimme versagte. Er öffnete und schloß den Mund, aber nur ein Krächzen kam über seine Lippen.

Samah wartete geduldig, bis Alfred ganz bestimmt zu Ende war.

»Selbstverständlich steht es dir frei, hier zu studieren, Bruder. Wir werden uns glücklich schätzen, dir alle für deine Arbeit relevanten Dokumente und Schriften zugänglich zu machen. Aber nicht jetzt.«

»Nicht jetzt«, wiederholte Alfred.

»Nein. Ich fürchte, das läßt sich nicht einrichten. Der Rat möchte die Bibliothek inspizieren und sich vergewissern, daß während des langen Schlafs nicht doch Schäden aufgetreten sind. Bis wir Zeit hätten, diese Inspektion durchzuführen, empfahl ich dem Rat, die Bibliothek zu schließen. Und wir müssen Vorsorge treffen, daß von nun an niemand mehr ›durch Zufall‹ hereinstolpert.«

Der Archont machte auf dem Absatz kehrt und verschwand durch die Tür am anderen Ende des Saals, die sich auf eine leise gesprochene Rune geöffnet hatte, um gleich hinter ihm fast geräuschlos wieder ins Schloß zu fallen.

Einen Moment später vernahm Alfred gedämpftes Singen und Skandieren, konnte aber die Worte nicht verstehen.

Ramu setzte sich Alfred gegenüber hin und fing an, dem Hund schönzutun, aber seine Anbiederungsversuche wurden ungnädig zurückgewiesen.

Alfreds Augen huschten derweil verstohlen wieder zu dem Fach mit den Schriftrollen, die dem Archonten und seinem Sohn offenbar so sehr am Herzen lagen.

Kapitel 17

Gargan, Chelestra

Wir sind zu Hause. Zu Hause!

Ich bin zwischen Freude und Trauer hin- und hergerissen, denn etwas Furchtbares ist während unserer Abwesenheit geschehen. Aber ich will nicht vorgreifen, sondern alles der Reihe nach berichten, wie es sich gehört.

Ich sitze in meinem Zimmer und schreibe dies. All meine liebgewordenen Besitztümer sind noch an ihrem Platz, wie ich sie verlassen habe. Das hat mich mehr erstaunt, als ich sagen kann. Wir Zwerge sind eher praktisch, was den Tod betrifft, im Gegensatz zu zwei anderen Rassen, die ich nennen könnte. Wenn ein Zwerg stirbt, trauern seine Familien und Freunde eine Nacht um den Verlust, den sie erlitten haben, und feiern einen Tag den Gewinn des Toten, der jetzt Teil des Einen ist. Anschließend werden seine Besitztümer unter Verwandten und Freunden aufgeteilt. Man räumt sein Zimmer aus, und ein anderer Zwerg zieht ein.*

Ich setzte also voraus, daß Kusinchen Fricka sich in meinen vier Wänden eingenistet haben würde, und gebe sogar

* Wohnraum ist für die Zwerge in den Meermonden ein Problem. Da Zwerge es vorziehen, unter der Oberfläche zu leben, haben sie die äußere Hülle der Meermonde mit einem Netz von Tunneln durchzogen und dort ihre Behausungen eingerichtet. Bedingt durch die Tatsache, daß es sich bei den Monden in Wirklichkeit um lebende Organismen handelt, waren

zu, daß ich mich darauf freute, die dumme Ziege beim Schlawittchen zu kriegen und samt ihren gepriesenen Backenlocken aus der Tür und die Treppe hinunter zu werfen.

Wie sich jedoch herausstellte, hatte meine Mutter einfach nicht glauben können, daß ich tot sein sollte, und weigerte sich, ›Vernunft anzunehmen‹, auch als Tante Gertrude überall herumzuerzählen begann, die Königin hätte den Verstand verloren. An welchem Punkt, wie mein Vater mir mit Behagen schilderte, Mutter sich mit recht drastischen Worten erbötig machte, ihr Geschick im Axtwurf unter Beweis zu stellen und ›Gertrude einen Scheitel zu ziehen‹.

Während sie die Streitaxt von der Wand nahm, fühlte mein Vater sich bemüßigt, beiläufig zu erwähnen, daß der Wurfarm meiner Mutter unverändert stark wäre, ihre Zielgenauigkeit allerdings besorgniserregend nachgelassen habe. Tante Gertrude fiel plötzlich ein, daß sie anderswo dringende Geschäfte hatte. Sie entfernte Fricka aus meinem Zimmer (vermutlich mit einer Kneifzange), und beide suchten das Weite.

Aber ich bin in einen Seitentunnel geraten, wie man sagt. Als ich letztens den Stift aus der Hand legte, segelten wir mit unserem Schiff dem sicheren Tod entgegen, und jetzt befinden wir uns gesund und unversehrt zu Hause, und ich habe wirklich keine Ahnung, wie es dazu gekommen ist.

Keine heroischen Kämpfe in der Drachenhöhle. Nur viel Gerede in einer Sprache, die keiner von uns verstand. Unser Schiff brach auseinander; wir mußten zur Oberfläche schwimmen. Die Drachenschlangen kamen, doch statt uns zu töten, überhäuften sie uns mit Geschenken und schickten uns in eine Höhle. Haplo blieb die ganze Nacht auf und redete mit ihnen. Als er schließlich zu uns kam, war er natürlich müde, wollte nichts sagen und vertröstete uns auf später. Wir konnten nichts weiter aus ihm herauskriegen, als

der Expansion Grenzen gesetzt. In einer bestimmten Tiefe stießen sie regelmäßig auf Materie, die sie nicht zu durchdringen vermochten – ohne sie als das zu identifizieren, was sie ist: die schützende Gewebsschicht eines in Hibernation befindlichen Durnai.

daß wir keine Angst zu haben brauchten, unbesorgt schlafen könnten und am Morgen nach Hause zurückkehren würden!

Man kann sich vorstellen, daß wir erstaunt waren und Vermutungen anstellten, was das alles zu bedeuten haben könnte. (Alake ermahnte uns, leise zu sein, um Haplo nicht zu stören.) Wir kamen jedoch zu keinem brauchbaren Schluß, und zu guter Letzt schliefen auch wir ein.

Am nächsten Morgen tauchte aus dem Nichts ein Frühstück auf, begleitet von weiteren Geschenken. Bei einem zaghaften Blick aus der Höhle sah ich, daß unser Tauchboot am Ufer lag. Von den Drachenschlangen war nichts zu sehen.

»Sie haben euer Schiff repariert«, erklärte Haplo zwischen zwei Bissen. »Wir können damit nach Hause fahren.«

Er aß etwas, das Alake gekocht hatte, die neben ihm saß und ihn anhimmelte.

»Sie haben es für dich getan«, sagte sie leise. »Du hast uns gerettet, wie du es versprochen hattest. Und jetzt bringst du uns nach Hause. Du wirst ein Held sein in den Augen unserer Völker. Was immer du verlangst, wird man dir gewähren. Welchen Wunsch du auch äußerst, er wird dir erfüllt.«

Sie hoffte natürlich, daß er den Wunsch äußerte, die Tochter des Häuptlings von Phondran zu heiraten – sie nämlich.

Haplo zuckte mit den Schultern und gefiel sich in Bescheidenheit: Er habe eigentlich gar nichts getan, aber man konnte sehen, daß er recht zufrieden mit sich war. Ich bemerkte, daß die blauen Zeichen wieder auf seiner Haut erschienen und daß er ängstlich vermied, einen großen Krug Wasser zu berühren, den ich vom Ufer geholt hatte, um mir den Schlaf aus den Augen zu waschen.

Ich flüsterte Devon ins Ohr: »Ich frage mich, wo in all dem Zucker die bittere Medizin versteckt sein mag.«*

»Denk nur, Grundel«, flüsterte er zurück und seufzte versonnen, »in ein paar Tagen bin ich wieder bei Sabia!«

* Anspielung auf den Brauch der Elfen, schlecht schmeckende Medizin in gezuckerte Rosenblätter zu wickeln.

Er hatte kein Wort gehört! Weder von mir noch vermutlich von Haplo. Was nur beweist, wie Liebe das Gehirn verkleistert. Dem Einen sei Dank, daß wir Zwerge anders sind! Ich liebe Hartmut bis zum letzten Zipfel seines Bartes, aber ich würde mich schämen, meine geistigen Fähigkeiten von meinen Gefühlen verwässern zu lassen.

Verflixt, ich sollte nicht so reden. Jetzt, wo . . .

Nein, ich greife schon wieder vor.

»Schon gut, aber denk dran – keiner kriegt je was umsonst«, sagte ich, aber ich murmelte es in meine Backenlocken. In dem Zustand, in dem Alake sich befand, hätte sie mir womöglich die Augen ausgekratzt, wenn sie hörte, daß ich an ihrem Herzliebsten Kritik zu üben wagte.

Doch es kam mir vor, als hätte Haplo mich gehört. Er hat scharfe Ohren! Ich war froh. Er sollte ruhig wissen, daß wenigstens einer von uns nicht gewillt war, den Brocken zu schlucken, ohne ihn erst durchzukauen. Er sah mich an und lächelte auf diese merkwürdige Art, bei der es mir immer kalt den Rücken hinunterläuft.

Als er aufgegessen hatte, sagte er, daß es uns jetzt freistand zu gehen. Speisen und Getränke dürften wir mitnehmen. Das empfand selbst Alake als beleidigend.

»Weder Gold noch kostbare Juwelen können diejenigen wiederbringen, die von den Ungeheuern getötet wurden, oder wiedergutmachen, was wir gelitten haben«, sagte sie mit einem verächtlichen Blick auf die Berge von Gold und kostbaren Juwelen.

»Lieber würde ich das Blutgeld im Segensmeer versenken, müßte ich nicht befürchten, daß es den Fischen schadet«, bekräftigte Devon nachdrücklich.

»Wie ihr wollt.« Haplo zuckte mit den Schultern. »Aber es käme euch vielleicht zupaß, wenn ihr in eurer schönen neuen Welt ganz von vorne anfangen müßt.«

Wir sahen uns an. Über der Angst vor den Drachenschlangen hatten wir die andere große Gefahr vergessen, die über unseren Häuptern schwebte – den Verlust der lebenspendenden Meersonne.

»Werden die Drachenschlangen uns erlauben, neue Tauchboote zu bauen?« fragte ich bang.

»Besser noch. Sie bieten euch an, mittels ihrer Magie diejenigen wieder instandzusetzen, die sie zerstört haben. Und sie haben mir Informationen über eure neue Heimat gegeben, wichtige Informationen.«

Wir bestürmten ihn mit Fragen, doch er hüllte sich mit der Begründung in Schweigen, er halte es für angebrachter, Dinge von solcher Wichtigkeit erst mit unseren Eltern zu besprechen. Wohl oder übel mußten wir ihm recht geben.

Alake betrachtete das Gold und meinte, es wäre schäbig, ihrem Volk nicht etwas davon zugute kommen zu lassen. Devon meinte, daß einige von den Stoffen Sabia gefallen könnten. Ich hatte bereits ein paar von den Edelsteinen eingesteckt, aber ich nahm gerne noch eine Handvoll, damit es nicht aussah, als wäre ich eingebildet.

Wir verfrachteten uns, die Geschenke und die Lebensmittel auf das Tauchboot. Ich ließ es mir nicht nehmen, das Schiff genauestens zu inspizieren. Zugegeben, die Drachenschlangen waren in puncto Magie recht tüchtig, doch ich hatte meine Zweifel, ob sie auch etwas von Schiffbau verstanden. Unsere ›Wohltäter‹ schienen es jedoch exakt so hergerichtet zu haben, wie es gewesen war, bevor sie es zerschmetterten, und ich kam zu dem Schluß, daß man sich ihm anvertrauen konnte.

Wir bezogen wieder unsere alten Kabinen. Alles war noch in dem Zustand, wie wir es verlassen hatten. Ich fand sogar mein Tagebuch, den Stift als Lesezeichen zwischen die Seiten geschoben, unberührt in der Schublade liegen, in der ich es aufzubewahren pflegte. Kein Wasserflecken. Keine zerlaufene Tinte. Erstaunlich! Es erfüllte mich mit Unbehagen. Ich fragte mich, nicht zum erstenmal auf dieser Reise, ob alles wirklich geschah oder ob ich nur in einem bizarren, schrecklichen Traum befangen war.

Das Schiff legte ab und sank ins Meer, gelenkt von derselben geheimnisvollen Macht wie zuvor, und wir nahmen Kurs auf die Heimat.

Ich bin sicher, in dieser Richtung dauerte die Reise

genauso lange wie in der umgekehrten, aber sie kam uns viel länger vor. Wir lachten und schwatzten aufgeregt darüber, was wir nach unserer Ankunft zuallererst tun wollten, daß man uns wahrscheinlich als Helden feiern würde und was man wohl zu Haplo sagte.

Wir sprachen viel über Haplo, zumindest Alake und ich. Spät am Abend des ersten Tages unserer Heimreise kam sie in meine Kabine. Es war die stille Stunde vor dem Zubettgehen, wenn das Heimweh manchmal so stark wird, daß es einem das Herz abdrückt. So ungefähr war mir zumute, und ich muß gestehen, daß mir vielleicht ein, zwei Tränen in die Backenlocken gerollt waren, als ich Alakes leises Klopfen an der Tür hörte.

»Ich bin's, Grundel. Kann ich mit dir sprechen? Oder schläfst du schon?«

»Falls ja, dann jetzt nicht mehr«, sagte ich brummig, damit sie nicht auf die Idee kam, ich hätte geweint. Am Ende flößte sie mir noch irgendwelche Kräutertränke ein.

Ich machte die Tür auf. Alake kam herein und setzte sich aufs Bett. Man brauchte sie nur anzusehen und wußte, was die Uhr geschlagen hatte.

Sie saß auf der Bettkante und drehte die Ringe an ihren Fingern. Mir fiel auf, daß sie vergessen hatte, ihren Sterbeschmuck abzulegen. Wir Zwerge sind nicht besonders abergläubisch, aber wenn es je ein böses Omen gegeben hat, dann war es das.

Ich wollte es ihr sagen, aber sie fing an zu reden, und später ergab sich keine Gelegenheit mehr.

»Grundel«, sagte sie im Tonfall einer offiziellen Proklamation, »ich bin verliebt.«

Ich konnte der Versuchung nicht widerstehen, sie ein wenig zu necken. Es macht Spaß, weil sie alles so ernst nimmt.

»Natürlich wünsche ich euch beiden alles Gute«, meinte ich gedehnt und zwirbelte meine Backenlocken, »aber wie, glaubst du, wird Sabia es aufnehmen?«

»Sabia?« Alake war verwirrt. »Nun, ich nehme an, sie wird sich für mich freuen. Weshalb auch nicht?«

»Sie ist selbstlos. Wir alle wissen das. Und sie ist deine Freundin, Alake, aber sie hängt auch an Devon, und ich glaube ...«

»Devon!« Sie kiekste vor Verblüffung. »Du glaubst ... Hast du etwa gedacht, ich meinte Devon?«

»Wen sonst?« fragte ich unschuldig.

»Devon ist ein netter Kerl und immer sehr lieb und hilfsbereit. Ich werde immer große Achtung vor ihm haben, aber ich könnte mich nie in ihn *verlieben.* Schließlich ist er kaum mehr als ein Junge.«

Ein Junge, der ungefähr hundert Zeiten älter ist als du, hätte ich sagen können, aber ich schluckte es hinunter. Die Menschen sind empfindlich, was ihr Alter angeht.

»Nein«, fuhr Alake mit weicherer Stimme fort, ihre Augen strahlten wie Kerzenflammen im Abenddämmer, »Ich liebe einen Mann. Grundel ...« Sie schluckte trocken, dann sprudelte sie hervor: »Es ist Haplo!«

Selbstverständlich rechnete sie damit, daß ich die Hände über dem Kopf zusammenschlug und mich in Ausrufen fassungslosen Staunens erging, und war ziemlich enttäuscht, als nichts dergleichen passierte.

»Ach so«, war alles, was ich sagte.

»Du bist nicht überrascht?«

»Überrascht! Nächstesmal schreib dir mit weißer Farbe ›Ich liebe dich‹ quer über die Stirn.«

»Liebe Güte. Ist es so offensichtlich? Glaubst du – glaubst du, daß er es weiß? Das wäre schrecklich.«

Sie mimte die Verlegene, aber unter den gesenkten Wimpern hervor lauerte sie darauf, daß ich sagte: »Ja, natürlich weiß er es.«

Es wäre die reine Wahrheit gewesen, denn der Mann hätte blind, taub und ein Trottel sein müssen, um nicht Bescheid zu wissen. Das hätte ich sagen können und Alake glücklich machen, aber ich ließ es bleiben. Die ganze Sache behagte mir nicht. Ich wußte, es war falsch; ich wußte, es kam nichts dabei heraus, jedenfalls nichts Gutes.

»Er ist alt genug, um dein Vater zu sein«, gab ich zu bedenken.

»Ist er nicht! Und wenn er's wäre?« entgegnete Alake mit der Art von Logik, die man mit der Zeit von Menschen zu erwarten lernt. »Ich bin nie einem Mann begegnet, der so edel und tapfer und stark und schön ist. Ganz allein, Grundel, ganz allein hat er vor diesen entsetzlichen Kreaturen gestanden, nackt, ohne Waffen, ohne seine Magie!«

Sie holte tief Atem und schüttelte die Haare zurück. »Ich weiß nämlich Bescheid über das Meerwasser und wie es auf seine Magie wirkt, also brauchst du mir darüber nichts zu erzählen!« fügte sie trotzig hinzu. »Wir Menschen gebieten nicht über die Runenmagie, aber unsere Sagen berichten von Leuten, die vor langer, langer Zeit die Gabe hatten. Haplo will seine Macht offenbar geheimhalten, deshalb habe ich nichts gesagt.« Schwärmerisch sah sie mich an. »Er war bereit, für uns zu sterben, Grundel! Wie könnte ich ihn *nicht* lieben? Und dann – zu sehen, wie diese Ungeheuer sich vor ihm verneigten! Es war wunderbar! Und jetzt schicken sie uns nach Hause, beladen mit Geschenken, versprechen uns eine neue Heimat! Und alles haben wir Haplo zu verdanken.«

»Kann sein«, brummte ich noch verdrossener, weil ich verflixt noch mal zugeben mußte, daß es stimmte, was sie sagte, »aber was gewinnt er dabei? Hast du darüber mal nachgedacht? Was steckt dahinter, wenn er kommt und mich fragt, wie groß die Armee meines Vaters ist, und Devon, ob er glaubt, daß die Elfen kämpfen würden, wenn es sein müßte, und ob sie noch das Herstellungsgeheimnis der magischen Waffen kennen und ob dein Konsilium die Delphine und Wale bewegen könnte, sich im Fall eines Krieges auf unsere Seite zu stellen?«

Mir fällt ein, daß ich vergessen habe zu erwähnen, wie Haplo an diesem Tag versucht hatte, uns ganz beiläufig und unauffällig mit eben diesen Fragen auszuhorchen.

»Grundel, du bist gemein und undankbar!« rief Alake und brach in Tränen aus.

Ach, du meine Güte! Ich hatte nicht vorgehabt, sie zum Weinen zu bringen und kam mir selbst so niederträchtig vor wie eine Drachenschlange. Als ich es nicht mehr mitansehen konnte, ging ich hin und tätschelte ihr die Hand.

»Es tut mir leid«, entschuldigte ich mich unbeholfen.

»Ich habe ihn gefragt, weshalb er das alles wissen will«, schluchzte sie, »und er sagte, daß es immer gut wäre, auf das Schlimmste gefaßt zu sein, und auch wenn die neue Welt einladend und friedlich aussähe, könnten dort Gefahren lauern ...« Sie machte eine Pause, um sich die Nase zu putzen.

Ich sagte, es wäre schon gut. Was Haplo sagte, klang vernünftig. Was er sagte, klang immer vernünftig, deshalb war dieses nagende, elende Gefühl von Argwohn und Mißtrauen um so schwerer zu ertragen. Ich entschuldigte mich noch mal und neckte Alake, bis sie fröhlicher wurde und sich die Tränen abwischte.

Aber wir Zwerge können nun mal aus unserem Herzen keine Mördergrube machen. Es mußte heraus: »Alake – ich habe das alles nur gesagt, weil ... Nun, Haplo liebt dich nicht.«

Mit angehaltenem Atem wartete ich auf den nächsten Sturm, aber zu meiner Überraschung nahm Alake es ziemlich gefaßt auf. Sie lächelte sogar, traurig, aber es war ein Lächeln.

»Oh, das weiß ich, Grundel. Wie kann ich erwarten, daß er das tut. Es muß Tausende von Frauen geben, die sich nach ihm verzehren.«

Man sollte, dachte ich, diese Sicht der Dinge fördern.

»Ja, und vielleicht hat er irgendwo eine Ehefrau ...«

»Nein«, sagte Alake rasch. Sie betrachtete ihre Hände. »Ich habe ihn gefragt. Er sagte, er hätte bis jetzt noch nicht die Richtige gefunden. Ich wäre so gerne die Richtige für ihn, Grundel, aber ich weiß, daß ich seiner jetzt noch nicht würdig bin. Eines Tages vielleicht, wenn ich mich bemühe.«

Sie schaute mich an; in ihren Augen schimmerten Tränen. Es kam mir vor, als wäre sie von einer Minute zur anderen reifer und erwachsener geworden, und sie sah wunderhübsch aus und leuchtete wie von innen heraus.

Was blieb mir anderes übrig, als zu sagen, wenn diese Liebe ihr soviel bedeutete, dann konnte es nicht falsch sein, was immer auch geschah. Außerdem, wenn wir nach Hause kommen, wird Haplo vielleicht gehen, dahin zurück, woher er gekommen ist. Was kann er schließlich von uns wollen? Aber den Gedanken behielt ich für mich.

Wir fielen uns in die Arme und heulten uns aus, und ich sagte nichts Schlechtes mehr über Haplo. Devon, der uns gehört hatte, kam herein, und Alake weihte ihn ein. Devon sagte, Liebe sei für ihn das Wundervollste überhaupt, und wir sprachen über Sabia, und dann brachten die beiden mich soweit, von Hartmut zu erzählen, und wir lachten und weinten alle drei und konnten es nicht erwarten, nach Hause zu kommen.

Deshalb traf es uns noch viel schwerer zu erfahren, was sich inzwischen dort zugetragen hatte.

Was ich jetzt schreiben muß, habe ich so lange wie möglich vor mir hergeschoben. Ich konnte mich nicht dazu durchringen. Es macht mich so furchtbar traurig. Aber bis jetzt habe ich alles berichtet, und ich kann nicht einfach weiterschreiben und den wichtigsten Teil auslassen.

Drei vor dem bösen Drachen gerettete Prinzessinnen (oder zwei Prinzessinnen und ein Prinz, aber das macht sich nicht so gut) und die sichere Heimkehr – ein wunderschönes Garn für ein Schaukelstuhlepos mit glücklichem Ausgang. Ende gut, alles gut. Leider war es nicht gut. Und ich habe so ein Gefühl, als wäre es auch nicht das Ende gewesen.

Kaum hatte unser Tauchboot den Schlupfwinkel der Drachenschlangen verlassen, fanden wir uns belagert von einem Schwarm aufdringlicher Delphine. Sie löcherten uns mit Fragen, wollten einfach alles wissen, was passiert war, wie es uns gelungen war, zu entkommen. Sobald sie genug gehört hatten, schossen sie davon, um als erste die Neuigkeit zu verbreiten. Größere Klatschtanten als diese Fische hat es nie gegeben.

Das einzig Gute war, daß unsere Eltern die frohe Botschaft hören und Zeit haben würden, sich von dem Schock zu erholen. Wir begannen zu diskutieren, wessen Heimat wir zuerst anlaufen sollten, aber die Entscheidung wurde uns aus der Hand genommen. Die Delphine kehrten mit der Nachricht zurück, daß wir unsere Eltern in Elmas treffen sollten, dem Meermond der Elfen.

Das paßte uns gut. Um ehrlich zu sein, uns war etwas bange in bezug auf die Reaktion unserer Eltern. Natürlich würden sie überglücklich sein, uns heil und gesund wiederzuhaben, aber nach den Küssen und Tränen konnten wir vermutlich mit einer gehörigen Standpauke rechnen. Schließlich waren wir ungehorsam gewesen und davongelaufen, ohne an den Kummer zu denken, den wir ihnen bereiteten.

Wie besorgt wir waren, kann man ermessen, wenn ich sage, daß wir Haplo ins Vertrauen zogen und ihn baten, bei unseren Müttern und Vätern ein gutes Wort einzulegen.

Er grinste nur und meinte, er hätte uns vor den Drachenschlangen beschützt, aber was elterlichen Zorn anginge, wären wir auf uns selbst gestellt. Standpauken und Bestrafungen waren jedoch augenblicklich vergessen, als das Tauchboot anlegte, die Luke aufging und wir unsere Eltern am Ufer warten sahen. Mein Vater umarmte und drückte mich, und zum erstenmal in meinem Leben sah ich Tränen in seinen Augen. Selbst die gewaltigste Strafpredigt hätte mir in dem Moment nichts ausgemacht.

Wir machten sie mit Haplo bekannt. (Die Delphine hatten natürlich schon erzählt, daß wir ihm unsere Rettung verdankten.) Unsere Eltern waren dankbar, aber man konnte sehen, daß sie alle ein wenig eingeschüchtert waren von dem Mann, seinen geheimnisvollen Tätowierungen und der Aura gelassener Selbstsicherheit. Sie stammelten ein paar zusammenhanglose Dankesworte, die er lächelnd und mit einem Schulterzucken akzeptierte, und erwiderte, wir hätten ihn aus dem Meer gerettet und er sei froh gewesen, sich erkenntlich zeigen zu können. Mehr sagte er nicht, und unsere Eltern waren froh, sich wieder uns zuwenden zu können.

Eine Zeitlang beherrschten Umarmungen, strahlende Gesichter und liebevolle Worte das Bild. Devons Eltern waren da, um ihren Sohn in Empfang zu nehmen. Sie freuten sich ebensosehr, ihn unversehrt wiederzuhaben, wie die anderen Eltern, doch als ich ein wenig zur Besinnung kam, fiel mir auf, daß sie immer noch einen bekümmerten Eindruck machten, obwohl sie doch überglücklich hätten sein müssen. Auch der Elfenkönig war gekommen, um Devon willkommen zu heißen, aber ohne Sabia.

Erst dann bemerkte ich, daß ihr Vater ganz in Weiß gekleidet war – bei den Elfen die Farbe der Trauer. Sämtliche Elfen um uns herum trugen Weiß, wie es eigentlich nur üblich war, wenn einer aus der königlichen Familie gestorben ist.

Eine eiskalte Hand griff nach meinem Herzen. Der Schreck, die Angst müssen mir im Gesicht gestanden haben, als ich meinen Vater ansah, denn er schüttelte nur den Kopf und legte den Finger an die Lippen, um anzudeuten, daß ich schweigen solle.

Alake hatte nach Sabia gefragt. Unsere Blicke trafen sich, ihre Augen waren dunkel vor Entsetzen. Wir schauten beide zu Devon. Vor Freude blind, den Kopf zwischen rosigen Wolken, hatte er noch nichts gesehen. Er löste sich aus der Umarmung seiner Eltern und trat vor den Elfenkönig.

»Wo ist Sabia, Sire?« fragte er. »Ist sie noch böse, weil ich sie geschlagen habe? Ich werde es wiedergutmachen, ich versprech's! Bittet sie herauszukommen...«

Der Eine nahm den Schleier von seinen Augen. Er sah die weißen Gewänder, sah das gequälte, gramgefurchte Gesicht des Elfenkönigs, sah die weißen Blüten auf dem Segensmeer treiben.

»Sabia!« schrie Devon und wollte auf das Korallenschloß zulaufen, das sich schimmernd am Felsenhang erhob.

Eliason hielt ihn fest.

Devon setzte sich heftig zur Wehr, dann brach er in des Königs Armen zusammen. »Nein!« rief er schluchzend. »Nein! Das wollte ich doch nicht... Ich wollte sie retten...«

»Ich weiß, mein Sohn«, beschwichtigte ihn Eliason, strich ihm übers Haar und tröstete ihn, wie er ein eigenes Kind getröstet haben würde. »Es ist nicht deine Schuld. Du hattest die besten, edelsten Absichten. Sabia ist mit dem Einen vereint. Sie hat ihren Frieden. Wir dürfen nicht selbstsüchtig sein in unserer Trauer. Und jetzt ist es, glaube ich, Zeit, daß die Familien unter sich diesen glücklichen Tag feiern.«

Eliason nahm sich Haplos mit der liebenswürdigen Höflichkeit an, die für Elfen charakteristisch ist, ungeachtet eigenen Kummers oder eigener Sorgen. Bedauernswerter König. Wie er sich danach gesehnt haben muß, mit dem jungen Mann, der sein Schwiegersohn hätte werden sollen, zusammen Totenwache für Sabia zu halten!

In unseren Gemächern angelangt, berichtete meine Mutter, was sich ereignet hatte.

»Im selben Moment, als Sabia erwachte, wußte sie, was Devon getan hatte. Sie wußte, daß er sich für sie opfern wollte und daß er eines schrecklichen Todes sterben würde. Von dem Augenblick an«, fuhr Mutter fort und wischte sich mit dem Ärmelzipfel über die Augen, »verlor das arme Kind den Willen zu leben. Sie weigerte sich zu essen, weigerte sich, ihr Bett zu verlassen. Nur wenn ihr Vater ihr das Glas an die Lippen hielt, trank sie ein paar Schlucke Wasser. Sie wollte mit niemandem sprechen, sondern lag nur da und starrte aus dem Fenster. Im Schlaf wurde sie von Alpträumen heimgesucht. Man erzählt sich, daß ihre Schreie im ganzen Schloß zu hören waren.

Und dann eines Tages schien es ihr besser zu gehen. Sie stand auf, zog das Kleid an, das sie getragen hatte, als ihr drei das letzte Mal zusammen wart, und wanderte leise singend durch die Zimmer. Es waren traurige, fremdartige Lieder, die jeden mit Beklommenheit erfüllten, aber man hoffte, es sei ein Zeichen, daß sie genesen war. Leider bedeutete es genau das Gegenteil.

An dem betreffenden Abend bat sie ihre Duena, ihr etwas zu essen zu holen. Überglücklich, daß Sabia Hunger verspürte, eilte die Frau nichts Böses ahnend davon. Als sie zurückkehrte, war Sabia verschwunden. Voller Angst weckte die Duena den König. Man suchte im ganzen Palast.«

Meine Mutter schüttelte den Kopf. Die Tränen machten sie stumm. Endlich nahm sie wieder den Ärmel in Gebrauch und erzählte den Rest.

»Man fand ihren Körper auf der Terrasse, wo wir damals saßen und wo ihr uns belauscht habt. Sie hatte sich aus dem

Fenster gestürzt und lag fast an derselben Stelle wie der Elfenbote, als er starb.«

Ich muß jetzt schließen. Wenn ich weiterschreibe, muß ich weinen.

Der Eine behüte deinen Schlummer, Sabia. Keine furchtbaren Träume werden dich mehr quälen.

Kapitel 18

Surunan, Chelestra

Der Gedanke an die Bibliothek der Sartan ließ Alfred nicht mehr los, verfolgte ihn wie der Geist in einem Schauerroman, berührte ihn um Mitternacht mit der kalten Hand im Gesicht und winkte mit dem gekrümmten Finger aus dem staubigen Schatten moosgrüner Samtportieren, um ihn ins Verderben zu locken.

»Unsinn«, sagte er dann zu sich selbst, drehte sich auf die andere Seite und versuchte, den Geist dadurch zu bannen, daß er ihn in der Gruft des Schlafs begrub.

Das half für die Nacht, aber das Schemen heftete sich auch tags hartnäckig an seine Fersen. Alfred saß beim Frühstück und vollzog das Ritual der allmorgendlichen Floskeln, während er in Wirklichkeit an nichts anderes denken konnte als an Ramu, der das bewußte Fach inspizierte. Was befand sich darin, das niemand wissen durfte?

»Neugier. Unbeherrschte Neugier«, rügte Alfred sich. »Samah hat recht. Ich habe viel zu lange unter Nichtigen gelebt. Mir geht es wie dem Mädchen in der Geschichte, die Grams Kinderfrau ihm oft erzählte. ›Du darfst jeden Raum des Schlosses betreten, nur nicht die verschlossene Kammer am Kopf der Treppe.‹ Und ist die dumme Person zufrieden mit den übrigen einhundertvierundzwanzig Zimmern im Schloß? Nein, sie kann nicht essen, nicht schlafen und findet keine Ruhe, bis sie die Tür zu der verbotenen Kammer geöffnet hat. Genauso geht es mir. Die verbotene Kammer lockt. Aber ich werde mich hüten! Ich werde keinen Gedanken mehr daran verschwenden. Ich will zufrieden sein mit den anderen Zimmern, die voller Schätze sind. Und ich will glücklich sein. Ich *will* glücklich sein.«

Leichter gesagt als getan. Mit jedem Tag, der verging, fühlte er sich unglücklicher. Zwar versuchte er, seine zunehmende Ruhelosigkeit vor Gastgeber und Gastgeberin zu verbergen – mit Erfolg, bildete er sich ein. Samah beobachtete ihn aufmerksam, wie ein Geg ein defektes Überdruckventil des Allüberall, von dem er nicht weiß, wann es explodiert. Eingeschüchtert von Samahs übermächtiger Persönlichkeit, gedrückt vom schlechten Gewissen desjenigen, der weiß, daß er etwas falsch gemacht hat, verhielt Alfred sich unterwürfig und still in der Gegenwart des Archonten und wagte kaum, den Blick zu dessen strengem, unnachgiebigem Gesicht zu heben.

Während Samahs Abwesenheit jedoch fühlte Alfred sich freier. Meistens blieb Orla zurück, um ihm Gesellschaft zu leisten, was er sehr genoß, außerdem gebärdete sich sein Quälgeist dann nicht annähernd so aufdringlich wie bei den seltenen Gelegenheiten, wenn er sich selbst überlassen war. Nie kam Alfred auf den Gedanken, sich zu wundern, daß man ihn kaum mehr allein ließ, oder daß Orla nicht ebenso wie Samah zu Ratsversammlungen gerufen wurde. Er dachte nur, daß es lieb von ihr war, ihm soviel Zeit zu opfern, und fühlte sich deshalb um so elender, wenn das Phantom der Bibliothek ihn wieder einmal in den Klauen hatte.

Alfred und Orla saßen auf der Terrasse, Orla mit einem von Samahs Gewändern, über dem sie die Schirmungsrunen sang und gleichzeitig mit den Fingerspitzen auf den Stoff zeichnete. In jedes Sigel legte sie die ganze Liebe und Achtung, die sie für ihren Gemahl empfand.

Alfred sah ihr zu, und ein Gefühl der Traurigkeit ergriff von ihm Besitz. Für ihn hatte nie eine Frau die Schirmungsrunen gesungen, und jetzt, wo er alt war, würde es auch künftig keine mehr tun. Jedenfalls nicht die, die er sich wünschte. Aus heiterem Himmel überfiel ihn eine heftige Eifersucht auf Samah. Alfred mißbilligte die Art, wie der Archont seine Frau behandelte, so kalt und gefühllos. Er wußte, Orla war verletzt, er hatte beobachtet, wie sie schweigend litt. Nein, Samah war nicht gut genug für sie.

Ich etwa? fragte er sich bekümmert.

Orla hob lächelnd den Blick von ihrer Arbeit und schien das ins Stocken geratene Gespräch über die Pflege von Rosensträuchern fortsetzen zu wollen. Alfred war nicht fähig, den wuchernden Dornenverhau seiner infamen, niederträchtigen Gedanken noch rechtzeitig verschwinden zu lassen und sich den Bekämpfungsmethoden von Blattläusen zuzuwenden. Orlas Lächeln erlosch. Seufzend ließ sie die Arbeit ins den Schoß sinken.

»Ich wünschte, du würdest uns beiden nicht unnötig Schmerz zufügen.«

»Es tut mir leid.« Alfred sah so elend aus, wie er sich fühlte. Unwillkürlich tastete er nach dem Hund, der offenbar seinen Kummer spürte und Mitgefühl bezeugte, indem er ihm den Kopf aufs Knie legte.

»Ich muß einen ganz und gar verderbten Charakter haben. Kein wahrer Sartan würde sich je dermaßen vergessen. Wie dein Mann sagt – der Umgang mit den Nichtigen hat mich verdorben.«

»Mit den Nichtigen?« Orlas vielsagender Blick streifte den Hund.

»Du denkst an Haplo.« Alfred kraulte dem Hund die Ohren. »Es wird dich überraschen, aber die Patryn sind durchaus nicht unfähig zu lieben, im Gegenteil.«

Er sah den Hund an und bemerkte nicht den Ausdruck befremdeter Verwunderung auf Orlas Gesicht.

»Sie leugnen selbstverständlich, daß es Liebe ist, nennen es Loyalität, Beschützerinstinkt, der den Fortbestand der Art sichert, weil auf sich allein gestellt im Labyrinth keiner überleben könnte. Ungeachtet dessen ist es Liebe, eine dunkle Spielart der Liebe zwar, aber dennoch Liebe, die selbst der Hartgesottenste unter ihnen empfindet. Der Herrscher des Nexus, ein grausamer, mächtiger und ehrgeiziger Mann, setzt täglich sein eigenes Leben aufs Spiel, um seinem bedrängten Volk beizustehen.«

Von seinen Gefühlen davongetragen, vergaß Alfred, wo er sich befand. Wie hypnotisiert starrte er in die Augen des Hundes und sah durch sie hindurch in eine andere Welt, die immer deutlichere Konturen annahm, bis er die Wirklichkeit um sich herum vergaß.

»Meine eigenen Eltern haben ihr Leben für mich geopfert, als die Snogs uns verfolgten. Ihnen wäre es wohl gelungen zu entkommen, aber ich war noch ein Kind und konnte nicht Schritt halten. Deshalb versteckten sie mich und lockten die Snogs auf ihre Fährte. Ich sah meine Eltern sterben, von den Snogs zu Tode gequält. Später fanden mich fremde Siedler, bei denen ich aufwuchs als einer der Ihren.«

Die Augen des Hundes bekamen einen weichen, traurigen Schimmer. »Und ich habe geliebt«, hörte Alfred sich weitersprechen. »Sie war Läufer, wie ich selbst, wie meine Eltern. Die blauen Runen überzogen ihren Körper, in dem ich Jugend und Lebendigkeit pulsieren fühlte, wenn wir uns nachts umarmten. Wir kämpften Schulter an Schulter, wir liebten und lachten. Ja, sogar im Labyrinth hört man Lachen, wenn auch selten. Meistens ist es ein bitteres Lachen, über düstere, grimmige Späße, aber nicht mehr lachen zu können bedeutet, den Lebenswillen verloren zu haben.

Irgendwann verließ sie mich. Ein Siedlerdorf, in dem man uns für die Nacht aufgenommen hatte, wurde angegriffen, und sie wollte helfen. Eine dumme Gefühlsduselei. Die Angreifer waren zu stark, wir hätten mit den Siedlern den Tod gefunden. Ich sagte ihr das. Sie wußte, ich hatte recht, aber sie war verwirrt und uneins mit sich. Die Liebe zu mir machte ihr angst, deshalb ging sie fort, obwohl sie mein Kind unter dem Herzen trug. Ich habe es nie aus ihrem Mund gehört, aber ich weiß es. An dem Tag verschwand sie für immer aus meinem Leben. Ob sie noch lebt, ob mein Kind lebt – wer weiß . . .«

»Aufhören!«

Orlas schriller Ausruf brach den Bann. Sie war aufgesprungen, hinter den Stuhl zurückgewichen und starrte ihn entsetzt an.

»Hör auf!« Sie war totenblaß und rang nach Atem. »Ich kann es nicht ertragen! Diese Bilder – der kleine Junge, der zusehen muß, wie seine Eltern verstümmelt, in Stücke gerissen werden. Er möchte weinen, schreien, doch er wagt es nicht, er hat solche Angst. Ich sehe die Frau, von der du sprichst, ich fühle ihren Schmerz, ihre Hilflosigkeit. Ihre schwere Stunde ist gekommen – und sie ganz allein an jenem schrecklichen Ort. Auch sie muß stumm bleiben, denn jeder Laut könnte für sie und das Kind den Tod bedeuten. Wie soll ich nachts schlafen können, mit dem Gedanken, dem Wissen, daß wir – daß ich verantwortlich bin!«

Orla schlug die Hände vors Gesicht und begann zu schluchzen. Alfred schaute untätig zu, er schwankte zwischen Betroffenheit über seine Entgleisung und ratlosem Staunen, wie es möglich sein konnte, daß diese Visionen – Haplos Erinnerungen – sich so heimlich, still und leise bei ihm eingeschlichen hatten.

»Sitz. Guter Hund«, sagte er, schob den Kopf des Vierbeiners von seinem Knie, stand auf und trat zu Orla, um ihr sein Taschentuch anzubieten, nur schienen seine Arme kühnere Vorstellungen zu haben. Zu seiner eigenen Verblüffung beobachtete er, wie sie zaghaft den Körper der Frau umfingen und heranzogen. Sie legte den Kopf an seine Brust.

Ein heißes Glücksgefühl durchflutete ihn. Er hielt sie fest, liebte sie mit jeder Faser seines Wesens. Schüchtern streichelte er ihr über das schimmernde Haar, und weil er Alfred war, sagte er etwas Dummes: »Orla, was ist das für ein Geheimnis in der Bibliothek, das Samah um jeden Preis bewahren möchte?«

Sie stieß ihn so heftig zurück, daß er über den Hund stolperte und in die Rosenbüsche fiel. Ihre Wangen brannten, Zorn loderte in ihren Augen, Zorn und – war es nur Einbildung oder flackerte in ihrem empörten Blick dieselbe Angst wie in Samahs?

Ohne ein Wort kehrte Orla ihm den Rücken und schritt in der Haltung verletzter Würde zum Haus.

Mit Tränen in den Augen arbeitete Alfred sich aus den Dornen heraus. Der Hund umtanzte ihn teilnahmsvoll, Alfred funkelte ihn böse an.

»Das ist alles deine Schuld!« sagte er verdrossen.

Der Vierbeiner legte den Kopf schräg, seine Miene gab deutlich zu verstehen, daß er den Vorwurf weit von sich wies.

»Aber ja doch! Mir solche Ideen in den Kopf zu setzen! Warum verschwindest du nicht, suchst deinen verflixten Herrn und läßt mich in Frieden! Ich kann mich auch ohne deine Hilfe in mehr als genug Schwierigkeiten bringen.«

Diesmal schien der Hund von ganzem Herzen beizupflichten, aber auch zu glauben, das sei das logische Ende der Unterhaltung gewesen, denn er trottete zum Gartentor, wo er sich erwartungsvoll nach Alfred umschaute.

Alfred fühlte, wie es ihn gleichzeitig heiß und kalt überrieselte – eine höchst unangenehme Erfahrung.

»Du willst mir sagen, daß wir jetzt allein sind, nicht wahr? Allein und unbeobachtet.«

Der Hund wedelte mit dem Schwanz.

»Eine gute Gelegenheit, unser Glück in der Bibliothek zu versuchen.«

Der Hund wedelte erneut. Allem Anschein nach hielt er Alfred für langsam und begriffsstutzig, war aber großmütig bereit, diese kleinen Schwächen zu übersehen.

»Aber wie kommen wir hinein? Und wenn wir drin sind, wie kommen wir hinaus? Samah würde mich ertappen . . .«

Aus heiterem Himmel wurde der Hund von einem unerträglichen Juckreiz überfallen. Er fiel auf sein Hinterteil, kratzte sich heftig und fixierte Alfred dabei mit einem durchdringenden Blick, der auszudrücken schien: »Na, na. Schließlich bin ich bei dir, vergiß das nicht.«

»Also gut. Meinetwegen.«

Alfred warf einen ängstlichen Blick durch den Garten, als rechnete er damit, daß Samah sich aus den Rosenbüschen auf ihn stürzte. Nichts rührte sich, er seufzte und raffte sich schließlich auf, die Runen zu singen und zu tanzen.

Er stand vor der Bibliothek. Der Hund lief ihm voraus und schnüffelte interessiert an der Tür. Alfred folgte ihm langsam und studierte lustlos die Inschrift am Portal. Die Runen waren verstärkt worden, wie Samah es angekündigt hatte.

»›Bedingt durch die augenblickliche Krisensituation und aufgrund der Tatsache, daß wir nicht genügend Personal zur Verfügung haben, um die Ratsmitglieder bei der dringend nötigen Inspektion zu unterstützen, bleibt die Bibliothek bis auf weiteres geschlossen.‹« Alfred las die Inschrift laut vor.

»Wirklich vernünftig«, bemerkte er zu seinem vierbeinigen Begleiter. »Wer ist schon daran interessiert, Studien zu betreiben. Alle sind hier vollauf damit beschäftigt, ihre Stadt wieder in altem Glanz erstrahlen zu lassen, zu entscheiden, was bezüglich der Patryn unternommen werden soll, und herauszufinden, was aus den Unsrigen in den anderen Welten geworden ist und welche Möglichkeit es gibt, mit ihnen Kontakt aufzunehmen. Sie müssen sich mit den Nekromanten von Abarrach auseinandersetzen und mit diesen Drachenschlangen...«

Der Hund war nicht seiner Meinung.

»Du hast recht.« In Alfred regte sich derselbe Widerspruchsgeist, der von jeher seine Hände und Füße beseelt hatte. »Hätte ich all diese Probleme zu lösen, wo würde ich mich hinwenden? Zu dem Ort, an dem mir das gesammelte Wissen unseres Volkes zur Verfügung steht – diese Bibliothek...«

Nun, gab ihm der Hund zu verstehen, nachdem die Tür seiner Nase keine neuen Erkenntnisse mehr vermitteln konnte, *worauf warten wir?*

»Ich weiß nicht, wie ich hineinkommen soll«, sagte Alfred, doch es kam als Flüstern heraus – eine halbherzige, klägliche und wenig überzeugende Lüge.

Er wußte, wie man es bewerkstelligen konnte, unbemerkt hineinzugelangen. Letzte Nacht war ihm der Einfall gekommen, ganz unerwartet. Und ungebeten!

Erst hatte er versucht, ihn schleunigst wieder zu vergessen, aber es ging nicht. Unbekümmert hatte sein Gehirn Pläne geschmiedet, das Risiko abgeschätzt und beschlossen, daß es minimal und vertretbar war.

Auslöser für den Geistesblitz war die Erinnerung an das alberne Märchen gewesen, das Grams Kinderfrau ihm zu erzählen pflegte. Alfred ertappte sich bei dem Wunsch, sie möge ein schlimmes Ende gefunden haben. Wie konnte man einem empfindsamen Kind solche Greuelgeschichten erzählen. (Auch wenn Gram selbst ein solches Greuel gewesen war.)

Im Zusammenhang mit diesem Märchen hatte Alfred an Arianus und seine Zeit an König Stefans Hof gedacht. Eines führte zum anderen, bis ihm plötzlich wieder einfiel, wie damals der Dieb in die Schatzkammer eingebrochen war.

Wasser ist Geld auf Arianus, wo die lebensnotwendige Flüssigkeit rar und folglich entsprechend wertvoll ist. Im königlichen Palast hortete man einen Vorrat von dem kostbaren Naß für schlechte Zeiten – wenn es zum Beispiel den Elfen wieder einmal gelungen war, die Schiffahrtswege zu blockieren. Gelagert wurden die Fässer in einem Gebäude mit dicken Mauern und doppelt verriegelten Türen, das Tag und Nacht bewacht wurde, scharf bewacht – längs aller vier Seiten patrouillierten bewaffnete Posten.

Nur nicht auf dem Dach.

In einer dunklen Nacht gelangte ein Dieb mittels eines ausgeklügelten Systems von Seilen und Flaschenzügen auf dem Weg über ein benachbartes Gebäude auf das Dach des Lagerhauses. Er war dabei, eine Öffnung in die Balken aus Hartholz zu sägen, als einer davon laut klirrend zerbarst und der Unglückliche buchstäblich den verdutzten Posten in die Arme fiel.

Wie der Dieb es hatte anstellen wollen, genügend Wasser zu stehlen, um die Gefahren seines Husarenstückes aufzuwiegen, blieb sein Geheimnis. Man vermutete, daß er Komplizen gehabt hatte, aber wenn es so war, entkamen sie und wurden nie gefaßt, denn er schwieg hartnäckig, sogar unter der Folter. Er ging in den Tod, ohne irgend etwas erreicht zu haben, außer, daß von nun an auch auf dem Dach ein Posten stand.

Und er inspirierte Alfred zu einem Plan für den Einbruch in die Bibliothek der Sartan.

Selbstverständlich war es denkbar, daß Samah das gesamte Gebäude mit einem Panzer aus Magie umgeben hatte, doch wie Alfred die Sartan von Chelestra kannte, hielt er es für unwahrscheinlich. Sie hatten die liebenswürdige Bitte, vom Betreten der Bibliothek freundlichst abzusehen, für einen ausreichenden Schutz vor Eindringlingen gehalten, bis Alfreds eigensinnige Füße ihn über die Schwelle expedierten. Der Archont hatte die magische Sperre verstärkt, aber bestimmt nicht mit der Vorstellung, jemand könne die Unverfrorenheit besitzen, sich in bewußter Auflehnung über ein ausdrückliches Verbot hinwegzusetzen. Allein der Gedanke war skandalös.

Im höchsten Maße skandalös, dachte Alfred verzweifelt. Ich muß verrückt sein!

»Das ist ein Alptraum!« sagte er matt und wischte sich mit der Spitzenmanschette über die Stirn.

Er war fest entschlossen, nicht länger zu bleiben; er hatte nur einen kleinen Spaziergang gemacht, diese Bibliothek interessierte ihn keinen Deut.

»Wenn es ein Geheimnis gibt, hat Samah vermutlich ausgezeichnete Gründe, nicht zu wollen, daß Hinz und Kunz die Nase hineinstecken, obwohl – was das für Gründe sein könnten, weiß ich nicht, aber es geht mich auch nichts an.«

So ähnlich ging es noch eine Zeitlang weiter, derweil Alfred sich ermannte und den Weg nach Hause einschlug, sich unversehens vor der Bibliothek wiederfand, auf dem Absatz kehrtmachte, die Straße hinuntermarschierte und gleich darauf wieder vor dem Portal stand.

Der Hund trabte hinterdrein, bis er müde wurde und sich ungefähr in der Mitte von Alfreds beiden Umkehrpunkten hinlegte, um von dort aus den Prozeß der Entscheidungsfindung zu beobachten.

Endlich blieb der Sartan stehen und ballte entschlossen die Fäuste. »Ein für allemal – ich gehe nicht hinein!« verkündete er laut, führte einen kleinen Tanz auf und begann die Runen zu singen.

Die Sigel woben ihr magisches Netz und trugen ihn empor. Der Hund sprang auf und fing zu Alfreds größtem

Unbehagen laut an zu bellen. Die Bibliothek lag am Rand der Stadt, weit entfernt von den Wohnvierteln, aber dem nervösen Alfred kam es vor, als müßte das Gebell bis Arianus zu hören sein.

»Leise! Guter Hund! Nein, nicht bellen. Ich . . .«

Über seinen Versuchen, den Hund zu beruhigen, vergaß Alfred, daß er nach Hause gewollt hatte. Wenigstens konnte er sich nicht anders erklären, daß er plötzlich über der Bibliothek schwebte.

»Ach du meine Güte«, jammerte er und fiel aus der Luft wie ein Stein.

Lange Augenblicke hockte er auf dem Dach, voller Angst, daß man den Hund gehört hatte und gleich Scharen von Sartan herbeiströmen würden, um nachzusehen, was der Lärm bedeuten sollte.

Alles blieb still. Niemand kam.

Der Hund leckte ihm die Hand und drängte ihn winselnd, noch einmal durch die Luft zu schweben, ein Kunststück, das den Vierbeiner besonders faszinierte.

Alfred, der die entnervende Fähigkeit des Hundes vergessen hatte, überall dort aufzutauchen, wo man ihn am wenigsten erwartete, wäre bei dem plötzlichen Schlabbern der nassen Zunge vor Schreck fast aus der Haut gefahren.

Kraftlos gegen die Brüstung gelehnt, tätschelte er seinen vierbeinigen Komplizen und hielt Umschau. Er hatte recht gehabt. Die einzigen Sigel hier oben waren die ganz gewöhnlichen für Dauerhaftigkeit und Schutz vor Wind und Wetter, die man bei jedem Sartangebäude fand. Ja, er hatte recht gehabt mit seiner Vermutung und haßte sich dafür.

Die Dachkonstruktion bestand aus massiven Balken einer Baumart, die Alfred nicht kannte, aber sie verströmten einen schwachen, angenehmen Holzgeruch. Vermutlich ein Baum, den die Sartan aus der Alten Welt mitgebracht hatten.* Die Balken waren in regelmäßigen Abständen angeordnet, die Zwischenräume mit maßgerechten Brettern geschlossen. Verschlungene Glyphen, die das gesamte Dach überzogen,

* Höchstwahrscheinlich Zeder.

hielten Regen ab, Ungeziefer, Wind, Sonne, eigentlich alles –

»Außer mich«, bemerkte Alfred, der sie unglücklich betrachtete. Er brachte nicht die Energie auf weiterzumachen, bis der nüchterne Teil seines Verstandes ihn erinnerte, daß die Ratssitzung nicht mehr lange dauern konnte. Samah würde heimkehren und mißtrauisch werden, wenn er Alfred dort nicht wie erwartet antraf.

»Mißtrauen«, sagte Alfred kopfschüttelnd. »Wann hat je ein Sartan seinem Nächsten mißtraut? Was geschieht mit uns? Und weshalb?«

Widerstrebend beugte er sich vor, zeichnete ein Sigel auf das Gebälk und stimmte einen melancholischen Sprechgesang an. Die Runen sanken durch die Balken aus dem Stamm eines Baumes, der einst in der Erde einer fremden, versunkenen Welt gewurzelt hatte, und trugen Alfred mit sich in das kühle Halbdunkel der Bibliothek.

Orla wanderte ruhelos durch die Zimmer ihres Hauses. Sie wünschte sich Samah herbei und war gleichzeitig froh, allein zu sein. Die Stimme der Vernunft riet ihr, in den Garten zurückzukehren, zu Alfred, ihn um Entschuldigung zu bitten, weil sie sich wie eine Närrin benommen hatte, und den Zwischenfall herunterzuspielen. Sie hätte sich davon gar nicht erst so aus der Fassung bringen lassen dürfen, hätte sich von *ihm* nicht so aus der Fassung bringen lassen dürfen!

»Weshalb mußtest du kommen?« warf sie dem Abwesenden vor. »Die Zeit des Chaos, der Zweifel war vorüber, ich glaubte, auf Frieden hoffen zu dürfen. Weshalb bist du gekommen? Und wann gehst du wieder?«

An einer Schmalseite des Zimmers angekommen, machte sie kehrt und setzte ihre Wanderung fort. Die Wohnungen der Sartan sind groß und geräumig, bestimmt von geraden Linien, präzisen Winkeln, hie und da aufgelockert von einem anmutig geschwungenen Bogen. Auch in Samahs Haus bestand die sparsame Einrichtung aus Stücken von erlesener Schlichtheit, bequem, aber funktionell, ohne rein dekoratives Element. Es blieb viel freier Raum, der es erlaubte, sich ungehindert zu bewegen.

Fast jedem erlaubte, sich ungehindert zu bewegen, korrigierte Orla sich und rückte einen Tisch zurecht, den Alfred verschoben hatte.

Sie tat es, weil Samah sich ärgerte, wenn er ein Teil nicht am gehörigen Platz fand, doch ihre Hand verweilte auf der Platte, und sie mußte lächeln, als ihr wieder vor Augen trat, wie Alfred dagegen gestolpert war.

Der Tisch stand neben einem Sofa, außerhalb jeder Gefahrenzone. Alfred hatte sich eigentlich in einem ganz anderen Teil des Zimmers befunden und nicht im mindesten die Absicht gehegt, sich dem fatalen Möbel zu nähern. Mit wachsendem Staunen hatte Orla verfolgt, wie diese übergroßen Füße unaufhaltsam in die Richtung des Tisches strebten und es scheinbar gar nicht erwarten konnten, endlich ein Malheur anzurichten. Und Alfred, der schicksalergeben zuschaute, wie eine Gouvernante mit einer Horde ungezogener Rangen. Und wie er Orla angesehen hatte, mit diesem resignierten, um Verständnis und Vergebung heischenden Ausdruck.

Ich weiß, ich bin schuld, sagten seine Augen, aber was kann ich tun? Meine Füße gehorchen mir einfach nicht!

Warum rührte seine Duldermiene ihr Herz? Warum sehnte sie sich danach, diese ungeschickten Hände zu umfassen, die Bürde tragen zu helfen, die auf diesen gebeugten Schultern lastete?

»Ich bin die Frau eines anderen Mannes«, ermahnte sie sich. »Samahs Frau.«

Sie mußten einander geliebt haben, überlegte sie. Immerhin hatten sie einen Sohn, also war es wohl Liebe gewesen – vor langer Zeit.

Doch sie erinnerte sich an das Bild, das Alfred für sie heraufbeschworen hatte, von Mann und Frau, die einander liebten, leidenschaftlich, verzehrend, weil ihnen nicht mehr vergönnt war als diese Nacht, weil es nirgends Trost gab, außer in den Armen des anderen. Nein, erkannte sie betrübt, sie hatte niemals wirklich geliebt.

Sie empfand keinen Schmerz, kein Sehnen, nichts. Nur eine große Leere, bestimmt von klaren Linien, präzisen Winkeln, gestützt von kerzengeraden Säulen. Das sparsame Mobiliar war akkurat, wurde ab und zu in ein anderes Licht gerückt, aber nie von Grund auf neu arrangiert. Bis zu dem Augenblick, als übergroße Füße, ungeschickte Hände und diese bekümmerten, nachdenklichen Augen auftauchten und ihr wohlgeordnetes Seelenleben aus den Fugen geriet.

»Samah würde behaupten, es sei ein Mutterinstinkt, daß ich jemanden brauche, den ich bemuttern kann. Merkwürdig, aber habe ich je mein eigenes Kind bemuttert? Vermutlich schon. Ganz bestimmt sogar. Doch wenn ich zurückdenke, scheine ich mein ganzes Leben damit verbracht zu haben, in diesem stillen Haus von einem Zimmer ins andere zu gehen und die Möbel abzustauben.«

Allerdings waren ihre Gefühle für Alfred nicht mütterlicher Art. Orla erinnerte sich an seine zaghafte Hand, seine scheuen Zärtlichkeiten und errötete. Nein, ganz und gar nicht mütterlich.

»Was ist nur das Besondere an ihm?« fragte sie sich laut.

Ganz bestimmt nichts an seiner äußeren Erscheinung: schütteres Haar, gebeugte Schultern, Füße, die es darauf abgesehen zu haben schienen, ihren Besitzer ins Unglück zu bringen, gütige blaue Augen, schäbige Nichtigenkleider, die er sich weigerte, gegen ein Sartangewand einzutauschen. Orla dachte an Samah: stark, selbstbewußt, mächtig. Doch Samah hatte sie niemals Mitgefühl empfinden lassen, sie zum Weinen gebracht über fremdes Leid, in ihr den Wunsch geweckt, zu lieben um der Liebe willen.

»Ihm wohnt eine Macht inne«, erklärte Orla dem steifen, desinteressierten Mobiliar, »eine Macht, die um so stärker wirkt, weil er sich ihrer nicht bewußt ist. Wenn man ihn darauf anspräche, bekäme er wieder diesen verwirrten, erstaunten Blick und würde stottern und stammeln und ... Lieber Himmel, ich bin in ihn verliebt. Das ist unmöglich! Ich bin in ihn verliebt.«

Und er ist verliebt in dich.

»Nein«, protestierte sie leise und lächelte versonnen.

Sartan verliebten sich nicht in anderer Leute Ehegatten, sie hielten sich an ihr Treuegelöbnis. Diese Liebe war hoffnungslos und konnte allen Beteiligten nur Kummer bringen. Orla war sich darüber im klaren. Sie wußte, sie würde sich des Lächelns und der Tränen als unnützen Ballastes entledigen müssen, zurückkehren zu den klaren Linien und präzisen Winkeln. Nur eine kurze Frist blieb ihr noch, um sich an die Wärme seiner Hand zu erinnern, die über ihre Haut strich, und wie sie in seinen Armen geweint hatte um das Kind einer anderen Frau, um zu *fühlen*.

Ihr fiel ein, daß sie schon viel zu lange von ihm getrennt war.

»Er wird glauben, daß ich zornig auf ihn bin«, dachte sie reuevoll und erinnerte sich daran, wie sie empört den Garten verlassen hatte. »Ich muß ihn verletzt haben. Ich werde hinausgehen und ihm alles erklären und – ihm sagen, daß er unser Haus verlassen muß, daß wir uns nicht mehr sehen dürfen, außer bei offiziellen Anlässen. Das bringe ich fertig. Ja, das kann ich bestimmt fertigbringen.«

Doch ihr Herz schlug viel zu schnell, sie war gezwungen, ein beruhigendes Mantra aufzusagen, bevor sie sich in der Lage fühlte, gefaßt und entschlossen aufzutreten. Nachdem sie ihr Haar zurückgestrichen und sich die Tränenspuren aus dem Gesicht gewischt hatte, versuchte sie ein kühles, überlegenes Lächeln auf ihr Gesicht zu bringen und warf einen besorgten Blick in den Spiegel, um zu sehen, ob es so angestrengt und unecht aussah, wie es sich anfühlte. Dann zögerte sie den entscheidenden Schritt zur Tür wieder hinaus, um zu überlegen, wie sie die Sprache auf das heikle Thema bringen sollte.

»Alfred, ich weiß, du liebst mich . . .«

Nein, das klang eingebildet.

»Alfred, ich liebe dich . . .«

So schon gar nicht! Endlich beschloß sie, es kurz und schmerzlos zu machen, wie diese schrecklichen Nichtigen, wenn sie ein krankes Glied vom Körper trennten.

»Alfred, du und der Hund – ihr müßt noch heute das Haus verlassen.«

Ja, das war wohl am besten. Seufzend kehrte sie auf die Terrasse zurück.

Alfred war verschwunden.

»Er ist in der Bibliothek.«

Orla wußte es so sicher, als könnte sie über die Entfernung hinweg und durch die Mauern sehen. Er hatte eine Möglichkeit gefunden, sich Zutritt zu verschaffen, ohne den Alarm auszulösen. Vielleicht hatte er jetzt schon gefunden, wonach er suchte.

»Er kann es nicht verstehen, er war nicht dabei. Ich muß versuchen, ihn *meine* Erinnerungen sehen zu lassen!«

Orla flüsterte die Runen, zeichnete sie mit den Händen in die Luft und ließ sich von den Schwingen der Magie davontragen.

Der Hund knurrte warnend und sprang auf. Alfred hob den Blick von der auf dem Tisch ausgebreiteten Schriftrolle. Eine weißgekleidete Gestalt war im Hintergrund des langgestreckten Lesesaals aufgetaucht und kam näher. Er konnte nicht erkennen, wer es war. Samah? Ramu?

Es war ihm gleichgültig. Weder hatte er Angst, noch fühlte er sich von Schuldbewußtsein zermalmt, noch duckte er sich eingeschüchtert. Er war entsetzt und verstört und betroffen, und er freute sich seltsamerweise auf eine handfeste Konfrontation.

Als er aufstand, zitterte er am ganzen Körper – vor Zorn. Die Gestalt trat in den Kreis des magischen Lichtscheins, den er erschaffen hatte, als seine Augen vom angestrengten Lesen zu schmerzen begannen.

Die beiden starrten sich an. Hastige Atemzüge wurden zu Seufzern, Augen verrieten Dinge, die niemals ausgesprochen werden durften.

»Du weißt es«, sagte Orla.

»Ja«, antwortete Alfred und senkte verwirrt den Blick. Er hatte mit Samah gerechnet. Samah konnte er seine Empörung entgegenschleudern. Er hatte das dringende Bedürfnis, sich Luft zu machen, seiner Wut, die in ihm brodelte wie

Abarrachs Magmaozean, die Zügel schießen zu lassen. Aber wie konnte er diese Wut an ihr auslassen, wenn er nichts sehnlicher wünschte, als sie in die Arme zu nehmen?

»Es tut mir leid«, meinte Orla. »Dadurch wird alles sehr schwierig.«

»Schwierig!« Die Unangemessenheit des Wortes traf Alfred wie ein Schlag. »Schwierig! Das ist alles, was du sagen kannst?« Er wies mit einer schroffen Handbewegung auf die Schriftrolle*, die er studiert hatte. »Was ihr getan habt... Falls ihr wußtet... Hier ist alles aufgezeichnet, die Debatten in den Sitzungen, die Tatsache, daß manche Sartan begannen, an eine höhere Macht zu glauben. Wie konntet ihr... Lügen, alles Lügen. Der Schrecken, die Zerstörung, das Sterben. Unnötig! Und ihr wußtet es...«

»Nein, wir wußten es nicht!« schrie Orla.

Sie trat näher, stützte sich mit der Hand auf den Tisch, auf die Schriftrolle zwischen ihnen. Der Hund saß auf den Hinterläufen und schaute mit klugen Augen von einem zum anderen.

»Wir wußten es nicht! Nicht mit Sicherheit! Und die Macht der Patryn wuchs. Was hatten wir dem entgegenzusetzen? Ahnungen, Visionen, nichts, gar nichts Greifbares.«

»Visionen!« wiederholte Alfred. »Visionen! Auch ich habe Visionen gehabt! Es war die – die ungeheuerlichste, wundervollste Erfahrung meines Lebens! Das Sanktuarium nennen sie die Kammer im Palast von Nekropolis in Abarrach, wo den Unsrigen die Erkenntnis zuteil wurde und wo sie von der Hand ihrer verblendeten Brüder und Schwestern den Tod fanden. Ich verstand den einzigartigen Sinn meines Lebens. Ich durfte erkennen, daß es mir gegeben war, Dinge zum Besseren zu wenden. Mir wurde gesagt, daß ich nur den Glauben haben müßte, und alles würde gut. Wie gerne wäre ich dort geblieben...«

* Wenn Samah die Entdeckung des Geheimnisses fürchtete, warum hatte er die Schriftrolle nicht verbrannt?

»Ich glaube«, notiert Alfred in einer Anmerkung zu diesem Absatz, »daß Samah einen tiefen Respekt vor der Wahrheit besaß. Auch wenn er sie leugnete, zu unterdrücken versuchte, brachte er es nicht über sich, sie zu vernichten.«

»Aber du bist es nicht!« warf Orla ein. »Du konntest nicht bleiben, habe ich recht? Und was geschah in Abarrach, nachdem du fort warst?«

Stumm sah Alfred auf die Schriftrolle hinab, ohne sie wahrzunehmen.

»Du hast gezweifelt«, sagte sie hitzig. »Du warst ernüchtert und konntest nicht mehr glauben, was du gesehen hattest. Du stelltest deine Gefühle in Frage. Du standest in einer finsteren, grausamen Welt, und falls dir *tatsächlich* ein kurzer Blick auf etwas Erhabenes vergönnt gewesen war, auf eine Macht des Guten, größer und gewaltiger als die von uns Sartan, weshalb manifestierte sie sich nirgends? Hast du dich nicht vielleicht sogar gefragt, ob alles nur ein Trick gewesen sein könnte?«

Alfred sah Jonathan vor sich, den jungen Edelmann, der in Abarrach sein und Haplos Mitstreiter gewesen war, in Stücke gerissen von den Händen seines einst liebenden Weibes. Jonathan hatte geglaubt, er hatte vertraut und war deshalb eines gräßlichen Todes gestorben. Jetzt war er vermutlich ein Lazar, einer der unglücklichen lebenden Toten Abarrachs.

Alfred sank kraftlos auf einen Stuhl. Seine Niedergeschlagenheit teilte sich dem Hund mit, der zu ihm kam und ihn tröstend beschnupperte. Alfred legte den schmerzenden Kopf auf die Arme.

Sanfte, kühle Hände umfaßten seine Schultern, Orla kniete sich neben ihn. »Ich weiß, wie dir zumute ist, glaub mir. Uns allen ging es so, mir, Samah, den anderen Ratsmitgliedern. Es war, als ob ... Wie hat Samah es noch ausgedrückt? Es ging uns wie Nichtigen nach dem Genuß von starkem Wein. Wenn sie berauscht sind, erscheint ihnen alles wundervoll, sie fühlen sich unüberwindlich und glauben, jedes Problem lösen zu können. Aber wenn die Wirkung des Alkohols nachläßt, überfällt sie der Katzenjammer, und es geht ihnen schlechter als zuvor.«

Alfred hob den Kopf und schaute sie trübsinnig an. »Und wenn die Schuld bei uns liegt? Wenn ich in Abarrach geblieben wäre? Ist dort ein Wunder geschehen? Ich werde es nie erfahren. Ich hatte Angst und bin geflohen.«

»Und wir hatten auch Angst.« Orla merkte nicht, daß sie seinen Arm immer fester umklammerte. »Die Dunkelheit der Patryn war sehr real und der Lichtschimmer, den einige von uns wahrgenommen hatten, nicht mehr als das Flackern einer Kerzenflamme, die der geringste Atemhauch auszulöschen vermochte. Sollen wir daran glauben? An etwas, das wir nicht verstehen?«

»Was ist Glaube?« fragte Alfred leise, den Blick in die Ferne gerichtet. »Auf etwas vertrauen, das man nicht versteht. Wie könnten wir armseligen Sterblichen auch hoffen, jenes allumfassende, furchtbare und großartige Bewußtsein zu verstehen?«

»Ich weiß es nicht«, wisperte Orla verstört. »Ich weiß es nicht.«

Alfred griff nach ihrer Hand. »Das war der Punkt, über den ihr gestritten habt, du und die anderen Ratsmitglieder! Du und – und dein Mann.«

»Samah wollte nichts davon wissen. Er behauptete, es sei ein Trick, eine List des Feindes.«

Alfred glaubte, Haplo sprechen zu hören. *Ein Trick, Sartan! Du hast mich überlistet ...*

»... stimmten gegen die Teilung«, hatte Orla inzwischen weitergesprochen. »Wir hielten es für besser, noch abzuwarten, um nicht womöglich etwas in Gang zu setzen, das nicht mehr aufzuhalten war. Aber Samah und die anderen hatten Angst ...«

»Und mit gutem Grund, wie mir scheint«, meldete sich eine harte, barsche Stimme zu Wort. »Als ich nach Hause kam und feststellte, daß ihr beide nicht da wart, sagte mir eine Ahnung, wo ihr zu finden sein könntet.«

Alfred hatte unwillkürlich den Kopf zwischen die Schultern gezogen. Orla erhob sich bedächtig aus ihrer knienden Haltung. Sie blieb jedoch neben ihm stehen und legte ihm ermutigend die Hand auf die Schulter. Der Hund schien seine Pflichtvergessenheit dadurch gutmachen zu wollen, daß er Samah aus vollem Halse ankläffte.

»Bring den Köter zum Schweigen«, sagte der Archont, »oder ich töte ihn.«

»Du kannst ihn nicht töten.« Alfred schüttelte den Kopf. »Nicht ihn und auch nicht, was er repräsentiert.«

Doch er legte dem Tier beschwichtigend die Hand auf den Kopf. Nach einem letzten unwilligen Grollen herrschte Stille.

»Nun endlich wissen wir, wer und was du bist«, äußerte Samah und musterte Alfred drohend. »Ein Spitzel der Patryn, der unsere Geheimnisse ausschnüffeln soll.« Er richtete den Blick auf seine Frau. »Und die Gutgläubigen verführen.«

Alfred stand würdevoll von seinem Stuhl auf. »Du irrst. Ich bin zu meinem Kummer ein Sartan. Und was das Ausschnüffeln von Geheimnissen betrifft, so habe ich den Eindruck, daß in erster Linie unser eigenes Volk nichts davon erfahren sollte.«

Samah war vor Zorn alle Farbe aus dem Gesicht gewichen, er brachte kein Wort heraus.

»Nein«, flüsterte Orla und sah Alfred beschwörend an. »Nein, du hast unrecht. Es war nicht der richtige Zeitpunkt . . .«

»Die Gründe für unser Handeln gehen ihn nichts an. Wir haben es nicht nötig, uns vor ihm zu rechtfertigen.« Samah holte tief Atem, er hatte die Beherrschung wiedergefunden. »Alfred Montbank, du wirst als Gefangener hier bleiben, bis der Rat zusammentritt und wir entscheiden, was mit dir geschehen soll.«

»Als Gefangener? Ist das notwendig?« begehrte Orla auf.

»Ich halte es für notwendig. Übrigens kam ich nach Hause, um dir mitzuteilen, was uns soeben von den Delphinen berichtet wurde. Der Freund dieses Mannes, der Patryn, ist entdeckt worden. Er befindet sich hier in Chelestra und hat sich mit den Drachenschlangen verbündet. Er ist bei ihnen gewesen, er und drei Abgesandte aus den Herrscherhäusern der Nichtigen.«

»Alfred«, fragte Orla, »könnte das wahr sein?«

»Ich weiß es nicht«, erwiderte Alfred bedrückt. »Haplo wäre dazu imstande, fürchte ich, aber du mußt bedenken, daß . . .«

»Hörst du? Selbst jetzt noch versucht er den Patryn zu verteidigen.«

»Wie kannst du nur?« Orla ließ Alfred los und trat von ihm zurück. In ihrem Gesicht malten sich Kummer und Schmerz. »Willst du erleben, wie dein eigenes Volk untergeht?«

»Nein, er will erleben, wie sein eigenes Volk triumphiert«, berichtete Samah kalt. »Du vergißt, meine Liebe, er ist mehr Patryn als Sartan.«

Alfred sagte nichts, er knetete stumm seine Hände.

»Warum stehst du da und schweigst?« rief Orla. »Sag ihm, daß er unrecht hat! Sag mir, daß ich unrecht habe!«

Alfred hob die müden blauen Augen. »Was kann ich sagen, das du glauben würdest?«

Orla starrte ihn an, wollte antworten, schüttelte ratlos den Kopf. Sie drehte sich um und verließ den Raum. Samah musterte Alfred mit grimmiger Genugtuung.

»Diesmal gebe ich dir einen Aufpasser. Er wird dich im Auge behalten und dich vor den Rat führen, wenn es soweit ist.«

Er schritt davon, begleitet von dem herausfordernden Knurren des Hundes.

Ramu erschien anstelle seines Vaters. Er trat an den Tisch, griff mit einem gehässigen Blick auf Alfred nach der Schriftrolle, verstaute sie mit größter Sorgfalt wieder in ihrem Behälter und legte sie ins Fach zurück. Dann bezog er am entgegengesetzten Ende des Lesesaals Posten, soweit von dem Verräter entfernt wie möglich, ohne seine Pflichten als Bewacher zu vernachlässigen.

Dabei bestand gar keine Notwendigkeit, ihn zu bewachen. Alfred hätte sich auch durch eine sperrangelweit offenstehende Tür nicht zu einem Fluchtversuch verleiten lassen. Er kauerte vornübergebeugt auf seinem Stuhl, ein Bild des Jammers – Gefangener seines eigenen Volkes, das wiederzufinden er sich so lange gesehnt hatte. Und jetzt? Es stimmte, er war ein schlechter Sartan. Er hatte sich des Ungehorsams schuldig gemacht, der Widersetzlichkeit, infamer Verdächtigungen, beinahe des *Ehebruchs*... Wie furchtbar! Und um nichts in der Welt konnte er sich mehr vorstellen, was ihn bewogen hatte, all das zu tun.

Seine Handlungen hatten Samah gegen ihn aufgebracht. Schlimmer noch, er hatte Orla verletzt. Und weshalb? Weil er sich in Angelegenheiten eingemischt hatte, die ihn nichts angingen, von denen er nichts verstand.

»Samah ist viel klüger, als ich es bin«, sagte er zu sich selbst. »Er weiß, was für uns alle am besten ist. Und er hat ganz recht. Ich bin kein Sartan. Ich bin teils Patryn, teils Nichtiger. Sogar« – er lächelte traurig auf den Vierbeiner herab, der geduldig zu seinen Füßen lag – »ein bißchen Hund. Aber vor allem anderen bin ich ein Narr. Samah würde nie versuchen, seinem Volk dieses Wissen vorzuenthalten. Wie Orla sagte, er wartete nur auf den geeigneten Zeitpunkt, das ist alles.« Er seufzte und rieb sich das Gesicht.

»Wenn ich vor dem Rat stehe, werde ich um Entschuldigung bitten und mit Freuden jede Buße annehmen, die man mir auferlegt. Dann gehe ich meiner Wege. Ich habe hier nichts mehr zu suchen. Warum ist das so?« Er betrachtete seine Hände und schüttelte sie in ratloser Verbitterung. »Warum geht alles in Scherben, was ich anfasse? Warum bringe ich denen Unglück, die mir am Herzen liegen? Ich werde diese Welt verlassen und niemals wieder zurückkehren. Ich gehe in meine Krypta auf Arianus und lege mich schlafen. Für lange, lange Zeit. Vielleicht, wenn ich Glück habe, wache ich überhaupt nicht mehr auf. Und du, Hund, du hast keinen Herrn mehr, stimmt's? Ihr seid nicht getrennt worden, du und Haplo. Er hat dich weggejagt. Er will dich nicht zurück! Nun, weg mit Schaden, kann ich da nur sagen. Ihr könnt mir gestohlen bleiben, alle beide!«

Das Tier duckte sich unter seinem schroffen Ton und dem unfreundlichen Blick. Mit hängenden Ohren und eingekniffenem Schwanz schlich er ein paar Schritte zur Seite, legte sich wieder hin und betrachtete Alfred unverwandt aus feuchten, kummervollen Augen.

Kapitel 19

Phondra, Chelestra

Zu Haplos größtem Erstaunen rüsteten sich die mit ihren Kindern wiedervereinten königlichen Familien zum Aufbruch. Offenbar hatten sie tatsächlich vor, nach Hause zurückzukehren, sich von der Aufregung zu erholen und dann die Organisation der Sonnenjagd in Angriff zu nehmen.

»Was soll das? Wo wollt ihr hin?« verlangte Haplo von den Zwergen zu wissen, die sich anschickten, ihr Tauchboot zu besteigen. Die Menschen waren im Begriff, dasselbe zu tun.

»Wir kehren nach Phondra zurück«, antwortete Dumaka.

»Phondra!« Haplo starrte ihn mit offenem Mund an. Nichtige! dachte er verächtlich. »Hört zu – ich weiß, ihr habt Schweres durchgemacht, und ich teile den Kummer über euren Verlust, glaubt mir.« Sein Blick fiel auf Alake, die schluchzend in den Armen ihrer Mutter lag. »Aber ihr scheint nicht zu begreifen, daß wichtige Dinge im Gange sind, Dinge, die euch und das Schicksal eurer Völker betreffen! Ihr müßt etwas unternehmen! So ist der Meermond, den ihr zu eurer neuen Heimat ausersehen habt, schon besiedelt.«

Aha! Dumaka und Delu schauten sich an, legten beide die Stirn in Falten. Die Zwerge blieben stehen, drehten sich zu ihm herum. Sogar Eliason hob den Kopf, in seinen eingesunkenen Augen glomm ein Funke Interesse.

»Davon haben die Delphine nichts gesagt«, meinte Dumaka argwöhnisch. »Woher weißt du es? Wer hat es dir gesagt?«

»Die Drachenschlangen. Schon gut, ich weiß, ihr traut ihnen nicht, und man kann es euch nicht übelnehmen. Doch ich habe Grund zu der Annahme, daß sie in diesem Fall die Wahrheit sagen.«

»Und wer lebt dort? Diese häßlichen Kreaturen?« Yngvar runzelte die dicken, buschigen Brauen.

»Nein, nicht die Drachenschlangen, wenn du das meinst. Sie haben ihren eigenen Meermond. Sie wollen und brauchen keinen anderen. Die Leute, die eure zukünftige Heimat bewohnen, sind keine Elfen, Zwerge oder Menschen. Ich glaube nicht, daß ihr je von ihnen gehört habt. Sie nennen sich ›Sartan‹.«

Bei einem raschen Blick in die Runde entdeckte Haplo in keinem Gesicht Anzeichen von Wiedererkennen und atmete innerlich auf. Das vereinfachte die Sache. Hätten sich bei diesen Leuten noch vage Erinnerungen an die Sartan gehalten, wäre es vermutlich schwer gewesen, sie zu bewegen, gegen Wesen Krieg zu führen, die sie für Götter halten mußten. Er beeilte sich weiterzusprechen, solange er noch ihre Aufmerksamkeit besaß.

»Die Drachenschlangen haben versprochen, mittels ihrer Magie eure Schiffe wieder instandzusetzen. Sie bedauern, was sie getan haben. Es war alles ein Mißverständnis. Später, wenn mehr Zeit ist, werde ich es euch erklären. Der Meermond ist genauso, wie die Delphine es geschildert haben. Genaugenommen ist es kein Meermond, sondern eine Art Kontinent, groß genug, um allen drei Völkern Lebensraum zu bieten. Ihr werdet nie wieder Sonnenjäger bauen müssen.«

Dumaka schaute zweifelnd drein. »Bist du sicher, daß du von – wie war der Name?«

»Surunan«, kam seine Frau ihm zur Hilfe.

»Richtig. Daß du von Surunan sprichst?«

»Ja, so heißt der Ort«, bestätigte Haplo, froh, daß es ihm erspart blieb, das Sartanwort auszusprechen. »Die einzige bewohnbare Landmasse in der Nähe der Meersonne. Wenn nicht dort, gibt es für euch nirgends einen Platz, fürchte ich.«

»Ja«, sagte Eliason leise, »zu der Erkenntnis sind wir auch gekommen.«

»Womit wir bei unserem Problem wären. Die Delphine haben euch nicht gesagt, daß auf Surunan diese Sartan wohnen. Ich will ihnen zugute halten, daß sie es vermutlich nicht wußten. Die Sartan leben noch nicht sehr lange dort.«

Nun, das stimmte nicht ganz, aber jetzt war nicht der Augenblick für Details.

Die Nichtigen tauschten Blicke. Sie waren konsterniert, und es schien ihnen schwerzufallen, sich auf die neue Situation einzustellen.

»Aber wer sind diese Sartan? Du sprichst von ihnen, als wären sie Unholde, von denen nichts Gutes zu erwarten ist«, meinte Delu. »Woher willst du wissen, daß sie nicht froh sind, uns als Nachbarn bei sich aufzunehmen?«

»Und wie viele Sartan gibt es?« fragte ihr Mann.

»Nicht sehr viele, tausend etwa. Sie bewohnen eine Stadt auf dem Kontinent. Der Rest des Landes liegt brach.«

Yngvar strahlte. »Welchen Grund zur Sorge gibt es dann? Reichlich Platz für alle!«

»Ich bin derselben Meinung. Wir werden Surunan zu einem blühenden Garten machen.«

Haplo schüttelte den Kopf. »Logisch betrachtet, ist das alles sehr vernünftig und die Sartan müßten euch mit offenen Armen aufnehmen, aber da spielen noch andere Faktoren mit. Die Drachenschlangen sagen, daß vor langer, langer Zeit, als diese Welt noch jung war, eure Vorfahren mit den Sartan zusammen auf Surunan lebten. Dann, eines Tages, befahlen ihnen die Sartan zu gehen. Sie verfrachteten eure Vorfahren in Schiffe und jagten sie ins Segensmeer hinaus, ohne einen Gedanken daran zu verschwenden, ob sie dort überleben konnten. Es ist kaum anzunehmen, daß sie erfreut sein werden, die Enkel der Vertriebenen vor ihrer Küste auftauchen zu sehen.«

»Aber wenn es sonst keinen Zufluchtsort für uns gibt, wie könnten sie uns abweisen?« Eliason schien es nicht fassen zu können.

»Ich sage nicht, daß sie es tun, sondern nur, es wäre möglich. Es sollte aber feststehen, was ihr unternehmen wollt, falls sie euch verwehren, an Land zu gehen. Deshalb ist es unbedingt nötig, daß ihr euch zusammensetzt, beratet, Entscheidungen trefft.«

Er schaute die Nichtigen erwartungsvoll an.

Die Nichtigen tauschten ihrerseits fragende Blicke.

»Ich werde nicht kämpfen«, sagte der Elfenkönig.

»Nun komm schon, alter Freund!« Yngvar schnaufte. »Niemand will kämpfen, aber wenn diese Sartan keine Vernunft annehmen wollen . . .«

»Ich werde nicht kämpfen«, wiederholte Eliason mit aufreizender Ruhe.

Yngvar polterte, Dumaka argumentierte.

»Es werden noch viele Zyklen vergehen, bis die Sonne uns verlassen hat«, fiel Eliason ihnen mit brüchiger Stimme ins Wort. Er hob kraftlos die Hand. »An all das kann ich jetzt nicht denken . . .«

»Nicht an das Wohl des eigenen Volkes denken!« Grundel, Tränenspuren im Gesicht, marschierte über die Pier und blieb vor dem Elfenkönig stehen. Sie reichte ihm etwa bis zur Taille.

»Grundel, es gehört sich nicht, in diesem Ton mit Erwachsenen zu reden«, tadelte ihre Mutter, aber ihre Tochter hörte gar nicht hin.

»Sabia war meine Freundin. Jeden Zyklus, von heute an bis zu meinem Lebensende, werde ich an sie denken und sie vermissen. Aber sie war bereit, in den Tod zu gehen, um ihr Volk zu retten, ihr Vater dagegen scheint weniger Opfermut zu besitzen!«

Eliason rührte sich nicht und starrte die Zwergin an, als wäre er in einem Traum befangen und sie eine aus dem Nichts aufgetauchte Truggestalt.

Yngvar, der Zwergenkönig, seufzte und zerrte an seinem Bart. »Es sind wahre Worte, die meine Tochter spricht, Eliason, wenn auch mit dem Feingefühl einer Axt im Walde. Wir tragen mit an deinem Schmerz, Eliason, aber auch an deiner Verantwortung. Das Leben unserer Untertanen kommt an erster Stelle. Dieser Mann, der unsere Kinder gerettet hat, tut recht daran, uns zu ermahnen. Wir müssen eine Strategie entwickeln, unser Vorgehen planen!«

»Ich stimme mit Yngvar überein«, meldete sich Dumaka zu Wort. »Halten wir in vierzehn Zyklen die Konferenz in Phondra ab. Reicht dir diese Frist, um die Trauerzeit zu beenden, Eliason?«

»Vierzehn Zyklen!«

Haplo wollte protestieren, doch bevor er etwas sagen konnte, fing er den warnenden Blick Yngvars auf, der ihn mahnte zu schweigen. Irgendwann später fand er heraus, daß die Trauerzeit der Elfen im allgemeinen etliche Monate dauert.

»Nun gut.« Eliason nickte müde. »Vierzehn Zyklen. Ich komme nach Phondra.«

Die Elmasti kehrten in ihre Stadt zurück. Phondraner und Gargans begaben sich zu ihren Tauchbooten, um die Heimreise anzutreten. Dumaka trat zu Haplo.

»Du mußt ihm verzeihen, uns allen verzeihen, wenn es den Anschein erweckt, als wüßten wir nicht zu schätzen, was du getan hast. Die Tränen großer Freude und großer Trauer haben alle Dankbarkeit hinweggeschwemmt. Es wäre eine Ehre für mein Haus, wenn wir dich als Gast unter unserem Dach beherbergen dürften.«

»Ich bin derjenige, dem es eine Ehre ist, deine Einladung anzunehmen, Häuptling«, antwortete Haplo feierlich. Fast kam es ihm vor, als wäre er im Labyrinth und spräche mit dem Anführer einer der Siedlergruppen.

Mit einer höflichen Geste wies Dumaka auf sein Tauchboot. »Wird Eliason kommen, was glaubst du?« fragte Haplo, als wir an Bord gingen, wobei er penibel darauf achtgab, nicht in die kleinste Wasserpfütze zu treten.

»Ja, er wird kommen. Er ist für einen Elfen sehr zuverlässig.«

»Wie lange ist es her, seit die Elfen das letzte Mal Krieg geführt haben?«

»Krieg geführt?« Dumakas weiße Zähne blitzten in dem dunklen Gesicht. »Die Elfen?« Er zuckte mit den Schultern. »Eine Ewigkeit.«

Haplo hatte befürchtet, in Phondra Qualen der Ungeduld zu leiden, sich die Haare zu raufen, wegen der erzwungenen Untätigkeit. Es überraschte ihn, nach den ersten ein, zwei Tagen feststellen zu müssen, daß er sich ausgesprochen wohl fühlte.

Verglichen mit anderen Gegenden, die er kennengelernt hatte, war Phondra seiner Heimat am ähnlichsten, und obwohl Haplo niemals geglaubt hätte, irgendwann Heimweh nach dem Labyrinth zu empfinden, weckte der Aufenthalt bei Dumakas Stamm alte Erinnerungen an die wenigen schönen, friedvollen Augenblicke im harten Leben des Patryns – kurz bemessene Ruhepausen in den Lagern gastfreundlicher Siedler.*

Dumakas Stamm war der größte und stärkste Phondras, einer der Gründe, weshalb er Häuptling aller Menschen war. Wie Haplo aus Gesprächen und Andeutungen herauszuhören glaubte, hatte es zahlreicher Kriege bedurft, um die Frage zu regeln, aber jetzt war er der unumstrittene Herrscher, und im großen und ganzen befürworteten die übrigen Stämme seine Führerschaft.

Dumaka besaß jedoch nicht die unumschränkte Macht. Der Zirkel übte großen Einfluß auf die Bevölkerung aus, die Magie verehrte, und jeden, der sie besaß.

»Früher«, erklärte Alake, »gab es oft Feindschaft zwischen dem Zirkel und den Häuptlingen; jeder nahm für sich das

* Die Bevölkerung des Labyrinths läßt sich in zwei Gruppen aufteilen: die Läufer und die Siedler. Läufer sind jene, die wie Haplo dem Labyrinth zu entfliehen suchen. Sie bleiben für sich, ihr Leben ist abenteuerlich und immer kurz. Die Siedler haben sich zu Stammesverbänden zusammengeschlossen, die eine gewisse Sicherheit garantieren und in deren Schutz Kinder geboren werden und heranwachsen. Siedler führen ein Nomadenleben, ziehen jedoch erheblich langsamer als die Läufer von Lagerplatz zu Lagerplatz. Ihr Ziel ist es, zu überleben, nicht zu fliehen.

größere Recht in Anspruch zu regieren. Meines Vaters eigener Vater starb bei einem solchen Zwist, ermordet von einem Magier, der seinen Platz einnehmen wollte. Der Krieg, der daraufhin entbrannte, war blutig und grausam. Unzählige fanden den Tod. Mein Vater gelobte, sollte der Eine ihm helfen, Häuptling zu werden, würde er alles tun, um Frieden zu stiften zwischen den Stämmen und dem Zirkel. Der Eine verlieh ihm den Sieg über seine Feinde, und wenig später heiratete er meine Mutter, die Tochter der Oberpriesterin des Zirkels.

Meine Eltern teilen sich in die Herrschaft. Der König entscheidet in allen Fragen bezüglich Grundbesitz und Eigentumsrecht, erläßt Gesetze und hält Gericht. Zu den Aufgaben der Königin und des Zirkels gehört alles, was mit Magie zu tun hat. In Phondra hat es seither keinen Krieg mehr gegeben.«

Haplo schaute sich in dem Dorf um – grasgedeckte Pfahlhütten; Frauen, das Nesthäkchen auf der Hüfte, lachend, schwatzend; die jüngeren Männer schärften ihre Waffen, trafen Vorbereitungen zur Jagd, während die älteren im warmen, schwindenden Sonnenlicht saßen und in der Erinnerung an lange zurückliegende Jagden schwelgten. Die Luft war seidenweich, erfüllt von dem Geruch des Räucherfeuers und den schrillen Rufen der Kinder, die zwischen den Hütten eine spielerische Jagd veranstalteten.

»Wie schade, daß es nicht so bleiben kann«, sagte Alake leise, und in ihre Augen trat ein verdächtiger Schimmer.

Ja, es war schade, mußte Haplo wider Willen denken. Er wehrte sich dagegen und konnte doch nicht leugnen, daß er sich an diesem Ort zum erstenmal seit langer Zeit unbeschwert und geborgen fühlte.

Es war lediglich die Reaktion auf die bisherige Nervenanspannung, sagte er sich.

Erst die Havarie, dann die Angst, seine Magie verloren zu haben, schließlich die Drachenschlangen . . .

Ich muß schwächer gewesen sein, als ich dachte. Eigentlich kommt es mir recht gelegen, daß ich hier Muße habe, wieder zu Kräften zu kommen, denn ich werde sie brauchen. Wenn ich dem Feind gegenüberstehe, unserem Todfeind von alters her. Wenn wir gegen die Sartan in den Krieg ziehen.

Außerdem könnte ich ohnehin nichts tun, um die Sache zu beschleunigen. Es wäre unklug, diese Nichtigen vor den Kopf zu stoßen. Ich brauche sie und wenn auch nur als Kanonenfutter.

Er hatte viel über die bevorstehende Konfrontation nachgedacht. Die Elfen waren vermutlich zu nichts zu gebrauchen. Er mußte ihnen irgendeine Aufgabe zuteilen, damit sie beschäftigt waren und nicht im Weg herumstanden. Die Menschen waren Krieger, ausgebildet, geübt und leicht zu begeistern. Die Zwerge waren stur und nicht ohne weiteres in Harnisch zu bringen, aber deswegen machte er sich keine Gedanken. Haplo hielt es für äußerst wahrscheinlich, daß die Sartan, ohne es zu ahnen, selbst für die nötige Provokation sorgen würden.

Seine einzige Sorge war, die Sartan von Chelestra könnten Ähnlichkeit mit Alfred haben. Nein. Haplo schüttelte den Kopf. Nach allem, was er beim Studium der im Nexus zurückgelassenen Aufzeichnungen über Samah in Erfahrung gebracht hatte, war der Archont von Alfred so verschieden wie die lichtdurchflutete, schwebende Welt der Lüfte von der düsteren, lebensfeindlichen Welt aus Stein.

»Es tut mir leid, aber ich muß jetzt gehen . . .«

Alake sagte etwas zu ihm, etwas davon, daß sie ihrer Mutter helfen müsse. Sie sah ihn ängstlich forschend an, als fürchtete sie, er könne verärgert sein.

Haplo lächelte ihr zu. »Ich komme schon allein zurecht. Und du brauchst nicht ständig deine Zeit zu opfern, um für meine Unterhaltung zu sorgen, auch wenn deine Gesellschaft mich freut. Ich schaue mich um.« Er zeigte mit einer weiten Handbewegung in die Runde. »Lerne dein Volk kennen.«

»Du magst uns, habe ich recht?« fragte Alake und erwiderte sein Lächeln.

»Ja.« Erst nachdem er das Wort ausgesprochen hatte, wurde ihm bewußt, daß er es so meinte. »Ja, ich mag euch, Alake. Alles hier erinnert mich an – an einen anderen Ort . . .«

Er verstummte, nicht besonders glücklich über einige der Erinnerungen, die auf ihn einstürmten, und doch unerklärlich froh, sie wiederzuhaben.

»Sie muß sehr schön gewesen sein«, meinte Alake niedergeschlagen.

Haplo warf einen raschen Blick in ihr Gesicht. Frauen! Nichtige, Patryn, alle gleich! Woher hatten sie diese unheimliche Fähigkeit, hinter die Stirn eines Mannes zu sehen, in all die dunklen Kammern, die er fest verschlossen glaubte?

»Das war sie«, sagte er gegen seinen Willen. Es lag an dieser Umgebung. Fast wie zu Hause. »Du solltest dich beeilen. Deine Mutter wird sich wundern, wo du bleibst.«

»Es tut mir leid, wenn ich dir weh getan habe«, meinte sie scheu. Sie hob die Hand, zögerte, faßte Mut, streckte sie aus und berührte die seine.

Ihre Haut war glatt und weich. Er zog ihre Hand näher an sich heran, ohne zu überlegen, was er tat. Er wußte nur, sie war schön und wärmte sein kaltes Herz.

»Ein bißchen Schmerz schadet nicht«, sagte er. »Man wird daran erinnert, daß man lebendig ist.«

Sie begriff nicht, was er meinte, war aber beruhigt wegen seiner offenbar guten Laune und ging. Haplos Blick folgte ihr, bis der hungrige, sehnsüchtige Schmerz in seinem Innern ihn allzu quälend daran erinnerte, daß er lebendig war.

Er stand auf und streckte sich in der warmen Sonne, dann schlenderte er zu dem Platz, wo die Jäger zum Aufbruch bereit zusammenstanden, um sich ihnen anzuschließen.

Die Jagd war lang, aufregend und anstrengend. Was immer es für ein Tier sein mochte, auf das sie es abgesehen hatten, es war schlau und angriffslustig. Haplo verzichtete bewußt darauf, von seiner Magie Gebrauch zu machen, er genoß den Nervenkitzel und die Erfahrung, sich an Ausdauer, Gewandtheit und Muskelkraft mit einem Gegner zu messen.

Die Pirsch und das Treiben dauerten Stunden; das Wild mit Netzen und Speeren zu erlegen war ein spannender, gefährlicher Höhepunkt. Es ging nicht ohne Verletzte ab, einer der Jäger wäre um Haaresbreite von dem dolchspitzen Horn auf der Stirn des massigen Schädels durchbohrt worden. Haplo stürzte sich auf den jungen Mann und riß ihn zur Seite. Das Horn ritzte dem Patryn die Haut, aber die schützenden Runen verhinderten eine ernsthafte Verletzung.

Die Tat war für Haplo kein Wagnis gewesen, er hatte sich nicht in Gefahr befunden, aber seine ahnungslosen Gefährten erklärten ihn zum Helden des Tages. Am Ende der Jagd, als die jungen Männer singend ins Lager zurückkehrten, empfand er ein starkes, gutes Gefühl der Kameradschaft, der Zugehörigkeit zu einer Gemeinschaft.

Die Stimmung würde nicht lange anhalten. Auch im Labyrinth war sie jedesmal rasch umgeschlagen. Er war ein Läufer. Nach einer gewissen Zeit wurde er unruhig, gereizt, rüttelte an Gitterstäben, die nur er sehen konnte. Doch so lange es dauerte, wollte er sich die Erholung gönnen.

»Es ist das beste Mittel, ihr Mißtrauen einzuschläfern, ihr Vertrauen zu gewinnen.« Das war seine Ausrede. Angenehm erschöpft ging er zu seiner Hütte, um sich hinzulegen und vor dem Fest am Abend etwas auszuruhen. »Diese Männer werden mir jetzt überallhin folgen. Sogar in den Krieg gegen einen übermächtigen Feind.«

Er lag auf seinen Decken, eingelullt von einer wohligen Mattigkeit, als er plötzlich daran denken mußte, welche Anweisung sein Gebieter ihm schon bei dem ersten Auftrag mit auf den Weg gegeben hatte.

Du bist ein Beobachter. Tu nichts, was dich als Patryn entlarven könnte. Vermeide unter allen Umständen, die Aufmerksamkeit des Feindes auf uns zu lenken.

Aber der Fürst des Nexus hatte nicht vorhersehen können, daß Haplo auf den Archonten Samah treffen würde. Samah, der Sartan, der die Patryn im Labyrinth eingekerkert hatte. Samah, der verantwortlich war für ihr jahrhundertelanges Martyrium.

»Wenn ich zurückkehre, dann mit Samah als Gefangenem. Mein Gebieter wird sehen, daß er mir vertrauen kann, und mich wieder seinen Sohn nennen . . .«

Haplo mußte eingeschlafen sein, denn plötzlich fuhr er auf, mit der Gewißheit, daß sich jemand bei ihm in der Hütte befand. Er reagierte blitzschnell, instinktiv und erschreckte Alake, die unwillkürlich vor ihm zurückwich.

»Entschuldige«, brummte Haplo, als er im flackernden Schein der Lagerfeuer auf dem Dorfplatz erkannte, wen er vor sich hatte. »Ich wollte nicht auf dich losgehen. Du hast mich überrascht, weiter nichts.«

»Nie den schlafenden Tiger wecken«, meinte Alake. »Das sagt mein Vater immer. Ich habe gerufen, und du hast geantwortet, aber wahrscheinlich im Schlaf. Es tut mir leid, daß ich dich geweckt habe. Am besten gehe ich wieder ...«

Im Schlaf gesprochen. Ja, er hatte geträumt! Haplo fühlte sein Herz immer noch wie rasend klopfen.

»Nein, bleib.«

Der Traum lauerte am Rand seines Bewußtseins, um sich bei der ersten Gelegenheit auf ihn zu stürzen. Diese Gelegenheit wollte er ihm nicht geben.

»Da riecht etwas ganz köstlich«, sagte er und schnupperte die würzigen Düfte, die von draußen hereinzogen.

»Ich habe dir zu essen gebracht.« Alake deutete aus der Tür. Die Phondraner nehmen ihre Mahlzeiten nicht im Haus, sondern im Freien ein – so bleiben die Wohnräume sauber, und es wird kein Ungeziefer angelockt. »Du hast das Abendessen verschlafen und ich – das heißt, meine Mutter dachte, du wärst vielleicht hungrig.«

»Das bin ich. Richte deiner Mutter meinen Dank aus für ihre Freundlichkeit«, sagte Haplo ernst.

Alake lächelte, erfreut darüber, ihn erfreut zu haben. Ständig war sie darauf bedacht, ihm eine Freude zu machen, brachte ihm Leckerbissen, kleine Geschenke, etwas Selbstgefertigtes ...

»Dein Bett ist ganz zerwühlt. Ich werde es richten.«

Sie trat vor, Haplo wollte aus der Tür. Der Zusammenstoß war vorbestimmt. Ehe Haplo wußte, wie ihm geschah, fühlte er sich von weichen Armen umfaßt, weiche Lippen suchten seinen Mund, duftende Wärme hüllte ihn ein.

Sein Körper reagierte, bevor der Verstand ihn einholte. Er war immer noch halb im Labyrinth, das Mädchen mehr Teil seines Traums als Wirklichkeit. Die Leidenschaft eines Mannes regte sich in ihm, er vergaß, daß er ein Kind in den

Armen hielt. Sein Kuß war hart, fordernd, er preßte sie an sich und drängte sie zum Bett.

Alake stieß einen erstickten Angstlaut aus.

Haplo war schlagartig ernüchtert. Er packte ihre Oberarme und stieß sie grob zurück.

Am ganzen Leib zitternd, stand sie in der Tür und starrte ihn an. Sie war nicht vorbereitet gewesen auf die Heftigkeit seiner Leidenschaft, wahrscheinlich auch nicht vorbereitet auf die Reaktion ihres eigenen Körpers, auf etwas, das zuvor nur in ihrer jungfräulichen Phantasie stattgefunden hatte. Sie hatte Angst vor ihm, Angst vor sich selbst. Doch sie war sich auch ihrer Macht als Frau bewußt geworden.

»Du liebst mich!« flüsterte sie.

»Nein!«

»Du hast mich geküßt . . .«

»Alake . . .« Er schwieg und verschluckte die kalten, brutalen Worte, die er hatte sagen wollen. Es war dumm, die Kleine zu verletzen und zu riskieren, daß sie heulend zu ihrer Mutter lief. Er konnte es sich nicht leisten, die Herrscher Phondrans zu beleidigen, und er wollte Alake nicht weh tun. Was sich eben abgespielt hatte, war seine eigene verdammte Schuld gewesen.

»Alake«, nahm er mühsam einen zweiten Anlauf, »ich bin zu alt. Und ich gehöre nicht einmal zu deinem Volk . . .«

»Zu welchem dann? Du bist kein Elf, kein Zwerg . . .«

Ich gehöre zu einem Volk jenseits deiner Vorstellungskraft, Kind. Zu einem Stamm von Halbgöttern, die sich bequemen könnten, eine Nichtige als Gespielin zu nehmen, aber niemals zur Gemahlin.

»Ich kann dir darauf keine Antwort geben, Alake. Aber du weißt, daß ich anders bin. Sieh mich an! Die Farbe meiner Haut, meiner Haare und Augen. Und ich bin ein Fremder. Du weißt nichts von mir.«

»Ich weiß alles, was ich wissen muß«, entgegnete das Mädchen leise. »Ich weiß, daß du mein Leben gerettet hast . . .«

»Wie du meinst.«

Sie kam näher. Ihre Augen leuchteten. »Du bist tapfer, der tapferste Mann, den ich je gekannt habe. Und schön. Ja, du bist anders, aber gerade deswegen etwas Besonderes. Und vielleicht bist du alt, aber auch ich bin erwachsen für meine Jahre. Jungen in meinem Alter langweilen mich.«

Sie streckte die Arme nach ihm aus. Haplo verschränkte die Hände auf dem Rücken und setzte eine abweisende Miene auf. Er war endlich wieder fähig, klar zu denken, und konnte mit dem Argument aufwarten, das er gleich hätte ins Feld führen sollen:

»Alake«, sagte er, »deine Eltern wären dagegen.«

»Sie würden meinem Glück nicht im Wege stehen.« Aber es klang so verzagt, wie er gehofft hatte.

»Nein.« Er schüttelte den Kopf. »Du wirst aus ihrem Munde alles hören, was ich dir auch gesagt habe. Sie wären zornig, und zwar mit Recht. Du bist eine Königstochter. Dein Gemahl wird später König sein. Du hast Pflichten gegenüber deinem Volk. Der Mann, den du heiratest, muß Häuptling sein oder eines Häuptlings Sohn. Ich bin ein Niemand, Alake.«

Er hatte gesiegt. Sie ließ den Kopf hängen, ihre Schultern bebten. Tränen glitzerten an ihren Wimpern. »Aber du hast mich geküßt«, flüsterte sie.

»Ja, ich konnte nicht anders. Du bist wunderschön.«

Sie hob ihm das Gesicht entgegen und sah ihn an, ihr ganzes Herz lag in diesem Blick. »Es gibt einen Weg, du wirst sehen. Der Eine wird zwei Liebende nicht trennen. Nein«, sie hob die Hand, »du brauchst keine Angst zu haben. Ich verstehe dich und werde mit niemandem über uns sprechen, auch nicht mit meinem Vater oder meiner Mutter. Es wird unser Geheimnis bleiben, bis der Eine mir zeigt, wie es sich ermöglichen läßt, daß wir zusammenkommen.«

Sie gab ihm einen zarten, scheuen Kuß auf die Wange, dann wirbelte sie herum und lief hinaus.

Haplo starrte hinter ihr her, frustriert, zornig auf sie, auf sich selbst, auf die ganze verfahrene Situation. Ob sie ihr Versprechen hielt und ihren Eltern nichts erzählte? Er dachte daran, ihr nachzugehen, doch was sollte er sagen? Vielleicht, daß er nicht sie geküßt hatte, sondern eine Erinnerung, heraufbeschworen von dieser Umgebung, der Erregung der Jagd, seinem Traum?

Kapitel 20

Phondra, Chelestra

Den ganzen nächsten Tag war Haplo auf der Hut, lauerte auf einen Blick oder ein Zeichen, mit dem Dumaka verriet, daß er wußte, welch schändliches Spiel mit den Gefühlen seiner Tochter getrieben wurde.

Doch Alake hielt Wort. Sie war stärker, als Haplo ihr zugetraut hätte. In seiner Gegenwart gab sie sich liebenswürdig, höflich, zurückhaltend. Sie hörte auf, ihm kleine Geschenke zu bringen, und legte ihm beim Essen nicht mehr die zartesten Leckerbissen auf den Teller.

Die Abordnung der Zwerge erschien am zwölften Zyklus. Yngvar kam, mit Frau, dem gesamten Senat und einigen Offizieren.

Sie wurden formell willkommen geheißen, von Dumaka und Repräsentanten des Volksthings, Delu und den Ältesten des Zirkels. Eine nahe gelegene Höhle, in deren kühlen Räumen Obst und Gemüse lagerten, wurde ausgeräumt und den Zwergen für die Dauer ihres Aufenthalts in Phondra überlassen. Wie Yngvar Haplo anvertraute, konnte kein Zwerg gut schlafen unter einem Dach aus gebündelten *Grashalmen*, er brauchte einen Berg über seinem Kopf.

Haplo war froh, die Zwerge zu sehen. Ihre Ankunft lenkte unerwünschte Aufmerksamkeit von ihm ab und bedeutete, daß der Zeitpunkt des Handelns näherrückte. Der Patryn sehnte sich danach zu handeln, der Vorfall mit Alake hatte ihn gründlich von seiner Anwandlung nostalgischer Euphorie kuriert.

Er war begierig auf Neuigkeiten, und die Zwerge brachten welche mit.

»Die Drachenschlangen sind gekommen, um die Sonnenjäger zu reparieren«, berichtete Yngvar. »Wie Haplo gesagt hat«.

Die Häupter der Königshäuser saßen nach dem Essen bei einer privaten Unterredung zusammen. Die eigentliche Konferenz sollte erst stattfinden, wenn die Elfen eingetroffen waren. Haplo hatte man als Gast zu der Vorbesprechung eingeladen. Er hielt sich klug im Hintergrund, schwieg und hörte zu.

»Das sind gute Nachrichten«, bemerkte Dumaka.

Yngvar sagte nichts dazu. Er zupfte an seinem stattlichen Bart.

»Bist du unzufrieden? Geht es nicht schnell genug? Wird gepfuscht?«

»Oh, das kann man nicht sagen.« Der Zwergenkönig zog das linke Bein unter dem rechten hervor, streckte es und bemühte sich heldenhaft, allerdings erfolglos, eine bequeme Sitzhaltung zu finden.* »An der Arbeit selbst ist nichts auszusetzen. Nur die Art gefällt mir nicht. Kein einziger ehrlicher Hammerschlag. Nichts als Zauberei.«

Er grunzte, rollte auf eine Hinterbacke und massierte sein Bein. »Es soll keine Beleidigung sein«, fügte er mit einem versöhnlichen Kopfnicken an die Adresse von Delu hinzu, die steif und sichtlich indigniert auf ihrem Platz saß. »Die Fronten sind ja seit langem geklärt. Ihr Elfen und Menschen kennt die Einstellung von uns Zwergen zu Magie. Wir kennen eure Meinung dazu. Dem Einen sei Dank, haben wir gelernt, Toleranz zu üben und die Ansichten anderer zu

* In den Hütten der Phondraner finden sich weder Tisch noch Stuhl, noch Bett. Sie sitzen auf dem Boden, schlafen auf dem Boden – nach einhelliger Ansicht der Elfen wie der Zwerge ein beklagenswerter Mangel an Wohnkultur und ein weiterer Grund, weshalb Treffen der Herrscherfamilie zumeist in Elmas stattfinden.

respektieren, ohne sie ändern zu wollen. Und hätte es ausgesehen, als könnten Elfen- oder Menschenmagie oder beide die Sonnenjäger retten, wäre ich nicht zu stur gewesen, es damit zu versuchen.«

Die Augen des Zwergenkönigs verengten sich, er vergaß sein kribbelndes Bein. »Aber die Schiffe waren in tausend Stücke zerschmettert. In abertausend Stücke, wenn man so will. Hätte ich mir das größte herausgesucht und mich draufgesetzt, wäre es nicht mehr gewesen als ein Splitter im Arsch!«

»Aber Lieber«, tadelte seine Frau errötend. »Du bist nicht in der Taverne!«

»Ja, ja. Wir verstehen schon. Weiter jetzt«, drängte Dumaka ungeduldig. »Die Arbeit geht also voran oder nicht?«

Yngvar ließ sich nicht hetzen, ungeachtet der Tatsache, daß seine Zehen abgestorben waren. Er stand auf, marschierte zu einer großen Zeremonientrommel und ließ sich erleichtert darauf nieder. Delu war schockiert, doch ein Blick ihres Mannes bewog sie, schweigend über den Fauxpas hinwegzusehen.

»Die Arbeit«, sagte der Zwergenkönig und musterte seine Verbündeten unter den zusammengeschobenen Brauen hervor, »ist beendet.«

»Das kann nicht sein!« rief Dumaka aus.

»Alles fix und fertig. Einfach« – Yngvar schnippte mit den Fingern – »so!«

Haplo lächelte zufrieden in sich hinein.

»Das ist unmöglich«, wandte Delu ein. »Du mußt dich irren. Unsere fähigsten Magier ...«

»... sind Kinder, verglichen mit diesen Drachenschlangen«, fiel Yngvar ihr ins Wort. »Ich irre mich nicht. Solche Magie habe ich noch nie gesehen. Was von den Sonnenjägern übrig war, hatte die Strömung vor der Mole zusammengeschwemmt. Die Drachenschlangen tauchten auf, um sich die Trümmer anzusehen, und bildeten einen Kreis. Ihre grünen Augen färbten sich rot und begannen zu glühen, heißer als das Feuer, in dem wir unsere Äxte schmieden. Sie sprachen fremdartige Worte. Das Meer fing an zu kochen.

Die Holzsplitter erhoben sich in die Luft und flogen aufeinander zu wie die Braut in die Arme des Bräutigams. Wir am Ufer hatten kaum einmal tief Luft geholt, schon lagen die Sonnenjäger an der Pier, als wäre nichts gewesen. Bis auf die letzte Planke genauso, wie wir sie gebaut hatten.

Nur«, fügte er schnaufend hinzu, »daß keiner meines Volkes sich in ihre Nähe wagt. Ich auch nicht.«

Haplos Zufriedenheit verwandelte sich augenblicklich in Ärger. Verdammt! Wieder ein Problem, für das eine Lösung gefunden werden mußte! Er hätte die Reaktion der Nichtigen vorhersehen können. Sogar Delu schien beunruhigt zu sein.

»Das ist wahrhaftig eine kaum glaubliche Leistung«, meinte sie halblaut. »Ich möchte gern Einzelheiten erfahren. Wenn du morgen an einer Zusammenkunft des Zirkels teilnehmen würdest . . .«

Yngvar blähte die Nasenlöcher. »Wenn ich je wieder einen Magier sehe, ist es noch zu früh. Nein, keine Diskussion. Die Sonnenjäger sind da, sie liegen im Hafen. Der Zirkel ist herzlich eingeladen, sie zu besichtigen und sie auf den Kopf zu stellen, ganz wie's beliebt. Aber kein Zwerg wird auch nur ein Barthaar auf eine einzige Decksplanke fallen lassen. Dafür stehe ich ein.«

»Wollen die Zwerge mitsamt ihrem Meermond zu Eis erstarren?« fragte Dumaka herausfordernd.

»Wir haben genügend Schiffe – ehrliche Handwerksarbeit, kein Hokuspokus –, um auf die Große Fahrt zu gehen.«

»Und was wird aus uns?« brauste Dumaka auf.

»Sind wir eure Kindermädchen?« brüllte Yngvar zurück. »Nehmt euch die verhexten Boote, wenn ihr wollt!«

»Du weißt ganz genau, daß wir eine Zwergenmannschaft brauchen . . .«

»Abergläubische Narren«, sagte Delu.

Haplo stand auf und ging hinaus. Es war nicht anzunehmen, daß jemand seine Abwesenheit bemerkte.

Er schlug den Weg zu seiner Unterkunft ein und wäre fast über Grundel und Alake gestolpert, die in einem Gebüsch kauerten.

»Was zum – ach, ihr seid's.« Er musterte die beiden streng. »Man sollte annehmen, ihr wäret kuriert von dem Laster, die Gespräche anderer Leute zu belauschen.«

Sie hatten sich ein gutes Versteck ausgesucht, nahe der Rückseite des Langhauses, durch Strauchwerk gegen den hellen Schein des Lagerfeuers abgeschirmt, der über ihre Gesichter huschte, als sie aufstanden.

Alake sah beschämt aus, Grundel überhaupt nicht.

»Ich wollte nicht lauschen«, verteidigte sich Alake. »Ich bin nur gekommen, um meine Mutter zu fragen, ob ich den Gästen noch Wein bringen soll, und dabei habe ich Grundel hier entdeckt. Ich sagte ihr, es wäre falsch, wir dürften es nicht mehr tun, der Eine hätte uns bestraft ...«

»Red nicht! Du hast mich nur gefunden, weil du selbst vorhattest, dich hier zu verstecken!« fuhr Grundel ihr in die Parade.

»Hatte ich nicht!«

»Hattest du wohl. Oder wieso schleichst du im Finstern herum, statt einfach hineinzugehen?«

»Das geht dich überhaupt nichts an ...«

»Ihr macht beide, daß ihr nach Hause kommt«, befahl Haplo. »Es ist gefährlich hier. Ihr seid zu weit vom Feuer entfernt und zu nah am Waldrand. Also, marsch jetzt.«

Er wartete, bis sie sich ein Stück entfernt hatten, dann setzte er seinen Weg fort. Nicht lange, und er glaubte, seine Schritte doppelt zu hören. Bei einem Blick über die Schulter sah er Grundel, die sich ihm an die Fersen geheftet hatte.

»Also, was gedenkst du wegen unserer alten Herrschaften zu unternehmen?« fragte sie keck und wies mit dem Daumen in die Richtung des Langhauses.

Laute, zornige Stimmen schallten durch die stille Nachtluft. Menschen, die vorübergingen, warfen sich besorgte Blicke zu.

»Wissen deine Eltern, wo du dich herumtreibst?« fragte Haplo gereizt. »Sind sie damit einverstanden?«

»Ich soll eigentlich in der Höhle liegen und schlafen, aber ich habe einen Sack Kartoffeln unter meine Decke geschoben. Jeder wird glauben, daß ich es bin. Und ich kenne den

Wachhabenden. Sein Name ist Hartmut. Er liebt mich und wird mich wieder hineinlassen. Da wir gerade von Liebe sprechen – wann ist die Hochzeit?«

»Was für eine Hochzeit?« Haplo war in Gedanken bei der jüngst aufgetauchten Schwierigkeit.

»Deine und Alakes.«

Haplo blieb abrupt stehen und starrte in ihr unschuldig lächelndes Gesicht. Ein Trupp Menschen sah neugierig zu ihnen her. Haplo nahm Grundels Arm und bugsierte sie in seine Hütte.

»Huch«, sagte sie und wich in gespieltem Entsetzen vor ihm zurück. »Du wirst mich doch nicht auch verführen wollen, oder?«

»Ich habe niemanden verführt«, knurrte Haplo. »Und sprich leiser. Was weißt du? Wieviel hat Alake dir erzählt?«

»Alles. Darf man sich hinsetzen? Danke.« Sie pflanzte sich auf den Boden und zupfte Blätter aus ihren Backenlocken. »Puh. Es war ziemlich stickig zwischen den Büschen. Übrigens hätte ich deinen Schlangenfreunden sagen können, daß sie einen Fehler machen mit ihrer Angeberei. Aber sie hätten ja doch nicht auf mich gehört.«

Plötzlich ernst geworden, schüttelte sie den Kopf. »Weißt du, ich glaube fast, sie taten es mit Absicht. Ich glaube, sie wußten, eine solche Zurschaustellung ihrer Macht würde uns erschrecken. Sie *wollten* uns erschrecken.«

»Lächerlich. Weshalb sollten sie euch Angst einjagen wollen, wenn sie sich doch alle Mühe geben, euch zu helfen? Aber das ist jetzt nicht so wichtig. Was hat Alake dir erzählt? Auch wenn sie es behauptet, ich habe nicht versucht, sie zu verführen.«

»Oh, das weiß ich.« Grundel winkte ab. »Das war nur eine kleine Frotzelei. Ich muß zugeben, du hast dich anständiger benommen, als ich es erwartete. Vermutlich habe ich dich falsch eingeschätzt. Tut mir leid.«

»Was hat sie dir erzählt?« fragte Haplo zum drittenmal.

»Daß ihr zwei heiraten werdet. Nicht gleich. Alake ist nicht dumm. Sie weiß, daß jetzt nicht die Zeit ist, das Thema Heirat zur Sprache zu bringen. Aber wenn die Sonnenjäger uns in die neue Heimat getragen haben, dann, glaubt sie, könne nichts und niemand euch mehr davon abhalten, zu heiraten und gemeinsam ein neues Leben zu beginnen.«

Heilige Einfalt, dachte Haplo resigniert, da bilde ich mir ein, sie wäre zur Vernunft gekommen, statt dessen hat sie ihr Wolkenkuckucksheim noch weiter ausgebaut.

»Liebst du sie?« fragte Grundel.

Haplo drehte sich zu ihr herum, eine schroffe Antwort auf den Lippen, weil er glaubte, sie versuchte zu sticheln. Doch ihr Gesicht war ernst, ihr Blick forschend.

»Nein, ich liebe sie nicht.«

»Das habe ich mir gedacht.« Grundel seufzte bekümmert. »Warum sagst du's ihr nicht einfach?«

»Ich möchte ihr nicht weh tun.«

»Komisch.« Sie musterte ihn verschlagen. »Ich dachte eigentlich, du wärst nicht gerade der Mann, der sich Gedanken macht, ob er anderen Leuten weh tut oder nicht. Was ist der wirkliche Grund?«

Haplo ging in die Hocke, um ihr in die Augen sehen zu können. »Sagen wir, es wäre in niemandes Interesse, wenn ich etwas täte, das Alake Kummer macht, stimmt's?«

Grundel nickte langsam. »Ja, es stimmt wohl.«

In Gedanken wischte er sich den Schweiß von der Stirn, als er aufstand. »Aha, das Geschimpfe hat aufgehört. Die Versammlung dürfte zu Ende sein.«

Grundel rappelte sich hoch. »Dann muß ich eilen. Wenn man entdeckt, daß ich nicht da bin, ist Hartmut derjenige, der es ausbaden muß. Ich hoffen nur, sie haben sich alle wieder vertragen. Im Grunde seines Herzens, mußt du wissen, mag mein Vater Delu und Dumaka wirklich gern und respektiert sie auch, nur haben ihm die Schlangen einen gewaltigen Schrecken eingejagt.«

Sie wollte aus der Tür schlüpfen, doch Haplo hielt sie fest.

Yngvar stapfte draußen vorbei. Er war rot im Gesicht, schwenkte die Arme und brummelte vor sich hin. Seine Gattin marschierte neben ihm, fuchtig, stumm, mit fest zusammengepreßten Lippen. »Es sieht nicht aus, als hätte eine Versöhnung stattgefunden«, meint Haplo.

Grundel schüttelte den Kopf. »Alake scheint recht zu haben, der Eine hat dich geschickt. Ich werde ihn bitten, dich zu erleuchten.«

»Ist das der Eine, bei dem ich schwören mußte?« erkundigte sich Haplo.

»Welcher sonst?« Grundel sah verwundert zu ihm auf. »Der Eine, der die Wellen lenkt.«

Die Luft war rein – Grundel duckte sich aus der Tür und rannte los. Haplo sah die kleine Gestalt in Richtung Höhle verschwinden und war beruhigt. In seiner Wut machte Yngvar große Schritte, aber der Patryn schätzte, daß dem beleibten König bald die Puste ausging. Grundel würde reichlich Zeit haben, den Sack Kartoffeln zu entfernen, selbst zwischen die Decken zu schlüpfen und so ihren Liebsten davor zu bewahren, daß man ihm den Bart stutzte oder welche Strafe für Wachtposten vorgesehen war, die ihre Pflichten vernachlässigten.

Haplo wandte der Tür den Rücken, warf sich auf sein Lager und starrte in die Dunkelheit. Er dachte über die Zwerge nach, über ihren Glauben an den Einen und ob sich daraus irgendein Nutzen ziehen ließ.

»Der Eine, der die Wellen lenkt?« wiederholte er belustigt.

Er schloß die Augen und entspannte sich. Schlaf löste die Bande, die das Bewußtsein an den Körper fesselten, durchtrennte sie eins nach dem anderen, um die Seele frei schweifen zu lassen, bis die Morgendämmerung sie einfing und zurückholte. Doch bevor das letzte Band zerschnitten war, glaubte Haplo halb im Traum wieder Grundels Worte zu hören, doch nicht ihre Stimme. Sie kamen aus einem sehr hellen weißen Licht, und es waren nicht genau dieselben.

Der Eine, der die Wellen lenkt.

Haplo fuhr in die Höhe. Er setzte sich auf und schaute zu dem grauen Rechteck der Tür.

»Alfred?« fragte er und wunderte sich, weshalb er das Gefühl hatte, daß der Sartan bei ihm war.

Er legte sich wieder hin, scheuchte Zwerge, Alake, den Sartan, den Einen, die Drachenschlangen und alle anderen Störenfriede in die Nacht hinaus und ergab sich dem Schlaf.

Kapitel 21

Phondra, Chelestra

Die Elfen trafen mit zwei Zyklen Verspätung ein, was niemanden überraschte, außer Haplo.

Dumaka hatte mit Eliason gar nicht so bald gerechnet und war über die Maßen erstaunt, als Delphine die Nachricht brachten, daß die Schiffe der Elfen nahten. Das ganze Dorf verfiel in hektische Betriebsamkeit, man lief und eilte, um die Gästehäuser der Elfen zu lüften, zu putzen und herzurichten.

Es waren für Phondra untypische Behausungen, als Geste der Freundschaft eigens für die Elfen errichtet, die ähnlich wie die Zwerge besondere Ansprüche stellten. Zum Beispiel würde kein Elf je in Betracht ziehen, auf dem Boden zu schlafen. Das hatte nichts mit Bequemlichkeit zu tun. Vor langer Zeit hatten Alchemisten der Elfen entdeckt, daß zwischen Meersonne und Meermond eine chemische Reaktion ablief, der sie die Luft zum Atmen verdankten.

Diese chemische Reaktion, folgerten die Alchemisten, fand zwischen der Oberfläche des Meermondes und der Meersonne statt und ergo zwischen jeder Form von Materie, die in Kontakt mit der Oberfläche kam, eingeschlossen Elfen und sämtliche anderen Lebewesen.

Nur tote Gegenstände durften im Königreich der Elfen auf dem Boden liegen oder stehen, und auch sie (zumindest die wertvolleren) wurden von Zeit zu Zeit umgestellt, weil man fürchtete, es könnten sonst unheilvolle Veränderungen eintreten.* Bodenbewohnende Tiere waren in Elmas von Stund an nicht mehr gern gesehen und wurden nach und nach ausgemerzt, zugunsten von Vögeln, Affen, Katzen und was sonst noch in mehr oder weniger luftiger Höhe kreucht und fleucht.

Elfen essen nichts, was auf oder in der Erde wächst. Sie vermeiden es, lange an einem Fleck zu stehen oder überhaupt zu stehen, wenn es sich irgend vermeiden läßt. Bei der ersten Gelegenheit setzen sie sich hin und ziehen die Füße auf den Stuhl oder Sessel.

Einer der ersten und verlustreichsten Kriege zwischen Phondra und Elmas war der Bettenkrieg. Ein Elfenprinz war zu den Menschen gereist, um durch Verhandeln einen Konflikt beizulegen, der sich auszuweiten drohte. Alles ging gut, bis der Häuptling den Gast zu seinem Nachtquartier geleitete. Der Elf warf einen Blick auf das Lager aus Decken und Kissen auf dem nackten Boden, nahm an, daß die Menschen ihn ermorden wollten**, und erklärte auf der Stelle den Krieg, den zu verhindern er gekommen war.

Seit damals haben Menschen und Elfen gelernt, die Eigenheiten des anderen zu akzeptieren und zu tolerieren. Die Phondraner bauen aus Zweigen und Schnur einfache Pritschen für ihre Freunde und Verbündeten; bei sich zu Hause

* Ein Grund, weshalb Elfen so mühelos imstande sind, sich der im ständigen Wandel begriffenen Umgebung ihrer Korallenbehausungen anzupassen. Möbel, Kleidung, Bettzeug usw. müßten ohnehin ständig hin- und hergeräumt werden.

** Bei den Elfen ist die Überzeugung weit verbreitet, daß die kurze Lebensspanne der Menschen einzig und allein von der Gewohnheit herrührt, auf dem Boden zu schlafen. In den Augen der Phondraner sind wiederum die stelzenbeinigen Elfenbetten wahre Folterinstrumente; sie fürchten, im Schlaf hinauszufallen und sich das Genick zu brechen. Die Gargans ihrerseits finden beide Vorurteile lächerlich. Ein Zwerg kann zur Not im Stehen schlafen, solange er einen akzeptablen Berg über sich weiß. Leider ist das ein Grund, weshalb viele Zwerge nur ungern Schiffsreisen unternehmen.

wenden die Elfen diskret den Blick ab, wenn ihre Gäste die Decken vom Bett nehmen und auf dem Boden ausbreiten. (Eliason verzichtet sogar darauf, die ahnungslosen Schläfer aufzuheben und in die Betten zu legen, seit einer anschließend herausgefallen war und sich den Arm gebrochen hatte.)

Die Quartiere waren kaum bereit, als die Elfenschiffe in den Hafen einliefen. Dumaka und Delu waren zur Stelle, um den König und sein Gefolge zu begrüßen. Auch Yngvar kam, allerdings wahrte die Zwergendelegation betont Abstand zu den Menschen. Grundel und Alake standen jede bei ihrer Familie.

Die Kluft zwischen den beiden Völkern hatte sich vertieft. Beide Elternpaare verboten ihren Töchtern, miteinander zu sprechen. Haplo, der beobachtete, wie die beiden Mädchen vielsagende Blicke tauschten, zweifelte daran, daß der Befehl lange befolgt werden würde. Er hoffte verdrießlich, daß sie sich nicht erwischen ließen und womöglich eine noch größere Krise auslösten. Wenigstens hatte Alake jetzt an anderes zu denken als nur an ihn. Man mußte auch für kleine Wohltaten dankbar sein.

Die Monarchen begrüßten sich mit demonstrativer Herzlichkeit – ein Schauspiel für Gefolge und Untertanen. Dumaka zog Haplo als hochgeehrten Gast mit in den Kreis, und der Patryn stellte erleichtert fest, daß sogar der Zwerg in seiner Gegenwart etwas auftaute. Doch sie alle konnten nicht verhehlen, daß diese Konferenz nicht in der freundschaftlichen Atmosphäre stattfand wie sonst. Obligates Händeschütteln, gekünstelte Stimmen, steife Konversation – Haplo hätte sie kaltlächelnd alle ertränken können.

Den Delphinen war es in ihrer unnachahmlichen Art gelungen, der angespannten Situation das I-Tüpfelchen aufzusetzen. Schadenfroh hatten sie die Neuigkeit, daß die Zwerge sich weigerten, auch nur einen Fuß an Bord der Sonnenjäger zu setzen, den Elfen weitererzählt. Eliason neigte Dumaka zu, hatte aber nach Elfenart ausrichten lassen, er werde sich nicht zu einer Entscheidung drängen lassen. Damit hatte er schon vor seiner Ankunft beide vergrätzt, Menschen und Zwerge.

Haplo knirschte buchstäblich mit den Zähnen. Ihm blieb nur ein Trost – die Drachenschlangen waren nirgends zu sehen. Der Anblick der gewaltigen Kreaturen hätte den Zwergenkönig am Ende noch in seiner Antipathie bestärkt.

Man setzte den späten Abend als Beginn der Konferenz fest, dann zogen Yngvar und seine Getreuen ab.

Eliason blickte dem beleidigten Zwerg nach und schüttelte bekümmert den Kopf. »Was ist zu tun?« fragte er Dumaka.

»Keine Ahnung«, knurrte der Häuptling. »Wenn du mich fragst, ist ihm der Bart ins Gehirn gewachsen. Er behauptet, er und sein Volk würden lieber erfrieren, als an Bord der ›verhexten‹ Sonnenjäger zu gehen. Zuzutrauen wär's ihnen. Du kennst ja ihre dicken Schädel.«

Haplo verzichtete darauf, sich einzumischen. Er stand ein paar Schritte abseits und hoffte, etwas zu erfahren, das ihm half zu entscheiden, was er unternehmen sollte.

Dumaka legte Eliason die Hand auf die Schulter. »Ich bedaure, mein Freund, dir diesen Verdruß noch zu deinem großen Kummer aufbürden zu müssen. Obwohl«, Dumaka musterte den Elf forschend, »du es besser trägst, als ich für möglich gehalten hätte.«

»Ich mußte die Toten lassen«, erwiderte Eliason leise, »um mich den Lebenden zuzuwenden.«

Der junge Elf, Devon, stand an der Pier und schaute übers Wasser. Alake sprach mit Nachdruck auf ihn ein. Grundel hatte den beiden sehnsüchtige Blicke zugeworfen, war aber von ihren Eltern fortgezogen worden.

Es war offensichtlich, daß Alakes Worte auf taube Ohren trafen. Devon schenkte ihr keine Beachtung, gab durch nichts zu erkennen, daß er sie hörte oder sich angesprochen fühlte.

Dumakas grimmige Miene wurde von einem Ausdruck aufrichtigen Mitgefühls gemildert. »Ein harter Schlag für jemanden, der erst ins Leben hinaustritt.«

»Vor drei Nächten«, sagte Eliason mit gedämpfter Stimme, »entdeckten wir ihn in dem Zimmer, wo meine Tochter – wo sie . . .« Seine Stimme brach, und er wurde sehr blaß.

Dumaka drückte ihm verständnisvoll den Arm.

Eliason holte tief Atem. »Ich danke dir, mein Freund. Wir fanden ihn – dort, wo er aus dem Fenster auf das Pflaster unten starrte. Du kannst dir vorstellen, welche Befürchtung sich uns aufdrängte. Ich habe ihm befohlen, mich bei dieser Mission zu begleiten, weil ich hoffte, das Zusammentreffen mit seinen Freunden würde ihn aus seiner düsteren Stimmung reißen. Es war auch seinetwegen, daß ich früher aufgebrochen bin, als ich eigentlich geplant hatte.«

»Vielen Dank, Devon«, murmelte Haplo.

Alake hatte inzwischen eingesehen, daß sie gegen eine Wand redete. Nach einem hilflosen Blick zu ihrem Vater meinte sie, Devon wolle vielleicht sein Quartier sehen, und bot sich an, ihn hinzuführen. Er reagierte wie eine der Maschinen der Gegs auf Arianus: Er folgte ihr mit schlurfenden Schritten und hängendem Kopf. Er schien gar nicht zu wissen, wo er sich befand, und offenbar war es ihm auch völlig gleichgültig.

Haplo harrte bei Eliason und Dumaka aus, merkte jedoch bald, daß er nicht damit rechnen konnte, etwas für ihn Wichtiges zu erfahren, denn das Gesprächsthema der beiden Herrscher war zumindest vorläufig ausschließlich Devons Gemütsverfassung.

Auch gut, dachte Haplo und ging. Darüber werden sie wohl nicht in Streit geraten. Und wenigstens zwei von fünf Nichtigen reden miteinander.

Unwillkürlich mußte er an seine Zeit auf Arianus denken, als er den Auftrag gehabt hatte, Zwietracht unter Elfen, Menschen und Zwergen zu säen. Jetzt unternahm er doppelt so große Anstrengungen, ihre Unstimmigkeiten zu schlichten.

»Fast könnte ich auch an den Einen glauben«, sagte er zu sich selbst. »Zu irgend jemandes Belustigung müssen wir diese Posse schließlich aufführen.«

Die große Trommel dröhnte und rief die Teilnehmer zur Konferenz. Sämtliche Dorfbewohner strömten an dem Weg zusammen, auf dem die einzelnen Delegationen zum Langhaus zogen. Zu jeder anderen Zeit wäre eine solche Zusammenkunft Anlaß zu einem Volksfest gewesen, man hätte gelacht, geschwatzt, den Kindern die langen Bärte der Zwerge gezeigt und das sonnenblonde Haar der Elfen.

An diesem Tag jedoch säumten die Phondraner schweigend den Weg und befahlen den aufgeregten Kindern zu schweigen. Gerüchte waren durch Phondra geweht, wie die von einem Windstoß aufgewirbelte Glut eines Lagerfeuers. Wohin die Funken flogen, entstanden neue Brände, die rasch auf die anderen Stämme des Reiches übergriffen. Dort schob man die langen, schmalen Boote ins Wasser und machte sich auf, dem Ereignis beizuwohnen.

Es kamen Hexer und Hexen, Angehörige des Zirkels, die von Delu willkommen geheißen und in ihrer eigenen Hütte einquartiert wurden. Es kamen Häuptlinge, um Dumaka ihre Loyalität zu bezeigen und sich über die politische Lage zu informieren. Es kamen Neugierige, ohne Rang und Namen, die allesamt Freunde oder Bekannte beim Stamm hatten. In jeder Hütte lag mindestens eine Extradecke auf dem Boden ausgebreitet.

Alle versammelten sich, um die Prozession vorüberziehen zu sehen: die gekrönten Häupter, Repräsentanten anderer Stämme Phondras, den Zirkel, die Gildemeister der Elmasti, den Gargan-Senat, wobei alle letzteren im Auftrag des Volkes anwesend waren, um als Zeugen zu fungieren. Die Menschen waren still, die Gesichter angespannt und verschlossen. Jeder wußte, ganz gleich, was bei der Konferenz beschlossen wurde, ihrer aller Schicksal hing davon ab.

Haplo hatte sich schon früh auf den Weg zum Versammlungshaus gemacht, um sich einen günstigen Platz für seine Rolle als unauffälliger Beobachter zu sichern, doch bei einem Blick aufs Meer hinaus, sah er betroffen und wenig erfreut die langen, geschmeidigen Hälse und keilförmigen Schädel der Drachenschlangen aus dem Wasser ragen.

Gegen seinen Willen fühlte er ein Unbehagen, einen Druck in der Magengegend, ein unangenehmes Frösteln. Die Siegel auf seiner Haut begannen zu leuchten.

Verwünschte Biester, die auftauchen mußten, um den Leuten vor Augen zu führen, mit wem sie im Begriff waren, sich einzulassen! Blieb nur die Hoffnung, daß niemand sie entdeckte. Er mußte versuchen, die allgemeine Aufmerksamkeit vom Ufer abzulenken.

Die Trommel rollte laut und verstummte. Vor dem Eingang des Langhauses trafen sich die Monarchen zu einem ostentativen Händeschütteln und Schulterklopfen – mürrisch und widerwillig von seiten der Zwerge, steif und gezwungen von seiten der beiden anderen Parteien.

Haplo dachte eben darüber nach, wie er es bewerkstelligen konnte, von diesen Formalitäten verschont zu bleiben, als zwei Gestalten, eine klein, die andere groß, ihm den Weg versperrten. Hände griffen nach seinen Armen, Alake und Grundel zogen ihn in die Deckung der Bäume am Waldrand.

»Ich habe keine Zeit für dumme Streiche ...«, wollte er aufbrausen, dann fielen ihm ihre ernsten Mienen auf. »Was ist passiert?«

»Du mußt uns helfen!« platzte Alake heraus. »Wir wissen nicht, was wir tun sollen! Ich finde, mein Vater ...«

»Er darf nichts erfahren!« schnappte Grundel. »Die Konferenz hat eben erst angefangen. Wenn wir jetzt dazwischenplatzen und sie wird abgebrochen, wer weiß, ob sie sich noch einmal alle an einen Tisch setzen!«

»Aber ...«

»Was ist passiert?« wiederholt Haplo – in schärferem Ton.

»Devon!« Alakes Augen waren groß und verschreckt. »Er ist – weg!«

»Verdammt!« fluchte Haplo gedämpft.

»Er macht einen Spaziergang, weiter nichts«, sagte Grundel, aber ihr nußbraunes Gesicht war einige Nuancen blasser geworden, und ihre Backenlocken zitterten.

»Und ich sage es doch meinem Vater, er wird die Fährtenleser rufen.« Alake drehte sich um und wollte zum Dorfplatz laufen; Haplo bekam ihre Hand zu fassen und hielt sie zurück.

»Grundel hat recht, wir sollten die Konferenz nicht unterbrechen. Es hängt zuviel davon ab. Ich bin selbst ein recht guter Fährtenleser. Wir gehen los, suchen ihn und bringen ihn still und ohne Aufsehen zurück. Vielleicht wollte er ja wirklich nur allein sein und macht einen Spaziergang. Wo und wann habt ihr ihn zuletzt gesehen?«

Alake konnte Auskunft geben. »Ich brachte ihn zum Gästehaus und blieb noch, um mit ihm zu reden. Dann kamen Eliason und die anderen Elfen, die sich auf die Versammlung vorbereiten wollten, und ich mußte gehen. Ich blieb in der Nähe, bis Eliason mit seinem Gefolge das Haus verließ, und ging wieder hinein. Er war noch da, allein. Ich erzählte ihm, daß Grundel und ich einen Platz an der Rückseite des Langhauses gefunden hatten, um zu ... Nun ja, um zu ...«

»Lauschen?« soufflierte Haplo.

»Diesmal haben wir das Recht dazu!« sagte Grundel entschieden. »Wir haben das alles in Gang gebracht. Wir sollten dabei sein.«

»Das stimmt«, erwiderte Haplo, um das aufgebrachte Zwergenmädchen zu beruhigen. »Ich werde sehen, was ich tun kann. Jetzt erzählt mir weiter von Devon.«

»Anfangs war er richtig böse, daß ich ihn nicht in Ruhe ließ. Er sagte, es interessiere ihn nicht, was besprochen würde, er wolle nichts hören. Dann besserte seine Laune sich von einem Moment zum anderen. Fast war er zu heiter. Es kam mir unheimlich vor.« Alake zog fröstelnd die Schultern hoch.

»Er wollte etwas essen. Nach der Konferenz sollte es ein Bankett geben, aber bis dahin würde es noch dauern, und er fragte, ob ich ihm vielleicht schon vorher etwas besorgen konnte. Ich versuchte, ihn zum Mitkommen zu überreden, aber er wollte nicht. Er bildete sich ein, die Leute starrten ihn an. Ich war froh, daß er Hunger hatte, er sieht nämlich aus, als hätte er seit Tagen nichts gegessen. Also ging ich los, um etwas zu holen. Unterwegs traf ich Grundel, die nach mir suchte, und nahm sie mit, um Devon aufzumuntern. Als wir zum Haus zurückkamen, war er fort.«

Was er da hörte, gefiel Haplo nicht. Im Labyrinth hatte er oft genug miterlebt, wie jemand es plötzlich nicht mehr ertragen konnte, den ständigen Kampf ums Überleben, Schmerzen, Angst, den Verlust eines Freundes, einer Gefährtin und wie nach Phasen tiefster Niedergeschlagenheit die Stimmung unvermittelt ins andere Extrem umschlug, eine unnatürliche Fröhlichkeit . . .

Alake bemerkte den verbissenen Ausdruck auf seinem Gesicht, stieß einen wimmernden Laut aus und legte die Hand vor den Mund. Grundel zerrte in ratloser Betroffenheit an ihren Backenlocken.

»Falls er wirklich einen Spaziergang macht, habt ihr im Dorf nach ihm gesucht? Ist er vielleicht Eliason zum Versammlungshaus gefolgt?«

»Nein«, sagte Alake leise. »Als wir merkten, daß er fort war, habe ich um das Gästehaus nach Spuren gesucht. Ich fand auch welche – seine Spuren, ganz bestimmt. Sie führten in den Dschungel.«

Das ist schlecht, dachte Haplo. Laut fügte er hinzu: »Bleibt ruhig. Führt mich zu der Stelle, aber wir müssen tun, als wäre nichts.«

Die drei eilten zu dem für die Elfen hergerichteten Gästehaus, auf einem Umweg, am Rand des Dorfplatzes entlang, wo sich die Menge versammelt hatte.

Haplo sah Dumaka, der die Zwergenältesten begrüßte. Er blickte suchend herum, vielleicht hielt er nach dem Patryn Ausschau. In diesem Moment trat Eliason vor, um seine Gefolgsleute zu präsentieren; Haplo stellte dankbar fest, daß sie sehr zahlreich waren und hoffentlich allesamt lange, komplizierte Namen hatten.

Alake führte ihn zur Rückseite des Gästehauses und wies auf den morastigen Boden. Die Spuren waren Fußabdrücke – zu lang und schmal für Zwerge, sie stammten unzweifelhaft von jemandem, der Stiefel trug. Die Phondraner gingen ausnahmslos barfuß.

Haplo fluchte halblaut vor sich hin.

»Haben die anderen Elfen im Haus sein Verschwinden bemerkt?«

»Ich glaube nicht.« Alake schüttelte den Kopf. »Sie sind alle draußen, bei der Zeremonie.«

»Ich werde gehen und nach ihm suchen. Ihr bleibt hier, falls er wieder auftaucht.«

»Wir kommen mit«, sagte Grundel.

»Ja. Er ist unser Freund«, bekräftigte Alake.

Haplo runzelte finster die Brauen, aber das Zwergenmädchen reckte trotzig das Kinn vor und verschränkte die Arme vor der Brust. Alake erwiderte seinen Blick mit ruhiger Entschlossenheit. Da er keine Zeit für ein langes Hin und Her hatte, mußte er nachgeben.

»Also gut, dann kommt.«

Die zwei Mädchen trabten den Pfad entlang, doch nach ein paar Schritten merkten sie, daß Haplo ihnen nicht folgte, und blieben stehen.

»Was ist denn?« fragte Alake ungeduldig. »Sollten wir uns nicht besser beeilen?«

Haplo war in die Hocke gegangen und zeichnete über den Fußspuren Runen in die feuchte Erde. Er sprach ein leises Wort, die Runen versprühten grüne Funken und begannen plötzlich zu sprießen und zu wachsen. Pflanzen und Gräser schossen auf, überwucherten den schmalen Pfad und verdeckten die Spuren.

»Jetzt ist nicht der Moment«, schimpfte Grundel, »um einen Garten anzulegen.«

»Man wird schon bald nach ihm suchen.« Haplo stand auf und sah zu, wie das Grün sich weiter ausbreitete. »Ich sorge dafür, daß uns niemand folgt. Wir werden tun, was getan werden muß, und hinterher erzählen, was am überzeugendsten klingt. Einverstanden?«

»Oh!« flüsterte Alake und biß sich auf die Unterlippe.

»Einverstanden?« Haplo schaute die beiden Mädchen grimmig an.

»Einverstanden«, sagte Grundel eingeschüchtert.

»Einverstanden«, sagte auch Alake, unglücklich.

Sie ließen das Dorf hinter sich und folgten der Fährte des Elfen ins Dickicht.

Zuerst dachte Haplo, daß Grundels Vermutung richtig gewesen war. Es sah ganz danach aus, als versuchte der Elf, seinem Kummer davonzulaufen. Die Spuren folgten dem deutlich erkennbaren Pfad. Devon hatte sich nicht die Mühe gemacht, sie zu verwischen, nichts deutete darauf hin, daß er unentdeckt bleiben wollte, und er mußte doch gewußt haben, daß zumindest Alake nach ihm suchen würde.

Dann endete die Fährte wie abgeschnitten.

Der Pfad lief weiter, seit langem nicht begangen. Wer immer sich seitlich in die Büsche zu schlagen versuchte, hätte in dem üppigen, dichten Strauchwerk eine unübersehbare Schneise hinterlassen, aber kein Blatt war abgerissen, kein Halm geknickt.

»Wo ist er hin? Weggeflogen?« brummelte Grundel und spähte in das grüne Halbdunkel.

»Sozusagen«, erwiderte Haplo mit einem Blick auf die herabhängenden Lianen.

Der Elf mußte in die Bäume gestiegen sein. Bei genauerem Hinsehen machte er ein Stück weiter voraus eine unerfreuliche Entdeckung. Sein erster Gedanke war: Verdammt! Das nächste Trauerjahr!

»Ihr Mädchen kehrt jetzt um«, sagte er streng, aber schon stieß Alake einen Schrei aus, und bevor er sie zurückhalten konnte, bahnte sie sich einen Weg durchs Unterholz.

Haplo sprang ihr nach, packte sie und stieß sie gegen Grundel. Beide fielen hin, während Haplo weiterlief und sich mit einem Blick über die Schulter vergewisserte, daß sie zu sehr mit sich selbst beschäftigt waren, um ihm zu folgen.

Grundel hatte sich mit ihren schwerfälligen, plumpen Stiefeln in den Schlingpflanzen verheddert. Alake machte keine Anstalten, ihrer Freundin zu helfen, sondern wollte Haplo nachlaufen, woraufhin Grundel einen Wutschrei ausstieß, den man meilenweit hören konnte.

»Bring sie zum Schweigen!« brüllte Haplo Alake an.

Alake lief verstört zu Grundel zurück.

Haplo erreichte Devon.

Der Elf hatte aus Lianen eine Schlinge geknüpft, über den Kopf gestreift und war von einem Ast in den – wie er hoffte – sicheren Tod gesprungen. Als er den schlaffen Körper musterte, der sich leicht pendelnd um die eigene Achse drehte, dachte Haplo zuerst, daß der Junge erreicht hatte, was er wollte. Dann sah er an einer Hand die Finger zucken. Vielleicht ein Sterbekrampf, vielleicht auch nicht.

Haplo sprach die Runen. Blaue und rote Siegel huschten durch die Luft, explodierten an der Liane, durchtrennten sie. Der Körper stürzte prasselnd ins Gebüsch.

Der Patryn bückte sich nach dem Jungen, lockerte die Schlinge, riß sie ihm vom Hals. Devon atmete nicht. Er war bewußtlos, das Gesicht wächsern, die Lippen blau. Die Liane hatte sich tief ins Fleisch gegraben, die Haut war aufgeschürft, blutunterlaufen, doch bei einer flüchtigen Untersuchung stellte Haplo fest, daß es schlimmer aussah, als es tatsächlich war. Die Schlinge hatte ihm die Kehle zugeschnürt, statt das Genick zu brechen. Devon lebte noch.

Aber wohl nicht mehr lange. Sein Puls war flach und unregelmäßig. Haplo ging in die Hocke und dachte nach. Er wußte nicht, ob das, was er vorhatte, erfolgreich sein würde. Seines Wissens gab es keinen Präzedenzfall, nur ganz im Hintergrund seiner Erinnerungen glaubte er Alfred erzählen zu hören, wie er mittels seiner Magie das Kind, Gram, ins Leben zurückgeholt hatte.

Wenn Sartanmagie bei einem Nichtigen wirkte, dann Patrynmagie erst recht.

Haplo griff mit der rechten Hand nach Devons linker, mit der linken nach dessen rechter. Der Kreis war geschlossen.

Er machte die Augen zu und konzentrierte sich. Vage nahm er zur Kenntnis, daß Alake und Grundel sich näherten, hörte sie stehenbleiben, hörte Alake weinen und Grundel zischend ausatmen. Er schenkte ihnen keine Beachtung.

Der Patryn ließ seine Lebenskraft in Devon einströmen. Die Tätowierungen an seinem Arm schimmerten blau. Magie floß von ihm zu dem jungen Elf, während Devons Kummer und Schmerz auf Haplo übergingen.

Der Patryn erlebte, was Devon empfunden hatte: Trauer, Verlust, Schuld, quälende Reue, bis er es nicht mehr ertragen konnte und Vergessen suchte. Haplo fühlte die lähmende Angst in der Sekunde vor dem Schritt ins Leere – ein letztes Aufbäumen des Urinstinkts der Selbsterhaltung. Der Fall, schwerelos, glutheißer Schmerz, Ringen nach Luft, Schweben, das tröstliche Wissen, daß der Tod nicht mehr fern ist, die Qual bald zu Ende . . .

Haplo hörte ein Stöhnen, das Rascheln von Blättern. Mit einem tiefen Atemzug fand er zu sich selbst zurück.

Devon blickte aus trüben Augen zu ihm auf, das Gesicht verzerrt. »Du hattest kein Recht«, wisperte er heiser, mit wunder Kehle. »Ich will sterben! Laß mich sterben, verdammt! Laß mich sterben!«

Alake schrie auf. »Nein, Devon! Du weißt nicht, was du sprichst!«

»Er weiß es«, sagte Haplo grimmig. Er setzte sich auf die Fersen zurück und wischte sich mit dem Handrücken über die schweißbedeckte Stirn. »Du und Grundel – ihr wartet auf dem Pfad. Ich habe mit Devon zu reden.«

»Aber . . .«

»Kein Wort! Tut, was ich sage!«

Grundel zog Alake hinter sich her. Widerwillig stapften die beiden über niedergetretene Pflanzen und geknickte Sträucher zu dem Weg zurück, auf dem sie gekommen waren.

»Du willst also sterben«, sagte Haplo zu dem Elfen, der das Gesicht abwandte und die Augen schloß. »Na, los doch. Häng dich auf. Ich kann dich nicht dran hindern. Aber ich wüßte es zu schätzen, wenn du warten könntest, bis wir die leidige Angelegenheit mit den Sonnenjägern geregelt haben, denn ich vermute, daß man deinetwegen wieder eine monatelange Trauerzeit anberaumen wird, und das könnte den Untergang deines Volkes besiegeln.«

Der Elf weigerte sich, ihn anzusehen. »Ihnen wird nichts passieren. Sie haben etwas, wofür sich zu leben lohnt. Ich nicht.« Seine Stimme war ein rauhes Krächzen, und er verzog beim Sprechen schmerzvoll das Gesicht.

»Ach ja? Was, glaubst du wohl, wird deinen Eltern noch bleiben, ›wofür sich zu leben lohnt‹, nachdem sie deinen Leichnam von einem Ast geschnitten haben? Kannst du dir ausmalen, wie sie dich in Erinnerung behalten werden? Mit aufgedunsenem Gesicht, blauschwarz verfärbter Haut, vorquellenden Augen und aus dem Mund hängender Zunge?«

Devon wurde noch eine Schattierung blasser, warf Haplo einen haßerfüllten Blick zu und drehte wieder den Kopf zur Seite. »Geh weg. Laß mich in Ruhe«, sagte er rauh.

»Oh, aber es kommt noch besser«, fuhr Haplo fort, als hätte er nichts gehört, »wenn man dich nicht gleich findet, haben die Aasvögel Zeit, sich mit dir zu beschäftigen. Die größte Delikatesse sind für sie die Augen. Deine Eltern werden ihren Sohn vielleicht nicht einmal mehr erkennen können – oder was von ihm übrig ist, wenn die Vögel sich an ihm gütlich getan haben, ganz zu schweigen von den Ameisen und Schmeißfliegen ...«

»Aufhören!« Devon versuchte zu schreien, aber es wurde nur ein ersticktes Flüstern.

»Dann sind da noch Alake und Grundel. Sie haben eine Freundin verloren, nun verlieren sie noch einen Freund. An sie hast du auch keinen Gedanken verschwendet, nehme ich an? Nein, du warst ausschließlich mit dir selbst beschäftigt. ›Der Schmerz, ich kann den Schmerz nicht ertragen!‹«, äffte Haplo die helle, flötende Stimme der Elfen nach.

»Was weißt du denn schon!« begehrte Devon auf.

»Was weiß ich denn schon – von Schmerz«, wiederholte Haplo leise. »Laß mich dir eine Geschichte erzählen, dann kannst du dich meinetwegen umbringen, wenn du unbedingt willst.

Ich kannte einen Mann, damals, im Laby – an einem Ort, von dem du nichts weißt. Er mußte um sein Leben kämpfen. An jenem Ort kämpft man, um weiterzuleben, nicht um zu sterben. Dieser Mann trug schwere Wunden davon, die Schmerzen, die er litt, waren unvorstellbar, unerträglich.

Er hatte seine Feinde besiegt. Die Chaodyn waren tot. Doch er konnte wegen der Schmerzen nicht weiter. Er hätte versuchen können, sich mittels seiner Magie zu heilen, aber es schien ihm der Mühe nicht wert zu sein. Der Mann lag auf der Erde und ließ das Leben aus sich herausströmen. Dann geschah etwas, das seine Meinung änderte. Ein Hund tauchte auf ... Der Hund.« Haplo verstummte, ein Gefühl unsäglicher Schwermut und Verlassenheit raubte ihm die Sprache. Die ganze Zeit – wie hatte er den Hund vergessen können?

»Was ist passiert?« flüsterte Devon. Seine Augen forschten in Haplos Gesicht. »Was passierte mit dem Hund?«

Haplo runzelte die Stirn und rieb sich das Kinn, einerseits verstimmt, weil er darauf zu sprechen gekommen war, andererseits froh, sich zu erinnern.

»Der Hund. Auch er hatte mit den Chaodyn gekämpft und war ebenfalls verletzt, tödlich verletzt. Doch als er das Leiden dieses Mannes sah, versuchte er, ihm zu helfen. Der Hund gab nicht auf. Er fing an zu kriechen, auf dem Bauch, um von irgendwoher Hilfe zu holen. Dieser Mut beschämte den Mann. Ein unvernünftiges Tier, ohne Hoffnungen oder Träume oder hehre Ziele, doch es kämpfte darum weiterzuleben. Ich hingegen hatte alles: ich war jung, stark, hatte einen großen Sieg errungen. Und ich wollte all das aufgeben – wegen der Schmerzen.«

»Ist der Hund gestorben?« fragte Devon mühsam. Schwach wie ein krankes Kind begehrte er, den Schluß der Geschichte zu hören.

Der Patryn befreite sich mit Gewalt aus dem Bann seiner Erinnerungen.

»Nein, der Mann heilte den Hund, heilte sich selbst.« Ihm war nicht aufgefallen, daß er und ›der Mann‹ die Plätze getauscht hatten. »Er erreichte eine hohe Stellung in seinem Volk. Er nahm Einfluß auf das ganze Leben anderer ...«

»Rettete Leute vor Drachenschlangen? Oder auch vor sich selbst?« fragte Devon mit einem schiefen Lächeln.

Haplo starrte ihn an, dann stieß er ein Brummen aus. »Ja, mag sein. Nun, wie geht's weiter? Soll ich dich allein lassen, damit du noch mal dein Glück versuchen kannst?«

Devon hob den Blick zu der durchtrennten Liane, die über seinem Kopf baumelte. »Nein, ich komme mit dir.« Er wollte aufstehen, aber die Kräfte verließen ihn, und er sank ohnmächtig zurück.

Haplo fühlte seinen Puls. Er war kräftiger und regelmäßiger. Gedankenverloren strich er eine Strähne des flachsblonden Haares zur Seite, die in dem getrockneten Blut am Hals festgeklebt war.

»Es wird besser werden«, sagte er zu dem bewußtlosen jungen Mann. »Du wirst sie nicht vergessen, aber es wird nicht mehr so weh tun, an sie zu denken.«

Kapitel 22

Phondra, Chelestra

Die Konferenz der Monarchen begann mit steifer Förmlichkeit, kalten Blicken, unausgesprochenen Ressentiments, und folgerichtig war man binnen kurzem bei offener Feindseligkeit, hitzigen Worten und bitteren Vorwürfen angelangt.

An Eliasons Weigerung, Krieg zu führen, hatte sich inzwischen nichts geändert.

»Ich bin durchaus bereit, mit den Sonnenjägern auf die Große Fahrt zu gehen«, sagte er. »Und ich erkläre mich bereit, die Verhandlungen mit diesen Sartan zu führen, da wir Elfen schon häufiger unser diplomatisches Geschick unter Beweis gestellt haben. Ich kann nicht glauben, daß man uns verwehrt, auf dem neuen Meermond zu siedeln, immerhin bringen wir Saatgut mit, Zuchtvieh, Fertigkeiten und Erfahrung, von denen alle profitieren. Meine Ratgeber sind nach gründlichen Studien zu dem Schluß gekommen, daß die Fremden erst seit kurzem in Chelestra ansässig sein können. Wir halten es für wahrscheinlich, daß man recht froh sein wird, uns zu sehen.«

Eliasons Miene wurde ernst. »Doch wenn die Sartan sich weigern, uns aufzunehmen? Wir werden anderswo ein Unterkommen suchen müssen.«

»Fein«, meinte Dumaka säuerlich. »Und während du suchst, was wirst du essen? Wo nimmst du den Proviant her, um dein Volk satt zu machen? Willst du in den Ritzen der Decksplanken Getreide anbauen? Oder haben die Elfen neuerdings einen Zaubertrick erfunden, um Brot regnen zu lassen? Wir haben ausgerechnet, daß unser Stauraum ohnehin knapp bemessen ist, in Anbetracht der vielen Mäuler, die wir stopfen müssen. Vorräte für eine längere Reise können wir nicht unterbringen.«

»Das Segensmeer ist voller Fische«, gab Eliason freundlich zu bedenken.

»Gut beobachtet«, entgegnete Dumaka, »aber nicht einmal Elfen können sich ausschließlich von Fisch ernähren. Ohne Gemüse und Obst wird sich in unserem Volk die Mundfäule* ausbreiten.«

Yngvar entlockte der bloße Gedanke, Fisch essen zu müssen, eine Gebärde des Abscheus.** Er pflanzte sich breitbeinig vor den Versammelten auf und schaute mit zusammengezogenen Brauen in die Runde. »Ihr streitet euch darüber, wer den Kuchen gestohlen hat, bevor er überhaupt gebacken ist! Die Sonnenjäger sind verhext, wir Zwerge wollen nichts damit zu tun haben, und nach einer langen Beratung mit den Ältesten wurde beschlossen, daß wir sie auch niemandem sonst überlassen werden, damit der Fluch nicht auf uns zurückfällt. Die Boote werden versenkt. Dann bauen wir neue, ohne die Hilfe der Drachenschlangen.«

»Ja, das ist eine gute Idee«, sagte Eliason. »Die Zeit . . .«

»Zeit haben wir eben nicht!« fiel Dumaka ihm ins Wort. »Ihr Elfen habt doch ausgerechnet, wie viele Zyklen uns bleiben . . .«

»Ihr Zwerge seid schlimmer als abergläubische Kinder!« empörte sich Delu. »Die Schiffe sind ebensowenig verhext wie ich!«

»Und wer legt für dich die Hand ins Feuer, Hexe?« schleuderte Hilda ihr mit gesträubten Backenlocken entgegen.

* Bei den Zwergen unter der Bezeichnung ›Scharbock‹ bekannt.

** Nach Ansicht der Zwerge ist Fisch ein minderwertiges Nahrungsmittel. Er kommt nur auf den Tisch, wenn nichts anderes zu haben ist. Volkstümlich heißt Fisch bei ihnen ›Elmastifutter‹.

In diesem Moment näherte sich der Türhüter mit einer Miene, als sei er blind und taub für das Gezänk im Saal, seinem Häuptling und flüsterte ihm etwas zu. Dumaka nickte und gab halblaut einen Befehl. Alle anderen verstummten nach und nach, man fragte sich, was diese Unterbrechung zu bedeuten habe. Niemand störte eine Konferenz der Monarchen, außer es ging um Leben und Tod. Der Türhüter eilte hinaus, Dumaka wandte sich an Eliason.

»Einige aus deinem Gefolge haben entdeckt, daß der junge Mann, Devon, verschwunden ist. Sie haben das Dorf abgesucht, ihn aber nirgends gefunden. Ich habe die Fährtenleser rufen lassen. Keine Sorge, mein Freund« – angesichts der Betroffenheit des Elfenkönigs war die Animosität von eben vergessen – »wir werden ihn finden.«

»Ein junger Elf macht einen Spaziergang!« schnappte Yngvar verärgert. »Weshalb die Aufregung?«

»Devon ist in letzter Zeit sehr unglücklich gewesen«, erklärte Eliason mit gesenkter Stimme. »Sehr unglücklich. Wir befürchten . . .« Er schüttelte stumm den Kopf.

»Ach!« Yngvar ging ein Licht auf. »So ist das also!«

»Grundel!« rief Hilda in scharfem Tonfall. »Grundel, komm hierher! Auf der Stelle!«

»Was soll das, Frau? Unsere Tochter ist in der Höhle . . .«

»Nimm den Sack vom Kopf«*, gab Hilda zurück. »Unsere Tochter ist überall, aber bestimmt nicht da, wo sie sein sollte.« Sie stand auf und erhob drohend die Stimme. »Grundel, ich weiß, du steckst hier irgendwo und lauschst! Alake, ich meine es ernst! Ich dulde keinen Schabernack mehr von euch Mädchen!«

Sie erhielt keine Antwort. Yngvar kraulte beunruhigt seinen Bart, schließlich ging er hinaus, winkte einem seiner Gefolgsleute, einem jungen Zwerg namens Hartmut, und trug ihm auf, in der Höhle nach dem Rechten zu sehen.

Als er ins Langhaus zurückkehrte, hatte Eliason sich erhoben. »Ich sollte bei der Suche helfen . . .«

* Anspielung auf ein beliebtes Trinkspiel der Zwerge, dessen Regeln zu komplex sind, um sie zu beschreiben, außerdem würde man sie ohnehin als maßlose Übertreibung abtun.

»Und dich im Dschungel verlaufen? Unsere Leute werden ihn schon finden. Alles wird gut werden – beten wir zu dem Einen.«

»Beten wir zu dem Einen.« Eliason setzte sich hin und legte den Kopf in die Hände.

Yngvar wandte sich an Dumaka. »Wo ist eigentlich dieser Haplo abgeblieben? Hat irgend jemand *ihn* gesehen? Sollte er nicht hier sein? Diese vermaledeite Konferenz war schließlich seine Idee.«

»Ihr Zwerge mißtraut wohl allem und jedem!« fuhr Dumaka auf. »Erst ist es die Magie der Drachenschlangen! Jetzt Haplo! Und das, nachdem er unsere Kinder vor einem furchtbaren Schicksal gerettet hat...«

»Er hat unsere Kinder gerettet, aber was wissen wir eigentlich von ihm?« fragte Delu. »Vielleicht hat er sie zurückgebracht, nur um sie wieder zu verschleppen!«

»Sie hat recht!« Hilda trat neben Delu. »Ich wünsche, daß deine Fährtenleser auch nach diesem Haplo suchen!«

»Na herrlich!« Dumaka warf die Arme in die Luft. »Gehen wir doch alle hinaus und spielen Verstecken...«

»Häuptling!« Der Türhüter kam hereingestürmt. »Man hat sie gefunden! Sie sind wieder da!«

Elfen, Menschen und Zwerge liefen nach draußen. Mittlerweile wußte jeder im Dorf, was geschehen war, oder hatte etwas munkeln gehört. Die Delegationen bildeten schon die Nachhut einer vielköpfigen Menge, die zum Gästehaus der Elfen strömte.

Eskortiert von Dumakas Fährtensuchern kamen Haplo, Alake und Grundel aus dem Wald. Haplo trug Devon auf den Armen. Der Elf hatte das Bewußtsein wiedererlangt und lächelte matt, beschämt wegen der Aufmerksamkeit, die hauptsächlich ihm galt.

»Devon! Bist du verletzt? Was ist geschehen?« Eliason drängte sich durch die Reihen der Neugierigen.

»Es geht mir gut«, brachte Devon krächzend heraus.

»Ihm fehlt nichts weiter«, erklärte Haplo. »Er ist gestürzt und hat sich in einer Liane verfangen. Ein paar Tage Ruhe, und es geht ihm wieder gut. Wo soll ich ihn hinbringen?«

»Komm mit.« Eliason ging dem Patryn voraus zum Quartier der Elfen.

»Wir können alles erklären«, verkündete Grundel.,

»Daran habe ich nicht den geringsten Zweifel«, brummte ihr Vater und musterte seine Tochter mit zusammengekniffenen Augen.

Haplo trug Devon ins Gästehaus und legte ihn dort auf sein Bett.

»Ich danke dir«, sagte Devon leise.

Haplo knurrte. »Versuch zu schlafen«, empfahl er ihm schroff.

Devon verstand die Anspielung und schloß die Augen. »Er braucht Ruhe.« Haplo stellte sich zwischen Eliason und den jungen Elfen. »Ich glaube, wir sollten ihn allein lassen, damit er schlafen kann.«

»Aber ich möchte, daß mein Leibarzt ihn untersucht«, protestierte Eliason besorgt.

»Wozu? Etwas Schlaf, und morgen geht es ihm wieder gut.«

Eliason blickte an dem Patryn vorbei auf den jungen Mann, der erschöpft und verhärmt auf dem Bett lag. Die Mädchen hatten ihn etwas gesäubert und das Blut abgewaschen, aber die Abschürfungen und blutunterlaufenen Striemen an seinem Hals waren deutlich zu erkennen. Der Elfenkönig schaute Haplo an.

»Er ist gefallen«, wiederholte der Patryn kühl. »Hat sich in einer Liane verfangen.«

»Wird es wieder geschehen?« fragte Eliason ruhig.

»Nein.« Haplo schüttelte den Kopf. »Ich glaube nicht. Wir hatten ein Gespräch – über die Gefahren, im Dschungel auf Bäume zu klettern.«

»Dem Einen sei Dank«, murmelte Eliason.

Devon war eingeschlafen. Haplo führte den Elfenkönig nach draußen.

»Alake und ich sind mit Devon spazierengegangen«, berichtete Grundel der aufmerksam lauschenden Menge. »Ich weiß, ich bin ungehorsam gewesen, Vater, aber Devon war so unglücklich, und wir wollten ihn ein wenig aufmuntern ...«

Yngvar schnaufte. »Es ist gut, Tochter. Wir reden später über eine angemessene Strafe. Vorerst sprich weiter.«

»Im Dorf war zuviel Lärm, zuviel Trubel«, fuhr statt dessen Alake fort, »wir dachten, in der Stille des Waldes würde es Devon leichter fallen, sein Herz auszuschütten. Wir gingen also und schwatzten, und es war heiß, und wir bekamen Durst, und dann sah ich, daß einer der Zuckersaftbäume Früchte trug. Ich glaube, was ihm zugestoßen ist, war meine Schuld, weil ich Devon bat, hinaufzusteigen ...«

»Er war fast oben«, fiel Grundel ein und gestikulierte dramatisch, »als er den Halt verlor und abstürzte, kopfüber in ein Gewirr von Würgeranken.«

»Sie schlangen sich um seinen Hals! Er kam nicht frei. Ich – wir wußten nicht, was wir tun sollten!« Alake rang die Hände. »Ich konnte ihn nicht erreichen. Er war zu hoch über mir. Grundel und ich liefen ins Dorf zurück, um Hilfe zu holen. Der erste, dem wir begegneten, war Haplo. Er kam mit und schnitt Devon los.«

Alake schaute den Patryn an, der am Rand der Menge stand. Ihre Augen strahlten. »Er hat Devon das Leben gerettet«, sagte sie andächtig. »Mit seiner Magie hat er ihn geheilt! Ich hab's gesehen. Devon atmete nicht, die Ranken hatten sich um seinen Hals zusammengezogen. Haplo legte ihm die Hände auf, ein blaues Licht umhüllte ihn, und plötzlich öffnete Devon die Augen und – er lebte!«

»Ist das wahr?« fragte Dumaka Haplo.

»Sie übertreibt, sie war sehr aufgeregt.« Der Patryn zuckte mit den Schultern. »Der Junge war nicht tot, er hatte nur das Bewußtsein verloren ...«

»Ich war aufgeregt«, unterbrach ihn Alake und lächelte, »aber ich habe nicht übertrieben.«

Wie auf ein Zeichen fingen alle gleichzeitig an zu reden: Yngvar hielt seiner Tochter eine halbherzige Standpauke; Delu verkündete, daß es leichtsinnig sei, allein auf Zuckersaftbäume zu steigen, und Alake hätte es besser wissen müssen; Eliason meinte, die Mädchen hätten das einzige Richtige getan, als sie ins Dorf liefen, um Hilfe zu holen, und man solle dem Einen danken, daß Haplo zur Stelle gewesen war, um eine weitere Tragödie zu verhüten.

»Der Eine!« fuhr Grundel auf den verdutzten Elfenkönig los. »Ja, ihr dankt dem Einen, der uns diesen Mann geschickt hat« – sie zeigte mit dem Finger auf Haplo –, »und dann dreht ihr euch herum und werft die anderen Geschenke des Einen ins Segensmeer!«

Schweigen fiel über die Menge, aller Augen ruhten auf dem Zwergenmädchen.

»Tochter«, wollte Yngvar sie zur Ordnung rufen, aber seine Frau trat ihm mahnend auf den Fuß.

»Sch! Laß das Kind reden. Das klingt ganz vernünftig.«

»Und aus welchem Grund werft ihr sie weg?« Grundel kam mit hochroten Wangen erst so richtig in Fahrt. »Weil ihr sie nicht versteht und deshalb Angst davor habt.« Ein vernichtender Blick traf die Zwerge. »Oder weil ihr möglicherweise dafür kämpfen müßtet.« Auch die Elfen bekamen ihr Fett weg. »Nun, wir haben einen Entschluß gefaßt – Alake, Devon und ich. Wir gehen auf die Große Fahrt. Mit Haplo. Auch allein, wenn's sein muß . . .«

»Nicht ganz allein, Grundel!« Hartmut bahnte sich einen Weg durch die staunende Menge. »Ich komme mit dir!«

»Wir auch!« riefen einige von den jungen Menschen, und »wir auch!« stimmten zahlreiche junge Elfen ein.

Der Ruf wurde von nahezu der gesamten Jugend ringsum aufgenommen. Grundel wechselte einen Blick mit Alake, dann wandte sie sich ihren Eltern zu. »Nun, was hast du jetzt wieder angerichtet, Tochter?« fragte Yngvar grämlich. »Offene Rebellion gegen deinen eigenen Vater?«

»Es tut mir leid.« Grundel errötete. »Aber ich glaube wirklich, so ist es am besten. Du hättest doch unser Volk nicht erfrieren lassen – auch nicht die Menschen . . .«

»Selbstverständlich hätte er das nicht«, sagte Hilda. »Gib es zu, Yngvar. Deine Füße werden zu groß für deinen Kopf. Du hast längst nach einem Hintertürchen Ausschau gehalten, sei froh, daß deine Tochter dir eins gezeigt hat!«

Yngvar zauste seinen Bart. »Wie's scheint, bleibt mir nicht viel anderes übrig, als mich geschlagen zu geben«, meinte er und gab sich große Mühe, bärbeißig dreinzuschauen, doch ohne großen Erfolg. »Das Mädel wird meine eigene Armee gegen mich führen, wenn ich nicht aufpasse.«

Brummend stapfte er davon. Grundel sah ihm ängstlich hinterher.

»Keine Angst, Kind«, beruhigte ihre Mutter sie lächelnd. »In Wirklichkeit ist er sehr stolz auf dich.«

Und wahrhaftig blieb Yngvar immer wieder stehen, um jedem zu erzählen: »*Das* ist meine Tochter!«

»Auch mein Volk wird auf die Große Fahrt gehen.« Eliason bückte sich und gab Grundel einen herzhaften Kuß auf die Wange. »Danke, daß du uns gezeigt hast, was für Narren wir gewesen sind. Möge der Eine dich segnen und stets behüten.« Seine Augen wurden feucht. »Aber jetzt muß ich gehen und mich um Devon kümmern.« Er eilte davon.

Grundel hatte Macht gekostet, die süßer war als Zuckersaft und berauschender als das dunkle Bier der Zwerge. Sie schaute sich nach Haplo um und entdeckte ihn ein Stück abseits im Schatten, von wo er schweigend das Geschehen verfolgte.

»Ich hab's getan!« rief sie und lief zu ihm hin. »Ich hab's getan. Ich habe gesagt, was du wolltest! Und sie gehen auf Große Fahrt! Alle!«

Haplo blieb stumm, sein Gesichtsausdruck war verschlossen, undurchdringlich.

»Das hast du doch gewollt?« drängte Grundel. »Oder nicht?«

»Es ist wundervoll!« Alake trat zu ihnen. Sie strahlte vor Glück. »Wir alle fahren in ein neues Leben!«

Zwei kräftige Menschenjünglinge kamen gelaufen, packten Grundel, hoben sie sich auf die Schultern und trugen sie im Triumph davon. Alake begann zu tanzen. Die Menge auf dem Platz formierte sich zu einem heiteren Festzug, die Menschen skandierten, die Elfen sangen, der tiefe Baß der Zwerge vermischte sich mit dem Dröhnen der Trommel.

In ein neues Leben.

In den Tod.

Haplo kehrte dem hellen Feuerschein und der Fröhlichkeit den Rücken und tauchte in die Dunkelheit.

Kapitel 23

Surunan, Chelestra

Alfred hatte nicht die ganze Zeit als Gefangener in der Bibliothek zubringen müssen. Der Rat trat in seiner Sache nicht nur einmal, sondern wiederholt zusammen, man hatte offenbar Schwierigkeiten, zu einer Einigung zu kommen. Derweil gestattete man Alfred, die Bibliothek zu verlassen und in Samahs Haus zurückzukehren, unter der Auflage, in seinem Zimmer zu bleiben, bis der Rat ein Urteil gefällt hatte.

Man schwieg sich ihm gegenüber aus, doch Alfred war ganz sicher, daß Orla zu seinen Gunsten sprach. Der Gedanke wärmte ihn, bis er eines Tages merkte, daß das Verhältnis zwischen den Ehegatten noch kühler geworden war. Orla gab sich ernst und reserviert, ihr Mann schien von einem kalten, stummen Zorn erfüllt zu sein. Sie sprachen nur das Nötigste. Alfred fühlte sich in seinem Entschluß bestätigt, Chelestra zu verlassen. Er wollte nur noch vor dem Rat sein mea culpa sagen und dann seiner Wege gehen.

»Es ist nicht notwendig, mich einzuschließen«, sagte Alfred zu Ramu, der als sein Bewacher fungierte. »Ich gebe dir mein Wort als Sartan, daß ich nicht versuchen werde, zu fliehen. Nur um eine Gunst möchte ich bitten – daß der Hund frische Luft und Auslauf bekommt.«

»Das kann man wohl nicht abschlagen«, bemerkte Samah verdrießlich zu seinem Sohn, als der ihm Alfreds Wunsch mitteilte.

»Warum schaffen wir uns das Vieh nicht vom Hals?« fragte Ramu gleichgültig.

»Weil es noch von Nutzen sein kann«, antwortete der Archont. »Ich glaube, ich werde deine Mutter bitten, sich um das Tier zu kümmern.« Vater und Sohn wechselten vielsagende Blicke.

Orla wies das Ansinnen zurück. »Ramu kann das übernehmen. Ich will nichts damit zu tun haben.«

»Ramu führt jetzt sein eigenes Leben«, erinnerte ihr Mann sie streng. »Er hat seine eigene Familie, seine eigenen Pflichten. Für diesen Alfred und seinen Hund sind wir verantwortlich. Ein Faktum, das du allein dir selbst zuzuschreiben hast.«

Orla hörte den Vorwurf in seiner Stimme und war sich bewußt, dieser Verantwortung schon einmal nicht gerecht geworden zu sein. Auch ihrer Verantwortung als Mitglied des Rats wurde sie nicht gerecht, weil sie die Entscheidungsfindung durch immer neue Argumente behinderte.

»Also gut«, erklärte sie sich brüsk einverstanden.

Am nächsten Morgen ging sie zu Alfreds Zimmer, um sich der lästigen Pflicht zu entledigen. Sie war kühl, überlegen, der Tatsache eingedenk, daß sie Tun und Ansichten dieses Mannes nicht gutheißen konnte – auch wenn sie im Rat bemüht war, ihm Gerechtigkeit widerfahren zu lassen. Sie klopfte laut an die Tür.

»Herein«, kam die schüchterne Aufforderung.

Alfred fragte nicht, wer draußen stand, vielleicht nahm er an, er habe nicht das Recht dazu.

Orla trat ins Zimmer.

Alfred, der am Fenster stand, wurde rot wie ein Zinshahn, als er sie erkannte. Zaghaft trat er einen Schritt auf sie zu, Orla hob Einhalt gebietend die Hand.

»Ich komme wegen des Hundes. Wird er überhaupt mit mir gehen?« Sie musterte das Tier zweifelnd.

»Ich – ich glaube schon. Guter Hund. Geh mit Orla.«

Alfred streckte die Hand aus, und zu seiner größten Überraschung gehorchte das Tier.

»Orla, ich möchte dir danken . . .«

Sie drehte sich um, ging hinaus und vergaß nicht, die Tür hinter sich zuzumachen.

Sie führte den Hund in den Garten, wo sie sich auf eine Bank setzte und ihn abwartend ansah. »Also«, sagte sie mißmutig, »nun lauf herum, spiel oder tu sonst irgend etwas.«

Der Hund trabte lustlos durch den Garten, dann kam er zurück, legte Orla den Kopf aufs Bein, seufzte tief und heftete den Blick seiner feuchten Augen auf ihr Gesicht.

Diese Kühnheit brachte sie einigermaßen aus der Fassung, außerdem war es ihr nicht recht geheuer. Am liebsten wäre sie aufgesprungen und weggelaufen, nur war sie nicht sicher, wie der Hund reagieren würde. Ihr Wissen über Hunde war gering, doch sie glaubte sich erinnern zu können, daß heftige Bewegungen aggressives Verhalten provozierten.

Zaghaft streckte sie die Hand aus und streichelte dem Vierbeiner über die Nase.

»Na, na«, sagte sie, wie zu einem aufdringlichen Kind, »nun geh schön. Sei ein guter Hund.«

Orla hatte den Hund wegschieben wollen, aber ihn zu streicheln war ein angenehmes Gefühl. Sie spürte die warme Lebendigkeit des Tieres unter ihrer Hand, ein scharfer Kontrast zu der kalten Marmorbank, auf der sie saß. Wenn sie ihm den Kopf kraulte, wedelte er mit dem Schwanz, und seine Augen schienen aufzuleuchten.

Ganz plötzlich hatte sie Mitleid mit ihm. »Du bist einsam«, sagte sie und strich mit beiden Händen die seidigen Ohren glatt. »Du vermißt deinen Herrn, den Patryn, glaube ich. Du hast zwar Alfred, aber er gehört nicht wirklich zu dir, habe ich recht? Nein«, fügte sie aufzeufzend hinzu, »er gehört nicht wirklich zu dir. Auch nicht zu mir, also weshalb sorge ich mich um ihn? Er bedeutet mir nichts, *darf* mir nichts bedeuten.«

Orla saß still und streichelte den Hund – einen geduldigen, schweigsamen und aufmerksamen Zuhörer, der ihr mehr entlockte, als sie hatte preisgeben wollen.

»Ich habe Angst um ihn«, flüsterte sie, und ihre Hand auf dem Kopf des Hundes zitterte. »Warum mußte er so unvernünftig sein? Warum konnte er die Dinge nicht auf sich beruhen lassen? Warum mußte er sein wie die anderen? Nein«, flüsterte sie bekümmert, »*nicht* wie die anderen. Er soll nicht sein wie die anderen!«

Sie legte dem Tier die Hand unters Kinn und blickte in die klugen Augen, die jedes Wort zu verstehen schienen. »Du mußt ihn warnen. Sag ihm, er muß vergessen, was er gelesen hat. Sag ihm, es war das Risiko nicht wert ...«

»Ich glaube fast, du entwickelst eine gewisse Sympathie für diesen Hund«, ertönte hinter ihr Samahs vorwurfsvolle Stimme.

Orla zuckte zusammen und zog rasch die Hand zurück. Der Hund knurrte. Sie erhob sich würdevoll, schob ihn zur Seite und versuchte, den Speichel von ihrem Rock zu wischen.

»Er tut mir leid«, sagte sie.

»Sein Herr tut dir leid«, berichtigte Samah.

»Ja, du hast recht.« Ihre Stimme klang gereizt. »Ist das zu tadeln?«

Der Archont musterte seine Frau streng, dann schien er sich zu besinnen und schüttelte müde den Kopf. »Nein. Es ist lobenswert. Ich bin derjenige, der zu tadeln ist. Ich habe wohl die Beherrschung verloren.«

Orla war nicht gesonnen, sich so leicht besänftigen zu lassen, und stand ihm hochaufgerichtet gegenüber. Samah neigte steif den Kopf und wandte sich zum Gehen. Sie bemerkte die Linien der Erschöpfung in seinem Gesicht, die hängenden Schultern. Ihr Gewissen schlug. Alfred war im Unrecht, es gab keine Entschuldigung für ihn. Samah hatte unzählige Probleme zu bedenken, Schwierigkeiten zu bewältigen. Ihrem Volk drohte Gefahr, ernstzunehmende Gefahr von den Drachenschlangen, und jetzt dies ...

»Es tut mir leid«, sagte sie reuevoll. »Verzeih, daß ich deinen Sorgen neue hinzufüge, statt sie dir tragen zu helfen.«

Sie trat zu ihm und legte ihm in einer Geste der Zärtlichkeit die Hände auf die Schultern. Unter ihren Fingern spürte sie die warme Lebenskraft seines Körpers, wie eben bei dem Hund. Sehnsucht stieg in ihr auf, daß er sich umdrehen möge, sie in die Arme schließen, festhalten, ihr etwas von seiner Kraft abgeben und etwas von der ihren in sich aufnehmen.

»Mein Gemahl!« flüsterte sie, und ihr Griff verstärkte sich.

Samah machte sich von ihr los. Er war eine Zurückweisung, als er ihre Hände in die seinen nahm, übereinanderlegte und mit dürren Lippen ihre Fingerspitzen küßte.

»Es gibt nichts zu verzeihen, meine Liebe. Du hattest recht, für diesen Mann zu sprechen. Die Anspannung fordert ihren Tribut von uns beiden.«

Er gab ihre Hände frei.

Orla zog sie nicht gleich zurück, sondern hielt sie ausgestreckt, als wortlose Bitte, doch Samah stellte sich blind.

Endlich ließ sie die Hände sinken, bemerkte den Hund, der sich an ihr Bein drückte, und kraulte ihn geistesabwesend hinter dem Ohr.

»Die Anspannung. Ja, das wird es wohl sein.« Ihr tiefer Atemzug war eigentlich ein Seufzen. »Du bist heute morgen sehr früh aus dem Haus gegangen. Gibt es Neuigkeiten von den Nichtigen?«

»Ja.« Samah blickte über den Garten, nicht auf seine Frau. »Die Delphine melden, daß die Drachenschlangen die zerschmetterten Schiffe der Nichtigen wieder instandgesetzt haben. Die Nichtigen selbst haben eine Konferenz abgehalten und beschlossen, ihre sogenannte ›Große Fahrt‹ anzutreten. Ganz offensichtlich rüsten sie zum Krieg.«

»Aber sie werden doch nicht . . .«, wollte Orla einwenden.

»Selbstverständlich haben sie vor, uns anzugreifen«, fiel Samah ihr unwillig ins Wort. »Es sind Nichtige, oder nicht? Wann in ihrer gesamten blutigen Geschichte hätten sie je ein Problem anders als mit Waffengewalt gelöst?«

»Vielleicht haben sie sich geändert . . .«

»Der Patryn führt sie an. Die Drachenschlangen sind ihre Verbündeten. Sag mir, Orla, was, glaubst *du*, haben sie für Absichten?«

Sie ignorierte seinen Sarkasmus. »Du hast einen Plan?«

»Ja, ich habe einen Plan, den ich mit dem Rat diskutieren werde«, fügte er mit einem Nachdruck hinzu, der vielleicht unbewußt, vielleicht beabsichtigt war.

Eine feine Röte stieg Orla in Stirn und Wangen, sie sagte nichts darauf. Es hatte eine Zeit gegeben, als er seine Pläne und Gedanken zuerst mit ihr besprach, aber das war vor der Großen Teilung gewesen und nur noch wehmütige Erinnerung.

Was ist mit uns geschehen? Sie versuchte sich zu erinnern. Was habe ich gesagt? Was getan? Und wie ist es möglich, daß ich denselben Fehler wieder und wieder begehe?

»Bei der nächsten Sitzung werde ich außerdem beantragen, daß man endlich über das Schicksal deines ›Freundes‹ abstimmt«, bemerkte Samah, wieder in unüberhörbar sarkastischem Ton.

Orla fror innerlich. Sie streichelte den Hund, damit er bei ihr blieb.

»Was wird mit ihm geschehen, glaubst du?« fragte sie mit vorgetäuschter Sachlichkeit.

»Das liegt beim Rat. Ich werde meine Empfehlung abgeben.« Er schickte sich an zu gehen.

Orla berührte ihn am Arm. Sie fühlte, wie er zurückzuckte, doch sein Gesichtsausdruck, als er sich ihr zuwandte, war liebenswürdig, geduldig. Vielleicht hatte sie sich die Geste des Widerwillens nur eingebildet.

»Ja, meine Liebe?«

»Es wird ihm nicht ergehen wie – wie den anderen?« Ihre Stimme brach.

Samahs Augen wurden schmal. »Das muß der Rat entscheiden.«

»Es war nicht recht, was wir damals getan haben«, sagte Orla fest. »Es war nicht recht.«

»Willst du damit sagen, du würdest dich gegen mich stellen? Gegen den Beschluß des Rats? Oder vielleicht hast du es bereits getan?«

»Was soll das heißen?« Sie starrte ihn verständnislos an.

»Nicht alle, die geschickt wurden, kamen an ihrem

Bestimmungsort an. Die einzige Erklärung ist, daß sie wußten, welches Schicksal sie erwartete. Und die einzigen, die es ihnen hätten sagen können, waren die Mitglieder des Rats . . .«

Orla richtete sich hoch auf. »Wie kannst du es wagen!«

Samah schnitt ihr das Wort ab. »Ich habe jetzt keine Zeit dafür. Der Rat wird in einer Stunde zusammentreten. Ich schlage vor, daß du das Tier zu seinem Herrn zurückbringst und Alfred sagst, er solle seine Verteidigung vorbereiten. Man wird ihm selbstverständlich Gelegenheit geben, zu sprechen.«

Der Archont verließ den Garten und schlug den Weg zur Versammlungshalle ein. Fassungslos, empört, schaute Orla ihm nach, sah, wie Ramu sich zu ihm gesellte und beide weitergingen.

»Komm«, sagte sie bedrückt und kehrte mit dem Hund ins Haus zurück.

Orla betrat den Ratssaal hocherhobenen Hauptes und fest entschlossen zu kämpfen, wie sie es vor langer Zeit hätte tun sollen. Sie hatte nichts zu verlieren. Samah hatte sie praktisch der Mittäterschaft beschuldigt.

Was hat mich damals gehindert? fragte sie sich, und eine innere Stimme antwortete: ›Du weißt es ganz genau, nur schämst du dich, es einzugestehen.‹

Samahs Liebe. Ein letzter, verzweifelter Versuch, etwas festzuhalten, das ich niemals wirklich besaß. Ich betrog mich selbst, betrog mein Volk, um mit Gewalt zu bewahren, was mir längst zwischen den Fingern zerronnen war.

Jetzt aber werde ich kämpfen. Jetzt werde ich ihm die Stirn bieten.

Sie war ziemlich sicher, daß sie auch die anderen dazu bringen konnte, sich gegen Samah aufzulehnen. Einige von ihnen hatten ein schlechtes Gewissen wegen der Vergangenheit. Wenn es ihr nur gelang, ihnen die Angst vor der Zukunft zu nehmen . . .

Die Ratsmitglieder nahmen ihre Plätze an dem langen

Marmortisch ein. Erst dann erschien Samah, ging zu seinem Stuhl in der Mitte und ließ sich darauf nieder.

Gefaßt, Samah als herrischen, unnahbaren Archont zu sehen, war Orla überrascht, ihn gelöst, heiter, liebenswürdig zu finden. Er schenkte ihr ein versöhnliches Lächeln und hob leicht die Schultern, dann neigte er sich zu ihr und flüsterte: »Was ich gesagt habe, tut mir leid. Ich bin in letzter Zeit nicht ich selbst. Hab Geduld mit mir.«

Es hatte den Anschein, daß er mit ängstlicher Spannung ihre Antwort erwartete.

Sie bemühte sich, ebenfalls zu lächeln. »Ich nehme deine Entschuldigung an.«

Seine Miene erhellte sich. Er tätschelte ihre Hand, als wolle er sagen: Keine Sorge, meine Liebe, deinem kleinen Freund wird schon nichts passieren.

Orla wußte nichts zu sagen; sie schwieg und wunderte sich.

Alfred trat ein, treulich gefolgt von dem Hund, und ging zu seinem Platz vor dem Marmortisch. Orla mußte unwillkürlich denken, wie schäbig er aussah – hager, gebeugt, eine klägliche Erscheinung. Sie bedauerte, ihn nicht gedrängt zu haben, die verschlissene Nichtigenkleidung abzulegen, die den Ratsmitgliedern sehr zu mißfallen schien.

Doch nachdem sie den Hund abgeliefert hatte, war sie gleich wieder gegangen, obwohl er sie aufzuhalten versuchte. Sie fühlte sich unbehaglich in seiner Gegenwart. Seine Augen, klar und forschend, hatten eine Art, ihren Schutzwall zu durchdringen und nach der dahinter verborgenen Wahrheit zu suchen. Doch sie war nicht bereit, ihn die Wahrheit sehen zu lassen. Sie war selbst nicht bereit, die Wahrheit zu sehen.

»Alfred Montbank!« Samah verzog das Gesicht bei den Nichtigenworten, doch er hatte es offenbar aufgegeben, Alfred bewegen zu wollen, seinen Sartannamen preiszugeben. »Man hat dich vor die Schranken des Hohen Rats berufen, um zu zwei schwerwiegenden Anklagen Stellung zu nehmen.

Erstens: Du hast willentlich und wissentlich die Bibliothek betreten, ungeachtet der Verbotsrunen am Portal, nicht nur einmal, sondern zweimal. Beim erstenmal«, fuhr Samah fort, obwohl es aussah, als wolle Alfred etwas sagen, »behauptetest du, es wäre ein Versehen gewesen. Das Gebäude erregte deine Neugier. Du gingst hin, wolltest einen Blick durch die Tür werfen, bist gestolpert und über die Schwelle gefallen. Die Tür fiel zu, du konntest nicht hinaus, und auf der Suche nach einem Ausgang bist du in die eigentliche Bibliothek gelangt. Entspricht diese Aussage, die ich wiederholt habe, im wesentlichen den Tatsachen?«

»Im wesentlichen«, antwortete Alfred. Seine Händen waren bescheiden gefaltet. Er sah den Männern und Frauen des Rats nicht frei ins Gesicht, sondern warf ihnen unter gesenkten Lidern huschende Blicke zu. Er war, dachte Orla unglücklich, das verkörperte Schuldbewußtsein.

»Wir, mein Sohn Ramu und ich, akzeptierten diese Erklärung. Nachdem wir dir mitgeteilt hatten, weshalb unserem Volk der Zugang zur Bibliothek verboten war, vertrauten wir darauf, daß nichts dergleichen mehr vorkommen würde. Doch schon wenige Zyklen später entdeckte man dich erneut in der Bibliothek. Womit wir zu dem zweiten und gewichtigeren Anklagepunkt kämen: Diesmal wirst du beschuldigt, mit voller Absicht eingedrungen zu sein und auf eine Art, die vermuten läßt, daß du fürchtetest, ertappt zu werden. Ist das wahr?«

»Ja«, sagte Alfred bekümmert. »Ich fürchte, es ist wahr. Und es tut mir leid. Es tut mir aufrichtig leid, solche Unannehmlichkeiten zu verursachen, während andere, wichtigere Fragen eure Aufmerksamkeit fordern.«

Samah lehnte sich zurück, seufzte und rieb sich die Augen. Orla betrachtete ihn mit schweigender Verwunderung. Er war nicht der gestrenge, unnachsichtige Richter. Er war der sorgende Vater, der sich gezwungen sah, dem geliebten, aber unartigen Sohn eine Strafe zuzumessen.

»Willst du dem Rat berichten, Bruder, was dich veranlaßt hat, das Verbot zu übertreten?«

»Ist es gestattet, daß ich zuvor etwas über mich selbst erzähle?« fragte Alfred schüchtern. »Es würde manches erklären ...«

»Aber selbstverständlich, es ist dein gutes Recht, vor dem Rat zu sagen, was immer du möchtest.«

»Vielen Dank.« Alfred lächelte matt. »Ich wurde auf Arianus geboren, als eines der letzten Sartankinder dort. Das war viele hundert Jahre nach der Teilung und nachdem ihr euch wieder zum Schlaf zurückgezogen hattet. Für uns sah es nicht gut aus. Unsere Bevölkerungszahl ging zurück. Während keine Kinder mehr zur Welt kamen, starben Erwachsene vor ihrer Zeit ohne ersichtlichen Grund. Damals wußten wir nicht, warum, jetzt aber weiß ich es oder glaube es zu wissen.* Aber darum geht es hier ja nicht.«

Er holte tief Atem. »Das Leben für die Sartan auf Arianus war außerordentlich schwierig. Es gab so viel zu tun, und wir waren nur so wenige. Die Nichtigen hingegen wurden immer zahlreicher. Ihre magischen Fähigkeiten nahmen zu, ebenso ihr handwerkliches Können. Bald waren es viel zu viele, als daß wir sie noch hätten kontrollieren können. Denn genau das, glaube ich, war unser Fehler. Wir gaben uns nicht damit zufrieden, zu beraten, zu lehren, unser Wissen mitzuteilen. Nein, wir wollten herrschen, manipulieren. Da wir das nicht konnten, traten wir den Rückzug in unser unterirdisches Refugium an. Wir hatten Angst. Unser Rat beschloß, daß es in Anbetracht unserer schwindenden Zahl geraten sei, einige der jungen Leute in Stasis zu versetzen, damit sie an einem künftigen Zeitpunkt und unter hoffentlich günstigeren Umständen wieder erwachten. Ihr müßt wissen, wir vertrauten darauf, daß es uns schon bald gelingen würde, Verbindung zu den anderen drei Welten aufzunehmen. Viele meldeten sich freiwillig, auch ich. Es war eine Welt«, bemerkte Alfred ruhig, »der ich gern den Rücken kehrte. Unglücklicherweise war ich der einzige, der wieder in ihr erwachte.«

Samah, der nur mäßig interessiert zu lauschen schien, richtete sich bei diesen Worten jäh auf und runzelte die

* Hinweis auf die unerwartete und grausige Entdeckung, daß die Sartan Abarrachs ihre Toten mittels Nekromantie wieder zum Leben erweckten, nachzulesen in ›Feuersee‹, *Die Vergessenen Reiche*, Band 3, Bastei-Lübbe 28 205.

Stirn. Ein Murmeln lief den Tisch entlang. Orla las den Schmerz, die unbeschreibliche Einsamkeit in Alfreds Zügen und fühlte, wie sich ihr vor Mitleid das Herz zusammenzog.

»Als ich erwachte, stellte ich fest, daß alle anderen, alle meine Brüder und Schwestern, tot waren. Ich befand mich allein in einer Welt der Nichtigen. Die Vorstellung machte mir angst, furchtbar angst. Ich fürchtete, die Menschen könnten herausfinden, wer und *was* ich war, mein magisches Talent wittern und versuchen, mich für ihre Zwecke zu mißbrauchen. Anfangs hielt ich mich versteckt. Ich lebte viele Jahre in der unterirdischen Stadt, in die wir Sartan uns vor langer Zeit zurückgezogen hatten. Doch bei den wenigen Malen, die ich mich hinauswagte, konnte ich nicht die Augen verschließen vor den erschreckenden Zuständen in der Welt der Nichtigen. Ich verspürte den Drang, ihnen zu helfen. Ich wußte, ich *konnte* ihnen helfen, überdies hatte ich das Gefühl, als wäre ihnen zu helfen die vornehmste Pflicht von uns Sartan. War es nicht selbstsüchtig von mir, mich zu verstecken, statt zu versuchen, nach besten Kräften die Dinge oben ins Lot zu bringen? Doch wie gewöhnlich machte ich alles noch schlimmer.«*

Samah bewegte sich unruhig. »Wahrhaftig, das ist eine traurige Geschichte, und wir sind zutiefst bekümmert über den Verlust einer so großen Zahl der Unseren auf Arianus, aber vieles davon wußten wir bereits, und ich verstehe nicht ganz, was . . .«

»Bitte habt noch etwas Geduld.« Alfred sprach mit einer selbstsicheren Würde, die ihm gut zu Gesichte stand – dachte Orla. »Während all der Zeit bei den Nichtigen dachte ich an die Meinen, vermißte sie zu jeder Stunde. Mir kam zu Bewußtsein, daß ich unser Dasein, unser Tun und Lassen als selbstverständlich hingenommen hatte. Es war von der Vergangenheit gesprochen worden, aber ich hatte kaum zugehört. Nie hatte ich Fragen gestellt, an nichts je gezweifelt. Mir wurde klar, daß ich sehr wenig darüber wußte, was

* Ein Hinweis auf Alfreds Abenteuer mit dem Jungen Gram, dem Assassinen Hugh Mordhand und seine erste Begegnung mit Haplo, nachzulesen in ›Himmelsstürmer‹, *Die vergessenen Reiche*, Band 1, Bastei-Lübbe 28 190.

es bedeutete, ein Sartan zu sein, sehr wenig über die Große Teilung und wie es dazu kam. Ich begann nach diesem Wissen zu hungern. Ich bin immer noch hungrig danach.«

Alfred sah die Ratsmitglieder der Reihe nach um Verständnis heischend an. »Könnt ihr das nicht begreifen? Ich möchte wissen, wer ich bin, wohin ich gehe. Weshalb ich hier bin. Was man von mir erwartet.«

»Das sind Fragen, mit denen die Nichtigen sich quälen«, meinte Samah tadelnd. »Eines Sartan unwürdig. Ein Sartan kennt Sinn und Zweck seines Daseins und handelt entsprechend.«

Alfred nickte. »Wäre ich nicht auf mich allein gestellt gewesen, hätte ich mir wahrscheinlich nie solche Fragen gestellt. Doch es gab niemanden, an den ich mich um Unterweisung hätte wenden können.« Er hatte die unterwürfige Demutshaltung abgeschüttelt, die Überzeugung, im Recht zu sein, machte ihn stark. »Aus dem, was ich in der Bibliothek gelesen habe, geht hervor, daß andere vor mir dieselben Fragen gestellt haben. Und sie fanden Antworten.«

Einige Ratsmitglieder wechselten unbehagliche Blicke, dann richteten sich alle Augen auf Samah, der nachdenklich, den Kopf auf Daumen und Zeigefinger einer Hand gestützt, dasaß. Er sah Alfred mit ernster Teilnahme an. »Ich kann dich jetzt besser verstehen, Bruder. Du hättest dich uns früher anvertrauen sollen.«

Alfred errötete, doch er senkte nicht den Blick auf die Schuhspitzen wie gewöhnlich, sondern musterte Samah unverwandt, mit jenem prüfenden Blick, der Orla so beunruhigte.

»Laß mich dir unsere Welt beschreiben, Bruder«, sagte der Archont, beugte sich vor und legte die Fingerspitzen auf der Tischplatte zusammen. »›Erde‹, wurde sie genannt. Einst, vor vielen tausend Jahren, war sie ausschließlich von Menschen bewohnt. Ihrem streitsüchtigen, destruktiven Naturell gemäß führten sie zahllose kleine Kriege und schließlich einen großen, der wie ein Feuerbrand um die ganze Welt lief. Er zerstörte nicht den ganzen Planeten, wie so viele befürchtet und vorhergesagt hatten, doch er bewirkte unwiderrufliche Veränderungen. Neue Rassen, heißt es, wurden aus Rauch und Feuer des Kataklysmus geboren. Ich zweifle daran. Ich glaube, daß es diese Rassen immer schon gegeben hatte, aber sie hielten sich im verborgenen und warteten, daß der Morgen eines neuen Tages heraufzog. Angeblich erwachte zur selben Zeit die Magie in der Welt, obwohl man weiß, daß diese uralte Macht seit Anbeginn der Zeit existierte. Auch sie hatte auf den neuen Tag gewartet.

Über die Jahrhunderte hinweg hatte es unzählige Religionen gegeben; es war das Bestreben der Nichtigen, ihre Sorgen und Nöte einem abstrakten Höheren Wesen aufzubürden. Diese Wesen gab es in den verschiedensten Spielarten. Sie waren unsichtbar, launisch und verlangten, ohne Nachweis ihrer Existenz auf Treu und Glauben genommen zu werden. Kein Wunder, daß die Nichtigen, als wir Sartan zu ihnen kamen, dankbar uns in ihr Pantheon erhoben, Götter aus Fleisch und Blut, die ihnen strenge Gesetze gaben, an die sie sich halten konnten.

Alles ließ sich gut an, wären nicht gleichzeitig unsere Gegner, die Patryn, an die Macht gekommen.* Die Nichtigen waren verwirrt, viele liefen zu den Patryn über, die ihre Anbeter mit Reichtum und Macht auf Kosten anderer belohnten.

Wir bekämpften den Feind, doch es war schwierig. Die Patryn sind raffiniert und verschlagen. Zum Beispiel trugen sie nicht die Krone eines Fürstentums, das überließen sie den Nichtigen. Doch man konnte sicher sein, einen ihrer Sorte bei Hofe in der Rolle des ›Ratgebers‹ oder ›Kanzlers‹ zu finden.«

»Aber«, warf Alfred ein, »nach allem, was ich gelesen habe, hatten auch die Sartan häufig solche Positionen inne.«

Samah runzelte mißbilligend die Stirn bei dieser Anspielung. »Wir waren *ehrliche* Ratgeber. Wir mißbrauchten unseren Einfluß nicht, um Throne zu usurpieren und die Nichtigen zu wenig mehr als Marionetten zu erniedrigen. Wir bemühten uns zu lehren, zu verfeinern, zu korrigieren.«

* Eine vollständigere Geschichte der Patryn in ›Feuersee‹, *Die vergessenen Reiche*, Band 3, Bastei-Lübbe 28 205.

»Und wenn die Nichtigen eurem Rat nicht folgen wollten«, meinte Alfred halblaut, ohne den Blick von Samahs Gesicht zu wenden, »habt ihr sie bestraft, nicht wahr?«

»Es ist die Pflicht der Eltern, das irrende Kind zu züchtigen. Selbstverständlich führten wir den Nichtigen ihre Fehler vor Augen. Wie hätten sie sonst daraus lernen sollen?«

»Aber was ist mit der Freiheit des Willens?« In der Erregung des Augenblicks trat Alfred an den Marmortisch heran. »Die Freiheit, durch eigene Erfahrung zu lernen, eigene Entscheidungen zu treffen? Wer gab uns das Recht, das Schicksal anderer nach unseren Vorstellungen zu lenken?«

Er war ernst, beredt, sicher; alles Ungelenke von ihm abgefallen. Orla war begeistert, ihn reden zu hören. Er sprach laut aus, was sie oft in ihrem eigenen Herzen bewegt hatte.

Der Archont ließ die Attacke schweigend über sich ergehen. Kalt und unangreifbar saß er auf seinem hochlehnigen Stuhl. Er wartete einen Atemzug lang, während der Nachhall von Alfreds leidenschaftlichen Worten in der stillen, spannungsgeladenen Atmosphäre hing, um dann betont gelassen zu parieren.

»Kann ein Kind sich selbst erziehen, Bruder? Nein. Es braucht Eltern, die es ernähren, belehren, führen.«

»Die Nichtigen sind nicht unsere Kinder«, gab Alfred hitzig zurück. »Wir haben sie nicht erschaffen! Wir haben kein Recht, sie zu manipulieren!«

»Wir haben nicht versucht, sie zu manipulieren!« Samah erhob sich. Einen Augenblick lang sah es aus, als hätte er gern mit der flachen Hand auf den Tisch geschlagen, doch er nahm sich zusammen. »Wir erlaubten ihnen zu handeln. Oft beobachteten wir ihr Tun mit Kummer und großem Bedauern. Die Patryn waren es, die danach strebten, die Nichtigen zu beherrschen. Und sie hätten beinahe Erfolg gehabt! Zur Zeit der Großen Teilung hatte die Macht unserer Feinde einen Höhepunkt erreicht. Mehr und mehr Staaten waren unter ihren Einfluß geraten. Die Welt war von Kriegen zerrissen; Stämme, Völker, Nationen bekämpften einander. Diejenigen, die nichts hatten, schlitzten denen, die alles besaßen, die Kehle auf. Nie war es finsterer gewesen auf der Erde, und alles deutete daraufhin, daß es noch schlimmer werden würde. Dann geschah es, daß die Patryn unsere Schwäche entdeckten. Durch gemeine Lüge und Magie überzeugten sie einige von uns, daß dieses abstrakte Höhere Wesen, von dem selbst die Nichtigen sich inzwischen abgewendet hatten, tatsächlich existierte!«

Alfred wollte etwas sagen.

Samah hob die Hand. »Bitte laß mich ausreden.« Er schwieg und legte die Fingerspitzen an die Stirn, als schmerzte ihn der Kopf. Sein Gesicht wirkte hager, erschöpft. Schließlich setzte er sich seufzend wieder hin. »Ich mache denen keinen Vorwurf, die den Einflüsterungen erlegen sind. Wir alle sehnen uns von Zeit zu Zeit danach, den Kopf an die Brust von dem Einen zu legen, der stärker und weiser ist als wir, die Last der Verantwortung an ein allwissendes, allmächtiges Wesen zu übergeben. Beglückende Träume, aber dann müssen wir doch in die Wirklichkeit zurückkehren.«

»Und eure Wirklichkeit sah folgendermaßen aus. Sagt es mir, falls ich mich irre.« Alfred schaute sie alle mitleidig an. »Die Patryn wurden stärker. Die Sartan waren uneins und gespalten. Immer mehr begannen ihre Göttlichkeit zu leugnen. Sie waren bereit, zu dem neuen Glauben überzutreten, und sie drohten, die Nichtigen ebenfalls zu bekehren. Ihr wart im Begriff, alles zu verlieren.«

»Du irrst dich nicht«, murmelte Orla.

Samah warf ihr einen strafenden Blick zu, den sie spürte, aber nicht sah. Sie schaute Alfred an.

»Ich will Nachsicht üben, Bruder«, bemerkte der Archont. »Du warst nicht dabei. Du kannst es nicht verstehen.«

»Ich verstehe durchaus«, widersprach Alfred. Aufrecht und lebhaft, war er in Orlas Augen eine ganz neue Persönlichkeit, die sein schlichtes Äußeres überstrahlte. »Endlich, nach all diesen Jahren, verstehe ich. Wovor hattet ihr wirklich Angst?«

Sein Blick wanderte über die Gesichter. »Waren es die

Patryn? Oder etwa die Wahrheit, die Erkenntnis, *nicht* die treibende Kraft im Universum zu sein, sondern sterbliche, fehlbare Wesen, kaum besser als die Nichtigen, auf die ihr stets mit Verachtung hinabgesehen habt? War nicht das eure heimliche Furcht? War nicht das der Grund, weshalb ihr die Welt zerstört habt, in der Hoffnung, damit auch die Wahrheit zu vernichten?«

Alfreds Worte hallten durch die Stille.

Orla hielt den Atem an. Ramu, das Gesicht finster vor unterdrückter Wut, warf seinem Vater einen fragenden Blick zu. Der Hund, der sich zu Füßen des Sartan zusammengerollt hatte, um die langweiligen Passagen zu verdösen, setzte sich ruckartig auf und schaute herum, als hätte er eine Bedrohung gewittert.

Samah machte eine kaum sichtbare, abwehrende Handbewegung, und Ramu lehnte sich zögernd wieder zurück. Die übrigen Ratsmitglieder blickten zwischen Samah und Alfred hin und her, nicht wenige schüttelten den Kopf.

Samah fixierte Alfred, ohne etwas zu sagen.

Die Spannung im Raum wuchs.

Alfred blinzelte, als würde ihm jählings bewußt, wessen er sich erdreistet hatte. Er sank in sich zusammen, und die neugefundene Kraft verließ ihn.

»Es tut mir leid, Samah. Ich wollte nicht . . .« Er wich Schritt um Schritt zurück, bis er gegen den Körper des Hundes stieß.

Der Archont stand auf, kam hinter dem Tisch hervor und näherte sich Alfred. Der Hund zeigte die Zähne, legte die Ohren flach an den Kopf und knurrte, während der Schwanz langsam von einer Seite zur anderen strich.

»Ruhig!« mahnte Alfred unglücklich.

Der Archont streckte die Hand aus, Alfred duckte sich in der Erwartung eines Schlages, doch zu seiner unbeschreiblichen Überraschung legte ihm Samah den Arm um die Schultern.

»Lieber Freund«, sagte er mit Wärme, »fühlst du dich jetzt nicht viel besser? Endlich hast du uns dein Herz geöffnet. Endlich schenkst du uns Vertrauen. Denk nur, wieviel Kummer du dir hättest ersparen können, wenn du gleich mit diesen Zweifeln und Fragen zu mir, zu Ramu, Orla oder einem der anderen Ratsmitglieder gekommen wärst! Jetzt haben wir endlich die Möglichkeit, dir zu helfen.«

»Ihr könnt mir helfen?« Alfred starrte ihn an.

»Aber ja, Bruder. Immerhin bist du ein Sartan. Einer von uns.«

»Es – es tut mir leid, daß ich in die Bibliothek eingedrungen bin.« Alfred war so überwältigt, daß er stotterte. »Es war falsch. Ich weiß es. Ich kam her, um mich zu entschuldigen. Ich weiß – ich weiß gar nicht, was über mich gekommen ist, daß ich solche Dinge gesagt habe...«

»Das Gift hat lange in dir gefressen. Jetzt ist die Wunde gereinigt und wird heilen.«

»Ich hoffe es«, meinte Alfred, obwohl sein Gesicht Zweifel ausdrückte. »Ich hoffe es.« Er seufzte und blickte auf seine Schuhspitzen. »Was geschieht jetzt mit mir?«

»Was mit dir geschieht?« Samah hob verwundert die Augenbrauen. »Oh, du meinst eine Bestrafung. Mein lieber Alfred, du hast dich selbst weit härter bestraft, als ein solch geringfügiges Vergehen rechtfertigt. Der Rat nimmt deine Entschuldigung an. Und wann immer du die Bibliothek aufsuchen möchtest, brauchst du nur mich oder Ramu um den Schlüssel zu bitten. Ich glaube, du wirst es sehr lohnend finden, die Geschichte unseres Volkes zu studieren.«

Alfred bewegte nur stumm die Lippen. Es hatte ihm die Sprache verschlagen.

»Es stehen für heute noch einige kleinere Punkte auf der Tagesordnung«, meinte Samah geschäftig und nahm den Arm von Alfreds Schultern. »Wenn du dich setzen möchtest, können wir mit der Arbeit fortfahren und uns dann erfreulicheren Dingen zuwenden.«

Auf einen Wink seines Vaters brachte Ramu stillschweigend einen Stuhl für Alfred. Er ließ sich darauf niederfallen, legte die Hände auf die Knie, starrte vor sich hin und schüttelte immer wieder den Kopf.

Samah kehrte zu seinem Platz zurück und begann irgendeine belanglose Angelegenheit zu diskutieren, die man ohne weiteres hätte vertagen können. Die Ratsmitglieder links und rechts, denen anzusehen war, daß sie sich unbehaglich fühlten und am liebsten gegangen wären, hörten nicht zu.

Samah fuhr fort zu reden, geduldig, leichthin. Orla beobachtete ihn, sein unfehlbares Fingerspitzengefühl im Umgang mit anderen, die wache Intelligenz auf den ebenmäßigen, wie gemeißelten Zügen. Es war ihm gelungen, den arglosen Alfred zu entwaffnen und für sich einzunehmen. Jetzt konzentrierte er sich darauf, die Loyalität und das Vertrauen seiner Anhänger zurückzugewinnen. Die Atmosphäre entspannte sich bereits unter dem Einfluß von Samahs suggestiver Stimme; er machte einen kleinen Scherz, und es wurde gelacht.

Sie gehen nach der Sitzung fort, dachte Orla, und was ihnen im Gedächtnis bleibt, wird Samahs Stimme sein. Alfreds werden sie vergessen haben. Merkwürdig, es ist mir nie zuvor aufgefallen, wie Samah uns manipuliert.

Uns. Doch von heute an nur noch sie. Mich nicht mehr. Niemals mehr.

Niemals mehr.

Endlich wurde die Versammlung aufgehoben.

Alfred, in trübe Gedanken versunken, merkte nichts, bis die Anwesenden aufstanden. Ihren Gesichtern, ihrer Haltung war anzusehen, daß sie sich besser fühlten. Sie verneigten sich vor Samah, vor den anderen Räten und gingen hinaus.

Alfred erhob sich steifbeinig.

»Ich dachte, ich wüßte die Antwort«, sagte er zu sich selbst. »Wohin ist sie verschwunden? Wie konnte ich sie so plötzlich verlieren? Vielleicht hatte ich unrecht. Vielleicht war die Vision tatsächlich nur ein Trick von Haplo, wie Samah von Anfang an behauptet hat.«

»Mir scheint, daß unser Gast sehr erschöpft ist«, bemerkte Samah zu seiner Frau. »Warum gehst du nicht mit ihm nach Hause und sorgst dafür, daß er ruht und etwas ißt?«

Die Ratsmitglieder waren inzwischen fort. Nur Ramu stand noch an der Tür.

Orla griff nach Alfreds Arm. »Geht es dir gut?«

Er fühlte sich immer noch wie betäubt, war nicht Herr seiner Glieder und stolperte bei jedem Schritt über die eigenen Füße. »O ja«, antwortete er fahrig. »Doch ich glaube, ich möchte wirklich ausruhen. Wenn ich – wenn ich einfach in mein Zimmer gehen könnte und mich hinlegen.«

»Aber natürlich«, Orla musterte ihn besorgt, dann blickte sie über die Schulter zu ihrem Mann. »Wirst du uns begleiten?«

»Nein, meine Liebe, es geht leider nicht. Ich habe mit Ramu noch etwas zu besprechen. Ihr beide geht schon vor. Ich werde rechtzeitig zum Essen zu Hause sein.«

Alfred ließ sich von Orla zum Ausgang führen. Erst draußen fiel ihm auf, daß der Hund nicht mitgekommen war. Er schaute sich nach dem Tier um, konnte ihn aber zuerst nicht entdecken, doch plötzlich sah er eine buschige Schwanzspitze unter dem Marmortisch hervorlugen.

Ein peinlicher Gedanke meldete sich. Haplo hatte den Hund dazu dressiert, als Spion zu fungieren. Oft befahl er ihm, sich nichtsahnenden Leuten anzuschließen, deren Gespräche durch die Ohren des Hundes an den Patryn weitergeleitet wurden. Alfred begriff, daß der Hund sich erbötig machte, ihm denselben Dienst zu erweisen. Er wollte bei Ramu und Samah bleiben und sie belauschen.

»Alfred?« sagte Orla fragend.

Der Sartan zuckte schuldbewußt zusammen. Er fuhr herum, achtete nicht auf seine Umgebung und stieß sich die Nase am Türrahmen.

»Liebe Güte! Was ist passiert? Deine Nase blutet!«

»Es scheint, daß ich gegen die Tür gelaufen bin . . .«

»Leg den Kopf in den Nacken. Ich werde eine Heilungsrune singen.«

Ich müßte den Hund rufen! Alfred zitterte. Ich dürfte das nicht zulassen. Ich bin schlimmer als Haplo. Er belauschte Fremde, ich belausche meine eigenen Leute. Wenn ich nur ein Wort sage, ihn rufe, wird der Hund kommen, und ich habe mir nichts vorzuwerfen.

Alfred raffte sich auf. »Hund . . .«, begann er.

Samah beobachtete ihn mit geringschätziger Belustigung. Ramu mit Verachtung, doch beide beobachteten ihn.

»Was wolltest du über den Hund sagen?« fragte Orla besorgt.

Alfred seufzte und schloß die Augen. »Nur, daß ich – daß ich ihn schon vorausgeschickt habe. Nach Hause.«

»Wo du längst sein solltest.« Orla schob ihn vor sich her.

Sie hatten das große Ausgangsportal der Vorhalle erreicht, als Alfred durch die Ohren des Hundes Vater und Sohn sprechen hörte.

»Der Mann ist gefährlich.« Ramus Stimme.

»Ja, mein Sohn. Du hast recht. Sehr gefährlich. Deshalb müssen wir ihn stets im Auge behalten.«

»Warum läßt du ihn dann gehen? Wir hätten mit ihm machen sollen, was wir mit den anderen getan haben.«

»Wie die Dinge liegen, können wir das momentan nicht wagen. Die anderen und besonders deine Mutter würden auf keinen Fall zustimmen. Das ist natürlich alles Teil seines schlauen Plans. Soll er glauben, uns hinters Licht geführt zu haben. Soll er glauben, wir hätten ihn nicht durchschaut, hegten keinen Verdacht.«

»Eine Falle?«

»Ja«, bestätigte Samah selbstgefällig, »eine Falle, um ihn auf frischer Tat zu ertappen, wenn er seinem Patryn-Freund unsere Pläne verrät. Dann haben wir genügend Beweise, um sogar deine Mutter zu überzeugen, daß dieser Sartan mit dem Nichtigennamen vorhat, unseren Untergang herbeizuführen.«

Alfred fiel kraftlos auf eine Bank neben dem Portal.

»Du siehst elend aus«, sagte Orla. »Ich bin sicher, deine Nase ist gebrochen. Wenn du dich zu schwach fühlst, um weiterzugehen, kann ich . . .«

»Orla.« Alfred sah zu ihr auf. »Ich weiß, es klingt undankbar, aber würdest du mich bitte allein lassen?«

»Auf keinen Fall! Ich . . .«

»Bitte. Ich muß alleine sein«, sagte er flehend.

Orla musterte ihn eindringlich. Dann warf sie einen Blick durchs Portal ins dämmrige Innere der Ratshalle, als könnte sie sehen, was hinten im Sitzungssaal vor sich ging. Vielleicht konnte sie es. Vielleicht, auch wenn ihre Ohren nicht hörten, was gesprochen wurde, vernahm ihr Herz die Worte. Ihr Gesicht wurde ernst und traurig.

»Es tut mir leid«, sagte sie und ging.

Alfred barg stöhnend den Kopf in den zitternden Händen.

Kapitel 24

Phondra, Chelestra

Die Ereignisse sind auf uns eingestürzt wie Felsblöcke vom Gipfel des Berges. Bei manchen sah es aus, als müßten sie uns zerquetschen, aber es gelang uns jedesmal, noch rechtzeitig einen Haken zu schlagen, und so haben wir bisher überlebt.*

Wir blieben noch etliche Tage in Phondra, denn wie man sich vorstellen kann, gab es viel zu planen und zu organisieren. Unzählige Einzelheiten mußten festgelegt werden: die Zahl der Leute an Bord jedes Sonnenjägers, wieviel Gepäck pro Kopf, wieviel allgemeine Fracht, wieviel Proviant und Wasser und eine Menge anderer Kleinkram, den ich keine Lust habe aufzuschreiben. Es war schlimm genug, das alles Punkt für Punkt durchkauen zu müssen.

Man hatte Alake und mir nämlich zu guter Letzt gestattet, an den Beratungen teilzunehmen. Es war ein stolzer Augenblick für uns gewesen.

* Auf den nächsten Seiten ihres Tagebuchs spricht Grundel Ereignisse an, von denen schon berichtet wurde. Da sie – bis auf eine Ausnahme – mit Haplos Darstellung übereinstimmen, werden die betroffenen Passagen hier ausgelassen. Bei der Ausnahme handelt es sich um Devons versuchten Selbstmord, den Grundel als ›Unfall beim Pflücken von Zuckerfrüchten‹ schildert. Es gereicht ihr zur Ehre, daß sie sogar in ihren privaten Aufzeichnungen den wahren Sachverhalt nicht preisgibt.

Während der ersten Sitzung gaben wir uns große Mühe, uns der Ehre würdig zu erweisen. Mit ernster Aufmerksamkeit lauschten wir jedem Wort und bildeten uns eine Meinung, ungeachtet der Tatsache, daß nie jemand danach fragte.

Doch am darauffolgenden Nachmittag, als mein Vater und Dumaka zum x-tenmal das Diagramm eines Sonnenjägers in den Boden ritzten, um darüber zu streiten, wie viele Wasserfässer man im Laderaum verstauen konnte, dämmerte Alake und mir die Erkenntnis, daß Herrscher zu sein eine – wie sie es ausdrückte – königliche Tortur war.

Hier saßen wir nun im Langhaus, wo es heiß und stickig war, und mußten Eliason zuhören, wie er über die wundersamen Eigenschaften von Fischtran dozierte und weshalb die Elfen keinesfalls darauf verzichten würden, einen ausreichenden Vorrat mit an Bord zu nehmen. Draußen (durch die Ritzen in den Palisadenwänden konnten wir alles genau beobachten) gingen weit interessantere Dinge vor.

Alakes von Liebe geschärfter Blick entdeckte Haplo, der ruhelos durchs Dorf wanderte. Devon war bei ihm. Unser Freund hatte sich fast vollständig von seinem ›Unfall‹ erholt. Die Wunden an seinem Hals vernarbten. Abgesehen von einer auffallend heiseren Stimme war er wieder ganz der alte. Nun ja, der fröhliche, sorglose Devon von einst wird er nie mehr sein.

Devon verbrachte den größten Teil seiner Zeit mit Haplo. Sie sprachen nicht viel, doch es schien, daß jeder froh über die Gesellschaft des anderen war. Wenigstens vermute ich, daß Haplo froh war, den Elfen um sich zu haben. Es ist schwer zu sagen, was Haplo denkt. Zum Beispiel hat er in den vergangenen Tagen außerordentlich miserable Laune gehabt, eigentlich merkwürdig, wenn man bedenkt, daß alles nach seinem Kopf ging. Ich hatte den Eindruck, daß er es nicht erwarten konnte aufzubrechen und vor Ungeduld fast platzte.

Die beiden gingen am Haus vorbei, und ich dachte bedauernd daran, daß Alake und ich – hätten wir die Versammlung belauscht wie sonst – längst eingeschlafen wären, als ich Haplo plötzlich stehenbleiben und in unsere Richtung schauen sah. Sein Gesicht war grimmig. Dann gab er sich einen Ruck, ließ den verdutzten Devon stehen und kam auf das Langhaus zu.

Endlich eine Unterbrechung des drögen Einerleis, meine Müdigkeit war wie weggeblasen. Auch Alake sah ihn kommen, strich sich übers Haar und überprüfte ihre Ohrringe. Dann setzte sie sich aufrecht hin und tat, als wäre sie geradezu fasziniert von dem Thema Fischtran, während sie eben noch die Augen verdreht und ein Gähnen unterdrückt hatte. Zum Schreien! Ich schniefte und fing einen strafenden Blick meiner Mutter auf.

Der Türhüter trat ein, entschuldigte sich für die Unterbrechung und meldete, daß Haplo den Versammelten etwas mitzuteilen wünschte.

Als Einleitung sagte er, die Planung mache hoffentlich Fortschritte, und erinnerte uns nochmals, daß wir nicht viel Zeit hätten. Hinter seinem verbindlichen Gehabe ahnte ich eine mühsam beherrschte Gereiztheit.

»Worüber sprecht ihr?« fragte er und senkte den Blick auf die Zeichnung am Boden.

Von den anderen schien keiner geneigt, es ihm zu sagen, also antwortete ich: »Fischtran.«

Unsere Eltern zogen beschämt die Köpfe ein. Mein Vater kaute an einem Bartzipfel, meine Mutter seufzte laut. Eliason, Verlegenheitsröte im blassen Gesicht, machte den Mund auf, besann sich eines Besseren und schwieg.

»Es ist schwer, die Heimat zu verlassen«, sagte Dumaka endlich, ohne von der Strichzeichnung des Tauchbootes aufzusehen.

Im ersten Moment begriff ich nicht, was das mit Fischtran zu tun hatte, aber dann ging mir auf, daß all das Hin und Her über irgendwelche Lappalien nur der Versuch unserer Eltern war, Zeit zu gewinnen. Der Abschied fiel ihnen schwer. Am liebsten hätte ich losgeheult.

»Ich glaube, wir hoffen, daß ein Wunder geschieht«, meinte Delu.

»Die einzigen Wunder, auf die man je rechnen kann, sind

die, die man selbst vollbringt«, antwortete Haplo schroff. »Also, seht her, wir machen das so und so und so...«

Vor dem Diagramm erklärte er ihnen, wie der Exodus organisiert werden mußte. Was mitnehmen, wie es verstauen, wie den vorhandenen Platz aufteilen, was wir in Surunan brauchen würden, was entbehrlich war, weil man es dort herstellen konnte. Er zählte auf, was wir an Waffen und Ausrüstung benötigten, falls es zum Krieg kam.

Wir lauschten mit offenem Mund. Die Erwachsenen brachten zaghafte Einwände vor.

»Aber was ist mit...«

»Überflüssig.«

»Aber wir sollten...«

»Nein, unnötig.«

In weniger als einer Stunde war alles geregelt.

»Morgen früh segelt ihr nach Hause zurück. Gleich nach der Ankunft sendet ihr eurem Volk Nachricht, daß man sich an den verabredeten Sammelpunkten einfinden soll.« Er stand auf und rieb sich die Erde von den Händen. »Die Zwerge bringen die Sonnenjäger nach Phondra beziehungsweise Elmas. Rechnet für jeden Halt einen vollen Zyklus, bis alles und jeder an Bord ist.

Die Flotte sammelt sich vor Gargan in vierzehn Zyklen. Wir reisen im Verband, das ist sicherer. Wer sich verspätet, muß selbst sehen, wie er zurechtkommt. Abgemacht?«

»Abgemacht«, nickte Eliason mit einem schwachen Lächeln.

»Gut. Ich überlasse es euch, die letzten Einzelheiten auszuarbeiten. Wobei mir einfällt, daß ich einen Dolmetscher brauche. Ich möchte den Delphinen einige Fragen über Surunan stellen. Ob ich mir Grundel ausleihen dürfte?«

»Nur zu«, sagte mein Vater in einem Ton, der verdächtig nach Erleichterung klang. Ich war schon auf dem Weg zur Tür, froh, der Langeweile zu entrinnen, als ich einen erstickten Laut hörte, und bei einem Blick über die Schulter sah ich in Alakes flehende Augen. Sie hätte jeden Ohrring hergegeben, den sie besaß, und höchstwahrscheinlich die Ohren noch dazu, um mit Haplo gehen zu können.

Ich zupfte ihn am Hemdsärmel. »Alake spricht Delphinisch sehr viel besser als ich. Ehrlich gesagt, kann ich's überhaupt nicht. Wir sollten sie mitnehmen.«

Er warf mir einen aufgebrachten Blick zu, aber ich ignorierte ihn. Immerhin war Alake meine Freundin, und er konnte ihr nicht ewig aus dem Weg gehen.

»Davon abgesehen«, sagte ich aus dem Mundwinkel, »läuft sie uns sowieso hinterher.« Das war die reine Wahrheit, und ich war aus dem Schneider.

Also sagte er (verdrießlich), es würde ihn freuen, wenn Alake uns begleitete.

»Und Devon?« fragte ich, weil ich den Elfen einsam und verlassen draußen herumstehen sah.

»Warum nicht?« glaubte ich ihn murmeln zu hören. »Laden wir das gesamte verflixte Dorf ein. Veranstalten wir eine Parade!«

Ich winkte Devon zu, dessen Miene sich augenblicklich aufhellte. Im Nu war er bei uns. »Wohin gehen wir?«

»Haplo will mit den Delphinen reden, und wir sollen für ihn dolmetschen. Übrigens«, fügte ich hinzu, weil mir gerade ein Gedanke kam, »die Delphine sprechen unsere Sprachen – du auch. Warum redest du nicht selbst mit ihnen?«

»Ich hab's versucht. Sie wollen nicht mit mir reden.«

»Wirklich?« Devon sah ihn erstaunt an. »Das habe ich noch nie gehört.«

Ich war auch ziemlich überrascht. Diese geschwätzigen Fische reden mit jedem. Gewöhnlich besteht die Schwierigkeit darin, sie dazu zu bringen, daß sie wieder aufhören.

»Ich spreche mit ihnen«, erbot sich Alake. »Vielleicht liegt es nur daran, daß sie noch nie jemanden wie dich gesehen haben.«

Haplo brummte nur und sagte nichts mehr. Wie schon gesagt, seine Laune war miserabel. Alake schaute mich beunruhigt an und hob fragend die Augenbrauen. Ich zuckte mit den Schultern und blickte auf Devon, der den Kopf schüttelte. Keiner von uns hatte eine Ahnung, was dem Mann für eine Laus über die Leber gelaufen war.

Wir kamen zum Ufer. Die Delphine lungerten herum wie

üblich und warteten darauf, daß jemand ihnen ein saftiges Häppchen Tratsch oder Kabeljau zuwarf oder Bereitschaft zeigte, sich ihr Geschnatter anzuhören. Doch kaum sahen sie Haplo kommen, klatschten sie mit dem Schwanz aufs Wasser, warfen sich herum und schwammen ins offene Meer hinaus.

»Wartet«, rief Alake und stampfte mit dem Fuß auf. »Kommt wieder her!«

»Da seht ihr's.« Haplo vollführte eine mißmutige Handbewegung.

»Was erwartest du? Es sind doch nur Fische«, sagte ich.

Er starrte grollend zu den Delphinen hin, uns betrachtete er kaum freundlicher. Ich dachte mir, daß er uns gar nicht bei sich haben wollte, daß es ihm lieber gewesen wäre, ohne Zeugen mit den Delphinen zu sprechen, nur mußte er sich notgedrungen mit unserer Anwesenheit abfinden.

Ich ging zum Uferrand hinunter, wo Alake auf einen der Delphine einredete, der langsam und zögernd zurückgeschwommen war. Haplo blieb weiter oben stehen, in sicherer Entfernung vom Wasser.

»Wo liegt das Problem?« erkundigte ich mich. Alake quiekte und pfiff. Ich fragte mich, ob sie eine Ahnung hatte, wie albern sie sich anhörte. Man wird nie erleben, daß ich mich so weit erniedrige, zu plappern wie ein Fisch. Sie drehte sich zu mir herum.

»Haplo hat recht. Sie weigern sich, mit ihm zu sprechen. Sie behaupten, er sei ein Spießgeselle der Drachenschlangen, und die fürchten und hassen sie.«

»Hör zu, Fisch«, sagte ich zu dem Delphin, »wir sind auch nicht unbedingt verrückt nach den Drachenschlangen, aber Haplo gilt etwas bei ihnen. Er hat sie dazu gebracht, uns gehen zu lassen und sogar unsere Sonnenjäger zu reparieren.«

Der Delphin schüttelte heftig den Kopf und bespritzte uns alle beide mit Wasser. Er quietschte schrill und aufgeregt und schlug mit den Flossen.

»Was ist jetzt los?« Devon kam zu uns.

»Das ist Unsinn!« schimpfte Alake aufgebracht. »Ich

glaube dir kein Wort. Das höre ich mir nicht länger an.« Sie kehrte dem aufgeregten Delphin den Rücken zu und ging zu der Stelle, an der Haplo wartete.

»Es ist sinnlos. Sie benehmen sich wie verzogene Kinder. Wir können ebensogut wieder gehen.«

»Aber ich muß mit ihnen sprechen«, sagte Haplo.

»Was hat das Viech zu ihr gesagt?« fragte ich Devon leise.

Er warf einen vorsichtigen Blick auf die beiden und gab mir ein Zeichen, näher zu kommen.

»Es sagt, die Drachenschlangen sind von Grund auf böse, böser als wir uns vorstellen können. Und Haplo ist nicht besser. Er haßt diese Sartan. Einst, vor langer Zeit, hat sein Volk Krieg gegen sie geführt und verloren. Jetzt dürstet er nach Rache. Uns benutzt er als Mittel zum Zweck. Sobald wir für ihn die Sartan besiegt haben, wird er uns den Drachenschlangen ausliefern.«

Ich muß zugeben, ich war erschüttert. Ich konnt's nicht glauben, aber trotzdem hatte ich das Gefühl, daß es stimmte. Ja, mir war elend. So wie er aussah, ging es Devon ähnlich. Delphine neigen dazu, die Wahrheit auszuschmücken oder nur mit einem Teil der Wahrheit herauszurücken, aber es *ist* die Wahrheit. Man hat nie gehört, daß einer gelogen hätte. Unwillkürlich schauten wir zu Haplo, der Alake zu überreden versuchte, es nochmals zu versuchen.

»Was glaubst du?« fragte ich Devon.

Er ließ sich Zeit mit der Antwort. »Ich glaube, die Delphine irren sich. Ich vertraue ihm. Er hat mir das Leben gerettet, Grundel. Er hat mir das Leben gerettet, indem er mit etwas von dem seinen gab.«

»Wie bitte?«

Das war nun völlig rätselhaft. Ich wollte nachhaken, als Devon mir winkte zu schweigen. Alake kehrte zum Uferrand zurück, gefolgt von Haplo. Daß er sich der Gefahr aussetzte, mit Wasser bespritzt zu werden, konnte nur bedeuten, daß es ernst war.

Ganz zukünftige Königin, befahl Alake den Delphin zu sich, mit klirrenden Armreifen und herrischer Gebärde. Ihre

Augen blitzten, ihre Stimme klang gebieterisch. Sogar ich war beeindruckt, der Delphin näherte sich untertänig.

»Hör mir zu«, sagte sie, »du wirst die Fragen, die dieser Mann dir stellt, nach bestem Wissen und Gewissen beantworten, oder von Stund an wird kein Mensch, Elf oder Zwerg mehr ein Wort mit euch Delphinen wechseln. Ihr werdet Luft sein für uns.«

»Überschreiten wir nicht da unsere Befugnisse ein klein wenig?« Ich gab ihr einen Rippenstoß.

»Sei still.« Alake kniff mich. »Du mußt bestätigen, was ich gesagt habe.«

Wir taten ihr den Gefallen. Sowohl Devon als auch ich verkündeten entschlossen, daß kein Elf oder Zwerg mehr mit einem Delphin sprechen würde. Bei dieser finsteren Drohung begannen die Delphine unglücklich zu planschen, zu schnattern und Kobolz zu schießen, und schworen, daß ihnen einzig und allein unser Wohlergehen am Herzen läge. (Reichlich dick aufgetragen, wenn man mich fragt.) Zu guter Letzt, nach mitleiderregendem Quietschen und Zwitschern, das wir ignorierten, war einer der Fische bereit, mit Haplo zu sprechen.

Und dann, nach all dem Trara, was glaubt ihr wohl, was er wissen wollte? Fragte er nach den Befestigungsanlagen der Sartan? Wieviel Mann die Mauern verteidigten? Und wie gut sie die Axt zu handhaben verstanden? Nein.

Alake, die ihm die Delphine gefügig gemacht hatte, sah ihn erwartungsvoll an. Haplo beherrschte die Sprache der Fische fließend.

»Was sagt er?« fragte ich Devon.

Devon sah verdattert aus. »Er fragt sie, wie die Sartan gekleidet sind!«

Nun, selbstverständlich wäre keine Frage besser geeignet gewesen, das Interesse der Delphine zu erregen (was, könnte ich mir denken, der Grund gewesen ist, weshalb er sie stellte). Unsere merkwürdige Vorliebe, den Körper zu verhüllen, ist den Delphinen ein ewiges Rätsel, ebenso wie manch andere unserer absonderlichen Bräuche, zum Beispiel auf trockenem Land leben zu wollen und mühsam auf zwei Beinen herumzulaufen, wenn man doch schwimmen kann.

Doch aus irgendeinem Grund finden sie die Sache mit den Kleidern besonders komisch und sind fasziniert davon. Geht eine würdige Elfendame in einem Kleid mit Puffärmeln zum Ball, wenn lange, schmale Ärmel in Mode sind, weiß am nächsten Morgen jeder Delphin im Segensmeer davon.

So kam es, daß wir einer minutiösen Beschreibung der sartanischen Tracht teilhaftig wurden, die sich meiner Ansicht nach nicht unbedingt durch Originalität auszeichnete.

»Die Delphine sagen, daß die Sartan alle ziemlich ähnlich gekleidet sind. Die Männchen tragen lange, hemdähnliche Gewänder, die der Weibchen sind in der Taille eng geschnürt. Was die Farbe angeht, sind die Hemden überwiegend weiß oder grau. Die meisten haben ein schlichtes Muster am Saum, manche sind mit Gold eingefaßt. Die Delphine nehmen an, daß die goldene Borte ein besonderes Statussymbol ist. Genaueres wissen sie nicht.«

Devon und ich setzten uns in den Sand, beide verdrossen und schweigsam. Ich hätte gern gewußt, ob er dachte, was ich dachte. Er beantwortete die unausgesprochene Frage, als er die Stirn runzelte und leise vor sich hin sagte: »Er hat mir das Leben gerettet.«

»Die Delphine halten nicht viel von den Sartan«, sagte Alake halblaut zu mir. »Offenbar wollen die Sartan ständig Informationen von den Delphinen haben, aber wenn die Delphine Fragen stellen, weigern sie sich zu antworten.«

Haplo nickte, das zu erfahren überraschte ihn offenbar nicht. Tatsächlich glaubte ich ihm ansehen zu können, daß nichts von dem, was die Delphine erzählten, eine Überraschung gewesen war, als hätte er alles vorher gewußt. Er saß bei uns auf dem Boden, die Arme auf die angezogenen Knie gestützt, die Hände gefaltet. Er wirkte entspannt, willens, einige Signen hier sitzen zu bleiben.

»Gibt es – gibt es sonst noch etwas, das du wissen möchtest?« Alake schaute ihn an, schaute zu uns, ob wir aus der Sache klug wurden.

Wir waren keine große Hilfe. Devon hatte damit zu tun, Löcher in den Sand zu buddeln und zuzusehen, wie sie sich mit Wasser und winzigem Meeresgetier füllten. Ich hatte schlechte Laune und fing an, Steine nach dem Delphin zu werfen, nur um zu sehen, wie es um meine Treffsicherheit bestellt war.

Der dumme Fisch, wahrscheinlich immer noch aufgekratzt wegen der Frage nach den Kleidern, schwamm außer Reichweite, wo er albern keckernd den Kopf aus dem Wasser reckte und allerlei Kapriolen zu vollführen begann.

»Was ist denn so lustig?« fragte Haplo scheinbar beiläufig, aber von meinem Platz aus konnte ich das Glitzern in seinen Augen sehen, ein grelles Funkeln wie von Sonne auf gutem, hartem Stahl.

Selbstverständlich konnte der Delphin es kaum erwarten, seine Geschichte loszuwerden.

Alake zuckte mit den Schultern. »Nur, daß es einen Sartan gibt, der gar nicht so gekleidet ist wie die anderen. Er sieht ganz ungewöhnlich aus.«

»Ungewöhnlich? Inwiefern?«

Beiläufige Konversation, nur daß Haplos gefaltete Hände sich verkrampften.

Die Delphine konnten nicht mehr widerstehen. Eine ganze Horde kam herbeigeschwommen, und alle schnatterten durcheinander. Haplo lauschte aufmerksam. Alake hatte Mühe, das Geplapper zu ordnen.

»Der Mann trägt einen Rock und Kniehosen wie die Zwerge, aber er ist kein Zwerg. Er ist viel größer. Oben auf dem Kopf hat er keine Haare mehr. Seine Kleider sind schäbig und abgenutzt, und die Delphine sagen, er sieht ebenso abgenutzt aus wie seine Sachen.«

Ich beobachtete Haplo aus dem Augenwinkel und mich fröstelte. Sein Gesichtsausdruck hatte sich geändert. Er lächelte, doch es war ein unschönes Lächeln, das mir Grauen einflößte. Die Hände waren so fest verschränkt, daß unter den blauen Tätowierungen die Knöchel sich weiß färbten. Das hatte er also zu hören erwartet. Aber weshalb? Wer war dieser Mann?

»Die Delphine glauben nicht, daß dieser Mann zu den Sartan gehört.«

Alake sprach weiter, aber zögernd, als rechnete sie jeden Augenblick damit, daß Haplo eine allem Anschein nach langweilige Unterhaltung beendete. Doch er hörte interessiert zu und ermunterte die Delphine durch sein Schweigen, fortzufahren.

»Er hält sich abseits. Die Delphine sehen ihn oft allein an der Pier entlanggehen. Sie sagen, er sieht viel netter aus als die Sartan, bei denen man den Eindruck hat, daß ihre Gesichter immer noch zu Eis erstarrt sind, auch nachdem der Rest des Körpers aufgetaut ist. Die Delphine würden gern mit ihm reden, doch er hat einen Hund bei sich, der bellt, wenn sie zu nahe kommen ...«

»Einen Hund!«

Durch Haplos Körper ging ein Ruck, als hätte ihn jemand geschlagen. Und nie, auch wenn ich vierhundert Jahre alt bin, werde ich den Ton seiner Stimme vergessen. Die Haare standen mir zu Berge! Alake starrte ihn fassungslos an. Die Delphine witterten natürlich ein lohnendes Histörchen und schwammen so nahe ans Ufer, wie es nur möglich war, ohne aufs Trockene zu geraten.

»Hund ...« Devon hob jäh den Kopf. Bis zu diesem Moment hatte er der Unterhaltung keine große Aufmerksamkeit geschenkt. »Was für ein Hund?« fragte er mich im Flüsterton.

Ich schüttelte abwehrend die Backenlocken, damit er den Mund hielt. Auf keinen Fall wollte ich verpassen, was Haplo als nächstes sagte oder tat. Allerdings sagte oder tat er überhaupt nichts. Er saß nur einfach da.

Aus irgendeinem Grund erinnerte ich mich an einen Abend in unserer Taverne, als Zuschauerin bei der unvermeidlichen Schlägerei. Auf dem Kopf eines meiner Onkel ging ein Stuhl zu Bruch. Er blieb eine ganze Weile auf dem Boden sitzen, und der Ausdruck auf seinem Gesicht ähnelte aufs Haar dem auf Haplos.

Zuerst stierte mein Onkel leer vor sich hin. Der Schmerz brachte ihn wieder zur Besinnung, und er stöhnte ein wenig.

Gleichzeitig begriff er aber auch, was ihm passiert war, und kriegte eine solche Wut, daß er seinen Brummschädel vergaß. Haplo stöhnte nicht. Er gab überhaupt keinen Laut von sich, aber ich sah, wie sein Gesicht sich verzerrte und dann ein Schatten auf seine Züge fiel. Er sprang auf und stapfte ohne ein Wort ins Dorf zurück.

Alake rief erstickt seinen Namen und wäre ihm nachgelaufen, hätte ich sie nicht an einem Zipfel ihres Kleides erwischt. Wie ich vorhin schon erzählt habe, halten die Phondraner nichts von Knöpfen. Sie nehmen ein Stück Stoff und wickeln es um. Obwohl sie es zu einer ziemlichen Kunstfertigkeit gebracht haben, kann ein kräftiger Ruck an strategisch wichtiger Stelle durchaus ein Malheur zur Folge haben.

Alake stieß einen spitzen Schrei aus, raffte den niedergleitenden Stoff um sich, und bis sie alles wieder ordentlich drapiert und festgesteckt hatte, war Haplo verschwunden.

»Grundel!« ging sie auf mich los. »Warum hast du das getan?«

»Ich habe sein Gesicht gesehen«, antwortete ich. »Du offenbar nicht. Glaub mir, er wollte alleine sein.«

Ich dachte schon, sie würde ihm hinterherlaufen, und sprang auf, um sie zurückzuhalten, doch plötzlich seufzte sie niedergeschlagen und schüttelte den Kopf.

»Ich habe sein Gesicht auch gesehen«, war alles, was sie sagte.

Die Delphine quiekten aufgeregt und bettelten darum, die blutigen Einzelheiten zu erfahren.

»Haut ab! Verschwindet von hier!« schimpfte ich und begann ernsthaft mit Steinen zu werfen.

Sie schwammen unter viel beleidigtem Geschnatter weg, doch ich merkte, daß sie sich nur eben weit genug entfernten, um nicht getroffen zu werden, dann reckten sie die Köpfe aus dem Wasser und spähten mit ihren glitzernden Perlenaugen frech zu uns her.

»Dumme Fische!« schnappte Alake und warf den Kopf zurück, daß ihre Ohrringe klingelten und klapperten. »Boshafte Klatschtanten! Ich glaube nicht ein Wort von dem, was sie sagen.«

Sie warf uns verstohlen Blicke zu, weil sie nicht sicher wußte, ob wir gehört hatten, was die Delphine über Haplo und die Drachenschlangen sagten. Ich bemühte mich um einen unschuldigen Gesichtsausdruck, aber wohl nicht sehr erfolgreich.

»O Grundel! Du kannst doch unmöglich denken, daß es stimmt, was sie sagen. Daß Haplo uns benutzt! Devon« – sie wandte sich hilfesuchend an den Elfen – »sag Grundel, daß sie sich irrt. Haplo würde das nicht tun! Nie und nimmer! Er hat dir das Leben gerettet, Devon.«

Aber Devon hörte nicht zu. »Hund«, wiederholte er sinnend. »Er hat mir etwas von einem Hund erzählt. Wenn ich mich nur . . . Ach, es fällt mir nicht ein . . .«

»Du mußt zugeben, Alake«, sagte ich zögernd, »daß wir gar nichts über ihn wissen. Wo er herkommt, was er ist. Und jetzt dieser Mann mit den wenigen Haaren und den schäbigen Kleidern. Haplo wußte ganz offensichtlich, daß er bei den Sartan war, es zu erfahren hat ihn nicht im mindesten überrascht. Die Sache mit dem Hund aber – die *hat* ihn überrascht und nicht angenehm, nach seinem Gesichtsausdruck zu urteilen. Wer ist dieser fremde Mann? Was hat er mit Haplo zu tun? Und was ist an dem Hund so besonders?«

Bei den letzten Worten sah ich Devon an.

Der Elf war leider keine Hilfe, er zuckte nur mit den Schultern. »Tut mir leid, Grundel. Ich war nicht unbedingt in der besten Verfassung . . .«

»Ich weiß alles über Haplo, was ich wissen muß«, verkündete Alake stur und zupfte die Falten an ihrem Wickelkleid in Form. »Er hat uns das Leben gerettet, deines sogar zweimal, Devon.«

»Ja«, antwortete Devon, ohne sie anzusehen, »und wie sich das für ihn rentiert hat.«

»Ja, nicht wahr?« Ich dachte zurück. »Er war der Held, der Retter. Nichts, was er sagte, wurde in Frage gestellt. Ich finde, wir sollten unseren Eltern . . .«

Alake stampfte mit dem Fuß auf, Armreifen und Ohrgehänge klirrten heftig. Ich hatte sie noch nie so wütend gesehen. »Wenn du das tust, Grundel Schönbart, rede ich nie wieder ein Wort mit dir! Ich schwör's bei dem Einen!«

»Es gibt eine Möglichkeit, wie wir uns Gewißheit verschaffen können«, warf Devon begütigend ein. Er stand auf und wischte sich den feuchten Sand von den Händen.

»Und welche?« verlangte Alake argwöhnisch zu wissen.

»Observieren . . .«

»Nein! Das verbiete ich! Ich will nicht, daß ihr ihn bespitzelt!«

»Nicht ihn«, erklärte Devon. »Die Drachenschlangen.«

Jetzt hatte ich das Gefühl, als wäre *mir* ein Stuhl über den Kopf gehauen worden. Der bloße Gedanke ließ mir den Atem stocken.

»Ich stimme mit dir überein, Alake«, sagte Devon diplomatisch, »Ich will Haplo vertrauen. Aber wir kommen nicht an der Tatsache vorbei, daß Delphine im allgemeinen wissen, was im Gange ist . . .«

»Im allgemeinen!« wiederholte Alake betont.

»Eben! Das ist ja der Punkt! Wenn sie nun die Hälfte falsch verstanden haben? Wenn zum Beispiel die Drachenschlangen Haplo für ihre Zwecke mißbrauchen? Wenn er in ebensolcher Gefahr schwebt wie wir? Ich bin der Meinung, bevor wir unseren Eltern davon erzählen, sollten wir versuchen, die Wahrheit herauszufinden.«

»Das hat was für sich«, gab ich zu. »Zumindest vorläufig scheinen die Drachenschlangen auf unserer Seite zu sein. Aber selbst wenn nicht, wir können nicht auf den Meermonden bleiben. Surunan ist unsere einzige Hoffnung. Und wenn wir das hier zur Sprache bringen . . .«

Ich brauchte den Satz nicht zu Ende sprechen. Wir alle konnten uns nur zu lebhaft vorstellen, wie das Nörgeln, das Debattieren und Hin und Her wieder von vorne losging.

»Also gut«, willigte Alake ein.

Der Gedanke, daß Haplo in Gefahr sein könnte, hatte sie überzeugt – wie vorauszusehen. Ich betrachtete Devon mit neuerwachter Bewunderung. Eliason hatte recht gehabt. Elfen waren die geborenen Diplomaten.

»Also gut«, wiederholte Alake, »wir tun's. Aber wann? Und wie?«

Typisch Mensch. Immer Pläne schmieden.

»Wir müssen abwarten und Augen und Ohren offenhalten«, sagte Devon. »Irgendwann unterwegs wird sich eine Gelegenheit finden.«

Mir kam plötzlich ein furchtbarer Gedanke. »Und wenn die Delphine unseren Eltern erzählen, was sie uns gesagt haben?«

»Wir müssen aufpassen und dafür sorgen, daß sie nicht mit unseren Eltern reden und auch mit sonst niemandem«, sagte Alake nach kurzem Überlegen, als keiner von uns mit einem Geistesblitz aufwarten konnte. »Wenn wir Glück haben, sind alle zu beschäftigt, um sich Zeit für ein Plauderstündchen zu nehmen.«

Eine vergebliche Hoffnung. Ich verkniff es mir, darauf hinzuweisen, daß unsere Eltern auf jeden Fall vor dem Aufbruch bei den Delphinen Informationen einholen würden. Es überraschte mich, daß sie nicht längst daran gedacht hatten, aber sie waren ja mit wichtigeren Dingen beschäftigt gewesen – Fischtran, zum Beispiel.

Wir einigten uns darauf, wachsam zu sein und Argumente parat zu haben, falls etwas schiefging. Alake sollte Haplo warnen, diskret, ohne etwas zu verraten, daß es gut wäre, wenn eine Zeitlang niemand mit den Delphinen redete.

Danach trennten wir uns, um Reisevorbereitungen zu treffen und damit anzufangen, unsere Eltern zu beschatten.

Sie können sich glücklich schätzen, uns zu haben. Jetzt muß ich los. Später mehr.*

* Ungeachtet dessen, ist dies der letzte Eintrag in Grundels Tagebuch.

Kapitel 25

Phondra, Chelestra

Der Hund war also bei Alfred.

Haplo hegte nicht den geringsten Zweifel, daß es sich bei dem Hund, über den die Delphine sich beschwert hatten, um seinen Hund handelte, und er war bei Alfred. Der Gedanke irritierte Haplo, ärgerte ihn mehr, als er sich eingestehen mochte, und schwärte wie ein vergifteter Pfeil in seinem Fleisch. Während er sich auf erheblich wichtigere Dinge hätte konzentrieren sollen – die bevorstehende Ausfahrt, der Krieg gegen die Sartan –, dachte er an den Hund.

»Es ist nur ein verdammter kläffender Köter!« rügte er sich selbst.

Elfen und Zwerge gingen an Bord ihrer Tauchboote, um zu den heimatlichen Meermonden zurückzukehren und ihre Völker zur Sonnenjagd zu rufen. Haplo wich ihnen bis zum letzten Augenblick nicht von der Seite, schwor die Zwerge auf sich ein, ermunterte die Elfen, zu handeln, löste Probleme – eingebildete wie reale. Man hatte sich noch nicht mit der Vorstellung angefreundet, die neue Heimat notfalls mit Waffengewalt zu erobern, aber Haplo führte sie langsam in die gewünschte Richtung, behutsam, ohne daß sie es merkten. Den entscheidenden Tropfen, der das Faß zum

Überlaufen brachte, würden die Sartan selbst beisteuern, dessen war er ganz sicher.

Die Menschen wollten auf direktem Kurs Surunan anlaufen, am Ufer mit Sack und Pack von Bord gehen und ihre Forderungen stellen.

»Dann verhandeln wir von eine Position der Stärke aus«, argumentierte Dumaka. »Wir führen den Sartan vor Augen, wie zahlreich wir sind und daß wir bereits einen Stützpunkt errichtet haben. Außerdem zeigen wir ihnen, daß wir in friedlicher Absicht kommen. Wenn sie über die Mauern ihrer Stadt blicken, sehen sie Frauen und Kinder . . .«

»Sie blicken über die Mauern ihrer Stadt und sehen eine Armee«, fiel Yngvar ihm ins Wort. »Sie werden nach den Äxten greifen und nicht mehr bereit sein zu verhandeln.«

»Ich stimme mit Yngvar überein«, meinte Eliason. »Wir haben nicht die Absicht, die Sartan einzuschüchtern. Mein Vorschlag ist, daß wir in Sichtweite vor der Küste Surunans ankern sollten, um sie mit der Größe unserer Flotte zu beeindrucken, aber nicht so nah, daß sie sich bedroht fühlen . . .«

»Und was ist so falsch daran, ein bißchen die Muskeln spielen zu lassen?« fragte Dumaka spitz. »Ihr Elfen stellt euch wohl vor, daß wir vor ihnen auf dem Bauch kriechen sollen und ihnen die Füße küssen.«

»Gewiß nicht. Wir Elfen verstehen uns darauf, zivilisiert ein Anliegen vorzubringen, ohne Verlust an Würde.«

»Das soll wohl heißen, wir Menschen sind nicht zivilisiert!« brauste Dumaka auf.

»Wem der Stiefel paßt . . .«, wollte Yngvar seinen Kommentar dazugeben, als Haplo schlichtend eingriff.

»Ich halte es für das beste, nach Eliasons Plan vorzugehen. Wenn die Sartan nun tatsächlich angreifen? Eure Familien sind ihnen am Ufer schutzlos preisgegeben. Sicherer ist es, an Bord der Schiffe zu bleiben. Es gibt einen günstigen Ankerplatz nicht weit von Draknor, wo die Drachenschlangen wohnen.

Keine Sorge«, fügte er hastig hinzu, angesichts der finsteren Mienen seiner Zuhörer, »ihr werdet den Drachenschlangen nicht in die Nähe kommen, aber die Luftblase gibt euch die Möglichkeit, an die Oberfläche zu tauchen. Bis dahin werdet ihr nämlich froh sein, endlich wieder frische Luft atmen zu können. Dort angekommen, bittet ihr die Sartan um ein Treffen und beginnt mit den Verhandlungen.«

Sein Plan wurde angenommen. Haplo lächelte in sich hinein. Man konnte sich immer wieder darauf verlassen, daß die Menschen es fertigbrachten, sich in Schwierigkeiten zu bringen.

Was ihn auf das nächste Gesprächsthema brachte: Waffen. Insbesondere magische Elfenwaffen.

Keine von Nichtigenhand gefertigte Waffe vermochte vor der Macht der Runenmagie zu bestehen. Doch Haplo hatte sich etwas überlegt, um dieses Manko auszugleichen, ja, den Nichtigen womöglich sogar einen Vorteil zu verschaffen. Er hatte niemandem davon erzählt, auch nicht seinen Verbündeten, den Drachenschlangen. Zuviel stand auf dem Spiel: Sieg über den Erzfeind, Samah dem Patryn hilflos ausgeliefert. Haplo wollte sein Schweigen brechen, wenn der Zeitpunkt gekommen war und nicht eine Minute früher.

Obwohl kein lebender Elf sich an Kriegszeiten erinnern konnte, kündeten Lieder und Sagen von den magischen Waffen, die sie einst geschaffen hatten. Eliason wußte darüber Bescheid und konnte Haplo genaue Beschreibungen liefern. Sie berieten, welche von den Waffen sich in kürzester Zeit herstellen ließen und mit welchen die Elfen am schnellsten lernen konnten umzugehen – wenigstens soweit, daß sie dem Gegner mehr Schaden zufügten als sich selbst.

Nach einigem Für und Wider einigte man sich auf Pfeil und Bogen. Der Elfenkönig selbst liebte das Bogenschießen – ein Sport, dem gelegentlich noch als Belustigung bei Festen gefrönt wurde. Die magischen Pfeile trafen unfehlbar das Ziel, das zu treffen man ihnen befohlen hatte, und deshalb war die Zielgenauigkeit Nebensache.

Und obwohl ihre Waffen nicht durch Magie mit besonderen Eigenschaften versehen waren (noch würden die Menschen sich je herablassen, Elfenwaffen zu gebrauchen, die sich ihrer Meinung nach nur für Schwächlinge eigneten), besaß der Zirkel die Macht, im Kampf die Elemente zur Hilfe zu rufen.

Nachdem auch dieser Punkt geklärt war, nahmen die Gargans, Phondraner und Elmasti freundschaftlich Abschied voneinander. Die Zwerge und Elfen traten die Heimreise an, und Haplo atmete auf.

Auf dem Weg zu seiner Unterkunft dachte er darüber nach, daß sich nun endlich alles nach seinen Vorstellungen entwickelte, als . . .

»Haplo«, sagte Alake, »kann ich mit dir sprechen? Es geht um die Delphine.«

Er sah sie an, verärgert wegen der Störung. »Ja? Was ist mit ihnen?«

Alake biß sich verlegen auf die Unterlippe. »Es ist wichtig«, meinte sie zaghaft, »sonst wäre ich nicht gekommen. Ich weiß, daß du sehr beschäftigt bist . . .«

Ihm fiel ein, daß die Delphine dem Mädchen vielleicht Neuigkeiten berichtet hatten, von denen er noch nichts wußte. Schließlich hatte er die ganze Zeit in Beratungen gesessen.

Er blieb also stehen, setzte ein Lächeln auf und tat, als sei er froh, sie zu sehen. »Ich bin auf dem Weg zu meiner Hütte. Willst du mich begleiten?«

Alake erwiderte sein Lächeln und ging neben ihm her, leichtfüßig und anmutig zu dem melodischen Klingeln der Perlen und Glöckchen in ihrem Haar.

»Dann erzähl mir«, sagte er, »was es Neues gibt von den Delphinen.«

»Auch wenn sie es nicht böse meinen, sie stiften gerne Unfrieden, und natürlich fällt es ihnen schwer zu verstehen, weshalb es für uns so wichtig ist, einen neuen Meermond zu finden. Die Delphine begreifen nicht, warum wir ausgerechnet an Land wohnen möchten. Sie finden, wir sollten im Wasser leben, wie sie es tun. Und selbstverständlich haben sie wirklich große Angst vor den Drachenschlangen . . .«

Alake vermied es, ihn anzuschauen, während sie sprach. Sie hielt den Blick abgewendet und drehte nervös an den Ringen an ihren Fingern.

Sie weiß etwas, folgerte Haplo grimmig. Etwas, das sie vor mir verheimlicht.

»Sie nicht böse, Alake«, meinte er immer noch lächelnd,

»aber ich kann nicht einsehen, was an ein paar Fischen bedrohlich sein soll.«

»Aber ich dachte, das heißt, wir dachten – Grundel und Devon sind derselben Meinung –, wenn die Delphine mit unseren Leuten reden, könnten sie Dinge erzählen. Dinge, die unsere Eltern beunruhigen würden und neue Verzögerungen bewirken.«

»Was für Dinge, Alake?« Haplo blieb stehen. Sie hatten die Hütte fast erreicht, niemand sonst war in der Nähe. »Was haben die Delphine erzählt?«

Das Mädchen riß die Augen auf. »Nichts!« begann sie, stockte, ließ den Kopf hängen. »Bitte frag mich nicht.«

Es war gut, daß sie den Ausdruck auf Haplos Gesicht nicht sehen konnte. Er holte tief Atem und unterdrückte den Impuls, das Mädchen zu packen und die Information aus ihr herauszuschütteln. Zwar nahm er sie bei den Schultern, aber mit sanftem, zärtlichem Griff.

»Sag's mir, Alake. Das Leben deines Volkes könnte davon abhängen.«

»Es hat nichts mit meinem Volk zu tun ...«

»Alake.« Sein Griff wurde fester.

»Sie sagten furchtbare Dinge über – über dich!«

»Was für Dinge?«

»Daß die Drachenschlangen böse sind und du auch! Daß du uns nur benutzt!« Alake warf den Kopf zurück, ihre Augen blitzten. »Ich glaube es nicht! Ich glaube kein Wort! Grundel und Devon auch nicht. Aber wenn die Delphine meinen Eltern davon erzählen ...«

Ja, dachte Haplo, das wäre das Ende. Von all den absurden, idiotischen Unwägbarkeiten, die es gab ... Sein grandioser, ausgeklügelter Plan zum Scheitern gebracht von einer Horde geschwätziger *Fische*! (›Meeressäuger‹ raunte eine besserwisserische Stimme in seinem Hinterkopf.)

»Sorg dich nicht«, sagte Alake rasch, als sie merkte, wie sein Gesicht sich verfinsterte. »Ich habe eine Idee.«

»Was für eine?« Der Patryn hörte nur mit halbem Ohr zu, während er versuchte, einen Ausweg aus dieser jüngsten Krise zu finden.

»Ich dachte mir«, erklärte Alake schüchtern, »daß ich den Delphinen auftragen könnte vorauszuschwimmen, als – als Kundschafter. Das würde ihnen Spaß machen. Sie lieben das Gefühl, unentbehrlich zu sein. Ich könnte sagen, daß mein Vater sie um den Gefallen bittet...«

Haplo dachte nach. Gar nicht übel. Es würde die *Fische* davon abhalten, ihn in Mißkredit zu bringen, und wenn die Nichtigen erst Surunan erreicht hatten, war es für sie zu spät, einen Rückzieher zu machen, ganz gleich, was die Delphine ihnen erzählten.

»Das ist wirklich eine gute Idee, Alake.«

Sie strahlte. Es erstaunte ihn, welche Macht er über sie hatte. Eine Stimme, die sich verdächtig anhörte wie die seines Gebieters, flüsterte ihm ins Ohr:

Du kannst dir die Kleine ganz leicht gefügig machen. Sei nett zu ihr. Ein paar Geschenke, wohlfeile Schmeicheleien, ferne Hochzeitsglocken, und sie wird deine Sklavin sein, alles für dich tun, sogar für dich sterben. Und wenn du sie nicht mehr brauchst, kannst du sie einfach verstoßen. Schließlich ist sie nur eine Nichtige.

Sie standen immer noch vor dem Eingang zu seinem Quartier; er hatte die Arme des Mädchens umfaßt. Langsam näherten sich ihre Körper, er brauchte nur zu wollen, und sie war sein. Beim erstenmal war sie unvorbereitet gewesen. Inzwischen hatte sie Zeit gehabt, davon zu träumen, in seinen Armen zu liegen. Begehren hatte die Angst verdrängt.

Ganz abgesehen von dem Vergnügen, war sie ein nützliches Werkzeug. Sie konnte ihm berichten, was ihre Eltern, die Elfen, Zwerge dachten, planten, taten. Bestimmt fiel es ihm nicht schwer, das unerfahrene Mädchen so fest an sich zu binden, daß sie die Loyalität zu ihm über alles andere stellte...

Er war fest entschlossen, den Einflüsterungen seiner (seiner?) inneren Stimme Folge zu leisten, und beobachtete maßlos erstaunt, wie er Alake die Arme tätschelte, als wäre sie ein kleines Kind.

»Eine wirklich gute Idee«, wiederholte er. »Es gilt, keine Zeit zu verlieren. Warum gehst du nicht und kümmerst dich jetzt gleich um die Delphine?« Während er sprach, ließ er sie los und trat einen Schritt zurück.

»Meinst du das ernst?« fragte sie ihn mit kehliger, atemloser Stimme.

»Du hast selbst gesagt, es ist wichtig, Alake. Wer weiß, schon in diesem Moment könnte dein Vater auf dem Weg sein, um mit den Delphinen zu sprechen.«

»Nein, das ist er nicht.« Man sah und hörte ihr an, wie enttäuscht sie war. »Er ist in der Hütte und berät sich mit Mutter wegen der Reise.«

»Dann ist jetzt genau der richtige Augenblick.«

»Ja.« Sie nickte, zögerte aber noch, vielleicht in der Hoffnung, daß er seine Meinung änderte.

Sie war jung und bezaubernd.

Haplo wandte sich ruckartig ab, trat in seine Hütte und ließ sich auf das Deckenlager fallen, als wäre er todmüde. Dann lag er bewegungslos in der kühlen Dunkelheit, bis er hörte, wie ihre leisen Schritte sich entfernten. Sie war verletzt, aber nicht annähernd so tief, als wenn er der Stimme der Berechnung nachgegeben hätte.

»Schließlich, seit wann muß ich mir von Nichtigen helfen lassen? Ich komme allein zurecht. Und zum Henker mit Alfred«, fügte er zusammenhanglos hinzu. »Diesmal ist er fällig.«

Die Sonnenjäger trafen pünktlich ein. Zwei legten an, um Dumakas Stamm an Bord zu nehmen. Andere fuhren an den Küsten des Meermonds entlang, um den Rest der menschlichen Bevölkerung Phondras einzusammeln.

Haplo war angenehm überrascht von der Umsicht und Promptheit der Menschen, die mit einem Minimum an Aufwand und Durcheinander Kind und Kegel, Hab und Gut verfrachteten. Bei einem Blick auf das verlassene Dorf fühlte er sich daran erinnert, wie flink die Siedler im Labyrinth ihre Habseligkeiten zusammenpackten und weiterzogen.

»Unsere Vorfahren führten ein Nomadenleben«, erklärte Dumaka. »Wir zogen umher, folgten dem Wild, sammelten Früchte und Pflanzen. Ein solches Leben geht nicht ohne kriegerische Auseinandersetzungen ab. Man glaubt immer, die Antilopen sind fetter in des Nachbarn Revier. Wir haben lange und hart für den Frieden gearbeitet, der jetzt unter unseren Stämmen herrscht. Es tut mir weh zu denken, daß wir vielleicht gezwungen sein werden, wieder zu kämpfen.«

Delu legte den Arm um ihn. Beide schauten wehmütig auf ihr verödetes Dorf, das schon jetzt einen trostlosen Eindruck machte.

»Alles wird gut werden, Lieber. Wir sind zusammen. Unser Volk ist einig. Der Eine, der die Wellen lenkt, ist mit uns. Wir tragen Frieden im Herzen und bringen ihn den Sartan als unser größtes Geschenk.«

Hoffentlich spucken sie euch ins Gesicht, dachte Haplo. Seine einzige Sorge war Alfred. Alfred würde diese Nichtigen gleich bei sich aufnehmen und ihnen noch sein letztes schäbiges Hemd aufdrängen. Doch Alfred konnte unmöglich ein typischer Sartan sein. Der Patryn setzte all seine Hoffnungen auf Samah.

Einmal an Bord der Tauchboote, vergossen die Menschen ein paar Abschiedstränen, aber sie trockneten bald in der Aufregung der Reise und der Vorfreude auf eine neue und angeblich reiche Welt.

Die Drachenschlangen ließen sich nicht blicken.

Haplo befand sich an Bord des größten Schiffes, zusammen mit dem Häuptling und dessen Familie, Freunden und Angehörigen des Zirkels. Der Sonnenjäger war ähnlich konstruiert wie das beträchtlich kleinere Tauchboot, das er schon kannte, nur hatte er mehrere Decks aufzuweisen.

In Gargan fanden sie die Zwerge reisefertig, nur die Elfen waren noch nicht eingetroffen, was niemanden verwunderte. Selbst Haplo gestand ihnen eine Frist zu; seine Drohung, Zuspätkommende müßten sich allein durchschlagen, hatte sie nur etwas anspornen sollen.

»Bei denen herrscht Chaos«, prophezeite Yngvar knurrig. »Doch ich habe meine besten Kapitäne hingeschickt und ein Kontingent Soldaten, um die Dinge in geordnete Bahnen zu lenken. Sie werden rechtzeitig hier sein, wenn auch nicht pünktlich.«

Die Elfen trafen mit vier Zyklen Verspätung ein; ihre Tauchboote näherten sich schwerfällig, sie pflügten durchs Wasser wie überfütterte Wale.

»Was hat das zu bedeuten?« verlangte Yngvar zu wissen.

»Wir sind überladen, das ist der Grund!« schnaufte der Zwergenkapitän aufgebracht und wühlte in seinem Bart, als wollte er ihn ausreißen. »Wir hätten ebensogut den ganzen Mond ins Schlepptau nehmen können. Groß wäre der Unterschied nicht gewesen. Die vermaledeiten Elfen haben so ungefähr alles andere mitgeschleppt! Seht selbst!«

Die Zwerge hatten Vorsorge getroffen, für die Elfen Kojen zu bauen, aber die Elfen gönnten ihnen nur einen Blick, rümpften die Nasen über diese Zumutung und versuchten, ihre eigenen schweren, reichgeschnitzten hölzernen Bettgestelle an Bord zu schaffen, worauf der Zwergenkapitän ihnen kurz und bündig erklärte, daß der Platz entweder für sie reichte oder für die Betten – ganz nach Belieben.

»Mir wären die Betten lieber gewesen«, meinte der Kapitän säuerlich zu Yngvar. »Wenigstens hätten die keinen Lärm gemacht.«

Schließlich bequemten die Elfen sich, mit den Kojen vorliebzunehmen, doch um nicht ganz auf Komfort verzichten zu müssen, schleppten sie Gänsefedermatratzen, spitzenbesetzte Laken, Seidendecken und Daunenkissen en masse herbei. Und das war nur der Anfang. Jede Elfenfamilie besaß etliche wertvolle Erbstücke, die man keinesfalls zurücklassen durfte – das Sortiment reichte von phantasievollen magischen Uhren bis zu Harfen, die sich selbst spielten. Ein Elf kam mit einem ausgewachsenen Baum in einem Topf anmarschiert; ein anderer mit siebenundzwanzig Singvögeln in siebenundzwanzig silbernen Käfigen.

Zu guter Letzt hatte man alles und jeden verstaut und untergebracht. Die Elfen waren einigermaßen zufrieden, obwohl es unmöglich war, sich in den Zwischendecks zu bewegen, ohne über irgend etwas oder irgend jemanden zu stolpern.

Dann kam der wirklich schwierige Teil – der eigentliche Aufbruch, der Abschied von der Heimat. Die Menschen, daran gewöhnt umherzuziehen, hatten das Unvermeidliche akzeptiert; die Zwerge, obwohl es ihnen schwerfiel, die geliebten Höhlen aufzugeben, fügten sich mit stoischer Gelassenheit. Die Elfen jedoch waren am Boden zerstört. Ein Zwergenkapitän berichtete, daß er nach all den an Bord vergossenen Tränen mehr Wasser im Schiff als unterm Kiel hatte.

Endlich war die riesige Flotte der Sonnenjäger aber doch versammelt und bereit, die Fahrt in die neue Heimat anzutreten. Die Oberhäupter der königlichen Familien versammelten sich an Deck des Flaggschiffs, um ein Gebet zu sprechen und den Einen um sicheres Geleit und eine friedliche Landung zu bitten.

Nach dem Gebet verständigten sich die Kapitäne der einzelnen Schiffe durch ein Tohuwabohu von Signalen, und die Tauchboote sanken unter die Wasseroberfläche.

Sie hatten erst eine kurze Strecke zurückgelegt, als ein Erster Offizier sich kreidebleich vor Entsetzen Yngvar näherte, grüßend die Fäuste an die Stirn hob und mit leiser Stimme etwas zu ihm sagte.

Ein Schatten fiel über Yngvars Gesicht, er wandte sich an seine Begleiter. »Die Drachenschlangen«, verkündete er knapp.

Haplo war sich bereits seit längerem der Nähe der Schlangen bewußt, die Tätowierungen an seinem Körper brannten und juckten. Er kratzte sich unmutig, die Runen auf seinen Handrücken schimmerten bläulich.

»Laßt mich mit ihnen sprechen.« Er trat vor.

»Wie kann irgend jemand von uns mit ihnen ›sprechen‹?« fragte ihn Yngvar unwirsch. »Wir befinden uns unter Wasser.«

»Es gibt Möglichkeiten«, antwortete Haplo und machte sich auf den Weg zur Brücke, gefolgt von einer ungebetenen Eskorte aus gekrönten Häuptern.

Das warnende Blau der Runen leuchtete durch sein Hemd, spiegelte sich in den Augen der Nichtigen, die das Phänomen aus den Schilderungen Grundels, Alakes und Devons kannten, es aber nie selbst gesehen hatten.

Es war zwecklos, wenn Haplo sich einzureden versuchte,

daß die Schlangen keine Gefahr darstellten, sein Körper reagierte einem jahrhundertealten Instinkt gemäß auf die Bedrohung. Ihm blieb nichts weiter übrig, als die Warnung zu ignorieren und zu hoffen, daß sein Körper mit der Zeit umlernte.

Er betrat den Ruderstand, wo sich die aus Zwergen bestehende Mannschaft unbehaglich zusammendrängte und im Flüsterton unterhielt. Der Kapitän zeigte außenbords.

Die Drachenschlangen schwebten im Wasser, trotz ihrer Riesenhaftigkeit wie schwerelos, die mächtigen Leiber von geschmeidiger Anmut.

»Sie versperren uns den Weg, Herr König. Ich bin dafür, daß wir umkehren.«

»Und wohin?« fuhr Haplo den Sprecher an. »Wollt ihr in eure Heimat zurückkehren und dort warten, bis das Eis euch umschließt? Ich werde mit ihnen reden.«

»Wie?« fragte Yngvar erneut, aber das Wort blieb ihm im Hals stecken.

Das schimmernde, transparente Phantom einer Drachenschlange nahm auf der Brücke Gestalt an. Furcht strömte von der Erscheinung aus wie eine eisige Flut. Die Mitglieder der Besatzung, die noch fähig waren, sich zu rühren, ergriffen schreiend die Flucht. Die übrigen verharrten an Ort und Stelle, vor Angst wie gelähmt. Der Kapitän behauptete sich tapfer, obwohl sein Bart zitterte und er sich mit der Hand am Steuerrad festhalten mußte.

Die Majestäten blieben auch, eine Standhaftigkeit, die Haplo widerwillig Respekt abnötigte. Sein eigener Impuls war, zu laufen, zu schwimmen, mit bloßen Händen die Planken zu zertrümmern, um nur dem Grauen zu entkommen.

Er kämpfte gegen die aufsteigende Panik, und es gelang ihm, den Anschein äußerer Gelassenheit zu bewahren, obwohl sein Mund so trocken war, daß er kaum sprechen konnte.

»Die Flotte der Sonnenjäger ist ausgelaufen, Erhabener. Wir haben, wie verabredet, Kurs auf Surunan genommen. Weshalb versperrt ihr uns den Weg?«

Starre Reptilaugen fixierten Haplo teilnahmslos.

»Die Entfernung ist groß, der Weg lang. Wir sind gekommen, Euch zu führen, Meister.«

»Ein Trick!« hauchte Yngvar.

»Wir können unseren Weg auch alleine finden«, murrte Dumaka.

Delu erhob plötzlich ihre Stimme zu einer Art Sprechgesang und hielt einen Stein in die Höhe, den sie an einer Kette um den Hals trug, wahrscheinlich irgendein primitiver Schutzzauber der Nichtigen.

Die roten Augen der Drachenschlange flammten auf.

»Mundhalten, alle miteinander!« befahl Haplo, ohne den Blick von der Drachenschlange abzuwenden. »Wir danken Euch für Euer Angebot, Erhabener, und wir werden Euch folgen. Kapitän, auf den Kurs einschwenken, den die Drachenschlangen vorgeben. Die Order gilt für alle Sonnenjäger.«

Der Kapitän schaute fragend zu seinem König. Yngvars Gesicht war finster vor Zorn und Entsetzen, er wollte den Kopf schütteln.

»Sei kein Narr«, warnte Haplo ihn mit gedämpfter Stimme. »Wenn sie euch töten wollten, hätten sie es längst tun können. Nehmt ihr Angebot an. Es ist kein Trick. Ich bürge dafür – mit meinem Leben«, fügte er hinzu, als der Zwergenkönig immer noch zauderte.

»Wir haben keine Wahl, Yngvar«, sagte Eliason.

»Und du, Dumaka«, fragte der Zwerg schnaufend. »Was ist deine Meinung?«

Gemahl und Gemahlin sahen sich an. Delu zuckte resignierend mit den Schultern. »Wir müssen an unser Volk denken.«

»Dann soll's mir recht sein«, gab Dumaka verdrossen nach.

Yngvar wandte sich an den Kapitän. »Tu, was er sagt.«

»Ja, Herr König.« Der Zwerg warf Haplo einen unfreundlichen Blick zu. »Sagt der Kreatur, sie soll von meiner Brücke verschwinden. Ich kann das Schiff nicht ohne eine Mannschaft führen.«

Das Phantom der Drachenschlange verblaßte bereits und löste sich auf; zurück blieben das vage Unbehagen und die gestaltlosen Ängste eines bösen Traums.

Die Nichtigen atmeten erleichtert auf, aber die Mienen blieben düster. Die Mannschaft und die Offiziere fanden sich wieder ein, beschämt mieden sie den funkelnden Blick ihres Kapitäns. Haplo wandte sich ab und ging. Auf dem Weg hinaus wäre er fast mit Grundel, Alake und Devon zusammengestoßen, die ziemlich hastig aus dem Schatten einer Türnische auftauchten.

»Du hast unrecht!« sagte Alake zu Devon.

»Um deinetwillen hoffe ich...«

»Pst!« Grundel war Haplos ansichtig geworden.

Alle drei verstummten. Offenbar hatte er ein wichtiges Gespräch unterbrochen, und eine Ahnung sagte ihm, daß er das Thema gewesen war. Allem Anschein nach wußten auch die beiden anderen, was die Delphine erzählt hatten. Devon, *rot geworden*, senkte den Blick, Grundel jedoch schaute Haplo trotzig ins Gesicht.

»Das alte Spiel?« fragte er. »Ich dachte, ihr hättet eure Lektion gelernt.«

»Scheint nicht so«, murmelte Grundel, als er weiterging.

Der Rest der Fahrt verlief ohne weitere Zwischenfälle. Die Drachenschlangen waren nicht mehr zu sehen, die Aura der Furcht nicht mehr zu spüren. Die Tauchboote folgten im Kielwasser der riesenhaften Leiber, die weit voraus *unsichtbar* durchs Wasser glitten.

Das Leben an Bord war langweilig, nervenaufreibend, ereignislos.

Haplo war überzeugt, daß die drei Nichtigen etwas im Schilde führten, doch nachdem er sie ein paar Tage lang scharf beobachtet hatte, kam er zu dem Schluß, sich geirrt zu haben.

Alake ging ihm aus dem Weg und widmete sich statt dessen unter Anleitung ihrer Mutter mit neuerwachtem Eifer dem Studium der Magie. Devon und eine Gruppe jüngerer

Elfen übten sich im Gebrauch von Pfeil und Bogen, indem sie auf ein Ziel schossen, das sie sich aufgebaut hatten. Grundel war die einzige, die Haplos Seelenfrieden störte, aber nur geringfügig, etwa wie eine hartnäckige Stechmücke.

Mehr als einmal spürte er Blicke im Nacken, drehte sich herum und entdeckte, daß sie ihm folgte, mit ernstem, nachdenklichem Gesicht, als fiele es ihr schwer, sich über ihn klar zu werden. Wenn sie sich ertappt fühlte, nickte sie ruckartig mit dem Kopf oder bedachte ihn mit einem Schütteln ihrer Backenlocken, bevor sie kehrtmachte und in die andere Richtung stapfte. Alake hatte behauptet, Grundel glaubte den Delphinen nicht. Offenbar befand sich Alake im Irrtum.

Haplo sparte sich die Mühe, zu versuchen, sie von seiner Integrität zu überzeugen. Was die Delphine den jungen Leuten erzählt hatten, entsprach der Wahrheit. Er mißbrauchte die Nichtigen für seine Zwecke.

Er verbrachte den größten Teil seiner Zeit damit, sie zu formen, zu manipulieren, empfänglich zu machen für seine Einflüsterungen. Es war nicht leicht. Angst und Abscheu vor ihren wenig sympathischen Verbündeten, den Drachenschlangen, konnten die Nichtigen durchaus empfänglich für die Aura von Macht und Herrlichkeit der Sartan machen, und das war nicht in Haplos Sinn.

Überhaupt war das seine größte Befürchtung, der eine Fall des Runenwürfels, der das Ende seines Spiels bedeuten konnte. Wenn die Sartan, wie Alfred erfüllt von der Milch der frommen Denkungsart, die Nichtigen mit offenen Armen empfingen, war Haplo gescheitert. Selbstverständlich würde er entkommen, dafür sorgten die Drachenschlangen. Doch er mußte mit leeren Händen in den Nexus zurückkehren und seinem Gebieter von einem Fehlschlag berichten.

Mit dieser Wahl konfrontiert, war Haplo gar nicht sicher, daß er überhaupt zurückkehren wollte. Lieber sterben...

Die Zeit verging rasch, selbst für den Patryn, der es kaum erwarten konnte, endlich seinem größten Feind gegenüberzustehen. Er lag auf seinem Bett, als er ein knirschendes

Geräusch hörte und spürte, wie ein Ruck durch den Schiffsrumpf lief. Angstvolle Stimmen schrien durcheinander, um sogleich von ihrem König beschwichtigt zu werden.

Die Tauchboote stiegen empor, durchbrachen die Wasseroberfläche. Lichte Weite umgab sie.

Die Sonnenjäger hatten die Sonne gefangen.

Kapitel 26

Surunan, Chelestra

Den Rest des Tages und mehr als die halbe Nacht verbrachte Alfred damit, über das Gespräch zwischen Samah und seinem Sohn nachzudenken, das er belauscht hatte. In Gedanken hörte er es wieder und wieder, jedes einzelne Wort, doch einen Satz lauter und deutlicher als den Rest:

Wir sollten mit ihm tun, was wir mit den anderen getan haben.

Welchen anderen?

Jenen, die entdeckt hatten, daß sie keine Götter waren? Daß sie Anbeter waren – oder sein sollten? Jene, die herausfanden, daß die Sartan nicht die Sonne waren, sondern nur einer von vielen Planeten? Was war aus ihnen geworden? Wo waren sie geblieben?

Er schaute sich um, als erwarte er, sie in Orlas Garten sitzen zu sehen. Die Ketzer waren nicht in Chelestra. Sie gehörten nicht zum Rat. Obwohl es einige Unstimmigkeiten gab, schienen die Ratsmitglieder – Orla ausgenommen – geschlossen hinter Samah zu stehen.

Vielleicht meinte Ramu nichts weiter, als daß man den Abweichlern zugeredet und sie schließlich wieder zur ordentlichen Sartan-Denkungsweise bekehrt. Das war eine beruhigende Vorstellung, an die Alfred von Herzen gern glauben wollte. Er verwendete nahezu eine ganze Stunde darauf, sich einzureden, es sei wahr. Jener nörgelnde, unglückselige Teil von ihm, der stets darauf beharrte, eigene Wege zu gehen (und seine Füße mitnahm), wandte ein, daß er sich wie üblich weigerte, der Wahrheit ins Gesicht zu sehen.

Der innere Zwist war schmerzlich und laugte ihn aus. Er wollte nicht mehr allein sein und gezwungen, mit sich selbst zu argumentieren. Er fühlte sich unendlich erleichtert, als er Orla auf der Suche nach ihm in den Garten kommen sah. Eigentlich hatte er den Eindruck gehabt, daß sie ihm aus dem Weg ging.

»Oh, hier bist du.« Es klang brüsk, unpersönlich. Sie hätte ebensogut zu dem Hund sprechen können, der dösend vor Alfreds Füßen lag. Das Tier öffnete ein Auge, um zu sehen, wer gekommen war, gähnte, rollte sich auf die andere Seite und schlief weiter.

Überrascht von Orlas gleichgültigem Ton, seufzte Alfred. Offenbar verabscheute sie ihn jetzt. Er konnte es ihr nicht einmal übelnehmen.

»Ja, ich bin hier«, erwiderte er. »Wo hast du gedacht, daß ich sein würde – in der Bibliothek?«

Orla stieg die Zornesröte in die Wangen, dann wurde sie blaß. Sie biß sich auf die Lippen. »Es tut mir leid«, sagte sie nach kurzem Schweigen. »Ich nehme an, das habe ich verdient.«

»Nein, ich bin der, dem es leid tut«, sagte Alfred, über sich selbst erschreckt. »Ich weiß nicht, was über mich gekommen ist. Nimm bitte Platz.«

»Nein, vielen Dank. Ich kann nicht bleiben. Ich bin gekommen, um dir zu sagen, daß wir eine Botschaft der Nichtigen erhalten haben. Sie sind in Draknor gelandet.« Ihre Stimme wurde schärfer. »Sie bitten um ein Zusammentreffen.«

»Was ist das, Draknor? Einer von den Durnai?«

»Ja, bedauernswertes Geschöpf. Unserem Plan zufolge sollten die Durnai in Hibernation verbleiben, bis die Meersonne abwanderte, und ihr dann folgen, nachdem wir sie geweckt hatten. Nachdem wir uns für den Schlaf entschieden hatten, sind die meisten Durnai nie mehr aufgewacht. Ich bezweifle, ob sogar die Nichtigen wissen, daß sie während der ganzen langen Zeit in den Poren der äußeren Hülle eines lebenden Wesens gehaust haben. Leider erkannten die Drachenschlangen sofort, daß der Durnai, den sie in Besitz genommen hatten, lebendig war. Sie griffen ihn an, weckten ihn aus der Hibernation, und seither peinigen sie ihn unablässig. Nach den Berichten der Delphine ernähren die Schlangen sich von seiner Substanz, fressen ihn Stück für Stück. Er existiert in ständiger Angst und Qual.

Ja«, fügte Orla hinzu, als sie sah, daß Alfred vor Grauen erbleichte. »Das sind die Geschöpfe, mit denen dein Patrynfreund sich verbündet hat. Und die Nichtigen.«

Alfred war entsetzt. Er sah auf den Hund nieder, der friedlich schlummerte.

»Ich kann es nicht glauben. Nicht einmal von Haplo. Er ist ein Patryn – ehrgeizig, hart, kalt, aber er ist kein Feigling. Er ist nicht grausam. Es bereitet ihm kein Vergnügen, Hilflose zu quälen und jemandem Schmerz zuzufügen.«

»Und doch ist er in Draknor, und die Nichtigen sind bei ihm, aber sie werden dort nicht bleiben. Sie wollen sich hier ansiedeln, in diesem Reich.« Orla ließ den Blick durch ihren Garten wandern, der sich üppig und duftend im weichen Dunkel der Nacht ausbreitete. »Darum geht es bei diesem Treffen.«

»Aber natürlich können sie nicht in Draknor bleiben. Da muß es furchtbar sein. Hier ist mehr als genug Platz für sie«, sagte Alfred, der so fröhlich war wie seit Tagen nicht mehr. Er freute sich geradezu darauf, wieder mit Nichtigen zu tun zu haben, mochten sie auch streitsüchtig und zänkisch sein. Zumindest waren sie interessant.

Dann bemerkte er den Ausdruck auf Orlas Gesicht.

»Ihr wollt ihnen doch erlauben, in Surunan zu siedeln, oder nicht?« fragte er.

Er las die Antwort in ihren Augen und prallte verstört zurück. »Das ist unmöglich! Ihr wollt sie abweisen?«

»Es sind weniger die Nichtigen, Alfred«, erklärte Orla, »sondern ihre Bundesgenossen, an denen wir Anstoß nehmen. Der Patryn. Er hat gebeten, an der Versammlung teilnehmen zu dürfen.«

»Haplo?« wiederholte Alfred baß erstaunt.

Beim Klang des Namens sprang der Hund auf und schaute sich mit gespitzten Ohren suchend um.

»Na, na«, sagte Alfred und streichelte das Tier, um es zu beruhigen. »Na, na. Er ist nicht hier. Noch nicht.«

Der Hund winselte leise und legte sich wieder hin, den Kopf auf die Vorderpfoten gebettet.

»Haplo, der an einer Versammlung der Sartan teilnehmen will«, sann Alfred. Die Nachricht beunruhigte ihn. »Er muß äußerst siegessicher sein, um euch seine Anwesenheit bekanntzugeben. Natürlich wißt ihr bereits, daß er sich in Chelestra aufhält, und er weiß, daß ihr wißt. Trotzdem sieht es ihm nicht ähnlich.«

»Siegessicher!« schnappte Orla. »Mit gutem Grund siegessicher! Er weiß die Drachenschlangen hinter sich, ganz zu schweigen von etlichen tausend Nichtigenkriegern!«

»Aber vielleicht haben die Nichtigen gar keinen anderen Wunsch, als in Frieden zu leben«, wandte Alfred ein.

»Glaubst du das wirklich?« Orla musterte ihn staunend. »Kannst du so naiv sein?«

»Ich gebe zu, ich bin nicht so klug oder weise wie ihr alle«, sagte Alfred bescheiden. »Aber solltet ihr euch nicht wenigstens anhören, was sie vorzubringen haben?«

»Selbstverständlich wird der Rat sie anhören. Deshalb hat Samah dem Treffen zugestimmt. Und er möchte, daß auch du anwesend bist. Er hat mich geschickt, dir das zu sagen.«

»Dann bist du also nicht aus eigenem Antrieb zu mir gekommen«, bemerkte Alfred leise und betrachtete seine Schuhspitzen. »Ich hatte recht. Du hast meine Nähe gemieden. Nein, mach dir keine Vorwürfe deswegen. Ich verstehe schon. Es ist alles schwer genug für dich. Nur habe ich es vermißt, mit dir zu reden, ich habe es vermißt, deine Stimme zu hören. Ich habe es vermißt, dich anzusehen.«

»Alfred, bitte nicht. Ich habe dir schon einmal gesagt . . .«

»Ich weiß. Verzeih. Ich glaube, es wäre gut, wenn ich dieses Haus verließe oder auch ganz Chelestra den Rücken kehrte.«

»O Alfred, nein! Sei nicht albern. Du gehörst hierher, zu uns, zu deinem Volk . . .«

»Wirklich?« Alfreds Stimme klang ernst, so ernst, daß ihr die Worte auf den Lippen erstarben. »Orla, was ist aus den anderen geworden?«

»Anderen? Welchen anderen?« fragte sie erstaunt.

»Den anderen. Den Ketzern, den Abweichlern. Vor der Großen Teilung. Was ist mit ihnen geschehen?«

»Ich – ich weiß nicht, was du meinst.«

Doch Alfred sah, daß sie es ganz genau wußte. Sie war außerordentlich blaß geworden, ihre Augen waren groß und voller Angst. Ihre Lippen bewegten sich, als wollte sie etwas sagen, doch brachte sie keinen Ton heraus. Sie drehte sich hastig um und kehrte so überstürzt ins Haus zurück, daß es aussah wie eine Flucht.

Alfred sank unglücklich auf die Bank.

In ihm regte sich eine große Angst – vor seinem eigenen Volk.

Das Treffen zwischen den Sartan und den Nichtigen wurde von den Delphinen arrangiert, die es genossen, wie Alake gesagt hatte, sich wichtig zu fühlen. Von einer Partei zur anderen zu schwimmen, Termine vorzuschlagen, Termine zu ändern, Termine zu bestätigen – sie hatten reichlich zu tun und dachten nicht daran, ihren Verdacht bezüglich Haplo und der Drachenschlangen weiterzuerzählen.

Oder vielleicht hatten die Delphine in der ganzen Aufregung den Patryn überhaupt vergessen. Wie Grundel sagte: Was kann man schon vom Gehirn eines Fisches erwarten?

Haplo war auf der Hut, kam stets dazu, wenn die Delphine sich zeigten, und bat darum, daß sie sich einer der Nichtigensprachen bedienten, damit er verstehen konnte, was gesprochen wurde.

Es war eine überflüssige Vorsichtsmaßnahme.

Die Nichtigen hatten ganz andere Sorgen und keine Zeit

für Plauderstündchen. Zur Zeit wurde darüber diskutiert, ob man die Konferenz auf Sartanboden abhalten solle, wie die Sartan es wünschten, oder darauf bestehen, daß die Sartan ihrerseits Schiffe bestiegen, um sich mit den Repräsentanten der drei Völker auf halbem Weg zu treffen.

Dumaka, der bereits entschieden hatte, daß ihm diese Sartan zuwider waren, stimmte für letzteres.

Eliason argumentierte, es wäre höflicher, wenn sie zu den Sartan gingen. »Wir sind diejenigen, die als Bittsteller kommen.«

Yngvar brummte, ihm sei es gleichgültig, wo das Treffen stattfand, Hauptsache auf festem Boden. Er hatte es satt, in einem Schiff hausen zu müssen.

Haplo saß still dabei, beobachtete, hörte zu, sagte nichts. Er wollte sie reden lassen, bis die Wogen sich geglättet hatten, und dann das Wort ergreifen, um ihnen zu sagen, was sie tun sollten.

Wie sich herausstellte, bestanden die Sartan auf Surunan als Konferenzort, oder es würde keine Konferenz stattfinden.

Haplo lächelte in sich hinein. An Bord eines Schiffes, umgeben von den Magie neutralisierenden Wassern des Segensmeeres, wären die Sartan völlig der Gnade der Nichtigen ausgeliefert – oder eines jeden, der sich bei ihnen befand.

Doch es war bei weitem zu früh, daran zu denken. Noch hing alles in der Schwebe, war die Atmosphäre nicht bereitet für eine Kriegserklärung.

»Nehmt die Bedingung an«, empfahl Haplo ihnen. »Sie wollen euch mit ihrer Macht beeindrucken. Es kann nicht schaden, sie glauben zu machen, es wäre ihnen gelungen.«

»*Uns* beeindrucken!« wiederholte Delu geringschätzig.

Die Delphine machten sich mit der Einwilligung der Nichtigen auf den Weg und waren im Nu mit der Nachricht zurück, daß die Staatsoberhäupter der Nichtigen eingeladen seien, zeitig am folgenden Tag vor dem Rat der Sartan zu erscheinen, um dieser erlauchten Körperschaft ihr Anliegen vorzutragen.

Die Staatsoberhäupter erklärten sich dazu bereit.

Haplo kehrte in seine Kabine zurück. Nie in seinem ganzen Leben war er innerlich so aufgewühlt gewesen. er brauchte Ruhe, Alleinsein, um seinen rasenden Herzschlag, sein kochendes Blut zu beruhigen.

Wenn alles nach seinem Willen ging, konnte er im Triumph in den Nexus zurückkehren – mit dem großen Samah als Gefangenem. Dieser Erfolg bedeutete Rehabilitation, Wiedergutmachung bisheriger Fehler. Wie früher würde er die Wertschätzung seines Fürsten genießen, des Mannes, den er vor allen anderen liebte und verehrte.

Und wenn er gerade dabei war, wollte er sich zugleich seinen Hund wiederholen.

Kapitel 27

Surunan, Chelestra

Alfred wußte genau, weshalb man ihn gebeten hatte, an dem Treffen zwischen den Nichtigen und dem Rat der Sartan teilzunehmen; ein Treffen, zu dem er unter normalen Umständen niemals eingeladen worden wäre. Samah wußte, daß Haplo zu der Delegation gehören würde. Der Archont wollte sich Beweise verschaffen, um Alfred des geheimen Einvernehmens mit dem Feind überführen zu können.

Wäre die Situation nicht so vertrackt gewesen, hätte Alfred keinen Grund zur Sorge gehabt. In den Augen des Patryns war er der Beachtung nicht wert, vermutlich hätte Haplo ihn weder eines Wortes noch eines Blickes gewürdigt. Aber diesmal lagen die Dinge anders – Alfred hatte den Hund. Wie es kam, daß Haplo den Hund oder der Hund Haplo verloren hatte, vermochte Alfred sich nicht zu erklären.

Alfred war überzeugt, daß Haplo, wenn er den Hund sah, auf seiner Herausgabe bestand. Die Aussichten waren gut, daß Samah bekam, was er sich wünschte – Beweise, daß Alfred mit einem Patryn fraternisierte. Und Alfred konnte nichts dagegen tun.

Er dachte daran, nicht an dem Treffen teilzunehmen, sich irgendwo in der Stadt zu verstecken. Er dachte daran, in seiner Verzweiflung, durch das Todestor zu fliehen. Leider sah er sich gezwungen, sämtliche Pläne aus einer Vielzahl von Gründen aufzugeben, deren triftigster war, daß Ramu ihm auf Schritt und Tritt folgte.

Ramu eskortierte Alfred und den Hund auch in die Ratshalle, führte sie in den Sitzungssaal. Die übrigen Ratsmitglieder hatten bereits Platz genommen. Sie schauten zur Tür, musterten Alfred streng und wandten den Blick ab. Ramu deutete mehr befehlend als einladend auf einen Stuhl, hinter dem er sich postierte, nachdem Alfred sich gesetzt hatte. Der Hund rollte sich vor ihm auf dem Boden zusammen.

Alfred versuchte Orlas Blick aufzufangen, aber vergeblich. Sie wirkte ruhig, gefaßt, kalt wie der Marmor, auf dem ihre Hände lagen. Wie die anderen vermied sie es, ihn direkt anzusehen. Samah jedoch machte die allgemeine Zurückhaltung mehr als wett.

Alfred sah zu dem Archonten hin und geradewegs in dessen lauernd zusammengekniffene Augen. Rasch wandte er den Blick ab, doch er fühlte die Augen auf sich ruhen.

Versunken in vage Ängste, ohne zu wissen, was genau er eigentlich fürchtete, bemerkte Alfred die Ankunft der Nichtigen erst, als er die Ratsmitglieder an dem langen Tisch flüstern und raunen hörte.

Die Nichtigen traten ein, als wären sie nicht zutiefst beeindruckt von der Pracht und den Wundern, die sie auf dem Weg durch die Stadt geschaut hatten. Das Stimmengemurmel und die gespannte Aufmerksamkeit galt allerdings nur in zweiter Linie den Nichtigen. Die Augen der Sartan waren auf eine Gestalt gerichtet, auf die von blauen Tätowierungen überzogene Haut des Patryns, der als letzter kam und sich in eine schattige Ecke des Saals verfügte.

Haplo war sich bewußt, daß man ihn beobachtete. Er lächelte, verschränkte die Arme und lehnte sich behäbig gegen die Wand. Sein Blick streifte die Ratsmitglieder, blieb kurz an Samah hängen und heftete sich auf eine ganz bestimmte Person.

Alfred schoß das Blut in den Kopf. Er spürte die Hitze, hörte es in den Ohren rauschen und wunderte sich trübe, daß es ihm nicht aus der Nase quoll.

Haplos Lächeln wurde schmal. Er schaute von Alfred zu dem Hund, der unter dem Tisch schlief, ohne zu ahnen, daß sein Herr gekommen war. Dann kehrten die Augen des Patryns zu Alfred zurück.

Noch nicht, sagte Haplo ihm stumm. *Aber warte nur.*

Alfred stöhnte innerlich, er schwitzte und klemmte in Höllenqualen der Verlegenheit die Hände zwischen die angezogenen Knie. Jetzt starrten ihn alle an: Samah. Orla. Ramu. Die übrigen Ratsmitglieder. Er las Geringschätzung, Verachtung in jedem Blick, nur nicht in Orlas. In ihren Augen stand Mitleid. Wäre das Todestor in erreichbarer Nähe gewesen, er hätte sich ohne zu zögern hineingestürzt.

Er schenkte den Vorgängen im Saal keine Beachtung. Nur am Rande nahm er wahr, daß die Menschen einige höfliche Worte äußerten und sich vorstellten. Samah, der sich erhoben hatte, formulierte eine kurze Begrüßung und nannte die Namen der Ratsmitglieder (selbstverständlich nicht ihre Sartannamen).

»Wenn es euch nichts ausmacht«, fügte Samah hinzu, »werde ich mich für die Verhandlungen der Menschensprache bedienen. Sie erscheint mir für derlei am besten geeignet. Selbstverständlich wird man den Elfen und Zwergen übersetzen, was . . .«

»Das ist unnötig«, unterbrach ihn der Elfenkönig in fließendem Phondra. »Wir beherrschen jeder die Sprache der anderen.«

»Wahrhaftig?« Samah zog eine Augenbraue in die Höhe.

Mittlerweile hatte Alfred sich soweit erholt, daß er imstande war, die Nichtigen zu betrachten und darauf zu horchen, was sie sagten. Was er sah und hörte, gefiel ihm. Die beiden Zwerge – Mann und Frau – besaßen den dickköpfigen Stolz und die schlichte Würde ihrer Rasse. Die Menschen – wieder ein Ehepaar – legten mit den lebhaften Gebärden und der schnelleren Rede die typischen Eigenschaften ihres Volkes an den Tag, jedoch gemildert durch Intelligenz und den sprichwörtlichen gesunden Menschenverstand. Der Elf war allein. Er sah blaß aus und bedrückt – erst kürzlich verwitwet, glaubte Alfred aus dem weißen

Gewand des Mannes schließen zu können. Der Elfenkönig strahlte Weisheit aus, sowohl die eines langen Lebens als auch die seines Volkes, angehäuft über die Jahrhunderte – ein kostbares Erbe, dessen die meisten Elfen auf den anderen Welten verlustig gegangen zu sein schienen.

Und die drei unterschiedlichen Rassen waren vereint! Dies war keine hastig geschlossene Allianz nur für den Augenblick, sondern ein seit langem bestehendes Bündnis, das man gehegt und gepflegt hatte, bis es Wurzel faßte und stark und unerschütterlich wurde. Alfred war beeindruckt und nahm als selbstverständlich an, daß es Samah und den übrigen Sartan ebenso erging.

Die Ratsmitglieder, die aufgestanden waren, als ihre Namen genannt wurden, setzten sich wieder.

»Nehmt Platz«, forderte Samah die Nichtigen auf. Er unterstrich seine Worte mit einer einladenden Handbewegung.

Die Nichtigen schauten sich um. Es waren keine Stühle vorhanden.

»Soll das ein Scherz sein?« fragte Dumaka mit gerunzelter Stirn. »Wo sollen wir denn sitzen – auf dem nackten Boden?«

»Was soll das heißen ... Oh, ein Versehen. Ich muß mich entschuldigen«, sagte der Archont, als hätte er seinen Fehler jetzt erst bemerkt.

Er sang einige Runen. Stühle aus massivem Gold materialisierten sich, einer hinter jedem der anwesenden Nichtigen. Der Zwerg, der unvermutet eine Berührung in den Kniekehlen spürte, tat einen erschreckten Sprung. Als er sich umdrehte und einen Stuhl entdeckte, wo zuvor kein Stuhl gewesen war, holte er schnaufend Atem.

Die Menschen waren vorübergehend sprachlos, nur der Elf blieb gelassen. Gleichmütig nahm Eliason auf dem Stuhl Platz, faltete die Hände im Schoß und zog die Beine herauf, wie es Elfensitte war.

Delu folgte seinem Beispiel, ließ sich mit würdevoller Anmut nieder und zog ihren widerstrebenden Gemahl auf den Stuhl neben sich. Dumaka hatte die Hände zu Fäusten geballt, unter der schweißfeuchten Haut traten scharf die Adern hervor.

Yngvar bedachte erst den Stuhl mit einem finsteren Blick, dann den Sartan.

»Ich bleibe stehen«, grollte er.

»Wie's beliebt.« Samah wollte fortfahren, als der Elf ihn unterbrach.

»Wo ist der Stuhl für Haplo? Unseren Freund?«

Eliason nickte zu dem Patryn hin, der immer noch an der Wand lehnte.

»Ihr nennt diesen Mann einen ›Freund‹?« Samahs Stimme hatte einen bedrohlichen Unterton.

Die Nichtigen hörten die Drohung, begriffen jedoch nicht, was es damit auf sich hatte.

»Ja, gewiß ist er unser Freund«, antwortete Delu. »Das heißt«, schränkte sie ein und lächelte Haplo zu, »wir würden uns geehrt fühlen, wenn er sich als unser Freund betrachtete.«

»›Erretter‹ nennt mein Volk ihn«, sagte Eliason ruhig.

Samahs Augen verengten sich zu Schlitzen. Er beugte sich vor, die Hände auf der Tischplatte gefaltet.

»Was wißt Ihr von diesem Mann? Gar nichts, möchte ich wetten. Wißt Ihr zum Beispiel, daß er und sein Volk lange Zeit unsere erbittertsten Feinde gewesen sind?«

»Wir alle waren einst erbitterte Feinde«, bemerkte Yngvar. »Zwerge, Menschen, Elfen. Wir haben Frieden geschlossen. Vielleicht solltet Ihr das auch tun.«

»Wir könnten zwischen Euch vermitteln«, bot Eliason in vollem Ernst an.

Die unerwartete Antwort überraschte Samah derart, daß er vergeblich nach Worten suchte. Alfred unterdrückte ein heftiges Bedürfnis zu applaudieren. Haplo lächelte.

Samah gewann die Fassung zurück. »Verbindlichen Dank für dieses großherzige Angebot, aber die Differenzen, derentwegen eine Versöhnung zwischen seinem und unserem Volk unmöglich ist, übersteigen euer Begriffsvermögen. Hört auf meine Warnung. Dieser Mann bedeutet eine Gefahr für Euch. Er und sein Volk streben nur nach einem, und das ist die absolute Herrschaft über Euch und Eure Welt. Er wird vor nichts haltmachen, um sein Ziel zu erreichen: Hinterlist, Täuschung, Verrat, Lügen. Er wird vorgeben, Eurer Freund zu sein, und sich am Ende als Euer tödlichster Feind entpuppen.«

Dumaka schnellte wütend in die Höhe, doch Eliason kam seinem Zornesausbruch zuvor; seine besonnenen Worte beschwichtigten den aufgebrachten Menschen, wie Öl sturmgepeitschte Wogen glättet.

»Dieser Mann hat unter Einsatz seines Lebens unsere Kinder vor dem sicheren Tod gerettet. Er hat durch Verhandlungen eine friedliche Einigung zwischen uns und den Drachenschlangen bewirkt. Er hat uns sicher in ein Reich geführt, in dem wir hoffentlich eine neue Heimat finden werden. Sind das die Taten eines Feindes?«

»Es sind die Listen eines Feindes«, erwiderte Samah kalt. »Wie dem auch sei, ich will nicht mit Euch streiten. Ich sehe, er hat Euch ganz für sich eingenommen.«

Er sah aus, als wollten die Nichtigen das Wort ergreifen. Der Archont gebot mit einer herrischen Bewegung Schweigen und sprach weiter.

»Ihr seid gekommen, um zu bitten, daß wir unser Reich mit Euch teilen. Wir erfüllen diese Bitte. Man wird Euch gestatten, in die Teile Surunans weiterzuziehen, die für Eure Besiedelung vorgesehen sind. Wir werden Euch eine Regierung geben und Gesetze, nach denen Ihr Euch richten könnt. Wir sind bereit, Euch zu helfen, Eure wirtschaftliche Lage zu verbessern. Wir werden Euch und Eure Kinder bilden und erziehen. All das und mehr sind wir gewillt für Euch zu tun, vorausgesetzt, daß Ihr auch etwas für uns tut.«

Samah warf einen bedeutungsvollen Blick auf Haplo. »Befreit Euch von diesem Mann. Fordert ihn auf zu gehen. Ist er Euer ›Freund‹, wie Ihr behauptet, wird er einsehen, daß wir nur Euer Bestes im Sinn haben und Eurer glücklichen Zukunft nicht im Wege stehen wollen.«

Die Nichtigen starrten den Archonten sprachlos an.

»Euer Bestes!« Dumaka gelang es schließlich, sein Staunen in Worte zu fassen. »Was soll das bedeuten – Euer Bestes?«

»Uns regieren? Gesetze geben?« Yngvar stieß sich mit dem Daumen gegen die Brust. »Zwerge werden von Zwergen regiert, niemand sonst entscheidet über uns – nicht Menschen, nicht Elfen und Ihr auch nicht!«

»Und wenn Ihr noch so viele goldene Stühle aus der Luft zaubern könnt!« fügte Hilda mit Nachdruck hinzu.

»Wir Menschen entscheiden selbst, wer unsere Freunde und wer unsere Feinde sind!« rief Delu leidenschaftlich.

Eliason hob die Hände. »Beruhigt Euch, meine Freunde. Wir hatten uns, wenn ich mich recht erinnere, geeinigt, daß ich für uns alle sprechen sollte?«

Dumaka ließ sich schwer auf seinen Stuhl fallen. »Dann versuch dein Glück«, brummte er.

Der Elfenkönig stand auf, trat einen Schritt vor und verneigte sich formvollendet.

»Wie es scheint, hat sich ein Mißverständnis in diese Unterredung eingeschlichen. Wir sind gekommen, um zu erbitten, daß Ihr unseren Völkern ermöglicht, in Eurem Reich eine neue Heimat zu finden. Surunan hat sicherlich Raum genug für uns alle. Schon ein erster Blick bei der Ankunft hat uns gezeigt, daß ein großer Teil dieses herrlichen Landes verödet. Wir werden es bebauen und Surunan zum Blühen bringen. Euch mangelt es gewiß an manchen Erzeugnissen, mit denen wir Euch beliefern, an Dienstleistungen, die wir erbringen können. Selbstverständlich sind wir gern bereit, Euch in unser Bündnis einzuschließen. Ihr werdet ebenbürtige . . .«

»Ebenbürtig!« Samahs Verblüffung kannte keine Grenzen. »Ihr besitzt die Unverfrorenheit . . .! Wir sind Euch nicht ebenbürtig, wir stehen unerreichbar hoch über Euch! Ich will Zugeständnisse machen, weil Ihr noch wenig über uns wißt . . .«

»Wir wissen genug!« Dumaka hielt es nicht mehr auf seinem Platz, Delu erhob sich mit ihm. »Wir sind in Frieden gekommen, bereit, in Frieden mit Euch zusammenzuleben, als gleichberechtigte Einwohner dieses Landes. Nehmt Ihr unser Angebot an oder nicht?«

»Gleichberechtigt! Mit Nichtigen!« Samah schlug mit der

flachen Hand auf die marmorne Tischplatte. »Allein der Gedanke ist absurd! Verfügt Euch zu Euren Schiffen und sucht ein anderes Land, wo Ihr alle ›gleichberechtigt‹ sein könnt!«

»Ihr wißt sehr gut, daß es kein anders Land gibt«, meinte Eliason ernst. »Unsere Bitte ist vernünftig. Es gibt keinen Grund, weshalb Ihr sie abschlagen solltet. Wir kommen nicht als Eroberer, als Unterdrücker, wir wollen lediglich den Teil des Landes besiedeln, der von Euch nicht genutzt wird.«

»In unseren Augen eine unsinnige, unverschämte Forderung! Wir ›benutzen‹ diese Welt nicht nur – wir haben sie erschaffen! Eure Vorfahren verehrten uns als Götter!«

Die Nichtigen starrten Samah ungläubig an.

Delu faßte sich als erste. »Wenn Ihr uns entschuldigen wollt, möchten wir jetzt gehen«, sagte sie würdevoll.

»Wir verehren einen Gott«, verkündete Yngvar. »Den Einen, der diese Welt erschuf. Den Einen, der die Wellen lenkt.«

Der Eine, der die Wellen lenkt. Alfred, der trübselig auf seinem Stuhl gehockt hatte, ein flammendes Plädoyer auf der Zunge, doch entschlossen zu schweigen, fuhr plötzlich auf, als hätte neben ihm der Blitz eingeschlagen. *Der Eine, der die Wellen lenkt.* Wo hatte er das schon gehört? Welche andere Stimme hatte das gesagt?

Oder etwas ähnliches. Denn es stimmte nicht ganz . . .

Der Eine, der die Wellen lenkt.

Ich bin in einem Raum, an einem Tisch, umgeben von meinen Brüdern und Schwestern. Weißes Licht strahlt über uns, die Atmosphäre ist weihevoll, von tiefem Frieden erfüllt. Ich habe die Antwort! Habe sie gefunden, nach all den Jahren fruchtlosen Suchens. Ich kenne sie jetzt, und auch all die anderen müssen sie kennen. Haplo und ich . . .

Alfreds Blick flog zu dem Patryn. Hatte er gehört? Erinnerte er sich?

Ja! Alfred sah es in Haplos Gesicht – er merkte es an den Augen, die dunkel und mißtrauisch seinen begegneten, an den grimmig zusammengepreßten Lippen, an der Haltung, an den tätowierten Armen. Haplo erinnerte sich an das helle Licht, den Tisch. Er erinnerte sich an die Stimme, den Einen...

Der Eine, der die Welle lenkt!

»Das ist es!« schrie Alfred und sprang auf. »Der Eine, der die Welle lenkt! Haplo, weißt du nicht? In Abarrach? Im Sanktuarium? Das Licht! Die Stimme, die zu uns sprach. Sie war in meinem Herzen, aber ich hörte sie deutlich und du auch. Du mußt dich erinnern! Du hast neben mir...«

Alfred verstummte unter Haplos feindseligem, haßerfülltem Blick. *Ja, ich erinnere mich*, sagte dieser Blick. *Ich kann es nicht vergessen, so sehr ich mich bemühe. Vorher sah ich alles klar vor mir, wußte, was ich wollte und wie ich es kriegen konnte. Du hast das alles zerstört. Deinetwegen habe ich begonnen zu zweifeln. Ich bin mir selbst untreu geworden, ich habe versucht, meinen Gebieter zu hintergehen, der mich liebt wie ein Vater, doch er hat mir die Augen geöffnet, und er hat mir vergeben. Ihr Sartan und eure Taschenspielertricks! Mich könnt ihr nicht mehr täuschen!*

Der Hund fing an zu winseln. Er kam unter dem Tisch hervor, wollte zu seinem Herrn laufen, schaute zu Alfred zurück, verharrte unschlüssig, sah Haplo an. Schließlich beschrieb er einen engen Kreis und kauerte sich bei Alfred nieder.

Alfred legte ihm die Hand auf den Kopf. »Geh schon«, drängte er. »Geh zu ihm.«

Das Tier winselte, tat ein paar Schritte, lief wieder im Kreis und kehrte zu dem Sartan zurück.

»Hund!« kommandierte Haplo scharf.

Obwohl Alfreds ganze Aufmerksamkeit dem Drama zwischen Herr und Hund galt, war er sich daneben unbehaglich Samahs Gegenwart bewußt, der wachsam beobachtete, was sich zwischen ihm und dem Patryn abspielte. Er mußte daran denken, was er eben zu Haplo gesagt hatte und was Samah daraus für Schlüsse ziehen mochte. Noch mehr Fragen, noch mehr Argwohn und Verhöre – er seufzte schwer.

Im Augenblick jedoch war das nicht wichtig. Wichtig waren allein der Hund – und Haplo.

»Geh zu deinem Herrn«, schmeichelte Alfred und gab dem Tier einen aufmunternden Schubs, doch der Hund rührte sich nicht von der Stelle.

Haplo warf Alfred einen furchtbaren Blick zu, der ein Faustschlag gewesen wäre, hätten sie näher beisammengestanden. Er fuhr auf dem Absatz herum und schritt aus der Tür.

»Warte, Haplo!« rief Alfred ihm nach. »Du kannst ihn nicht zurücklassen! Und du« – wandte er sich an den Hund – »du kannst ihn nicht gehen lassen.«

Aber das Tier regte sich nicht, und Haplo blieb nicht stehen.

»Sie müssen wieder zusammenkommen!« sagte Alfred zu sich selbst, während er das sichtlich bekümmerte Tier streichelte. »Und zwar bald. Die Erinnerung an den Hund ist wiedergekehrt, und er will ihn zurückhaben – ein gutes Zeichen. Sollte Haplo je völlig vergessen...« Er seufzte und schüttelte düster den Kopf.

Die Nichtigen schickten sich an, hinter dem Patryn den Saal zu verlassen.

Samah starrte sie mit funkelnden Augen der Reihe nach an. »Wenn Ihr jetzt geht, wenn Ihr Eurem ›Freund‹ nachlauft, ist Euch die Rückkehr für immer verwehrt.«

Eliason redete halblaut auf die anderen ein. Dumaka rief zornig: »Nein!«, aber seine Frau legte ihm begütigend die Hand auf den Arm. »Mir paßt das nicht«, hörte man Yngvar murmeln. Seine Frau sagte: »Wir haben keine andere Wahl.« Eliason musterte sie alle mit einem letzten, fragenden Blick. Dumaka wandte sich ab, Delu nickte stumm.

Eliason drehte sich zu dem Archonten herum. »Wir nehmen Euer Angebot an. Wir akzeptieren all Eure Bedingungen, mit einer Ausnahme. Dieser Mann, unseren Freund, werden wir unter keinen Umständen aus unserer Mitte verstoßen.«

Samah hob eine Augenbraue. »Dann sind unsere Verhandlungen an einem toten Punkt angelangt. Wir werden Euch nicht gestatten, einen Fuß in dieses Land zu setzen, solange Ihr einem Patryn Unterschlupf gewährt.«

»Das kannst du nicht ernst meinen!« rief Alfred laut und vergaß vor Bestürzung seinen Vorsatz, sich nicht einzumischen. »Sie haben sämtliche andere Bedingungen angenommen . . .«

Samah betrachtete ihn kalt. »Du bist kein Mitglied des Rats, Bruder. Es steht dir nicht an, dich in unsere Belange einzumischen.«

Alfred wurde blaß, kaute an seiner Unterlippe und verfiel erneut in Schweigen.

»Und wohin sollen wir gehen?« verlangte Dumaka zu wissen.

»Fragt Eure Freunde«, höhnte Samah. »Den Patryn und die Drachenschlangen.«

»Ihr verurteilt uns zum Tode«, sagte Eliason ruhig. »Und vielleicht verurteilt Ihr Euch selbst. Wir kamen in Frieden und Freundschaft und mit einer vernünftigen, erfüllbaren Bitte. In Erwiderung dessen wurden wir gedemütigt und behandelt wie unmündige Kinder. Unsere Völker sind friedfertig. Ich hätte nie geglaubt, bevor wir herkamen, daß ich je die Anwendung von Gewalt befürworten würde. Aber jetzt . . .«

»Ah, nun ist es endlich heraus.« Samah lachte kalt. »Das war von Anfang an Eure Absicht, nicht wahr? Ihr und der Patryn habt alles geplant – Krieg. Ihr wollt uns vernichten. Nun gut. Dann sollt Ihr Euren Krieg haben. Mit etwas Glück lebt Ihr vielleicht lange genug, um es zu bereuen.«

Der Archont sprach die Runen. Sigel materialisierten sich in der Luft, versprühten zischend rotes und gelbes Feuer und barsten schließlich mit einem gewaltigen Donnerschlag. Ein Hitzeschwall fegte über die Nichtigen hinweg; von gleißender Helle geblendet, schlossen sie die Augen und hielten sich aneinander fest, um nicht von der Druckwelle zu Boden geschleudert zu werden.

Ebenso plötzlich, wie es begonnen hatte, war es vorbei. Stille senkte sich über den Ratssaal. Benommen und erschüttert von dieser Probe ungeheurer magischer Kräfte, die ihr Vorstellungsvermögen weit überstiegen, hielten die Nichtigen nach dem Archonten Ausschau.

Samah war verschwunden.

Erschreckt marschierten die Nichtigen hinaus.

»Er meint das nicht ernst, oder doch?« wandte Alfred sich an Orla. »Er kann es nicht ernst meinen – Krieg führen gegen jene, die schwächer sind als wir, die zu beschützen unsere Aufgabe ist? Nie zuvor ist etwas derart Ungeheuerliches vorgekommen. Nie zuvor in unserer gesamten Geschichte. Er kann es nicht ernst meinen!«

Orla sah an ihm vorbei, als hätte sie nichts gehört. Sie streifte die hinausgehenden Nichtigen mit einem flüchtigen Blick, dann verließ sie den Saal, ohne Alfred eine Antwort gegeben zu haben.

Er brauchte keine Antwort. Er wußte sie bereits. Er hatte den Ausdruck auf Samahs Gesicht gesehen, als der Archont seinen dramatischen Abgang inszenierte.

Der Gesichtsausdruck war Alfred vertraut. Er hatte ihn selbst unzählige Male auf den eigenen Zügen gespürt, ihn im Spiegel seiner eigenen Seele wahrgenommen.

Es war Angst.

Kapitel 28

Nahe Draknor, Chelestra

»Unsere Eltern sind zurück.« Grundel drückte sich so geräuschlos wie einem Zwerg nur möglich in die kleine Kabine, die Alake mit ihren Eltern teilte. »Und sie sehen nicht besonders glücklich aus.«

Alake seufzte.

»Wir müssen wissen, was bei den Verhandlungen herausgekommen ist«, sagte Devon. »Werden sie hierherkommen?«

»Nein, sie sind in Eliasons Kabine, gleich nebenan.« Grundel neigte den Kopf zur Seite. »Man kann sie reden hören.«

Alle drei legten die Ohren an die Trennwand. Tatsächlich waren Stimmen zu vernehmen, aber nur gedämpft, und man konnte nicht verstehen, was gesprochen wurde.

Grundel deutete auf ein winziges Astloch.

Alake begriff, streckte die Hand aus, strich mit den Fingerspitzen am Rand der Öffnung entlang und flüsterte etwas. Langsam, fast unmerklich vergrößerte sich das Loch, Alake spähte hindurch, dann winkte sie ihren Mitverschworenen.

»Wir haben Glück. Einer von Mutters federbesetzten Runenstäben steht genau davor.«

Die drei steckten die Köpfe zusammen und lauschten gespannt.

»Ich habe nie zuvor solche Magie erlebt.« Delus Stimme klang niedergeschlagen. »Wie sollen wir dagegen ankämpfen?«

»Das wissen wir erst, wenn wir's versucht haben«, sagte ihr Mann. »Und ich bin dafür, daß wir's versuchen. Zu einem Hund würde ich nicht sprechen, wie diese Sartan zu uns gesprochen haben.«

»Wir sind vor eine schwere Wahl gestellt«, bemerkte Eliason.

»Es ist ihr Land. Die Sartan haben das Recht, uns den Zugang zu ihrem Reich zu verwehren. Andererseits verurteilen sie damit unsere Völker zum Untergang, und mir scheint, das Leben von so vielen wiegt schwerer als der noch so berechtigte Alleinanspruch auf ein Stück Land. Ich will nicht Krieg führen, doch ebensowenig kann ich tatenlos zusehen, wie mein Volk stirbt.«

»Und du, Yngvar«, fragte Haplo. »Was denkst du?«

Der Zwerg ließ sich Zeit mit seiner Antwort. Grundel schob die anderen beiden weg, stellte sich auf die Zehenspitzen und legt das Auge an das Astloch. Das zerfurchte Gesicht ihres Vaters war ernst. Er schüttelte den Kopf. »Mein Volk ist tapfer. Wir kämpfen gegen jeden Menschen oder Elfen. Wir sind keine Feiglinge.«

Yngvar warf herausfordernde Blicke in die Runde, als solle nur jemand es wagen, eine solche Verleumdung vorzubringen! Dann ließ er die Schultern sinken und seufzte. »Aber gegen Magie, wie wir sie heute gesehen haben? Ich weiß es nicht. Ich weiß es wirklich nicht.«

»Ihre magischen Kräfte brauchen euch nicht zu kümmern«, warf Haplo ein.

Sie starrten ihn an.

»Ich habe einen Plan. Es gibt eine Möglichkeit. Sonst hätte ich euch nicht hergeführt.«

»Du – wußtest, was uns hier erwartet?« Dumaka zog mißtrauisch die Brauen zusammen. »Wie?«

»Ich habe es euch gesagt. Mein Volk und ihres sind sich ähnlich.« Er zeigte auf die Tätowierungen an seinem Körper. »Das ist meine Magie. Wird meine Haut naß, wirkt sie nicht mehr. Ich bin hilflos, hilfloser als einer von euch. Frag deine Tochter, Yngvar, sie hat mich gesehen. Sie weiß es. Und genauso ergeht es Sartan.«

»Ja und?« flüsterte Grundel unwirsch. »Sollen wir vielleicht eine Eimerkette bis zur Stadt bilden?«

Devon gab ihr einen Stoß. »Leise!«

Aber die Erwachsenen schienen nicht weniger erstaunt zu sein. »Ganz einfach. Wir überfluten die Stadt mit Meerwasser«, erklärte Haplo.

Vor und hinter der Wand brauchte man etwas Zeit, um den eigenwilligen Vorschlag zu verdauen. Es klang viel zu einfach. Irgendwo mußte ein Haken sein. Jeder drehte und wendete die Idee in Gedanken hin und her, doch allmählich trat ein Leuchten in Augen, die eben noch glanzlos und stumpf gewesen waren.

»Das Wasser schadet ihnen nicht?« wollte Eliason besorgt wissen. »Nicht mehr als mir«, antwortete Haplo. »Das Wasser macht uns alle gleich. Und es wird kein Blut vergossen.«

»Es sieht fast aus, als wäre das die Lösung«, meinte Delu zögernd.

»Aber die Sartan brauchen nichts weiter zu tun, als dafür zu sorgen, daß sie nicht naß werden«, gab Hilda zu bedenken. »Mächtig wie sie sind, wird ihnen das nicht schwerfallen.«

»Natürlich können die Sartan vor dem eindringenden Wasser fliehen, auf die Hausdächer zum Beispiel, wo sie dann sitzen wie Hühner auf der Stange. Aber sie können nicht ewig da oben bleiben. Das Wasser steigt höher und höher. Über kurz oder lang steht es ihnen buchstäblich bis zum Hals, und sie sind hilflos. Ihr erobert Surunan, ohne einen einzigen Pfeil abgeschossen oder auch nur die einmal die Axt geschwungen zu haben.«

»Aber wir können nicht leben, wo alles unter Wasser steht«, protestierte Yngvar. »Sobald alles wieder trocken ist, kehrt auch die Magie der Sartan zurück, oder nicht?«

»Ja, doch bis dahin wird ein Führungswechsel bei ihnen stattgefunden haben. Er weiß es noch nicht, aber der Archont, den ihr heute kennengelernt habt, wird eine Reise unternehmen.« Haplo lächelte. »Ich bin sicher, ihr werdet feststellen, daß es sich erheblich leichter verhandelt, wenn er fort ist. Besonders wenn ihr anklingen laßt, daß es in eurer Macht steht, jederzeit wieder die Stadt unter Wasser zu setzen.«

»Und stimmt das?« Delu konnte es nicht glauben. »Steht es in unserer Macht?«

»Selbstverständlich. Ihr braucht nur die Drachenschlangen zu bitten. Nein, nein, wartet! Laßt mich ausreden. Die Drachenschlangen bohren Tunnel in die Felsensockel. Wasser strömt hinein, und sobald die Sartan sich ergeben, bewirken die Schlangen, daß das Wasser abfließt. Mittels ihrer Magie errichten sie Tore am Eingang der Tunnel, die geöffnet werden können, sollten die Sartan von der ersten Lektion nicht überzeugt worden sein. Aber wie schon gesagt, ich glaube, sie werden euren Forderungen bei der nächsten Unterredung ein sehr viel geneigteres Ohr leihen.«

Grundel hatte die Stirn in Falten gelegt, man sah ihr an, wie sie Haplos Plan von allen Seiten überprüfte, aber keine Schwachstelle finden konnte.

»Ich werde mit den Drachenschlangen reden«, machte Haplo sich erbötig. »Wenn ihr mir eins eurer kleinen Boote leiht, fahre ich nach Draknor – damit sie nicht wieder an Bord dieses Schiffes kommen«, fügte er hastig hinzu, als er sah, wie die Gesichter ringsum erbleichten.

Alake strahlte.

»Ein großartiger Plan! Keinem passiert etwas. Und du hast gedacht, er würde mit den Drachenschlangen unter einer Decke stecken.« Sie sah Grundel vorwurfsvoll an.

»Pst!« Das Zwergenmädchen kniff sie in den Arm.

Die Mienen von Elfen, Menschen und Zwergen hatten sich aufgehellt, man schöpfte Hoffnung.

»Wir werden es den Sartan vergelten«, meinte Eliason. »Sie kennen uns nicht, deshalb sind wir nicht übereingekommen. Wenn sie sehen, daß wir lediglich in Frieden leben und arbeiten wollen und nicht die mindeste Absicht haben, etwa die Herrschaft an uns zu reißen, werden sie uns gerne erlauben zu bleiben.«

»*Ohne* ihre Gesetze und *ohne* daß wir sie anbeten«, sagte Dumaka grimmig.

Die anderen nickten. Das Gespräch wandte sich dem künftigen Leben in Surunan zu, wer sich wo niederlassen würde und was man für Pläne hatte. Grundel war das alles nicht neu; während der gesamten Reise hatte man kaum über etwas anderes gesprochen.

»Das war's«, sagte sie. »Mach das zu. Ich habe selbst einen Plan.«

Alake raunte einen Spruch, und das Astloch war kaum noch zu sehen. Sie und Devon schauten ihre Freundin erwartungsvoll an.

»Das ist unsere Chance!« verkündete das Zwergenmädchen.

»Chance wofür?« fragte Devon.

»Die Chance, herauszufinden, was wirklich los ist.« Sie sprach mit gedämpfter Stimme und warf ihren Gefährten einen vielsagenden Blick zu.

»Du meinst . . .« Alake versagte die Stimme.

»Wir folgen Haplo.« Grundel nickte entschieden. »Wir finden die Wahrheit über ihn heraus. Er könnte in Gefahr sein«, fügte sie hastig hinzu, als sie das zornige Aufblitzen in Alakes Augen bemerkte. »Weißt du noch?«

»Das ist der einzige Grund, weshalb ich in den Plan einwillige«, meinte Alake erhaben. »Der einzige Grund, weshalb ich mitgehe.«

»Da von Gefahr die Rede ist«, warf Devon sachlich ein, »was ist mit den Drachenschlangen? Als damals eine auf dem Schiff war, haben wir uns nicht einmal auf die Brücke getraut.«

»Du hast recht.« Grundel schob die Unterlippe vor. »Wir waren alle halbtot vor Angst. Ich konnte mich nicht rühren, als Haplo zum Ruderstand ging. Und ihr wart auch ziemlich blaß um die Nase.«

»Und *die* Drachenschlange war nicht einmal wirklich«, gab Alake zu bedenken. » Nur ein Trugbild oder so etwas.«

»Sobald wir ihnen in die Nähe kommen, werden unsere Zähne so laut klappern, daß wir nicht verstehen können, was sie sagen.«

»Wenigstens sind wir nicht ganz wehrlos«, meinte Devon. »Ich bin inzwischen ein leidlicher Bogenschütze . . .«

Grundel schniefte. »Pfeile richten nichts gegen die Biester aus. Stimmt's, Alake?«

»Was? Entschuldige, ich war in Gedanken. Du hast von Magie gesprochen – ich habe an meinen Beschwörungen gearbeitet und zwei neue Schutzzauber gelernt. Sie sind geheim, also kann ich euch nichts darüber sagen, aber gegen meinen Lehrer haben sie bestens funktioniert.«

»Ja, ich hab' ihn gesehen. Ist sein Haar schon nachgewachsen?«

»Wie kannst du es wagen, mir nachzuspionieren, kleines Luder!«

»Hab' ich gar nicht. Als ob mich das interessierte! Ich ging an der Tür vorbei, als ich ein Geräusch hörte und Qualm roch. Natürlich dachte ich, an Bord wäre Feuer ausgebrochen, also schaute ich durchs Schlüsselloch . . .«

»Ah! Jetzt hast du's zugegeben!«

»Die Drachenschlangen«, warf Devon mit elfentypischer Diplomatie ein. »Um die geht's. Schon vergessen?«

»Von wegen vergessen! Aber ich wüßte gerne, was uns die phantastischen magischen Pfeile oder magischen Sprüche nützen sollen, wenn unsere Knie zu weich sind, um nahe genug an die verflixten Biester heranzukommen.«

»Sie hat nicht unrecht, fürchte ich.« Devon seufzte.

»Und Alake hat eine Idee.« Grundel beäugte ihre Freundin erwartungsvoll. »Stimmt's?«

»Vielleicht. Es ist etwas, das wir nicht tun sollten. Wir könnten in gewaltige Schwierigkeiten geraten.«

»Na und?« wischten Grundel und Devon diesen kleinmütigen Einwand beiseite.

Alake schaute sich nach allen Seiten um, obwohl sich außer ihnen niemand in der kleinen Kabine befand. Dann winkte sie die beiden heran und beugte sich verschwörerisch vor.

»Ich habe meinen Vater erzählen gehört, daß in der alten Zeit, als die Stämme noch miteinander in Fehde lagen, manche Krieger eine Pflanze kauten, die ihnen die Angst nahm. Mein Vater hat nie Gebrauch davon gemacht. Er behauptete,

Angst sei eines Kriegers beste Waffe im Kampf, sie schärft seine Instinkte . . .«

»Pah! Wenn dein Inneres Anstalten macht, sich jeden Moment nach außen zu stülpen, ist es ziemlich egal, wie scharf deine Instinkte sind.«

»Grundel, sei still!« Devon drückte ihr die Hand. »Laß Alake zu Ende reden.«

»Ich wollte sagen, bevor man mich unterbrochen hat, daß wir in diesem Fall keine besonders scharfen Instinkte brauchen, weil wir ja nicht vorhaben zu kämpfen. Wir wollen die Drachenschlangen nur belauschen, hören, was sie mit Haplo zu reden haben, und möglichst unbemerkt wieder verschwinden. Das Kraut würde es uns leichter machen.«

»Ist es Magie?« fragte Grundel mißtrauisch.

»Nein. Eine ganz normale Pflanze. Man braucht sie nur zu kauen.«

Das Trio schaute sich an.

»Was meinst du?«

»Ich find's gut.«

»Alake, kannst du etwas davon beschaffen?«

»Ja, die Kräuterfrau hat einen Vorrat mitgebracht. Sie dachte, jemand könnte danach fragen, falls es tatsächlich zum Krieg käme.«

»Nun gut. Alake besorgt das Zeug. Wie heißt es?«

»Mutkraut.«

»Igitt.« Grundel verzog das Gesicht. »Hoffentlich . . .«

Stimmen auf dem Gang unterbrachen sie. Die Beratung war zu Ende.

»Wann brichst du auf, Haplo?« Dumakas sonore Stimme tönte laut und klar durch die geschlossene Tür.

»Heute abend.«

Die drei Verschwörer wechselten Blicke.

»Kannst du das Kraut bis dahin haben?« flüsterte Devon.

Alake nickte.

»Also gut. Es ist abgemacht. Wir gehen.« Grundel streckte die Hand aus.

Devon legte seine Hand auf die ihre, Alake umfaßte beide.

»Wir gehen«, wiederholten sie nacheinander feierlich.

Den Rest des Tages ließ Haplo sich scheinbar höchst interessiert die Besonderheiten und Handhabung eines der kleinen Zweimanntauchboote erklären, mit denen die Menschen und Elfen zum Fischen hinausfuhren. Er schaute sich alles genau an, stellte Fragen – viel mehr, als nötig gewesen wären, um das Schiffchen die kurze Strecke nach Draknor zu fahren. Sein Verhalten erregte den Argwohn der Zwerge, aber da er mit Lob nicht sparte, hatte er Mannschaft und Kapitän bald soweit, daß sie nach Dingen suchten, mit denen sie ihn beeindrucken konnten.

»Das kleine Schmuckstück ist für meine Zwecke bestens geeignet«, bemerkte Haplo schließlich und schaute sich zufrieden um.

»Sicher ist es das«, brummte der Kapitän. »Ihr segelt ja man bloß nach Draknor und nicht um die ganze Welt.«

Haplo lächelte versonnen. »Du hast recht, Freund. Ich habe nicht vor, die ganze Welt zu umsegeln.«

Er hatte die Absicht, sie zu verlassen. Sobald die Drachenschlangen die Stadt unter Wasser setzten, wollte er Samah gefangennehmen. Dieses Schiff sollte ihn und den Archonten durch das Tor des Todes bringen. »Ich werde die schützenden Runen innen anbringen statt außen«, sagte er zu sich selbst, nachdem er in seine Kabine zurückgekehrt war. »Dann kann das Meerwasser ihnen nichts anhaben.«

Er schnippte mit den Fingern. »Da fällt mir ein – ich sollte eine Probe des Wassers mitnehmen, damit der Fürst sie untersuchen kann und prüfen, ob sich die negative Wirkung auf unsere Magie nicht irgendwie aufheben läßt. Und möglicherweise findet er heraus, wie diese merkwürdige Flüssigkeit überhaupt entstanden ist. Ich bezweifle, daß die Sartan sie geschaffen haben . . .

Auf dem Gang vor seiner Kabinentür gab es ein Geräusch.

»Grundel«, mutmaßte er und schüttelte den Kopf.

Er hatte gemerkt, daß sie ihm den ganzen Tag gefolgt war. Ihre schweren Schritte in den noch schwereren Stiefeln, ihr Prusten und Schnaufen hätten einen blinden und tauben Mann aufmerksam gemacht. Der Patryn fragte sich, was sie jetzt wieder im Schilde führen mochte, ein anderer Gedanke beschäftigte ihn viel mehr.

Der Hund. Früher *sein* Hund. Jetzt offenbar Alfreds Gefährte.

Haplo nahm zwei Dolche, ein Geschenk Dumakas, legte sie aufs Bett und musterte sie kritisch. Gute Waffen, ausgezeichnete Arbeit. Er konzentrierte sich auf seine Magie, die verschlungenen Tätowierungen auf seiner Haut begannen zu leuchten, erst blau, dann rot. Unter der Spitze seines Zeigefingers schlug das Metall zischend Blasen, ein dünner Rauchfaden kräuselte sich empor. Todesrunen erschienen auf der Klinge.

»Soll der Köter doch machen, was er will.« Haplo verwendete große Sorgfalt auf das Zeichnen der Runen, von denen vielleicht einmal sein Leben abhing, aber das Muster war ihm so vertraut, daß er nebenher seinen Gedanken freien Lauf lassen konnte. »Ich bin lange ohne das dumme Tier ausgekommen, weshalb jetzt nicht wieder? Zugegeben, er ist damals zur rechten Zeit aufgetaucht, aber ich brauche ihn nicht. Ich will ihn nicht wiederhaben. Jetzt nicht mehr, seit er bei einem Sartan gewesen ist.«

Das Muster auf einer Seite der Klinge war vollendet. Haplo richtete sich auf und studierte es sorgfältig, um nicht den kleinsten Fehler, die geringste Unregelmäßigkeit zu übersehen. Er rechnete nicht damit, welche zu finden, er verstand sein Handwerk.

Sein Handwerk – töten, lügen, betrügen. Er verstand sogar sie Kunst, sich selbst zu belügen – wenigstens früher einmal. Da hatte er seine eigenen Lügen sogar geglaubt. Warum konnte er es heute nicht mehr?

»Weil du schwach bist.« Er lachte höhnisch auf. »Das würde mein Gebieter sagen. Und er hätte recht. Sich Gedanken machen um einen Hund. Um Nichtige. Um eine Frau, die mich vor langer Zeit verlassen hat. Um ein Kind, das vielleicht im Labyrinth gefangen ist. Ein Kind! Und mir fehlt der Mut zurückzukehren und nach ihm zu suchen – und nach der Mutter!«

Ein Fehler. Ein mißratenes, unvollständiges Sigel. Damit

taugte das ganze Muster nicht. Haplo fluchte heftig und fegte die Dolche vom Bett.

Der furchtlose Patryn, der kühn der Gefahr ins Auge blickte, bei der Durchquerung des Todestores und gefahrvollen Expeditionen in unbekannte Welten bedenkenlos sein Leben aufs Spiel setzte.

Weil ich Angst habe, in die Welt zurückzukehren, die ich kenne. Das ist der wirkliche Grund. Ich war bereit aufzugeben und zu sterben, damals, im Labyrinth.* Ich konnte die Einsamkeit nicht mehr ertragen, die ständige Angst.

Dann war der Hund gekommen.

Und jetzt hatte er den Hund wieder verloren.

Alfred. Es war alles Alfreds Schuld.

Ein lautes Pochen, als ginge jemand mit schweren Schritten hin und her, ertönte von draußen. Offenbar fing Grundel an, sich zu langweilen.

Mit zusammengepreßten Lippen bückte sich der Patryn nach den Waffen, hob sie auf und legte sie wieder vor sich aufs Bett. Vermasselt. Er hatte sich nicht mehr in der Gewalt.

Sollte Alfred den Köter behalten und selig damit werden.

Haplo begann noch einmal von vorn und widmete der Arbeit diesmal seine volle, ungeteilte Aufmerksamkeit. Endlich zeichnete er das letzte Sigel und begutachtete sein Werk. Kein Fehler, das komplizierte Muster war perfekt. Er wandte sich dem zweiten Dolch zu.

Anschließend wickelte er die beiden Runendolche fest und sicher in ein Wachstuch. Das Material war absolut wasserdicht, er hatte es ausprobiert. Die Umhüllung sollte die Dolche schützen, *ihre* Magie erhalten, für den Fall, daß irgend etwas geschah und er die seine verlor.

Nicht daß er mit Schwierigkeiten rechnete, aber es konnte nie schaden, aufs Schlimmste vorbereitet zu sein. Um ehrlich zu sein, traute er den Drachenschlangen nicht, obwohl es keinen vernünftigen Grund für seine Skepsis gab. Vielleicht

* Anspielung auf Haplos Kampf mit den Chaodyn, nachzulesen im ›Himmelsstürmer‹, *Die Vergessenen Reiche*, Band 1, Bastei-Lubbe 28 198.

wußte sein Instinkt etwas, das sein Gehirn nicht wußte. Im Labyrinth hatte er gelernt, seinem Instinkt zu vertrauen.

Haplo ging zur Tür und riß sie auf.

Grundel verlor das Gleichgewicht und fiel über die Schwelle. Verdutzt raffte sie sich auf, schüttelte ihren Rock aus und bedachte Haplo mit einem schrägen Blick.

»Solltest du dich nicht allmählich auf den Weg machen?« fragte sie unfreundlich.

»Hatte ich auch vor«, antwortete er mit seinem stillen Lächeln.

Er schob das Wachstuchbündel hinter den Gürtel und verbarg es unter den bauschigen Hemdfalten.

»Zeit wird's!« knurrte Grundel und stapfte davon.

Am Nachmittag suchte Alake die Kräuterfrau auf, um dort über Schluckbeschwerden und Hustenreiz zu klagen. Während die alte Dame sich beim Kamille- und Pfefferminzeabwiegen über die Leichtfertigkeit der heutigen Jugend verbreitete und den Mangel an Respekt vor traditionellen Werten, gelang es Alake, einige Blätter von dem Mutkraut zu stibitzen, das in einem Tontopf wuchs.

Die Hand mit den Blättern hinter dem Rücken verborgen, nahm Alake den Tee entgegen und lauschte aufmerksam den Instruktionen, daß ein erster Becher sofort und heiß getrunken werden müsse, ein zweiter unmittelbar vor dem Zubettgehen.

Sie versprach heiser und schniefend, den Anweisungen genau zu folgen. Beim Gehen steckte sie die Mutkrautblätter zu der Teemischung in die Tüte und kehrte hastig in ihre Kabine zurück.

Abends trafen sich Devon und Grundel bei Lake.

»Er ist weg«, berichtete Grundel. »Ich sah ihn an Bord des Tauchboots gehen. Ein komischer Kauz. In seiner Kabine hat er Selbstgespräche geführt. Ich konnte nicht viel verstehen, aber er hörte sich ziemlich aufgeregt an. Wißt ihr, ich glaube, er kommt nicht zurück.«

Alake zog die Augenbrauen in die Höhe. »Sei nicht

albern. Natürlich kommt er zurück. Wohin sollte er sonst gehen?«

»Vielleicht dahin zurück, wo er hergekommen ist?«

»Unsinn. Immerhin hat er versprochen, unserem Volk zu helfen. Er würde uns nicht einfach im Stich lassen.«

»Wie kommst du darauf, Grundel?« fragte Devon.

»Ich weiß es nicht«, erwiderte das Zwergenmädchen ungewohnt ernst und nachdenklich. »Etwas in seinem Blick . . .« Sie seufzte bedrückt.

»Wir werden es bald genug herausfinden«, prophezeite der Elf. »Hast du die Kräuter?«

Alake nickte und reichte jedem ein Blatt. Grundel betrachtete das graugrüne Ding angewidert*, schnupperte daran und mußte niesen. Kurz entschlossen hielt sie sich die Nase zu, steckte es in den Mund, kaute rasch und schluckte.

Devon leckte an dem Blatt, dann knabberte er vorsichtig daran.

»Du siehst aus wie ein Kaninchen.« Grundel lachte nervös. Alake legte sich das Blatt feierlich auf die Zunge, schloß die Augen und betete stumm, bevor sie kaute und es hinunterschluckte.

Anschließend saßen alle drei still da, sahen sich an und warteten darauf, daß die Angst verging.

* Zwerge haben nichts übrig für ›Grünzeug‹. Kartoffeln, Mohrrüben und Zwiebeln sind die einzigen Gemüse auf ihrem Speiseplan.

Kapitel 29

Draknor, Chelestra

»He, ihr da! Wohin wollt ihr mit dem Boot?«

Der Zwergenmatrose, scheinbar aus dem Nichts aufgetaucht, sah die jungen Leute mißtrauisch an.

»Du sprichst zu der Tochter eines königlichen Häuptlings«, sagte Alake und richtete sich hoheitsvoll auf. »Und zur Tochter deines Königs.«

»Stimmt.« Grundel trat vor, die Fäuste in die Hüften gestemmt.

Der verblüffte Matrose riß sich die speckige Mütze vom Kopf und vollführte einen tiefen Diener. »Entschuldigung, Fräulein, aber ich habe den Befehl, auf die Boote hier aufzupassen. Niemand nicht darf eines davon nehmen, ohne Erlaubnis vom Herrn König.«

»Ich weiß«, schnappte Grundel. »Und wir haben eine Erlaubnis. Zeig sie ihm, Alake.«

»Was?« Alake starrte sie an.

»Zeig ihm das Schreiben meines Vaters.« Grundel blinzelte bedeutungsvoll und zeigte mit dem Kinn auf den Beutel, der an einem geflochtenen Gürtel um Alakes Taille hing.

Die oberen Ränder mehrerer kleiner Pergamentrollen lugten heraus.

Alake stieg das Blut in die Wangen, sie kniff die Augen zusammen. »Das sind meine Zaubersprüche!« formte sie stumm mit den Lippen. »Ich denke nicht daran, sie jemandem zu zeigen.«

»Frauen.« Devon nahm den Matrosen beim Arm und drehte ihn zu sich herum. »Nie wissen sie, was sie alles in ihren Taschen haben.«

»Stell dich nicht an!« flüsterte Grundel hinter dem Rücken des Zwergs. »Er kann doch nicht lesen!«

Alake funkelte sie an.

»Mach schon! Wir haben nicht viel Zeit! Haplo hat bestimmt schon einen Riesenvorsprung.«

Alake seufzte. Sie griff in den Beutel und zog eine der Schriftrollen hervor.

»Genügt das?« fragte sie, entrollte den Pergamentstreifen, hielt ihn den Matrosen unter die Nase und zog ihn sofort wieder zurück, kaum daß er einen Blick darauf werfen konnte.

»Ich – ich glaube schon.« Er kratzte sich am Kopf. »Trotzdem sollte ich zur Sicherheit noch beim Herrn König nachfragen. Es macht euch doch nichts aus zu warten, oder?«

»Nein, nein. Geh nur. Laß dir Zeit«, meinte Grundel gönnerhaft.

Der Matrose setzte sich in Bewegung. Kaum hatte er den Rücken gekehrt, schlüpften die drei durch eine Luke ins Schiff und von dort in das kleine Tauchboot, das sich an die Flanke des Sonnenjägers schmiegte wie ein junger Delphin an seine Mutter. Grundel schloß beide Luken und legte ab.

»Kannst du auch wirklich mit diesem Ding umgehen?« Alake hatte für Technik etwa soviel übrig wie Grundel für Magie.

»Klar«, antwortete Grundel prompt. »Ihr seid nicht alleine fleißig gewesen. Ich dachte, falls wir je die Gelegenheit haben sollten, den Drachenschlangen nachzuspionieren, würden wir ein Boot nötig haben.«

»Sehr klug«, lobte Alake großmütig.

Die Wasser um Draknor waren dunkel und trübe wie sonst nirgends im Segensmeer.

»Als schwämme man durch Blut«, bemerkte Devon, der an einem Bullauge nach Haplos kleinem Boot Ausschau hielt.

Die beiden Mädchen stimmten gleichmütig zu. Das Mutkraut wurde seinem Namen und Ruf gerecht. Sie verspürten nicht die leiseste Angst.

»Wo steckt er bloß?« wunderte Alake sich beunruhigt. »Er kann doch nicht spurlos verschwunden sein.«

»Ich hab's dir gesagt«, meinte Grundel. »Er kommt nicht zurück. Vermutlich hat er das Boot so hergerichtet, daß er eine Zeitlang darin leben kann . . .«

»Da ist er«, rief Devon und streckte die Hand aus.

Haplos Tauchboot war leicht zu identifizieren: es gehörte Yngvar und trug das königliche Wappen.

In der Annahme, daß Haplo sich auskannte – weder Grundel noch Alake, noch Devon waren in die Geheimnisse der Navigation im Segensmeer eingeweiht worden* –, schwenkten sie auf seinen Kurs ein.

»Er wird uns bemerken. Grundel, bleib weiter zurück«, sagte Alake besorgt. »Pah! In dieser Suppe kann er uns nicht sehen. Nicht einmal, wenn wir an seinem . . .«

». . . Heck«, warf Devon hastig ein.

». . . klebten«, vollendete Grundel. Sie steuerte, Alake und Devon schauten ihr von hinten über die Schulter. Das Mutkraut hatte inzwischen seine volle Wirkung entfaltet, sie fühlten sich angenehm kribbelig und aufgeregt, aber nicht ängstlich. Plötzlich jedoch fuhr Grundel mit erschrecktem Gesicht zu ihren Freunden herum.

»Mir ist gerade etwas eingefallen!«

»Paß auf, wo du hinsteuerst!«

»Wißt ihr noch, wie die Drachenschlange auf unserem Schiff damals mit Haplo gesprochen hat?«

* Töne sind die verläßlichste Art der Navigation im Segensmeer. Schiffsführer verstehen sich die unterschiedlichen, prägnanten Geräusche der im Wasser treibende Meermonde (Durnai) zunutze zu machen. Die Geräusche werden von ›Elfenohren‹ aufgefangen (von Magiern der Elfen entwickelte Geräte) und durch ein Rohr an den Kapitän weitergeleitet, der nach Richtung und Stärke der Töne die Position des Schiffes bestimmt.

Leider sind die Kapitäne ausschließlich mit den Gegebenheiten ihrer Heimatgewässer vertraut und haben außerhalb dieser keine andere Wahl, als sich der Führung der Drachenschlangen anzuvertrauen.

Beide nickten.

»In *seiner* Sprache, und wir haben kein Wort verstanden!«

»Liebe Güte.« Alake ließ den Kopf hängen. »Daran habe ich gar nicht gedacht.«

»Was tun wir also?« fragte Grundel niedergeschlagen, ihre Abenteuerlust war verflogen. »Umkehren?«

»Nein«, sagte Devon entschieden. »Auch wenn wir nicht verstehen, was sie sagen, wird es doch ganz aufschlußreich sein, sie zu belauschen. Außerdem ist Haplo womöglich in Gefahr. Er braucht vielleicht unsere Hilfe.«

»Und vielleicht wachsen meine Backenlocken bis zu den Füßen!« kommentierte Grundel.

»Nun gut, was schlagt ihr vor?«

Grundel sah ihre Freundin an. »Alake?«

»Ich bin Devons Meinung. Wir fahren weiter.«

»Einverstanden. Fahren wir weiter.« Grundel zuckte mit den Schultern, aber dann hellte ihre Miene sich auf. »Wer weiß. Vielleicht finden wir noch ein paar von den Edelsteinen.«

Der Patryn hatte die Geschwindigkeit des Bootes gedrosselt, um nicht wieder auf Grund zu laufen. Das Wasser war trübe und schmutzig, er konnte fast nichts sehen und hatte keine Ahnung, wo er sich befand und ob er noch auf Kurs war. Auch ohne daß er das Steuerrad berührte, glitt das Boot zielstrebig voran, er befand sich im Bannkreis der Schlangen.

Die Sigel auf seiner Haut hüllten ihn in eine flimmernde blaue Aura. Es bedeutete eine ungeheure Willensanstrengung, sich immer näher an Draknors Küste herantragen zu lassen, wenn der Selbsterhaltungstrieb ihn drängte, das Ruder herumzuwerfen und zu fliehen.

Lange bevor er damit gerechnet hätte, begann das Boot zu steigen und tauchte an die Oberfläche. Ein langer Uferstreifen erstreckte sich vor ihm; über dem weißen Sand lag ein fahler, gespenstischer Schimmer, der aus einer geheimnisvollen Quelle gespeist wurde, vielleicht verströmte das zermalmte Gestein selbst diesen unwirklichen Schein.

Diesmal brannte kein Begrüßungsfeuer. Entweder kam er unerwartet, was Haplo nicht glauben konnte, oder er war nicht willkommen. Unwillkürlich griff er nach dem Wachstuchbündel in seinem Gürtel und fühlte beruhigt das schwere Gewicht der beiden Dolche.

Sobald das Boot auf den Strand knirschte, sprang er vom Deck ans Ufer, sorgsam darauf bedacht, sich nicht die Füße naß zu machen. Nach einem weiten Satz landete er wohlbehalten auf trockenem Boden, wo er einen Moment stehenblieb, um sich zu orientieren.

Der Uferstreifen war etliche hundert Meter breit. Zerklüftete Gesteinsmassen, deren gezackte, scharfgratige Kammlinien sich schwarz gegen das Segensmeer abzeichneten, wuchsen aus dem Sand.

Merkwürdige Berge, dachte Haplo, der sie mit Abscheu betrachtete. Sie gemahnten ihn an abgenagte, verwitterte Knochen. Er schaute sich nach allen Seiten um und überlegte, wo die Drachenschlangen zu finden sein mochten. Sein Blick fiel auf eine dunkle Öffnung in einem Felsenhang. Eine Höhle.

Haplo stapfte über den tristen, verödeten Strand. Die Runen auf seiner Haut brannten wie Feuer.

Die drei Nichtigen klebten bei der Einfahrt in die Bucht tatsächlich am Heck des Patryns, wie Grundel kurz vorher gewitzelt hatte. Dann allerdings wahrten sie Abstand.

In dem trüben Wasser fiel es ihnen schwer, etwas auszumachen, aber sie sahen Haplo ans Ufer springen, stehenbleiben und sich umsehen, als sei er im Zweifel, wohin er sich wenden sollte.

Er schien einen Entschluß gefaßt zu haben, denn plötzlich setzte er sich in Bewegung und marschierte zielstrebig am Ufer entlang.

Sobald er außer Hörweite war, bugsierten die drei ihr kleines Boot möglichst nah an den Strand und vertäuten es an einem Korallenriff, das aus dem Wasser ragte wie ›ein mahnender Zeigefinger, der uns warnt‹, meinte Grundel.

Dank des Mutkrauts lachten alle drei.

Sie wateten hastig durch das seichte Wasser, um Haplo nicht aus den Augen zu verlieren, obwohl diese Gefahr wegen des blauen Schimmers, der seinen Körper umhüllte, kaum bestand.

Sie folgten ihm unauffällig.

Oder vielmehr Devon folgte ihm unauffällig. Der Elf glitt mit geschmeidiger Leichtigkeit über den Sand, seine Füße schienen kaum den Boden zu berühren.

Grundel bildete sich ein, es Devon gleichzutun, und wirklich bewegte sie sich leise – für einen Zwerg. Ihre Schritte waren schwer, sie atmete schnaufend und ließ sich ein halbes Dutzend Male hinreißen zu sprechen, wenn es besser gewesen wäre, den Mund zu halten.

Alake vermochte sich fast ebenso lautlos zu bewegen wie ein Elf, aber in der Aufregung hatte sie vergessen, ihre Ohrringe abzunehmen und das mit Perlen durchflochtene Haar aufzustecken. Zu einem ihrer Zauber wurde ein silbernes Glöckchen gebraucht, das sie in ihrer Gürteltasche bei sich trug. Als sie einmal stolperte, ertönte ein gedämpftes Klimpern.

Sie blieben stehen und hielten den Atem an, überzeugt, daß Haplo sie gehört haben mußte. Die einzige Furcht, die das Mutkraut nicht hatte auslöschen können, war die, von dem Patryn entdeckt und nach Hause gescheucht zu werden.

Haplo ging weiter, offenbar hatte er nichts gemerkt. Die Freunde seufzten erleichtert und nahmen die Verfolgung wieder auf.

Daß die Drachenschlangen sie gehört haben könnten, kam ihnen nicht in den Sinn.

Vor der Höhle blieb Haplo stehen. Erst ein einziges Mal in seinem ganzen Leben hatte er ähnlich lähmende Angst empfunden; das war mit seinem Gebieter vor dem Tor zum Labyrinth. Sein Gebieter hatte den Mut aufgebracht einzutreten.

Haplo nicht.

»Tritt ein, Patryn«, zischelte eine Stimme aus der Dunkelheit. »Hab keine Furcht. Wir verneigen uns vor dir.«

Die Runen flammten rot und blau an Haplos Händen, strahlten durch seine Kleidung. Weniger von den Worten der Schlange beruhigt, als von der Gewißheit, wieder im Vollbesitz seiner magischen Kräfte zu sein, näherte Haplo sich dem Höhleneingang.

Er warf einen Blick nach drinnen.

Der blaue Schein der Tätowierungen spiegelte sich auf den glänzenden Schuppen der Drachenschlangen. Sie lagen zu einem widerwärtigen atmenden Hügel aufgetürmt, ein verschlungenes Gewirr von Leibern, unmöglich zu sagen, wo einer aufhörte und der andere begann.

Es schien, daß die meisten schliefen, denn es herrschte ein graues, stumpfes Halbdunkel. Haplo bewegte sich so geräuschlos, wie ein Patryn es im Labyrinth früh lernt, wenn er am Leben bleiben will, doch er hatte kaum den Fuß in die Höhle gesetzt, als zwei Augen aus rotgrünem Feuer sich auftaten und ihn fixierten.

»Patryn«, lispelte der Schlangenkönig. »Meister. Du ehrst uns mit deiner Gegenwart. Bitte komm näher.«

Haplo leistete der Aufforderung Folge, obwohl das Jucken und Brennen der Runen ihn fast zum Wahnsinn trieb. Er kratzte sich den Handrücken. Hoch über ihm pendelte der gewaltige Schädel des Reptils, der Leib blieb im Knäuel der anderen verschlungen.

»Wie ist die Begegnung zwischen den Nichtigen und den Sartan verlaufen?« erkundigte sich der Schlangenkönig träge.

»Wie nicht anders zu erwarten«, antwortete Haplo kurzangebunden. Er hatte vor, seinen Plan zu erläutern, den Schlangen ihre Anweisungen zu geben und wieder zu gehen. Diese Kreaturen flößten ihm unaussprechlichen Widerwillen ein.

»Die Sartan . . .«

»Vergebung«, unterbrach ihn die Schlange, »aber könnten wir uns der Menschensprache bedienen? In deiner Sprache zu reden ist ermüdend. Die Menschensprache mag primitiv sein, aber sie hat ihre Vorzüge. Wenn es dir recht ist . . .«

Es war Haplo nicht recht. Er fragte sich, was der Grund für diese Meinungsänderung sein mochte. Beim erstenmal hatten sie eine lange Unterredung auf Patryn geführt, ohne daß dem Schlangenkönig anzumerken wäre, daß es ihm schwerfiel. Wenn er sich weigerte, nur um seine Autorität zu demonstrieren? Aber wozu? Kam es darauf an, in welcher Sprache sie sich unterhielten? Er wollte sich hier nicht länger aufhalten als unbedingt nötig.

»Also gut«, sagte er und erklärte seinen Plan in der Sprache der Menschen.

Die drei Nichtigen sahen Haplo in der Höhle verschwinden. Der Widerschein der leuchtenden Runen vermischte sich mit der Schwärze hinter dem Felsbogen.

»Das ist der Schlupfwinkel der Schlangen«, entfuhr es Grundel laut.

»Leise!« Devon hielt ihr den Mund zu.

»Dahinein können wir ihm nicht folgen«, meinte Alake flüsternd.

»Vielleicht gibt es einen Hintereingang.«

Sie wanderten am Fuß der Klippen entlang, suchten und stöberten zwischen Steinen und Geröll. Der Boden war feucht und schlüpfrig, überzogen mit einer dunklen Flüssigkeit, die aus den Felsen sickerte. Immer wieder rutschten sie aus und fielen hin. Grundel fluchte erbittert.

Die Bergflanke war von tiefen Schluchten gefurcht. »Als hätte irgend etwas große Stücke herausgebissen«, sagte Alake. Aber keine dieser Schluchten gewährte ihnen Zugang zur Höhle der Schlangen.

Entmutigt wollten sie aufgeben, als sie plötzlich genau das fanden, was sie zu finden hofften.

Ein kleiner Tunnel führte in den Berg hinein. Die drei Freunde unterzogen ihn einer kritischen Prüfung; die Wände waren trocken, der Boden eben.

»Ich höre Stimmen!« wisperte Grundel. »Es ist Haplo!«

Sie lauschte, ihre Augen wurden groß. »Und ich kann verstehen, was er sagt. Ich habe seine Sprache gelernt!«

»Das liegt daran, daß er Phondra spricht«, dämpfte Alake ihre Begeisterung.

Devon unterdrückte ein Lächeln. »Wenigstens sind wir jetzt nicht nur auf Vermutungen angewiesen. Ob wir vielleicht einen Platz finden, von dem aus wir sie beobachten können?«

»Gehen wir hier weiter.« Grundel zeigte nach vorn. »Der Gang sieht ganz vielversprechend aus.«

Sie drangen erst zaghaft, dann immer kühner in den Tunnel vor, der genau in die gewünschte Richtung führte. Haplos Stimme war mit jedem Schritt lauter und deutlicher zu vernehmen. Die Tunnelwände verströmten einen schwachen phosphoreszierenden Schimmer, der ihnen das Gehen erleichterte.

»Wißt ihr«, sagte Alake begeistert, »es ist beinahe, als hätte man ihn eigens für uns erschaffen.«

»Das bedeutet also Krieg«, meinte die Drachenschlange.

»Hattest du irgendwelche Zweifel, Erhabener?« Haplo lachte bitter.

»Die Sartan sind unberechenbar. Es gibt unter ihnen welche, die wirklich selbstlos sind und die Nichtigen mit offenen Armen empfangen und sie als willkommene Gäste im eigenen Heim bewirtet hätten.«

»Samah gehört nicht dazu«, meinte Haplo.

»Das haben wir auch nie angenommen.«

Der Schlangenkönig schien zu lächeln, obwohl es Haplo ein Rätsel war, wie das starre Reptilantlitz einer Mimik fähig sein sollte.

»Und wann werden die Nichtigen angreifen?« wollte die Schlange wissen.

»Das ist der Grund, weshalb ich gekommen bin, Erhabener. Ich möchte einen Vorschlag machen, der von dem ursprünglich besprochenen Plan abweicht, nach meiner Ansicht aber noch schneller und sicherer zum Erfolg führt. Um die Sartan zu besiegen, brauchen wir nichts weiter zu tun, als ihre Stadt unter Wasser setzen.«

Haplo erklärte seinen Plan in fast denselben Worten, mit denen er ihn den Nichtigen auseinandergesetzt hatte. »Das Meerwasser wird ihre Magie unwirksam machen und sie der Gnade der Menschen ausliefern . . .«

». . . die sie alsdann ohne Mühe niedermachen können. Ausgezeichnet.« Der Schlangenkönig züngelte lebhaft, als wittere er Beute. Einige seiner Vasallen öffneten die schillernden Augen, um ihre Zustimmung zu bekunden.

»Die Nichtigen werden kein Blutbad veranstalten. Ich dachte mehr an Unterwerfung – absolut und bedingungslos. Und ich will nicht, daß die Sartan sterben, denn ich habe vor, Samah und vielleicht noch ein paar andere meinem Gebieter zu bringen, damit er sie befragt. Es hätte einiges für sich, wenn sie lebendig genug wären, um antworten zu können«, schloß der Patryn sarkastisch.

Die Feueraugen loderten auf. Haplo spannte die Muskeln.

Als die Schlange weitersprach, klang es jedoch fast jovial. »Und was haben die Nichtigen für Pläne mit den durchweichten Sartan?«

»Bis das Wasser abgelaufen ist und die Sartan wieder bei Kräften sind, haben sich die Nichtigen in Surunan festgesetzt. Sogar für die selbsternannten Halbgötter dürfte es ein Problem sein, etliche tausend Menschen, Elfen und Zwerge zu vertreiben, die bereits angefangen haben, sich häuslich einzurichten. Davon abgesehen, können die Nichtigen drohen, mit deiner Hilfe, Erhabener, die Schleusentore zu öffnen und die Stadt erneut zu überfluten.«

»Es würde uns interessieren zu erfahren, was dich bewogen hat, nicht an dem ersten Plan festzuhalten. Aus welchem Grund mißfällt dir der Gedanke an Krieg?«

Die lispelnde Stimme war kalt, der Tonfall lauernd, bedrohlich. Haplo war verwirrt. Weshalb dieser Stimmungsumschwung?

»Diese Nichtigen verstehen nichts vom Kämpfen«, erklärte er. »Sie haben sehr lange keinen Krieg mehr geführt. Oh, die Menschen tragen hin und wieder kleine Stammesfehden aus, aber dabei kommt fast nie jemand zu Schaden. Die Sartan könnten ihnen auch ohne Magie schwere Verluste zufügen. Ich finde, mein Weg ist einfacher, weiter nichts.«

Die Drachenschlange löste ihren gewaltigen Leib mit unbegreiflicher Mühelosigkeit aus dem Wirrwarr der verknäulten Schlingen und glitt über den Höhlenboden auf Haplo zu. Er blieb stehen. Der Angst nachzugeben, die Flucht zu ergreifen, das bedeutete den sicheren Tod, dessen war er sicher. Seine einzige Chance bestand darin, kaltblütig abzuwarten und die wirklichen Absichten seiner ›Verbündeten‹ herauszufinden.

Der flache, keilförmige Schädel verhielt eine Armeslänge vor seinem Gesicht.

»Seit wann«, fragte der Schlangenkönig, »interessiert es einen Patryn, wie Nichtige leben – oder wie sie sterben?«

Ein Kälteschauer überlief Haplo. Er öffnete den Mund, wollte etwas erwidern.

»Warte!« zischte die Drachenschlange. »Was ist das?«

Die dumpfige Luft in der Höhle verdichtete sich zu einer vagen Silhouette, die flimmernd Gestalt annehmen wollte, dann wieder zerfloß, als mangelte es entweder an magischem Können oder Entschlossenheit oder vielleicht an beidem.

Die Drachenschlange beobachtete den Vorgang mit Interesse, obwohl Haplo bemerkte, daß sie unmerklich zurückwich, in die Nähe ihrer Vasallen.

Der Patryn sah genug von der verschwommenen Gestalt, um zu erkennen, wer es war – die eine Person, die er nicht brauchen konnte. Was zum Henker wollte er hier? Vielleicht eine Hinterlist. Vielleicht hat Samah ihn geschickt.

Alfred kam aus dem Nichts zum Vorschein. Er drehte suchend den Kopf, blinzelte in das Halbdunkel und erspähte Haplo.

»Ich bin so froh, daß ich dich gefunden habe!« Alfred stieß einen abgrundtiefen Seufzer aus. »Du kannst dir nicht vorstellen, wie kompliziert dieser Zauber ist . . .«

»Was willst du?« fuhr Haplo ihn an.

»Ich bring deinen Hund zurück«, verkündete Alfred heiter und deutete auf das Tier, das sich in der Luft hinter ihm materialisierte.

»Wenn ich den Hund wiederhaben wollte, wäre ich selbst gekommen, um ihn zu holen...«

Der Hund entdeckte die Drachenschlangen und begann laut zu bellen.

Der Sartan bemerkte offenbar erst jetzt, wohin seine Magie ihn gebracht hatte. Die Drachenschlangen waren mittlerweile erwacht. Mit grausiger Anmut entwirrten sich die ineinanderverschlungenen Leiber; die Häupter züngelten.

»Ach du m-meine Güte«, stammelte Alfred und sank ohnmächtig zu Boden.

Der Kopf des Schlangenkönigs schnellte auf den Hund zu. Haplo sprang über den reglosen Sartan hinweg und packte das Tier am Nackenfell.

»Hund, sei still!« befahl er.

Der vierbeinige Gefährte seiner früheren Reisen schaute winselnd zu ihm auf, als sei er nicht sicher, ob er sich wieder in Gnaden aufgenommen fühlen durfte. Die Drachenschlange wand den Oberkörper nach hinten.

Der Patryn zeigte mit dem Daumen über die Schulter auf Alfred. »Geh zu ihm. Paß auf deinen Freund auf.« Der Hund gehorchte, aber erst, nachdem er den Drachenschlangen einen grimmigen Blick zugeworfen hatte, der ihnen riet, Abstand zu wahren. Dann trabte er zu Alfred hin und fing an, ihm das Gesicht abzuschlecken.

»Gehört dieses garstige Wesen dir?« fragte der Schlangenkönig.

»Früher einmal, Erhabener«, erwiderte Haplo. »Jetzt gehört es ihm.«

»Wahrhaftig.« In den starren Reptilaugen flackerte es. »Es scheint sich dir aber noch sehr verbunden zu fühlen.«

»Vergiß den idiotischen Hund!« knirschte Haplo, der nahe daran war, Geduld und Selbstbeherrschung zu verlieren. »Wir sprachen über meinen Plan. Was...«

»Wir besprechen gar nichts in der Gegenwart eines Sartan«, unterbrach ihn der Schlangenkönig.

»Du meinst Alfred? Aber er ist ohnmächtig!«

»Er ist sehr gefährlich«, zischte die Schlange.

»Ach«, meinte Haplo und schaute mit hochgezogenen Augenbrauen zu der kläglichen Gestalt auf dem steinigen Boden.

Der Hund stöberte mit der Nase in Alfreds schütterer Haarpracht.

»Und er scheint dich gut zu kennen.«

Die Ahnung großer Gefahr lief prickelnd über seine Haut. Warum war dieser vermaledeite Sartan nicht von Abarrachs Magmafluten verschlungen worden! Ich hätte ihn längst umbringen sollen, und ich werd's nachholen, sobald sich wieder eine Gelegenheit bietet . . .

»Töte ihn jetzt«, sagte der Schlangenkönig.

Haplo ballte die Fäuste. »Nein.«

»Warum nicht?«

»Weil man ihn möglicherweise geschickt hat, um mich zu bespitzeln, und wenn es so ist, möchte ich erfahren, wer es getan hat und warum. Dich sollte es auch interessieren, da du ihn für so gefährlich hältst.«

»Uns kümmert das nicht. Zwar ist er gefährlich, aber wir wissen uns zu schützen. Für dich jedoch bedeutete er eine Gefahr, Patryn. Er ist der Drachenmagier. Schone ihn nicht! Töte ihn – jetzt sofort!«

»Du nennst mich ›Meister‹«, bemerkte Haplo kühl, »und doch willst du mir befehlen. Nur ein Mann, mein Gebieter, hat die Macht, das zu tun. Vielleicht töte ich diesen Sartan, eines Tages – eines Tages, wenn es mir gefällt.«

Aus den Augen der Schlange lohte ihm rotgrünes Feuer entgegen, das ihn blendete. Seine eigenen Augen brannten und schmerzten, doch er wandte nicht den Blick ab. Ihm war, als würde er sonst nichts anderes sehen als seinen Tod.

Dann war es vorüber; das Feuer erlosch.

»Uns treibt einzig und allein die Sorge um dein Wohlergehen, Meister. Selbstverständlich weißt du selbst am besten, was zu tun ist. Wie du gesagt hast, wäre es womöglich klug, ihn zu verhören. Du magst beginnen.«

»Er wird kein Wort sagen, solange ihr in der Nähe seid. Er wird nicht einmal aufwachen, solange ihr in der Nähe seid.« Ohne die Drachenschlangen aus den Augen zu lassen, bückte er sich nach Alfred, ergriff einen schlaffen Arm und lud sich den Ohnmächtigen, der beileibe kein Leichtgewicht war, auf die Schulter.

»Ich nehme ihn mit auf mein Boot. Falls ich etwas aus ihm herausbekomme, lasse ich es dich wissen.«

Der Schlangenkönig wiegte den aufgerichteten Oberkörper bedächtig hin und her.

Er versucht sich schlüssig zu werden, ob er mich gehen lassen soll oder nicht, dachte Haplo und fragte sich, was er im letzteren Fall tun sollte. Vielleicht konnte er ihnen Alfred vorwerfen ...

Die Augen der Schlange glühten auf. »Nun gut. In der Zwischenzeit werden wir über deinen Plan beraten.«

»Laßt euch Zeit«, brummte Haplo. Er hatte nicht die Absicht wiederzukommen. Alfreds schlaksigen Körper geschultert, wandte er sich zum Gehen.

»Vergebung, Patryn«, meinte der Schlangenkönig, »aber mir scheint, du hast deinen Hund vergessen.«

Haplo hatte ihn nicht vergessen, sondern mit voller Absicht zurückgelassen. Durch die Ohren des Tieres wollte er hören, was gesprochen wurde, nachdem er gegangen war. Er sah die Drachenschlangen an.

Sie wußten Bescheid.

»Hund, bei Fuß.«

Haplo schlang den Arm um Alfreds Beine. Der Oberkörper des Sartan hing mit baumelnden Armen über seinem Rücken, wie eine schon etwas zerfledderte Marionette. Der Hund trottete hinterdrein und leckte ab und zu tröstend über eine von Alfreds knochigen Händen.

Draußen vor der Höhle atmete Haplo auf und wischte sich mit dem Handrücken über die Stirn. Es war seinem Selbstbewußtsein nicht förderlich, feststellen zu müssen, daß er zitterte.

Devon, Alake und Grundel erreichten die Mündung ihres Tunnels gerade rechtzeitig, um zu sehen, wie Alfred aus dem

Nichts auftauchte. Hinter einigen Felsblöcken verborgen, lauschten und beobachteten sie.

»Der Hund!« raunte Devon.

Alake drückte ihm mahnend die Hand: er solle still sein. Sie fröstelte und preßte die Lippen zusammen, als der Schlangenkönig Haplo drängte, Alfred zu töten, aber ihr Gesicht hellte sich gleich wieder auf, als der Patryn erwiderte, er werde selbst den Zeitpunkt bestimmen.

»Ein Trick«, flüsterte sie den anderen beiden zu. »Eine List, um ihn zu retten. Ich bin sicher, Haplo hat nicht wirklich vor, ihn zu töten.«

Grundel schien nicht restlos überzeugt zu sein, aber Devon griff nach *ihrer* Hand und drückte sie fest. Das Zwergenmädchen fügte sich verdrossen. Inzwischen war Haplo gegangen und hatte Alfred mitgenommen. Die Drachenschlangen begannen zu debattieren.

»Ihr habt den Hund gesehen«, sagte ihr König. Er bediente sich weiter der Menschensprache, obwohl sie unter sich waren. Den drei jungen Leuten, die sich daran gewöhnt hatten zu verstehen, was die Schlangen sagten, fiel der Umstand nicht auf.

»Ihr wißt, was der Hund bedeutet«, fuhr der König geheimnisvoll fort.

»Ich nicht!« platzte Grundel heraus.

Devon drückte ihr wieder kräftig die Hand. Die Drachenschlangen nickten verständig.

»So geht das nicht«, sprach der Schlangenkönig weiter. »Diese Entwicklung ist untragbar. Wir haben die Zügel schleifen lassen, die Nichtigen fürchten uns nicht mehr genug. Der Patryn sollte das perfekte Werkzeug sein, doch er hat sich als schwach erwiesen. Nicht nur das, wir finden ihn verbrüdert mit einem Sartan von allergrößter Macht, einem Drachenmagier, dessen Leben der Patryn in Händen hielt, und doch hat er ihn nicht getötet!«

Gehässiges Zischeln brandete an den Höhlenwänden hinauf.

Die drei Lauscher wechselten überraschte Blicke. Jeder von ihnen spürte ein leichtes Flattern in der Magengegend, ein Gefühl der Kälte, das den Rücken hinaufkroch – das Mutkraut verlor seine Wirkung, und sie hatten nicht daran gedacht, einige Blätter mitzunehmen. Sie rückten trostsuchend näher zusammen.

Der Schlangenkönig reckte den Kopf empor, sein kalter Blick erfaßte jeden in der Höhle. Jeden.

»Und dieser Krieg, den er vorschlägt! Unblutig! Keine Verluste! Unterwerfung, womöglich Frieden!« Er spie die Worte verächtlich aus. »Chaos ist unser Lebenselixier; Tod unser Speis und Trank. Nein. Unterwerfung war in unserem Plan nicht vorgesehen. Die Unsicherheit der Sartan wächst von Tag zu Tag. Sie sind mittlerweile überzeugt, allein zu sein in diesem riesigen Universum, das sie geschaffen haben. Ihre Zahl ist gering, ihre Feinde sind viele und mächtig. Der Patryn hat einen guten Einfall gehabt, für den ich ihm Dank schulde – ihre Stadt mit Meerwasser überfluten. Eine geniale Idee. Die Sartan werden zusehen, wie das Wasser steigt. Angst wird sich zu Panik steigern. Ihre einzige Hoffnung – Flucht. Sie werden gezwungen sein zu tun, was sie in der Vergangenheit stark genug waren, nicht zu tun. Samah wird das Todestor öffnen!«

»Und die Nichtigen?«

»Wir führen sie an der Nase herum, säen Streit und Hader, bis aus Freunden Feinde geworden sind. Sie werden sich gegenseitig abschlachten und uns nähren mit ihrem Haß und ihrer Furcht, bis wir stärker sind als je zuvor. Wir brauchen all unsere Kraft, um das Todestor zu bezwingen.«

Alake zitterte, Devon legte ihr beschützend den Arm um die Schultern. Grundel weinte lautlos, mit zusammengepreßten Lippen. Mit einer zitternden, staubige Hand wischte sie sich die Tränen ab. »Und der Patryn?« fragte eine der Schlangen. »Stirbt er auch?«

»Nein, der Patryn wird leben. Erinnert euch: Chaos ist unser Ziel. Sobald wir das Todestor passiert haben, werde ich diesen selbsternannten Fürsten des Nexus aufsuchen und ihm ein Geschenk bringen – diesen Haplo, einen Verräter an seinem eigenen Volk. Ein Patryn, der sich mit einem Sartan verbündet hat.«

Furcht griff nach den Herzen der drei Lauscher in ihrem Versteck, breitete sich in ihnen aus wie eine schleichende Krankheit. Sie fieberten, froren, die Hände waren feucht, der Magen krampfte sich zusammen. Alake versuchte zu sprechen. Ihr Gesicht war starr vor Angst, ihre Lippen bebten.

»Wir müssen Haplo warnen«, brachte sie heraus.

Die anderen nickten stumm, nur wagten sie nicht, sich zu rühren, aus Furcht, die kleinste Bewegung könnte die Aufmerksamkeit der Drachenschlangen auf sie lenken.

»Ich muß zu Haplo.« Alake krallte die Finger in die Wand des Tunnels und zog sich auf die Füße. Ihr Atem ging schwer und stoßweise. Sie wandte sich zum Gehen.

Aber das Licht, das ihnen auf dem Herweg geleuchtet hatte, war erloschen. Es stank gräßlich nach verwesendem Fleisch, und in weiter Ferne glaubte sie die verzweifelten Klagelaute eines riesigen Lebewesens zu hören, das unvorstellbare Qualen litt.

Alake tauchte in die stinkenden Schwaden und war schon nach wenigen Schritten nicht mehr zu sehen.

Devon wollte ihr folgen, merkte jedoch, daß er seine Hand nicht aus Grundels panikerfülltem Griff befreien konnte.

»Geh nicht weg!« flüsterte sie. »Laß mich nicht allein.«

Das Gesicht des jungen Elfen war kalkweiß; in seinen Augen glitzerten ungeweinte Tränen. »Unser Volk, Grundel«, sagte er mit erstickter Stimme. »Unser Volk.«

Sie schluckte und biß sich auf die Unterlippe. Zögernd ließ sie seine Hand los.

Devon lief den Gang hinunter, Grundel schnaufend auf den Fersen.

»Haben die Nichtigenkinder die Flucht ergriffen?« fragte der Schlangenkönig.

»Ja, Erhabener«, antwortete einer seiner Vasallen. »Wie lautet Euer Befehl?«

»Tötet sie langsam, einen nach dem anderen. Der letzte

soll lange genug am Leben bleiben, um Haplo berichten zu können, was sie belauscht haben.«

»Es wird geschehen, Erhabener.« Die Schlange züngelte genießerisch.

»Oh«, fügte der König beiläufig hinzu, »es soll aussehen, als wären sie von den Sartan getötet worden. Dann bringt die Leichen den Eltern der Kinder. Das wird dem Geschwätz von einem ›unblutigen Krieg‹ ein Ende machen.«

Kapitel 30

Draknor, Chelestra

Das Tauchboot wirkte seltsam kläglich und hilflos, es lag bäuchlings am Ufer wie ein gestrandeter Wal. Haplo ließ den ohnmächtigen Alfred nicht allzu sanft auf den Boden fallen. Der Sartan bewegte Arme und Beine und stöhnte, von Haplo grimmig beobachtet. Der Hund wahrte Abstand und schaute ratlos von einem zum anderen.

Alfred schlug die Augen auf. Seinem glasigen Blick war anzumerken, daß er keine Ahnung hatte, wo er sich befand oder was passiert war. Dann kehrte die Erinnerung zurück und mit ihr die Angst.

»Sind – sind sie weg?« fragte er mit zitternder Stimme, stützte sich auf die Ellenbogen und schaute gehetzt nach allen Seiten.

»Was zum Henker hast du eigentlich vorgehabt?« erkundigte sich Haplo bissig.

Als er weit und breit keine Drachenschlangen entdeckte, entspannte Alfred sich, drückte aber statt dessen beschämt das Kinn an die Brust. »Dir den Hund zurückbringen«, sagte er schüchtern.

Haplo schüttelte den Kopf. »Und du glaubst ernsthaft, das nehme ich dir ab? Wer hat dich geschickt? Samah?«

»Niemand hat mich geschickt.« Alfred sortierte seine widerspenstigen Körperteile, ermahnte sie streng zum

Gehorsam und stand auf. »Ich bin aus eigenem Antrieb gekommen, um dir den Hund zu bringen. Und um – um mit den Nichtigen zu reden.« Der letzte Satz kam ihm nur stockend über die Lippen.

»Mit den Nichtigen?«

»Nun, ja, das hatte ich vor.« Alfred nestelte an einem Jackenknopf. »Ich habe der Magie befohlen, mich zu dir zu bringen, in der Annahme, du wärst bei den Nichtigen an Bord der Sonnenjäger.«

»Bin ich nicht«, sagte Haplo.

Alfred zog den Kopf ein, ließ unbehaglich den Blick über die trostlose Umgebung wandern. »Nein, das sehe ich. Sollten wir – sollten wir diesen Ort nicht lieber verlassen?«

»*Ich* werde diesen Ort bald verlassen. Doch erst will ich wissen, weshalb du mir gefolgt bis. Ich habe keine Lust, mich unversehens in einer Sartanfalle wiederzufinden.«

»Aber wenn ich es dir sage!« Alfred rang die Hände. »Ich wollte dir den Hund bringen. Er ist sehr unglücklich gewesen. Ich glaubte, du wärst bei den Nichtigen, mir ist nie der Gedanke gekommen, du könntest irgendwo anders sein. Ich war in Eile. Ich dachte nicht . . .«

»Das glaube ich dir gern!« schnitt Haplo ihm ungeduldig das Wort ab. Er musterte Alfred durchdringend. »Aber das ist auch das einzige. Oh, du lügst nicht, Sartan, aber wie gewöhnlich verschweigst du einen Teil der Wahrheit. Du wolltest mir den Hund bringen. Und was noch?«

Sogar Alfreds Stirnglatze errötete vor Verlegenheit. »Ich dachte, ich würde dich bei den Menschen finden und hätte so die Möglichkeit, mit ihnen zu reden, ihnen Geduld zu raten. Dieser Krieg wird furchtbar sein, Haplo. Furchtbar! Ich muß verhindern, daß es soweit kommt, aber dazu brauche ich Zeit. Die Einmischung dieser – dieser abscheulichen Kreaturen . . .«

Alfred streifte den Höhleneingang mit einem furchtsamen Blick, fröstelte und sah wieder Haplo an, dessen Tätowierungen sich bläulich schimmernd von der Haut abhoben. »Du traust ihnen auch nicht, habe ich recht?«

Wieder hatte der Sartan sich in Haplos Bewußtsein eingeschlichen und las seine Gedanken. Der Patryn war es verdammt leid. Er hatte vorhin das Falsche gesagt. *»Diese Nichtigen verstehen nichts vom Kämpfen. Die Sartan könnten ihnen schwere Verluste zufügen.«*

Und er hörte wieder die zischelnde Antwort: *Seit wann interessiert es einen Patryn, wie Nichtige leben – oder wie sie sterben*. Seit wann?

Ich kann nicht einmal Alfred die Schuld daran geben; das ist passiert, bevor er hereinplatzte. Die Gefahr bestand von Anfang an, aber ich wollte es nicht sehen. Mein Haß hat mich blind gemacht für die Ränke der Schlangen, und sie wußten, daß es so sein würde.

Er richtete den Blick auf Alfred, der spürte, daß in Haplo ein Kampf tobte, und ängstlich auf das Ergebnis wartete.

Haplo fühlte, wie sich die kalte Nase des Hundes in seine Hand schob. Er sah nach unten. Das Tier schaute ihn an und wedelte zaghaft. Haplo streichelte ihm über den Kopf, und der Hund drängte sich an sein Bein.

»Der Krieg mit den Nichtigen ist das geringste deiner Probleme, Sartan«, meinte er schließlich.

Unwillkürlich blickte er zu der Höhle zurück, die man trotz der Dunkelheit deutlich sehen konnte, ein in den Berghang hineingefressenes Loch. »Ich habe früher schon den Hauch des Bösen verspürt. Im Labyrinth . . . Aber nie so stark wie hier.« Er schüttelte den Kopf und wandte sich wieder Alfred zu. »Warne dein Volk. Wie ich das meine. Diese Schlangen wollen die vier Welten nicht erobern. Sie wollen sie vernichten.«

Alfred erbleichte. »Ja. Ich habe es geahnt. Ich verstehe. Ich werde mit Samah sprechen, mit dem Rat. Sie müssen begreifen . . .«

»Als ob wir mit einem Verräter sprechen würden!«

Runen flammten auf, funkelten in der Luft wie ein Sternenvorhang, aus dessen Mitte Samah hervortrat.

»Warum überrascht mich das nicht«, bemerkte Haplo mit grimmigem Humor und zwinkerte Alfred zu. »Beinahe hätte ich dir vertraut, Sartan.«

»Ich schwöre dir, Haplo«, rief Alfred verzweifelt, »ich wußte nicht . . . Ich wollte nicht . . .«

»Spar dir die Mühe, uns noch weiterhin täuschen zu wollen, Patryn«, sagte der Archont. »Jeder Schritt dieses ›Alfred‹ wurde überwacht. Es muß dir leichtgefallen sein, ihn zu verführen und in das Netz deiner hinterhältigen Pläne einzuspinnen. Doch in Anbetracht seiner Unfähigkeit bereust du vermutlich inzwischen, dich eines derart tolpatschigen, einfältigen, törichten Narren als Handlanger bedient zu haben.«

»Als ob ich je so tief sinken würde, mich irgendeines eurer tolpatschigen, einfältigen, törichten Rasse auch nur als Wasserträger zu bedienen«, spottete Haplo. Im stillen sagte er zu sich: Wenn es mir gelänge, Samah jetzt gefangenzunehmen, könnte ich sofort von hier verschwinden. Das Tauchboot ist bereit, die Runen werden uns sicher durch das Todestor bringen . . .

Aus den Augenwinkeln spähte Haplo zum Höhleneingang. Die Schlangen ließen sich nicht blicken, obwohl die Anwesenheit des Archonten auf ihrer Insel ihnen nicht verborgen geblieben sein konnte. Haplo brauchte sie nicht zu sehen, um zu wissen, daß sie alles genau beobachteten; er fühlte, wie sie ihn anstacheln wollten.

Kampf, danach gelüstete es sie. Krieg, Angst, Chaos, Tod.

»Unser gemeinsamer Feind ist dort.« Haplo deutete mit ausgestrecktem Arm auf den Schlupfwinkel der Kreaturen. »Du solltest dein Volk warnen, Archont. So wie ich jetzt gehe, um das meine zu warnen.«

Er wandte sich ab und ging zu seinem Schiff.

»Halt, Patryn!«

Glühendrote Sigel explodierten, eine Flammenmauer versperrte Haplo den Weg. Die Hitze versengte seine Haut, brannte in seinen Lungen.

»Du kommst mit mir, als mein Gefangener«, verkündete Samah.

Haplo drehte sich zu ihm herum und lächelte. »Du weißt, das werde ich nicht. Nicht ohne Kampf. Und das ist genau, was *sie* wollen.« Er deutete wieder auf die Höhle.

Alfred streckte beschwörend die Hände aus. »Archont, hör auf ihn! Er hat recht . . .«

»Schweig, Verräter! Glaubst du, ich weiß nicht, weshalb du

für diesen Patryn eintrittst? Sein Geständnis wird deine Schuld besiegeln. Ich nehme dich mit mir nach Surunan, Patryn. Es wäre mir lieb, wenn du dich entschließen könntest, mich freiwillig zu begleiten. Wenn nicht, wenn du einen Kampf willst . . .« Samah zuckte mit den Schultern. »So sei es.«

»Ich warne dich, Archont«, sagte Haplo ruhig. »Wenn du mich nicht gehen läßt, ist es fraglich, ob wir drei mit dem Leben davonkommen.« Doch während er sprach, öffnete er sich bereits den Strom seiner Magie.

In der alten Zeit war es nur selten zum offenen Kampf zwischen Patryn und Sartan gekommen. Die Sartan, die den Nichtigen predigten, Krieg sei von Übel, mußten an ihren Ruf denken und konnten es sich nicht leisten, in Auseinandersetzungen hineingezogen zu werden. Sie fanden raffiniertere Mittel und Wege, ihren Feinden eine Grube zu graben. Hin und wieder jedoch eskalierte die schwelende Feindseligkeit, und es kam zur Schlacht. Derartige Konfrontationen verliefen immer spektakulär, oft tödlich. Sie wurden im geheimen ausgetragen, man konnte nicht riskieren, daß die Nichtigen Zeuge waren, wie einer ihrer Halbgötter starb.

Das Ringen zwischen Gegnern, die beide über magische Kräfte verfügen, ist lang und ermüdend, sowohl geistig wie körperlich.* Es kam nicht selten vor, daß Kämpfer schier aus Erschöpfung zusammenbrachen. Jeder einzelne mußte nicht nur seinen eigenen Angriff planen, sondern sich auch gegen die magischen Attacken seines Gegners wappnen.

Verteidigung basiert auf Mutmaßungen, auch wenn beide Seiten sich brüsteten, fähig zu sein, den mentalen Zustand eines Opponenten auszuloten und deshalb seinen nächsten Zug vorhersagen zu können.**

Solcherart war das Duell, das Samah und Haplo austragen

* Zusätzliche Informationen zu dieser Methode der Kriegsführung in Anhang I.

** Ausgesprochen unwahrscheinlich, in Anbetracht der Unterschiede im Aufbau der magischen Systeme beider Rassen. Ein Sieg war meistens reine Glückssache, obwohl man verständlicherweise nie einen Sieger fand, der bereit gewesen wäre, das einzugestehen.

wollten. Haplo hatte davon geträumt, sich danach gesehnt, sein ganzes Leben lang. Es war der größte Wunsch eines jeden Patryns, denn mochten sie im Lauf der Jahrhunderte manches vergessen haben, an einem hielten sie fest: ihrem Haß. Doch nun, da der Moment, für den er gelebt hatte, endlich gekommen war, konnte Haplo ihn nicht genießen. Der Wein war ihm zu Essig geworden. Er war sich zu sehr des Publikums bewußt, der kalten, starren Schlangenaugen, denen nichts entging.

Haplo beschwor seine Magie und fühlte sie erstarken. Euphorie durchströmte ihn, verdrängte alle Furcht, jeden Gedanken an die Schlangen. Er war jung und stark, auf dem Höhepunkt seiner Macht und überzeugt zu siegen.

Der Sartan besaß einen Vorteil, von dem der Patryn nichts ahnte. Samah hatte in seinem langen Leben schon häufiger magische Duelle ausgetragen. Haplo nicht.

Die Erzfeinde standen sich gegenüber.

»Geh schon, alter Junge«, sagte Haplo und gab dem Hund einen Schubs. »Geh zu Alfred.«

Der Hund winselte und schmiegte sich an ihn.

»Geh!« fuhr Haplo ihn an.

Mit hängenden Ohren gehorchte das Tier.

»Aufhören! Hört auf mit diesem Wahnsinn!« schrie Alfred.

Er setzte sich stelzbeinig in Bewegung, wahrscheinlich in der verzweifelten Absicht, sich zwischen die Kontrahenten zu werfen, doch vergaß er auf den Weg zu achten, stolperte über den Hund und fiel der Länge nach hin. Beide wälzten sich in einem zappelnden, belfernden Knäuel auf dem Boden.

Haplo nutzte die Gelegenheit.

Die Tätowierungen auf seiner Haut glühten blau und rot, nahmen in der Luft vor ihm Gestalt an und verbanden sich zu einer stählernen Kette, die wie ein gleißender Blitz auf Samah zuflog, um ihn zu fesseln und mit der Macht der Runen außer Gefecht zu setzen.

So war es geplant.

Samah hatte offenbar die Wahrscheinlichkeit vorhergesehen, daß Haplo versuchen würde, ihn gefangenzunehmen.

Der Archont beschwor eine Variante, in der er sich nicht mehr am selben Platz befand, wenn der Angriff des Patryns erfolgte.

So geschah es.

Die stählerne Kette schlang sich klirrend um nichts. Samah stand in einiger Entfernung daneben und musterte Haplo geringschätzig, wie er vielleicht ein Kind angesehen haben würde, das mit Steinen nach ihm warf. Dann begann er zu singen und komplizierte Tanzschritte zu vollführen.

Haplo erkannte einen Angriff. Er sah sich einer qualvollen Entscheidung gegenüber und hatte nur den Bruchteil einer Sekunde Zeit. Entweder setzte er sich gegen die Attacke zur Wehr, oder er kam ihm zuvor und hoffte, Samah zu überrumpeln, der während seiner nächsten Beschwörung wehrlos war. Leider war Haplo während eines solchen Manövers ebenfalls wehrlos.

Verärgert und zornig darüber, von jemandem blamiert zu werden, den er als Gegner nicht ernstgenommen hatte, wollte Haplo den Kampf so schnell wie möglich beenden. Die Kette hing immer noch in der Luft. Haplo änderte die Magie, formte die Sigel zu einem Speer und schleuderte ihn gegen Samahs Brust. Er zerbrach an dem Schild, der sich in Samahs linker Hand materialisiert hatte, und mit ihm das Runengefüge.

Im selben Moment fegte eine Windbö über die Wasseroberfläche heran, traf Haplo wie eine riesige Faust gegen die Brust und schleuderte ihn zu Boden.

Der Patryn stürzte schwer, aber trotz seiner Benommenheit sprang er sofort wieder auf, eine instinktive Reaktion, denn im Labyrinth konnte selbst der kleinste Augenblick der Schwäche den Tod bedeuten.

Haplo sprach die Runen, die Sigel strahlten hell. Er öffnete den Mund, um den Befehl zu geben, der diesem unglückseligen Duell ein rasches Ende machen würde, aber statt der Beschwörung stieß er einen überraschten Fluch aus.

Irgend etwas schlang sich um seinen Knöchel, zerrte an seinem Bein und versuchte ihn von den Füßen zu reißen.

Haplo war gezwungen, die Beschwörung abzubrechen. Er senkte den Blick, um zu sehen, was ihn gepackt hatte.

Der lange Tentakel eines magischen Seeungeheuers war aus dem Wasser aufgetaucht. Auf sein eigenes Runengefüge konzentriert, hatte der Patryn nicht bemerkt, wie es über den Strand auf ihn zu glitt. Jetzt war er gefangen, die über und über mit Sartanrunen bedeckten Schlingen wanden sich um seinen Knöchel.

Die Kraft des Wesens war unglaublich. Haplo setzte sich zur Wehr, doch all seine Anstrengungen führten nur dazu, daß die Schlingen sich immer fester zogen. Schließlich wurde er von den Füßen gerissen, fiel in den Sand. Er trat nach dem Tentakel, versuchte ihn abzuschütteln. Wieder mußte er sich entscheiden. Er konnte seine Magie erschöpfen, um sich zu befreien, oder er konnte sie zu einem Gegenangriff nutzen.

Haplo legte den Kopf in den Nacken, um seinen Blick auf seinen Feind zu werfen. Samah beobachtete ihn selbstgefällig, ein triumphierendes Lächeln auf den Lippen.

Wie zum Henker kann er sich einbilden, schon gewonnen zu haben? frage Haplo sich wütend. Das blöde Vieh ist weder giftig, noch versucht es, mich mit seinen anderen Tentakeln zu zerquetschen.

Eine List. Eine List, um Zeit zu gewinnen, Samah rechnet damit, daß ich meine Energie verschwende, um mich zu befreien, statt daß ich ihn angreife. Wenn er sich da nicht irrt.

Haplo konzentrierte sich verbissen darauf, das Runengefüge der unterbrochenen Beschwörung zu vollenden. Die Sigel hingen als feuriges Muster über ihm in der Luft. Er fühlte, wie die Macht darin pulsierte, als er plötzlich merkte, wie eine Welle über seinen Stiefel schwappte.

Wasser ...

Plötzlich durchschaute Haplo Samahs Plan. Das hatte er also vor: ihn in Meerwasser werfen. Einfach, aber genial.

Der Patryn fluchte mit zusammengebissenen Zähnen, bewahrte aber kühlen Kopf. Er schuf das Runengefüge zu einem Hagel brennender Pfeile, die er gegen das Geschöpf dirigierte, das ihn gepackt hielt.

Natürlich war der Tentakel naß, benetzt von dem Meerwasser, das Magie unwirksam machte. Die magischen Pfeile prallten ab und lösten sich zischend auf.

Wellen fluteten über Haplos Fuß, über sein Bein. In beginnender Panik wühlte er die Hände in den Sand, um sich gegen den Zug des Greifarms zu stemmen, die unerbittliche Rutschpartie aufzuhalten. Seine gekrümmten Finger hinterließen tiefe Furchen. Die Kreatur wurde zu stark, Haplos Magie wurde schwächer. Die komplexen Runenstrukturen bekamen Risse.

Die Dolche! Trotz des Widerstands der Schlingen, unter deren Umklammerung sein Bein inzwischen taub geworden war, drehte Haplo sich auf den Rücken, riß sein Hemd auf, zog das Wachstuchpaket aus dem Gürtel und zerrte mit fliegenden Fingern an der Umhüllung.

Nüchterne Logik ließ ihn innehalten; Logik, die ihm mehr als einmal geholfen hatte, im Labyrinth zu überleben. Das Wasser stieg an seinen Oberschenkeln hinauf. Die beiden Dolche waren seine einzige Waffe, sein einziges Mittel zur Verteidigung, und was tat er? Er riskierte, daß sie im Wasser ihre magische Eigenschaft verloren. Nicht nur das, er hätte seinem Feind – *seinen Feinden* (er durfte das interessierte Publikum im Hintergrund nicht vergessen) – ihre Existenz verraten. Nein, es war klüger, die Niederlage hinzunehmen, so bitter es sein mochte, und sich ein Hintertürchen offenzuhalten, statt die letzte Chance mit einer theatralischen Geste zu verspielen, die nichts einbrachte.

Er drückte das Paket fest an die Brust und schloß die Augen. Das Wasser stieg über seine Hüften, über die Brust, bedeckte seinen Kopf.

Samah sprach ein Wort. Der Tentakel löste sich und verschwand.

Haplo lag unter Wasser auf dem flach abfallenden Strand. Er brauchte nicht an sich hinunterzuschauen, um zu wissen, was er sehen würde: abstoßend nackte, fahlweiße Haut.

Er lag so lange still, während kleine Wellen über sein Gesicht hinwegliefen, daß Alfred es offenbar mit der Angst zu tun bekam.

»Haplo!« jammerte er, und der Patryn hörte stolpernde,

schlurfende Schritte in seine Richtung kommen, die achtlos durchs flache Wasser patschten.

Haplo richtete sich auf. »Hund, halt ihn fest!« rief er befehlend.

Der Hund stürmte hinter Alfred drein, schnappte nach seinen Rockschößen und zerrte ihn nach hinten. Alfred streckte haltsuchend die Arme aus, taumelte und setzte sich ruckartig in den Sand. Der Hund stand neben ihm und hechelte zufrieden, doch schien er unschlüssig zu sein, ob er wie früher zu Haplo laufen sollte, oder ob das Verhältnis zwischen ihnen noch einer Klärung bedurfte.

Samah warf Alfred einen verächtlichen, geringschätzigen Blick zu. »Das Tier hat allem Anschein nach mehr Verstand als du.«

»Aber – Haplo ist verletzt! Vielleicht ertrinkt er!« verteidigte Alfred sich.

»Er ist ebensowenig verletzt wie ich«, erwiderte Samah kalt. »Er spielt uns etwas vor, vielleicht ersinnt er schon wieder neue Schlechtigkeiten. Was immer es sein mag, er wird ohne seine Magie auskommen müssen.«

Der Archont ging zum Ufer hinunter, doch gab er acht, dem Wasser nicht zu nahe zu kommen. »Steh auf, Patryn. Du und dein Kumpan, ihr begleitet mich nach Surunan, wo der Rat entscheiden wird, was mit euch geschieht.«

Haplo ignorierte ihn. Das Wasser hatte seine Magie ausgelöscht, aber auch das Fieber in seinem Blut abgekühlt. Er war fähig klar zu denken und nach Auswegen zu suchen. Eine Frage mußte zuerst beantwortet werden: Wo waren die Drachenschlangen?

Sie waren verborgen in ihrer Höhle, wo sie lauerten, sich an der Angst labten, an dem Haß und auf einen tödlichen Ausgang des magischen Duells hofften. Sie würden nicht eingreifen, jedenfalls nicht, solange der Kampf dauerte. Doch der Kampf war entschieden. Und Haplo hatte seine Magie verloren.

»Nun gut«, sagte der Archont, »Dann nehme ich dich mit, wie du bist.«

Haplo setzte sich auf. »Versuch's.«

Samah fing an zu skandieren, aber schon nach wenigen Silben brach seine Stimme. Er räusperte sich, hustete und begann von neuem. Alfred betrachtete ihn erstaunt, Haplo mit einem grimmigen Lächeln.

»Wie . . .« Samah fuhr auf den Patryn los. »Du hast doch gar keine Magie!«

»Gib nicht mir die Schuld«, meinte Haplo gelassen. »Sie sind's.« Er deutete mit einem nassen Finger auf die Höhle.

»Pah!« Ein drittesmal versuchte Samah sein Glück.

Haplo stand auf und watete durchs Wasser zum Strand. Er wurde beobachtet. Sie wurden alle beobachtet.

Nach ein paar Schritten blieb er stehen, stöhnte schmerzerfüllt und schaute Samah böse an. »Ich glaube, du hast mir die Rippen gebrochen.«

Er preßte die Hand in die Seite, auf das Wachstuchpaket unter dem Hemd. Seine Haut mußte trocken sein, bevor er die Waffen auspacken durfte, aber das war nicht allzu schwer zu bewerkstelligen.

Mit einem erneuten Aufstöhnen stolperte er, ließ sich fallen und grub die Hände in den warmen, trockenen Sand. Der Hund winselte mitfühlend.

Alfred, die Stirn in besorgte Falten gelegt, kam mit hilfreich ausgestreckten Händen auf ihn zugeeilt.

»Faß mich nicht an!« fauchte Haplo und fügte hinzu: »Ich bin ganz naß!« in der eitlen Hoffnung, sein angeblicher ›Kumpan‹ würde den Wink verstehen.

Alfred zuckte beleidigt zurück.

»Du!« schleudert Samah ihm entgegen. »Du bist derjenige, der meine Magie blockiert!«

»Ich?« keuchte Alfred verständnislos. »Ich – ich . . . Ja, aber wie denn . . .«

Haplo hatte nur einen einzigen Gedanken: in den Nexus zurückkehren, um seinem Gebieter und den anderen Patryn die Warnung zu bringen. Er lag zusammengekrümmt auf dem Boden und stöhnte, als hätte er tatsächlich große Schmerzen. Seine Hand, trocken vom Sand, glitt in den Hemdausschnitt und in die Wachstuchhülle. Wenn Samah versucht, mich aufzuhalten, stirbt er. Ein Sprung, ein Stoß ins Herz. Die Runen auf der Klinge durchdringen jeden Schutzzauber, mit dem er sich möglicherweise umgeben hat.

Dann beginnt der wirkliche Kampf.

Die Drachenschlangen. Sie hatten nicht die Absicht, einen von ihnen gehen zu lassen.

Wenn es mir gelingt, das Boot zu erreichen, sollte dessen Magie genügen, sie mir vom Hals zu halten, wenigstens so lange, daß ich ungehindert das Todestor erreichen kann.

Haplos Finger schlossen sich um die Dolchgriffe.

Ein Schrei voll unsäglichen Grauens durchschnitt die Luft. »Haplo. hilf uns! Hilfe!«

»Das klingt wie die Stimme eines Nichtigen!« rief Alfred verwundert und spähte kurzsichtig in die Dunkelheit. »Wie kommen denn Nichtige hierher?«

Haplo zögerte. Er hatte die Stimme erkannt: sie gehörte Alake.

»Haplo!« Verzweifelt, flehend.

»Ich sehe sie!« Alfred zeigte in die Richtung der Höhle.

Drei Nichtige, die um ihr Leben liefen, verfolgt von der Horde der Drachenschlangen, die sich an der Angst, dem Entsetzen ihrer Opfer ergötzten.

Alfred stürzte auf Haplo zu und streckte ihm drängend die Hand hin. »Wir müssen ihnen helfen! Sie haben nicht die geringste Chance!«

Haplo beschlich ein merkwürdiges Gefühl. In einer ähnlichen Situation hatte er sich schon einmal befunden . . .

. . . Die Frau reichte Haplo die Hand und zog ihn auf die Füße. Er dankte ihr nicht für die Hilfe, und sie erwartete auch keinen Dank. Bald würde er seine Schuld begleichen. So war das Leben . . . im Labyrinth.

»Nur zwei!« sagte er und schaute auf die Leichen hinab.

Seine Gefährtin riß den Speer aus dem Leib der Bestie und vergewisserte sich, daß er keinen Schaden genommen hatte. Der verkrümmte Körper des zweiten Wolfsmenschen schwelte immer noch. Sie hatte Zeit gehabt, mit den Runen Elektrizität zu erzeugen und ihn zu töten.

»Kundschafter«, meinte sie. »Ein Rudel auf der Jagd.« Sie schüttelte sich das kastanienbraune Haar aus dem Gesicht. »Sie werden es auf die Siedler abgesehen haben.«

»Ja.« Haplo schaute den Weg zurück, den sie gekommen waren. Wolfsmenschen jagten in Rudeln von dreißig, vierzig Stück. Es waren fünfzehn Siedler, fünf davon Kinder.

»Sie haben nicht die geringste Chance.« Es war eine gleichgültig hingeworfene Bemerkung. Haplo wischte das Blut von seinem Dolch.

»Wir könnten umkehren und ihnen beistehen«, schlug seine Gefährtin vor.

»Wozu? Wir würden mit ihnen sterben, das weißt du.«

In der Ferne ertönten heisere Warnrufe – die Siedler machten sich gegenseitig auf die Gefahr aufmerksam. Dazwischen hörte man die helleren Stimmen der Frauen, die die Runen sangen. Und darüber erhob sich das schrille Weinen eines Kindes.

Ein Schatten flog über das Gesicht der Frau. Sie blickte unentschlossen in die Richtung des Dorfes.

»Komm schon«, drängte Haplo und steckte den Dolch in den Gürtel. »Vielleicht sind noch mehr von ihnen in der Gegend.«

»Nein. Sie helfen alle mit, die Beute zu reißen.«

Das Weinen des Kindes steigerte sich zu entsetztem Geschrei.

»Es sind die Sartan«, sagte Haplo mit harter Stimme. »Sie haben uns zu dieser Existenz verdammt. Sie tragen die Verantwortung für alles Böse, das hier geschieht.«

Seine Gefährtin schaute ihn an, in ihren braunen Augen tanzten goldene Lichtpunkte. »Manchmal habe ich Zweifel. Vielleicht ist es das Böse in uns.«

Ein Schrei voller Entsetzen, das Weinen eines Kindes. Eine ausgestreckte Hand. Die er nicht ergriff. Leere, Trauer um etwas unwiederbringlich Verlorenes.

Das Böse in uns.

Wo kommt ihr her? Wer hat euch erschaffen? Seine Fragen an die Drachenschlangen fielen Haplo ein.

Ihr wart es, Patryn.

Der Hund bellte warnend. Er kam zu ihm gelaufen und bettelte schweifwedelnd darum, angreifen zu dürfen.

Haplo stand auf. »Faß mich nicht an«, sagte er schroff zu Alfred. »Komm nicht in meine Nähe. Paß auf, daß du nicht mit Wasser in Berührung kommst! Es wird deine Magie auslöschen«, fügte er hinzu, weil Alfred ihn verwirrt anstarrte. »Auch wenn's kaum der Mühe wert ist.«

»O ja!« murmelte Alfred und wich hastig ein paar Schritte zurück.

Haplo zog einen Dolch, zog beide Dolche.

Augenblicklich sprach Samah ein Wort. Diesmal wirkte seine Magie. Feurige Sigel umgaben den Patryn, fesselten seine Handgelenke und seine Füße. Der Hund flüchtete mit einem erschreckten Kläffen zu Alfred.

Haplo glaubte fast, das hämische Lachen der Schlangen zu hören. »Laß mich gehen, du Narr! Ich kann sie vielleicht retten!«

»Darauf falle ich nicht herein, Patryn.« Samah begann die Runen zu singen. »Du erwartest doch nicht, daß ich glaube, einen von deiner Art scherte es auch nur einen Deut, was mit diesen Nichtigen geschieht?«

Nein, Haplo erwartete nicht, das Samah es glaubte, denn Haplo selbst konnte es kaum glauben. Es war Instinkt, der Impuls, die Hilflosen, die Schwachen zu beschützen. Der Ausdruck auf dem Gesicht seiner Mutter, als sie ihr Kind ins Dickicht stieß und sich herumdrehte, um den Kampf mit den Verfolgern aufzunehmen.

»Haplo, hilf uns!«

Alakes Schreie hallten in seinen Ohren. Haplo versuchte seine Fesseln zu sprengen, aber die Magie war zu stark. Er wurde davongetragen. Der Sand, das Wasser, die Berge, alles verschwamm vor seinen Augen. Die Rufe der Nichtigen wurden leise.

Mit einem Schlag war es vorbei. Haplo fand sich am Ufer wieder, benommen, als wäre er aus großer Höhe hinabgefallen.

»Geh, Haplo«, sagte Alfred. Er stand neben ihm, aufrecht,

die schmächtigen Schultern gestrafft. »Geh zu den Kindern. Rette sie, wenn es möglich ist.«

Eine Hand ergriff die seine. Er senkte den Blick. Die Ketten waren verschwunden. Er war frei.

Samahs Gesicht verzerrte sich vor eiskalter Wut. »Niemals in der gesamten Geschichte der Sartan hat einer von uns einem Patryn geholfen. Damit hast du dir selbst das Urteil gesprochen, Alfred Montbank! Dein Schicksal ist besiegelt!«

»Geh jetzt, Haplo.« Alfred schenkte dem tobenden Archonten keine Beachtung. »Ich sorge dafür, daß er sich nicht einmischt.«

Der Hund umkreiste Haplo mit wilden Sprüngen, bellte, rannte ein Stück auf die Drachenschlangen zu und kam wieder zurück, um seinen Herrn zum Mitkommen aufzufordern.

Sein Herr, wie früher.

»Ich bin dir etwas schuldig«, sagte Haplo. »Auch wenn ich bezweifle, daß ich lange genug lebe, um es zu vergelten.«

Er wog die Dolche in den Händen, die Runenmuster auf den Klingen leuchteten rot und blau. Der Hund stürmte davon, pfeilgerade auf die Drachenschlangen zu.

Haplo folgte ihm.

Kapitel 31

Draknor, Chelestra

Die Drachenschlangen hatten den Nichtigen erlaubt, ungehindert aus der Höhle zu fliehen, sie dabei aber nicht aus den Augen gelassen. Die drei erreichten den Strand. Sie konnten Haplo sehen und sein Schiff. Mit frischem Mut liefen sie auf ihn zu.

Hinter ihnen strömten wie schillernde Rinnsale eines giftigen Quells die Drachenschlangen aus ihrer Höhle; hundert geschmeidige Leiber wanden sich zielstrebig über das Geröll des Berghangs zu dem sandigen Uferstreifen hinunter.

Alake, Grundel und Devon hörten ihr Zischen und drehten sich herum.

Der rotgrüne Blick der Schlangen lähmte sie, machte es ihnen unmöglich, sich von der Stelle zu rühren. In hilflosem Entsetzen sahen sie mit an, wie die Kreaturen züngelnd die Luft schmeckten, Furcht witterten. Sie näherten sich der Beute, doch es war nicht ihre Absicht, schnell zu töten.

Furcht machte sie stark, Entsetzen verlieh ihnen Macht. Sie waren immer enttäuscht, ein Opfer sterben zu sehen. Die Drachenschlangen senkten den tückischen Blick und schoben sich träge, fast bedächtig durch den tiefen, knochenweißen Sand.

Die Nichtigen, von dem lähmenden Bann befreit, schrien auf und rannten aus Leibeskräften zu der Stelle, wo Haplos

Boot lag, unbarmherzig verfolgt von den Schlangen, die das Spiel genossen.

Sie blieben den Fliehenden gerade so dicht auf den Fersen, daß sie den Modergestank des sicheren Todes rochen und die Geräusche hörten, die sie als letzte Wahrnehmung mit hinüber nehmen würden – das Malmen und Schaben der gigantischen Leiber im Sand, das triumphierende Zischen. Vor den Nichtigen her glitt der gräßliche Schatten der turmhoch über ihnen aufragenden flachen, dreieckigen Reptilschädel über den Boden.

Während sie sich mit der Beute vergnügten, die ihnen sicher war, beobachteten die Kreaturen mit hämischer Genugtuung den Zweikampf zwischen Patryn und Sartan und nährten sich von deren Haß.

Viel zu bald wurden die Nichtigen schwächer, ihre Kräfte erlahmten, sie stumpften ab. Es war an der Zeit, die Beute ein wenig anzustacheln und aus der Lethargie zu reißen.

»Macht euch bereit«, befahl der Schlangenkönig, an der Spitze der Verfolger. »Die Menschin. Tötet sie.«

Der Tag zog herauf, die Dunkelheit verblaßte zu einem bedrückenden Grau. An diesem Ort der Finsternis wurde es niemals wirklich hell. Fahles Sonnenlicht sickerte durch das trübe Wasser empor, Haplo konnte seinen dünnen, zittrigen Schatten vor sich laufen sehen.

»Wir müssen ihm helfen!« beschwor Alfred Samah. »Du kannst ihm helfen. Gebrauche deine Magie. Zusammen gelingt es uns, die Schlangen zurückzutreiben . . .«

»Und während ich gegen die Schlangen kämpfe, macht dein Patrynfreund sich davon. Ist das dein Plan?«

»Davonmachen?« Alfred blinzelte verdutzt. »Wie kannst du so etwas sagen? Sieh doch! Sieh hin! Er setzt sein Leben aufs Spiel . . .«

»Ach was! Er ist nicht in Gefahr! Die Kreaturen gehorchen ihm! Sein Volk hat sie erschaffen.«

»Orla hat mir etwas anderes erzählt«, rief Alfred erbost. »Was haben die Drachenschlangen zu dir gesagt, Samah, an der Küste vor Surunan? ›Wer hat euch geschaffen?‹ hast du sie gefragt. ›Ihr Sartan wart es.‹ Das war ihre Antwort, ist es nicht so?«

Samahs Gesicht war zu einer Maske beherrschter Wut erstarrt. Er hob die rechte Hand, um ein Sigel in die Luft zu zeichnen. Mit der linken zeichnete Alfred dasselbe, nur spiegelverkehrt, und neutralisierte die Magie.

Samah tat einen anmutigen Tanzschritt zur Seite und murmelte halblaut eine Beschwörung.

Alfred bewegte sich in die entgegengesetzte Richtung und sprach dieselben Worte rückwärts.

Die magische Wirkung war aufgehoben.

Doch hinter sich vernahm Alfred wütendes Zischen, ein Peitschen von Schlangenleibern und Haplos rauhe Stimme, die dem Hund Befehle zurief. Es drängte ihn, einen Blick über die Schulter zu werfen, um zu sehen, was vor sich ging, doch Samah in Schach zu halten erforderte seine ungeteilte Aufmerksamkeit.

Unter Aufbietung seiner gesamten, ihm zu Gebote stehenden Macht begann der Archont einen neuen Zauber zu wirken. Magie grollte in der Ferne, Runen zuckten wie Blitze. Der ungeheure, chaotische Sturm der Wahrscheinlichkeiten brach mit voller Wucht über Alfred herein.

Er fühlte sich schwach . . .

Haplos einziges Ziel war es, die Nichtigen zu retten, weiter gingen seine Pläne nicht. Wozu die Mühe? fragte er sich verbittert. Der Kampf war von vornherein aussichtlos. Es bedurfte schon all seiner Konzentration, um die Furcht abzuwehren, die würgend nach seiner Kehle griff, mit scharfen Krallen in seinem Leib wühlte und ihn als wimmerndes Bündel Feigheit zu Boden zwingen wollte.

Der Hund hatte ihn überholt und die Nichtigen erreicht. Die drei waren fast am Ende, Erschöpfung und Furcht hatten ihre Kräfte aufgezehrt. Ohne die Schlangen zu beachten, umtanzte der Hund die beiden Mädchen und den Elfen, hielt sie zusammen, trieb sie an, wenn sie langsamer wurden.

Eine der Schlangen kam ihnen nahe, sofort fuhr der Hund bellend auf sie los.

Devon brach zusammen, Grundel krallte die Finger in sein Hemd und schüttelte ihn. »Steh auf!« flehte sie. »Steh auf!«

Alake stellte sich mit dem Mut der Verzweiflung den Drachenschlangen entgegen. Sie hob eine zitternde Hand, die trotzig die einzige Waffe umklammerte, die sie besaß – einen hölzernen Stab. Sie stieß ihn den Drachenschlangen entgegen und sprach ihre Beschwörung, langsam und deutlich, wie ihre Mutter es sie gelehrt hatte.

Der Stab begann zu brennen. Alake schwenkte die Fackel vor den Augen der Schlangen, wie sie es bei einer Raubkatze getan haben würde, die in den Hühnerstall eingedrungen war.

Die Schlangen zögerten, wichen zurück. Haplo durchschaute, welches Spiel sie trieben, und vergaß vor Zorn seine Angst. Devon war mit Grundels Hilfe aufgestanden. Der Hund versuchte kläffend und mit Scheinangriffen die Aufmerksamkeit der Drachenschlangen von den Nichtigen ab- und auf sich zu lenken.

Alake, stolz und wunderschön, trat einen Schritt vor. »Hinweg mit euch!« gebot sie. »Laßt uns in Frieden!«

»Alake, auf den Boden!« brüllte Haplo.

Die vorderste Schlange stieß blitzartig zu; flinker, als Auge und Gehirn es zu erfassen vermochten. Der flache Kopf war ein Schatten, der vorschnellte.

Alake schrie auf, sank zu Boden und krümmte sich vor Schmerzen.

Grundel und Devon fielen neben ihr auf die Knie, Haplo wäre fast über beide gestolpert. Er packte Grundel an der Schulter und stellte sie auf die Füße.

»Lauf!« schnauzte er sie an. »Hol Hilfe!«

Hilfe ... Er stutzte. Was für Hilfe? Alfred vielleicht? Er war einem Impuls gefolgt, ohne zu überlegen. Ach was, so hatte er wenigstens das Zwergenmädchen vom Hals.

Grundel blinzelte verstört, dann begriff sie, und nach einem letzten, hoffnungslosen Blick auf Alake stürmte sie davon.

Der Schädel der Drachenschlange wiegte sich träge über ihrem Opfer und über Haplo. Ihre Augen ruhten auf den bläulich schimmernden, runenbeschrifteten Dolchen in den Händen des Patryn. Sie hatte wenig Respekt vor ihm, war aber klug genug, einen Gegner nicht zu unterschätzen.

»Devon«, sagte Haplo mit bewußt ruhiger Stimme über die Schulter, »was ist mit Alake?«

Ein ersticktes Aufschluchzen des Elfen entwortete ihm. Er hörte das gequälte Wimmern des Mädchens. Sie lebte also noch – um so schlimmer. Vergiftet, wahrscheinlich, das Fleisch zerfetzt von dem knochenharten Maul der Schlange.

Er wagte einen kurzen Blick. Devon hielt Alake in den Armen, drückte sie an sich und sprach ihr beruhigend zu. Der Hund stand mit gesträubtem Fell daneben und knurrte drohend jede Schlange an, die zu ihnen hersah.

Haplo stellte sich zwischen die Schlangen und die Nichtigen.

»Hund, du bleibst.« Er hob die Dolche.

»Bringt ihn mir!« befahl der König.

Der Kopf der Drachenschlange stieß auf Haplo hinab, die Kiefer klafften weit, Gift troff zäh aus dem stinkenden Rachen. Haplo wich zur Seite, doch ein paar Tropfen brannten sich durch das feuchte Hemd in seine Haut.

Es schmerzte, aber das war jetzt nicht wichtig. Er achtete nur auf seinen Gegner.

Die Schlange stieß ein zweites Mal zu.

Haplo sprang zurück und rammte beide Dolche in den Schädel der Kreatur, zwischen den grünrot schillernden Augen. Die Klingen drangen tief ein. Blut spritzte. Die Schlange bäumte sich schmerzgepeinigt auf und riß Haplo mit in die Höhe.

Er hatte das Gefühl, die Arme würden ihm aus den Gelenken gerissen, und ließ sich fallen. Sprungbereit geduckt, wartete er ab.

Der gewaltige Leib der Schlange peitschte im Todeskampf den Boden, doch endlich lag sie still, der Glanz ihrer tückischen Augen erlosch. Dunkles Blut aus den Wunden vermischte sich mit dem Gift, das zwischen den

Kiefern hervorquoll. Die Dolche ragten wie groteske Hörner aus der Stirn.

»Hol deine Waffen. Patryn«, lispelte der Schlangenkönig maliziös. »Nimm sie dir! Kämpfe weiter! Du hast einen von uns getötet! Gib jetzt nicht auf!«

Es war seine einzige Chance. Haplo machte einen Satz und streckte die Hand aus.

Eine Schlange stieß zu. Schmerz zuckte durch seinen Arm, Knochen splitterten, Gift brannte. Seine rechte Hand fiel kraftlos herab. Haplo gab nicht auf und wollte mit der linken zugreifen.

Die Schlange bäumte sich auf, um ihn diesmal zu zerschmettern, doch ein zischender Befehl ihres Königs ließ sie innehalten. »Nein, noch nicht! Der Patryn ist stark. Wer weiß? Vielleicht gelingt es ihm, sein Schiff zu erreichen.«

Wenn ich mein Schiff erreichen könnte ...

Haplo mußte lachen. »Darauf habt ihr es abgesehen, nicht wahr?« rief er. »Ihr wollt, daß ich davonlaufe. Und wie weit laßt ihr mich kommen? Bis zu meinem Boot? Auf Armeslänge? Oder darf ich sogar den Fuß an Deck setzen, bevor ihr mich herunterpflückt und in eure Höhle schleppt?«

»Deine Schreie werden uns lange Zeit köstliche Nahrung sein, Patryn«, raunte der Schlangenkönig.

»Aber ich spiele nicht mit. Ihr werdet euch anderweitig amüsieren müssen.«

Haplo kehrte ihnen herausfordernd den Rücken zu und ging zu der Stelle, wo Devon mit Alake kniete. Der Hund postierte sich hinter seinem Herrn und blaffte jede Schlange an, die sich zu nahe heranwagte.

Alake war jetzt still. Sie hatte die Augen geschlossen, ihr Atem ging flach und viel zu schnell.

»Ich – ich glaube, es geht ihr besser.« Devon schluckte krampfhaft.

»Ja«, sagte Haplo, »es geht ihr wohl besser.«

Hinter sich hörte er die Schlangenleiber durch den Sand gleiten. Das Knurren des Hundes wurde lauter.

Alake schlug die Augen auf, sah ihn an und lächelte. »Ich fühle mich besser«, hauchte sie. »Es tut nicht mehr weh.«

»Haplo!« sagte Devon warnend.

Haplo schaute sich um. Die Schlangen waren im Begriff, ihre Beute einzukreisen. Sie wanden und ringelten sich über den Boden, doch ihre Schädel mit den lauernden Augen blieben stets ihm zugewandt. Sie begannen zu zischen – ein leises, an- und abschwellendes Wispern des Todes. Der Hund hörte auf zu knurren und drückte sich an seinen Herrn.

»Was ist?« fragte Alake mühsam. »Du hast die Drachenschlange getötet, ich hab's gesehen. Sie sind weg, nicht wahr?«

»Ja.« Haplo griff nach ihren Händen. »Sie sind weg. Die Gefahr ist vorüber. Du kannst ruhig schlafen.«

»Wirst du mich beschützen?«

»Ich beschütze dich.«

Lächelnd schloß sie die Augen. Ein Schauer durchlief ihren Körper. Dann lag sie still.

Samah sprach die erste Rune, begann mit der zweiten. Die Magie ballte sich um ihn wie eine glitzernde, lichtgesäumte Wolke.

Eine kleine, schreiende Furie sprang ihn an und krallte sich an ihm fest. Er geriet unter dem plötzlichen Anprall ins Wanken, es fehlte nicht viel, und sie wären beide hingefallen.

Dem Archonten erstarben die Worte auf den Lippen, fassungslos starrte er auf ein völlig aufgelöstes Zwergenmädchen hinunter. Sie zerrte mit schmuddeligen Händen an seinem Gewand, als wollte sie es ihm vom Leib reißen.

»Hilfe ... Alake verletzt ... Haplo allein ... Schlangen ... Er braucht Hilfe!« stieß die Zwergin atemlos hervor. »Komm mit!«

Samah stieß sie von sich. »Lüge! Wieder eine hinterhältige Lüge!«

»Bitte! Du mußt kommen!« Sie brach in Tränen aus.

»Ich werde helfen«, sagte Alfred.

Die Kleine schnupfte auf und musterte ihn zweifelnd, während Alfred sich Samah zuwandte.

Der Archont sprach wieder die Runen, aber diesmal unternahm Alfred nichts, um ihn zu hindern. Die Umrisse von Samahs Körper begannen zu flimmern, seine Gestalt verblaßte.

»Geh doch und hilf deinem Patrynfreund!« rief er. »Du wirst schon sehen, was du davon hast!«

Er verschwand.

Die Zwergin, zu aufgeregt und verängstigt, um sich zu wundern, umklammerte Alfred knochige Hand. Sie war inzwischen wieder zu Atem gekommen.

»Du mußt helfen! Die Drachenschlangen töten ihn!«

Alfred setzte sich in Bewegung, willens zu tun, was in seinen Kräften stand, auch wenn er an diesen Kräften gewisse Zweifel hegte. Über seinem Zwist mit Samah hatte er vergessen, was für grauenerregende Ungeheuer die Drachenschlangen waren. Jetzt starrte er sie an, und seine guten Vorsätze wurden zunichte: gewaltige Schlangenleiber, die den Sand peitschten, Augen rot wie Feuer und grün wie das trübe Meer, hämisch grinsende, züngelnde Mäuler, aus denen Gift tropfte.

Die altbekannte Schwäche überkam Alfred. Er wehrte sich dagegen, aber nur der Form halber. Gnädiges Vergessen, Erlösung von der Angst . . .

Kleine Fäuste prügelten auf ihn ein.

Benommen riß Alfred die Augen auf. Er lag auf dem Boden. Ein Zwergenmädchen stand über ihm, trommelte mit beiden Fäusten auf seine Brust und schrie: »Du kannst zaubern! Ich hab's gesehen! Du hast ihm seinen Hund gebracht! Hilf ihm gefälligst! Hilf Alake und Devon! Verdammt! Verdammt!« Sie brach zusammen und schlug die Hände vors Gesicht.

»Na, na, nicht weinen.« Alfred tätschelte zaghaft die schmächtige, zuckende Schulter. Er schaute zu den Drachenschlangen, und sein Herz setzte ein, zwei Schläge aus. »Ich möchte helfen«, sagte er bekümmert, »aber ich weiß nicht wie.«

»Bete zu dem Einen«, sagte die Zwergin heftig und hob den Kopf. »Der Eine wird dir Kraft geben.«
»Vielleicht hast du recht«, meinte Alfred.

»Alake!« rief Devon und schüttelte den leblosen Körper. »Alake!«
»Wünsch sie nicht zurück«, sagte Haplo. »Sie hat ausgelitten.«
Devon hob das verstörte Gesicht. »Soll das heißen, sie ist . . . Aber du kannst sie retten! Gib ihr das Leben wieder! Haplo! Wie du es für mich getan hast!«
»Ich habe meine Magie verloren!« schrie Haplo ihn an. »Ich kann sie nicht retten. Ich kann dich nicht retten. Ich kann nicht einmal mich selber retten!«
Devon bettete Alakes Körper behutsam in den Sand. »Ich hatte Angst vor dem Leben. Jetzt habe ich Angst vor dem Tod. Nein, so meine ich das nicht. Es ist nicht das Totsein. Das ist leicht.« Er faßte nach Alakes kalter Hand. »Es ist das Sterben, die Schmerzen, die Furcht . . .«
Haplo sagte nichts. Es gab nichts zu sagen. Ihnen stand ein schreckliches Ende bevor. Er wußte es. Devon wußte es, Grundel ebenfalls.
Grundel? Wo war sie?
Es fiel ihm wieder ein. Er hatte sie geschickt, um Hilfe zu holen. Um Alfred zu holen. Der Sartan war ein hoffnungsloser Tölpel, doch Haplo mußte zugeben, daß er ihn einige bemerkenswerte Dinge hatte tun sehen – wenn er nicht vorher in Ohnmacht fiel.
Haplo sprang auf. Die plötzliche Bewegung schreckte den Hund und die Drachenschlangen auf. Eine von ihnen stieß zu, ihre zweispitzige Zunge schnellte über seinen Rücken wie ein feuriger Peitschenhieb und brannte ihm das Fleisch von den Knochen. Der Schmerz war ungeheuerlich, jeder Nerv in seinem Körper schrie auf. Er sank in die Knie.
Grundel stand am Ufer, allein – eine kleine, mitleiderregende Gestalt. Keine Spur von Alfred. Haplo fiel nach vorn in den Sand. Verschwommen merkte er, daß Devon

sich über ihn beugte, daß der Hund tapfer, aber erfolglos auf die Schlange losfuhr, die ihn angegriffen hatte. Nichts war mehr wirklich, außer dem Schmerz. Er füllte sein Blickfeld aus, loderte in seinem Gehirn.

Die Schlange mußte ein zweitesmal zugestoßen haben, denn eine neue Glutwelle raste durch seinen Körper. Plötzlich aber leckte ihm der Hund durchs Gesicht, schnupperte an seinem Hals, jaulte und winselte aufgeregt. Er schien keine Angst mehr zu haben.

»Haplo!« rief Devon. »Haplo, gib nicht auf! Du kannst jetzt nicht sterben! Sieh doch!«

Haplo schlug die Augen auf. Die schwarzen Nebel, die sich um ihn zusammengezogen hatten, wichen zurück. Er drehte den Kopf, sah den Elfen, das blasse Gesicht zum Himmel gewandt.

Ein Schatten glitt über Haplo hinweg, ein Schatten, der das quälende Fieber des Schlangengiftes in seinem Blut linderte. Er drehte sich auf den Rücken. Seine Augen waren trübe, wie durch einen Schleier sah er, was Devon gemeint hatte.

Über ihnen flog ein Drache, wie Haplo in seinem ganzen Leben keinen gesehen hatte, ein Geschöpf aus Macht und Herrlichkeit. Grüne Schuppen funkelten wie Smaragde, seine Schwingen waren bernsteinfarbenes Pergament, die Mähne aus gesponnenem Gold strahlte heller als Chelestras in Wasser gefangene Sonne. Der Leib war gigantisch, die Spannweite der Flügel schien Haplo in seiner Benommenheit von Horizont zu Horizont zu reichen.

Der Drache kreiste tiefer, stieß einen hallenden Kampfruf aus und stürzte sich auf die Schlangen. Devon zog den Kopf ein und hob abwehrend den Arm. Haplo regte sich nicht, er lag still und schaute zu, während der Hund neben ihm bellte und jaulte wie von Dämonen besessen, Luftsprünge vollführte und spielerisch nach dem Leviathan schnappte, als er über sie hinwegschwebte.

Ein sausender Flügelschlag wirbelte Sandfontänen auf. Haplo setzte sich hustend auf, um besser sehen zu können.

Die Schlangen drückten sich eingeschüchtert an den

Boden. Züngelnd, unter wütendem Zischen entfernten sie sich widerwillig von ihrer Beute, die schillernden Augen spähten haßerfüllt zu der neuen Bedrohung empor.

Der Drache schwebte hoch über ihnen, beschrieb einen weiten Kreis und stieß im Sturzflug auf sie herab.

Der Schlangenkönig bäumte sich kampfbereit auf. Er spie dem Angreifer sein Gift entgegen, um ihn zu blenden, der Drache aber war schon über ihm und schlug die vorgestreckten Krallen tief in seinen schuppigen Leib.

Kopf und Schwanz des Reptils peitschten dröhnend den Boden, es verrenkte sich in unglaublichen Windungen, versuchte Beine und Hals seines Überwältigers zu umschlingen, verspritzte Gift aus dem aufgerissenen Rachen, doch ehe die ihrem Herrscher zur Hilfe eilenden Vasallen ihn erreichten, hob der Drache sich mit fauchenden Schlägen der ungeheuren Schwingen in die Luft. Der König der Drachenschlangen von Draknor baumelte wie ein armseliger Wurm in seinen Fängen.

Er schraubte sich empor, bis Haplo ihn fast nicht mehr sehen konnte, dann, hoch über den zerklüfteten Bergen Draknors, öffnete der Drache die Fänge.

Der Schlangenkönig fiel vom Himmel wie ein bizarres, sich ständig veränderndes Runenzeichen. Er zerschellte auf den Felsen, den scharfgratigen Knochen der gepeinigten Kreatur, in deren wehrlosem Leib er sich mit seiner Brut eingenistet hatte. Der Meermond erbebte unter dem Aufprall, Gesteinslawinen prasselten von den Gipfeln und verschütteten den titanischen Leichnam.

Der Drache kehrte zurück und kreiste über dem Strand, seine funkelnden Augen suchten das nächste Opfer.

Die Schlangen rollten sich zusammen, die aufgerichteten Köpfe pendelten unschlüssig, die rotgrünen Augen flackerten.

»Wenn wir den Drachen auf dem Boden fangen und ihn gemeinsam angreifen, können wir ihn töten!« zischte eine von ihnen.

»Ja«, sagte eine andere. »Eine gute Idee. Du forderst ihn heraus und lockst ihn vom Himmel. Dann greife ich ihn an.«

»Warum ich? Du lockst ihn herunter!«

Sie begannen zu streiten, keine wagte es, sich als Köder anzubieten, um den Drachen zu veranlassen, sein sicheres Revier in den Lüften aufzugeben. Keine hatte Lust, die eigene schleimige Haut zu riskieren, und es war kein König mehr da, um ihnen zu befehlen.

Konfrontiert mit einem mächtigen Feind, wie sie noch keinen gekannt hatten, erschien es ihnen ratsam, sich zu einem strategischen Rückzug zu entschließen. Bemerkenswert flink schlängelten sie sich über den Sand und suchten Zuflucht in den Trümmern ihrer einstigen Residenz.

Der Drache folge ihnen, hetzte und scheuchte sie und ließ erst von ihnen ab, als sie alle mitsammen in der Höhle verschwunden waren, dann flog er zu Haplo und schwebte über ihm in der Luft. Der Patryn versuchte, ihn anzusehen, aber der Glanz des ehrfurchtgebietenden Geschöpfs blendete ihn.

Du bist verwundet. Dennoch mußt du die Kraft finden, dein Schiff zu erreichen. Die Drachenschlangen sind verwirrt, aber bald werden sie wieder hervorkommen, und ich habe nicht die Macht, es mit ihnen allen aufzunehmen.

Haplo vernahm die Stimme des Drachen in seinem Kopf. Sie klang vertraut, doch ihm fiel nicht ein, an wen sie ihn erinnerte.

Er zwang seinen schmerzgepeinigten Körper, aufzustehen. Grelle Sonnen explodierten vor seinen Augen, er schwankte, drohte zu fallen, aber schon war Devon bei ihm. Der Hund umkreiste sie aufgeregt, besorgt. Haplo wartete ab, bis das Schwächegefühl verging, dann nickte er stumm und setzte tastend einen Fuß vor den anderen. Nach wenigen Schritten blieb er plötzlich stehen.

»Alake«, sagte er und sah auf ihren Leichnam hinunter. Dann richtete er den Blick grimmig auf die Höhle, wo im Dunkeln die tückischen Augen der Drachenschlangen glühten.

Der Drache verstand, was er meinte. *Ich kümmere mich um sie. Du kannst unbesorgt sein. Man wird ihre Ruhe nicht stören.*

Haplo nickte wieder und schaute nach vorn, auf das

Tauchboot. Da war auch Grundel, die immer noch am selben Fleck stand.

Sie wankten über den Strand. Der grazile Elf, der in sich Kraftreserven entdeckte, von denen er nichts geahnt hatte, führte den stolpernden, halb besinnungslosen Patryn und stützte ihn, wenn er zu fallen drohte. Haplo vergaß den Drachen, vergaß die Schlangen, konzentrierte seinen ganzen Willen darauf, gegen die schwarze Flut der Schmerzen und der Bewußtlosigkeit anzukämpfen.

Sie erreichten Grundel, die sich immer noch nicht gerührt hatte, sondern ihnen nur aus weit aufgerissenen Augen entgegenstarrte und unverständliche Laute von sich gab.

»Ich kann jetzt allein gehen«, stöhnte Haplo.

Er legte torkelnd die letzten Schritte zurück und lehnte sich aufatmend an den hölzernen Bug des Tauchboots. Dann deutete er auf das stammelnde Zwergenmädchen. »Hol sie her.«

»Was ist denn mit ihr?« fragte Devon befremdet. »So habe ich sie noch nie gesehen.«

»Vielleicht hat sie vor Angst den Verstand verloren.« Haplo stöhnte. Er mußte an Bord klettern, bevor die Kräfte ihn ganz verließen. »Nimm sie einfach und bring sie her.«

Hand über Hand zog er sich an der Reling des Oberdecks entlang zur Einstiegluke.

»Was wird aus *ihm* ?« hörte er Grundel schrill rufen, blickte über die Schulter und sah eine reglose Gestalt im Sand liegen.

Alfred.

»Na wunderbar«, knurrte er bitter.

Er wollte sagen: »Laß ihn liegen«, aber natürlich war der Hund schon mit Verve dabei, den ohnmächtigen Sartan abzulecken, zu betatzen und zu beschnüffeln. Nun ja, erinnerte Haplo sich widerwillig, immerhin bin ich ihm etwas schuldig.

»Also gut, dann weckt ihn auf. Er soll sich ja nicht einbilden, daß er getragen wird.«

»Er hat sich in den Drachen verwandelt«, sagte Grundel mit ehrfürchtig bebender Stimme.

Haplo lachte trocken und schüttelte den Kopf.

»Wirklich! Ich habe es mit eigenen Augen gesehen. Er hat sich in den Drachen verwandelt!«

Der Patryn schaute von Grundel zu Alfred, der mittlerweile zu sich gekommen war. Er machte kraftlose, scheuchende Handbewegungen, um die allzu stürmische Begrüßung des Vierbeiners abzuwehren.

Haplo wandte sich ab, zu geschwächt, um sich auf eine Diskussion einzulassen.

Nachdem er schließlich den Hund überzeugt hatte, daß es nun genug sei, sammelte Alfred seine Gliedmaßen zusammen und raffte sich vom Boden auf. Verständnislos starrte er von einem zum anderen, dann fiel sein Blick auf die Höhle, und die Erinnerung kehrte zurück. Er zog den Kopf zwischen die Schultern.

»Sind sie weg?«

»Das müßtest du aber wissen!« rief Grundel. »Du hast sie davongejagt!«

Alfred lächelte matt. Er schüttelte den Kopf und schaute auf die Mulde im Sand, die sein Körper hinterlassen hatte.

»Ich fürchte, du täuscht dich, Kind. Ich bin niemandem eine Hilfe gewesen. Nicht einmal mir selbst.«

»Aber wenn ich's doch gesehen habe!« beharrte Grundel.

»Beeil dich, Sartan, wenn du mitkommen willst«, mahnte Haplo ungeduldig. Nur noch ein paar Schritte . . .

»Er wird mitkommen, Patryn. Dafür sorgen wir. Du wirst Gesellschaft haben in deiner Zelle.«

Haplo lehnte sich gegen die Reling. Er hatte kaum noch genug Kraft, um den Kopf zu heben.

Samah stand vor ihm.

Kapitel 32

Surunan, Chelestra

Haplo erwachte nur langsam aus der Bewußtlosigkeit, um sich wieder dem Schmerz zu stellen und der Erkenntnis, daß sein sorgsam geordnetes Leben in Rauch aufgegangen war.

Er lag still, ohne die Augen zu öffnen, nicht aus Vorsicht oder Taktik, sondern aus schierer Erschöpfung. Das Leben würde von nun an ein ständiger Kampf für ihn sein. Zu Beginn, als er zu seiner ersten Reise aufbrach, hatte er sämtliche Antworten gewußt. Jetzt, am Ende, hatte er nichts als Fragen. Seine Überzeugungen waren ins Wanken geraten. Er zweifelte. Und der Zweifel machte ihm angst.

Er hörte ein Winseln. Ein buschiger Schwanz wischte über den Boden, eine nasse Zunge beleckte seine Hand. Immer noch mit geschlossenen Augen kraulte Haplo den Kopf des Hundes, zauste ihm die Ohren. Sein Gebieter würde nicht erfreut sein, das Tier wiederzusehen. Aber es gab noch manches andere, das sein Gebieter nicht gerne sehen würde.

Seufzend beugte er sich der Einsicht, daß ihm eine Rückkehr in Schlaf und Vergessen verwehrt war, und schlug die Augen auf. Wie konnte es anders sein – das erste Gesicht, das er nach dem Erwachen sah, gehörte Alfred.

Der Sartan stand neben dem Bett und musterte ihn besorgt.

»Hast du Schmerzen? Wo tut es weh?«

Mannhaft widerstand Haplo der Versuchung, die Augen wieder zu schließen, richtete sich statt dessen auf und warf einen Blick auf seine Umgebung. Er befand sich in einem Zimmer eines Wohnhauses – eines Sartanhauses, wie er instinktiv wußte. Nur war es jetzt kein Wohnhaus mehr, sondern ein Gefängnis. Vor den Fenstern loderten Sperrrunen, glutrote Sigel sicherten zusätzlich die abgeschlossene und verriegelte Tür. Ahnungsvoll betrachtete Haplo seine Arme und sah an sich hinunter. Seine Kleider waren naß, seine Haut nackt und bloß.

»Sie haben dich auf Samahs Befehl mit Meerwasser begossen«, erklärte Alfred. »Tut mir leid.«

»Weshalb entschuldigst du dich?« knurrte Haplo gereizt. »Es ist ja nicht deine Schuld. Mußt du ständig um Verzeihung bitten für etwas, woran du keine Schuld hast?«

Alfred errötete. »Ich weiß nicht. Wahrscheinlich bilde ich mir ein, ich *hätte* in gewisser Weise schuld. Eben weil ich der bin, der ich bin.«

»Hast du aber nicht, also hör auf zu jammern!« Haplo brauchte jemanden, um sich abzureagieren, und Alfred bot sich an. »*Du* warst es nicht, der mein Volk ins Labyrinth geworfen hat. *Du* trägst nicht die Verantwortung an der Großen Teilung.«

»Nein«, gab Alfred niedergeschlagen zu, »aber ich habe auch nicht viel dazu getan, beginnendes Unrecht wiedergutzumachen. Immer bin ich in Ohnmacht gefallen.«

»Immer?« Haplo fixierte den Sartan mit zusammengekniffenen Augen. Grundels phantastische Geschichte fiel ihm ein. »Wie war das auf Draknor? Bist du auf Draknor auch in Ohnmacht gefallen?«

»Ich fürchte, ja.« Alfred blickte beschämt auf die Spitzen seiner abgetragenen Schuhe. »Genau weiß ich es nicht, meine Erinnerung ist irgendwie – verschwommen. Oh . . .«, er warf Haplo einen ängstlichen Blick zu, ». . . ich – ich habe mich um deine Wunden gekümmert. Hoffentlich bist du nicht zornig, aber du hattest entsetzliche Schmerzen . . .«

Haplo betrachtete wieder seine Hände und Arme, von denen die Tätowierungen verschwunden waren. Nein, er wäre nicht fähig gewesen, sich selbst zu heilen. Und zornig? Selbst dazu fehlte ihm die Kraft.

»Du entschuldigst dich schon wieder«, meinte er und legte sich wieder hin.

»Ich weiß. Es tut mir leid.«

Haplo funkelte den Sartan böse an.

Alfred drehte sich um und ging durch das kleine Zimmer zu einem Bett an der gegenüberliegenden Wand.

»Ich danke dir«, sagte Haplo ruhig.

Alfred blickte erstaunt über die Schulter. »Hast du etwas gesagt?«

Haplo hatte verflucht noch mal nicht die Absicht, sich zu wiederholen. »Wo sind wir?« fragte er, obwohl er es schon wußte. »Was ist inzwischen passiert? Wie lange bin ich bewußtlos gewesen?«

»Einen Tag, eine Nacht und noch einen halben Tag. Du warst schwer verletzt. Ich versuchte, Samah zu überreden, daß er deine Magie zurückkehren läßt, dir erlaubt, davon Gebrauch zu machen, um dich zu heilen, doch er weigerte sich. Er hat Angst, sehr große Angst. Ich weiß, wie er sich fühlt. Ich kenne Angst.«

Alfred verstummte und starrte vor sich hin. Haplo bewegte sich unruhig. »Ich habe dich gefragt ...«

Der Sartan blinzelte und erwachte aus seiner Versunkenheit. »Es tut mir leid ... Oh! Nun entschuldige ich mich schon wieder. Nein, es kommt nicht wieder vor, ich versprech's. Wo bin ich stehengeblieben? Das Meerwasser. Sie haben dich zweimal am Tag darin gebadet.« Alfred sah den Hund an und lächelte. »Dein Freund hier hat ein ordentliches Spektakel veranstaltet, wenn jemand versuchte, sich dir zu nähern. Samah hätte er fast gebissen. Mir ist es schließlich gelungen, ihn zu beruhigen – den Hund meine ich –, damit nicht alles noch schlimmer wird. Ich glaube, er hat inzwischen Vertrauen zu mir.«

Haplo stieß ein Brummen aus, er sah keinen Grund, das Thema weiter zu verfolgen. »Und die Nichtigen? Sind sie gut nach Hause gekommen?«

»Nein. Das heißt, es geht ihnen gut«, versicherte Alfred

hastig, als er sah, wie Haplos Miene sich verfinsterte, »aber zu Hause sind sie nicht, obwohl Samah ihnen angeboten hat, sie zu ihren Eltern zu schicken. Übrigens ist er recht gut zu ihnen. Nur daß er sie eben nicht verstehen kann. Aber die beiden wollten nicht ohne dich gehen. Das Zwergenmädchen ließ da keinen Zweifel aufkommen. Sie hat Samah gehörig die Meinung gesagt.«

Haplo sah Grundel vor sich, wie sie energisch die Backenlocken schüttelte und dem Archonten mit dem Zeigefinger drohte. Der Patryn lächelte. Er hätte dabeisein mögen.

»Die Nichtigen sind hier, in diesem Haus. Sie haben dich so oft besucht, wie es die Sartan erlaubten. Es wundert mich, daß sie nicht längst hier sind. Andererseits, heute ist ja . . .« Alfred biß sich auf die Zunge.

»Ist was?« wollte Haplo wissen. Sein Mißtrauen war erwacht.

»Liebe Güte, nun hab' ich's doch gesagt. Eigentlich wollte ich dich nicht beunruhigen.«

»Mich beunruhigen?« Haplo starrte den verlegenen Sartan ungläubig an, dann brach er in lautes Gelächter aus. Er lachte, bis ihm die Tränen kamen und er nach Atem ringen mußte. »Ich sitze hier, ohne meine Magie, Gefangener des mächtigsten Sartanmagiers, den es je gab, und du willst mich nicht *beunruhigen«!*

»Es tut mir . . .« Alfred fing Haplos drohenden Blick auf, schluckte und schwieg.

»Laß mich raten«, meinte Haplo grimmig. »Heute ist der Tag, an dem der Rat zusammentritt, um über unser Schicksal zu beschließen. Stimmt's?«

Alfred nickte. Er setzte sich aufs Bett; die langen, schlaksigen Arme baumelten traurig zwischen seinen spitzen Knien.

»Na, was können sie dir schon tun? Einen Klaps auf die Hand geben und dich ermahnen, nicht mehr mit dem bösen Patryn zu spielen?«

Es hatte ein Witz sein sollen, doch Alfred schaute noch kummervoller drein.

»Ich weiß nicht«, sagte er mit leiser, furchtsamer Stimme.

»Vor einiger Zeit habe ich Samah zufällig belauscht und ihn sagen gehört . . .«

»Still!« warnte Haplo und setzte sich auf.

Eine Frauenstimme sang vor der Tür die Runen. Die feurigen Sigel verblaßten, lösten sich auf.

»Ah«, sagte Alfred strahlend. »Das ist Orla!« Der Sartan schien ein anderer zu werden. Die gebeugten Schultern strafften sich, er hielt den Kopf hoch – fast konnte man ihn stattlich nennen. Die Tür ging auf, und eine Frau, die zwei Nichtige vor sich her schob, trat ein.

»Haplo!« rief Grundel, und ehe der Patryn wußte, wie ihm geschah, hatte sie sich in seine Arme geworfen.

»Alake ist tot!« schluchzte sie. »Ich wollte nicht, daß sie stirbt! Alles ist meine Schuld!«

»Na, na«, sagte er und klopfte ihr unbeholfen den stämmigen Rücken, während sie sich von Schluchzen geschüttelt an ihn klammerte.

Haplo schüttelte sie behutsam. »Grundel, hör mir zu.«

Sie schluckte und sah ihn an.

»Was ihr drei getan habt, war gefährlich und tollkühn. Ihr durftet nicht allein dorthingehen. Aber ihr habt es getan, und nichts kann daran mehr etwas ändern. Alake war eine Prinzessin. Ihr Leben gehörte ihrem Volk. Sie starb für ihr Volk und vielleicht noch für sehr viele andere Leute.«

Die Sartanfrau, die mit hereingekommen war, legte die Hand über die Augen und wandte das Gesicht ab. Alfred stand unschlüssig dabei. Einen Moment lang sah es aus, als wollte sein Arm sich aus eigenem Antrieb tröstend um die Schultern der Frau legen, aber dann sank er wieder herab.

Zum Henker mit dem Kerl! dachte Haplo. Er taugt zu gar nichts.

Grundel schniefte leise und nickte.

»Nun ist es aber genug«, mahnte Haplo streng. »Sieh nur, du machst den Hund ganz verrückt.«

Das Tier hatte offenbar aus Sympathie laut und mißtönend in ihr Weinen eingestimmt. Grundel wischte sich die Tränen ab und brachte ein schwaches Lächeln zustande.

»Wie geht es heute?« erkundigte sich Devon. Er saß am Fußende des Bettes.

»Es ist mir schon besser gegangen«, erwiderte Haplo. »Aber dasselbe kann man vermutlich von dir sagen.«

»Allerdings«. Devon sah blaß und ernst aus. Der Verlust Sabias, die Trauer um Alake, das alles hatte seine Spuren hinterlassen, doch er wirkte reifer und erwachsener. Ihm war Selbsterkenntnis zuteil geworden.

Und nicht nur ihm.

»Wir müssen mit dir reden!« sagte Grundel und zerrte an Haplos Ärmel. »Ja, es ist sehr wichtig«, bestätigte Devon.

Er und Grundel wechselten einen Blick und schauten dann zu den beiden Sartan: Alfred und die Frau, die er Orla genannt hatte.

»Ihr wollt alleine sein. Ist schon gut, wir gehen derweil hinaus.« Alfred wollte den Worten gleich die Tat folgen lassen, aber die Frau hielt ihn fest. »Ich glaube, das wird nicht möglich sein.« Sie warf einen bedeutungsvollen Blick auf die Tür. Die Runen waren verschwunden, aber man hörte Schritte auf dem Gang – ein Posten.

Alfred sank in sich zusammen. »Du hast recht«, sagte er mutlos. »Ich habe nicht überlegt. Wir setzen uns hierhin und werden nicht lauschen. Ihr könnt es glauben.«

Er setzte sich aufs Bett und klopfte neben sich auf die Matratze. »Bitte nimm Platz.«

Orla sah auf das Bett, dann schaute sie Alfred an. Langsam stieg ihr vom Hals her eine tiefe Röte ins Gesicht.

Alfred seinerseits verfärbte sich regelrecht purpurn und sprang wie von einem Nest glühender Kohlen auf.

»Ich meinte doch nicht . . . Nie würde ich . . . Was mußt du von mir denken?! Keine Stühle . . . Ich wollte nur . . .«

»Ja, vielen Dank«, sagte Orla matt und setzte sich ans Fußende.

Alfred ließ sich am äußersten Kopfende nieder und musterte angelegentlich seine Schuhe.

Grundel, die ihnen ungeduldig zugesehen hatte, nahm Haplo bei der Hand und zog ihn in eine Ecke des Zimmers, so weit von den Sartan entfernt wie möglich. Devon kam mit ihr. Nach einem letzten wachsamen Blick über die Schulter begannen die beiden Nichtigen halblaut und sehr ernst auf den Patryn einzureden.

Es mag unmöglich erscheinen, im selben Zimmer zu sein mit drei Personen, die sich etwas Wichtiges erzählen, und nichts davon mitzubekommen, aber den beiden Sartan gelang es vorbildlich. Keiner von ihnen hörte ein Wort, das gesprochen wurde, sie waren viel zu sehr mit den Stimmen in ihrem Herzen beschäftigt, um den Stimmen außen große Beachtung zu schenken.

Orla seufzte verhalten. Sie verschränkte nervös die Hände und schaute alle paar Sekunden zu Alfred hin, als versuchte sie sich darüber klar zu werden, ob sie sprechen sollte oder nicht.

Alfred, der ihre Unruhe spürte, fragte sich nach dem Grund. Ihm kam ein Gedanke.

»Der Rat. Es findet eine Sitzung statt, nicht wahr?«

»Ja«, antwortete Orla tonlos.

»Du – du bist nicht dort?«

Sie setzte zu einer Antwort an, schüttelte dann aber nur stumm den Kopf. »Nein«, sagte sie schließlich nach kurzem Schweigen und hob das Kinn, als hätte sie einen Entschluß gefaßt. »Nein, ich bin nicht dort. Ich bin aus dem Rat ausgetreten.«

Alfred blieb der Mund offenstehen. Seines Wissens hatte nie ein Sartan so etwas getan. Oder auch nur in Erwägung gezogen.

»Meinetwegen?« fragte er schüchtern.

»Ja. Deinetwegen. Seinetwegen.« Sie nickte zu dem Patryn hin. »Ihretwegen.« Ihr Blick streifte die Nichtigen.

»Was hat ... Wie hat Samah ...«

»Er war außer sich. In einem Maße außer sich, daß ich jetzt gleichfalls unter Anklage stehe, zusammen mit dir und dem Patryn.«

»Nein! Das kann er nicht tun! Du darfst nicht ...«

»Pst!« Orla legte ihm die Fingerspitzen an die Lippen. »Es ist schon richtig so.« Sie griff nach Alfreds Hand. »Du hast mich so viel gelehrt. Ich habe keine Angst mehr. Was immer sie uns antun, ich habe keine Angst.«

»Was *wird* Samah uns antun?« Alfreds Finger schlossen sich um die ihren. »Was ist mit den anderen geschehen, Liebes? Was ist denen von uns zugestoßen, die vor langer Zeit die Wahrheit erkannten?«

Orla wandte sich ihm zu und sah ihn an. Ihr Blick war ruhig, ihre Stimme fest.

»Samah hat sie ins Labyrinth verbannt.«

Kapitel 33

Surunan, Chelestra

»Wir haben die Drachenschlangen das sagen gehört, Haplo«, bestätigte Grundel mit blassem Gesicht, von der Erinnerung geängstigt. »Sie sagten, es wäre alles eine List und daß unsere Völker sich gegenseitig abschlachten sollten, und dich wollten sie gefangennehmen ...«

»... und deinem Fürsten ausliefern«, warf Devon ein. »Die Drachenschlangen haben vor, dich zu deinem Fürsten zu bringen und des Verrats zu beschuldigen. Es ist wahr!«

»Du mußt uns glauben!« beschwor ihn Grundel.

Der Patryn hatte aufmerksam zugehört, die Stirn gerunzelt, aber bisher nichts dazu gesagt. »Du glaubst uns doch, ja« fragte Devon.

»Ich glaube euch.«

Bei dem überzeugten Ton seiner Stimme löste sich die angespannte Haltung der beiden, sie atmeten auf. Haplo vernahm den Widerhall der Worte des Schlangenkönigs: *Chaos ist unser Lebenselixier; Tod unser Speis und Trank.*

Auf Abarrach hatte er Beweise dafür gefunden, daß eine höhere Macht des Guten existieren mochte. Falls es stimmte, war es seiner Ansicht nach durchaus logisch, wenn er hier auf Chelestra den Widerpart entdeckte.

Er fragte sich, ob Alfred es gehört hatte, und warf einen Blick durchs Zimmer. Offenbar nicht. Der Sartan war totenblaß, er sah aus wie jemand, den ein Dolchstoß mitten ins Herz getroffen hat.

»Sartan!« sagte Haplo scharf. »Das hier geht auch dich an. Erzähl ihm, was du mir gesagt hast«, forderte er Grundel auf, »von den Drachenschlangen und dem Todestor.«

Alfred wandte sich dem Zwergenmädchen zu, doch ihm war anzusehen, daß er nur mit halbem Ohr hinhörte. Orla, die gefaßter wirkte, schenkte Grundel ihre volle Aufmerksamkeit.

Von diesem Publikum eingeschüchtert, war Grundels Bericht anfangs etwas wirr, aber nach und nach wurde sie sicherer.

»Ich habe kaum etwas davon verstanden, eigentlich nur den ersten Teil, daß sie eure Stadt überfluten wollten, um eure Magie unwirksam zu machen, damit ihr hilflos seid und fliehen müßt. Aber dann fingen sie an, von etwas zu reden, das ›Todestor‹ . . .« Sie schaute Devon fragend an. Der Elf nickte. ». . . das Todestor heißt.«

Alfred zuckte zusammen. »Todestor? Was ist mit dem Todestor?«

»Sag du's ihnen«, drängte Grundel den Elfen. »Du kennst die genauen Worte. Ich vergesse sie immer wieder.«

Devon besann sich einen Moment, um auch wirklich keinen Fehler zu machen. »Sie sagten: ›Es wird ihnen nichts anderes übrigbleiben, als zu tun, was sie vor Jahrhunderten stark genug waren, nicht zu tun. Samah wird das Todestor öffnen!‹ Und dann sprachen sie davon, durch das Todestor hindurchzugehen . . .«

Orla stieß einen Schreckenslaut aus, stand auf und legte die Hand an die Kehle. »Es stimmt. Samah hat damit gedroht, das Todestor zu öffnen, falls die Nichtigen uns angreifen.«

»Damit wird er das Böse auf die anderen Welten loslassen.« Haplo schüttelte den Kopf. »Die Drachenschlangen werden zahlreicher und mächtiger werden. Und wer soll ihnen dann Einhalt gebieten?«

»Das darf nicht geschehen!« sagte Orla. Sie wandte sich an das Zwergenmädchen und den Elfen. »Es darf keinen Krieg geben.«

»Wir haben ihn nicht gewollt«, entgegnete Devon ernst. »Aber wir brauchen einen Ort, an dem wir leben können. Ihr laßt uns kaum eine Wahl.«

»Aber wir können doch von neuem verhandeln! Wir rufen alle zusammen, sprechen über die neue Lage . . .«

»Zu spät!« Samah erschien im Türrahmen. »Der Krieg hat bereits begonnen. Streitkräfte der Nichtigen nähern sich unserer Stadt, angeführt von den Drachenschlangen.«

»Aber – das kann nicht sein«, rief Grundel. »Wir Zwerge mißtrauen den Biestern!«

»Die Elfen würden den Schlangen nicht folgen, ohne einen guten Grund.« Devon musterte Samah argwöhnisch. »Es muß etwas vorgefallen sein, das sie zu einem solchen Entschluß veranlaßt hat.«

»Selbstverständlich ist etwas vorgefallen, wie ihr sehr genau wißt. Ihr und der Patryn.«

»Wir!« Grundel schlug die Hände zusammen. »Was hätten wir denn schon tun können? Wir sind doch die ganze Zeit hier gewesen! – Obwohl wir gern etwas tun *würden*«, fügte sie hinzu. Devon verpaßte ihr einen leichten Stoß, und sie schwieg.

»Ich glaube, du solltest erklären, was du meinst«, griff Orla ein, »bevor du Kinder beschuldigst, einen Krieg vom Zaun zu brechen.«

»Also gut, ich werde erklären, liebste ›Gemahlin‹. Es kam wie ein Peitschenhieb, doch Orla zuckte nicht. Sie blieb gelassen neben Alfred stehen.

»Die Drachenschlangen gingen zu den Menschen und logen ihnen vor, *wir* Sartan wären verantwortlich für den Tod der jungen Menschen. Sie behaupteten, wir hätten die beiden anderen Kinder gefangengenommen und hielten sie als Geiseln fest.«

Sein kalter Blick richtete sich auf Devon und Grundel. »Alles wunderbar geplant – wie ihr zwei uns überredet habt, euch mitzunehmen. Die Idee des Patryn, selbstverständlich.«

»Selbstverständlich«, brummte Haplo müde. »Kurz bevor ich das Bewußtsein verliere, bin ich immer besonders genial.«

»Das stimmt überhaupt nicht!« protestierte Grundel. Ihre Unterlippe zitterte. »Wir haben nichts als die Wahrheit gesagt! Ich finde dich gemein!«

»Pst, Grundel, sei still!« Devon legte ihr den Arm um die Schultern. »Du bringst uns noch in Teufels Küche!«

»Wir führen nicht Krieg gegen Kinder«, sagte der Archont. »Man wird euch heil und gesund euren Familien zurückgeben. Folgende Botschaft werdet ihr überbringen: Wenn ihr uns angreift, dann auf eigene Gefahr. Wir wissen von eurem Plan, unsere Stadt zu überfluten. Ihr glaubt, uns dadurch schwächen zu können, aber eure ›Freunde‹, der Patryn und seine üblen Kumpane, haben euch getäuscht. Nicht einige wenige, hilflose Sartan werdet ihr vorfinden, sondern eine Armee von uns, bewaffnet mit der Macht von Jahrhunderten, gewappnet mit der Macht dreier Welten . . .«

»Du willst tatsächlich das Todestor öffnen«, warf Haplo ein.

Samah ließ sich nicht zu einer Entgegnung herab. »Wiederholt eurem Volk meine Worte. Man soll sich daran erinnern, daß wir nicht hinterhältig über einen unterlegenen Gegner hergefallen sind, sondern uns gegen Aggressoren zur Wehr gesetzt haben, denen wir überdies rechtzeitig eine Warnung zukommen ließen.«

»Du kannst das nicht ernst meinen!« Alfred streckte beschwörend die Hände aus. »Du weißt nicht, was du sagst! Das Todestor öffnen bedeutet, eine Katastrophe heraufbeschwören. Für die Drachenschlangen wäre es der Weg in die anderen Welten. Die furchtbaren Lazare von Abarrach warten nur auf eine Gelegenheit, sich dieser Welt zu bemächtigen!«

»Wie mein Gebieter.« Haplo verschränkte die Arme vor der Brust. »Du tust ihm einen Gefallen.«

»Du machst dich zum Handlanger der Drachenschlangen, Samah«, rief Orla. »Diese Kinder wissen es. Sie haben die Ränke der abscheulichen Kreaturen belauscht.«

»Als ob ich ihnen Glauben schenken würde – oder sonst einem von euch.« Samah musterte sie der Reihe nach voller Verachtung. »Sobald der erste Stein aus der Mauer fällt, öffne ich das Todestor und rufe die Unsrigen aus den Welten Jenseits zur Hilfe. Und es leben Sartan in den Welten Jenseits. Du kannst mich nicht täuschen mit deinen Lügen. Und was deinen Gebieter angeht« – Samah wandte sich an Haplo – »man wird ihn wieder ins Labyrinth werfen, zusammen mit dem Rest eurer verderbten Rasse. Und diesmal wird es kein Entkommen geben!«

»Ich bitte dich, tu es nicht.« Alfreds Stimme klang bekümmert. »Das wahre Übel ist nicht dort draußen.« Er zeigte aus dem Fenster. »Das wahre Übel ist hier.« Alfred legte die Hand auf die Stelle über dem Herzen. »Es ist die Angst. Ich kenne sie gut. Fast mein ganzes Leben lang habe ich mich unter ihrer Tyrannei geduckt. Einst, vor langer Zeit, sollte das Todestor offenstehen, als Weg für uns alle aus der Dunkelheit ins Licht. Aber das ist vergangen. Zuviel hat sich verändert. Wenn du heute das Todestor öffnest, wirst du zu deinem großen Entsetzen und Bedauern erkennen, daß du der Bezeichnung ›Todestor‹ einen neuen und düsteren Beiklang verliehen hast – und dabei stand dieser Name einmal für Hoffnung.«

Samah lauschte schweigend. »Bist du fertig?« fragte er.

»Ja, ich bin fertig«, antwortete Alfred leise.

»Nun gut. Es ist Zeit, daß diese Nichtigen zu ihren Familien zurückkehren.« Samah winkte. »Kommt her, Kinder. Stellt euch nebeneinander, und habt keine Angst vor der Magie. Sie wird euch nichts tun. Ihr werdet glauben zu schlafen, und wenn ihr erwacht, seid ihr bei Vater und Mutter.«

»Ich fürchte mich nicht vor dir.« Grundel schniefte. »Ich habe bessere Magie gesehen, als du jemals hoffen kannst fertigzukriegen.«

Sie zwinkerte Alfred verschwörerisch zu.

Alfred machte ein verwirrtes Gesicht.

»Ihr wißt noch, was ihr eurem Volk mitteilen sollt?« Samah schaute sie beide an.

»Wir wissen es, und man wird sich bei uns an Eure Worte erinnern, solange es Elfen gibt. Auf Wiedersehen, Haplo.« Devon wandte sich an Patryn. »Vielen Dank nicht nur für mein Leben, sondern auch, weil du mir gezeigt hast, daß es wert ist, gelebt zu werden.«

»Auf Wiedersehen, Haplo«, sagte Grundel. Sie schlang ihm die Arme um die Knie.

»Und Schluß mit dem Spionieren«, mahnte er streng.

Grundel seufzte tief. »Ja, ich weiß. Ich versprech's.«

Sie blieb noch einen Moment stehen und fummelte an etwas, das sie in die Rocktasche gesteckt hatte. Der Gegenstand war groß, zu groß für die Tasche, und jetzt wollte er nicht heraus. Grundel zerrte, der Stoff riß. Endlich brachte sie den Gegenstand zum Vorschein und hielt ihn Haplo entgegen. Es war ein Buch, mit einem abgegriffenen Einband voller Flecken, die vielleicht von Tränen stammten.

»Du sollst das haben. Es ist ein Tagebuch, mit dem ich angefangen habe, als wir damals von zu Hause ausgerissen sind, um uns von den Drachenschlangen fressen zu lassen. Ich habe die Dame gebeten« – Grundel nickte zu Orla hin – »es für mich zu holen. Sie hat es gleich getan. *Sie* ist freundlich. Eigentlich wollte ich noch mehr hineinschreiben, alles, auch den Schluß, aber ich kann's nicht. Er ist zu traurig. Jedenfalls«, sie wischte sich eine verirrte Träne ab, »mußt du nicht ernst nehmen, was ich am Anfang über dich gesagt habe. Da kannte ich dich noch nicht. Ich meine ... Du versteht das?«

»Ja«, sagte Haplo und nahm das Geschenk entgegen, »ich verstehe das.«

Devon ergriff Grundels Hand, gemeinsam traten sie vor den Archonten. Er sang die Runen. Feurige Sigel entstanden aus seinen Worten in der Luft, ordneten sich um das Zwergenmädchen und den Elfen. Ihre Augen schlossen sich, die Köpfe sanken herab, sie lehnten aneinander. Die Runen flammten auf, und die beiden waren verschwunden.

Der Hund bellte verstört. Haplo legte ihm beschwichtigend die Hand auf den Kopf.

»Das wäre getan«, meine Samah geschäftig. »Nun haben wir noch eine Pflicht zu erfüllen, eine besonders unangenehme. Je schneller wir es hinter uns bringen, desto besser. Du – Alfred Montbank. Dein Fall ist vor dem Rat verhandelt worden. Nach sorgfältiger Überlegung haben wir dich für schuldig befunden der Verständigung mit dem Feind, der Verschwörung gegen dein eigenes Volk, des Versuchs, uns mit Lügen zu täuschen, und der Ketzerei. Wir haben ein Urteil gefällt. Erkennst du, Alfred Montbank, an, daß der Rat das Recht und die Weisheit besitzt, dir eine Strafe zuzumessen, die es dir ermöglicht, aus deinen Fehlern zu lernen und Wiedergutmachung zu leisten?«

Die Ansprache war eine reine Formalität; jeder, der vor den Rat zitiert wurde, durfte sein Ja und Amen dazu sagen. Doch Alfred lauschte mit gerunzelter Stirn und schien jedes Wort genau zu überdenken.

»Aus meinen Fehlern lernen und Wiedergutmachung leisten«, wiederholte er für sich. Er hob den Blick zu Samah, und als er antwortete, tat er es mit klarer, fester Stimme. »Ja, das will ich.«

»Alfred, nein!« Orla stürzte sich auf ihren Gemahl. »Samah, tu es nicht, ich flehe dich an! Warum kommst du nicht zur Vernunft!«

»Schweig!« Samah stieß sie zurück. »Auch dein Urteil ist gefällt worden. Du hast die Wahl. Du kannst mit ihm gehen oder bei uns bleiben. Doch wie du dich auch entscheidest, man wird dich deiner magischen Kräfte entkleiden.«

Orla starrte ihn an. Langsam schüttelte sie den Kopf. »Du bist verrückt, Samah. Deine Angst hat dir den Verstand geraubt.«

Sie trat neben Alfred und nahm seinen Arm. »Ich gehe mit ihm.«

»Nein, Orla.« Er griff nach ihrer Hand. »Das kann ich nicht zulassen. Du weißt nicht, was du auf dich nimmst.«

»O doch, ich weiß es. Vergiß nicht, ich habe gesehen, was du gesehen hast.« Sie blickte zu Haplo. »Ich weiß, was uns erwartet, und ich fürchte mich nicht.«

Haplo hörte nicht zu. Er hatte prüfend den Sartan gemustert, der an der Tür Wache hielt, und seine Chancen kalkuliert, an dem Mann vorbei, vielleicht noch bis zu seinem Boot zu kommen. Die Erfolgsaussichten waren miserabel, aber selbst ein zum Scheitern verurteilter Fluchtversuch hatte für ihn mehr Reiz, als geduldig abzuwarten, bis Samah ihm die nächste Dusche verpaßte.

Er spannte die Muskeln und duckte sich. Im selben Moment drehte Samah sich herum und sagte etwas zu dem Posten. Haplo setzte rasch eine gleichgültige Miene auf und verschränkte wieder die Arme vor der Brust.

»Ramu – geh mit diesen beiden in den Ratssaal und bereite sie auf die Transmittierung vor. Wir müssen diese Prozedur sofort hinter uns bringen, bevor die Nichtigen angreifen. Ruf alle Mitglieder des Rats zusammen, wir brauchen sie, um ein magischen Ritual dieser Größenordnung durchzuführen.«

»Was für eine Transmittierung?« Haplo war auf der Hut, er glaubte, es ginge um ihn. »Was ist los?«

Ramu trat einige Schritte vor.

Alfred setzte sich in Bewegung, Orla zur Seite. Das Paar schritt mit gelassener Würde seinem Schicksal entgegen, ohne daß Alfred auch nur ein einziges Mal stolperte, wie Haplo staunend bemerkte.

Er trat ihnen in den Weg. »Wo schicken sie euch hin?«

»Ins Labyrinth«, antwortete Alfred.

»Wie bitte?«

Haplo lachte. Das mußte ein aberwitziger Plan sein, um ihn in eine Falle zu locken, auch wenn er sich beim besten Willen den Zweck nicht vorstellen konnte. »Ich glaub's nicht!«

»Andere sind vor uns dorthin geschickt worden, Haplo. Wir sind nicht die ersten. Seinerzeit, während der Teilung, hat man die Sartan, die die Wahrheit kannten und nicht abschwören wollten, mit euch Patryn ins Labyrinth verbannt.«

Haplo starrte ihn benommen an. Das ergab keinen Sinn. Es war unmöglich. Und doch wußte er genau, daß Alfred die Wahrheit sprach. Sartan waren nicht fähig zu lügen.

»Das kannst du nicht tun!« wandte Haplo sich an Samah. »Du verurteilst sie zum sicheren Tod!«

»Spiel nicht den Teilnahmsvollen, Patryn. Es nützt dir nichts. Du wirst bald wieder mit deinem ›Freund‹ vereint sein, nachdem du uns alles erzählt hast, was du über diesen sogenannten Fürsten des Nexus und seine Pläne weißt.«

Haplo ignorierte ihn und schaute Alfred an. »Du läßt dich von ihm ins Labyrinth verfrachten? Einfach so? Du bist da gewesen, in meinem Kopf! Du weißt, wie es dort aussieht. Ihre beide werdet keine zwei Minuten am Leben bleiben. Kämpfe, verdammt! Ein einziges Mal in deinem Leben zeig Rückgrat und kämpfe!«

Alfred wurde blaß und zwinkerte nervös. »Nein, ich könnte es nicht . . .«

»O doch, du kannst! Grundel hatte recht, *du* warst der Drachen, stimmt's? Du hast uns auf Draknor das Leben gerettet. Du hast Macht, du bist mächtiger als Samah, als irgendein Sartan, der je gelebt hat. Die Drachenschlangen wissen es, Drachenmagier nennen sie dich. *Er* weiß es. Deshalb will er dich loswerden.«

»Ich danke dir, Haplo«, sagte Alfred sanft, »aber selbst wenn es stimmen sollte, was du sagst, und ich mich tatsächlich in einen Drachen verwandelt habe, kann ich mich nicht mehr erinnern, wie das zugegangen ist. Nein, es ist schon richtig so. Versuch es zu verstehen.«

Er legte dem Patryn eine Hand auf den eisenhart angespannten Arm. »Mein ganzes Leben lang bin ich vor mir selbst davongelaufen. Oder in Ohnmacht gefallen. Und den Rest der Zeit habe ich damit zugebracht, mich zu entschuldigen.« Er sprach beinahe feierlich. »Ich laufe nicht mehr davon.«

»Scheint so«, meinte Haplo schroff. »In Ohnmacht fallen solltest du ab jetzt auch nicht mehr. Nicht im Labyrinth.« Er machte sich grob von ihm los.

»Ich werde daran denken.« Alfred lächelte.

Der Hund drückte sich winselnd an ihn und rieb den Kopf an seinem Bein. Er streichelte ihn zaghaft. »Paß gut auf ihn auf, alter Freund. Verlier ihn nicht wieder.«

Ramu trat zwischen sie und begann die Runen zu singen.

Ketten flammender Sigel erschienen aus dem Nichts. Ihre Glut blendete Haplo, vor der unerträglichen Hitze mußte er zurückweichen. Als er wieder sehen konnte, versperrten die Runenbarrieren Tür und Fenster.

Die Sartan waren verschwunden.

Kapitel 34

Surunan, Chelestra

Haplo legte sich wieder hin. Er konnte nichts tun als warten. Seine Haut trocknete langsam, die Tätowierungen wurden allmählich sichtbar. Es brauchte Zeit, bis seine magischen Kräfte ihm wieder zu Gebote standen, Zeit, die er wahrscheinlich nicht hatte. Die Sartan würden bald zurückkehren, um ihn mit Wasser zu begießen und zu verhören.

Das konnte heiter werden.

In der Zwischenzeit war es wohl das beste, wenn er sich ausruhte. Durch den Verlust seiner Magie fühlte er sich schwach und müde. Er fragte sich, ob es eine wirkliche, physische Reaktion war oder Autosuggestion. Er dachte auch noch über viele andere Dinge nach, während er auf dem Rücken lag und den bekümmerten Hund streichelte.

Sartan – Männer und Frauen – im Labyrinth. Zusammen mit ihren Feinden dorthin verbannt. Was war mit ihnen geschehen? Am naheliegendsten war, daß die Patryn in ihrem Zorn sich auf sie gestürzt und sie getötet hatten.

Aber wenn nicht? grübelte Haplo. Wenn diese Erzfeinde sich nun gezwungen gesehen hätten, ihren Haß zu begraben und Frieden zu schließen, wenn sie überleben wollten? Und wenn sie in den langen, finsteren Nächten beisammenlagen, Trost in den Armen des anderen suchten, Erlösung von der Angst? War es möglich, daß sich vor langer, langer Zeit, zu

Beginn ihres Martyriums, Sartan- und Patrynblut vermischt hatten?

Ein unglaublicher Gedanke. Unvorstellbar. Die Schlußfolgerungen, die sich daraus ergaben, waren zu bestürzend.

Seine Hand streichelte den Kopf des Hundes auf seiner Brust. Das Tier schloß die Augen, schnaufend rückte es auf dem Bett dichter an ihn heran. Haplo war selbst fast eingeschlafen, als das Universum plötzlich Wellen schlug.

Er riß die Augen auf. Das Herz klopfte ihm bis zum Hals, Panik überfiel ihn, jeder Muskel spannte sich kampfbereit, und doch blieb er wie gelähmt liegen. Es war ein Gefühl wie von den kleinen Wellen, die bei leichtem Wind die Wasseroberfläche kräuseln, das von den Füßen her durch seinen ganzen Körper flutete, Schwindel und Übelkeit im Gefolge. Ihm blieb nichts anderes übrig, als es mit zusammengebissenen Zähnen über sich ergehen zu lassen.

Das Phänomen war ihm nicht neu. Er hatte schon einmal erlebt, daß die Welt um ihn Wellen schlug, daß er sich als Scherenschnittfigur vor einem flachen, eindimensionalen Hintergrund sah.

Die Wellen breiteten sich aus, krümmten die Wände, krümmten die Decke. Die roten Verbotsrunen an Fenstern und Tür erloschen, doch was nützte ihm das. Er konnte sich nicht rühren.

Beim letztenmal war der Hund verschwunden. Er hielt ihn fest, aber das Tier machte keine Anstalten, sich zu verflüchtigen, es schlief ruhig und merkte nichts von den beunruhigenden Vorgängen.

Es war abrupt vorbei, wie es begonnen hatte. Die Verbotsrunen leuchteten. Der Hund schnarchte.

Haplo holte tief Atem und stieß ihn wieder aus, dann starrte er blicklos zur Decke.

Damals, beim erstenmal, war Alfred die Ursache gewesen. Alfred hatte das Todestor betreten.

Der Patryn schreckte aus tiefem Schlaf empor, ein schmerzhaftes Prickeln, das Gefahr ankündigte, durchlief ihn. Es war Nacht und dunkel im Zimmer, bis auf den Schimmer der Runen. Er schwang die Beine aus dem Bett und versuchte sich zu erinnern, was das für ein Geräusch gewesen war, das ihn geweckt hatte. Erst nachdem er ein paar Atemzüge lang angestrengt gelauscht hatte, fiel ihm auf, wie hell die Tätowierungen auf seiner Haut leuchteten.

»Ich muß lange geschlafen haben«, sagte er zu dem Hund, der ebenfalls aufgewacht war. »Ich frage mich, warum noch keiner gekommen ist? Hast du eine Ahnung, was hiervorgeht, alter Junge?«

Der Hund schien tatsächlich eine Ahnung zu haben, denn er sprang vom Bett und trabte zum Fenster; Haplo, der auf dieselbe Idee gekommen war, folgte ihm. Er trat so nah wie möglich an die Runenbarriere heran, ohne auf die sengende Hitze zu achten, die seine Haut verbrannte und vor der seine eigene Magie ihn nicht lange zu schützen vermochte. Die zusammengekniffenen Augen noch mit der Hand gegen das grelle Flimmern der Sigel abgeschirmt, bemühte er sich hinauszuspähen.

Es war nicht viel zu sehen in der Dunkelheit draußen, ein Hin und Her schwarzer Schatten vor noch schwärzerem Hintergrund. Doch er konnte die Rufe hören; die Rufe waren es gewesen, die ihn geweckt hatten.

»Die Mauer ist geborsten! Das Wasser kommt!«

Haplo glaubte, Schritte vor der Tür zu hören. Er ballte die Fäuste, drehte sich herum. Es war dumm von ihnen gewesen, ihm soviel Zeit zu lassen, daß er seine magischen Kräfte vollständig zurückgewinnen konnte. Er würde ihnen zeigen, wie dumm!

Die Schritte verhielten einen Moment und entfernten sich wieder. Haplo ging zur Tür und horchte, bis sie verklungen waren. Falls es einen Wachposten gegeben hatte, war er jetzt fort.

Die Runenbarriere war allerdings immer noch stark, immer noch unüberwindlich. Haplo sah sich gezwungen, von der Tür zurückzutreten; die Hitze abzuwehren verbrauchte zuviel von seiner Kraft.

»Mach's dir ruhig gemütlich, alter Junge«, riet er dem

Hund. »Nicht mehr lange, und wir können einfach hinausspazieren.«

Und dann, wohin? Was tun?

Zurück ins Labyrinth, um dort nach Alfred zu suchen. Und nach den anderen . . .

Mit einem stillvergnügten Lächeln ging Haplo zum Bett, legte sich hin, verschränkte behaglich die Hände unterm Kopf und wartete darauf, daß das Wasser stieg.

ANHANG 1

MAGISCHE KRIEGFÜHRUNG ZWISCHEN PATRYN UND SARTAN: DETAILS

Sowohl die Sartan- als auch die Patrynmagie basieren auf der Theorie der unendlichen Wahrscheinlichkeiten*. Eine Konfrontation zwischen beiden gleicht im Grunde genommen einer tödlichen Version des Kinderspiels Schere, Stein, Papier**. Für dieses Spiel versieht jedes Kind sich mit drei Gegenständen: einer Schere, einem Stück Papier und einem Stein, die alle hinter dem Rücken verborgen gehalten werden. Die Kontrahenten stehen sich gegenüber, und auf ein Zeichen bringen sie einen der drei Gegenstände zum Vorschein. Es kommt darauf an zu erraten, für welche ›Waffe‹ der Gegner sich mit dieser Runde entscheiden wird, um entsprechend zu kontern.

Sieg und Niederlage sind wie folgt geregelt:

Schere *schneidet Papier.* (Wer die Schere vorzeigt, hat gewonnen.)

Stein zerbricht Schere.

Papier umhüllt Stein.

Schere, Stein, Papier ist natürlich ein extrem vereinfachendes (und verharmlosendes) Beispiel für ein magisches Kräftemessen zwischen Patryn und Sartan, denen unzählige Möglichkeiten des Angriffs und der Verteidigung zu Gebote standen.

* Siehe *Magie in den Reichen – Auszüge aus den Betrachtungen eines Sartan* in ›Himmelsstürmer‹ ›*Die vergessenen Reiche*‹, Band 1, Bastei-Lübbe 29 198

** Es gibt eine Theorie, daß Sprößlinge der Nichtigen es erfunden haben, Heldentaten berühmter Sartan (oder Patryn) nachzuspielen.

Nur selten wurden Duelle zwischen den verfeindeten Rassen in der Hitze des Zorns ausgetragen, wie Samah und Haplo es taten. Beide Seiten hatten einen gewissen Ruf zu wahren, man legte Wert auf die Einhaltung gewisser Regeln. Eine förmliche Herausforderung mußte ausgesprochen und angenommen werden, bevor der Kampf stattfinden konnte. Ein Patryn war immer bereit, vor den Augen der Öffentlichkeit anzutreten, ein Sartan hingegen nur bedingt – erst nach Abwägung des möglichen pädagogischen Nutzens einer solchen Zurschaustellung von Können und Mut für die Nichtigen.

Öffentliche Duelle wurden in Arenen ausgetragen und waren ein prachtvolles, unterhaltsames Spektakel, auch wenn die Anwesenheit von Publikum sich hinderlich auf einige der besonders dramatischen magischen Effekte auswirkte. Zum Beispiel wäre es ein Fauxpas allererster Güte gewesen, den Gegner mit einem Blitzstrahl treffen zu wollen, der statt dessen mitten unter den Zuschauern einschlug. Daher glichen Konfrontationen dieser Art eher Schachturnieren, bei denen jeder versucht, den anderen möglichst elegant matt zu setzen.

Private Fehden waren eine erheblich ernstere Angelegenheit mit fast immer tragischem Ausgang. Sie wurden an geheimen Orten ausgefochten, nur den beiden Rassen bekannt, wo man zerstörerische Kräfte entfesseln konnte, ohne Unbeteiligte zu gefährden. Manchmal waren die beiden Duellanten allein, aber für gewöhnlich trugen sie ihren Zwist unter den Augen von Familienmitgliedern und Angehörigen des Rats aus, die als Zeugen fungierten. Einzugreifen war ihnen nicht gestattet.

Es soll nicht unerwähnt bleiben, daß der Rat der Sartan offiziell gegen Duelle insbesondere dieser letzten Art war und sein möglichstes tat, sie zu verhindern.

Trotz der unerschöpflichen Vielfalt nutzbarer Wahrscheinlichkeiten folgten die Magier zumeist einem festem Schema, das auf den Gesetzen der Logik basierte. Die ersten Beschwörungen und Formeln dienten überwiegend der Verteidigung oder Ablenkung. Es waren Fingerübungen, die wenig Anstrengung erforderten und es den Gegnern ermöglichten, sich gegenseitig zu studieren und auszuloten. In dieser Phase versuchte ein Sartanmagus vielleicht, den Feind zu irritieren, indem er Tausende von Schlangen gegen ihn sandte, und der Patryn umgab sich mit einem schützenden Wall aus Feuer.

Der behutsamen Eröffnung folgten ernstzunehmendere Attacken und Gegenattacken. Beide Kontrahenten mußten fähig sein, die Absicht des Gegners vorauszuahnen, in Sekundenbruchteilen angemessen zu reagieren und eventuelle Finten zu durchschauen, um nicht unerwartet auf dem falschen Fuß erwischt zu werden. Die geringste Fehleinschätzung, ein Blinzeln, ein Moment der Unaufmerksamkeit konnten das Ende bedeuten.*

* Auszug aus einer Abhandlung, entdeckt in der Bibliothek der Sartan auf Chelestra.

ANHANG 2

NATUR UND FUNKTION DER *DURNAI*

(Aus einem Bericht von Ramu, Sohn des Samah, an den Rat der Sieben. Ramu sprach zu Beginn der Sitzung, in deren weiterem Verlauf auch Alfred gehört wurde. Der Text fand sich nebst anderen Artefakten später unter den Habseligkeiten des Letztgenannten. Wie er in ihren Besitz gekommen ist, bleibt ein Rätsel. Die Fußnoten scheinen von Alfred zu stammen und sind ausnahmslos in der Sprache der Nichtigen abgefaßt – ein interessantes Detail.)

Ehrwürdige Sartan des Rats:

Ich bitte darum, meine Brüder und Schwestern, gütig einen Bericht über den Zustand des Reiches anzuhören, der sich mit den Meermonden befaßt, uns bekannt als die Durnai. In aller Demut mache ich mich anheischig, dieser erlauchten Runde die Fakten vorzutragen, und bitte um Nachsicht, sollten sie Euren Ansprüchen und Erwartungen nicht genügen. Mögen die Runen uns Einsicht und Weisheit für unsere Verwaltung der Schöpfung gewähren.*

Beginnen möchte ich mit einer kurzen Darstellung der Struktur dieses Reiches, anschließend werde ich mich im Rahmen meiner begrenzten und unzureichenden Fähigkeiten bemühen, die erwartete mit der tatsächlichen Lage zu vergleichen.**

* Eine Redewendung der Sartan, die ihre Magie als die ultimative Quelle der Macht in der gesamten Schöpfung darstellt.

** Diese unterwürfige und gestelzte Redeweise ist üblich bei Wortmeldungen im Rat. Man kann getrost annehmen, daß Ramu in Wirklichkeit keinerlei Zweifel an seinen Fähigkeiten hegte. Im Gegenteil. Meiner Ansicht nach war er überzeugt, niemals etwas falsch machen zu können.

Ursprünglicher geographischer und geologischer Plan unseres Reiches:

Unser Wasserreich besteht aus einem riesigen Ozean, umgeben von Eis. In der Mitte dieses Ozeans bewegt sich die Meersonne, eine große Kugel aus phosphoreszierendem Licht, die das umgebende Wasser erhellt und erwärmt. Sie schafft eine eisfreie Zone, die mit ihr wandert; ihr Kommen bedeutet Erwachen und Leben, ihr Weiterziehen das Zurücksinken in Dunkelheit und Kälte.

Viele Organismen bevölkern diesen Ozean – die gigantischsten unter ihnen sind die Durnai, auf denen die Nichtigen leben.

Die Meersonne

Die Meersonne bezieht ihre Energie hauptsächlich durch eine Pharynx* aus dem Reich des Feuers. Bis sich an Jran-kri** die Todestore öffnen, gelangt durch die Pharynx nur soviel Energie, um den Fortbestand der Welt zu gewährleisten. Erst mit dem Erreichen von Jran-kri werden die Durnai erwachen und wird das Eis schmelzen.

* Samah erklärte, daß die Geteilten Reiche nicht nur durch die Todestore verbunden sind, sondern auch durch zahlreiche andere Zugänge, die Pharyngen. Es handelt sich dabei um spezielle Dimensionspassagen für den Transport von Materie/Energie zwischen den Reichen. Sie funktionieren nur in einer Richtung und sind nicht zur Beförderung von Lebewesen geeignet. Ursprünglich waren sie dazu bestimmt, die Geteilten Reiche zu einem geschlossenen, autarken System zu vereinen. Die Pharyngen sollten nach der Öffnung der Todestore dazu dienen, Abfälle, Rohstoffe und Erzeugnisse von einem Reich zum anderen zu befördern. Derzeit sind sie nur teilweise funktionsfähig.

** Ein Ausdruck der Sartan für ›das Dritte‹, ›drittens‹ oder ›dritter Teil‹, der sich im Lauf der Zeit als feste Bezeichnung für die dritte und letzte Phase der großen Teilung eingebürgert hat. Jran-ai (Phase 1) bezieht sich auf die eigentliche magische Teilung, in deren Verlauf die gesamte Schöpfung in ihre Elemente gespalten und die Reiche erschaffen wurden. Auch die Durnai entstanden während Jran-ai. Jran-dus (Phase 2) war die Zeit der Okkupation und Organisation unter der Ägide der Sartan. Zu Jran-kri sollten sich die Todestore öffnen und das Zeitalter der universalen Kooperation seinen Anfang nehmen. Bisher ist Jran-kri ein uneingelöstes Versprechen geblieben.

Die Meersonne wandert auf einer vorbestimmten Bahn durch den Ozean. Ein Zyklus dauert annähernd eintausend Jahre, das ist der Grund für den langen Schlaf* unseres Volkes und das kürzliche Erwachen. Die Sonne ihrerseits wird auf ihre Reise von den Durnai umkreist. Man hatte es so geplant, um das Wasser des Ozeans in Bewegung zu halten und gleichzeitig die Wiederaufbereitung der Materialien aus den anderen Reichen zu erleichtern und zu beschleunigen.

Das Segensmeer

Obwohl man es als Meer betrachtet und auch so nennt, handelt es sich bei der wasserklaren Flüssigkeit um eine oxygenierte, auch von Säugetieren atembare Emulsion.

Es wimmelt dort von kleinen Prokaryonten, Eukaryonten, Plankton und ähnlichen Spezies, eigens dafür geschaffen, chemisch mit den Abfallstoffen zu reagieren, die nach Jran-kri ins Segensmeer entsorgt werden sollten. Verschiedene Arten Blattang bilden schwimmende Felder von großer Ausdehnung.

Die Stoffwechselprodukte all dieser Kleinorganismen dienen als Nahrung für die Durnai und bilden außerdem die erste Stufe in einem Aufbereitungsprozeß von Abfallstoffen. Die Ausscheidungen der Meerbewohner sind leichter als die umgebende Materie und treiben unausweichlich in den Bereich der Nongravitation** der Durnai, von denen sie absorbiert werden – die letzte Phase vor der Transmittierung durch eine weitere Pharynx im Zentrum eines jeden Durnai zu den großen Raffinieranlagen im Reich der Lüfte.***

Im Wasser tummeln sich noch andere Geschöpfe. Die Delphine, intelligent und schon fast zu kommunikationsfreu-

* Hibernation

** Ramu bedient sich hier eines nicht ganz zutreffenden Ausdrucks. Richtiger wäre ›Repulsion‹.

*** Er kann nur das Allüberall auf Arianus meinen. Das Reich des Wassers sollte als Sammelbecken und Wiederaufbereitungsanlage für die Abfälle der anderen Welten dienen. Es fällt einem schwer, sich einen so schönen Ort als Kloake vorzustellen.

dig, brauchen wegen der besonderen Beschaffenheit des Segensmeeres zum Atmen nicht aufzutauchen wie in unserer alten Welt.* Sonstige Meeressäuger wie Robben, Seelöwen, Seekühe, Wale gibt es in großer Zahl; Fische, Kraken, Seesterne – die gesamte unglaublich artenreiche Fauna des Meeres hat sich gleichfalls der neuen Umgebung angepaßt. Das in der Emulsion vorkommende Plankton absorbiert das Kohlendioxid aus dem Atmungsprozeß der verschiedenen Lebewesen und verwandelt es wieder in Sauerstoff.

Biosphären (Die Durnai)

Während Jran-ai** erschufen wir die Durnai – Biosphärenkreaturen von gigantischen Ausmaßen – als wichtigste Elemente in unserem allumfassenden Weltenplan. Sie sollten in einer Art Winterschlaf (Hibernation) durch das Segensmeer treiben, bis zum Erstarken der Meersonne an Jran-kri.

Der ursprüngliche Plan sah vor, daß die Nichtigen als eine Art nützlicher Parasiten in den ›Poren‹ der ›Haut‹ der Durnai leben sollten – ein symbioseähnliches Arrangement.

Die Nichtigen sollten die inneren Flächen der Biosphären kultivieren und dadurch einen ungehinderten Ablauf der Chemosynthese gewährleisten.

Die Hauptaufgabe der Durnai war, durch Interaktion mit der Flüssigkeit des Segensmeeres biologische und chemische Abfälle aus den anderen Welten wieder zu verwertbaren biosynthetischen Stoffen, Gasen und Chemikalien aufzubereiten. Die ›Bergwurzeln‹ der Durnai, die von der Phosphoreszenz des Meerwassers mit Energie versorgt werden, transportieren die Schadsubstanzen in die Untererde. Den Nichtigen erscheinen diese Wurzeln als zerklüftete Gebirgszüge, die aus dem Meer aufragen und mit der Kavernendecke verschmelzen. In Wirklichkeit haben die ›Gebirge‹ mehr Ähnlichkeit mit echten Pflanzenwurzeln, die Chemikalien und sonstige Verunreinigungen aufsaugen, damit sie im Innern des Durnai zu Nahrung für den eigenen Bedarf

* Die Erde vor der großen Teilung.

** Siehe 2. Fußnote auf Seite 480

umgewandelt werden. Als Nebenprodukt fallen Stoffe an, die als Rohmaterial auf dem Weg über die Pharynx im Zentrum durch den Subraum zum Reich der Lüfte transportiert werden, zu der großen Maschine dort.*

Die Gestade (Äußere Durnaihülle)
–sind die Hänge zerklüfteter Gebirgszüge (eine Art mineralisches Skelett der Durnai), die weit ins Meer hineinreichen. Dort werden die im Wasser gelösten Abfallstoffe in die porösen Formationen aufgenommen und ins Innere der Durnai transportiert. Außerdem fungieren die Gestade als Kollektoren für das von der Meersonne ausgehende Licht und versorgen die Durnai mit der lebensnotwendigen photosynthetischen Energie.

Die Kavernen (Äußere Hülle)
– ›Poren‹ in der äußeren Hülle der Durnai und Lebensraum für die Nichtigen von Chelestra. Das atmosphärische und ökologische Gleichgewicht wird teils von der Flora dort aufrechterhalten, teils von der Biosphäre selbst. Die Kavernen dienen als flexibler biologischer Puffer, der es den Durnai ermöglicht, kleinere Veränderungen der Meeressubstanz auszugleichen.

Die Biosphäre regelt auch die Temperatur, indem sie interne Wärme an das Wasser abgibt, und bewirkt darüber hinaus eine ständige Reinigung und Erwärmung der Atmosphäre. Beide Prozesse erlahmen kontinuierlich, wenn der Durnai sich auf seinem Orbit wieder der Eiszone nähert.

Aufgrund der riesigen Ausmaße der Grotte herrschen darin natürliche Wetterbedingungen, die gesteuert werden von der Rotation der Biosphäre im Wasser und der Einwirkung der verschiedenen Meeresströmungen. Als häufige Folge dieser Vorgänge kommt es zu Regenfällen, die bei zunehmender Annäherung an die Eiszone als Schnee niedergehen.

Der atmosphärische Druck hält die Wassermassen

* Wieder das Allüberall.

zurück. Viele Kavernen sind durch Fjorde miteinander verbunden, alle erhalten ihr Licht aus dem Meer, zusätzliche Helligkeit spendet das künstlich erzeugte Licht der Nichtigen.

Innerwärts

Chemische und andere Substanzen aus dem Segensmeer werden im Kern des Durnai von den verschiedenen Organen dort ›verdaut‹, dabei wird durch Photo- und Chemosynthese lebensspendende Energie erzeugt. Als Nebenprodukte fallen Edelgase, Nitrogen, Karbonverbindungen und bestimmte biologische Organismen an, die anschließend zur Pharnyx im Zentrum des Durnais wandern, zwecks Transmission.

Die Pharynx

Im Mittelpunkt der Kreatur befindet sich die Pharynx, wohin alle von dem Durnai nicht verwerteten Stoffwechselprodukte geleitet werden. Die Pharynx ist ein Subraumtransmitter, der die Materialien nach Arianus transportiert, zur Weiterverarbeitung durch die große Maschine. Sie finden Verwendung als Rohstoffnachschub bei der Herstellung von Substanzen und Gerät für die anderen Reiche.

Die Pharynx generiert ein Nongravitationsfeld, das alle Masseobjekte vom Zentrum des Durnai fernhält.

DERZEITIGE IRREGULÄRE SITUATION DES REICHES:

Nach unserem Erwachen sehen wir Sartan uns mit zahlreichen Problemen konfrontiert. Erstens, aus welchem Grund Jran-kri bisher nicht eingetreten ist. An zweiter Stelle steht die Frage, die schon in der Zeit vor unserem Schlaf unbeantwortet blieb: Was ist mit den Drachen?

Jran-kri nicht etabliert wie geplant

Da Jran-kri nicht erreicht wurde, sind die Durnai im Zustand der Hibernation verblieben; sie funktionieren autonom, aber auf geringster Leistungsstufe. Weder bewegen sie sich aus eigener Kraft, wie ursprünglich geplant, noch produzieren sie in genügender Menge gasförmige und feste Materialien für die Maschine im Reich der Lüfte, wie eigentlich vorgesehen. Solange die Meersonne nicht erstarkt, werden die Durnai in dieser Stasis verharren und, bedingt durch die Bahn der Sonne, immer wieder für lange Zeiträume vom Eis eingeschlossen werden. Im derzeitigen Stadium der Hibernation ist die Zulieferleistung der Biosphären im Hinblick auf die Bedürfnisse der anderen Welten gleich Null.

Drachen und die Magie-Neutralisation des Segensmeeres

Die Herkunft der Drachen bleibt ebenso ein Geheimnis wie ihre Absichten. Vorläufig steht lediglich fest, daß sie unser mächtigster noch verbliebener Feind sind – und daß sie auf unerklärliche Weise Veränderungen im Segensmeer hervorgerufen haben.

Als Folge einer Manipulation der Drachen wirkt die Emulsion des Segensmeeres inzwischen als Dämpfer der Wahrscheinlichkeiten. Es lokalisiert Realität als Teil des eigenen Regenerationsprozesses und verhindert damit das Wirken von Magie, die eine Vielzahl von Wahrscheinlichkeiten erfordert. Die Runen der Sartan verblassen und scheinen vom Wasser aufgelöst zu werden. Der Grund ist, daß die Runen selbst bis in die Sphäre der Wahrscheinlichkeiten reichen. Werden die Wahrscheinlichkeiten unter dem Einfluß des Meeres zu einer Realität konsolidiert, dann können die Runen nicht bestehen, sie verlieren ihre Präsenz und Macht.

Innerhalb unserer Mauern sind wir sicher; außerhalb sind wir hilflos. Ich beantrage, daß der Rat die vorliegenden Erkenntnisse umgehend auswertet.

In aller Bescheidenheit und hochachtungsvoll zur Kenntnis gebracht
RAMU

ANHANG 3
DIE TAUCHBOOTE CHELESTRAS

(Aus einer in Chelestra gefundenen Werbebroschüre, mit Anmerkung des Sartan Alfred.)

Geehrter Kunde,
nicht auf Eleganz und Schnittigkeit kommt es an. Schaut nicht auf Eure Schuhe!* Was Ihr wirklich braucht, ist ein zuverlässiges, wirtschaftliches und – besonders wichtig – SICHERES Transportmittel durch die Wasser Chelestras. Wenn Ihr nie das Segensmeer befahren habt, wißt Ihr vielleicht nicht, was ein gutes Schiff ausmacht. Laßt es Euch erklären.

Die Spezialität unserer Tauchbootwerften sind Frachter, gebaut von tüchtigen Zwergenhandwerkern, unter Verwendung einiger weniger technimagischer Prinzipien und Technologien der Elfen.** Selbstverständlich werden von Menschen wie Elfen auch Passagier- und sogar Kriegsschiffe geordert und von uns in gewohnter Qualität geliefert. Der hier angesprochene Bootstyp – ein leichter, schneller Klipper – ist ein ausgezeichnetes Beispiel für die Leistungsfähigkeit unserer Werften.

Alle Tauchboote nutzen die Schwerkraft der Welten***

*Ein Spruch der Zwerge, der besagt, man soll den Tatsachen ins Gesicht sehen und sich keinen Selbsttäuschungen hingeben.

**Tatsächlich sind die Zwerge völlig auf die Technimagie der Elfen angewiesen, um ihre Schiffe seetüchtig zu machen.

***In Unkenntnis der Tatsache, daß sie in der äußeren Hülle eines gigantischen Organismus leben (von den Sartan Durnai genannt), betrachten die Nichtigen von Chelestra ihren heimatlichen Meermond als ›Welt‹. Gravitation stellt sich für sie als eine Kraft dar, die abstoßend wirkt, im Gegensatz zu der auf allen anderen Welten gültigen Anziehungskraft.

für Navigation, Antrieb und Auftrieb. Wie man weiß, bestimmt die Dichte eines Körpers im Verhältnis zur Dichte des umgebenden Wasser die Schwimmfähigkeit des betreffenden Objekts. Dichte ist definiert als Masse pro Volumeneinheit. Einfach gesagt, wenn die Dichte eines Schiffes geringer ist als die des Wassers, das es verdrängt, dann nähert es sich einem Meermond, ist die Dichte des Schiffs größer, entfernt es sich. Präziser ausgedrückt, ist die Dichte des Schiffes geringer als die des verdrängten Wassers, steigt es empor, bis eine Kongruenz der beiden Werte erreicht ist. Chelestra-Tauchboote steuern ihren Auftrieb und damit ihre Position im Wasser, indem sie ihre Dichte verändern. Durch Einplanung von Elfenmagie sind die Boote mit einem System ausgestattet, das es ermöglicht, die Dichte beliebig zu vergrößern oder zu verringern, und das auch für die nötige Antriebskraft sorgt.

Kristalle im Kiel erzeugen verschieden starke Massefelder, die von der Brücke aus gesteuert werden. Unter Nullantrieb ist ein Tauchboot darauf konzipiert, zu treiben, d.h., ohne aktivierte Masseerzeuger steigt es dem nächstgelegenen Meermond entgegen – ein natürlicher Sicherheitsfaktor, von all jenen hochgeschätzt, die wissen, daß auch die Wunderwerke der Elfen nicht gegen Pannen gefeit sind.*

Die aktivierten Massewandler erhöhen die Dichte des Schiffs, es sinkt in die Tiefe und entfernt sich von dem Meermond. Mit zunehmender Distanz nimmt der Einfluß der Gravitation des Mondes ab, es müßte der Zustand der Schwerelosigkeit eintreten, jedoch ein Nebeneffekt der Funktion der Massewandler ist die Erzeugung eines natürlichen Schwerkraftfeldes an Bord. Passagieren und Besatzung blieb die Erfahrung der völligen Gewichtslosigkeit somit erspart – außer es gibt Funktionsstörungen bei den Massewandlern.

Ähnliche, nach demselben Prinzip arbeitende Kristalle

*Die Zuverlässigkeit der Elfentechnologie ist statistisch gesehen extrem hoch – nach den Berichten zu urteilen, die ich studiert habe. Der Verfasser der vorliegenden Broschüre – selbstverständlich ein Zwerg – legt die für Zwerge typische Ambivalenz gegenüber allem Technischen an den Tag.

kommen bei Antrieb und Steuerung zum Einsatz. Ein geschlossenes System solcher Kristalle liefert die Bewegungsenergie; andere, deren Plazierung von Tonnage und Konstruktion des Schiffs abhängt, ermöglichen eine präzise Steuerung. Bei dem hier besprochenen Bootstyp ist der Navigationswandler sichtbar montiert, auf der Rückenfinne. Die Wandler im Kiel dienen der Navigation bei aufgetauchter Fahrt.

Auch wenn die Beschaffenheit des Segensmeeres einen Tod durch Ertrinken ausschließt, ist ein Aufenthalt außenbords nicht ratsam, solange das Schiff Fahrt macht, denn die am Rumpf entlangströmenden Wassermassen können den Unvorsichtigen leicht auf Nimmerwiedersehen entführen. Aus diesem Grund werden Tauchboote mit einer geschlossenen Ummantelung gebaut, wenn auch die meisten über ein Panoramadeck verfügen, für die Zeiten, wenn das Schiff vor Anker liegt oder während Fahrten an der Oberfläche. Bei unserem Boot sieht man achtern auf Deck 4 ein großes, offenes Areal.

Fracht wird übernommen durch wasserdichte Luken neben und unter dem Ruderstand auf Deck 4. Die miteinander verbundenen Laderäume reichen von Deck 3 bis hinunter zu Deck 1.

Ein weiterer Zugang ist die große Luftschleuse am Achterende von Deck 1 und 2. Eine zweite Navigationseinrichtung auf Deck 1 ermöglicht es dem Steuermann, Treibgut aufzufischen (gelegentlich auch einen schreckensstarren, bleiern in die Tiefe sinkenden Zwerg), ohne daß eine Rettungscrew das Schiff verlassen muß. Er benutzt die Massewandler im Kiel, um das fragliche Ob- bzw. Subjekt heranzuholen und anschließend unter Zuhilfenahme der Navigationskontrollen das Schiff in eine Position zu bringen, die es ermöglicht, den, sagen wir, hustenden, spuckenden und fluchenden Zwerg durch die Schleuse an Bord zu holen. Zwar erfordert die Technik einige Praxis, aber unsere Maate setzen ihren Stolz darein, das Manöver möglichst perfekt durchzuführen.

Eine zweckmäßige Kombüse/Mannschaftsmesse (Deck 3), Logis (ebenfalls Deck 3) sowie die Kommandozentrale

(Deck 4, achterwärts vom Ruderstand) komplettieren die solide Ausstattung eines für Eure Transportprobleme und die Bedürfnisse Eurer Crew konzipierten Frachters.

DECK 1

– Luftschleusenkontrolle, Preßlufttanks, Laderaum im Schiffsbauch.

(1A)

Diese unterste Abteilung des drei Decks hohen Laderaums hat die Form des Schiffsrumpfs, mit spitz zulaufendem Bug. Man hat nach oben freien Blick durch die beiden nächsthöheren Decks bis zu den wasserdichten Ladeluken von Deck 4, zu denen eine Leiter am hinteren Schott hinaufführt.

(1B)

Werkzeuglast, Spinde für Schwimmwesten und Rettungsgerät.

(1C)

Der Hauptverbindungsgang in diesem Deck. Vorne sieht man den Fuß des Schachts, der alle Decks verbindet. Er ist durch wasserdichte Luken unterteilt, die im Fall einer Havarie geschlossen werden können, um die Decks zu sichern.

Achtern befindet sich ein großes Panoramafenster zur Luftschleuse (1D) dahinter. Hier sind auch die Kontrollen für Navigation, Massewandler, Flutung bzw. Ausblasen der Schleuse und das Öffnen der Tür zur Schleusenkammer untergebracht.

(1D)

Um während der Tauchfahrt das Schiff zu verlassen oder an Bord zu gelangen, benutzt man am unproblematischsten die Schleuse. Rolladentüren in der Bordwand öffnen die über zwei Decks reichende Schleuse zum Meer hin. Spezielle, von den Elfen entwickelte Rohre leiten die Luft in der Kammer zu Sammeltanks im Laderaum achtern (1E). Zugang zu dieser Kammer im Schiffsinneren von Deck 2 (2D).

(1E)

Es kommt vor, daß Luft aus dem Schiff austritt, was nicht auf die leichte Schulter genommen werden darf, denn im Hinblick auf den Innendruck muß die Luftmenge im Schiff konstant bleiben. Sobald Wasser eindringt, verliert es seine natürliche Sicherheitseinrichtung – den spontanen Auftrieb. 1E enthält Luftreserven in Drucktanks. Auch die aus der Schleuse gepumpte Luft wird in diese Tanks geleitet. Gibt es irgendwo im Schiff einen Wassereinbruch, können mit dem Inhalt dieser Tanks die Sektoren freigeblasen werden.

DECK 2

– Material, Ausrüstungsgegenstände, Ersatzteile. Hier befinden sich die Einrichtungen, die das reibungslose Funktionieren des Schiffsbetriebs ermöglichen.

(2A)

Oberer Abschnitt des Laderaums. Druckklufttüren achtern führen zu Gang 2C; Luken vorn zu Bereich 2B.

(2B)

Frischwassertanks. Das Meerwasser ist zwar atem-, aber nicht trinkbar, also muß ein Vorrat Trinkwasser mitgeführt werden, der außerdem als Gegengewicht zum Treibstofftank im Heck dient (2E).

(2C)

Verbindungsgang. Ein großes Luk achtern zur Luftschleusenkammer (2D). Vorn der Niedergang.

(2D)

Schleusenkammer. Häufig als zusätzlicher Stauraum genutzt, umschließt dieser Raum den oberen Teil der Schleuse von Deck 1. Ein Luk an der Steuerbordseite ermöglicht vom Schiffsinneren den Zutritt zur Schleuse.

(2E)
Treibstofflager; enthält die Bleispäne und das Graphit, mit denen der Gravitationskonverter und damit auch alle anderen Maschinen an Bord betrieben werden.

DECK 3 / HAUPTDECK
Wohnen und Essen. Das Mannschaftslogis (3H), Messe (3D) und Kombüse (3E) befinden sich hier, außerdem Konverterkammer, Ersatzteil- und Werkzeuglast (3J) sowie die oberste Abteilung des Laderaums (3A + B).

(3A)
Vom Ruderstand auf Deck 4 leicht zu überwachen, die wasserdichten Ladeluken steuerbord und backbord. Sie öffnen sich nach außen, um Zwischenfälle während der Tauchfahrt zu vermeiden.

(3B)
Vordere Pantry; zusätzliche Wasservorräte und Proviant.

(3C)
Hintere Pantry. Lebensmittel zum baldigen Verbrauch werden hier gelagert, in bequemer Nähe der Kombüse.

(3D)
Messe. Gemütlich und gut ausgestattet, als Speisesaal und Aufenthaltsraum. Die Lage mittschiffs ist kein Zufall – sollte das Schiff in einen Unterwassersturm geraten, liegt dieser Raum dem Ruhepunkt im ›Auge‹ der Schlingerbewegungen des Schiffs am nächsten.*

(3E)
Kombüse, ein schlauchartiger Raum, beengt, für die Zubereitung einfacher Mahlzeiten konzipiert.

*Ein wichtiger Faktor bei der Konstruktion – Zwerge sind überaus anfällig nicht nur für See-, sondern überhaupt für Reisekrankheit.

(3F)
Verbindungsgang. Eine Leiter führt zur Kommandozentrale in Deck 4. Von hier gehen die Türen zu den Kabinen ab, es gibt einen Zugang zum Maschinenraum (3K).

(3H)
Mannschaftslogis. Die Kojen sind auf Kugellagerdrehgelenken montiert, um das Rollen des Schiffs auszugleichen.

(3J)
Werkzeuglast. Hier sind die magischen Gerätschaften verstaut, um den Konverter zu reparieren, sollte ein Defekt auftreten.* Konverterkammer. Ein großer, geschliffener Kristall, von dem eine Vielzahl von Leitungen ausgeht, ist in diesem Raum aufgestellt. Er hat die Farbe von schwarzem Licht; es fällt schwer, ihn anzusehen, und es ist unmöglich, Form und Gestalt zu erfassen. Einige Zwerge sind wahnsinnig geworden bei dem Versuch.**

DECK 4 / RUDERSTAND und BRÜCKE
Einrichtungen zur Schiffsführung.

(4A)
Ruderstand. In der Mitte des Raums erhebt sich ein Postament, darüber befindet sich eine große, dreidimensionale, magische Tafel, auf der Navigationsdaten angezeigt werden. Es ist möglich, diesem Gerät vor dem Auslaufen Route und Ziel der Reise mitzuteilen, in welchem Fall das Schiff sich selbsttätig steuert.

Außerdem befinden sich in diesem Raum eine Leiter zum Oberdeck sowie eine kleine, private Luftschleuse.

*Bei den ›Reparaturen‹ handelt es sich meistens um defekte magische Teile, die in Bausch und Bogen ausgewechselt werden. Zwerge als Pragmatiker nutzen die Magie der Elfen, wahren aber die gebotene Zurückhaltung.

**Aberglauben oder Seemannsgarn der Zwerge, durch nichts belegt.

(4B)
Kommandozentrale (Brücke). Im hinteren Teil mündet die große Leiter, die von Deck 3 hinaufführt. Die Besonderheit in diesem Raum ist das Panoramafenster mit dem Ausblick auf Achterdeck und Meer. Wasserdichte Luken zu beiden Seiten der nach unten führenden Leiter erlauben den Zugang zum Achterdeck, der bei Tauchfahrt strengstens verboten ist.

(4C)
Achterdeck. Darf nur betreten werden, wenn das Schiff aufgetaucht ist. Es erstreckt sich bis zur Heckfinne und ist von einer geschnitzten Reling umgeben.

SCHLUSSBEMERKUNG
Man darf mit Fug und Recht behaupten*, daß unser Tauchboot das sicherste Transportmittel zwischen den Welten ist. Jede Zunft und Gilde setzt ihren ganzen Stolz darein, ein- wie das anderemal tadellose Arbeit zu liefern. Anderswo kauft Ihr vielleicht billiger, aber Ihr werdet es teuer bezahlen!

*Bescheidenheit ist eine Zier, doch weiter kommt man ohne ihr . . .